豹子洞

中國一九五七右派亡命者
與山民的苦難史

房文齋／著

目次

一、攔路的餓狼

一

血紅的夕陽，掛在西山之巔，彷彿一位經過長徒跋涉後急於跟親人團聚的漫遊者，越是接近腳下的群峰，腳步變得越加急驟。

灌木叢生、滿布厚厚積雪的山路上，自南向北來了一個挑擔的高個漢子。年齡不過四十歲，頭戴三開棉帽，身穿一件多處綻露著棉絮的黑大衣，腳下是一雙幾乎辨不出顏色的布棉鞋。他的右肩上橫著一根木棍，前面掛一隻扁長形木匠工具箱和三把木鋸，後面是一個麻袋片包裹的鋪蓋卷。一看便知，這是一個走鄉串村，「吃百家飯」的木匠。他腳步蹣跚地向山上走去，每挪動一步，都要付出極大的氣力。顯然，他已經非常疲勞了。

這是長白山區少有的暖春。厚厚的積雪表面，浮著一層雪水，人走在上面，一不留神，便會滑倒。從沾滿泥漿的衣服上看出，他已經摔過不少跟頭。此刻，他不斷地扭頭張望已經銜山的赤褐色夕陽，急促地喘息著，用力移步向山上爬去。

「啊——」一聲驚呼，他的身子一趔趄，

又一次重重地摔倒了。擔子撂在一旁，四肢撲地，臉頰貼到了雪地上。過了許久，仍然一動不動。他覺得身上一絲力氣也沒有了，而痛苦的往事，卻在心頭奔騰不已……

只經過一個晚上的速成課，不到兩個月的實踐，他躍身一變，成了「木匠」。在內弟家過完了春節。他帶著三岳姑母及一個本家弟兄的位址，滿懷憧憬地去了關東山。

先去投奔的，是一位本家族兄。

族兄住在遼寧省東南角的桓仁縣太平甸。那裏群山連綿，與朝鮮接壤，估計是個安全的地方。族兄就是因為家庭是富農成份，忍受不了歧視，二十年前逃到這裏落了戶。得知他的遭遇，族兄十分同情，立刻多方給他攬活。他先給一家姓黃的打了一對箱子，又給另一個姓劉的做了炕琴。一炮打響，村裏人齊誇「那木匠好手藝」，約他做活的接連找上門。

現蹚現賣的「手藝」，經受住了考驗，他完全放心啦。打算在這裏安營紮寨，幹上個十年八載。不料，訂活的社員忽然紛紛毀約。這家說：「眼下吃的困難，等秋後再做。」那家說：「俺的木頭太濕，擱些日子再說吧。」

不到一個月，情況突變。他百思不得其解，猜不透問題出在哪裏。瞅著明亮的日影，在窗戶龞上慢慢挪動，一待就是二十多天！

他是個「轉軸命」，除了生病，平生未閒過三天。當幹部時，每次工作調動，總是談了話就走，去了就上班。現在讓他乾呆著吃人家的閒飯，就是族兄供得起，他也消受不了。況且，事情來的太蹊蹺，後面肯定掩藏著說不清的險情！

出關之後，他身穿再生布工作服，說話儘量用農民的語言，避免滿口文辭的知識份子腔，怎麼會引起懷疑呢？

太平甸子不太平，只怕厄運要再一次光臨！

正在無計可施，來了一個串門的瞎子。他正閒得發慌，索性耐著性子，聽瞎子擺龍門陣。抽著用小學課本卷成的葉子煙捲兒，瞎子講起了自己的身世……

他姓張，今年七十二歲，年輕時帶著老婆來到東北，下煤窯給日本人挖煤。由於老婆頗有幾分姿色，不久，便被一個皇協軍小隊長霸佔了去。他找上門，又哀求，又下跪，向人家要老婆。老婆沒要到，情受了一頓榆木杠子。他被工友抬回來，一躺就是兩個月。等到養好了傷，花花綠綠的世界，永遠不再屬於他——他被氣成了青光眼。眼前一團黑，哪裏去找生路？他想一死了之。摸索著來到井邊，俯身往下投。卻被人從後面抱住了：「咳！這麼拿命不當回事！沒了眼，就非死不可？說書，算命，不都是瞎子幹的營生？難道你的鼻子底下沒長嘴，比別人少根舌頭？」他感謝好心人的搭救，照著自己頭上狠敲兩拳頭，抹抹眼淚，扭頭往回走。拜一個老瞎子做師傅，跟著串了三年山溝。出徒後，來到陌生的太平甸安頓下，敲著竹板串四鄉，成了正而八經的算命先生。世間的事，就是這麼怪，人們瞪著明察秋毫的雙眼，卻去祈求黑白不分、方向不辨，靠一根木棍引路的瞎子，指點避禍趨福的途徑。木棍兒領著張瞎子走溝串戶。手裏的兩塊竹板，敲著有節奏的劈啪脆響，向人們宣告：指點迷津的算命先生大駕光臨。他掐著手指，口中念念有詞，一本正經地「審囚」。側著耳朵細辨弦外之音，繞著圈子套出心底之迷。連猜加溜，語意雙關，居然十次九准，成了名揚一方的「神算」。不愁饑，不憂寒，一條算命路，他整整走了四十年。

不料，一天早晨，陰陽突變，好運被災星趕走：算命成了「四舊」。順理成章，他成了傳播迷信、矇騙人民的壞蛋。於是，跟「走資派」、「四類分子」一起，掛上大牌子，結伴遊街。由於「認罪態度好」，半年後得到「解放」，被送到生產大隊敬老院養起來。因禍得福，每天抄著敲熟竹板的雙手，靜待三頓小餷子粥……

有滋有味地抽完了一支煙，瞎子方才雙眼

「望」天，關注地問道：「陶師傅，聽說眼下活路不湊手？唉，不是當年啦，如今的關東山，難闖著哪！」他仰著頭，思索了一陣子，彷彿不經意地說道：「咳，耍手藝的人，閒著兩隻手靠啥吃飯？偎在熱炕頭上屁股敢情舒坦，可肚子不讓餓呀！話又說回來啦，地點和時運，相生又相克，只要找著與財運相合的地點，不愁沒有好財發。陶師傅，我來給您掐算、掐算——看看財運在哪方，怎麼樣？」

讓瞎子算命？簡直是匪夷所思，他從來不相信這一套！

他十二歲上，就得到過地下工作者的教誨。參加革命後，不知經歷過多少政治學習，什麼辯證唯物主義，歷史唯物主義，實踐論、矛盾論，無產階級靠自己的雙手拯救人類，並自己解放自己等等教誨和理論，早已塞滿了頭腦，並融化到了血液中，從來不相信什麼神佛鬼魅，更不會睜著眼睛說假話。活到將近四十歲，至今初衷未改。可悲的是，使自己從人變成鬼蜮是緣於此，遲遲不能從惡鬼變回人，更是緣於此。正像「革命群眾」揪著頭髮所下的斷語：「頑固到底、花崗岩腦袋一個！」不幸，人早日成了人人叱罵的「牛鬼蛇神」，仍然不相信占卜巫術那一套。這，實在是一個絕妙的悖論！

沉默了許久，仍然不知該如何回答瞎子的問話。

這時，族兄在一旁開口了：「兄弟，張大爺是「神算」，遠近聞名。人家分文不取，冒著份風險偷著來給咱算卦，感激還來不及呢，咋好辜負老人家一片心意呢？」

「好吧，那就麻煩張大爺啦。」他只得坐正了身子，點頭應允。

瞎子問過他的生辰八字，仰著臉，掐著手指尖，嘴裏嘟囔了好一陣子子丑寅卯之類，忽然扭過頭來，眉飛色舞地說道：「恭喜，恭喜！陶師傅，你的好運來啦！」

「張大爺，你快說，我兄弟的好運，在哪

裏？」族兄忙不迭地追問。

瞎子眨眨眼，肯定地答道：「在東方。不錯，在正東方。不遠，大約二百里左右。」

「東方，二百里左右？」他不由一震，那正是三姑丈母娘落戶的長白山呀，那是他備用的去處。既然在這裏已經無所事事，他決定立刻離開太平甸，向東流浪。

二

族兄送他上路時，來到一個名叫拐磨子的地方，方才悄悄告訴他，社員紛紛退活，乃是大隊樸書記的安排！

他記得，在一位姓金的人家幹活時，有個身材發福的中年人常去「賣單」。問這問那，彷彿對木匠活很感興趣。當時忙著幹活，並沒在意。後來才知道此人是大隊書記。樸書記觀察的結論是：陶木匠的神色、談吐，甚至瘦長的十指，都不像個木匠。不用說，不是個外逃的五類分子就是個走資派，甚至是個勞改犯！他擔心給隊裏招來麻煩，決定將嫌疑分子攆走了事。立刻通知社員退活，並讓族兄攆走他。

族兄無奈地說道：「兄弟，多虧樸書記心善，不愛整人。不然，你非栽在太平甸不可。真要那樣，俺可就對不住親人啦。」

他真不知道，應該感謝那位樸書記的寬厚，還是該憎恨他給端掉了飯碗！

臨分手時，他問族兄：「不用說，張瞎子來算命，也是遵從姓樸的指示啦？」

「那倒不像。」

「怎麼，他被大隊養著，有膽量違抗總支書記的命令？」

「唉，那老人，眼瞎心明，人窮志不短。強迫他的事，決不肯幹。准是他聽說人家要攆你，才來給你指條路子。」

「嘿！一個瞎子，自己都看不見路，能給我指啥迷津？我是不得不離開太平甸，又不得不往東走而已。如果他說『財運』在西方，我決不會依他。大哥，莫非你跟他說過，我有個親戚在東面？」

「沒有呀。」族兄堅定地搖頭。「兄弟，這兒方圓幾十里都知道，張老頭算命靈的很呢。你可別不信！」

「唉！但願他給我算的，也能靈驗。」他憂心忡忡地長歎一口氣。

一路上，族兄的話一直在他心中翻騰。說不定，豹子洞跟太平甸一樣，依然不太平！

出關前，他曾做過全面分析，擔心自己不像個多年賣力氣的工匠，但立刻作了否定的回答。憑著八年的重體力勞動鍛鍊，清砂、搬鐵、運砂、修爐、掃馬路、挖廁所……鑄造廠裏的髒活，累活，什麼沒幹過？區區木匠活，不過玩玩鋛、鑿、斧、鋸，簡直是小菜一碟。對於一個蹲過「牛棚」，經歷過種種磨難的山東漢子來說，還有什麼能算得上是困難？只要謹言慎行，始終別露真相，就決無問題。

孰料，一出關便馬失前蹄，不僅「談吐」出了問題，連「神色」和「雙手」都遭到了懷疑！仔細想想，他在三戶社員家裏做活，除了非說不可的詢問與應答，並沒有說幾句話。時刻小心翼翼，極力改變爽直、健談的習慣。出格或者可能引起懷疑的話，絕對沒說過。實在憋得不行了，便低聲哼幾句樣板戲。結果，還是出了漏子！

看來，不但骨子裏不像一個真正的勞動者，外表也是南轅北轍！在工人堆裏整整幹了八年多，還是讓一個農村幹部一眼看出不像個木匠！「脫胎換骨」，談何容易呀！

他甚至想調頭返回山東老家去，但立即否定了荒唐而可笑的美妙妄想。當初選定的幾處隱藏地，統統成了遮天蔽地的網罟：生養他的老家，憤怒地下了驅逐令；朋友家的閣樓，親戚家的地瓜井，都不是出產窩頭的安全地；連荒僻鹽鹼灘上朋友家的苞米稀粥，也是從人家嘴裏奪下來的，關裏家，哪兒是他的藏身地？

夢牽魂繞的故園，已經不是落葉的歸宿。

故園，早已不再屬於被社會拋棄的人。

原以為，富饒荒僻的「關東山」，會有一條求生之路。殊不知，無產階級專政的十二級颱風，早已把這裏刮得地覆天翻！厄運如影隨形，不論他躲到哪裏，命運之神都不肯向他綻露一絲笑容。他成了名符其實的「過街老鼠」……

三

「明知征途有艱險，越是艱險越向前！」「哪怕是火海刀山，也要衝向前！」樣板戲裏楊子榮高亢嘹亮的歌唱，不知從什麼地方清晰地傳來。革命者的豪言壯語，對於一個被專政的「異類」，反倒有一種震懾力量！

文豪魯迅先生說過，路本沒有，貪走便道的人，用鞋底子就可造成。不幸，他已經沒有條件，為自己造成一條哪怕是「歪歪斜斜」的「細路」！

受了傷的野獸，只想到逃離死亡，顧不得選擇方向。等到它發現又一次撞進了羅網，一切都來不及了……

「趴在雪地上胡思亂想，就能逃出厄運嗎？」耳畔響起一聲呼叫。

扭頭四顧，除了茫茫雪原，不見一個人影。低頭看看左側的山澗，足有十多米深，一頭栽下去，絕不會活著爬上來。

抬頭望望右邊的樹叢，樹岔伸手可及。只要拿一條繩子往上面一拴，脖子往裏一伸，煩惱，憂愁，誤解，冤屈，遊鬥，禁閉，罰跪，毆打，熬夜鷹，坐噴氣式……從此，永遠不再屬於自己。

原來，「天堂路」伸手可及！

一九五二年「三反」運動中，他擔任小頭目的打虎隊，打出了一隻「貪污」過億元的「大老虎」。大老虎「自絕於人民」，竟然上吊自殺，可巧被救活過來。自己曾經審問過他，問他為何叛黨自殺？回答是：「無路可走啦！」又問：黨員自殺是叛黨，就算忘了自己是黨員，難道連父母、老婆孩子也不想一想？回答是：「怎會不想？只是覺得，死了，就不再遭罪了！」

「是的，死了，死了！人死了就再也不遭罪了。」嘴裏咕嚕著，他掙扎著從地上爬起來，俯身解下鋪蓋卷上的繩子……

半年前，他在黑屋子裏被熬鷹，罰站，毆打，坐噴氣式……折磨得奄奄一息時，多次想到這條解脫之路！可是，腰上沒有褲帶，腳上沒有鞋帶兒，電燈被吊在梁頭上高不可及，偌大一間屋子，找不到一件可以讓他登上「幸福」路的對象！不然，何至於時至今日，仍在這冰天雪地、杳無人跡的長白山麓受這份折磨？

所幸，今天，卻可以毫無阻攔地，登上當初屢求不得的解脫之路！

面前就有一棵白樺樹，樹枝向四方伸展，伸手可及。好，就是伸向西南方、面對故鄉的那一根。面朝家鄉而死，也算「死得其所」啦！

他拴好了繩子，打上一個活結。翹著腳尖，將頭深了進去。雙手扯著繩扣，面向西南，他哽咽地喊道：

「爹，媽，原諒您不孝的兒子吧！石嵐，我把三個孩子託付給你啦！孩子們，你們不要，重蹈爸爸的覆轍呀！千萬不要多念書，更不要讀大學，至多念完小學……就，就做一個自食其力的勞動者！你們記住：爸爸死得冤枉呀！嗚嗚嗚……」

緊握繩扣的雙手鬆開了，他一屁股坐到雪地上，雙手捂臉，放聲大哭……

一隻山雕俯衝而來。在他的上方，低低地盤旋了許久。然後發出一聲長長的哀鳴，懊喪地向山頂飛去。

望著遠去的山雕，他從地上爬起來，撿起一根枯樹枝拄著，挑上擔子，小腳女人似的奮力向前挪去。

晚霞褪盡，暮色四合，他終於攀上了山頂。再往前走，便是下坡路。下山比上山省力得多。害怕天黑迷路，儘管雙腿打顫，雙肩被擔子壓得火辣辣地疼，但他不敢停留，極力加快速度向山下走。剛剛走了不幾步，又狠狠地摔了一個跟頭。他只得更加小心地挪步。照這個速度走下去，不知什麼時候，才能到達新的棲息地——豹子洞。

太陽已經隱藏到群山背後，大地陷入了一片蒼茫灰暗之中，路徑更難分辨了。

忽然，左前方白樺叢中，閃出兩個光點。綠幽幽，亮晶晶，宛如兩盞小彩燈。他驀地吃一驚。注目細看，原來是一雙野獸的眼睛！

「啊——狼！」一聲驚恐地呼喊，「撲通」一聲，他仰面朝天跌坐在地上。

那野獸立刻向他逼近過來……

「天哪！這一回——完了！」

可是，後悔已經晚了。

四顧無人，只能自己救自己。他急忙翻身爬起來，雙手高舉著作拐杖的樹枝，瞪大眼睛盯著野狼。只要它撲上來撕咬，就給它致命的一擊。絕不能毫無抵抗，便成了它果腹的美餐！

餓狼彷彿明白了他的用意，在三米開外的地方，停止了前進，圍著他慢慢繞行。

狡猾的野獸，分明是在尋找最佳的進攻時機和角度。記得聽人說過，野狼咬人，總是先咬喉嚨。他立刻將木棍豎在喉嚨前方，兩眼一眨不敢眨地盯著野狼，並跟隨著旋轉。

天越來越黑。那兩束幽幽的藍光，卻越來越明亮，宛如兩束電光神火，刺得他簌簌抖個不停。他知道，再僵持一陣子，用不著野狼進攻，自己就會頹然倒下。

「唉！早知道在這兒喂狼，哪兒不是一死？何必千里迢迢遠走關東山哇！」

渾身索索顫抖，他痛苦地閉上了眼睛……

「咚——」一聲槍響，自左前方傳來。

經驗告訴他，開槍人就在不遠處。急忙睜眼四顧，不見了餓狼的蹤影。一個持槍獵人的模糊身影，向右前方飛快跑去。

他得救了。

揩揩溢滿雙眼的熱淚，低頭細看。就在十幾步開外，一灘散發著血腥味的鮮血，把雪地染紅了一大片。原來，餓狼是被高明的獵人打傷，然後逃走了。唉，唉！不是這恰當其時的一槍，自己的一條命，八成要丟在這荒無人跡的大山上！

恩大莫如救命。這位救命的恩人是誰呢？人家救了自己的命，不但沒向人家道一聲謝，連恩人的面目也未看清。人們常說：大難不死，必有後福。也許厄運從此不再光顧自己？

低聲咕嚕著，他摸起擔子挑上肩，急急向山下摸去。

四

「喂！關大叔呀，關裏家來「戚」啦——姓陶的！」

剛走進木樁圍成的院子，帶路的中年女人，便向發出幽暗燈光的茅草房，尖聲呼喊。

「什麼？姓陶的？俺可沒有姓陶的親戚！」

隨著一聲驚呼，一個身材傴僂的老太婆，從熱氣騰騰的屋門口走了出來。她走近陌生人，一面上下打量，一面問道：「同志，你是……」

「我是石嵐的女婿，」中年人放下肩上的擔子，恭敬地答道，「您老人家是三姑吧！」

「怎麼？」老太婆沒有作答，卻反問道：「你是……石嵐女婿？」

「是呀，就是蘭花的女婿呀。」他說出了妻子的乳名。「我跟蘭花結婚時，您老人家已經來了關東，咱們沒見過面，所以不認識。」

見老人仍然露出疑問的眼神，他極力提供一些讓老人釋疑的情況：「我動身來東北的時侯，回了一趟岳父家，內弟還囑咐我別忘了給三姑捎好呢。三姑，您老人家當年喂過奶的長壽，如今已經有了兒子做父親啦。」

「哦，長壽小時侯吃不飽，餓靠的。這麼說，真是他姐夫來了呢！你姐夫，快進屋。」

進了屋門，一股熱氣撲面而來。繞過磨台

與鍋臺之間的夾縫，進到東里間，三姑向南炕上一指：

「你姑父。」

一位老人歪坐在炕頭的被卷上。屋內油燈昏暗，加之熱氣騰騰，看不清他的面目，只覺得臉皮黝黑、鬍鬚零亂，宛如一束乾草堆在臉上。

「姑父好？我是您的侄女婿，陶南呀。」

「噢噢。大老遠的——受累啦。」老人向前探著身子，仔細打量來客。

「你姐夫，快脫鞋上炕。早該餓了吧？飯一會就得。」三姑熱情地招呼。說罷，又回到外間忙活去了。

「大嬸，俺回去給他爺們整治吃的啦。」一直站在一旁的中年女人，扔下一句話，扭頭走了。

不一會兒，三姑搬來一張黑黢黢的飯桌，放到炕當中，接著端來了晚飯：一碗炒酸菜，一碗鹹蘿蔔，一泥盆小餷子粥。

她指著飯桌羞澀地說道：「您姐夫，看，這就是如今關東山待客的好飯！」

「好飯，好飯。關裏還吃不上這樣的飯呢。」他含糊地笑著，「我可真餓啦。兩位老人家，可莫嫌你們的侄女婿饕餮呀。」

三姑長歎一聲：「唉！你姐夫呀，您不嫌你姑家的飯食孬，俺就燒了高香啦。」

他曾在遼寧省桓仁縣住了一個月，早、午兩餐，尚能吃上牛舌頭餅，或者大米飯。但晚餐桌上唯一的美食，只有稀粥——小餷子飯。「萬般無奈下關東！」「鍋裏沒飯，上關東山」。這幾句民諺，不知在山東、河北一帶，流傳了多少年。少年時代，就曾經聽到闖過關東山的人說，東北人慷慨厚道，流浪者不論走到哪裏，鋪蓋卷往人家的大炕上一放，吃飯睏覺就算找到了地方。你不走，人家決不會攆。想不到，人們競相前來尋找活路的寶地，以慷慨厚道著稱的關東山，如今竟如此寒磣地待起「戚」來！

「你姐夫，快將就著吃吧。」可能是見客人舉著筷子不動，三姑在一旁催促起來。

「是呢，跑了一天的路……好歹吃飽呀。」三姑父已經捧著粥碗，稀溜稀溜地喝了起來。

不知是房門外大陶缸裏泡酸菜的氣味，還是屋地當央磨台底下雞窩的糞臭，一陣陣酸臭混合的濃烈氣味，直往鼻腔裏鑽。也許是惡臭味擠走了腹中的饑餓感，他忽然覺得胸口脹得很滿。剛才還強烈侵擾的饑餓感，消失得無影無蹤。不過，這種使人呼吸不暢的異樣氣味，在遼寧時，就曾經多次領略過，當時並沒有感到如此地強烈，更沒有影響到他的食欲。

今天是怎麼啦？莫非是由於姑岳母的不幸命運？

三姑的婆家，祖祖輩輩在縣城開雜貨鋪，家裏有十幾畝山地。原配丈夫姓沈，年紀輕輕，便成了帳房先生。婆家稱不上富庶，卻算得是三村四屯的殷實人家。一九四七年，膠東地區忽然來了一場連富裕中農都要掃地出門的「土改復查」運動，沈家自然在劫難逃。鋪子被查封，貨物一分而光，丈夫被攆回老家種地。可憐他肩不能挑，手不能提，耕種鋤割，一竅不通，只會站在地頭，拄著鋤頭暗暗流淚。不久，便鬱鬱而逝。那年她才二十八歲，已經有了一雙兒女。一個小腳女人，要想養活兩個未成年的孩子，談何容易？萬般無奈，身背小女，手牽兒子，跟著逃荒的鄉親來到東北，嫁給一位名叫關世有的滿族光棍。後來又給老關家生下一雙兒女。年輕喪夫的「未亡人」，於走投無路之中，總算找到了歸宿。想不到，不要說「十（世）有」，連一件像樣的傢俱和被褥都沒有。土炕上除了兩卷破被窩，就是炕稍上一個裂紋八叉的破板櫃。此外，家徒四壁，不見長物！

「咳！悔不該輕信算命瞎子的話，東來長白山。連飯都吃不上的地方，怎會顧得上請木匠。親戚家又是如此的貧寒，豈是久留之地？」他在心裏暗暗著急。

為了不讓親戚誤認為自己嫌飯孬，他只得端起粥碗慢慢喝著。姑岳母一直坐在對面，靜靜地觀察他。這時，猶疑地問道：

「您姐夫，俺記得……您叫齊少丘，咋又成了『陶南』呢？」

「這……」突然的發問，他一時懵在那裏。他絕對不曾想到，從未謀面的親戚，會知道自己的真實姓名。急忙支吾道：「我還沒來得及跟二位老人家說呢，我的名字在……在前幾年就，就改了。」

姑父瞥一眼老伴，緊盯著問道：「哦，那是為啥呢？」

他曾經作過周密的計畫，來到東北不用原來的名字，以免引起麻煩。戰爭年代，為了不連累家屬、親友，許多老革命都改了名字。解放那年，家鄉的縣長名叫言連午，實際上，此人姓許不姓言，是將姓氏拆開來作了化名。一到遼寧，他便將改名的事，告訴了那位遠房族兄，也許是縣太爺的先例起了作用，族兄並未懷疑。想不到，姑丈母娘如此好記性；離開山東二十多年，音訊不通，至今居然清楚地記著自己的名字！一旦引起親戚的懷疑，怎麼在這裏落腳？早知如此，坐不更名，行不改姓，豈不更好？

「天大的失誤！」他恨不得抽自己兩個嘴巴。

「幹麼要改名字呢？」姑父的黑臉膛上寫滿了疑問。

「因為是，是『四舊』。」也不知道從哪兒來的「靈感」，他隨口瞎編起來。

「『齊少丘』，咋就成了『四舊』呢？」

「姑父難道沒聽說，孔夫子姓孔名丘？我的名字叫少丘，聽起來是『效丘』——效法孔老二呀——那還得了！所以就把那名字改了。」

「是該改，誰敢跟孔老二一個名字呀。」三姑被說服了。「有的人，挺好的名字，不都改成『紅衛』、『興無』、『衛彪』、『愛青』嗎？」

「那……『陶南』又是啥意思呢？」三姑父卻不依不饒。

這可是個無法如實回答的問題。臨行前，他曾經給自己設想過好幾個名字，但都不滿意。可能是因為要外出逃災躲難的緣故，「陶南」（逃難）二字，牢牢占住心頭。當時覺得很滿意，一出關便用了起來。根本不曾想到還會有人問它的「意思」。看來，今天晚上非栽在這個黑臉滿族老頭手中不可。顧不得怨恨面前這位刨根問底的親戚，急忙挖空心思尋找答案。他眨眨眼，若無其事地緩緩答道：

「姑父可能不瞭解，在晉代，咱們中國出了個大詩人，名叫陶淵明，為官清正，不為五斗米折腰。侄女婿自小敬佩他，便起了這麼個名字。意思是：陶淵明是個難得的大清官。本應叫『陶難』，但『難』字作名字不吉利，所以就改成了陶南。」

他平生第一次體會到什麼叫「急中生智」。更想不到，近十年來學到的假交代，假檢討，假悔罪，假沉痛等說謊的本領，今天派上了用場！

他正在得意，小謊撒得很圓滿，不料，黑老頭又發問了：

「你姐夫，這『姓兒』，也能隨便改嗎？」

又是一記悶棍！是呀，一個人，無緣無故，怎會輕易改姓呢？又怎能怨人家多疑呢？他無言以對，又不能不對，只得再一次硬著頭皮說謊：

「我，我母親姓，姓陶……我是跟著她老人家姓。如今關裏家，很多人跟著母親姓呢。」

他覺得兩頰在發燒，心頭咚咚直跳。萬幸，兩位老人並未接著話岔繼續往下追。不然，今天非露出馬腳不可！因為母親姓李，根本不姓「陶」。多虧兩位老人並不瞭解這一層。

為了掩飾慌張，他低頭連喝幾口粥。不料，三姑父又節外生枝：

「您姐夫，俺聽你三姑說，您十四歲就當了八路軍，參加過濟南府戰役，解放過青島，後來又成了山東省政府的大幹部，咋又成了木匠呢？」

一記更加沉重的悶棍！

這哪裏是投親避難，簡直是在「學習班」裏「交代罪行」！

「咳！你這個老東西，要學包黑子審案是咋的？他姐夫大老遠地來了，連頓安生飯也不讓人家吃！老碎嘴子的毛病，咋就改不了呢？你姐夫，別理老東西。快吃飯，吃飽了，俺還想聽聽關裏家親戚、朋友們的新鮮事呢。」

三姑佈滿皺紋的方臉上，同樣寫滿了疑問，但卻站出來為親戚解圍。他理解老人的良苦用心，但疑問不消除，就沒法在這兒待下去。喝完已經變冷的稀粥，放下碗，揩揩嘴，他平靜地說道：

「姑父不問，我也要告訴二位老人家，我雖然不是大幹部，確實在山東省政府工作過一陣子。唉！都怨自己革命立場不堅定呦！一九六〇年那場大饑荒，二十五斤定量填不滿肚子，餓極了，便辭職回了老家。誰知，耕種鋤割，哪樣也不會。快三十歲的人，總不能讓年老的雙親養著，只得學了木匠。」當年許多工人、幹部紛紛辭職的往事，現在幫了他的大忙。

「唉，六零年那場大饑餓呀，聽說你們關裏家更血虎！那逃荒的人呀，老鼻子啦，擰成繩子，擺成隊，盡往咱們這窮山溝裏跑。聽說，半路上餓死的，一堆一拉的！」

引上這個話題，反倒給他解了圍。那場災荒過後，他的家鄉，一個縣就減少了四分之一的人口——二十多萬！縣委書記跟公社書記，都因為『五風』刮得厲害，被逮捕法辦。如今想起來，依然心有餘悸。他正在沉思，三姑又問道：

「俺侄女蘭花呢，也跟你一塊辭了職？」

女人最關心的是七大姑、八大姨。

他流利地答道：「三姑，人家石嵐比我堅

定，帶著三個孩子，總算挺了過來。眼下在煉焦廠幹……幹老本行——會計。」

並非是虛榮心作怪，而是不忍心讓親戚傷心，他又一次說了謊。石嵐因為是「右派分子的臭老婆」，三年前，先從辦公室滾到倉庫。倉庫是物資重地，豈容不可靠的人染指？緊接著又「滾出倉庫」，下工段抬焦炭去了。

不到半個晚上，他居然連謅幾個謊。他覺得，自從丁酉罹難，改造了十多年，最大的進步便是學會了偽裝和說假話。

「孩子呢？都大了吧？」三姑又問道。

「哦，是的。大女兒俊英，十五歲，小學畢業，在街道上挖地道，每天掙五毛錢。老二曙光十三歲，老三偉光七歲，都是男孩，老二上五年級，老三上三年級。」

「你姐夫，石嵐來信說，您在遼寧幹活，等到秋風涼才能過來，怎麼說話不迭，就來了呢？」姑父一開口，便把話拉回到他所懼怕的正題上。

「姑父，那裏的社員太苦，不少人家吃不上飯。我在那裏，只做了兩個炕琴，一隻飯櫥，便沒活了。本家弟兄雖然蠻熱情，可是早已出了五服，怎好乾待著吃人家的閒飯？沒法子，只得來投奔三姑和姑夫。唉，給兩位老人添麻煩啦。」

三姑分明被感動了：「嘿，石嵐是俺的親侄女，咱是至親，怎能跟八杆子打不著的『本家』比？你姐夫，儘管放心，就是有一碗稀粥，咱掰開喝。俺決不會叫自家的侄女婿挨餓！」

瞥見姑父眨巴著眼不吭聲，三姑扭頭問道：「老頭子，你說呢？」

「哦，那是。」老人回答的很勉強。

死神的誘惑，被抵擋住了；惡狼的覬覦，被獵人驅走了。也許從此轉危為安，過幾天安穩日子？不幸，張瞎子的「吉言」不靈驗，筋疲力盡地來到親戚家，喘息未定，便遇到了一連串的質問。儘管他連真帶假，極力「蒙混過關」，但仍未完全打消兩位老人的懷疑。尤其是姑父，那黑黝黝的方臉上掛著的微笑，似乎始終透著深深的疑問。宛如一根根尖利的鋼針，刺得他心頭隱隱作痛。

一個普通社員尚且如此，那些革命警惕性極高的隊幹部們，豈不是更難對付？

豹子洞——多麼令人驚恐的名字呀！

五

為了不使他閒著著急，也是為了「創個招牌」。三姑主動提出，將家裏的破板櫃拆掉翻新——「倒蘢」。並將已經出嫁的長女沈秀，和到外隊落戶的大兒子沈思，叫回來「認戚」。沈秀和沈思，是三姑從關裏帶來的前房孩子。關東山的習慣，孩子隨娘改嫁不改姓，對於繼父，稱叔叔、大伯，不稱父親。所以三姑前房子女仍然姓沈。

中國人一向戀鄉重土。生於斯，長於斯，落葉歸根，故土難離，生處不嫌地面苦，就是這種戀鄉情結的生動寫照。關東人的祖先，除了少數滿族和來自朝鮮的「鮮族」，什九是冀魯兩省移民的後代。可能是因為這裏沒有他們的「故土」，所以，根本不存在「故土難離」的情結。與關裏人迥然不同，他們視遷徙如探親趕集一般平常，就像逐水草而居的草原牧民，哪裏水草豐盛便去哪裏。加之，家什簡陋，一輛牛車足可裝上全部家當。亂石壘成的茅草房，不是一扔了之，就是三不倆錢「賣」給別人。這幾年，因為交不上隊裏的提留，或者得罪了地頭蛇，不少人「起黑票」——悄悄開溜。頭一天還安安生生地過日子，第二天一大早，人去房空，不見蹤影！沈思就是因為五年前得罪了當時任大隊書記的申貴，害怕給暗虧吃，偷偷開溜到大榆樹落了戶。

三姑準備了四個菜：炒土豆片，煎雞蛋，燉酸菜，辣白菜。姑父打回一斤玉米酒，為遠道而來的侄女婿接風洗塵。

沈思和沈秀，對於從未謀面的表姐夫，極為熱情。一齊表示，儘量先從自己家裏找些營生，像飯桌、鍋蓋、馬窗、扒犁之類，然後到本隊、鄰隊去攬些活，「決不讓姐夫閒著受難為」。表弟沈思嘴裏噴著酒氣，興致勃勃地說道：

「姐夫來的正是火候，這圪塔就缺好木匠。俺大隊那個「二百五」，砍個扒犁、房架啥的，還湊合局。可打的那傢俱呀，跟狗啃似的，使不上三年兩載，得，開膠散架——胡弄洋鬼子的營生！」

表妹沈秀也附和道：「不是咋的！俺到縣城去串門，看人家那家什，跟玻璃鏡子似的。近前一站哪，照出人來——那才叫木匠營生呢！」

三姑接話道：「俺估量著，你姐夫的手藝也差不到哪兒去。要不，他也不敢遠路風程地來闖關東山。您姐夫撇家舍業來到咱們這兒，不容易呀。咱一家人可得把心貼到一處，光叫你姐夫有活幹事小，還得讓他沒閃失。要不，不光對不起您石嵐表姐，連您死去的大舅、大舅媽也對不住。」說到這裏，她瞥丈夫一眼：「老頭子，俺可把話說在前頭，誰要是在親戚身上弄出點差池來，可別怨俺跟他翻臉過不去！」

姑父輕輕點點頭，沒吱聲。直到吃完了飯，他點上一袋葉子煙，吧咂了半天，方才望著老伴說道：

「你的親侄女婿，就是我的至親。他的事，我能不上心?可，咱自己，咋也好說。怕的是，那些愛管閒事的傢伙，向上面討好呀！」

表弟不以為然：「別聽他們瞎屌咋呼！年年捉盲流，盲流還不是滿山溝轉：鏨磨的，鋦鍋的，補鞋的，旋簸箕的……幹啥的都沒缺著。」

「不是咋的！」表妹立刻支持哥哥的話，「俺們隊這剎兒就住著個小柳匠，沒人撵不說，隊長見小夥手藝好，人機靈，還把閨女許給了他。這剎兒，正忙活著給他落戶口，侍候著登記結婚呢。」

表弟又說道：「說的是呢，俺隊裏也『密』著個磨匠，一年多啦，啥屌事也沒有！」

「唉，一家門口一個天，隊跟隊可不一樣。」姑父盯著繼子問道：「沈思，我問你：你們隊裏有個申隊長嗎？」

表弟頭一歪：「管他神（申）隊長，鬼隊長！我姐夫又不幹犯法的，他敢咋著？」

「你不就是怕挨他的整，才離開豹子洞的嗎？」老人撇著嘴反問。

「我是傷著了他，積了仇。我姐夫可沒招他惹他呀？」

姑父往窗臺上用力地磕磕煙袋，身子往被卷上一靠，閉上雙眼答道：「不信，試試看，不拜好那位山神爺，誰也別想順順溜溜地闖豹子洞！」

姑父是豹子洞的占山戶，土改時代的老貧農，「四清」時期的積極分子。由於堅決不同意讓一個「四不清」、卻不肯說清楚的幹部「下樓」，一天夜間，被人打了黑槍。性命好歹保住啦，脊背上卻永遠留下了五顆鐵砂子。從此嚇破了膽，得罪人的事躲得比誰都遠。為了遠離矛盾，主動要求到離家四五裏的深山裏去放蠶。放蠶是一種放逐，整天面對的，只有無聲無息吃著柞樹葉子的軟蟲子。偶爾飛來只鳥兒，可以解解悶。但聽那啁啾悅耳的歌聲，要付出代價——聽憑它們吞食自己的「子民」。作為保護神，每天都要放幾槍，驅散鍾情於蠶妹的歌手們。鳥兒飛走了，只把孤獨留給他。

難怪，他對比那個「四不清」幹部厲害許多倍的申貴，更是怕得厲害。

三姑長歎一口氣，朝兒子說道：「沈思，多虧你搬到了外隊，要不，准得吃他的虧。自從他來到三隊，豹子洞裏可真住上了豹子，誰也不敢惹，辣害著呢。」

一家人久久沉默無語。

陶南心裏咚咚跳。想起太平甸那位姓樸的書記巧妙導演的「喜劇」，不無憂慮地問道：

「姑父，咱躲著那姓申的，行不行？」

「躲？往哪兒躲去？」老人長歎一聲，「唉，你姐夫呀，別嫌俺說話難聽：這地場，莫說是躲個人，誰家的貓下了幾隻崽，全隊都清楚。再說，躲了初一，躲不過十五。躲，不是法子。申隊長的鼻子，靈的像狼狗，啥事也越不過他的門檻，除非他不想管。」

嘴上無毛，辦事不牢。畢竟鬍子長的有見識，一家人都覺得老人說的在理。

「您姐夫，咱準備準備。明日下黑，俺就陪著你去拜神！」姑母做出了決斷。

第二天晚上，陶南一手攙扶著三姑岳母，一手提著表弟從供銷社買回的兩瓶瀘州老窖，四個狗肉罐頭，一步深，一步淺，向書記兼隊長家走去。

剛走近申家的大柵欄門，便傳來陶南所熟悉的傳統京戲聲。文化大革命進行了四年多，誰有如此大的膽子，公然在支部書記家裏傳播「四舊」？他懷疑自己的耳朵出了毛病。駐足細聽，一點不差。唱的人雖然五音不全，走腔跑調，卻實實在在是早已成為毒草的《空城計》：

> 我本是臥龍崗散淡的人，論陰陽如反掌保定乾坤。
>
> 先帝爺，下南陽，御駕三請。料定了，漢家業，鼎足三分……

「三姑，快回去！」陶南驚恐地拉著老人往回走。

「你姐夫，咋啦？」三姑站著未動。

「您難道沒聽到，屋裏在唱什麼？」

「唱老戲唄。」他不知道姑丈母娘年輕時，是個戲迷。

「可，老戲是「四舊」呀！」

「管它四舊、五舊，那是人家申隊長在

唱，怕啥的？」

「支部書記居然唱舊戲？不可思議！」他低聲咕嚕。

「嗨，人家走行立步，老戲不離口呢！在社員大會上，動不動就唱起了『包龍圖打坐在開封府』，更甭說在自己家裏啦。您姐夫，他唱他的，沒咱的事。快進去！」

進到屋裏，三姑指著歪躺在炕頭上的一個矮胖子說道：

「您姐夫，這位就是申隊長。」她指指身後的陶南，恭敬地說道：「申隊長，他是俺的侄女女婿，是個木匠，前日下黑剛到。關裏家造反派打派仗不太平，想來山溝躲幾天，先來跟您請示，不知行不行？」

三姑說話的當兒，陶南已經把禮物放到申貴腳前。老人的話音一落，他恭敬地說道：

「申隊長好！我叫陶南。來這兒給申隊長添麻煩，務請申隊長多多幫忙。」

「咳，客氣啥呢。陶師傅，坐吧。」申貴嘴裏噴著酒氣，滿臉堆笑：「大嬸，你儘管把心放在肚子裏：你的親戚，就跟咱的一樣。別管他城裏頭盲流塞滿了看守所，在咱們豹子洞，不會讓親戚受到委屈，木匠活也一定有的幹。」

「那就多謝申隊長啦！」兩人感動得同聲致謝。

申貴坐起來，眯著雙眼，打量了好一陣子，忽然問道：「呦！你來的時候，走的是北山口吧？」

「是的，是的。」陶南恭身作答。

「路上碰到過什麼危險事沒有？」

「咳！遇到一隻大灰狼，差點兒讓它吃掉！多虧有人開了一槍，打跑了野狼救了我。」

「知道不？那槍是誰開的？」

「天快黑了，隔得又遠，沒看清，只看到一個背影。咳，連一句感謝的話，都沒向人家說呢！」

「嘿嘿，不瞞你說，那槍就是咱開的！」

申貴點上一支煙捲，猛抽一口，吐出長長的煙杜兒，然後得意地說道：「嘿！要不是咱的那一槍呀，這煞兒，你咋能站在這兒跟咱說話？只怕小命兒早就交給閻王爺啦！」

「啊？原來我的救命恩人，就是申隊長呀？我可真得好好感謝您哪！」陶南感激得一時不知道該鞠躬還是該下跪。

「嘿，那是你運氣好。咱不過是為了打只肥狼，做個下酒肴，碰巧救了你。」申貴重新躺了下去，得意地望著三姑：「大嬸，再一天，有了閒工夫，咱請你跟姓陶的親戚，來我家吃狼肉！」

「那敢情好！」三姑禮貌地敷衍，「申隊長，你歇著，俺們回去了。」

「大嬸，不送啦。」申貴躺著未動。

往回走的路上，陶南頗為慶倖地說道：「三姑，這位申隊長，並不像想像的那麼可怕嘛。」

三姑含糊應道：「嗯，他今天的心境可真好。」

二、「盲流」的誘惑

一

他隨身帶著一本薄薄的《農村木工》。上面特別強調，木箱也好，板櫃也好，雖然既無樑，也無門，不過是個六面光的長方體，但因沒有遮醜的地方，難度相當大，必須有過硬的研縫、扣合以及淨面功夫，否則，「玩不了」！

陶南所要「玩」的，正是一個近兩米長的大板櫃！

直到三姑丈從鄰隊借來了木匠「工作臺」——一條長板凳，他仍然在猶豫，是否該打退堂鼓。他一面低頭用三角銼刀「伐鋸」，一面挖空心思想對策，如何度過眼前的難關。

關東山有句俗語：「頭三腳難踢。」開場戲不叫響，甚至砸了鍋，往後木匠飯別想吃！山頭太高，不去爬；道路太險，繞著走。與其砸鍋，何如不做！可是，牛皮已經吹下，退堂鼓如何打？一個「老木匠」不會做板櫃，豈不是打自己的嘴巴！

沉默了許久，他終於找到了遁辭：「姑父，我有句話，不知該不該講？」

「看你說的，有話儘管說嘛。你姐夫，咱是至親，往後用不著這麼客氣。」

「大板櫃早已過時啦。如今年輕人結婚都是打炕琴，又時髦，又好看。用料也不多。您看，將板櫃改成炕琴好不好？過幾年，表弟結婚正用得上。」他想揚長避短繞開走。

「打炕琴？」老人吭哧了好一陣子銅嘴煙袋，接著搖起頭來。「那玩意兒看著花梢，可中看不中用。不光盛不下多少東西，還得花錢買彩畫玻璃打扮它——划不來呀。」

「姑父，買玻璃花不了幾個錢。現在費點，將來可就省了事。」他轉向姑丈母娘求救，「三姑，你老人家說，是不是這個理兒？」

「那玩意兒俺見過。往炕梢上一擺，滿屋子風光。」三姑心動了，扭頭向丈夫說道，「他姐夫說得對，打個炕琴得了。」

「唉，你怎麼跟年輕人似的，學會了窮擺譜、趕時髦呢？咋就不想想，窮山溝子裏，哪來的衣裳往裏擱？還不是花錢買個半年閒？跟得上打個板櫃，破衣爛衫、糧食啥的，盡著往裏頭裝。全家人這點口糧，一股攏總裝下去綽綽有餘。瞎耗子想來跟人爭嘴，乾瞪眼吶。」老人猛吸一口煙，搖頭說道：「唉！火燒眉毛顧眼前。這年月，哪兒想得那麼遠呀？關成結婚還早，用不著八月十五蒸下過年的糕。再說，到時候媳婦嫌嫁妝舊咋辦？」

「唉，說的也是實情。如今的媳婦，可不是當年啦，難伺候著吶！」三姑讓步了。「您姐夫，舊襖翻縫——照原樣舞弄起來算啦。」

老兩口不點頭，他的退路斷了。

「真的無路可走了嗎？」他一遍又一遍地向自己發問。

俗話說，車到山前必有路。天下第一高峰，都被一批又一批前仆後繼的勇敢者征服了。莫非區區一介板櫃，比珠穆朗瑪峰還難攀登？

回顧大半生，他從來未被困難嚇倒過。十三歲當兒童團長，許多團員比自己高出一頭。鬥地主，送情報，站崗放哨，他多次受到表揚。十七歲擔任供應軍糧的主管會計，助手卻是一個二十多歲的大小夥子。他自幼好學，小學沒畢業，僅讀了半年洗腦筋的初中，憑著十幾年的自學，便以優異成績考上了名牌大學。就是被發配到工廠勞動改造，自己所幹的活，總是超過別人好幾倍，而且質量上乘，誰也挑不出毛病來。這一切，雖然不能說自己有超常的智慧或者天才，卻證明自己有著勇於克服困難的執著與韌性。數月前，自己對木工一竅不通。僅憑一次聽課、一本小冊子，搖身一變成了「木匠」，下北窪、闖遼寧，不是做出了不少件獲得好評的傢俱嗎？難道這個大板櫃，就成了不可逾越的天塹？

第二天早飯後，三姑便將破板櫃裏一捆灰褐色的棉絮，幾件舊單衣，一卷疊得整整齊齊的破鋪襯，半笸籮玉米等收拾出來，讓侄女婿給她家唯一的大件「倒甕」。

陶南曾經聽妻子說過，當年三姑出嫁時，陪送的嫁妝是五大件：大櫥，三抽桌，箱子，外加兩把杌子。這是當時嫁閨女的最低規格，至於七大件，九大件，甚至嫁妝多得一間屋子擺不下，那就是高規格了。如一桌、一箱，或者一桌、兩杌，便被視為「寒磣」，女方的爹娘在親家面前，一輩子都抬不起頭來。那年月，不時興越窮越光榮。誰家過發了，誰受人尊敬。走到大街上，人們爭相拱手彎腰請安問好的是富人，決不是窮光蛋。而嫁閨女，便是對富貴最好的展覽。難怪人們一生下閨女，便連呼生了個「賠錢貨」。等到閨女出嫁時，只得瘦驢拉硬屎，不惜東挪西借，擺出一副小日子過得滿光鮮的架勢。一旦抹著眼淚把女兒送走，便長籲短歎，不知如何填平深深的債壑。

三姑從五件嫁妝的中等之家，掣兒帶女來到三千裏外的關東山，過的卻是只有一隻破板櫃的苦日子，落差何等之大！而這只裂紋八叉破板櫃的右側和後面，各有一個雞蛋大的窟窿。一看便知，那是老鼠的傑作。

三姑父從棚頂上拖下兩頁木板，更換被老鼠破壞的箱板，又找出幾個舊鐵釘交給陶南，問道：

「你姐夫，都齊備了吧？」

「是的，都齊了。姑父，你忙去吧。」

「你歇息著幹，別累著。」說罷，老人扛起獵槍上了山。

面對著比兩隻木箱還長出一截的大傢伙，陶南再次犯起了嘀咕：自己連一隻普通木箱都沒做過，哪兒會做這麼大的板櫃喲！

他十分後悔，手藝沒學好，便匆忙出關，自找難看。幹手藝活，可不同於搖著舌頭喊革命口號。手藝，手藝，手上無藝，撅腚啃地！

轉念一想，飯櫥面，炕琴面，以及各種傢俱的裝板兒，都要研縫、膠合，不都一一過了關？儘管從來沒用「燕尾榫」扣過箱子，《農村木工》上，不是有一節專門講了「燕尾榫」的做法和要求嗎，難道連照著葫蘆畫個瓢的本領，都沒有啦？

對自己一番拷問，陡地增添了勇氣。

沒有過不去的火焰山。他不再猶豫。三下五除二，將大板櫃拆成了一堆黑氀氀的破板子。然後，刮板，研縫，開榫……對照著書本，一絲不苟地幹了下去。

五天後，一個兩米長，七十公分寬，八十公分高，內分三格，頂蓋起花，木紋漂亮的大板櫃，驕傲地橫在了親戚家的屋地上。由於櫃面「淨」得又平又光，等到一刷「亮油」，更是溜平瓦亮，滿屋生輝！

姑父圍著板櫃左瞅瞅，右瞧瞧，雙手撫摸著平滑似鏡的水曲柳板櫃面，皺紋層層包圍的雙眸裏閃灼著明亮的光采。他把老婆子招呼過來，驚喜地笑道：

「老塊，快來！你看人家他姐夫這手藝：紮壯，磁實，光滑，細膩——嘿嘿，真不二五眼哪！」

「嘖嘖，這才叫營生呢！看櫃面上那花兒，跟雲彩捲兒似的，真俊哪！」老人滿面喜色，回頭向侄女婿問道：「您姐夫，您從哪兒學來的這套好手藝呢？」

「咳，三姑，手藝談不到，是您的料好。」戰戰兢兢做出來的活兒，得到如此高的評價，使他既高興，又不安。「再說，這活兒太生，我幹的也太慢。」

「咳，慢點好，慢點好。嘿嘿，慢工出巧匠嘛！」老頭連連誇獎。

三姑得意地望著丈夫，語氣中含著挖苦：「這會兒，該信了吧？人家沒有那彎彎腸子，敢吞那鐮頭刀？他姐夫要真是個冒牌木匠，能做出這等漂亮營生來？」

原來，姑父一直不相信侄女婿是個木匠。現在被老婆子抖了謎底，含糊地笑道：「是呢，俺尋思著也差不了。」

靠著決心與細心，不但又一次度過了難關，而且徹底打消了親戚的疑慮，一箭雙雕。多虧五天前沒打退堂鼓，不然，不但失去一次學習鍛鍊的機會，始終掌握不了長板對縫技術；而且雪上加霜，更增加親戚的懷疑。

晚飯後，他像成功地指揮了一場攻堅戰的將軍，跑到後面的山坡上，向著黑黝黝的山峰，高舉雙臂，放聲狂呼：

「我征服了大板櫃——勝利了！」只有當年考上名牌大學時，能跟今天的喜悅相比擬。

群山發出了響亮而悠長的回聲：「勝利了——勝利了——」

他由衷地感謝親戚家的盛情招待。同時，感謝那個使自己一舉兩得的大板櫃。大恩不言謝，他想用行動補償。第二天，他給板櫃刷完第三遍、也是最後一遍「亮油」，便提出了一個新的要求：

「姑父，三姑，閒著也是閒著，我想利用剩下的小料，再打一個臉盆架。過兩年，表弟結婚可是用得著。你們看好不好？」

「咋？臉盆還有架？」姑父一聽愣了。土生土長的老農，一輩子沒離開過深山，不知他說的是啥東西。「那是個啥玩意兒呢？」

「嘿，沒見過世面不是？那是關裏家結婚少不了的嫁妝。」三姑接上了話茬。一面說，一面比劃：「噥，六條腿，兩長四短。短腿這麼高，擱上臉盆，彎腰洗臉正得勁。高腿這麼高，中間鑲上個小荷葉，肥皂盒就擱在那上面。再往上是一面鏡子，好照照臉洗得乾不乾淨。鏡子兩邊，有兩棵乾枝梅。最上面的橫檔，刻著兩個龍頭，嘿，好看極啦。」

陶南補充道：「龍頭是四舊，如今不合適了，只能刻上兩朵向紅太陽的大葵花。」

老頭兒一聽，立刻驚呼起來：「喲呵！又是鏡子，又是花，光腿就六根！老天爺！那得多少工，多少料呀？不就是洗個破臉嗎，用得著擺那些派譜？蹲在地上，彎彎腰，三把兩把，得了。洗個臉，不成就累死了人！您姐夫，那玩意兒，莫說沒大用項，就是有用，也值不當的費那個事呀！」

「姑父，臉盆架用料很少，做板櫃剩下的邊角料頭足夠。不然，燒了火多可惜呀。我看還是做一個，就算是我送給表弟的小小禮物，如何？」

「別，別。那咋好！」姑父的腦袋搖得像貨郎鼓。「你姑丈母娘，給你攬了個活：溝底劉漢家，要請你打馬窗，還是先去給人家幹。出門在外，不就是為的掙倆錢嗎？」

「唉！臉盆架！臉盆架！俺出嫁的時侯，娘家陪送了一個。那木匠的手藝可真好，又好看，用起來又得勁！已經二十多年啦，它的模樣俺還記得清清楚楚呢。」說起往事，三姑神色黯然。「您姐夫，別聽老東西的，你就給俺做上一個。你表弟結婚還早，俺要用！」

陶南知道，老人的執拗，不僅是對往事的留戀，也是為了讓他揚名，可謂用心良苦。

「嘿，都成了老白毛啦，耍的啥俏呦！」姑父狠狠地瞪著老伴。

「哼，俺嫁給你們老關家快二十年啦，沒掙出半件嫁妝，讓俺的侄女女婿打上一件，又費不了啥，咋就這麼難說話呢？」三姑的眼圈紅了。

「好，好。」姑父苦澀地讓步了。「你姐夫，你就打一個臉盆架吧。」

「好吧。」陶南只得勉強答應。他後悔不該提臉盆架的事，鬧得老兩口不愉快。

這是一件工藝繁瑣、而且要動雕工的活。他用上全部心思，整整用了三個工，方才把這個看似容易，難度極大的臉盆架做完。

正所謂少見多怪。閉塞的山溝裏，雞毛蒜皮的事，都能成為驚動四鄰的「熱鬧」。陶南的小小「禮品」，自然引起了極大的轟動。

一連許多天，不僅豹子洞村，黑龍頭大隊所轄的十個小隊，幾乎隊隊有人前來「開眼界」。有普通社員，有隊幹部，也有木匠同行。

俗話說，會看的看門道，不會看的看熱鬧。幾個木匠看了陶木匠做的板櫃和臉盆架，個個咂著舌頭伸大拇指：「嘿，人家這才叫木匠呢！」離這里二十多裏的野豬嘴小隊，有一個古稀老太太，竟然圍著棉被，讓兒子用扒犁拉上，前來「瞧稀罕」。

第一腳踢的很漂亮，陶南十分高興。仔細一想，又後悔不迭。不認真做活吧，擔心無人光顧餓肚子；認真對付吧，竟然引起轟動，招來這麼多人參觀。人們光對傢俱感興趣不打緊，萬一遇到個警惕性高的，只怕要重蹈太平甸的覆轍！

古人云：「木秀於林，風必摧之；堆出於岸，流必湍之；行高於人，眾必非之。」如此張揚，他這「得馬」的塞翁，怕是離禍事不遠了！

二

豹子洞三小隊黨支部書記兼隊長申貴，聽說被自己救了活命的盲流木匠，技術了得，半信半疑。他也算是個手藝人——鐵匠。普通的鐵匠活，像打把鐮刀、鋤板啥的，勉強來得。雖說隔行如隔山，他自信，憑著手藝人的「眼功」，總能看徹那陶木匠是真功夫，還是耍花架子。他肩背時刻不離身的長筒獵槍，帶上高大的獵犬花虎出了門，一步三搖地朝後溝老關家走來。

關世有老人，剛剛送走一幫子前來開眼的人，遠遠望見黨政一把手來到，急忙快步迎上去，恭敬地問安禮讓：

「呦，是申隊長呀！您好？又要進山弄個酒肴？」

申貴淡淡一笑：「不，咱是專到你家來的。」

「那敢情好，申隊長請。」

關老頭將申貴讓到前面走，自己跟在後面，一面走著，向屋裏喊道：

「老塊，申隊長來啦，快拿煙！」

進了屋，申貴放下獵槍，一抬屁股在炕沿上坐下，關老頭便將珍藏的、被稱作「幹部煙」的玉葉牌香煙雙手敬上，又劃著火柴給隊長將煙點上，小心翼翼地問道：

「申隊長進溝來，莫非是傳俺開會？」

「嘿，開會用得著我親自來傳？聽說你們親戚的活兒不錯，順路來開開眼。老關頭，你把陶木匠打的家什，藏到哪兒去啦？」

「亮油不乾，放在西間晾著呢。申隊長跟我來。」老人急忙在頭前帶路。

「喲謔！」申貴進到西間，剛剛瞟了一眼，便發出一聲驚歎。

這位祖籍山東，出生在東北的中年漢子，從未見過臉盆架這種東西。他叼著煙捲兒，像打量一個怪物似的，兩手摩挲著看了好一陣子。方才來到板櫃前，伸手摸了摸板櫃面，又仔細觀察了研縫和鉚榫。靴子也不脫，跳上炕，掀開板櫃的三扇蓋子，又瞅又摸好一陣子。然後跳下炕，回到東間，往炕頭上一靠，朝老人問道：

「大叔，陶木匠呢？」

「去了劉漢家——打馬窗呢。」

「已經做開了？」

「夜來就下手了。」

「你去告訴他，劉家的活兒做完了，不論誰家請，都往後靠靠。先到我家，給我打炕琴，對箱，做臉盆架！」

「好好。俺這就去跟親戚說。」老人急忙答應。申貴背上獵槍，吆喝著花虎朝後山走了。老人低聲咕嚕道：「唉，今天不知又有什麼飛禽野獸，要死在他的手裏。」

一聽說申貴相中了自己的手藝，並且命他立即去他家幹活，陶南不由倒抽幾口冷氣。使出渾身解數打出來的傢俱，果然招來了麻煩！引起一隊之長的注意，可不是好兆頭。

他一面在木板上放墨線，一面挖空心思想對策。雖然與申貴只有一面之識，他覺得，此人比之太平甸那個樸書記，不僅更加精明，而且多著幾分狡黠。倘若送到他的眼皮子底下，讓他仔細審量，豈不是馬腳露盡？不行，無論如何也得找個藉口，遠遠躲開申家。

可是，整整過去了一天，脫身之計依然杳無蹤影。正在無計可施，馬窗外忽然傳來了女人的清脆說話聲：

「喲，喲！劉二嫂呀，俺們還沒聽到風聲呢，您就把那麼棒的手藝人，搶到家裏來啦？你們的手腳，可夠麻利的呀！」

只聽劉家婆娘笑道：「好哇，你個狐狸精！撐飽了細米淨面，不去找相好的上炁，跑這兒來遭踐老實人！俺是有營生急著，才往家請木匠，可不是看上人家『棒』。木匠師傅在屋裏哪。饞得不行了，麻溜溜地進屋送肉兒就是。俺給你望著風，盡著你炁個夠。哈哈哈……」

陌生女人嗔道：「遭踐人爛舌頭！養個兒子不長腚眼！你就不怕木匠師傅聽見了，笑話咱們山溝人嘴臭沒德行？」

後面的話，變成了耳語。只傳來一陣「哧哧」的笑聲。末了，只聽陌生女人說道：「呸，狗嘴裏吐不出象牙——淨是瞎咧咧！俺找師傅有正經事。陶師傅，陶師傅！」

一面喊著，嫋嫋婷婷，從房外走進一個細高挑女人。此人約摸三十上下，身穿茄花棉襖，外套紫紅偏衿褂子，瓜子形的白臉蛋上漾著兩片嫣紅，彎彎的細眉下，暈著一圈暗褐色的陰影，一雙水靈靈的杏眼，正一眨不眨地盯著自己。

這個女人，雖然稱不上是佳麗絕色，但卻與眾不同，有一股說不清的異樣氣息洋溢在身上。陶南正要動問，劉家女人介紹道：

「陶師傅，這是俺們山溝的一枝花。」她指指斜倚門框的女人，神秘地一笑：「俺們隊呂二茂媳婦，黑龍頭大隊有名的『山裏紅』——可能耐啦！」

「你，夾住吧！」女人剜劉家媳婦一眼：「陶師傅，別聽他那破屄嘴胡咧咧！俺叫畢仙，是專門來請您大木匠的。」

「大妹子，你太客氣啦。」

「咳，俺們山溝子人，可不懂得什麼叫客氣。」畢仙一屁股坐到對面磨臺上，掏出玉葉煙，抽出一支遞給陶南，「陶師傅，請抽煙。」

「謝謝，我不會。」

「喲，掙那麼多錢，連煙都不捨得抽？那可不愁過發了！」她自己點上煙，長吸一口，揚起細眉，繼續說道：「陶師傅，俺剛到老闞家去，看了您做的那大板櫃、臉盆架。嘖嘖！真教人饞得慌哪！您說，您的手藝咋就那麼棒呢？」女人的目光，從他的雙手，又瞟回到他的臉上。「這不？俺就是來請這棒師傅，給俺也打上個臉盆架。俺用上一天，也不枉做了一回子女人！」

「這……」

他拿起折尺在面前的木板上比量著掩飾尷尬，一面尋找遁辭。且不說，僅僅做一個臉盆架，值不得換一戶人家。這個女人的言談舉止，眉梢眼底，都使他產生一種異樣的感覺。於是，極力平靜地問道：

「大妹子，除了做臉盆架，您家還有別的

活兒嗎？」

「咋，您嫌活兒少？」

他忽然想到緩兵之計：先到呂家躲一陣子，儘量推遲去申家的時間。說不定，外隊有人來請，那時一走了之。如此看來，這女人來的正是時侯。想到這裏，他急忙改口道：

「大妹子，手藝人哪有嫌活兒少的道理？我當然願意。不過，我姑父昨天來傳話，申隊長命我做完了馬窗，先給他家打炕琴、做臉盆架呢。」

「哼！今兒俺才到楊老黏家給他那寶貝兒子保媒，人家還沒應承呢，他就急著打嫁妝，娶媳婦。鍋底沒架火，就想喝熱粥——做的好美夢！」

「美啥呀，美！人家申隊長看上的閨女，老楊家敢不應承？」劉漢媳婦站在一旁插話，「再說，連個楊老黏都說不通，你山裏紅的百靈鳥巧舌頭哪去了？莫非變成了棉褲腰？」

「嘿，咋是說不通呢？俺是不忍心！強捉的烏鴉做不得窩。曾雪花那閨女，多標致呀，真要是嫁了申衛彪，鳳凰配了禿毛公雞——可惜了不是？」

「那，你幹麼還做那不長人腸子的媒人哪？」劉家婆娘句句緊逼。

「說的倒輕巧，那不是申隊長吩咐的嘛。」

「哦？這麼說，你山裏紅也怕申隊長？」

「端人碗，受人管。俺是三隊的人，能不怕他？再一說，官兒還不打送禮的哪，人家求到俺的門上，你說，咋好駁他的面子？」

既然申隊長有事，都要「求」這位「山裏紅」，足見此人非同一般。陶南靈機一動，急忙把話拉回到正題上：

「大妹子，如果你能跟申隊長說說，我答應他的活兒往後拖一拖。給劉大哥幹完，我立刻就去你家。怎麼樣？」

「好，一言為定！陶師傅，你請好吧，這事全包在俺身上啦。俺這就跟他說去。」

「那就多謝大妹子啦！」

「咦，何必那麼客氣喲！陶師傅，再見。」畢仙站起來，嫣然一笑，左手擎著煙捲，扭著腰肢走了。走到門口，扭回頭，又瞟了木匠一眼。

劉家婆娘送走了畢仙，剛回到屋裏，陶南便問道：「劉大嫂，你說，這姓畢的女人，能說通申隊長嗎？」

女人沒開口，先咯咯笑了一陣子：「陶師傅，莫說是申隊長，全黑龍頭大隊所有幹部家的門，她沒有叫不開的。要不，咋叫『山裏紅』呢！」

「哦？一個女人家，哪來的如此神通？」

「咳，要不是女人，還沒有那麼大的神通呢。那申隊長拿著老婆當驢使，卻把山裏紅當菩薩似的供養著！」

話說得再明白不過。為了在異鄉站住腳，他必須多瞭解一些情況。於是，他試探地問道：「這麼說，這女人肯定有背景啦？」

「嘿，有啥背景！男人是個窩囊廢，娘家爹老實得擁倒爬不起來。就仗著有張俊臉，又會耍浪，誰見了誰下面癢癢！」

「那申貴，」他急忙改口，「你們的中隊長，挺有威信，是吧？」

「有屁威信！」女人撇撇嘴，往窗外望了望，扭回頭說道：「可人家有權，說一不二，社員們沒有不怕他的。」

「那是為啥？」

「根子硬唄。」女人又朝窗外望瞭望，放低了聲音：「人家縣上有朋友，公社書記是他的大舅子，大隊的江書記，當初是他介紹入黨的。黑龍頭大隊總共十個小隊，就有四個隊的隊長，是他的本家弟兄。——這樣的人，誰敢惹呀？」

陶南「噢」了一聲，沒再吱聲。心想，申貴再厲害，憑著畢仙跟他非同尋常的關係，肯定能使他讓步。

話未出口，他又擔心起來：「到一個作風不正派的女人家幹活，不會招來閒話嗎？」

三

畢仙的娘家，在八小隊馬襠溝。母親姓任，綽號「夜來香」，年輕時，是十裏長溝的大美人，像一朵怒放的紅玫瑰，光鮮耀眼，十個男人見了，准有九個嘴角流口水。「夜來香」不但不躲避，還願意往人多的地方磨蹭。男人們注視的目光，傻呵呵的饞相，彷彿一陣陣解暑的清風，使她得意得彷彿要飛到半天空去。等到心頭發顫，褲襠潮濕，便使個眼色，帶頭往高粱地或者樹茆子裏鑽。難怪，人到了二十好幾，媒人卻不肯踏她家的門檻——沒有人敢把那棵「十裏飄香的花兒」，栽到自家園裏招蜂引蝶。直到兩條魚尾紋在眼角邊安家落戶，方才嫁給了四十多歲的老光棍畢常順。常順外號「瞎子」，自幼「三成眼」，分不清五步以外的玉米高粱。夜來香過門後，接二連三給他生下五個閨女。奇怪的是，五姊妹一人一個模樣，卻沒有一個像常順的。

畢仙是老大，模樣酷似她娘，卻比親娘還多著幾分韻致。剛剛十五歲，前胸便聳起兩座小山頭，皮肉細嫩的像花骨朵兒。誰見了，都像梭子蟹似的，把眼睛珠子抻得老長，恨不得鑽進她的肉裏。這些年，人民公社公共食堂的半勺稀粥，澆不出社員的笑臉。捂著個癟肚子「鬥地戰天」，許多人暈倒在「豐產田」裏。於是，偷東西吃便成了餓不死的不二法門。糧食倉庫裏，屢屢發生「大案」、「要案」——今天丟一袋高粱米，明天丟幾斤大豆。畢仙因為出身好，覺悟高，被當時任大隊書記的申貴相中，將她安排在大隊食堂擔任糧食保管員。為了全體社員口糧的安全，夜裏她得待在倉庫裏值班。而為了她的人身安全，申書記每夜都要去隔著玻璃窗看上幾眼。

一個大雪紛飛的夜晚，整個山村靜得像死去了一般，申書記身背鋼槍，來到食堂倉庫。他沒有驚動保管員，輕手輕腳提開板門，進到了屋裏……

「啊——」畢仙一聲驚叫，從睡夢中醒來了。發現自己的小奶子，被一隻大手握住了。

「救人……」

一句話沒喊出，她的嘴被捂上了。「別喊！我是申書記！」

「申書記，你怎麼來啦？」畢仙靜了下來。

「我害怕你冷。」他的一隻手在他的乳房上揉著。

「食堂的炕挺熱——不冷。」

「一個人睡一鋪大炕能不冷？」申貴已經麻利地鑽進了被窩。

「……申書記。俺真的不冷。別揉俺。俺癢……」

「畢仙，我問你，你跟誰最親？」

「當然是共產黨、毛主席啦。咱們不是整天唱：『天大地大不如黨的恩情大，爹親娘親不如毛主席親』嘛。」

「還有哪？」

「當然是俺爹俺娘啦。」

「看吧，剛剛說黨的恩情大，接著就是你爹你娘！你爹你娘，能叫你得到這全大隊數一數二的好工作嗎？這是黨對你的最大關懷！懂嗎？你知道，我為安排你，得罪了多少人？」

「俺忘不了申書記對俺的恩情。」她鬆開了捂在胸前的雙手。

「唔。我就喜歡知情知義的人。畢仙，你打算怎麼感謝我？」

「俺……俺不知道。等著俺有了申書記喜歡的好東西，一定先送給你。」

「哼！乾許願。眼前就有好東西，為啥不送給我？」

「沒有呀……在哪？」

「在這兒。」他的手伸到了下面。「這就是我最喜歡的好東西。」

「申書記，俺怕。」

「嘿，怕什麼？女人哪個逃得了這一榔頭？」他把她壓在了身子底下。

「輕點……申書記，俺疼呀！」

「不怕：一回愁，二回溜，三回悉不夠。往後呀，我不給，你還求我吶。」他喘息著加快了速度：「畢仙……我的小畢仙！你比那些臭娘們，味道……好多了。」

從此之後，畢家一個個臉上沒了饑色，腰杆挺得筆直。社員們的肚子競相往裏癟，畢仙的下腹卻一天天神奇地往外凸。眼瞅著楊柳細腰變成了一截粗樹樁。社員們說她管糧食吃得「胖」，她自己則說是得了病。等到申書記去縣裏開會，順便將她帶去治好了「病」。畢仙的細腰肢恢復了原樣，走起路來照樣顫顫悠悠，像風擺柳枝一般好看。

上行下效。大隊書記對畢仙無比關懷，大隊會計何海率先效仿。申貴的兩個兄弟，擔任大隊保管的申福與擔任八隊隊長的申祿，也先後鑽進了畢仙和她的二妹妹畢秀的熱被窩。公共食堂垮臺以後，上面來了幹部，也都喜歡到畢家吃住。據說，因為畢仙母親「夜來香」炒的菜「味道好」。不過，究竟是畢家炒的菜味道好，還是幾朵「鮮花」的味道好，人人心裏明白。從那以後，被人從背後戳脊樑骨的姊妹花，同時獲得了兩個雅號：「山裏紅」和「野葡萄」。

四年前，大隊書記兼隊長申貴因為「四不清」，被免了職。官降一級，來到三隊擔任支書兼小隊長。緊跟腳，畢仙便嫁給了三隊的飼養員、三十四歲的光棍呂二茂。據說是喜歡男人老實，嫁給他不會受氣。老實巴結的呂老二，人到中年，方才娶回個如花似玉的俊媳婦，高興得朝著牆角子也笑，恨不得當菩薩娘娘供養著。能讓老婆打幾下，罵幾句，他都覺得像是吃了甜棗，喝了蜂蜜。畢仙不是個惡婆娘，她心地善良，知冷知熱。從頭到腳，把男人打扮得乾乾淨淨，利利索索。只是家裏來了「串門的」，不論是白天、晚上，呂二茂都得到飼養室裏「烤陣子火」。所以，二茂的日子過得挺舒坦。至多在老婆不順心的時侯，按到炕沿上，揪一陣子耳朵，擰幾下大腿裏子。

調皮的年輕社員經常調侃他：「二茂，老實交代：你老婆讓不讓你日她？」他憨憨地笑笑：「讓，讓呢。俺累得草雞了毛，她還硬摟著俺不鬆手呢。」「那，你為啥晚上動不動就睡在飼養室裏？」「家裏有串門的，俺瞎摻合啥？」「你小子，就不敢對那些傢伙，採取點革命行動？」「這是啥階級的話？人家都是革命幹部，不吃私，不犯法，礙著咱啥？人家不革咱的命，燒了高香呢，咱幹麼自己找虧吃？」「好小子，真有出息，你連戴綠帽子也不在乎？」「別瞎咧咧！俺老婆沒長花花腸子，喜歡俺還喜歡不夠呢。她還答應給俺養個大胖兒子呢。」「好小子，有福氣。哈哈哈！」……

洩底還得老鄉親。劉漢媳婦繪聲繪色，把山裏紅的老底兒介紹一番。陶南心頭壓上了一塊大石頭。

在遼寧幹活時，他聽到一個真實的故事：一個姓王的關裏木匠，在一個姓柳的人家幹完了活，東家卻不給錢。木匠不答應，男人聲稱出去借錢，轉身走了。婆娘叫木匠到炕上等著。木匠剛被推到炕上，婆娘撲上去雙手摟住不放。沒等木匠回過神來，婆娘已經褪下褲子，光著屁股大哭大喊：「快來人呀，騷木匠強姦人啦！」她的丈夫應聲而返，劈頭蓋臉賞了木匠一頓老拳。打完了，吆吆喝喝，非把「強姦犯」送到派出所不可。王木匠嚇得跪地求饒，發誓不再討工錢，仍然得不到寬恕。趁著夫婦二人不在意，奪門而逃。人是逃出來了，全部工具卻都成了柳家的戰利品！

現在，自己貿然到呂家去，會不會成為第二個王木匠呢？

從劉漢媳婦介紹的情況看，畢仙是個不折不扣的「破鞋」。但是，根據自己的觀察，此人輕佻有餘，陰險不足，似乎不是個狠心腸的人。而從分手時她的眼神與手勢看，幾乎可以斷定，她對自己頗有好感，諒不至於下毒手……

可是，不下毒手，就安全了嗎？「有好感」豈不是更糟！如果她是個潘金蓮般的女人，如狼似虎，不甘寂寞。自己主動去幹活，豈不是兔子叫門——送肉兒。到那時，自己如何招架？看來，不是被佔有，就是被潑一身污水——二者必居其一！

古人云：兩害相權取其輕。既然申貴更使他恐懼，何如先去呂家？只要守身如玉，坐懷不亂，耐心與之周旋，管你是「夜來香」，還是「山裏紅」，其奈我何！

不料，畢仙帶來的卻是另一種消息。

第二天，她飄然而至。寒喧過後，她略帶歉意地說道：「陶師傅，對不起。申隊長不答應先給俺們做。非得給他先幹完了，才能輪到俺們呢。」

「先給誰家幹，不是一個樣？不過是早幾天、晚幾天的事，難道申隊長連這點面子都不肯給你？」他仍然抱著一線希望。

「咳，胳膊肘哪有往外拐的，總不能忘了自家嘛。」她悵悵地答道。

可能因為木匠不會抽煙，今天，她沒有進門就敬煙。一面說著，她扭身坐到炕沿上，伸手拖過劉家的煙笸籮，用破課本紙，卷上一根煙，深深吸幾口，然後正色說道：

「說實在的，申隊長也不是不肯給面子，他也有難處呀。」

「噢？」他十分不解，「大妹子，您不是說，他兒子的親事還沒說定嗎？」

女人神秘地一笑：「要是說定了，還急啥呢？」

「這話，我不懂。」他陷入了五里霧中。

畢仙沒有回答他的疑問，瞟劉家婆娘一眼，猶豫了好一陣子方才說道：「申隊長說，是他運氣好，豹子洞來了這麼好的盲流木匠。這一回，幫了他的大忙呢。」

「大妹子，你越說越讓人糊塗啦。一個盲流木匠，不過是出來混碗飯吃。來到你們三隊，只能給申隊長添麻煩，哪裏談得上『幫忙』呀。」

「咳！不是幫忙是咋的？」她壓低了聲音，神秘地瞅著木匠的臉：「他知道自己養的寶貝兒子值幾個大錢一斤——人家姑娘懶得正眼瞧！毛驢不上套，趕快加把料。他想用上等的嫁妝和聘禮，打動人家姑娘。聽說，從頭到腳，從裏到外，單的，棉的，絲的，毛的，都要置個齊全呢：皮帽、頭巾，棉鞋、膠靴，十雙襪子，十二套衣裳，八鋪八蓋；不消說，還要打上一套全馬虎嶺公社最齊全、最漂亮的嫁妝：炕琴，被閣，對兒箱，碗櫃，炕桌，還有你最拿手的臉盆架。這一回，夠你巧木匠忙上個三月倆月的！」

女人的話，雖然誇張，他相信是真的。愣了好一陣子，方才自語似的說道：「光憑好嫁妝，好聘禮，就能換來姑娘的愛情？」

「說不準呢。聽說，那曾雪花早就跟趙敬三的兒子趙魁相好。要是她是個愛人才、不愛財貝的主兒，老申家可就白打那如意算盤咯。」

「大妹子，請您跟申隊長說，實在對不起，我暫時不能去他家。」

「那是為啥？」

「他兒子的親事說定了，做多少我都幹，現在不行。」

「咳！做個臉盆架你嫌活少，咋有了成套的大活，又不想幹呢？撇家舍業地來到關東口外，不就是為的掙錢吃飯嗎？」

「可，我不願意做……」他想說「我不願做幫兇」，急忙把「幫兇」二字咽了回去。懇求道：「大妹子你就行行好，勸勸申隊長：他的活往後拖一拖，等給你家幹完了，馬上去他家，保證耽誤不了他兒子娶媳婦。怎樣？」

女人眨眨眼，搖頭答道：「陶師傅，俺勸你還是依了的好。你剛來乍到，不瞭解這裏的情況，申隊長可是個金口玉牙的人物。他定下的事，誰也別想擰著來，除非你遠走高飛，離開三隊。」

他無處可走，又無處可飛。沉思了好一陣子，仍然固執地懇求道：「大妹子，這個忙，你務必要幫。我求你啦，請你再辛苦一趟，如何？」

「唉！你這個人咋啦？牽著不走，非得趕著走！俺們家的飯，就那麼好吃？」女人瞥他一眼，無奈地歎口氣：「好吧，俺就再替你去燒上一爐香。」

「多謝大妹子。我等你的好消息！」他恨不得給畢仙下跪。

四

山裏紅一去兩天，闃無消息。

為了等待佳音，陶南又給劉家義務做了一個廣播喇叭盒，一個「四腿八紮」的小板凳。所謂四腿八紮，是指板凳的四條腿，朝八個方向斜出，四腿四檔，全部鉚榫都是斜的。家什雖小，工藝卻比較複雜，技術不行玩不得。他是為了給劉家小兒子解決上學的座位，也是為了學點新的本事。眼下，家家必備的廣播喇叭，是用黑紙做成的，大部分光禿禿地掛在牆上，宛如一張等待食物的大黑嘴。他所做的喇叭盒，不但工藝細緻，而且動了刀子——在正面的圓孔四周，刻上了葵花向太陽。黃花綠葉，煞是好看。兩件家什，整整用去了三個工。完成了這兩樣新活兒，技術又有了提高，陶南暗暗高興。

第四天早飯後，他正為不知該到哪裏去混碗飯吃而發愁，楊老冬的大兒子楊滿囤來到了劉家。卷上一支葉子煙抽著，跟劉漢嘮嗑了許久，方才猶疑地向木匠說道：

「陶師傅，中隊長派我來跟你說件事。」

「什麼事？」陶南心裏一機靈。

「叫你馬上……馬上，離開三隊。」

「離開三隊？為什麼？」

「他沒說。光說，不准你在豹子洞幹啦。還說，要是你不麻利地走人，就把你送到盲流收容站去。」楊滿囤乾咳兩聲，吭吭哧哧地說道：「俺正打算著，請陶師傅給俺家打兩件好傢俱呢。這下子，撈不著啦。唉！」

劉漢粗魯地反問道：「楊滿囤，既然你也看好了人家的木匠活，幹麼還給申閻王當狗腿子，攆人家陶師傅呢？」

「二哥，你尋思著俺就願意？申隊長叫俺來，俺敢不來？」

「日他娘！狗咬耗子多管閒事！」劉漢狠狠啐了一口。「人家憑著力氣耍手藝掙錢，礙著他雞巴啥啦？他姓申的管得也太寬啦！」

「劉二哥，您說，我該咋辦呢？」陶南沒了主意。

劉漢咬了半天下嘴唇，抬頭說道：「得罪了山神爺，養不成豬崽子。讓姓申的算計上，比叫老鱉咬著都辣害！你就是到別的小隊去，也沒有好果子吃，到處是他的人，都是一道嶺上的兔子。除非躲得遠遠的。」

楊滿囤說道：「二哥說的是。陶師傅，你可千萬別背申隊長的味兒呀。」

「唉！這麼說，我只有離開豹子洞啦？」他像突然掉進了冰窟窿。「可是，去別處，我連一個熟人也沒有呀？」

「嘿，大活人，咋能叫尿憋死！」劉漢一跺腳站起來，「我就不信，非得叫那王八蛋掐在手心裏捏搓！」

「二哥，你家親戚多，快幫陶師傅想個辦法吧。」滿囤幫著木匠懇求。

劉漢坐下來想了想，一拍大腿，說道：「嘿，誰說楊老黏的兒子是塊木頭疙瘩？你不說，俺差一點忘了。俺的三小姨子，嫁到了長白山裏，那兒山高皇帝遠，你去她那兒准行。陶師傅，你要是想去，俺送你去。你放心，俺們是至親，保證叫她把您當自家親戚待。」

「唉，素昧平生，怎好去麻煩人家呢？」陶南感動得兩眼潤濕，幾乎落下淚來。

「嘿，那有啥！在家靠父母，出門靠朋友嘛。你的事，就是俺的事。這個忙，俺劉漢幫定了。」

柳暗花明，絕處逢生！

陶南急忙答道：「我真不知道該怎麼感謝劉二哥才好！」

「哼！遠水不解近渴，別聽姓劉的瞎咋呼。陶師傅應該感謝的不是劉老大，是俺姓畢的！」窗外忽然傳來耳熟的女人說話聲。話音未落，畢仙推門走了進來。她朝著木匠神秘地一笑，以不容商量的語氣說道：

「陶師傅，快收拾傢伙，跟俺走。三隊的活兒，夠你幹一陣子的，用不著求他三姨子、四舅子的！」

「大妹子，你不知道，申隊長不准我在三隊幹了。」

「不在三隊幹，在哪兒幹？」畢仙伸手將兩張鋸拿在手裏，「走，俺來幫你拿傢伙。」

「大妹子，你要帶我去哪兒？」陶南坐著未動。

畢仙粲然一笑：「去了不就知道啦？快走呀，大老爺們家，幹麼膽小得像兔子？有俺趙子龍保駕，保你劉玄德全毛全鱗地回荊州！」

「慢！俺們知道你山裏紅是申貴的寶貝疙瘩。」劉漢睥睨地望著畢仙，「可，你答應讓陶師傅去你家幹活，咋又教那傢伙攆人家走呢？你的『道行』哪去了？人家陶師傅撇家捨業，來到咱們豹子洞，容易嗎？你可不能喪良心呀！」

「哼！盡放些沒味的屁！」畢仙瞪著劉漢，似嗔非嗔地罵道，「你劉老大又不開醬園子，哪來的這些鹹話、淡話！你能請人家，俺咋就不能呢？俺敢領走陶師傅，就是對人家負得起責。你尋思著，只有你劉老大能為朋友兩肋插刀？」

「二茂嫂子，」滿囤小心翼翼地說道，「你可千萬莫讓陶師傅受難為呀！」

「看吧，靠著賣鹽的，學會了操鹹（閒）心！楊滿囤，你把大圈裏那些瘦豬管好，別讓它們黑更半夜窮嚎得四鄰睡不安穩，大傢伙就燒了高香啦。這事用不著你木墩兒多嘴！陶師傅，咱走咱的，別理他們！」

陶南不便再問。背上工具箱，滿懷疑慮地跟著女人向溝口走去……

女人在前面帶路，朝俯臨渾江、能聽到嘩嘩流水聲的一所大房子走去。房子共有三間，西間是知青點。門掩著，從裏面傳出了鼾睡聲。居中的兩間通著，靠西牆是一個大鍋灶，灶旁橫七豎八放著一堆柴火拌子。北牆下有兩隻醃酸菜的大缸，缸內已無酸菜，小半缸醃酸菜的黑湯水，散發著刺鼻的酸臭味。緊靠大缸，有一大堆木板堆放在那裏，旁邊還放著一條木匠用的長板凳。

近處再無人家。離知青點東邊不遠處，有兩間小草房。門上掛著鎖，門上方歪歪扭扭寫著「衛生室」三個紅字。

陶南把工具箱放到地上，不解地問道：「大妹子，你把我領到知青點來，到底是給誰家幹活呀？」

「還用問，中隊長唄。」

「那……他幹麼還要攆我走呢？」

「因為你眼裏沒有他唄。」

「我怎麼敢！莫非是大妹子做了工作，使他改變了主意？」

「不是咋的！」女人得意地一笑。「俺跟他一說，先給俺家做，立馬惱了大花臉。說你這個盲流，架子大，眼裏沒有黨的領導，非攆走你不可。俺們求爺爺，告奶奶，只剩下沒給他下跪磕頭，好說，歹說，總算讓他改變了主意。往後，你可別這麼前怕狼後怕虎的！」她指指牆角的木料，「呶，這就是他家的料。」

陶南蹲到地上，雙手抱頭，久久無語。

畢仙近前輕聲勸道：「陶師傅，你聽俺一句話：那中隊長，人並不壞，就是脾氣孬點，猴子臉，說變就變。俗話說的好，對付犟驢，只能順著毛捋。好漢不吃眼前虧，讓他三分小不了人。您說是吧？萬一真像劉漢說的出點啥岔子，俺不光對不起老關家，也對不起你的老婆孩子呀。」

他甕聲甕氣地答道：「好吧，我聽大妹子的。」

「嘻嘻！俺就知道，你陶師傅是個通情達理的人。」畢仙一陣哧哧低笑。「那，咱們就走吧。」

「不是在這裏幹嗎？還要去哪？」

「說得倒輕巧！不去搭個臺階，人家白耍一頓威風？」

「不。大妹子，我沒有錯，用不著給誰賠禮道歉。」

「咳，你這人咋不開竅呢？俺還不知道你沒有錯？可，在人屋簷下，怎敢不低頭？說幾句小話，小不了人。搖搖舌頭尖子的事嘛，當的啥子真呀？快跟俺走，家什放在這兒，丟不了。咳，別磨蹭啦，快走吧！」

見他依然站著不動，畢仙伸出右手，拉著他的左手，往外就走。走出屋外，他想抽出手，但卻被緊緊地抓住，抽不出來。他又試了幾次，依然如此。女人的手，潮熱而略顯粗糙，顯然，不是那種只愛風流、不知幹活的女人。不由對她產生了幾分敬意。直到走近申家門前，那只緊緊握著的小手，方才像被蠍子螫著似的突然鬆開了。

走進院子，畢仙一面走，一面高聲喊道：「申隊長在家嗎？」走進屋裏東間，她朝著閉目躺在炕頭上的申貴笑道，「都啥時候啦，還在這兒放挺？你可真是個勤快人哪！」

「哼！盡碰到些惹人煩的玩意兒，你叫咱滿溝塘子跳高去？」申貴躺在那裏，緊閉雙眼一動不動，沒好氣地回答。

「別說些沒用的。人家陶師傅來見你啦。」

申貴睜開眼，露出一副驚訝的樣子：「哪個陶師傅？」

「看你！老闖家的親戚——陶南唄。」

「好大的膽子呀——他怎麼還沒滾蛋？」

「呦，呦！得讓人處且讓人，你老人家抬抬手，人家不就過去了嘛。」畢仙回身把陶南推到炕前：「陶師傅，你不是要給申隊長賠不是嗎？」

這些年，當眾挨罵，黑屋子裏遭毒打，對陶南來說已是家常便飯。「賠不是」算個啥！他身子前傾，低聲下氣地說道：

「申隊長，您誤會了——我很願意來您家做活。只是覺得，您家不急著用，想先給畢大妹子家做完，再過來。」他特意把「畢大妹子」幾個字，說得很重。

申貴躺在那裏，虎視眈眈地反問道：「你咋就知道，咱不急著用呢？」

「我……瞎猜想。既然申隊長急著用，今天我就過來給您做。好嗎？」

「哼！我還以為老申家的工錢不是錢呢！」申貴閉上雙眼，沉思了好一陣子，極不情願似地答道：「既然你誠心要求，看在老關家的面上，就給你碗飯吃。」

陶南覺得畢仙在後面戳他的脊樑，苦澀地答道：「那就多謝申隊長啦。」

「謝倒用不著。」申貴緩緩坐了起來。「不過，你得答應我兩個條件。」

「申隊長，幾個條件都行，您儘管吩咐。」

申貴點上一支玉葉煙，深吸幾口，一字一頓地說道：「第一，做活快慢，咱不計較，咱不缺幾頓飯、幾個帑工錢。但是，要比老關家、老劉家的活，幹得更瓷實，更漂亮。第二，讓我兒子申衛彪跟著你幹，你得把全套真本事都教給他，半點不准留後手——咋樣？」

這哪裏是提「條件」，簡直是在聆聽造反英雄宣佈「勒令」。他猶疑地答道：「這……活的質量，我有把握。只是，我的手藝，很不過硬。怕，怕耽誤了申衛彪……」

「你客氣啥呀？申隊長相信你，你就大膽地應承唄。」畢仙搶著替他作了回答。

「那……好吧。」已經沒有別的選擇，陶南只得點頭答應。

「姓陶的，你可要放明白，」申貴吐出圓圓的幾個煙圈，加重了語氣。「我兒子可不是找不著學藝的師傅。咱是看著你人實在，手藝還過得去，才決定把兒子託付給你。你可不能辜負了咱對你的信任！」

「請申隊長放心。我會盡力而為。」

「不是盡力而為，而是要全心全意、無條件地照辦。懂嗎？」

「懂，懂。」他連聲答應。

陶南忽然意識到，申貴讓兒子「學手藝」，可能是故意派來監視自己，不由怵然而驚。又一想，隊長的兒子成了自己的「徒弟」，無異於得到一張護身符。一利加一弊——禍福相依。想到這裏，他極力愉快地說道：「多謝申隊長如此信任，我一定毫無保留地把手藝傳授給申衛彪同志。」

「唔，這還差不多！」申貴第一次露出了笑容。扭頭向西間喊道：「申衛彪，你過來。」

申衛彪是個身材不高，但卻很粗壯的年輕人。雙眼眯成一條縫兒，兩片嘴唇特厚，露著一副憨厚相。一踏進東間門檻，不等申貴介紹，便向陶南說道：「陶師傅，俺爹叫俺跟你學手藝，你可得好上教俺呀。」

「那是，那是。」陶南恭敬地點頭答應。

五

前腳派人攆，後腳派人叫，做傢俱的木料都運到了知青點，卻裝出一副開恩留情的樣子——申貴不愧是個好導演。

「不知哪年哪月，才能不被當做猴子耍！」陶南哭笑不得。

回到知青點，他把做傢俱的木料，分類放置妥當，選出一塊大板，放好墨線，讓「徒弟」在一邊看著，自己動手「解料」。大鋸剛拉了不幾下，「吱喲」一聲，西里間門開了。從裏面走出一個睡眼惺忪的高個子知青。他朝滿屋的木料瞥一眼，瞪著陶南粗魯地問道：

「木匠師傅，你跑到我們知青點來瞎折騰啥？哧哧噶噶地煩人不煩人？你這是給誰家幹的活？」

「噢，」陶南指指申衛彪，和氣地答道：「是給他，給中隊長家打嫁妝。」

高個知青扭頭問道：「飆子，真的是給你們家打的？」

「可不是嘛——那還有假？」申衛彪麻利地答道。

「你們打那玩意兒幹啥？」

「娶媳婦用唄。」

「誰娶媳婦？」

「俺家裏還有誰？俺唄！」

「哈哈哈……」高個子知青放聲大笑。「就憑你申衛彪這份德行，也配娶媳婦？」

「馬繼革，你，你……小看人！」申衛彪臉紅脖子粗。「不是吹的，俺爹說來，要給俺娶個全大隊最俊的閨女。」

「噢，我倒忘了，你爹是堂堂黑龍頭大隊三小隊的一把手呀！那沒問題，俊閨女，自然沒有別人的份兒。要是你爹是個大隊或者公社的一把手呀，那就請好吧，全渾江縣的漂亮姑娘，也得盡著你申飆子撥拉著挑，是吧？哈哈哈……」馬繼革又是一陣大笑，「哼，也不撒泡尿照一照自己是啥模樣，大白天做的好夢呦。哈哈哈！」

「馬繼革，你，你！仗著你爺爺是老紅軍，就……隨便作踐人？嗚……」申衛彪雙手捂臉，哭了起來。

陶南怕把事情鬧大，放下手中的大鋸，小心翼翼地勸道：「兄弟，申衛彪是個老實青年，不懂得開玩笑，你就……」

「說的也是。這小子倒是個老實人。」馬繼革放緩了語氣，「申衛彪，跟你爹說去，你們家的活，去你們家幹。這裏是知青點，不是木匠鋪。在這兒幹，一天到晚鬧鬧嚷嚷，還讓人休息不讓？」

這真是一波未平，一波又起。陶南想不到，在三小隊，居然有人敢於當面抗拒申隊長的旨意。

「馬繼革同志，」他彬彬有禮地改口解釋。「在這兒幹活，免不了要有些噪音，干擾各位的休息。可是，申隊長已經這樣安排了，是否可以讓我在這裏把這批活幹完呢？我們儘量注意，少出聲，行不行？」

不等馬繼革回答，申衛彪搶著說道：「陶師傅，馬繼革找茬欺負人，我去跟俺爹說。」

「等等。」陶南揮手攔住了申衛彪。「馬繼革同志正在考慮我們的請求哪。唉！馬同志，出門在外混碗飯吃不容易呀！你就高抬貴手，讓我把這批活在這兒幹完，行嗎？」

馬繼革瞥一眼申衛彪，投過一個理解的目光：「好吧，看在師傅您的面子上，我跟哥兒們說說。」

「您費心，多謝啦。我們一定儘量減少噪音，保證讓大家休息好。」

木匠活，除了鋸、刨，就是鑿、釘，豈能做到不出「噪音」？陶南明知自己言不由衷，但為了減少與申貴的接觸，只得違心地作出許諾，力爭留在知青點。

正當陶南重新聚精會神地解料時。始終站在一旁的馬繼革，突然問道：

「陶師傅，請問，你是幹什麼的？」

陶南驀地吃一驚。攤開兩手，指指地上的工具，極力平靜地笑道：「嘿嘿，您還用問，幹木匠唄。」

「不像，不像！」馬繼革連連搖頭。

「您看我……哪兒不像？」

「不知道……反正有這麼個感覺。」

陶南放下大鋸，叫申衛彪去劉漢家問問，啥時候能買回亮油，好給他家油馬窗。目的是把他支開。馬繼革的話題太敏感，他不願意讓書記的兒子聽到。等申衛彪走遠了，他長歎一聲，說道：

「咳！這是命運！我何嘗覺著自己像個盲流木匠？可十多年來，偏偏幹了這一行。當初孬好也是個國家幹部，誰教咱經不起考驗哪：六零年，剛剛挨了幾天餓，就扔下鐵飯碗，辭職回了家。一念之差，淪落成今天這副狼狽相！」

「我說呢，看著就不大地道，原來是半路出家呀。」

「唉！一步走錯，全局皆輸！」

「一點不錯——一失足成千古恨！咱們彼此彼此。當初我們爭著報名下鄉，生怕趕不上頭班車，把光榮讓別人搶了去呢。把上山下鄉，當成了最革命的事業。深信這窮山溝子，才是『大有作為』的『廣闊天地』！這下可好，進了他娘的乞丐王國，受凍受餓，修理地球，整年論月受這份洋罪！」

「不，不！我們絕不一樣。你們是響應號召，光榮插隊，我卻是個經不起考驗的逃兵。」

「我們都是頭腦發熱的失足者！當初，咋就那麼幼稚呢？把農村想像成革命大熔爐，認為一到山溝，立刻又紅又專，成為改天換地的巨人！」

「您是老紅軍的後代，自然應該事事帶頭，處處走在前面。」

「哼，我就是上了帶頭的當！我這高中生，堂堂『風雷激造反兵團』司令，要是不帶這個頭，何至於成了窮山溝的莊稼漢？那些死活不報名的，刮過一陣子『光榮』風，不是都找到了吃飯的地方？他娘的，不聽話的沾光，聽紅司令的話，反倒吃了大虧！」

「喂，小夥子，注意影響呵。違反政治原則的話，可不能亂說！」一遭被蛇咬，十年怕井繩。十多年來，每當聽到「違反原則」的話，陶南都有一種本能的敏感與恐懼，恨不得遠遠逃開。現在，竟然忘情地教訓起了「老紅軍的後代」！

「喲，看不出啊，盲流的覺悟蠻高呢！」馬繼革開起了玩笑。

「唉，我是怕你們年輕人吃虧呀。眼下因為一個字，一句話，身敗名裂，甚至是家破人亡的，比比皆是。可不能依仗著出身成份好，就掉以輕心呀！」

「喂，陶師傅，你是黨員吧？」

「你認為可能嗎?天底下竟有盲流黨員?」

「可，你比個黨員，更像黨員！」馬繼革分明受了感動，語氣緩和下來：「陶師傅，我當然知道，話多有失，失多招災。可是，心裏頭實在憋得慌，恨不得逮著個人罵上幾句，甚至咬上幾口。他娘的，來到這鬼地方，都三年多啦，漫長的革命路，不知何處是盡頭！反正沒指望啦，破罐子破摔唄。你不要認為，光是我自己思想落後，大家一個屌樣。你到裏屋看看，人家社員早出工了，他們都在蒙頭大睡呢！」

「馬繼革，『牢騷太盛防腸斷，風物常宜放眼量』。罵娘長不成飛出山溝的翅膀。只有面對現實，不屈不撓，幹出點成績，方顯出英雄本色，才能有出路。浪費青春，空擲歲月，實在太可惜了。」見馬繼革靜靜地聽著，陶南索性打起了官腔：「老弟，古人云：物極必反。事情做過了頭，便會走到自己的反面。你們還年輕，前途不可限量，千萬不可自暴自棄。你說對吧？」一個被千鈞棒打翻在地的異類，竟然作起了年青一代的「思想工作」。

「嗯。您的話，雖然有些道理。」馬繼革痛苦地搖頭，「可是，遠水不解近渴——何時才能等到時來運轉的那一天呀？」

「喂，馬繼革！別光自己受教育，把木匠師傅請進來，大家一塊聊聊嘛。」背後有人喊起來。

不知什麼時侯，四五個知青擠在房門口，靜靜地諦聽著他們的談話。其中還有兩個是女的。

來到東北後，陶南驚訝地發現，這裏對於男女之大防，竟然不屑一顧。不但幾代人同居一室者比比皆是；來了客人，也可以和大閨女、小媳婦，睡在一鋪炕上！城市來的知識青年，居然也起而仿效，男女混雜，睡到一間屋子裏。古人云：行萬里路，讀萬卷書。來到關東山，竟見識了如此之多的奇聞怪事！

「陶師傅，進屋來，咱們好好聊聊。」馬繼革客氣地禮讓。

「不，端人碗，受人管，我得先幹活。休息的時侯，如果大家不嫌我思想落後、沒水平，我倒是很願意向大家請教。」

「好。師傅，一言為定。」眾知青齊聲喊好。

年輕人的痛苦與迷惘，使陶南的心頭隱隱作痛。他覺得，不妨利用人們不瞭解自己真實身份的有利條件，對這些痛苦的迷途羔羊，做一些力所能及的鼓勵與啟迪。剛想到這裏，他便啞然失笑。一個嚴厲的聲音，在耳畔響起：「你，一個反黨反社會主義的右派分子，焉有資格對革命青年進行說教！」但，另一個聲音在反駁：「不，這不是資格問題，這是責任與良心。如果有一個落水者，掙扎在深淵之中，莫非縱身跳入湍流伸出援救之手，需要考慮『資格』？面對一個失血過多的垂危病人，伸出獻血的臂膀，也需要論論『身份』？」

如果見困不扶，見危不救，與強盜禽獸何異？他這個「非人」，決定做點常人應該做的事。

不料，當天晚上，申貴便在飯桌上向他提出了警告：「老陶，我忘了告訴你，那幫子知青，沒有幾個好東西，除了搗蛋分子，就是『黑五類』子弟。別聽有人是什麼「老紅軍後代」，說不定是個假黨員、黑叛徒的狗崽子呢。你不看報紙，難道廣播也不聽？老紅軍裏面，假黨員，黑叛徒多得很！你在那裏幹活，可得提高警惕，當心受騙上當，中了他們的毒！」

自己剛與知青說了幾句話，申貴立刻提出警告。顯然，他們的談話，是被申衛彪彙報了。使他不解的是，一個老黨員，生產隊的一把手，對於滿懷崇高理想上山下鄉的知青，不但沒有一點階級感情，竟然視同寇讎，實在令人費解！

申貴見他低頭不語，追問道：「怎麼，你不同意咱的話？」

「同意，同意。請申隊長放心，往後我會跟他們疏遠的。」他慌忙答應。

但是，知青們卻不想疏遠他，都把他當成了朋友。

晚飯後，他剛剛走出申家，便被候在外面的馬繼革和一個叫樸合作的知青，拉到了知青點。

黑龍頭大隊，共有兩個知青點。一個在野豬嘴八隊，一個在豹子洞三隊。三隊共有五男四女，九名知青。今天晚上，除了一個叫馮潔的姑娘，嫌知青點上吵鬧，跑到老鄉家裏偷偷看書沒到場。其餘八個人，都自動地參加了這場漫無目的的夜話。史無前例的無產階級文化大革命，轟轟烈烈的「造反有理」，以及社員們的困苦和不幸等等，都成了他們的話題。

陶南發現，這些剛剛經歷過意氣風發「造反有理」的小將們，來到鄉下不過三年多，當年造反、下鄉時的英雄氣概，勃勃銳氣，幾乎銷蝕殆盡。他們對於剛剛親歷過的，天真的輕信，癡狂的盲動，奮勇的摧殘，正義的破壞等往事，談興最濃。有的表現出沉重的愧悔與自責，有的則發洩著不滿和怨尤，甚至是荒唐的狂想。他們的金色理想，已經被切割成無法縫合的碎片。有的抓一把，狂笑著朝天空擲去；有的兩手捧著碎片，痛傷地抽泣……

他坐在熱炕頭上，如坐針氈。脫身無計，只得傾盡全力，對他們進行啟迪與誘導。甚而儘量轉移話題，東扯西拉，說些絕對無法上綱上線的話。不料，要分手的時候，自己卻受到了嚴厲的指責。

「陶師傅，您說的道理我們都服氣。可，你本人幹嘛卻助紂為虐，幹那不道德的事呢？」說話的是朝鮮族知青樸合作。

「這話從何說起？我來三隊不過十來天，咋會幹出不道德的事呢？」

「你幫助申貴打傢俱，就是在助紂為

虐！」樸合作又補了一句。

「這麼嚴重嗎？」

「不是咋的！」馬繼革接上了話茬。「申貴那傢伙正在向曾雪花逼婚。鋪張的結婚禮物，是他設下的釣餌。你幫著他打那麼漂亮的傢俱，給他錦上添花，豈不是不遺餘力地讓他的詭計得逞？」

知青們竟然把給申貴幫忙，看成是幫兇、壞人！

三、「狗崽子」的愛情

一

曾雪花兩歲那年，跟隨第三次改嫁的母親，來到豹子洞老貧農楊老冬家。她今年已經二十六歲，依然待字閨中。自從生活水平逐年下降，女人的價值卻飛速上漲。由於交不出已經少得可憐的聘禮，生龍活虎的大小夥子，打光棍的成堆成串。而矮、醜、呆、傻，甚至有殘廢的女人，只要陪男人睏覺生孩子的本能還存在，絕對沒有剩在娘家的。曾雪花是全大隊有名的美人胚子，她之所以遲遲未嫁，有著許多外人不知曉的緣故。

前些年，說媒的幾乎踏斷了老楊家的榆木門檻，但都被雪花的滿臉冷霜和綳得緊緊的雙唇，擋了回去。有時候，被迫跟熟悉的或者陌生的小夥子「相對象」，但卻沒有一個能讓她雙眸正視地看上幾眼。後來，人們才發現，姑娘早已暗暗愛上了本隊地主趙敬三的兒子趙魁。趙魁對雪花更是一往情深。但是，兩人都把執著的愛戀，深深藏在心底。在生產隊出工休息的時候，常常裝作無意似的，坐到一起，拉些平平常常的閒話，從來沒有單獨約會過。

在愛情的舞臺上，語言，充其量只能充當蒼白的配角。默劇，有時比話劇的能量不知要高出多少倍。他們不僅沒有花前月下的卿卿我我，擁抱親吻，連「我愛你」之類表白愛意必不可少的「臺詞」，也從未吐露過。那澎湃於胸的熾烈戀情，只能借助眉梢眼波，傳達些許資訊。一隻無形的小手，在兩根心弦上，彈撥出的輕柔和聲，早已使兩顆心振顫不已。可是，誰也不肯把不合時宜的戀情，漏出一言半語。他們知道，一個老貧農、老共產黨員的繼女，愛上一個地主的兒子，落到他們頭上的將是什麼。但是，要想讓他們移情別戀，又是那樣的困難。

別離後思念，相對時臉熱，相傍時心顫……不盡的「折磨」，使兩個年輕人愁眉長鎖，日益消瘦。這對心照不宣的戀人，既不敢揮鞭驅趕愛情的駿馬，又不肯讓駿馬掉頭他去。懷著沒有希望的希望，他們苦苦地等待，等待……

其實，等待的不光是他們，還有另外一個神通廣大的人。這個人就是申貴。

原大隊總支書記申貴降職來到三隊後，第一次見到曾雪花，便像發現了新大陸，驚愕得大張著嘴，半天沒閉上。往常，他不知多少次來豹子洞檢查指導工作，竟然沒有發現草窩窩裏藏著一隻耀眼的金鳳凰！此後，每逢見到這位細眉大眼的高挑美人，總是抑制不住雙眼發直，腳下彳亍，恨不得一把摟進懷裏，看個夠，親個痛快！無奈，一時找不到親密的由頭。

不久，附近的鹼場溝，發生了一件「扒灰」醜聞：一個年紀不太老的老光棍，跟自己的兒媳婦睡到了一起。瓦罐不離井沿破，有一天，終於被在外面出民工的兒子堵在熱被窩裏。捉姦成雙，老子吃罷兒子一頓拳頭，被拖到公社革委會去說理。這件風流案，給了申貴極大的啟發：要想把勾魂攝魄的美人弄到手，最妙的辦法，莫過於娶過來做自己的兒媳婦。

小雲雀鎖在自家籠子裏，不愁她飛走！管他扒灰、扒火，兒子傻呵呵，沒有堵被窩的心眼，可以盡著老子放心大膽地自在享用。

為了增加接近的機會，並使姑娘感恩，以便為爾後美妙的計畫鋪平道路。他決定攆走給鐵匠爐作助手的瘸腿老漢，安排曾雪花給自己拉火當幫手。

申貴的生父是個富裕的獸醫。有一年，外出治牲口喝醉了酒，滾進山溝雪窩裏凍死了。申貴那年十五歲。他隨娘改嫁，來到黑龍頭大隊臭鹿溝五隊。繼父年輕時跟著人家學打鐵。拉了大半輩子風匣，仍然是個「打下錘」的配角。大講階級出身這些年，申貴不但成了響鐺鐺的老貧農，還到處標榜自己是「工人階級的兒子」。他跟繼父一樣，曾經給鐵匠打過二年下手，便大吆小喝，聲稱自己是子承父業的家傳鐵匠。來到豹子洞後，特地在飼養室西側蓋了兩間鐵匠爐，名義上是給大隊修理農具，實際上是逃避到大田裏去受凍受累。他雖然比自己的繼父聰明得多，但一朝一夕學不出個好匠人。他的「家傳手藝」一亮相，人們才發現整個是一個二百五——半吊子。黑龍頭大隊共有十個小隊，穿溝越嶺，綿延二十餘裏。除了貪圖路近的二隊和四隊，沒有人願意把好端端的鐵器傢伙，讓他打造得七歪八扭、少鋼沒火。鐵匠爐一個月難得開幾次火，有著用不完的清閒。他便背上長筒獵槍，領上他的愛犬「花虎」，四處逛悠。以「看山護林」之名，行打獵之實。

因此，到鐵匠爐上拉火，一個月少說閒二十天，工分卻一點不少掙，多麼難得的美差。申貴還向曾雪花許諾，只要把火拉好了，還會給她安排更自在的工作。

申隊長的好意安排，曾雪花絲毫不領情：「俺可學不會那技術活！」她甩下一句話，扭頭就走，照常到大田裏去幹活。

「不知好歹的小鰲犢子！哼，別忙著紮煞，孫悟空夠能耐的，卻跳不出如來佛的手掌心。我會讓你乖乖就範的！」申貴的一口黃牙咬得咯咯響，差一點氣犯了老毛病——心口痛。

越是得不到的，越是覺得珍貴。申貴正在思考得手的妙計，忽然得知，曾雪花竟然不知天高地厚，迷上了地主趙敬三的狗崽子趙魁！

他覺得受了極大的侮辱。一連好幾天，拿著老白乾和老婆出氣。

「哼！癩蛤蟆想吃天鵝肉！那麼讓人疼愛的俏貨，讓一個地主狗崽子去享受，簡直是太陽從西邊出來啦！就是革命幹部、共產黨員的兒子撈不著，也輪不到黑五類的狗崽子佔便宜呀！那豈不是又回到了暗無天日的舊社會？如今是共產黨的天下，老子代表的就是共產黨！我決不允許地主富農翻天！」在一天比一天稀疏的樹林中，四處尋覓著獵物，他仍然不住地在心裏咒罵。

一隻五彩繽紛的野雞，「噗」地從腳下驚起。由於思想不集中，等到舉起槍來，那獵獲物已經遠遠地逃走了。百發百中的神槍手，也有馬失前蹄的時候。

「媽拉個巴子的！能從老子的槍口下逃掉——本事不小哇！」不知他是罵野雞，還是罵曾雪花。「逃了這一槍，也休想逃脫下一槍！」

越罵越氣，他舉起獵槍，瞄準了一棵碗口粗的小白樺，扣動了扳機。「咚」的一聲響，白樺樹被攔腰斬斷。

「哼！咱就不信，一個騷丫頭，能硬過這棵樹。你不做咱的兒媳婦，就必須做咱胯下的毛驢——反正逃不了你。趙魁，你小狗崽子！曾雪花是老申家的東西，休想給我動一指頭！」

經過反復思考，申貴決定穩打穩紮、出奇制勝。他先托媒人去提親，被曾雪花頂了回來。前幾天，又讓畢仙再次出面，照樣遭到婉拒。既然這小野雞不吃軟的，那就給她露一手硬的。

不料，那件揹運的往事浮上心頭。擔任大

隊書記的時候，有一天，到下面檢查工作，路上遇到一個十分俊俏的少女。年紀不過十四五歲，卻挺著兩隻鼓蓬蓬的小奶子。他實在按耐不住，霸王拉硬弓，把姑娘拖倒路旁樹林中，按倒地上下了手。原以為在自己的一畝三分地裏，誰也奈何不得。殊不知，那姑娘的舅舅是縣上的幹部。他急忙找人疏通，好歹沒成為強姦犯。「四清」一來，大隊書記被撤職，貶到豹子洞擔任支書兼小隊長。老楊家雖然像山上的蘑菇——沒有多深的根子，還是穩紮穩打的好。火到豬頭爛，儘量想個妥善的迂回之計。

正如俗話說的：吉人自有天相。天上掉野雞，來了獵狗的命！三隊來了個盲流木匠，論手藝，簡直是魯班再世。只要有了全公社頭一份的漂亮嫁妝，再往這人來人往的知青點一擺，一亮，不信會有不眼紅的。嘿，這一回，該輪到那犟丫頭流口水啦……

等到陶南把這些情況搞清楚，時間已經過去了十幾天。炕琴、被擱已經做完，對兒箱也膠好了板。他得知自己又一次被耍了猴子，糊糊塗塗做起了幫兇。恨不得將已經做好的傢俱，拿斧子劈個稀巴爛，然後不告而別，遠遠離開這裏。

主意一旦拿定，當天晚上，他便偷偷去找劉漢，懇求他帶自己到長白山去。不料，劉漢皺著眉頭訴起了苦：

「陶師傅，不是俺姓劉的說話不算數，俺是不敢惹那閻王。俺不過是說了一句要領你去長白山的話，咳，麻煩大啦！」劉漢長歎一聲，低頭不語。過了許久方才說道：「申閻王把俺傳了去，瞪著三角眼，擼了個燕子不吃食。還要派俺出民工，去渾江修水電站呢。你想，去幹那挖山洞、抬石頭的重活，俺這把瘦骨頭，不得扔在那兒？老婆孩子咋辦？」

劉漢媳婦接話道：「陶師傅，不是俺當家的膽兒小，那傢伙的心太黑，啥辣手段都使得出來。人家柴七多的跟腳兒子尤大山，當初是三隊的隊長，五大三粗，幹起活來一個頂倆，對社員體諒著呢。可，申貴來了不幾天，隊裏丟了人參，一口咬定是尤大山偷的。把人家綁起來送到公社派出所，一關就是一年多。等到放出來，腰也彎了，手也握不攏了，兩條腿一長一短，成了瘸子。他還不解恨，公佈人家是壞分子。把人家的生產隊長也擼了，他自己兼著。後來破了案，偷人參的真賊是別人。尤大山找他說理，他說人家散佈反動言論，反黨反社會主義，又把尤大山送進了大獄。不久，尤大山就死在裏面。你想，這麼個辣害傢伙，誰惹得起呀？」

「唉！真想不到，為了我，給劉二哥惹來這麼大的麻煩，實在是對不起。」除了道歉，陶南無言以對。「不過，申隊長怎會知道你要領我去長白山呢？」

「嗨，那天咱說的話，都叫山裏紅在窗外聽了去。她們兩個穿一條連襠褲，那不是跟申貴自己聽到一個樣？」

原來，事情壞在畢仙手裏！陶南感到一陣恐懼，急忙站起來告辭：

「我就不麻煩二哥、二嫂啦。」

「陶師傅，別急。坐下，俺有話說。」

等陶南坐下來，劉漢忿忿地說到：「如今是毛主席領導的天下，不能讓姓申的胡作非為下去。他能從大隊書記降到小隊書記，就有降到……」

「小點聲！」他的話被老婆打斷了。「淨咧咧些沒用的！眼目前咋辦？人家陶師傅，能等到他姓申的垮臺那一天？」

「眼目前，也不能依依兒地聽他擺佈！我恨不得給他家發上火，砸他的黑石頭！」劉漢忽然來了勇氣，朝婆娘大聲吩咐道：「明日你回趟娘家，叫你兄弟後日傍亮天，在江沿蝙蝠洞下面等著，把陶師傅送過江去。替他挑著工具箱，一直送到山裏你妹妹家。」

婆娘恐懼地搖頭：「那……叫申閻王知道了咋辦？你不想住豹子洞啦？」

「沒事，就咱們三個人知道，還怕漏了

風？」劉漢毫不動搖。「哼，神不知，鬼不覺，咱就破了他的逼婚計。」

這真是一著妙棋！趁著婆娘低頭沉吟，陶南急忙說道：「給劉大哥添麻煩，真不好意思。」

「這沒啥。」劉漢爽快地揮揮手，「俺們給你找個落腳地，也不純粹是為的你，也是為曾雪花。你還可以趁機把他的飆兒子甩開。那榆木疙瘩，砍不成個楔子，你別想把他調教成個成手木匠。」

「劉大哥想得真周到，就照你說的辦。」陶南感激莫名。

劉漢瞥婆娘一眼，低聲說道：「陶師傅，你趕快回去，今下晚安安穩穩地睏覺，明日白天，照常幹活，別讓那傢伙看出破綻。等到找不到你陶木匠，他兒子的嫁妝撩了荒，讓他到山頂上罵娘，朝著天老爺開槍去！」

「那就多謝二位啦！」陶南朝著劉家夫婦連鞠兩個大躬，轉身走出來。

山重水複疑無路，柳暗花明又一村！後天此刻，他將徹底擺脫申貴的控制，扔掉「幫兇」的帽子，在人煙稀少、山高林密的長白山裏，另辟一方新天地了。

身旁「噗」的一聲響，嚇得他打了一個哆嗦。原來是路旁樹叢中一隻宿鳥，被他的腳步聲驚醒，慌忙向黑暗中飛去。他撫著砰砰跳動的胸口，繼續朝前走。

明亮的上弦月，給白雪覆蓋的大地鍍上了一層銀輝。樹的影子鋪在雪地上，宛如一幅幅美麗的單色木刻畫。腳下咯吱、咯吱的積雪聲，分外清亮悅耳，彷彿一曲輕柔舒緩的月光曲，為他行將到來的遠行，歡快奏樂。

二

第三天凌晨三點，他悄然摸到知青點，挑上工具箱，朝約定的接頭地點走去。

接頭點，離他幹活的知青點，不過五百

米。據劉漢講，沿著渾江的左側進山，有一條近路，但要爬過一座「馬鞍子」：一道山峰橫在路當中，上插青天，下接江心，頂部石崖酷似馬背上的鞍子。爬過馬鞍子，便是比較好走的進山路。

好哇！只需十多分鐘，他就可以與帶路的人會面，徑直踏上去長白山的坦途，從此不再受申閻王的擺佈！

心中一陣狂喜，他加快了腳步。要不是怕驚起沉睡的狗們，他恨不得放聲高歌。但此刻，他只能放輕腳步，加快頻率，漏網魚兒似的，急急向江邊奔去。

「站住！」一聲怒喝，在耳畔爆項。

他被嚇得身子一趔趄，工具箱從肩頭上「咚」地滑到了地上。定睛細看，站在面前的是兩個身背鋼槍的基幹民兵。一個是傳達命令攆他離開三隊的楊滿囤，另一個曾去親戚家欣賞過他的手藝，名叫楚勝，是本隊的民兵排長。

楚勝近前厲聲問道：「姓陶的，你要到哪裏去？」

「我……我……」他既不敢說出要逃走，更不能說出是劉漢的計謀。愣了半天，方才囁嚅地答道：「我想到……到別處去……去，幫人幹點活。」

「幫誰？」又是一聲喝問。

「……」他無言以對。

「申隊長的活，你幹完了嗎？」是更加嚴厲的呵斥聲。「你倒是說呀！」

「快，快啦。」

「放屁！那就是沒幹完！」楚勝近前幾步，「既然活兒沒幹完，你為啥偷偷地溜走？嗯？」

他吭哧了好一陣子，方才忐忑地答道：「我……不是，不是想溜走。」

「混賬！把家什都挑上了，還說不是溜走。媽的，不挨兩下子，你不會老實！」

話音未落，胸膛上已經挨了重重的一槍

托。他立腳不穩，一屁股仰倒在雪地上。楚勝上前兩步，舉起槍托又要搗。

「住手！楚勝，你憑什麼打人？」隨著一聲斷喝，一個人影閃到跟前，原來是身材瘦小的劉漢。他仰望著身材高大的楚勝，憤憤說道：「楚勝，人家陶師傅犯了啥罪？你張口就罵，抬手就打——好大的威風呀！」

「二叔，這不是耍威風，俺是執行領導的命令。」楚勝理直氣壯。

「哪個領導的命令？」

「還能有誰，申隊長唄！」

「申隊長是黨的領導，咋會叫你無緣無故拿槍托子打人？」劉漢近前把陶南從地上拉起來。憤怒斥責道：「楚勝，毛主席教導我們說：『要文鬥、不要武鬥』。你怎麼連他老人家的話，都不聽呢？」

「二叔，你別拿大帽子壓人！他扔下申隊長的活不幹，半夜三更逃跑，莫非不該打？」

「你說什麼？陶師傅難道成了賣身的奴隸，被管制的五類分子？人家是憑著手藝，賣力氣掙錢的，愛給誰幹給誰幹，用得著逃？再說，這也不是他樂意的，是俺求的人家。」

「什麼，你求的他？」楚勝的口氣軟了下來。

「不是咋的！迷糊溝我大姨子家進了偷吃的賊，撬壞了窗戶。透風撒氣，人都快凍死啦，俺們求陶師傅去給修修，不成就犯了王法？」

「那也用不著黑燈瞎火、夜貓子似的偷偷溜呀！」

「屁話！你以為光你姓楚的拿著申隊長的事兒急？俺們正是關心申隊長的大事，才特地起個大早呢。打算幹完了馬上返回來，耽誤不了白天的活路。娘的，這一下子可好，全叫你小子給攪和了。回頭申隊長怪下來，由你小子擔著，不關俺們的事！」

這時，始終沒開口的楊滿囤近前說道：「二叔，陶師傅，您別生俺們的氣。俺們真的是執行任務來的。」

劉漢沒吭聲，拾起扁擔把工具箱挑上肩。手一揮：「陶師傅，咱們走！」

不是劉漢前來解圍，此刻，只怕早已站在申貴面前接受審問了。自己一生倔強粗疏，決然虛構不出個「偷偷溜走」的正當理由。多虧了劉漢隨機應變，不然，真不知道會落到什麼下場。陶南滿心感激，卻一句感謝的話說不出。既然已經走不脫，索性順水推舟：

「劉大哥，耽擱了這麼久，今天再去迷糊溝，勢必影響申隊長的活。是否另找個時間，再去給你親戚家修窗戶呢？」

「哼！有啥法子！」劉漢仍然是一副忿忿的口氣。「俺們的事，只能再說啦。」

說罷，他給陶南挑著工具，一直把他送回知青點。等到兩個監視的民兵走了後，方才離去。

破網而出的魚兒，重新回到了網裏！

出逃的失敗，再次證明，一張無形的大網，已經緊緊地將自己套住。看來，不把申閻王打發得心滿意足，休想離開豹子洞一步。而今天早晨的不告而別，不啻是太歲頭上動土，申貴絕不會饒過自己。雖然劉漢及時趕到，主動承擔責任，機智地進行掩護，救了燃眉之急，但謊言只能騙過楚勝，絕對騙不過精明的申貴！

「隨之而來的災難，會是什麼呢？」他坐到工具箱上，惶惶然不知所措，一面自怨自責：「古人云：吃一塹，長一智。自己吃了這麼多的苦頭，始終不接受教訓，連起碼的防範之心都沒有：竟然連申貴會派人監視自己的行動，都沒想到！唉！什麼時候，才能變得聰明些呢？」

百思無計。他雙手抱頭，腦子裏一片空白……

「咳——幹嘛呀？大老爺們家，低頭塌拉角的，跟旋溝子算不開的賬！」是畢仙來到了面前。

「大妹子，你來的正好。」陶南像遇到了

救星似的滿懷感激。「我想給劉漢的親戚幫點忙，忘了向申隊長請假。你幫我解釋解釋，請他老人家別生我的氣，行嗎？」

「解釋啥呀。人家申隊長是明白人，知道這事不怨你，都是劉漢那傢伙出的壞稿兒，竄掇著讓你去給他大姨子效勞。申隊長不光不怪乎你，還埋怨楚勝動手打人，把那小子訓了一頓吶！」

「真的嗎？」

「俺啥時候騙過你？人家還準備拿出狼肉，長白山葡萄酒，給你壓驚呢。快起來，跟俺喝酒去！」

他不知道申貴的葫蘆裏賣的啥藥，一時愣在那裏……

兩腿一陣劇痛。他忽然醒來了。

睜眼一看，申貴雙手叉腰站在面前，正用右腳狠狠地踢自己的迎風骨。一面罵道：

「媽拉個巴子的！不是想偷偷地溜掉嗎？幹麼坐在這兒打呼嚕呀？哼哼，道行不淺！可惜呀，你小子看差了皇曆：這是在老子的地盤上。就憑你這兩下子，就想逃出咱家的八卦陣？沒門兒！」

他忍著劇痛站了起來，恭敬地答道：「申隊長的活兒還沒幹完，我咋會溜走呢？是劉漢大哥，請我給他大姨子修修窗戶。走得太急，沒來得及向您老人家請假。」

「放狗屁！你們去幹正經事，用得著黑燈瞎火，鬼鬼祟祟？」

「早去早回，是怕耽誤了申隊長的事。」

他仍然照著劉漢的話再應對。

「媽拉個巴子的！我叫你撒謊！」

申貴抬起穿大頭棉鞋的右腳，照準陶南的兩腿膝蓋，又是一陣狠踢。陶南疼得一屁股坐到了地上。

「狗雜種！你的鬼畫符逃不出我的火眼金睛。你不但中途偷偷溜走，想給革命幹部造成不應有的損失；而且串通劉漢，與黑五類拉幫結黨。簡直是狗膽包天！告訴你，革命群眾絕對饒不了你們！」

陶南坐在地上，惶恐地答道：「申隊長，我可不敢跟黑五類勾結呀！」

「哼！我看你什麼都敢！你來到三隊，不依靠革命群眾，不依靠黨，卻跟壞人抱成團，反對領導！劉漢他爹，是吃了小日本的槍子去見閻王爺的，算得是苦大仇深。可那小子忘了階級仇恨，拿著他的老丈人，那個黑地主比親爹還親。他的老婆，大姨子，小姨子，小舅子，都是一窩地主狗崽子，胎裏壞！就算你真的是去幹活，為地主狗崽子效勞，不是勾結黑五類，又是什麼？你說！」

陶南的心咚咚跳，語無倫次地解釋道：「申隊長，我真的，真的不知道他的親戚成份不好。我是個賣力氣掙飯吃的，不論誰家來請，也不能打聽人家的出身不是？」

「別他媽的狡猾抵賴！」申貴虎視眈眈，彷彿要看透他的骨髓。「什麼階級，有什麼樣的感情！你來到三隊，不跟貧下中農親，卻單單跟他們臭味相投，狼狽為奸。不用說，你也是個階級異己分子！」

一聲炸雷轟響，陶南被震得半晌無語。

定定神，他從地上爬起來，用堅定的語氣答道：「申隊長，你說話，可要負責任。我的家庭成份是貧農。如果不相信，盡可發公函、打電話去調查！」

申貴仰臉盯著木匠，不屑地答道：「哼！用不著調查：你的表現，就說明你們是一道嶺上的兔子。我們決不能視而不見，聽憑階級敵人翻天！從今天起，我的活兒不用你幹啦，你跟社員一起，給我修大寨田去。話說在前頭，你沒有資格掙工分，吃飯自己想法子。什麼時候認識了錯誤，與壞人劃清了界限，我們再考慮如何安置你！」

「申隊長，我確實想不到問題會這麼嚴重。」陶南恨不得朝申貴的臉上啐兩口唾沫，但卻低聲下氣地懇求：「我去修大寨田事小，耽擱了申衛彪的結婚嫁妝事大呀！」

「那就用不著你操心啦。你要是膽敢不去修大寨田，就把你押送到大隊學習班，讓你小子享受個夠！」說罷，申貴轉身就走。

「呦，呦！幹嗎呀，親戚道裏的，用得著發這大的脾氣！」隨著話音，畢仙快步走進來，擋在申貴前面。兩眼瞪著老情人，柔聲嗔道：「俗話說，不知者不怪罪。人家陶師傅哪兒知道老劉家的根底呀？再說，一個木匠，咋會修大寨田呢？得啦，不看僧面看佛面，看在老關家的面上，讓陶師傅先把衛彪兄弟的嫁妝幹完再說嘛。」

「哼，是他自己敬酒不吃吃罰酒——怨不著別人！」申貴佯怒地呵斥。「去，這不關你的事。」

「咋？不關俺的事？俺還有活急等著陶師傅幹吶。」畢仙歪著頭，毫無懼色，「是俺們先人後己，把木匠讓出來，先給你家幹。俺還向陶師傅下了保證，絕不會讓他受難為。你可倒好，這樣對待人家！不是成心跟俺們過不去嗎？」

「哼！是他自己跟姓申的過不去——怨不著旁人！」

「人家不是說，要改正錯誤嗎？幹麼得理不讓人呀！」畢仙瞥申貴一眼，望著陶南說道：「陶師傅，你也真是的。來到豹子洞，你不靠申隊長靠誰呀？得，事兒已經過去啦。快吃飯去。吃得飽飽撐撐的，照幹你的活兒。申隊長會原諒你的。」

畢仙不等申貴表態，伸手拉著陶南的胳膊，向自己家裏走去。

這些年來，陶南已經徹底忘記什麼是尊嚴，什麼叫仇恨。時時忍氣吞聲，逆來順受，自視低賤。申貴一頓猛踢，他並沒有感到多少忿恨，反倒對畢仙懷著深深的感激。不是這個女人及時出場解圍，今天真不知道怎麼收場！

三

出逃的失敗，使陶南認識到，跟在原單位一樣，自己的一言一行，無不在嚴密的監視之下。孫悟空頭頂緊箍，唐僧們隨時可以念起咒語，讓他疼得滿地打滾！拋妻捨子，流亡三千里，來到偏僻的長白山，正式成了「盲流」，華蓋星照樣在頭頂上輝耀！

他深悔自己慮事不周，給劉漢帶來了麻煩。只得放棄出逃的打算，把「幫兇」做到底，一面留心觀察申貴新的逼婚招數。可是，直到炕琴、被擱、對兒箱、臉盆架、梳粧檯、琴式桌，以及四條腿可以折疊的圓飯桌，刻著喜鵲登梅的喇叭盒等，十幾件傢俱全部打完，那紅瑩瑩的底色，以及三遍「亮油」，統統刷完，申貴仍然沒有對劉漢採取任何行動。

前來「瞧稀罕」的人，卻是絡繹不絕。大閨女、小媳婦，來得更加踴躍。她們又是端詳，又是撫摩，一個個驚喜得直咂舌頭：

「我的媽呀，賽極了——全公社拔了頂子呢！」

「哎，總共十大件呀！只怕全渾江縣，也找不出第二份來！」

「嘖嘖！這麼漂亮的嫁妝，給咱用上一天，死了也甘心！」說這話的閨女叫小翠。

「咳！用得著死！心裏饞得癢癢，嫁給申衛彪，不就統統歸了你？」說話的是一個抱著孩子的年輕婦女。她扭頭向站在一旁張開大嘴笑著的申衛彪嚷道：「申衛彪，甭教你爹替你操心啦——這兒擺著一個現成的俊媳婦哪！」

申衛彪甕聲甕氣地答道：「狗子媳婦，你瞎咧咧啥呀。」

「咋是瞎咧咧呢？沒看到人家小翠，叫這嫁妝饞得口水流到腳後跟啦！」

「那……得問問俺爹。」

小翠瞪著眼反擊：「五嫂，別作踐人！」

「作踐人？嘿，只怕是高攀不上吧？不服問問申衛彪他爹，只要他一點頭，俺立刻給你做媒人。」狗子媳婦壓低了聲音：「能嫁給老申家，可是天大的福氣，不光能撈得到這份好嫁妝，還有一個打著燈籠，也難以找到的好公爹哪！哈……」

「死五嫂，狗嘴裏吐不出象牙！」小翠滿臉通紅，轉身跑了。

類似的鬧劇，每天都要在知青點搬演幾出。

今天上午，馬繼革一回到知青點，便朝陶南嚷道：「陶師傅，香餌果然釣來了大魚！」

「什麼？」陶南一時不解。

「曾雪花來了。我估計，肯定也是讓你的手藝招引來的。」

「不會吧？」陶南心情複雜地嘟嚕道，「她不會眼饞這嫁妝。」

「不信？她馬上就到。」

果然，過了不大一會兒，便見遠遠走來一個姑娘。中等身材，頭上圍一條紅底黃方格粗線方圍巾。上身穿一件剪裁合體的紫紅碎花棉襖，下面穿一條墨綠色的瘦腿棉褲。在一片銀白雪地大背景的映襯下，這身打扮顯得格外扎眼。眼下，年輕人最時髦的裝束，不論男女，不分四季，都是青一色的綠軍裝，綠軍帽。那些愛美的姑娘想穿一件花衣服，也要偷偷藏在綠軍裝裏面，不讓別人發現，以免沾上「資產階級思想」。曾雪花這身打扮，如此超群脫俗，實在夠大膽的。等到走近了才看清，她的髮型，也不是人人效仿的齊肩小刷子，而是兩隻齊腰的大辮子。在大破「四舊」那陣子，不知這頭美髮，是怎樣逃過了「造反有理」的利剪？

曾雪花先到衛生所呆了一會兒，然後來到木匠幹活的地方。陶南此時方才看清，站在面前的，的確是一位美人胚子。高寒山區的烈陽、風霜，並沒有剝蝕掉她的光彩。瓜子臉龐光潔玉潤。雙頰浮著嫣紅，宛如兩朵鮮豔的玫瑰。濃密的長睫毛下，是一雙攝人魂魄的大眼睛。進門來，她瞥一眼琳琅滿目的嫁妝，不由低低地「啊」了一聲。線條和諧的雙唇，張得大大的，不知是驚訝，還是歎賞。但這表情旋即消失了，修長的細眉蹙了兩蹙，禮貌地說道：

「陶師傅，您可真是，夠得上，盡心盡力啦！」

從姑娘的眼神中，陶南看到了一種深藏的質問與譴責。不無歉疚地解釋道：「唉！賣大力氣的，人家叫幹啥，就得幹啥。拿了人家的錢，咋能不盡心盡力呀。」

站在一旁的馬繼革說道：「曾雪花，你可真能沉住氣──這工夫才來看嫁妝！」

「看嫁妝？俺可沒有那閒工夫！俺是到衛生所給俺媽要咳嗽藥，順便拐過來看看陶師傅。」

「喂，曾雪花，裝的啥糊塗喲？你明明知道，這嫁妝是給誰預備的。」

「愛給誰給誰，關俺屁事！」她鄙夷地朝蹲在一旁抽煙的申衛彪瞥一眼，回頭向木匠說道：「陶師傅，您忙吧。再見。」說罷，扭頭走了出去。

望著姑娘遠去的背影，陶南恨不得跪到地上，向她磕頭認罪。他注意到，曾雪花進來以後，申衛彪只瞥了她一眼，便低頭抽葉子煙，彷彿害怕似的，始終沒有再抬頭。

這時，馬繼革又開口了：「陶師傅，出門看天色，進門看臉色；人家的態度明擺著，我們說的不錯吧？」

當著申衛彪的面，陶南沒敢吱聲。

當天下午，他就聽說，劉漢和趙魁一起，被派到渾江修水電站去了。陶南所擔心的報復，果然降臨。自己的貿然出逃，竟然連毫不相干的趙魁也牽連進去。

「是我連累了他們──我真混！」他狠狠地跺著腳，反復自譴。

曾雪花似乎被忘在了腦後。申家向楊家求親的事，一直不見動靜。申貴每次見了她的繼父楊老冬，總是親熱地打招呼，摸出幹部煙，硬往老頭手上塞。

「別，別，申隊長！」一隊之長異乎尋常的親切和藹，使楊老冬感動得直擦眼角，慌忙舉舉手裏拎著的煙袋荷包：「俺抽這個，這個更有勁。」

楊老冬，今年七十三歲，祖父年輕時，從山東逃荒來到豹子洞。雖然稱不上是「占山戶」，卻已經在這裏住了三代。老冬為人老實憨厚，不好勝，不爭強，處處讓人三分。說話慢吞吞，一句話恨不得掰成三截說。於是，得了個雅號——老黏兒。漸漸的，他的真名反倒被人們忘記了。不過，有了「老黏兒」的名號，絲毫沒有降低他的威信，人們照舊對他充滿了敬仰與憐憫。因為他不但心眼好，還有著一段讓人肅然起敬的光榮歷史。東北解放初期，他抬上擔架，跟著部隊進山剿匪。一天夜裏，部隊戰鬥失利，同夥溜得不見人影。他一個人抬不了擔架，一口氣背下四名傷員。出民伕歸來，不但胸前掛著一朵大紅花，還帶回個光榮稱號——支前模範。不久，又成了一名光榮的共產黨員。眼下，整個三小隊，三十六戶人家，除了申貴父子，只有他一人享有「無產階級先鋒戰士」這份光榮。無奈，光榮歷史並沒有給他帶來多少好運。像一根沒人理睬的木頭樁子，獨身一人過了大半輩子，直到五十歲上，方才娶回個三十四歲、已經嫁過三個男人的寡婦——柴七多。

柴七多的命運，比老黏兒還苦，正如眼下天天唱的，是一根藤上的兩個苦瓜。她出生在來關東山逃荒的路上。她有六個姐姐，一路上連餓加凍，死了三個。當時，她爹肩上的擔子裏，還挑著她的一個小姐姐。她來到這個世界上，是如此的不合時宜，如此的令人煩惱。加之是不足月的早產兒，瘦弱得像只大老鼠，使人不忍心正眼去看。他爹覺得，這孩子早晚是個死貨。便悄悄把她放到路上。心想，有人揀了去，算她命大；凍死，餓死，是她命裏活該。她娘死活不讓，哭著爬著把孩子撿回來。人窮怕了，給女兒取了個吉利的名子——「福多」。希望女兒給她家帶來福綏。福多揀回了一條命，但卻未能給家裏帶來多少福氣。「福多」竟成了「禍多」的同義語。她是七姑娘，他爹一氣之下給她改名「七多」。

柴七多十六歲上，父親貪圖五塊大洋，把她嫁給一個名叫魏久吉的偽軍小隊長，先後生下兩個兒子——魏常升，魏常發。日本投降那年，魏久吉不知去向。她帶著兩個兒子，跟一個從河北逃荒來的漢子尤來和軋了夥。一年後，生下了三兒子尤大山。尤大山剛滿周歲，尤來和被國民黨抓去修工事，從此有去無回。聽說是因為偷偷逃跑，被開槍打死了。一個女人帶著三個孩子無法生活，又嫁給一個老鰥夫曾良恭。土改時，曾良恭被劃成富農，一根麻繩拴上樑頭，見了閻王爺。她第三次做了寡婦。埋掉丈夫不久，遺腹女曾雪花來到了人間。

魏常升十八歲參軍，長春戰役光榮犧牲，成了烈士。關東山的女人，視改嫁如同家常便飯。難怪一家兩姓，甚至三四姓的，並不罕見。柴七多帶著兒子魏常發、尤大山和女兒曾雪花，第四次嫁人，成了老光棍楊老黏的老婆。第二年，生下一對雙胞胎——滿囤和滿倉。

大躍進那年，魏常發跑到黑龍江雞西煤礦當了工人。擔任生產隊長的尤大山，不明不白成了偷盜人參犯，人參是關東山「三寶」之一，法律嚴格保護。他被抓進大牢，關了一年多。無罪釋放後，又戴上了一頂「現行反革命」帽子。連氣加病，不久死去。

無產階級文化大革命一開始，柴七多成了「牛鬼蛇神」。批判，鬥爭，罰跪，挨打……本來就有的哮喘病更加嚴重，咳嗽得成了蝦米腰，仍然逃不脫專政的鐵掃帚。被剪了「陰陽頭」，四處遊鬥。胸前掛著一塊又寬又長的大牌子，上面寫著三頂帽子：「偽軍臭老婆、反動地主婆、反革命家屬。」多虧一位前來支左的軍官給她解了圍。那軍官的話，人們至今記憶猶新：「亂彈琴！柴七多雖然嫁過壞人，可她是個苦孩子出身，是烈士和工人階級的母親，現在又是老貧農、老模範、共產黨員的妻子呀！你們把他當成階級敵人，豈不是搞亂了階級陣線？」從此，她獲得了徹底「解放」，成了貧下中農一分子。

楊老黏晚來得子，喜得閉不攏嘴，人稱老來福。他自己也認為是十溝八岔裏最有福的人。可是，一對寶貝兒子的身材飛長，眼看高過了自己，嘴唇上毛茸茸，都到了成家的年齡，媳婦卻不知道在哪兒刮旋風。這成了老黏兒的一塊心病，心口窩裏像戳上了一把亂柴禾，擔心伸腿閉眼之前，看不到老楊家的傳宗接代人。夜裏睏不著，「狗蹲」在炕稍上，一鍋又一鍋地抽著旱煙袋，撚著鬍子稍兒想心事。

蒼天不負有心人，終於想出了個妙主意——換親！嘿，用繼女曾雪花換回個媳婦，豈不是既省錢又省事！他正想找人給「掂兌」個合適的茬兒，今天上午，申貴突然派人把他請到了自家的熱炕頭上。申貴給他點上幹部煙，塞到他手裏，卻遲遲不開口。他「黏」不住了，吭吭哧哧地問道：

「申隊長，你叫俺，是，有，有事？」

「唉！」申貴長歎一聲，「要是沒事兒，咱早就上山打點啥啦。哪有閒工夫來陪你聊大天？」申貴繃著臉，瞪著縮成一團的老人。「老黏，明白嗎？你現在已經滑到了危險的邊緣！」

「咋？那……那是……為啥呀？」老黏臉色煞白。「俺可，沒……沒犯……啥錯呀！」

「哼！還不是一般的錯誤呢！」申貴閉上眼，猛吸兩口煙，吐出長長的煙圈兒，緩緩說道：「你違犯了大原則——犯下了階級立場錯誤！」

「啊！」老黏從炕上溜到了地下，「申隊長呀，俺咋敢，犯……犯階級錯誤呀！」

「你要是敢，恐怕連三隊的黨、政、財、

文大權，一塊奪去啦！老粘，坐下。聽我對你說。」等到他磨蹭著靠到炕沿上，申貴一字一頓地說道，「當初，你娶回一個五毒俱全的老婆，已經喪失了階級立場。如今，又讓繼女曾雪花，跟地主狗崽子趙魁勾勾搭搭，一心想嫁給他。」

「不行，俺不讓——那趙魁又沒有姐妹！」老黏的話忽然順妥起來。

「哼！他有姐妹，也不准跟他家換親。那可是階級立場問題。懂嗎？」

「俺懂，俺懂。俺對黨，跟親爹親娘一樣親。黨叫幹啥，俺就幹啥，從來不含糊。申隊長，你說吧，俺該咋辦？」

「老黏，你能認識錯誤，忠心耿耿依靠黨，這很好。作為黨的領導，我不會眼看著一個老黨員陷進泥坑，不伸手拉他。」申貴閉上眼，連抽幾口煙，「不過，你必須首先站穩黨的立場，不讓你那落後的老婆孩子扯後腿。」

申貴引而不發，繼續給憨老頭施加壓力。

「能，能。俺一定能。申隊長，你下指示吧。」

「老黏，你不是一心想個兒媳婦嗎？那好辦。我不但能讓你避免犯錯誤，還能給你家添兩樁大喜事——我吸收滿囤入黨，還給他說上個好媳婦！」

「真，真的？申隊長？」

「領導說話還會假嗎？」

「申隊長，俺楊老冬，真不知道，該，該怎麼感謝你老人家好！」老黏盟誓般地仰頭望著申貴。「俺要是，要是……不堅決，照你的指示辦。你就……開除……俺的黨籍！」

「好！這才像個老黨員、老模範的樣子。」申貴身子前傾，壓低了聲音：「現在，我就把對你的要求，告訴你……」

楊老黏告辭的時候，申貴又囑咐道：「娘們家，頭髮長，見識短。啥事讓她們一摻合，非砸了鍋不可。這事先不要跟你老婆和兒子說。等到咱們把飯煮熟啦，叫他們吃現成的就是。」

「那是，那是。」老黏忙不迭地點頭答應。

四

在楊老冬的心目中，申貴的吩咐，賽過最高指示。當年，他積極支前，能豁出一條命搶救傷員。現在，照著文書的指示辦，有啥難的？自己不再犯錯誤，還能讓大兒子滿囫入上黨，說上媳婦，這樣的好事哪裏找去？往常，大事小事，他都要仰著臉請示老婆，一切聽老婆擺揮。現在，他一反常態，嘴巴閉得嚴嚴的，申貴找他談話的內容，一個字不向老婆透露。

兩天後，果然媒人登門。老黏像敬神拜佛，顛著屁股，忙不迭地往媒人的長煙袋裏裝煙，點火。媒人是一個細眉毛、薄嘴唇的半百女人。寬寬的額頭上，佈滿了皺紋。嘴角掛著甜甜的微笑，滿臉是友好的關切：

「楊大哥，你可真是好運氣呀！」媒人一開口，便送出一份驚喜。「俺知道，你們家最缺的就是兒媳婦。俺給你打撈到一個白白胖胖的大閨女呢！」

「是……真的？」楊老黏從炕沿上，向前挪挪屁股，探著身子問道：「大妹子，你可不興……哄俺呀！」

「嘿！俺的楊大哥呀：你尋思著，俺是吃飽了沒事幹，找地方消化食呀？告訴你吧，俺保了大半輩子的媒，成全的人家數不清，哪家不是郎才女貌、白頭偕老？俺會單單來哄騙你這老實人？」

「那是，那是。」老黏拍起了大腿。

「楊大哥，你的心眼好，俺恨不得早幫你分憂解愁，可一時姑娘不湊手，沒有法子呀。」媒婆忽然放低了聲音，「夜來你們申隊長去求俺，叫俺趕快瞅摸個好姑娘，給你家做媳婦。俺一想也是，你的兩個兒子，都二十五六啦，再拖下去，還不得做一輩子孤老杆子！這不，俺千數算，萬尋摸，好歹給您找到個稱心滿意的！」

「咳，大妹子，你可真是，真是個好人！趕快告訴俺，是誰家的閨女？」

「咳，你急啥喲！俺不是正在說嘛！」念罷「引子」，媒人像背臺詞似的自問自答：「有緣千里來相會，無緣對面不相逢。這可是一樁打著燈籠也難對付的美姻緣：姑娘名叫朱大妮，家住大榆樹一隊，是個獨生女兒。論人才呀，百里挑一，心眼實在，沒有一點歪歪的。呦！那身材和脾氣呀，更是沒得說：桃花粉面，福態大相，鼻直口方，雙眼疊皮，賽過西施女，羞死王昭君。人家姑娘脾氣特溫順，從不跟人吵嘴鬥強，簡直就是一頭小綿羊，十溝八梁休想挑出第二個來。咳！那身量別提多棒啦，哪個見了哪個饞得咂舌頭！今年剛剛十八歲，已經高過個大男人，婆娘堆裏一站，簡直就是仙鶴鑽進了雞窩，犍牛走進了羊群。如今山溝裏的女人，哪個不是三根筋挑著個瘦脖子，肚皮貼在脊樑骨上？兩隻奶子塌癟得像牛舌頭餅，像老牛頸下的破鈴鐺似的，走一步，三晃蕩！獨獨人家朱姑娘，胸前聳著兩隻白饅頭似的傻奶子，滾圓的肥屁股，褲子都撐得滿滿的。誰見了都誇人家姑娘吃孬食兒，長好膘！」

俗話說：「唱戲的腿，媒人的嘴。」媒人的長舌頭搖動得正起勁，老黏喜得直咂嘴，生平第一次麻利地說道：

「大妹子！那姑娘，憨不憨？」

「楊大哥，你害怕娶回個傻大姐兒，是不是？咯咯咯……」媒婆咧嘴一陣笑，「別忘了！馬壯能拉車，人壯能幹活。心眼少的人憨厚，心眼多了毛病多，莊戶人家求之不得呢。再其一說，沒有肥婆娘，哪來的胖孫子？楊大哥，你不願意不打緊，那姑娘多少人家搶不到手呢！」一面說著，媒婆收起長煙袋，做出要走的樣子。

「別，別。大妹子！俺早就……早就願意

啦。」老黏一口把親事應了下來。

媒人扭頭向坐在一旁始終沒開口的柴七多問道：「嫂子，你哪？」

「這門親，聽著挺不劣。不過……」柴七多剜丈夫一眼，「如今可不興父母包辦啦，還得看孩子自己願不願意呢。」

「瞎操心！這麼好的……閨女，咋會不願意呢？不怕，不怕：老大不喜歡，還有老二吶！」老黏擔心女方要的彩禮多，朝媒婆歉歉地問道：「大妹子，人家……都要些啥呢？」

「咳！人家不貪圖彩禮，貪圖個正兒八經的好人家。姑娘養到十八九，跟白送一個樣！『拉單』的時候，就要四樣：一套鋪蓋，兩身衣裳，一個炕琴，外加一條大床單──當隔帳。把老公公、老婆婆，隔在炕梢──小倆口子好滾著轂轆，摞著垛兒，睏大覺呢！哈哈哈……」。

「不多，不多！俺們早就合計了。木頭，申隊長答應給。用錢的地方，賣豬崽子。再不夠，倒借倒借，湊得齊。」老黏腦袋點得像雞啄米，話也說得很溜妥。「大妹子，你再給人家說，俺再給媳婦加上一雙膠皮靴子──高腰的。山溝裏露水大，媳婦來了，穿著上山捋豬菜，濕不了褲腳子。」

「好，朱大妮至定是你們老楊家的人啦。哈哈哈！過兩天，俺就領著她來『拉單』兒。」

老冬千恩萬謝送走了媒人，柴七多卻連聲長歎，擔心兒子不順從。

果然，雙胞胎兒子，一個也不肯給老爹留面子。哥倆中午收工回來，一聽到這「喜訊」，老大滿囥皺眉低頭喘粗氣，老二滿倉狠狠跺著腳，大叫大嚷：

「爹，你呀！整天喝糊糊，迷住了心肝眼兒是咋的？誰不知道大榆樹朱大妮，說不清自己是幾歲？讓她跟著社員去鋤地，鋤了苗，留下草。氣得生產隊長搧她大耳刮子，差點沒辦她爹的學習班。娶那麼個傻貨回來幹啥？又不是買豬，貪戀那一身肥肉。趁早回了這門子親事！放心吧，俺哥決不會喜歡那傻大膘。不信問問！」滿倉說罷，低頭自己吃飯。

「哼，你哥不像你，這麼好的姑娘……」老冬回頭問大兒：「滿囤，你說呢？」

老大滿囤低聲答道：「爹，滿倉說的對。那朱大妮是個『屬豬』的：光會吃，不會幹。聽說，吃飯沒個飽，全家的口糧，她自己得吃去一大半。這年頭，誰養活得起？」

「可人家……身子骨壯呀！一準能，給咱家生幾個胖小子。」吭哧了大半天，老黏兒翻出了壓箱底子的理由。

「爹，這二年，大人還吃不飽呢。孩子養的多了，喂得起嗎？俺不要，趕快回了人家！」

「小鱉犢子……一路貨！」老黏兒憋得滿臉通紅，終於罵了出來。他搓著兩隻乾柴似的大手，向老婆子求救：「滿囤娘，你倒是說說，這兩個，兩個，不懂事的小畜生呀！」

「唉！你教俺說啥好哇？」老太太滿臉是淚。「難道哥倆說的不在理？要依著俺，豁著打光棍，也不能要那傻閨女！」

「咳！他哥倆，不也是你親生的？咋就……不拿著……撒急哪？」

「看你說的。眼瞅著……都二十五六的人啦，俺當娘的，能不著急？」柴七多用力喘一口氣，「俗話說得好：十個能掙的，不如一個能扔的。娶回個不會幹活的吃食蟲，不得伺候著受窮？那不是給兒子找罪遭嗎？」

剛從外面捋野菜歸來的繼女曾雪花，聽明白了來由，一面洗手，一面插話道：「娘，叔，那朱大妮，除了傻吃，倆五不知一十。要是把她娶過來，可害苦了我兄弟！依我說，這事沒啥好商量的，趕快辭了是正理！」

「啊……老楊家，非斷子，絕孫……不可啦！嗚嗚嗚……」老黏兒雙手抱頭，面朝炕旮旯痛哭起來。

「爹，不中意就退掉嘛，你哭啥呀？」滿倉不耐煩地大聲制止。

「說的是呢。又沒『拉單』兒，不就是一句話嘛！」曾雪花焦急地朝著滿囤使眼色。

「俺始終沒應承，都是老東西自己招惹來的。咳咳咳……」柴七多劇烈地咳嗽起來。

「你，有能耐，給兒子，找個好……好的回來。嗚嗚嗚！」老冬的哭聲更高了。

滿囤心疼老爹，一跺腳站起來，眼含熱淚說道：「爹，你老人家別難過，俺答應還不行？」

「滿囤，滿囤，你真是俺的……俺的孝順兒子呀！」楊老冬立刻破涕為笑。擦擦老淚，說道：「嘿嘿……申隊長說來，你應下這門親事，就叫你當，當光榮的……共產黨員。」

滿囤哭喪著臉答道：「俺不稀罕那個。」

曾雪花聽出了弦外之音，急忙問道：「叔，申貴還跟你說啥來？」

老黏沉默了半天，方才答道：「他說，他要給咱家……辦成……兩件大好事呢。」

滿倉問道：「那傢伙，從不做虧本的買賣！他要咱們幹啥？」

「他，要咱們，再答應，答應他……一件事。」

曾雪花追問道：「叔，你快說——答應他啥事呢？」

「這事，俺不說……你也……估摸得到。他叫你……站穩立場。只要別，別跟趙魁攪和，他會好好栽種你，不，不對，是栽培你。」

「叔，不用說，是叫俺嫁給申衛彪啦，是吧？」

「孩子，多好的事喲，咱們可不能再糊塗。」

「哼，有了兒媳婦，兒子又能當上光榮的共產黨員——雙喜臨門呀！」曾雪花一陣冷笑，「好嘛，拿著跟腳子閨女，給親生兒子換媳婦，換黨員。多合適的買賣呀！可惜，你們的如意算盤打錯了！」

「唉！這閨女！」老冬紮煞著兩隻手，向老伴求救：「他娘，你看……」

「你呀！這麼大的事，咋就瞞著俺娘們呢？女婿不同於媳婦，得能頂起門戶來。那申衛彪，咳咳咳……你叫俺說啥好哇！」柴七多一面猛咳，一面抹眼淚。

曾雪花急忙給娘捶著背，一面決絕地說道：「想叫俺跟著頭傻驢過日子，想得倒美——除非俺死了另脫生！」

當天晚上，楊老冬磨磨蹭蹭來到申家，把終於說服大兒子滿囤應下親事的喜訊，向申貴作了稟告。申貴聽罷，呲著黃牙笑道：

「嘿嘿，老黏兒，你總算沒辜負我對你多年的培養！」他遞一支玉葉煙給老冬，並親手給他點上。「這一回，滿囤的黨員穩拿了。那曾雪花呢，答應了沒有？」

「她……她……」老黏擎著煙捲的手，索索抖著。「申隊長，俺，俺對不起你。」

「那烏雞，不入套，是吧？」

「唉！那閨女……犟呵！」

「哼，算她有種！」申貴猛吸幾口煙，狠狠把煙頭摔到地下。逼視著老黏說了句雙關語：「你回去叫滿倉那小子少管閒事。那小烏雞由我來調理。她的翅膀再硬，也休想飛過申家山去！」

「是，是。」老冬連聲答應。

五

就像差遣手下的一名社員，自家的活幹完了，申貴又命陶南去給楊滿囤打嫁妝。

生活在崇山峻嶺夾縫裏的山民，幾乎家家的棚頂上，苞米倉子裏，都可以找出些做傢俱的木料。那是出工間隙，順路「捎回來」的。可是楊老冬家找不出來。廣播喇叭上，整天吆喝「封山護林」。自己是之前模範，老黨員，得帶頭守法。集體山林的一樹一木，自己從來不敢染指。也不准兩個兒子「占集體的便宜」。

不料，木匠陶南連招呼也不打，背著工具

箱來了。老冬搓著兩手，正不知如何是好，「吱吱喲喲」，申衛彪送來一車乾燥的板料。車一停下，便裂著大嘴向楊老冬嘻嘻地笑：

「楊大爺，俺爹說，這木頭，送給滿囤哥打嫁妝。」

「你爹，是這麼說的？」老冬愣在那裏。

「俺爹不說，俺咋敢。」

卸下木料，申衛彪向陶南問道：「師傅，俺幹什麼？」

「你……先把木料順順吧。」陶南輕聲歎了一口氣。

申衛彪已經學了半個多月的木匠。儘管這是迫不得已收下的徒弟，陶南仍然手把手地認真教他。來到東北之後，他發現，山溝裏雖然不缺「木匠」，但都是些只會砍個房架，做個門窗、爬梨之類的半吊子。真正能稱得是木匠的，簡直是鳳毛麟角。為了給山溝留下個像樣的手藝人，他想把剛剛學到手的一點技術，無保留地傳授給徒弟。不料，這位一把手的獨生子，人雖然老實巴交，身上也不缺少力氣，智商卻低得讓人吃驚。讓他拉鋸，解出的木板波浪起伏。讓他刮板，他能將一塊平整的木板，刮得溝豁縱橫，宛如剛剛犁過、尚未耙平的莊稼地。讓他砍個木楔子，一會兒砍傷食指，一會兒砍傷中指。木楔子沒砍成，左手早已經鮮血淋漓。看來，這位徒弟只可以去鋤草鏟地，砍柴放牛，決不是學木匠的材料。但當申貴問起兒子學得「咋樣時」，他卻沒有勇氣如實稟告。剛回答了一句「學得有些慢」，申貴便以命令的口氣答道：「你用上全部心思教嘛！慢點怕啥？慢工出巧匠呀！」

「用上全部心思」，並不難。怕的是，一年半載之後，徒弟仍然砍不成個木楔子。到那時，怎麼向土皇帝交差？而想辭退這位高徒，又怕惹來更大的麻煩。

正在無計可施，徒弟向他請假了：「師傅，俺明日不來學木匠啦。」

「哦？」陶南猛吃一驚，「那是為啥？」

「不知道。俺爹說，有件要緊事，非得俺去辦才行。」

「謝天謝地！」陶南在心裏長舒一口氣。

陶南給滿囤做了個四扇門的炕琴。第二遍『亮油』剛乾，申貴便命楊老冬趕緊給滿囤完婚。新事新辦，他親自派隊裏的馬車，把新娘子朱大妮接過來。

這裏家家是「對面炕」。房門兩側各盤一鋪炕，靠山牆的地方，有一個二尺寬的「拐炕」，將對面炕連到一起。對面炕當中，不到一米寬、兩米長的地方，便是「炕旮旯」。不論給那鋪炕燒火，三面都熱乎，堪稱是高明的創造。所以，一家十口八口，一間房子也能睡下。陶南在楊家幹活，就是跟滿囤哥倆睡北炕。現在滿囤要結婚，滿倉和木匠，便跟老冬兩口子和繼女雪花睡到南炕上。北炕上掛上一個葵花大床單，便是新人的「洞房」。

等到前來賀喜的鄰居，吃了一頓大餷子飯，豐盛的喜宴便宣告結束。朱大妮人憨脾氣大，很快把鬧喜房的一個個氣走。小倆口早早入了洞房。出乎全家人意料的是，新人上炕後，竟然沒吵沒嚷。先是哧哧地笑，接著，像害牙疼似的，哼哼唧唧喘息不止。最後，便傳來呼呼的大睡聲。

第二天早晨，一對新人臉上都掛著幸福的微笑。楊老冬兩口子喜得直拍巴掌。

六

辦完喜事的第三天晚上，民兵排長楚勝來到楊家，傳達申貴的命令：要曾雪花馬上去隊部「談話」。曾雪花猜得到去談什麼，但又不敢違抗，只得跟隨著往外走。

來到三小隊隊部，申貴正坐在那裏訓斥一個社員。楚勝將曾雪花領到申貴跟前，說了聲「她來了」，轉身退了出去。

申貴匆匆結束了談話，打發那個社員走了。盯著姑娘看了好一陣子，方才莫測高深地說道：

「曾雪花，今晚我得跟你好好談談。」

「談啥？」

「當然是極其重要的事啦。你跟我來！」

「去哪？有話，在這兒談就是嘛。」曾雪花站著沒動。

「這不是談一般性的問題，而是談一件大事——這兒人來人往的，咋行？」

曾雪花後退兩步：「不，有話快說，我哪兒也不去！」

「嘿嘿！今天晚上，可由不得你咯！」

申貴伸出兩隻大手，緊緊抓住曾雪花的右臂，拖著往外走。一出門，候在門外的楚勝，伸手抓住姑娘的左臂。兩人一邊一個，老鷹捉小雞似地，架著姑娘往西邊山坡上走去。

「你們要幹什麼？俺不去，俺不去！救人……」

雪花拼命掙扎，一面放聲高喊。一句話沒喊完，她的嘴便被一塊棉絮堵上了。兩雙鐵鉗般的大手，緊緊抓住她的雙臂。不一會兒，便被架到了西山坡盡頭、前後左右不靠鄰居的啞巴家。啞巴不在，申衛彪卻候在屋裏。曾雪花被按坐在炕前的一條長板凳上，楚勝給她拽出嘴裏的棉絮，轉身走了出去。

申貴厲聲威脅道：「曾雪花！給我放老實點，今天晚上可由不得你咯！」

「俺又不是四類分子，你們，憑什麼，隨便揪鬥人？這是犯國法！」曾雪花兩眼圓睜，氣喘吁吁地質問。

「犯法？笑話！在豹子洞，我姓申的，就是國，就是法！」申貴一陣冷笑，「告訴你，今天晚上你要是再不識相，可就要逼著我們『犯法』了！」

「你們，到底想幹什麼？」

「曾雪花，你肯定猜得著，今天叫你來幹什麼。你要是敬酒不吃吃罰酒，怨不著我們，一切後果由你自己負責！」申貴的話，一字一句，像鐵錘敲擊著鐵砧。

她知道說理無用，緊咬下唇，怒視著申貴，不再言語。

申貴見曾雪花被震懾住了，放低聲音說道：「曾雪花，你是個明白人，幹麼連吃虧佔便宜，都分不清呢？你要是痛痛快快答應了跟申衛彪結婚，用得著給我們添這麼多的麻煩？」他點上一支煙，猛吸幾口，繼續說道：「哼！咱是工人階級的兒子，老貧農，共產黨員，三隊的一把手。申衛彪是我的親生兒子，光榮的共產黨員，哪點配不上你？俺們是衝著老黏那個老貧農，老黨員，才對你這麼關心栽培。不然，你這個富農崽子還不配哪。曾雪花，好好想想吧：嫁給申衛彪，可是打著燈籠也沒處找的美事！」

曾雪花臉色青紫，閉目不語。

申貴放緩語氣繼續說道：「曾雪花，像你這樣不開竅的年輕人，實在是少見：不愛革命青年，卻去愛階級敵人──簡直是鬼迷心竅！我是為了挽救你，才花費這麼多的心血成全你。我給你做了全縣找不出第二份、呱呱叫的好嫁妝，鋪蓋、衣裳由著你要。到了我們家，大米、黏和燒，大餷子飯，盡著你吃，用不著像在老黏家，一天三頓靠稀糊糊填肚子。你現在只要點一點頭，明天我就給你弄個民辦教師幹。怎麼樣？」

「……」

「曾雪花，你只要一點頭，前途跟幸福都來了。要是盡往死胡同裏鑽，那可是跟自己過不去。到那時，悔之晚矣！」申貴像發佈命令似的又補了一句：「限你五分鐘，必須給我明確答復！不然……」

「俺早就給了你明確的答復！」姑娘終於開口了。「不信問問畢仙嫂子，俺當著她的面，對天發過誓。死也不嫁申衛彪──你們幹嘛還不死心？」

「那不算數。那時候，話沒說明白，你的覺悟還沒提高呢。」

「是的，現在俺的覺悟，可真是提高啦！」

「嘿嘿！禿子頭上的蝨子——明擺著的理嘛，你早就該看的明，想得開。」申貴沒聽出姑娘的弦外之音。

「不錯，俺看得明明白白，想得清清楚楚！」曾雪花昂起頭，瞥一眼黑氈氈的窗外，「俺寧肯跳渾江，也不會嫁給你的膘兒子！」

「媽拉個巴子的！毛驢啃石磨——嘴硬。」申貴氣得猛地一跺腳。「可惜，索套勒上了脖子——你小野雞飛不了啦！」

「哼，飛不了也要飛！」話音未落，曾雪花撒腿就往門外跑。

可是，剛剛衝出門檻，便被候在那裏的楚勝，一把拽住，硬是拖了回來。

「媽拉個巴子的！咱就料到，你小狗崽子，不會乖乖地就範。哼，不來點真格的，你不知道馬王爺三隻眼！」申貴手一揮：「動手！」

一聲令下，楚勝立刻將曾雪花仰面朝天按倒在長凳上。申貴上前用繩子將她的上身牢牢捆住，又脫去她的棉褲，分開她的兩腿，將姑娘的兩隻腳，拴在凳子底下。曾雪花大聲叫罵，但是，嘴上重新被塞上了棉絮，再也喊不出聲音！

掙不脫，喊不出。求天天不應，求地地不答！可憐的姑娘，成了一隻放上砧板的活魚，被綁上殺床子的綿羊，眼瞪瞪地只等待宰割！

不聞人聲，不聞狗吠雞啼，豹子洞像死去了一般沉寂！

間或傳來幾聲貓頭鷹的慘鳴，使人聽來，脊背陣陣發冷……

一切準備妥當，楚勝悄悄退了出去。申貴向蹲在一邊的兒子一揮手：「你愣著幹什麼？還不快上去——幹她！」說罷，申貴退到屋外，回身掩上了門。

申衛彪站起來，身子扭到一邊，慢騰騰地動手解褲帶。棉褲脫下來了，他轉身來到長凳前。一眼瞥見姑娘赤裸的下體，不由「喲」了一聲。過了好一陣子，仍然呆了一般，站在那裏一動不動。

站在窗外觀風的申貴見狀，推門走了進來。厲聲喝道：「我怎麼囑咐你的？你磨蹭啥？」

他瞥一眼兒子，見兒子的傢伙，依然低頭塌拉角。低聲罵了一句「不中用的囊包」！近前來，指著姑娘裸露的陰部，開導說：

「你往這兒看：黑幽幽，紅彤彤，多饞人的鮮嫩貨——滋味好著哪，趕緊把雞巴撥弄硬，給她日進去！」見兒子膽怯地往後退，他狠狠罵道：「沒出息的東西！早晚是你口裏的肉，你怕什麼？快，拿出男子漢的勁頭來，給我猛搗，猛幹！」

申衛彪身子扭到一邊，兩手忙不迭地揉搓。可是，過去了足足十多分鐘，依然拿不出男子漢的「勁頭」。

曾雪花緊閉雙眼，停止了掙扎。她知道，現在一切抗拒，掙扎，都是徒勞的。

「媽拉個巴子！不要說是拿眼看，心裏頭想想，就他媽的不好招架，還用得著靠手幫忙？狗熊包！」申貴忿然地把兒子推到一邊：「閃開！這不是你爹占你的便宜，怨你自己沒出息！」

申衛彪獲救似的，蹬上褲子快步退了出去。申貴麻利地解開紮腿帶，脫下棉褲，剛要伸手將電燈拉滅，楚勝忽然在門外高喊：

「申隊長，快離開！」

「你瞎詐唬什麼？」申貴慌忙摸起棉褲，急忙往身上穿。

「有人來了——壞事啦！」

申貴一聽，俯身給曾雪花解開繩子，低聲吩咐：「快把褲子穿好！」

說罷，轉身向外飛跑。到了門外一看，楚勝早已不見蹤影。他定定神，又掉頭返回來，擋在大門外。這時，楊滿倉氣喘吁吁地跑了過來。後面還跟著幾個人，黑暗之中看不清面目。他伸手攔住楊滿倉，喝問道：

「站住！楊滿倉，你要到哪裏去？」

「找我姐姐。」滿倉徑直往屋裏闖。

「你不能去——我在跟她談話呢。」申貴擋在滿倉的前面。

「我找俺姐姐，你管不著！」

滿倉用力一推，申貴立腳不住，「咕咚」一聲，摔了個狗吃屎。急忙爬起來，大聲威脅：

「狗雜種！領導在做思想工作，你敢破壞？」

見滿倉徑直往裏走，不加理睬。申貴搶先跑進屋裏，指著曾雪花說道：「你問問她，我們是不是在談話？」

滿倉見曾雪花滿臉淚痕，正在彎腰系鞋帶。長板凳下方捲曲著一根粗繩子。已經明白了九分。上前扶住姐姐，聲淚俱下：

「姐姐——」

「曾雪花，你倒是說呀，我們是不是在談話？」申貴指著受害人理直氣壯，「你要是敢他媽的胡說八道搞破壞，後果你自己負！」

「不錯，你們爺們，還有楚勝，是在跟俺『談話』！」雪花渾身哆嗦，緊緊挽住兄弟的胳膊，「滿倉，咱們走！」

七

「滿倉兄弟呀！你晚來一步，姐姐就叫他們糟踐了。」回家的路上，她把今天晚上發生的事，原原本本告訴了異父兄弟。

一回到家，滿倉當著木匠的面，將今晚發生的慘劇，簡單跟爹娘說了。然後大罵申貴，發誓非要去公社告他不可。

楊老冬聽罷，零亂的鬍鬚顫抖著，拍著炕席向兒子懇求：「滿倉，俺的好兒子呀……你少給俺惹亂子吧！親事，俺都應了。你姐姐……已經……已經是申家的人啦。那不過是……早天晚天的事兒嘛……咱就忍了吧！」

「爹，我就不明白：你咋能糊塗到這個份上？這不是早天晚天的問題，這是侮辱婦女！

強姦未遂！天一亮，俺就去公社告那狗雜種！公社不管，就去縣上告。我不信，就沒有個管流氓惡霸的地方！這一回，我非從他老虎嘴裏拔下幾顆牙！」

「唉！作孽呦！他們咋就……咋就，連幾天的工夫，都……都等不及呢？非得鬧得揚而翻天，丟人出醜！」老黏抽抽答答哭了起來。

「姓申的，傷天害理呦！」柴七多摟著女兒，出聲地哭著叨念：「兒子的媳婦，當公公的，怎麼下得那狠心呦！」

聞訊從飼養室趕回來的楊滿囤，在外間把事情聽明白了。進到里間，一屁股坐到北炕沿上，恨恨地說道：「鄉里鄉親的，他怎麼好意思！當初就是因為強姦挨了處分，怎麼成了屬貓的，記吃不記打呢？」

「狗改不了吃屎！哥，明天咱們去告狗雜種。知青馬繼革、樸合作，也答應一起去作見證。」

「你叫俺也去？」滿囤猶豫地搖頭。「不行，俺不會說話。」

「哥，你是不會說話，還是怕那惡霸？」

滿囤沒答腔。柴七多抬起頭，聲音顫抖地說道：「滿倉，你姐姐總算沒吃著虧，咱就忍了吧。得罪了山神爺，養不起豬崽子。惹翻了那閻王爺，咱全家別想過安生……」

「媽，你怎麼跟我爹一個腔調！這是能忍的事嗎？」滿倉跺著腳大聲吼叫。

「俺的兒……你就別，別作孽咯，俺求你啦！嗚嗚嗚……」老黏嗚嗚哭著，朝兒子跪下了。「他是黨支書。咱可不能……跟……跟領導、跟黨做對呀！」

「什麼領導？流氓無賴！爹，你是從舊社會過來的人，那時候，地主惡霸能壞到這份上嗎？簡直禽獸不如！讓這樣的壞蛋在外面逍遙自在，不知道還得禍害多少人吶！」

老黏無奈，扭頭向低頭偎在炕稍的陶南求救：「陶師傅，你幫幫俺……勸勸……這畜生。叫他……少給俺惹亂子，好不好？」

曾雪花一被叫走，陶南就擔心要出事。但萬萬想不到，事情會如此惡劣！不是親眼所見，親耳所聞，他決不敢相信這是真的！既然被問到了，無法再保持沉默。猶豫了好一陣子，他字斟句酌地答道：

「唉！事情清楚得很：這是結夥強姦。雖屬未遂，性質非同一般。判他幾年，罪有應得。不過……」他把後面的話打住，反問道。「滿倉兄弟，你有把握告倒他嗎？」

滿倉把申貴的紮腿帶子從口袋裏摸出來，擲到炕上：「咋沒有？人證、物證俱全——馬繼革、樸合作是人證，捆人的繩子是物證——還怕他抵賴不成？」

陶南不得不鼓起勇氣勸阻。他歎口氣，耳語似的說道：「我聽說，五十年代，就有人告過他姦污婦女，為什麼沒傷著他一根毫毛？後來碰到個有背景的，才吃了點苦頭，也僅僅受了個黨內記大過，行政降職處分。現在，各級黨委都處於癱瘓狀態，大權在一幫子造反英雄手裏。雪花的生父又是富農，只怕沒有人肯站在她一邊吧？」見滿倉低頭不語，他繼續說道：「這些年，不少地方，為了『全縣一片紅』，便殘殺四類分子，不是打死、活埋，就是扔進江河裏淹死——斬草除根。連吃奶的孩子都不放過！現在是『全國一片紅』，雪花要想告倒黨支部書記，豈不是比登天還難？」

木匠的話，發生了效驗。滿倉狠狠地一跺腳：「操他娘！是這麼個理。」

「富農的女兒，就不是人？就該受遭塌？這是什麼世道哇！」柴七多斷斷續續地哭著嘟囔。

一直伏在娘懷裏啼哭的曾雪花，這時抬起頭來，紅腫的雙眼瞥繼父一眼，然後望著繼弟說道：「滿倉兄弟，打不著黃皮子落一腚騷。俺的冤仇，俺自己會想法子報！別連你們也連累上。」

滿倉答所非問：「操他娘！咱跟姓申的不共戴天！」

四、雪窩裏拖出個啞巴

一

楊家沉浸在難以名狀的悲痛之中。

柴七多與女兒的傷心痛哭，刺得陶南心頭隱隱作痛，加之害怕話說多了招來麻煩，他在炕稍躺不住了，爬起來去了親戚家。

基幹民兵楊滿囤，不敢違反紀律，回了值班室。滿倉爬到炕上脫衣褪褲，倒頭便睡，不一會，便發出了打鼾聲。楊老黏衣裳也沒脫，歪在炕頭上，雙手抱頭，長一聲短一聲地歎氣。柴七多木雕似的坐在那裏，直愣愣地望著女兒。直到女兒的哭聲漸漸低了下去，方才拉滅電燈，俯下身子摟著女兒，喘息著進行開導。

「孩子呀，今兒個，是老天爺保佑咱娘們。要不是啞巴給你兄弟報信，你准得吃大虧！你想想，申貴當了幾十年的幹部，大隊，公社，縣上，哪裏沒有他仨相的、兩好的？上面下來的工作員，他不光是好酒好肉地伺候著，夜裏還讓他的老相好陪著。吃自在了，睡舒坦了，哪個不跟他一個鼻孔出氣？他們能不扶竹竿扶井繩，幫著咱們說話？陶木匠說得對，老鼠掀不動磨盤，人家伸個指頭比社員的大腿粗，就憑咱們，能告倒人家？到頭來，打不著黃皮子落一腚騷——何苦來呢？」

雪花抽抽嗒嗒地哭，一言不發。

柴七多揩揩流上臉頰的老淚，撫著女兒不住聳動的脊背，繼續勸解：

「唉唉，上級為啥偏偏派這麼個混世魔王當咱們隊的領導呢？莫非全隊的人前世都做了孽？孩子，聽娘一句話：二十多年的飯，你都吃下去了，一口怨氣，就咽不下？再其一說，自古以來，褲襠底下的醜事，只羞戴花的，不羞戴帽的。萬一張揚得滿溝滿塘子人人皆知，一齊嚼舌頭根子，戳咱們的脊樑骨。一個沒出閣的閨女家，怎麼撐得住呀！」

「娘，這口氣，咱就是能咽下，他也放不過俺！再說，留著這個禍害，往後，別的姐妹還得受他的作踐！」

「孩子！人家不是真心想欺負咱，是為咱不肯應親事呀。」柴七多劇烈地咳嗽了一陣子，有氣無力地嘟嚕道：「唉，應了中家的親事，也就平安無事了。」

「娘，照你這麼說，是咱們逼得他欺負人？」

柴七多一時語塞。喘息了一陣子，答所非問地說道：「唉！眼前虧咱吃不起呀，這門親，只怕非應不可。」

「娘，你咋就跟叔叔一個樣，聯起手來逼俺呢？那中衛彪正南把北是個二百五，憋得滿頭是汗，算不清一年有幾天。二十大幾的男子漢，至今鼻子底下拖著黃鼻涕。俺要是嫁了這麼個窩囊廢，你就不心疼？哼，叫俺去守著個蠢豬度歲月，還不如死了舒心！」

「孩子，命裏八尺，難求一丈呀。你娘心高氣盛了一輩子，咋樣呢？」柴七多抽噎著，把深藏在心底幾十年的辛酸，第一次向女兒倒了出來：

「你娘這一輩子嫁了四個男人，哪一個是自己相中的？還不都是被窮命逼的？也不知是前世作了多少孽，倒楣的男人都叫娘趟上啦！先嫁了個姓魏的，活不見人，死不見屍。再嫁一個姓尤的山東盲流，叫國民黨打死了。第三次嫁給你的親爹，不到一年的工夫，來了土改，他就成了富農。那是啥樣的『富農』喲，一輩子省吃儉用，就不怕得罪自己的肚子，為的是攢錢置二畝地。一雙新鞋少說得穿十年，一年之中，能打上二百天赤腳。走親戚都捨不得穿新鞋，到了親戚門口，搓搓腳穿上。走的時侯，親戚剛轉身，趕快脫下來，夾在胳肢窩裏往回走。家裏只養了一頭騾子，耕種的時侯，你爹幫著騾子拉犁，你爺爺扶犁，走得慢了，就得跟騾子一塊挨鞭子。沒成想，當上了富農，成了剝削分子！孩子你說，這樣的富農冤不冤？光冤枉倒也罷了，今天說你造謠，明天說你破壞，輕則指著鼻子罵，重則拳打腳踢，彎腰罰跪。你爹實在沒了活路，偷偷上了吊……」

她雙手抓著胸口喘息了一陣子，繼續說道：「後來，你大哥魏長升參了軍，你娘拉著你們哥妹三個，怎麼過？只得第四次嫁人。唉！你娘嫁來嫁去，總算嫁了個成分好的。心想，再不跟著擔驚受怕啦。可，他能頂門立戶闖世界，還是能抓財創業治理家？稀屎黏鼻涕，老綿羊一頭！當初，他豁出一條命，弄回個『支前模範』，『光榮黨員』，咱娘們跟著他沾過半點『光榮』？還不是跟著他受窮遭下賤！這些年，你聽到娘埋怨過老東西一句嗎？心強命不遂呀。孩子，咱得認命！唉！好活賴活，都是活。人，怎麼不是一輩子，咬咬牙，沒有過不去的奈何橋呀……」

柴七多哽咽地說不下去了。見女兒一聲不吭，認為被說動了，壓低聲音說道：

「孩子，你娘何嘗不知你的心，恨不得成全你。誰不誇人家趙魁是個好小夥？那中衛彪，咳！叫娘咋說呢？」

雪花雙手抓住娘的一隻手，聲音顫抖著懇求道：「娘，你既然看得這麼明白，幹麼不肯幫俺哪？」

「孩子，你娘這幾年，哪夜睡過囫圇覺？你們姊妹三個的親事，針刺指尖，錐子紮心呀。你的事，娘想了千百遍，跟了趙魁，戴上頂黑帽子，這一輩子別想過一天舒心的日子。你娘走過的絕路，莫非你還想再走一遍？自打解放這些年，運動接著運動，鬥爭連著鬥爭，有一天安穩過？文化大革命一來更血虎，遠的不說，光咱三隊還不嚇破膽？你娘還養了個烈士兒子吶，不是照樣遊溝塘子，挨遭踐？富農單仁，被折磨得跳了渾江；丁常生，因為當了幾年黃協軍，被鬥得喝了鹵水；撇下個寡婦，領著四個孩子流浪到黑龍江，嫁了個一條腿的殘廢。趙魁他爹，叫一頂地主帽子堵住了生路，早就有了尋死的心腸，不是老婆看得緊，早見了閻王爺！想想這些事，俺的心就跳進了口裏。哪能大瞪著兩隻眼，看著你往火坑裏跳？孩子，俺是你的親娘，咋會不疼你吶。」

「俺不要聽！」雪花兩手捂上了耳朵，「你們一家人算計好啦，不逼死俺不甘心！」

「雪花，不是俺們逼你，是你自己……不曉事。」老人劇烈地咳嗽了好一陣子，雙手捶著胸膛，有氣無力地苦勸：「嫁漢嫁漢，穿衣吃飯。這是當初你姥爺勸俺的話，如今想想，句句在理：飯都沒的吃，哪來的幸福？不錯，守著個心裏喜歡的男人，眼熱，氣順，心裏爽快。可，那能頂飯吃，還是能當柴燒？灶下無柴，鍋裏無米的日子，三天不到黑，准得吃後悔藥！現如今，咱三隊總共不到四十戶人家，哪家忙飯的不是望著空鍋甩淚珠子？配給的那點口糧，不夠塞牙縫的。只能狠著心往玉米麵裏摻玉米芯子，槐樹葉子，野菜，樹皮。你叔為啥三天兩頭拉不下屎？肚子裏的糧食太少唄！要不，就是一天三頓就著山菜喝糊糊，等到土豆下來，又是一天三頓土豆抹麵醬，大小夥子吃得拉稀屎，挑起一擔水像尊搖晃神。你仔細想想，如今，哪家的孩子不是皮包骨頭，眼珠發藍，懷孕老婆似的挺著個大肚子？你再看看人家中家，三常家日大米飯，大餷子，頂不濟也是大油炒酸菜，小餷子粥，牛舌頭餅。一家老小，個個肉紅絲白，油光水滑……孩子，你就是不饞得慌，也該給肚子想想。再其一說，你娘當初嫁人，不懂得什麼是好人賴人，不懂得什麼是階級。如今是啥年月？喇叭頭子上吆喝得耳朵膜都疼：龍生龍，鳳生鳳，老鼠生兒打地洞。要大夥把階級敵人打翻在地，再踏上一萬隻腳。不要說趟到頭上，老遠聽聽，就嚇出一身雞皮疙瘩。娘怎麼忍心再讓你往火坑裏跳──給階級敵人做兒媳婦呢？」

曾雪花坐直了身子，一派厭煩的口氣：「娘，俺求你啦──歇歇喘口氣吧！俺的事，再不用你們操心！」

柴七多長歎一口氣，扯起袖頭擦眼淚，沒再吱聲。

「哼！一個蛆，壞了一缸醬！」躺在炕頭上的楊老冬並未睡著。他面朝牆角，一直側著耳朵偷聽母女倆對話。此時，終於憋不住了：「別，別忘了，咱家是三代老貧農！咱可不能讓……趙家小子，給老楊家……壞了……階級！」

「叔，你姓楊，俺姓曾。俺本來就不是你們老楊家的人，你們怕什麼？」曾雪花第一次粗魯地頂撞繼父。「明天俺就搬到老趙家，不連累你們光榮的黨員家庭、三代貧農好階級！」

「曾雪花，串隊長說來，那由不得你的牛性子！」老黏兒忽然成了硬杠子，話說得既流妥又毫無轉圜。「放著現成的光明大道不走，自己去找黑暗──何必呢？」

「哼！富農崽子嫁地主羔子──門當戶對！叔，你聽明白：趙魁俺嫁定了。不信試試看，誰也攔不住俺──至多不過是一死！」

「俺的好孩子，你就別跟你叔犟啦，他也是為你好。凡事總得有個三回九轉，一頭撞南牆，貪圖個大腫包？連如今是啥世界都看不明白，那不成了吃草的牲口？」

「哼！啥世界，也不興強逼，強娶。達不到目的，就耍流氓、下毒手！」撂下這一句話，曾雪花倒在枕頭上，不再吭聲。

二

第二天一大早，老黏顫巍巍來到申家，將家裏發生爭吵的事，原原本本進行了彙報。

申貴還沒出被窩。他伏在枕頭上，點上一支煙捲兒慢慢地抽著，側耳靜聽。聽著，聽著，來了火氣，揮手將未抽完的半根煙捲，狠狠擲到地上，脖子一扭，瞪著老黏吼起來：

「什麼？她竟敢作踐我的兒子——反了那小狗崽子！老黏，她真的說過，寧肯去死，也決不嫁給申衛彪？」

「不是……咋的。——俺哪敢，跟支書……你老人家，撒謊呀。」

「好！算她狗崽子有種！不過，想死也沒有那麼容易！」申貴閉上兩眼，腮幫子上凸起兩個疙瘩。過了好一陣子方才睜開眼，語低話硬地說道：「楊老冬同志，你可要放明白：那小雜種，真要是耍起了犟驢，礙不著我們老申家半根毫毛，倒楣的只能是你們老楊家！一隻臭蛆，攪壞了一缸香醬。你，還有你的兩個兒子，都逃不脫跟著倒楣！別打岔，聽我說完：如果她真的一頭鑽進趙魁家，問題就嚴重了！你，作為一個老模範，老黨員，不但教育不好自己養大了的富農崽子，還讓她去跟地主階級聯合，扭成一股繩，反對共產黨，這跟你自己反黨，有啥兩樣？我可以明白地告訴你，我們三隊，階級鬥爭的新動向，就發生在你們家裏！如此嚴重的大是大非問題，我們決不能置之不理！老冬同志呀，我真想不到，在激烈的階級鬥爭面前，你竟然如此地軟弱無力，當年槍林彈雨中救傷員的覺悟，哪兒去啦？嗯？」

申貴換上一支煙，用力抽了幾口，語氣緩和地繼續說道：「退一步講，那無賴貨，就是不往階級敵人家裏鑽，而是上吊跳江，尋死覓活，那也是污蔑共產黨逼死人命，給社會主義抹黑——責任還在你們身上！老冬同志，我真替你著急呀！你好好想想吧，現在回頭還不晚吶！」

申貴一番縱橫捭合、上綱上線的教訓，把楊老黏驚得臉色蠟黃，冷汗直冒。他紮煞著兩隻手，顫顫抖抖，結結巴巴地問道：

「俺該……咋……辦？俺真的不知道……該咋辦呀！嗚嗚……」老黏蹲到地上，兩手捂臉，哭了起來。

「我不是說得清清楚楚了嗎？咋還問我？死狗撮不了牆上。你真心實意來求我，看在咱們都是無產階級戰友的份上，我就給你出個主意。」

「申隊長，俺一定，一定照您的話辦。」老黏揩著眼淚站起來，朝前俯著身子注目細聽。

「你馬上回家，跟老婆、兒子講明白，全家人齊上陣，看住那混貨！關起來也罷，捆起來也好，那是你們的事，反正既不准讓她跑掉，更不能讓她死了！不然，唯你是問！到那時，誰也救不了你們一家子！」

「那……要看到，捆到……啥年月，才是個，是個……頭呢？」

「用不到十天八日。她覺悟了更好，再頑固到底，我還有新的處置法子。」

「那好，那好！俺這就……回家，去看住她！」

「別忙！」老黏剛要轉身，申貴又喊住了他，「昨天下黑，咱正做那犟種的思想工作，楊滿倉竟敢領著人去搗亂！知道不？是誰給他們報的信，出的主意？」

「聽說是，是……啞巴。」

「啞巴？你瞎咧咧啥！啞巴會說話嗎？」

「申隊長，俺咋敢騙你呢？俺聽說……滿倉正跟知青打撲克，啞巴去了……比比劃劃，他們就看明白了。」

「好嘛，啞巴也成了反黨分子！」申貴氣

得用拳頭猛搗炕席，「哼，無中生有，誣衊黨的領導！這是一件嚴重的反革命事件！狼狽為奸，一丘之貉——全是他媽的一幫子反革命！管他是啞巴、響巴，我們決不會手軟！」

「申隊長，俺求你啦，這都怨俺。千萬，千萬……饒了俺滿倉呀。你老人家知道，那孩子心眼不差，就是脾氣不濟，不懂事呀！」老黏淚流滿面，連聲懇求。

「少跟我出這狼狽相！這決不是一件小事，這是你死我活的階級鬥爭！嘿，這也不奇怪：咱早就說過，豹子洞的壞傢伙，人還在，心不死嘛！」

申貴斜瞥老黏一眼，側過身子，拉上被頭，閉上雙眼，睡過去似的不再言語。過了許久，方才語氣陰森地說道：

「老冬，你是黨員，至於組織上怎麼處理，就看你們一家人的表現啦。」申貴朝外一揮手，「擦乾了眼淚，拿出個共產黨員的樣子，快去看住那個『跟腳子』！還有，叫楊滿倉那小子閉住臭嘴，再敢亂說亂動，罪加一等！咳，你磨蹭什麼呀——還不快去！」

老黏連連答應著，爬起來，趔趔趄趄往外走去。

申貴越想越氣，自言自語地狠狠咒罵：「媽拉個巴子的！林子大了什麼鳥都有。當初咱就懷疑，那個屌啞巴，來路不明。果不其然，牴人的綿羊鑽進了豹子洞！狗膽包天，竟敢跟我作對，我饒不了他！」

申貴扭頭望見在灶下燒火的老婆，正側著耳朵細聽，大聲喝斥道：「臭娘們，你偷聽什麼？不把你那張臭嘴夾住，當心敲斷你的骨頭！」

三

使申貴勃然大怒的啞巴，來自異鄉，無名無姓。這只「牴人的綿羊」，是怎樣「鑽進」豹子洞的呢？

時光倒流十年，話要從一九六〇年說起……

當時，一場亙古未有的大饑餓，像洶湧而來的洪濤，在神州大地上翻滾肆虐。大路上踽踽而行的是逃荒的流民，溝壑裏橫七豎八狼藉著的是年富力強的餓殍。災荒嚴重的地方，到處是散發著惡臭的屍體，許多地方找不到人往外抬死屍。

這一年，溫暖的春天姍姍來遲，寒冷的冬天，卻腳步急驟地早早降臨。一個朔風怒吼、雪浪翻滾的傍晚，外出借糧的青年農民周鐵柱，空手而歸。橫掃的雪團，打得他站不穩身子，睜不開眼。他將腋下夾著的空麻袋纏到脖子上，阻擋著刺骨的寒風，低頭抄手，腳步踉蹌地往前急走。突然，腳下一絆，摔了一個跟頭。爬起來，狠罵幾聲，彈彈身上的雪，正要繼續往前走，忽然聽到一種奇特的聲音。似病人的呻吟，又像野狼的低吼。他不由打了一個冷顫。慌忙四顧，迷漫的雪幕中，哪裏什麼有獸蹤人影？低頭再走，同樣的聲音，又在背後重複了一次。這次，他聽得更清晰，聲音就在不遠處！

茫茫冬野，積雪沒踝。不要說人們沒有急事不會外出，就是野獸也都躲進窩裏，不肯出來覓食。莫非是鬼叫的聲音？大白天聽到鬼叫，不死也得摸閻王鼻子！想到這裏，周鐵柱撒腿飛跑，一面高聲狂呼：「俺的娘喲，俺聽到了鬼叫——俺要倒楣咯！」

他一溜煙跑到溝口的老獵戶家，一肩膀撞開門，上氣不接下氣地向老獵人描繪了聽到「鬼叫」的經過。

老獵人名叫高有福，大半輩子以打獵為生。自從成立了人民公社，打獵成了非割不可的資本主義尾巴，老人只得洗手改行，作了吆喝牲口的車夥子。聽罷青年氣喘吁吁的敘述，老人半信半疑地搖頭：

「會有這種事？俺闖了半輩子深山老林，還從未聽到過「鬼叫」呢。走，咱們開開眼界去。」

老人扔下煙袋，從牆上摘下獵搶，不等年輕人答應，推門走了出去。鐵柱只得遠遠跟在後面。

風吼雪卷，山野迷茫。路上雪深沒徑，兩人一腳深一腳淺，好不容易來到鐵柱「見鬼」的地方，四顧不見「鬼」的影子。老人駐足靜聽，除了怒吼的西北風，哭泣似的樹梢哀鳴，並無別的動靜。連鐵柱剛剛踏下的腳印兒，也幾乎消失得無影無蹤。老人跺腳罵開了：

「鐵柱，你這小兔崽子！割刀子的大冷天，你遭踐咱老頭子？咱沒聾沒瞎，哪裏有啥鬼聲？我看，你是長著個兔子膽，聽斜了耳朵，自己嚇唬自己！」

「老高爺爺，騙你不得好死！俺聽得清清楚楚，『嗚嗚嗚』地叫了好幾聲呢！」

「那……為啥，這煞兒，屁聲不見一響呢？」

一面說著，老人俯身在地上仔細觀察。剛往前走了十來步，只見靠近溝沿的路邊上，凸起一條長雪堆，用腳一趨，下面露出了一隻穿著破工農鞋的腳。

「呀，是個路倒！」高有福驚呼一聲，急忙把獵槍遞給鐵柱，雙手扯著那只腳，用力一拽，從路旁斜坡上的深雪中，拖出一個俯臥的中年男子屍體。

「咦，既然先會兒還出聲，說不定還沒死呢！」一面說著，老人將路倒翻仰過來，把手伸到口邊試了試，急忙喊道：「鐵柱，快過來。這人還活著，快把他背到我家去！」

鐵柱將「路倒」背上，跌跌撞撞，回到老人家裏，一仰身子把「路倒」放到了熱炕頭上。老人給「路倒」蓋上被子，急忙燒了一碗姜湯給他灌上。中年男子的氣息，漸漸深長起來。過了足有半個多鐘頭，方才慢慢睜開了雙眼。一看炕前站著兩個陌生人，蠟黃的瘦臉上，頓時熱淚縱橫。他吃力地爬起來，在炕上「咚咚咚」磕起了響頭，嘴裏不住地嗚嗚哇哇。這裏朝鮮人多，兩人聽得出，這人說的，不是鮮族話。

原來是個啞巴。

俗話說：十啞九聾。而這個啞巴，竟是「十啞」中的幸運者——只啞不聾。這雖然給了不會打啞語的交談者帶來不少方便，卻沒法知道他的來歷。細看此人面貌，不過三十出頭，寬額准鼻，臉色枯黃，兩道濃密的劍眉，顯出幾分英氣。略顯高聳的眉骨下，閃著兩隻有神的大眼睛。身材中等，上身穿一件海昌藍破棉襖，肩頭袖口等處，綻出了土褐色的棉絮。下身穿一條辨不清顏色的破單褲，兩隻膝蓋頭，各有一個拳頭大的破洞，露出了裏面土褐色的絨線褲。頭上戴一頂皺皺巴巴的藍解放帽。這身打扮，不由使人想起城市裏在垃圾堆上混生活的乞丐。不過，在解放了的新中國，餓死也不准做乞丐呀。這人難道有這份膽量，敢給社會主義抹黑？

在長白山區，每到冬季，零下二三十度是家常便飯。不論男女外出，都穿著厚厚的棉衣棉褲，頭戴狗皮帽子，腳蹬膠靴或者靰鞡。如此裝扮，尚且凍得稀溜著鼻子一溜小跑，彷彿身後有一頭餓狼追著。啞巴穿著這樣一身「行頭」，不被凍死，實在是個奇蹟！眼下大雪封山，沒有要緊的事情，人們很少外出，這人怎會來到偏僻的豹子洞呢？

高老漢正在納悶，鐵柱附上他的耳朵，低聲說道：「高大爺，這人會不會是大獄裏的逃犯呢？」

「不對，咱這塊兒的勞改犯，五冬六夏，上下一身老藍布，不是這種打扮。這人倒像是剛從關裏家來的盲流。」

「興許是個外逃的五類分子吧？」

「咳！什麼『分子』也是人，咱不能見死不救。我先給他弄點吃的再說。」

高老漢扶著啞巴坐好，拉過被子，給他圍在身上。轉身舀來一碗溫在鍋裏的小餷子飯，端到他的面前。啞巴雙手接過，三口兩口喝了下去。接著，伸碗還要。老漢接連又給他舀了兩碗，眨眼的工夫，又是碗淨飯光。看那饕餮樣子，分明是已經餓了幾天了。老人只得又拿過一個玉米麵牛舌頭餅遞給他。看著他狼吞虎嚥吃完了，抱歉地說道：

「夥計，俺可不能再給你了。俺就是三天不吃飯，也真想管你個飽。可，你餓得肚皮貼上了脊樑骨，吃多了會撐出毛病來的，今下黑，就將就吧。啊？」

鍋裏的稀粥只剩下半碗。老漢刮乾淨了鍋，把稀飯喝下，又把剩下的半塊牛舌頭餅吃掉，來到水缸前彎腰喝下半瓢涼水，打發了一頓晚餐。

鐵柱看看沒有自己的事，轉身要走。老漢囑咐道：「鐵柱，啞巴的事，千萬別跟外人說，就咱爺倆知道算啦。反正明天就打發他走。」

可是，鐵柱前腳出門，老人便犯起了嘀咕：「唉……明日可該咋辦呢？讓他走吧，雪下得這麼大，他身上這點衣服，非凍死不可！俺總不能把穿了半輩子的老羊皮襖，也脫給他呀。不讓他走呢，如今不是當年啦，生產隊分的這點嚼穀，一個人都餓得夜裏睡不著，再加上這麼一條壯漢子，還不得一塊餓死？唉！父子不顧的年頭——趕明兒早早打發他走人得啦。」

不料，第二天早晨一看，啞巴的兩隻腳腫成了兩隻大熊掌——根本走不動路。等到老漢用偏方給他治好了凍傷，已經過去了半個月。不管怎麼勸說，怎樣催促，啞巴流著淚，連連磕頭，就是不肯離去。老漢無計可施，只得讓他留在自己家裏。外人問起來，說是求人找來的過繼兒子。望著人們懷疑的眼色，老漢理直氣壯地解釋：

「咳！不找上個依靠，等到俺鼓踴不動了，誰掇瓢涼水給俺喝？啞巴怕啥？俺喜歡的就是啞巴。要是個靈牙利齒的，俺還怕把俺這老孤拐氣死呢！」

從此，啞巴成了高有福老漢的「過繼

兒子」。

四

高有福向申隊長苦苦懇求，讓他的過繼兒子做三隊的社員。可是，申貴的腦袋搖得像貨郎鼓：

「老高頭，你認為這兒是盲流收容站？這是一大二公的人民公社，是跑步進入共產主義的火車頭！把一個來歷不明的傢伙，收留下來當社員？你把心放在肚子裏吧——沒門！」

沒有戶口，便是「黑人」。不是「光榮的人民公社社員」，便成了違法的「黑盲流」。有了這兩頂黑帽子，啞巴便沒有權利到生產隊幹活，掙那一天三兩活命口糧。眼下，隊裏的工分，已經降到了六厘四。一個整勞力一天幹下來，只折合六分四厘錢。再增加上一個整勞力，豈不是又得讓珍貴的工分貶值？

不是餓死，便是離開。擺在啞巴面前的只有這兩條路。

啞巴分明知道，在杳無涯際的「紅海洋」裏，他的命運之舟，不論漂流到哪裏，都找不到一處避風港。走與不走，命運相同——餓死。但看著繼父幾夜不合眼，巴嗒巴嗒抽著煙袋坐到天明，他不忍心再連累老人。他把水缸挑滿，將十多捆柴禾拿進鍋灶旁小心地堆放好，把院子裏裏外外打掃得乾乾淨淨，又給老人捉了一天蝨子，燒了半鍋開水，給老人燙洗了內衣。然後跪到地上，恭恭敬敬給老人磕了三個響頭。爬起來，頂著滿臉熱淚，一步三回頭地向山外走去。

「我的好兒子，你不能走哇！」啞巴已經走出去很遠，老漢又追了上去。雙手扯住啞巴的胳膊，哽咽著往回拉：「孩子，跟我回去。放心吧，餓不死老漢我，就餓不死你。要死，咱爺兒倆一塊兒死！」

啞巴流著淚，又回到了老人的家。

第二天，老人便帶著他上山找活路——挖

藥材。長白山的藥材天下聞名。關東山「三大寶」，人參、鹿茸、靰鞡草，都產在這裏。如今，野鹿幾乎絕跡，鹿茸都產在國營或集體的鹿場裏。人參有兩種：移山參和野山參。移山參來自參園子，同樣屬於集體所有，個人不得染指。野山參則是深山老林的精靈，價錢幾乎賽過黃金，趕巧遇上一顆，夠爺兒兩個吃上一年半載的。不過，那得有大財運才能碰上。爺兒兩個不敢做那美夢。此外，像構杞，貝母，當歸，細辛，獨活，黃芪，五味子，川龍骨，苦黃連，五加皮，以及蒲公英，三枝九葉等珍貴藥材，雖然不能說是俯拾即得，卻也不難採集。一個人專攻其事，養活一兩個人綽綽有餘。

在老人的指導下，啞巴認真學著采藥。不料，剛剛采了兩天，申貴便找上門來。

「老高頭！啞巴不懂政策，莫非你也不懂？你倆想進學習班，說痛快的，我可以親自送你們去！」他虎視眈眈地盯著老漢，像審一個囚犯。「媽拉個巴子的，竟敢在我的眼皮子底下橫行無紀！知道嗎？采藥賣錢，走的是資本主義道路，是原則性的錯誤！哼，社員們都躲得遠遠的事，一個黑盲流，竟然頂風而上，簡直是膽大包天！告訴你們：啞巴再敢上山采藥，別怨領導對你們不客氣！把已經采回來的這些屌玩意兒，統統給我扔了！」

一面說著，申貴抬起右腳，將曬在門前葦箔上的五味子、細辛等，踢得老遠。

「是，是。」高有福連忙答應。

臨出門，申貴又甩下一句話：「揀只刺蝟往懷裏揣——自己找不自在！」

聽說要進學習班，高老漢驚得渾身打哆嗦。頂風而上，被割了「資本主義尾巴」不是玩的！他只得改弦易轍，讓啞巴跟著婆娘們上山，學著捋野菜。

關東山真不愧是一塊風水寶地，寶貝都到處有，野菜更是遍地皆是。蕨菜，苦菜，大葉芹，小根菜，樺子菜，槍頭菜，牛毛廣，黃花菜，貓爪子，河白菜，猴子腿，牛蹄碗，刺楞芽，刺果棒，龍須菜，四葉菜，燈籠花，山白菜，老豆秧子，山胡蘿蔔……五花八門，應有盡有。「百年不遇的特大自然災害」沒光顧之前，哪有人理睬什麼山菜，至多偶爾采回一點嘗個鮮。現在卻成了人們活命的寶貝。如今，男女勞力、半勞力，一年到頭，頂著三星摸著黑，在生產隊裏戰天鬥地。今天冒雨會戰牛脖子，明日挑燈夜戰馬襠溝。結了婚的女人，可以留在家裏做飯照料孩子。找不到東西下鍋，便將孩子拴在窗戶欞上，或者捆到背後，上山打食。往常無人理睬的山菜，如今成了不亞於山珍海味的美味佳餚。長白山一帶，之所以餓死的人少，山菜樹皮功不可沒。

啞巴心眼機靈，手下麻利，辨認的快，采的也快，半天就可以捋一大筐。捋的山菜自己吃不完，便送給年老體弱、無力上山的社員。不論送給誰家，都是千恩萬謝。山菜成了啞巴與社員溝通的橋樑。

想當年，山溝來了逃荒的外鄉人，不論是一人，還是全家，誰家不是熱情招待？逃荒人自己不說走，主人決不會主動開口攆。誰要是連這點德行都沒有，就不配作個關東人，人們吐唾沫也能把他淹死。

不幸，一切都成為過去。昔日的慷慨，如今只能在夢寐中回憶，咀嚼品味。眼下，一座座低矮茅屋裏傳出的吵鬧、打罵聲，什九是因為一點活命的口糧所引起。有的人家，僅僅因為一口吃的，鬧得妻離子散。陶大明結婚不到兩年，因為只顧塞自己的肚子，媳婦餓得渾身浮腫，倒在炕上爬不起來。娘家來人抬回去「治病」，從此有去無回。後來得知，媳婦早已偷偷到北大荒嫁了人。王石頭的媳婦，抱著兒子走娘家，同樣一去不見蹤影……

俗話說，飽暖生淫欲，饑寒起盜心。百年不遇的大饑饉，不僅成了拆散和睦家庭的誘因，而且幾乎銷蝕盡人們的廉恥之心！

這幾年，凡是可以下肚充饑的東西，都成

了偷竊的對象。偷吃的，成了一項人人效法的比賽。勤勞善良的山區農民，幾乎個個被逼得成了「三隻手」。袖子、帽子、口袋，甚至褲襠，都巧妙而自然地成了「作案」的幫手。地裏的莊稼，熟了什麼偷什麼，只要躲過幹部的眼，苞米棒，穀子穗，黃豆莢，高粱穗，拼命往袖子、口袋、帽子甚至褲襠裏塞。到了莊稼接近成熟的季節，在社員收工的路上，總有一道美妙的風景線：有的腋下夾著農具、雙臂緊緊抱著肚子；有的低頭聳肩，兩手死死地抓住袖口；有的一手拿鋤頭，一隻手扶著帽子；也有的雖然甩著兩隻手，卻是兩腿臃腫、步履蹣跚。不用說，收穫就在褲襠裏……

有一首帶著淚音的民謠，吟詠的就是這種「盛況」：

懷裏掖，褲襠藏，
見了婆娘膽才壯。
並非忘記要臉面，
肚裏空著三尺腸！

這是迫不得已的。還有理直氣壯中飽含憤懣的：

十個社員九個賊，
一個不偷准伸腿。
「一大二公」實在好，
鐵鍋只能煮淚水！

相比之下，「黑人」啞巴反倒多了幾分自由。他跟繼父倆合吃三兩口糧，人雖然一天天苗條，卻僥倖地活了下來，而且成了慷慨的施捨者。全隊的人幾乎齊聲誇這個沒嘴葫蘆，「心腸像觀音菩薩」。漸漸的，人們忘記了啞巴來路不明的身份，有事總愛請他幫忙。有了好吃的，像捉到隻野兔、套住隻山雞啥的，也忘不了請啞巴犒勞一頓。

直到發生了一件轟動全公社的救人事件，

在高老漢的再次懇求下，啞巴方才由黑變紅，成了黑龍頭大隊豹子洞三隊一名預備社員。

那次救人事件，發生在啞巴到來的第二年初冬。

一天下午，走投無路的貧農社員周鐵柱，踏冰過江，去野豬嘴大舅家借糧。大舅沒有糧食，又不忍心讓外甥空手而回。便將家裏僅有的半筐地瓜送給了他。那是在山背後的樹叢中，偷偷開出的「小塊荒」裏收穫的。

在長白山區一帶，山崖縱橫，遮天蔽日，將大地擠壓得只剩下溝溝壑壑。山嶺雖多，卻很難見到裸露的岩石。舉目所見，到處披綠掛翠，一片鬱鬱蔥蔥。白樺，椴樹，柞樹，榆樹，楊樹，柳樹，落葉松，馬尾松，黃鳳梨，核桃楸……一叢叢，一片片，溝接崖連。近幾年來，隨著林木一天天減少，許多山坡上只剩下齊腰深的雜草。只要割掉雜草，下面便是黑油油的腐殖土，用不著施肥，種上什麼，什麼瘋長。真正是春天捅一棍，秋天吃一頓的寶地。可是，誰要是偷偷摸摸地去開點荒，種上點玉米、南瓜啥的，那可是嚴重的違法行為。輕則遵命立刻親手毀掉，將毀掉的秧蔓或果實掛到脖子上，到社員大會上當眾檢討，深挖「資本主義禍根」。重則跪到地上，向偉大領袖毛主席請罪。跪的時間長短，視認罪的態度好壞而定。情節嚴重的，則押送大隊「學習班」，家裏送著飯，白天修大寨田「脫胎換骨」，夜晚一面學習「紅寶書」，一面檢討，罰跪，請罪，甚至互相打耳光，搗拳頭。態度惡劣者，則劃上樑頭「醒腦筋」。

不幸，威鎮四方的嚴刑峻法，平息不了翻腸倒胃的咕咕鳴叫，「資本主義尾巴」始終像割韭菜，割了一茬又一茬。周鐵柱姥姥家所在的野豬嘴生產隊，幾乎家家開了小塊私荒地，支部書記睜隻眼閉只眼，佯作不知。據知情人說，支部書記在更遠的山窩裏，種了至少有半畝地瓜。看來，覺悟和原則性，在饑餓面前照樣會繳械投降。不然，鐵柱今天仍要空手而歸。而在豹子洞，由於支部書記申貴的原則性特別強，前幾年，一連送了幾個「破壞分子」，進了大隊學習班，再也沒人敢惹那個麻煩。難怪，三隊的饑荒，比臨近的幾個生產隊血虎得多。

周鐵柱拿條麻袋背上地瓜，高高興興往回走。此時，渾江封江不久，去的時侯，他擔心冰薄有危險，脅下夾根長木杆，繞了一段路，從一處水面寬闊的地方，安全地走了過去。回來時，一則，怕被隊幹部看見；二則，覺得去的時候很安全，不妨徑直從蝙蝠洞下過江，不必繞遠路。殊不知，這裏的水面比別處窄得多。江窄水深，溫度高，冰層必薄。鐵柱忘了這一點。

他來到江邊，背著舅舅的慷慨饋贈，放心大膽地朝對面走去。還沒走到江心處，便聽到「咯吱」、「咯吱」兩聲脆響。他驚呼一聲「不好！」急忙掉頭往回退。可是，已經晚了，沒等他轉過身子，「呼隆」一聲，連人帶地瓜，從冰窟隆裏掉進了冰冷的江水中。多虧他身上穿著棉衣下沉得慢，沒有立刻沒頂。他急忙鬆掉手中的麻袋，雙手緊緊抓住面前的冰沿兒，方才沒有隨著麻袋一起被江水沖走。不然，一旦沖進冰層底下，頭頂上是無邊的大冰蓋，腳下是夠不到底的滔滔江水，任憑你有天大的游泳本領，也休想活著逃出來。

鐵柱顧不得救命的口糧，兩手緊緊撐著冰層邊緣往上爬。可是，已經浸了水的大棉襖，增加了身體的重量，他費盡九牛二虎之力，仍然無力將身子撐上冰面。好不容易將一隻腳伸到冰面上，一用力，「喀嚓」一聲，冰層再次斷裂，他重新落到了水中。再爬，再斷，如此反復了若干次。他已經精疲力盡，知道僅靠自己的力量，絕不能夠脫離險境，只得大聲喊救命。

呼救聲被一位社員聽到了。他跑到江邊一看，扭頭回去叫人。不多一會兒，江沿上黑壓壓站了一片人。看到眼前的情景，一個個大眼瞪小眼，誰也不敢冒著生命危險往冰窟窿裏鑽。一個膽大的青年上了冰層，放輕了腳步，試探著往前走。剛走了五六步，便聽到了「咯吱」一聲，驚呼一聲「俺的媽呀！」急忙退了回來。

正在無計可施，申貴聞訊趕來了。他站到一塊大石頭上，焦急地喊道：

「三隊的社員同志們，周鐵柱是貧下中農的子弟，是我們的階級兄弟呀。咱們不能眼睜睜地瞅著讓他淹死！我們要拿出一不怕苦，二不怕死的無產階級革命精神，堅決下去救人。同志們，趕快行動呀！」他的聲音尖利高亢，像耳邊呼叫的山風，但卻沒有一個人理睬。他指著面前的幾個青年，憤怒地吼道：「媽拉個巴子的！平時跟我賣膏藥：見困難就上，見榮譽就讓。到了動真格的時候，一個個成了他媽的熊包、怕死鬼！喂！有種的給我上，救出人來，我准他三天假，獎勵乾苞米二十斤！」

俗話說：重賞之下，必有勇夫。申貴的「重獎」，卻像鵝毛掉進火裏，沒有一點回聲。卻聽到哧哧的笑聲傳來。

「媽拉個巴子的！誰在笑？這裏肯定有階級敵人！」申貴一聲怒吼，四周立刻鴉雀無聲。他環顧眾人，繼續喊道：「怎麼？你們嫌獎得少？那就給十天假，獎三十斤乾苞米！萬一為了救人淹死在冰窟窿裏，我給他申請烈士待遇！你們聽清楚了沒有呀？」

除了周鐵柱無力的呼喊，江岸一片寂靜。看來，生命比物質和榮譽更重要。過了許久，仍然沒有人敢於站出來奪獎當「烈士」。人們都說，渾江是條饞江。這些年，附近的冰窟窿裏不止淹死過一個人，洪水季節，濁浪上常常漂著屍體。當地流傳著一句民謠：「白山是富山，渾江是饞江。」看來，誰也不想作這條饞江的美味佳餚！

這時，周鐵柱落水，足足過去了大半個鐘頭。他的兩肘雖然勉強撐在冰面上，身子卻在逐漸往下沉。求生的欲望，促使他喑啞著嗓子連聲哭喊：

「叔叔大爺們……俺不行啦，趕快……想想辦法，救救我呀！嗚嗚嗚……」

可是，沒有人能想出辦法。

正在無計可施，高有福老漢出現在江沿上。他瞟一眼爬在冰上的鐵柱，向幾個年輕人喊道：「別愣著，快去找幾根木杆來，越細長越好——快！」

三個青年掉頭走了。不一會兒，先後抗來四五根長木杆。老漢接過一根，來到江邊，將木杆平放到冰上，對準落水人猛地一推。木杆留下一道白線，倏地向前滑去。眼看就到了鐵柱的跟前，卻在兩米之外緩緩停了下來。老漢長歎一口氣，向站在身旁的石鎖吩咐道：「石鎖，你的勁大，你來！」

石鎖學著老人的樣子，接連推出兩根木杆。但不是用力過猛從落水人的面前滑得遠遠的，就是方向不對斜向了一邊。直到推出第三根，方才停在了落水人的面前。木杆約有一丈多長，接觸冰面的面積大，足可負載一個人的重量。可是，鐵柱雖然抓住了木杆，卻無力爬上冰面。人們看得很清楚，他凍得通紅的雙手，很快就要連木杆也握不牢了。

山區天黑得早，剛過下午三點，太陽已經隱到了西山的背後。蒼茫的暝色已經籠罩在大江的上空。再不趕緊想辦法把人救上來，等到天完全黑下來，就更沒有希望了！

千鈞一髮，人命危急！

「孩子呀，快抓住木杆往上爬呀！」聞訊趕來的鐵柱娘，伏在河岸上大聲哭喊。

「娘……娘啊，我……不，不行啦！啊，啊，啊……」雙肩都沉到水下的鐵柱，聲音喑啞地哀哀哭叫。

「老天爺呀，快救救俺的兒子吧！」鐵柱娘聲嘶力竭，「萬一孩子有個好歹，叫俺老婆子咋活呀！啊啊啊……」

「他娘的！這可咋辦呀？」人們不住地

跺腳。

「唉！多麼好的一個青年喲，這下子完啦！」有人揩起了眼淚。

「要是有一架直升飛機就好啦！」也有人說起了不著邊際的廢話。

「該死的！到了這工夫，還在放那沒味兒的屁！」

「你有救人的好法子，倒是快拿出來呀！」

人們跺腳，流淚，哀歎，埋怨……他們的鄉親，一個好青年，就在他們面前二十米遠的冰上遇險，卻無計救他脫離險境……

眼看著，鐵柱就要沉入江底被激流卷走。這時，高有福老漢倏地站起來，彎腰拾起一根木杆，夾到腋下，大步向江心走去。一面低聲嘟嚕道：

「鐵柱不能死，他還有老娘。我這老孤拐，豁出去了！」

不料，他剛剛踏上冰面，忽然被人從後面抱住了。回頭一看，自己的過繼兒子，不知啥時侯來到了江邊。老漢正要發怒，瞥見啞巴身上，除了一條褲叉，什麼衣服也沒穿。腰裏卻紮著一根長繩子，繩子的一頭拖在身後。他把繼父推上岸，扭頭向落水人走去。

啞巴的腳步輕柔而急促，很快靠近了江心。眼看離鐵柱只有兩三米了，只聽得「呼隆」一聲巨響，啞巴也掉進了江裏。只見他揮動雙拳敲著冰，奮力向鐵柱游去。剛遊到鐵柱身邊，突然沉到水下不見了。

「完啦，啞巴也完了！」人們一陣驚呼。

不料，驚呼聲未歇，鐵柱像被彈簧彈起來似的，從水下倏地斜飛到了冰面上。緊接著，啞巴也露出了水面。高有福老漢急忙指揮人們拉繩子。借助繩子的力量，啞巴很快爬上了冰面。鐵柱已經凍僵了，伏在冰上不能動彈。啞巴爬到他身邊，雙手抱著他的腰，被人們拖到了岸邊。

鐵柱得救了。

望著被人抬走的落水者以及勇敢救人的啞

巴，申貴不無遺憾地大聲感歎：「媽拉個巴子的！咱們三隊這麼多的棒小夥子，一個個都是他娘的孬種——咋就沒有一個人能學學雷鋒呢？竟叫這啞巴把頭功搶了去！不過，天底下沒有無緣無故的恨，也沒有無緣無故的愛。看來，啞巴的階級出身不會有啥問題。今天他給我爭了臉。這兩年，我的思想工作總算沒白做。我得好好獎勵他：馬上給大隊打報告，批准他作咱們三隊的正式社員。」

不知是忘記還是故意不說，申貴沒提物質獎勵和放假的事。

真是無巧不成書：頭年冬天，啞巴被鐵柱和高有福從雪窩裏救了出來。現在，啞巴又救了鐵柱一命——命運竟然兜著圈兒輪回。

鐵柱揀回了一條命，啞巴卻凍出了一場病，養了一個多月才好。但救人的英雄壯舉，傳遍了整個公社。幾天後，他成了光榮的人民公社社員——被分配到大圈喂豬。啞巴感恩載德，知恩必報。他起早帶晚，手腳不停，三個飼養員的活，幾乎被他一個人包下了。

兩年後，一輩子未娶上媳婦的高老漢，忽然半身不遂癱到了炕上。啞巴喂湯餵飯，端屎端尿，賽過親生兒子。人們都說，高老漢行好得好，從雪窩裏撿了個孝順兒子。今年開春，高老漢走過了七十四年人生歷程，撒手而去。彌留時，當著申貴等隊幹部的面，枯黃的瘦臉上露出笑容。他扯著啞巴的手，用暗啞的喉音，斷斷續續地交代後事：

「孩子，不管你是從哪兒來的，是盲流還是什麼，反正你是好人。多虧了你的孝心，老漢我多活了這些年。俺知足啦。俺是個窮光棍，手頭沒有體己，只有這兩間破草房和那件破羊皮襖。俺要走啦，把它留給你，算是俺老漢對你的孝心的一點報答。」

老漢喘息了一陣子，指著啞巴，顫顫巍巍向申貴祈求：「申隊長，俺老漢最後求你一件事：啞巴是殘廢人，往後，求你們多多照看……給他正式補上個戶口，他可是個好社員呀！」說罷，老人頭一歪，咽了氣。

啞巴披麻戴孝，殯葬了繼父，從此成了兩間草房的主人……

昨天傍晚，申貴突然來到他的家，吩咐道：「啞巴，今晚有緊急情況，你到飼養室裏睡覺去。」走了幾步，他又轉回身吩咐：「記住，家裏別鎖門！」

豬子不像牲口，不需要夜間餵食，夜間看豬的差事，平常都由民兵負責。因為民兵值班室，就設在飼養室的大炕上。

不知是啞巴感到事情蹊蹺，還是擔心白天剛領到的五棒苞米，被人偷去。他在飼養室的大炕上躺了不過半個鐘頭，便爬起來回家探望。剛走上西山坡，隱約望見申貴和楚勝拉著曾雪花向自己家裏走。他繞到後窗外偷偷往裏瞧，立刻明白了「緊急情況」是什麼。立刻跑到知青點，比比劃劃向打撲克的楊滿倉、馬繼革等通了消息。

於是，便有了那場怒捉強姦犯的活劇。

這個不會說話的漢子，大概做夢也想不到，他的勇敢舉報，惹下了滔天大禍。

五、告狀的罪人

一

一束束碧綠的嫩芽，簇擁著朵朵紫豔的新蕾，在碧桃枝頭當風搖曳。一隊隊大雁，擺著人字形的整齊並列，向著北方緩緩飛去。砭骨侵人的凌厲寒風，終於被和煦的豔陽驅趕得銷聲匿跡。

充滿生機的春天，邁著蹣跚的腳步光臨長白山麓。

來到戶外，鳥語聲聲，和風拂面，彷彿有一雙溫柔的小手在臉頰上輕輕撫摸，舒服極了。但是，人們並不喜歡這豔陽和風，更害怕在這個季節外出。因為，積存了整整一個冬天的厚厚雪被，到了臨近中午的時刻，上面的一層被太陽溶化，下面的一層被雪水一侵，當夜就結成了一層厚冰。每到日中時分，上面是水，下面是冰。走在這樣的路上，即使拿出十二分的小心，也免不了摔跟頭。等到太陽剛剛爬近西山，冰水合一，重新凍結成明鏡似的冰溜子。沒有溜冰的本事別想上路。每到這個季節，小溪琅琅歡唱，大河湯湯汩汩，俗稱「發桃花水」。等到路面上的冰層溶化完，吸足了水分的泥路，仍然跟人們過不去，早晚是堅土，中午是稀泥。走到路上，像踏進半年沒清理的牛欄，比在冰雪上行走，更令人生厭。這樣的路況，至少要持續半個月到二十天。直到地面上的水分全部蒸發掉為止。

從昨天傍晚起，天空飄起了零散的雪花。今天早飯後，飄雪轉成了霏霏細雨。知青點上的年輕人，一個個歡呼雀躍！人人祈盼的雨雪天，終於來了。這是他們的節日：用不著再出工流臭汗戰天鬥地，可以舒舒服服待在家裏，自由自在地摔老k，或者蒙頭大睡一整天。

「鐺鐺鐺！」傳來了一陣急促敲鐘聲。這是催促社員出工的命令。

「老天爺，行行好吧：要下，就像模像樣地下他娘的一陣子，咱們也好舒舒坦坦地在熱炕頭上歇上一天。這樣不死不活地瞎瀝拉，還得去挨淋受凍。這身破棉襖淋透了，不冰出個好歹來才怪呢。他娘的！」馬繼革伏在紙窗的破洞上，向著外面的天空張望，一面大聲咒罵。

「馬繼革，咋唬啥呢，當心隔牆有耳！」說話的是緊挨著鋪的樸合作。

「屌毛灰！咱又沒跟政治沾邊兒，怕的哪份子？」重新躺到炕上的馬繼革，長聲拉氣地反駁。「你那高麗棒子表哥，不是剛邁出大獄的鐵門檻，立刻當上了縣革委副主任嗎？有了這把大紅傘，你還怕掉下雨點打破頭？幹嗎老是捧著卵子過河呢？」

被稱作「高麗棒子」的，是朝鮮族青年樸合作。他少年老成，答話慢條斯裏：「哼，不要說是一個芝麻粒大小的副主任，連那大名鼎鼎的陶鑄，政治局常委、文革小組顧問，了不得吧？三天沒當到頭，說一聲『拉下馬』，便成了一塊擦屁股的臭石頭！咱那表哥，當初不也是響噹噹的『衛東彪造反兵團』的紅司令嗎？咋樣？換了一幫支左的，立刻成了階下囚！走馬燈轉得好快呀！你馬繼革，也別依仗著老子爺爺的大紅傘，舌頭上撤尚，得意忘形。常言說得好：小心強似懊悔，後悔藥吃不得咯！」

「哈哈哈……」馬繼革縱聲大笑。

「喂，姓馬的，咱說的都是實情，你笑什麼？」

「我笑你自己舌頭上撤了崗！」

「淨瞎扯！咱姓樸的一顆紅心向著黨，誓死捍衛毛主席——從來不說沒遮攔的話。」樸合作向後一仰，靠在鋪蓋卷上，「不是吹的，你小子要是能給咱找出半句不是革命左派的言論，咱倒著走給你看。」

「哼，『捨得一身剮，敢把皇帝拉下馬』，是誰說的？連皇帝都敢拉下馬，何況小小的陶鑄！你不是在惡毒攻擊偉大領袖，是什麼？」

樸合作「啊！」了一聲，倏地坐起來，神色慌張地掩飾道：「我可沒想到要……」

一看對方驚恐的神色，馬繼革得意地笑了。他警惕地瞟一眼屋子裏的知青，故意提高了聲音：「樸合作，你說得也是：那陶鑄狗膽包天，竟敢反對偉大領袖毛主席，就是應該叫他靠邊站著涼快涼快！」

「好——雨下大了！」女知青白豔高喊起來。「今天可不用受凍受淋啦！」

「萬歲，萬萬歲！」窗外嘩嘩響的雨聲，彷彿是喜訊捷報，滿屋子人齊聲歡呼起來。

「喂，你們呼萬歲幹啥？」楊滿倉披條麻袋一步闖了進來，「莫非又有特大喜訊——毛主席他老人家又發佈了最新指示？」

馬繼革答所非問：「滿倉，你來得正好，還是咱倆打對門。」

「不，今天不想打撲克。」

「怎麼啦？」馬繼革此時方才注意到滿倉憂鬱的神色，「莫非又出了事？」

「一口咬不著，再咬第二口。他娘的，把人往死路上逼！」

馬繼革催促道：「到底是怎麼回事？快說出來，哥們兒幫你想想辦法呀。」

「俺就是為這事來的。」

滿倉把身上披的麻袋片拿下來，往地上一扔，將申貴跟他爹談話的內容作了敘述。末了，忿忿地說道：「他還命令我爹把俺姐姐看起來，聽話韻，趙魁也要跟著倒楣。我們哥倆，順從便罷，稍有不從，立刻給顏色看看。」

「看顏色是小意思。他對你姐姐這樣狠毒，實在是欺人太甚！」馬繼革從炕上坐起來，兩眼盯著滿倉：「你們，打算怎麼辦？」

「唉！你還猜不出？我爹跟我哥膽小，我娘勸我姐認命，我姐氣不打一處來。可，一個姑娘家有啥能耐？跟堂堂支部書記計較短長，不是自找苦吃。」

馬繼革問道：「你打算咋辦？」

「哼！我恨不得……」滿倉咬牙切齒。

「滿倉！」正在悔恨失言的樸合作，急忙搖手制止。「你坐下，有話冷靜地說。」

滿倉坐到炕沿上，拿拳頭猛搗自己的大腿，恨恨地說道：「娘的，有啥好說的！」

「滿倉，你得倍加小心，絕不能盲目蠻幹。」樸合作字斟句酌，「要不然，打不著黃皮子落一身騷。」

馬繼革開導說：「滿倉，幹嘛不向陶木匠請教呢？我看得出，那人關心人，有水平，很不一般！興許他能給你出個好主意呢。」

「唉，那個盲流，是個兔子膽。他說，要是俺們無把握打贏官司，還是忍耐的好。」

「那倒也是。」樸合作連連點頭。「最好少戳那馬蜂窩——弄不好賠了夫人又折兵！」

「哼！這怕，那怕！不成就眼睜睜地瞅著曾雪花遭殃？」馬繼革握起右拳猛搗在貼滿語錄的牆壁上，「滿倉，走——我陪你一塊去跟陶木匠商量商量。」

二

陶南給楊滿囤打完了炕琴，回到親戚家，便閒了下來。全大隊聞名的巧木匠，竟沒有人接著來請。不是沒有人家羨慕他的手藝，而是愁那口吃的。總不能讓請來家的手藝人，跟著全家人吃摻了棒子秧和榆樹皮的黑窩頭呀！

姑丈母娘見他愁眉苦臉，怕他急躁出病來，半是開導，半是安慰：「你姐夫，你起早貪黑地忙活了一個多月，趁著眼下活路不接續，正好歇兩天。你這人，幹起活來就忘了歇息，像幾輩子沒撈到活幹似的。這可不同於你當領導幹部的時候，如今是遠路風程，出門在外，萬一累出個病呀災呀的，咋辦？耍手藝的人，靠的是身子骨，可不能像集體養的牲口，不管累成啥樣，盡往狠裏使！要知道，就是當討郎子，也得兩條腿能跑門呀！」

面對親戚的勸導，他焦急地答道：「三姑，我這人性子急。再說，你家吃的這麼困難……」

「你姐夫，咱們是至親，可不能說見外的話。」在一旁編筐子的姑父，望著迷惘的內侄女女婿，幫著指點迷津。「走哪山，唱哪個曲。現如今，天天吆喝著『封山育林』，可山上的林子一天比一天稀拉。有幹部們帶頭，哪家不偷偷摸摸砍下點？想做活的人家並不少，可沒有幾家請得起木匠——缺那口吃的呀！活路少，就得悠著點幹，該幹三天，幹上他五天。活有得幹，飯有得吃，心裏不急，人不遭罪——多好！只顧營生，不顧身子骨，急急忙忙幹完了，人閒得難受，還沒地方吃飯——何必呢？這並非是不講義氣，是水幫魚，魚幫水。只要咱們把活路幹得磁實有成色，也就對得起東家了。你說，是這麼個理不是？你姐夫，俺這是跟你說手藝人的竅眼兒，可不是怕你在我這兒吃幾頓飯。只要你不嫌這兒埋汰、飯食孬，儘管住。」

「唉！」三姑把針插在手中縫補的破褲子上，扭頭擦擦眼淚，歎口氣插話道：「吃了大半輩子公家飯的人，他姐夫哪裏懂得這些手藝經呀！」

他怕老人繼續說出漏底的話，急忙截住她的話頭：「三姑，我總覺得，東家一日三餐端著野菜碗，而獨獨讓我吃牛舌頭餅，喝小餷子飯，就得拚命地把活做得又漂亮，又麻利，儘量減少幾個工，少吃幾頓飯，以減少人家的困難。沒想到，沒有人來求的時候，閒待著如此難受。唉，姑父說得對，往後，我還真得改改這個急性子毛病呢。」

為了安慰親戚，姑丈悠閒地說道：「你姐夫，趁著下雨不出工，我說個故事，要不就唱幾個小曲給你解解悶兒，咋樣？」

三姑一聽，急忙說道：「你姐夫，別看你姑父是個睜眼瞎，唱起小曲兒，說起故事來，一肚子兩肋笆。識字解文的先生，也沒幾個能賽得過他呢。」

陶南心想，一個文盲，充其量會唱幾首山歌俚曲，不會有值得一聽的好歌。不如聽點有關風土人情的故事。於是，試探地問道：

「姑父，我對於你們滿族的歷史，倒是很感興趣，您能給我說說嗎？」

「那好呀！」老人粗眉高揚，紫膛色的圓臉上神采奕奕。「俺們滿族的歷史，可是大有來頭，了不起得很哪！」

接著，老人便講起了他們滿族的「來頭」……

三

在高高的，直插青天的長白山上，有一座晶瑩碧澈、綠寶石一般的寶湖——天池。不知哪年哪月，水上漂來一枚鮮紅耀眼的果子。住在天上的庫倫仙女，從來沒見過這麼好看的寶貝。她按奈不住好奇心，飄然降臨天池，踏著碧波，來到豔紅的果子跟前，久久凝視。越看越愛，不由得伏身嗅起來。只覺得，一股濃濃的香氣直透肺腑。她在天宮裏，也從未聞到過如此醉人的氣味！禁不住伸出舌頭舔一舔，只覺得通體舒泰，香甜無比。索性含在嘴裏吮一吮，不料，剛一張口，那果子骨碌碌滑進了肚子裏。從此她就懷上了孕。十個月後，生下了一個大胖小子——滿族的祖先布庫裏雍順。

「你看，俺們滿族的老祖宗，並非是凡人，乃是仙女所生哪！真的是了不起呀！」說過開篇，老人興奮地點上一袋旱煙，深吸兩口，意味深長地問道：「我聽說，你們漢人的祖先是女媧用黃泥捏成的，是嗎？」

「是的，傳說是這樣。不光我們漢族，古希臘也有這樣的傳說。他們那裏的先民，是一個叫普羅米修士的大神，用泥土捏出來的。基督教則說，人是上帝造出來的……」

「不用說，也是用泥土捏出來的咯？」

「也許是吧。」

老人的圓臉上充滿了民族自豪感：「嘿！看吧，天底下的人，都是泥土捏出來的！只有俺們滿族人，才是正兒八經的仙女後代！」

陶南笑著答道：「也不儘然。《詩經》裏面有一篇《生民》，上面記載，古時侯有一個叫姜嫄的女子，走路的時侯，無意之中踏了一個神仙的大腳印，受了孕。後來生下了后稷，成了漢人的祖先。足見，我們漢人也是神仙的後代呢。哈哈哈……」

「咦，一個是仙女所生，一個是凡人所生，咋會一樣呢？再其一說，就算她踏的是神仙的腳印，那還是跟泥土分不開呀！」

想不到，一個不識字的老農民，不但把自己的民族看成是天神的後裔，普天之下最優秀的民族，竟然有如此的辯才。這大出陶南的意料。不由想起，時下許多彌漫天空的豪言壯語，什麼「全世界人民都在水深火熱之中呻吟，只有我們中國人生活在幸福之中」；「世界革命的中心，已經移到中國，北京就是世界革命的心臟！」等等，與姑丈的自豪，何其相似乃爾。本想反駁幾句，轉念一想，不但難以說清楚，還有冒犯尊長之嫌。更何況，熱愛自己的民族，無可厚非。靈機一動，把悶在心裏許久的一個疑問說了出來。說不定一石兩鳥，解了疑問，還可以殺殺老人的傲氣。

「姑父，我有一個問題，不知當問不

當問？」

「嘿！俺一個睜眼瞎，咋能回答你的問題喲！」

「一定能。」陶南兩眼盯著老人，「只要姑父肯跟我說實話。」

「看你姐夫說的，咱是至親，有啥不能說的？只要是俺知道的，至定是竹筒倒豆子——一粒也不拉下。」

「好，姑父真是個痛快人！」陶南回頭望了一眼三姑，小心翼翼地說道：「我聽人們說，你們滿人供的祖先，不是仙女，而是一頭叫驢，一隻烏鴉，和一個光著身子的女人。不知……」

「咳，那都是人們遭踐俺們！」

「噢，原來是謠言呀！」

「也不能說，全是謠言……」

「那……」

「乾脆，俺從根打梢告訴你，也省得你跟著瞎猜疑。那是俺們供奉的三尊神像呀！

老人清清嗓子，說出了「三尊神像」的來歷……

老人正興致勃勃講著滿族三尊神像的來歷。馬繼革和楊滿倉一步闖了進來。沒等坐穩，馬繼革便說道：

「陶師傅，俺和滿倉，是來求你幫忙的。」

「沒問題，只要是咱會幹的活。」

「不，不是幹活。」

「那……除了木匠活，我還能幹啥？」

馬繼革朝滿倉一甩下巴：「他姐姐被欺負的事，你得幫他出點主意。」

陶南不由心裏一顫。曾雪花橫遭摧殘，他氣炸了肺。但他怎麼敢在太歲頭上動土，幫這個忙呢？他瞥見三姑和姑父一齊向他使眼色，更感到此事管不得，急忙歉歉地說道：

「滿倉兄弟，實在對不起。我是個手藝人，只懂得玩錛鑿斧鋸，跟木頭打交道，別的事，我不懂。何況，一點情況都不瞭解，更不能瞎說一氣。」

滿倉焦急地說道：「陶師傅，俺求您啦！無論如何，你也得給俺想想辦法呀！要不然，可要出大亂子啦！」

「有這麼嚴重嗎？」陶南坐不住了。

馬繼革雙眼盯著木匠：「要是不趕快想辦法，非出人命不可。陶師傅，你就忍心見死不救？」

一句「見死不救」，不啻是被迎頭敲了一棒子，陶南渾身一顫。一種深深的內疚，浮上心頭。一時間，忘記了自己的處境，語氣堅定地答道：

「滿倉兄弟，請你把情況詳細跟我說說。」

馬繼革瞟一眼歪在被卷上的關世有，搶先答道：「別影響關大爺休息。咱到外面去談。」

不容推辭，他上前拉著陶南的手，往外就走。

四

冷風習習，細雨霏霏，地上泥濘難行。冷風裹著細雨撲面打來，一出屋門便覺寒氣襲人。陶南不由打了一個冷戰。外面哪裏有個可以談話的地方呀？看到他停下了腳步，馬繼革靈機一動，指著院子西側說道：

「這屌天，哪裏也去不得。乾脆，咱們到『關東樓』上談，如何？」

所謂「關東樓」，乃是當地家家必備的苞米倉子。小的四柱四梁，大的六柱六梁，山草苫頂，上下兩層，宛如一座涼亭。底層無遮攔，是放牛車、耕犁等大農具的地方。如今這些大的農具早已歸了人民公社，底層空空蕩蕩，只有一個運柴禾的「倒掛子」歪在那裏。頂層四周，用柳條子編成護壁，安一扇木板小門，供人出入。正如《流亡三部曲》所唱的那樣，當年這裏盛產大豆高粱。可能是因為苞米的產量高，又比高粱好吃，高粱的顯赫地位，逐漸被玉米取代。於是，苞米倉應運而生。一隻苞米倉，足可放下幾千斤苞米棒。既通風防黴，又氣死老鼠、鳥雀，是理想的藏糧寶地。如今，苞米倉子早已有名無實，只有一個空柳條笸籮孤寂地躺在倉板上。一架簡陋的木梯橫在門下，供人上下。倘若是在盛夏，這裏倒不失是一個納涼的好所在。而在這陰雨連綿的早春，到這「關東樓」上談話，無疑是自找「涼快」。既然不能到山坡樹林中去挨雨淋，屋外又無處可呆，這裏倒是一個隱蔽的、不會擴散談話內容的好地方。等到兩個年輕人爬上去，沒用催促，陶南便蹬著梯子上了「樓」。

三人在滿是塵土的樓板上，盤腿坐了下來。滿倉便吵嚷似的說道：

「陶師傅，你說，天底下竟有這樣的事：欺負了人家，人家啞巴吃黃連，大氣不敢吭一聲，也就罷了。他娘的，還不算完。非得把人弄回他的狼窩裏，盡著他們糟踐！要是不順從，就來更狠的！」他伸手到倉壁上，狠狠折下一根柳條，「叭」地撅成兩截，賭咒似地說道：「這口氣，我爹、我娘、我哥哥，他們能咽下，俺咽不下去。俺非跟這個狗雜種鬥到底，弄出個是非對錯不可！」

馬繼革糾正道：「楊滿倉，生氣事小，關鍵是趕快救你姐姐。」

「是的。」滿倉點點頭，「俺不知道該咋辦，馬繼革勸俺來求你。陶師傅，你務必給俺想想辦法呀。」

「唉！」陶南長歎一聲，仰頭望著倉子頂，久久無語。

馬繼革催促道：「陶師傅，滿倉信得過你，才來相求。你有啥看法，大膽說就是嘛。就是說得不對，滿倉也絕不會埋怨呀。」

「是呢，俺是來求陶師傅出主意，只能感謝，咋會埋怨呢。」滿倉急忙附和。

「滿倉兄弟，只要是我有好辦法，親戚道裏的，咋會不說？」陶南搖頭歎氣：「唉，我實在是束手無策呀！」說罷，他低頭閉目，不再言語。

滿倉急了，揮拳搗得倉板咚咚響，自語似地嚷道：「他娘的，狗雜種不讓俺們過，俺也不能讓他舒坦！文的鬥不過他，俺就給他來武的；明的鬥不過他，俺就給他來暗的——非搞他個魚死網破不可！」

「兄弟，有理說理，可不能亂來呀！」陶南急忙勸阻。

「不亂來，又有啥法子？俺們是一母同胞，俺咋能眼看著把俺姐姐逼死？」

「……」陶南一時不知如何作答。

馬繼革知道，陶南的沉默，乃是來自恐懼。於是，耐心寬慰道：「陶師傅，用不著前怕狼，後怕虎！放心吧，你給出了主意，滿倉感激都來不及，決不會給你惹麻煩。」

「要是，讓你姐姐外出躲一陣子呢？」陶南是個血性漢子，終於忍不住了。「他們找不到人，是否會罷手呢？」

「那不行！跑了和尚，跑不了廟——俺滿闔家子可就來了災啦！」滿倉猛敲倉板。

馬繼革說道：「那傢伙心狠手辣，老黏說不定能叫他制死。滿倉哥倆也得吃不了兜著走！」

陶南低頭想了好一陣子，抬頭問道：「滿倉兄弟，你連一點別的打算沒有嗎？」

「他娘的，俺能有啥打算？反正，他能狠著黑心下毒手，俺也不能縮著脖子挨鋼叉。俺只想跟狗日的拚了——白刀子進去，紅刀子出來。頂不濟，也要拿棒子敲斷他的狗腿，叫他永遠站不起來禍害人！」

「兄弟，一起手，你就輸了理。那可萬萬使不得！」陶南連忙阻止。

「哼，管他有理沒理，先出口惡氣再說。也是給咱三隊社員除了一害。收拾了那傢伙，俺自己投案，蹲大獄去！」

「兄弟，那叫盲目蠻幹，作無謂的犧牲。不值得！」陶南耐心勸解，「依我看，只能是先理而後兵：先告他一狀，如果……」

「嘿，陶師傅，你不瞭解這裏的情況。」馬繼革打斷了木匠的話，「從申貴擔任大隊書記算起，告他狀的人，少說有一個班。可沒有一個人告贏過。後來碰上個硬碴子，才被撤了大隊書記。他來三隊擔任隊長。還是老賬一本，打一聲噴嚏，全豹子洞三隊都得打哆嗦！」

滿倉接面道：「他娘的，貓給老鼠撓癢唄——論他犯下的那些罪過，蹲十年大獄綽綽有餘！要不，俺就覺得，告狀啥的，沒屌用！」

馬繼革忿忿說道：「滿倉說的是。告一個支部書記，可得仔細端量端量。活得舒坦了是咋的？聽我爺爺說，當年他的司令部裏有一個科長，發現頂頭上司跟一個護士勾搭，他忍無可忍，罵了一句『還共產黨員呢，地道的流氓』！反右運動一來，第一個被揪了出來。『誣衊共產黨是流氓』——成了『極右』。開除軍籍，關進了勞教所。這些年，連作家塑造個反面人物，頂多寫成個副科長或者是副隊長啥的。要是照實寫呀，請好吧，誣衊啦，借小說反黨呀，各種型號的大帽子，早給你準備下一籮筐！」

一個老紅軍的後代，竟說出這樣的話，陶南被驚得猛地打了一個激靈。他擔心馬繼革繼續說下去，急忙把話岔開：「馬繼革，別翻老皇曆啦。現在，各級革委會的一把手，都是支左的解放軍。你是軍人後代，應該知道，他們的政策水平比地方上高，估計不會對老百姓的疾苦孰視無睹，更不會包庇橫行不法的壞人。滿倉兄弟，咱還是要相信政府才是哇。」

「沒用！陶師傅，解放軍還不是聽他們的！」馬繼革大搖其頭。「不信試試看——到頭來，打不著黃皮子，落一腚騷！」

「不是咋的？盡他娘的找氣生，白屌費！」滿倉大聲附和。

由於擔心楊滿倉有過激行為，陶南一反常態，一再勸解他們去公社革委會上訪。眼下，公、檢、法，早已被砸爛了，有狀無處告。代表政府的，只剩下革委會一家。如革委會加以過問，申貴至少會有所收斂。他們足足談了一個多鐘頭，馬繼革和滿倉終於被說服。

分手的時候，兩人再次保證，決不把今天的談話，漏出半個字去。

五

回到知青點，馬繼革佯稱沒有找到陶南，把在關家談話的事掩飾過去，卻把滿倉準備告狀的計畫，告訴了全體知青。

「滿倉有種，敢去太歲頭上動土——實在讓人佩服！」馬繼革滿腔義憤，卻極力不動聲色。「不過，上訪告狀可不是鬧著玩的，要想告倒那土皇帝，非得占住理兒不可。滿倉有勇無謀，那張嘴呀，拙得像棉褲腰，有十分理，不讓他說成五分才怪呢。所以，必須有幾個人幫幫他。但不知，哪位弟兄、姐妹，願意挺身而出，去幫助滿倉伸張正義？」

平素日，破罐子破摔的知青們，只要不是「黑五類」子弟，大多嘴上沒遮攔，說起話來，西北風吹蒺藜——連諷帶刺。連人人懼怕的申書記，都常常被噎得滿臉青紫，牙齒咬得咯咯響。要是普通社員，誰敢摸那老虎屁股？知青卻是毛主席派來的，是來「大有作為」的「廣闊天地」裏，錘煉一顆愛黨紅心，準備作無產階級革命事業接班人的。申貴常常氣得兩眼冒火，卻一時下不得手，甚至有點怕這幫「城裏來的混小子」。

但是，要知青們挺身而出，幫著別人跟地頭蛇作對，許多人還沒有這樣的勇氣。

見大夥許久沉默不語，馬繼革使出了激將法：「怎麼？當初帶著紅袖標，大喊『誓死捍衛毛主席』的豪言壯語，都忘得一乾二淨啦？到了需要堅持真理、捍衛毛主席革命路線的時候，怎麼一個個都成了沒嘴葫蘆呢？」

「嘿，高調唱的不賴呀！馬繼革，你倒是帶個頭，給大家作個榜樣嘛！」女知青何愛軍揮著手裏的撲克牌，進行反譏。

「哼！你何愛軍看扁了姓馬的！咱不是怕帶頭，是因為咱的嘴皮子不爭氣。這不是串門門兒，聊大天。這是打官司，光有熱情行嗎？總得有個嘴頭子棒、理論水平高的人領頭才行。」馬繼革瞥一眼偎在牆角低頭看書的馮潔，「馮潔，你去不去？」

馮潔抬起頭，嘴角露著冷笑：「馬繼革，多蒙抬舉！你恩賜給了我發言權？我是不是，得好好謝謝您哪？」

馬繼革被噎住了。他只想到，馮潔是這個知青點上唯一的高中生，酷愛讀書，博學多識，不論動嘴還是動筆，九人中首屈一指。可惜，忘了她的家庭出身：她的爺爺，當年吉林大學著名的文學教授，早已成了反動權威加上反革命修正主義分子！眼下，正在學校裏打掃廁所，改造醜惡的靈魂。一個雙料壞蛋的子女，被人瞧不起的「狗崽子」，自然不合適擔當幫別人告狀的角色。想到這裏，他歉歉地笑道：

「對不起，馮潔。我忘了你是……」他把「狗崽子」咽了回去，「那……我自己算一個。夥計們，還有誰願意幫幫滿倉？」

「錢紅衛，你這白靈鳥，咋不吱聲呢？」女知青辛永紅指著另一個女知青說道。「你是工人家庭出身，經過大陣勢，當過『紅旗造反兵團』的司令，又是演講能手，你幫這個忙，再合適不過啦。」

「淨放些不臭的屁！」答話的，是一個黑瘦女知青。她用手中的撲克牌，朝辛永紅的臉上猛地搧了一下子，冷笑道：「你的革命覺悟高，你去。沒人攔你！」

「俺不是不敢去，是不夠格。你大司令去，准成能把官司打贏。」

「哼！我何嘗不想去？我可忘不了，我有嚴重的社會關係問題！當初，我這造反司令挨整的時侯，說我隱瞞了重大社會關係，鑽進革命隊伍，對革命幹部進行階級報復。逼著我交代『罪行』。整整三天三夜，熬我的『鷹』。我想得腦袋疼，也不知道該交代什麼。誰知人家早已掌握了『材料』：我有一個太表舅，當初是個農業科學家，後來成了大右派！可我連聽說都沒聽說過呀。好嘛，不交代就扭你的麻花：一個人拽著兩隻手，一個人拽著兩隻腳，反方向猛扭！扭過來，扭過去，扭得人死去活來！這不，至今留下了殘疾。一碰到陰天下雨，兩隻肩膀疼得沒處放！你難道沒長眼，沒看見我抱著肩膀打撲克嗎？唉！咱這一輩子喲！」

「太遺憾了，這是伸張正義的大事！況且，那不過是你媽的表舅，與你……」

「辛永紅，你住嘴吧。你覺得有正義可伸，你去。反正，姑奶奶沒有那個膽量！」說到這裏，錢紅衛一仰頭，大聲唱起了樣板戲：「『臨行喝媽一碗酒，渾身是膽雄糾糾。鳩山設宴和我交朋友，千杯萬盞會應酬……』哈哈哈！」

「辛永紅，依我看，錢紅衛像只乾巴蝦，去也白搭。你去比誰去都帶勁！」說話的是男知青雷小鋒。

「你，什麼意思？」辛永紅一雙大眼睛圓瞪著。她原名白豔，是全大隊女知青中的一枝花。

「嘿，這還不明白？」雷小鋒狡黠地一笑。「你以為，光是小日本喜歡花姑娘？去革委會辦事，頭頭們肯定給花姑娘留面子。哈哈哈！」

「雷小鋒，你遭踐革命青年，決沒有好下場！」辛永紅繃著臉反擊。「他們喜歡花姑娘，回家叫你姐姐出馬，准能讓頭頭們喜歡得發瘋！」

「現在是研究正經事，你們別瞎打哈哈！」朝鮮族青年樸合作，慢條斯理地搖手制止。「楊家這個忙，我們應該幫。不然，沒有天理公道了。實在沒有人願意去，我可以算一個。」

「人不夠，我也只得算一個啦。」馬繼革也報了名。

這時，兩眼不住地在馬繼革身上瞟來瞟去的辛永紅，忽然改口道：「差一點忘了，我爸爸已經被解放，結合進領導班子，成了響噹噹的革命幹部。俺不怕他們揪辮子，俺也去！」

「好，這才有革命小將的樣子吶！」錢紅衛和雷小鋒一齊鼓起掌來。

「既然有這麼多的人挺身而出，捍衛正義，我就不去啦。」馬繼革又打起了退堂鼓。

馬繼革知道，辛永紅的忽然變卦，是想借著同路告狀之便，更多地與自己接觸。他對於這位省城高級幹部的嬌小姐，並不感興趣。儘管她長得十分標致：臉皮少有的白嫩，雙眼顧盼之間，有一股灼人的熾熱。但他總覺得，在這位美人身上，比之文靜好學的馮潔，潑辣直爽的錢紅衛，多了些什麼，而又少了些什麼。至於多的是什麼，少的又是什麼？他一時也說不清。所以，近一個時期以來，對於白豔的主動親近，他不是佯裝不知，便是極力躲避。

樸合作聽出了馬繼革的弦外之音，含而不露地勸道：「馬繼革，咱們完全是出自公心助人，個人的事，先不考慮，好嗎？」

馬繼革沒吱聲。沉思了好一陣子，方才答道：「那好吧。我仍然算一個。」

事情就這樣定了下來。馬、白、樸三人，明天陪著滿倉去公社上訪——告狀。但三個人一齊不出工，知青點上又不見人，肯定會引起申貴的懷疑。請假呢，一時又找不到充分的理由。三個人正在犯難。馮潔想出了主意：

「你們看這樣好不好？」她低聲說道，「讓白豔詐稱肚子疼。她以前經常鬧肚子疼，就說這次特別厲害，必須去公社醫院作緊急檢查，馬繼革和樸合作則是去照顧病號的。這樣不但理由充分，而且可以正大光明地前去，用不著躲避。」

「好主意！馮潔真不愧是咱們的女秀才！」樸合作等一齊喝起彩來。

「馬繼革在嗎？」知青們正在歡呼，忽聽窗外有人喊。

板門一推，支書的女兒申愛青手裏擎著一封信走了進來。她把信朝著馬繼革晃一晃，立刻藏到背後，調皮地問道：

「喂，馬繼革，請客不請？」

「嘿，不就是一封平平常常的家信嗎？有啥值得請客的？」

「不，這信可不一般！」

「有啥不一般的？無非是一些平安套話：『爺爺、爸爸沒受衝擊，奶奶和我媽的失眠症沒再加重』之類。再說，就是有不一般的事，你咋會知道呢？」

「你別管，俺叫你請客，就有請的道理。」

多年來，支部書記兼隊長申貴，有一個不成文的規定，郵局送來了信件，都要先交給他。他要是認為哪件「有問題」，不論是郵包還是信件，都必須親手拆封檢查。有的檢查完，包糊好，退給人家。也有不少信件，他看完以後懶得去糊，或者老婆不給他打漿糊，便「廢物利用」——擦了屁股。今天上午，他檢查完了馬繼革的家信，一面黏信，一面放聲大笑：

「好極啦！我再教你仗著老子爺的威風尥蹄子，這一回兒，有你狗雜種的清福享啦！哈哈……」

正笑著，擔任赤腳醫生的女兒申愛青走了進來。聽到她爹後面的話，不解地問道：

「爹，是誰有清福享啦？」

「馬繼革唄。」申貴對女兒的好奇心不以為然，極力裝出生氣的樣子：「往後，不准有事沒事盡往知青點上磨蹭。別以為鑣上個城裏來的混小子，就能變成城裏人。放心吧，他們下來容易，回去難！再其一說，那幫傢伙，沒有幾個好東西，你少跟他們黏糊。還是把我給你買的醫書，用上心思念一念。省得三天兩頭出漏子，紮個雞巴針，都找不著個准地方。讓人家哭哭咧咧地來給我添煩。要是給人家紮瘸一條腿啥的，人可就丟大發了！」

「當初，俺說幹不了，你非得逼著俺幹。俺連本《赤腳醫生手冊》都看不透，一拿起針管兒，心裏就打顫，能不給人家紮錯了地方？」女兒咕嘟著小嘴不服氣。

「哼！連拿支小小的鋼針紮肉兒都不敢，要是叫你拿起鋼刀去殺階級敵人，你不是更得嚇成一灘泥——沒出息的東西！」申貴指指炕稍，那裏堆著攢了足有兩個月的幾封信，吩咐道：「去，把這堆玩藝兒，送到學校裏——叫學生放學時，捎給收信人。」

申愛青盼不得有這句話，伸手抓過信，扭頭往外走。

「慢著！」申貴喊住了她。「沒見馬繼革那封，漿糊還沒幹嗎？等幹了漿糊再去不遲。」

她只得拿著信，放到鍋灶口的熱灰上，烤了一陣子。看到漿糊幹了，她把另外幾封信揣進棉襖口袋，只把馬繼革的一封拿在手裏，飛跑來到知青點。她要為許久以來一直盤踞心頭、驅遣不開的小夥子，效一次勞，送上一份驚喜。

見馬繼革仍在搖頭，她近前說道：「放心吧，俺有根據，決不會騙你！」

「好吧。要是真有什麼好事兒，我馬上請假，去「圍子」買一斤燒餅，兩斤油條請客。」

「圍子」的本名叫黑龍頭。滿洲國時期，清鄉並屯，修起圍子圈管老百姓，藉以消滅抗日聯軍。解放後，圍子拆掉了，名字卻留了下來。現在是大隊所在地，有一家小飯店和一間供銷社。

「說話算數？」申愛青深情地望著馬繼革，伸手遞過信去：「請看吧，准有特大喜訊。不過，光買油條、燒餅請客——便宜了你！」

馬繼革拆開信，剛剛看了幾眼，便將信猛地一揉塞進口袋裏。「撲通」倒在炕上，雙手抱頭，身子連連顫動。過了好一陣子，突然爆出一句「完了」。然後放聲大哭起來。

滿屋子的人，被這突如其來的變故驚呆了。

六

馬繼革的爺爺和父親，一起出了事。

他爺爺是參加過二萬五千里長征的老紅軍、軍區副司令員，父親則是爺爺屬下的一名師長。在「紅五類」子弟中，馬繼革的出身，堪稱是萬里挑一、出類拔萃。有了這樣的社會背景，不論到了哪裏，都是面罩金光，人人敬仰。

按說，憑著他的家庭條件，盡可以躲開這「廣闊天地」，安安穩穩地待在城裏，找上一份體面的工作，捧著鐵飯碗唱幸福歌。但他的老祖父，無限忠於毛主席的無產階級革命路線，硬是逼著他背上繡著「廣闊天地大有可為」的黃挎包，跟家庭背景一般、甚至是黑五類的子弟一起，來到這深山大溝，「經風雨，見世面」。希望他鍛鍊出吃苦耐勞的革命意志，成為合格的無產階級革命事業接班人。

馬繼革沒有辜負爺爺的諄諄囑託與殷切希望。來到豹子洞之後，他積極讀紅寶書，埋頭苦幹，很快成了全體知青學習的榜樣。他比樸合作、雷小鋒、辛永紅等「紅五類」子弟，出身條件更優越，卻像「黑五類」子弟似的，對自己處處從嚴要求。不怕髒，不怕累，出工在前，收工在後。甚至以身作則，專揀髒活累活幹。可惜，正像時下登上政治舞臺上的造反英雄、紅衛小將一樣，朝如香花，夕賽狗屎，曇花一現，走馬燈似的速生速滅。過了不到半年，隨著大鍋裏大米、豬肉、粉條、豆腐的日益減少，終至消失不見。馬繼革的「無產階級革命英雄主義」，也同步褪色。不但成了知青點上的牢騷大王，而且是唯一敢於當面給支部領導、一隊之長申貴挑眼兒的搗蛋鬼。

申貴早就被這刺兒頭恨得牙癢癢，恨不得把他從自己的眼皮底下清除出去，免得影響他的睡眠和食欲。但，遲遲找不到下手的機會。

一則擔心違犯知青政策，眼下唯有知青政策，上面還不斷過問。二則，懼於馬家的門第——得罪軍區大司令和師長，可不是鬧著玩的！正在無計可施，馬繼革的一封家信落到了他的手上。他本來沒有興致拆看。經驗告訴他，看了這一類信，只會使自己牙疼和慪氣。他不想跟自己過不去，更不想讓那小鱉犢子，知道老窩裏儘是好事，更加翹尾巴，耍神氣。

正要動手撕信，他忽然記起，聽老婆說，近一個時期以來，他的寶貝女兒，有事沒事，總愛往知青點上溜。而對於往常讚不絕口、總愛黏在一起的楊滿倉，再也不睬一眼。莫非真像老婆說的，掌上明珠竟然愛上了這個眼中釘，肉中刺？

說掏心窩子的話，馬家的身份和地位，確實教人眼紅。自己不過是個山溝裏的小頭頭，比起人家來，簡直是老鼠望大象，草窩比殿堂。這樣的親家，打著燈籠也難找到呀。但他實在忍受不了馬繼革對自己的輕蔑與不敬。不敬老子，卻愛他的閨女，天下哪有如此便宜的事？

繼而一想，馬繼革的出身再好，當了知青，就是落地的鳳凰。不論待在豹子洞還是離開，任何時候，都得基層組織給他作鑑定。哼！這是最好不過的緊箍咒！看來，憑著自己的政治地位，再加上閨女工作好，一表人才。那姓馬的小子，就是不識時務，也會心旌搖動，匍匐在地，做女兒胯下的一匹走馬。到了那時侯，對老丈人也得禮敬三分。不然，拿大耳刮子猛搧，量他也不敢白白眼。這麼說，馬家就是自己未來的親家啦！嘿，馬家的好事，不就是申家的好事嘛？親家的信，咋能不看呢？

於是，他在封口處抿上唾沫，小心地把信拆開，急忙讀了起來。

信是馬繼革的母親寫來的。她「痛心地」告訴兒子：他爺爺解放前曾經被捕過，是黨組織營救出獄的。現在，忽然成了「大判徒」，被開除黨籍、軍籍，關了起來。他擔任師長的父親，立刻受到株連，被送到軍隊農場，挖水渠去了。全家人不但被從軍官樓趕了出去，她還接到居委會的勒令，每週都要寫思想彙報……

一盆冷水澆下來！跟大司令攀親家的希望之火剛剛燃起，頃刻之間灰飛煙滅！

申貴想把信撕得粉碎。忽然，「噗哧」一聲笑了起來：「媽拉個巴子的，多虧老子英明，及時發現了馬家的問題。不然，那小子把問題隱瞞起來，我的寶貝女兒就糊裏糊塗地做了大叛徒的孫子媳婦──好險呀！」

他大笑一陣，立刻把信封好，吩咐女兒送給馬繼革。一面在心裏竊笑：「搗蛋鬼，這一回兒夠你小子舒坦一陣子的。」

這年頭，一人倒楣，合族遭殃。光榮門第，轉瞬之間成了反動黑窩。根紅苗正、響噹噹的老紅軍後代，成了黑幫子弟！難怪，收信人一看到家信，便大慟不止。

馬繼革不吃不喝，大被蒙頭，躺了一整天。第二天，申貴便派人來命令他出工。他不敢違抗，端起水瓢，「咕嘟咕嘟」灌下半瓢涼水，眨巴著兩隻爛桃子似的的紅眼睛，出工修大寨田去了。

馬繼革成了令人唾棄的「狗崽子」，任憑他長得多麼瀟灑可愛，辛永紅也不再正眼看他。她不想把一個光光鮮鮮的「革命幹部家庭出身」，往黑染缸裏扔。多虧這封來信，不然肯定上了賊船。於是，她立刻表示，不想跟黨領導作對，對上訪不感興趣。

馬繼革就是有心去幫人打官司，也喪失了應有的法碼！

這樣，走進公社革委會信訪處的，只剩下了曾雪花、楊滿倉和樸合作三人。

七

辦公室裏坐著一位身材胖胖的中年幹部。

左胸上佩著一枚金光耀眼的領袖像章，那像章大得出奇，竟然比茶碗口都大。

自從文化大革命以來，上至天才的林副統帥，下至漁樵農夫，胸佩像章，手擎紅寶書，成了人人效法的時尚，也是革命與否的鮮明標誌。彷彿舊時代的官吏們穿上無比榮耀的蟒袍玉帶，頂戴花翎，以及御賜的黃馬褂一般。

榮耀的另一面是低賤。眼下，另一種時尚，流傳全國；不論在繁華的鬧市，還是窮鄉僻壤，隨處可以見到踽踽而行的「怪物」。他們背上縫著一塊宛如官服「補子」似的大白布，上面用黑筆寫著某某分子，再用紅筆打上叉叉。一看便知，是個臭不可聞的走資派或者五類分子。即使後背沒縫白布標誌，只要左胸上空蕩蕩，沒有珍貴的寶像作裝飾，十之八九，也是個不齒於人類的狗屎堆。因為，只有黑幫和他們的家屬，才失掉了戴紅寶像和請紅寶書的光榮資格。

三個上訪者，尚未從大紅寶像的驚訝中緩過神來，帶領他們進接待室的人介紹說，接待他們的是公社革委會的雷副主任。雷副主任身材矮矬，脖頸肥短。面皮白淨，額頭飽滿。在略微前凸的雙顴中央，高聳著一根小山似的鷹鉤鼻子。一雙大眼睛炯炯有神。可惜下巴太窄太尖，成了一張標準的倒三角臉。

他一聽說上訪人前來控告壞人「逼婚強姦」。神色嚴肅地從左上衣口袋裏，掏出紅塑膠皮面的語錄本，捏在右手五指中，高擎到額頭前方，恭敬而熟練地念道：

「偉大領袖毛主席他老人家教導我們說：『為人民服務』。『千萬不要忘記階級鬥爭！』」

念完了語錄，他把語錄本放到面前，指指對面的木聯椅，讓三個上訪者坐下。收起滿臉嚴肅，和氣地問道：

「你們是哪個隊的，為什麼事來上訪呀？」

楊滿倉搶先答道：「俺們是黑龍頭大隊的，俺叫楊滿倉，俺們來揭發壞人。」

「好。」雷副主任臉色嚴肅地說道，「革命的社員同志們，戰友們，我衷心地歡迎你們前來揭發壞人的罪行。你們儘管大膽徹底地揭發。我們紅色革命政權，堅決為受害的革命社員撐腰。你們儘管放心：我們絲毫不會憐惜搗亂的壞人。對於一切牛鬼蛇神，我們更要揮起革命的千鈞棒，一舉置他們於死地！好啦，我的話說完啦。你們三個，不要有顧慮，不論有什麼冤屈，儘管大膽地、毫無保留地談出來。」

「雷主任，」楊滿倉指指曾雪花，小心翼翼地說道，「俺們是豹子洞三隊的。她是俺姐姐曾雪花。俺們隊的申隊長，逼她做他的兒媳婦，俺姐姐不樂意，他就，他就……叫他兒子，強姦俺姐姐。多虧了啞巴報信，俺和知青樸合作、馬繼革趕了去，才把俺姐姐救出來。可，申隊長還不算完，跟俺爹說：我姐姐要是不給他兒子做老婆，叫俺們全家不得安生！雷主任，他這樣違法亂紀……」

「哈哈哈！」鷹鉤鼻子發出了長長的笑聲。他盯著楊滿倉，意味深長地說道：「楊滿倉，據我們瞭解，情況可不是這洋的。」

「那是什麼樣呢？」

「據我們的瞭解。三小隊當前的階級鬥爭十分尖銳複雜，階級敵人正聯合起來鬧事，攻擊黨的領導，破壞農業學大寨運動。帶頭的首惡分子，就是你楊滿倉。」

楊滿倉站起來說道：「雷主任，我說的句句是實話。不信，你可以到三隊去瞭解。到底是俺們鬧事，還是申貴無法無天，強姦逼婚。」

「坐下，放老實！」等到滿倉坐下後，他聲色俱厲地說道：「情況我們早已瞭解好啦，你就是帶頭鬧事的壞傢伙。你不但不知悔改，還惡人先告狀，誣衊革命領導幹部——狗膽包天！」

曾雪花撲通跪到地上，哀求道：「雷主任，申隊長真的是不擇手段，不給俺活路啦，你得給俺作主呀！」

雷副主任的一雙大眼滴溜溜在姑娘的身上轉，像在觀察一隻稀有動物。一面放緩語氣問道：「曾雪花，你是什麼成份？」

姑娘恭敬地答道：「俺是貧農。」

「貧農？嘿嘿——不對吧？」

曾雪花提高了聲音：「咋不對？俺兩歲隨娘改嫁，來到楊老冬家。他是貧農。四清定成份，連俺娘都是貧農哪。」

雷副主任不問案情，一開口就問雪花的成份，楊滿倉和樸合作都愣住了。

原來，在楊滿倉等到來之前，申貴一大早，便派民兵排長楚勝趕到公社，將三隊階級敵人串聯鬧事，誣衊黨的領導，妄圖干擾農業學大寨運動等「緊急敵情」，向當年的老屬下，現在的上司雷鳴，作了詳細彙報。

雷主任大聲呵斥道：「曾雪花！你還敢強辯，你們隊的情況，我們瞭若指掌：你的親生父親是個與無產階級政權作對的反動富農，你是不折不扣、剝削階級的孝子賢孫！」

曾雪花被突然而來的打擊，震驚得一時說不出話，伏在地上痛哭起來。滿倉也愣在一邊不知如何作答。

「我是三隊的知青樸合作。」始終沒開口的樸合作，這時站起來說話了。「雷副主任，雖然曾雪花的生父成分不算好，但她隨娘改嫁時兩歲不到，是老貧農、共產黨員楊老冬一手把她養大的。她的成份，難道能是『富農』？」

「哼……」雷副主任冷笑幾聲，「莫非你樸合作有資格劃階級成份？告訴你，我們早已掌握了她的情況：她是地地道道的漏網富農！」

樸合作據理力爭：「雷主任，退一步講，就算她的父親是富農，她也是『可以教育好的子女』，政策規定是給出路的呀。她被人逼婚，又遭強暴，公社革委會不該不管吧？」

「革委會當然要管。哼哼……」鷹鉤鼻子斜睨著抗爭者，「不過，我們要管的可不是什麼『逼婚』、『強姦未遂』，那純粹是反革命造謠誣陷！反革命如此倡狂，階級鬥爭如此激烈，作為一級政權，我們能置之不理嗎？休想！我們一定要一查到底，直到將罪魁禍首揪出來，批倒批臭，甚而繩之以法。不達目的，決不甘休！」

「這不符合事實！」樸合作嚴辭抗議。「申貴逼婚不成，縱子強姦，知青馬繼革，以及啞巴，都是強姦案的見證人——難道能冤枉了他？」

「哈哈哈……」雷鳴仰頭大笑。「新鮮！我長到三十多歲，還是第一次聽說，一個不會說話的啞巴，不但能報案，而且能當證人！真是世界之大，無奇不有！樸合作，你小子替反革命說話，莫非是陰謀團夥的骨幹？」

「你要對自己的話負責！」樸合作被激怒了。「雷主任，你既不耐心傾聽我們的申訴，又不下去調查明白便輕易地下結論，這是明目張膽地包庇壞人！」他近前拉起曾雪花，扭頭憤怒地盯著雷鳴，「既然這裏不講理，我們會找到講理的地方。走！咱們到縣革委告那個壞蛋去！」

「走？哼，你小子想得倒挺美！告訴你們：你們是以控訴壞人為口實，誣陷無產階級革命派，攻擊史無前例的無產階級文化大革命，從而達到破壞大好革命形勢、破壞農業學大寨運動的罪惡目的！這正是我們所要抓的階級鬥爭新動向。你們來得正好，兔子叫門送肉來，省了我們的事。」鷹鉤鼻子站起來，臉上露著得意的獰笑，尖下巴往外一甩，大聲吩咐：「來呀，把這三個反革命分子，統統給我關進學習班！」

應聲進來六個帶「文攻武衛」紅袖箍的大漢。一邊一個，將三人的胳膊扭到背後，老鷹捉小雞似地押了出去。

六、帶甜味的「山裏紅」

一

被視為知青「靈魂」、「大哥」的馬繼革，成了一棵遭到嚴霜打擊的懨懨蒿草，以淚洗面的小女子。他被「萬金家書」徹底擊垮了。

生理學家說，眼淚中有一種成份，乃是痛苦化成的。傷心之極，大哭一場，讓淚水盡情傾灑，痛苦頓時能減輕許多。可是，馬繼革整整哭了三天，滔滔淚雨沖走的卻不是痛苦，而是他的自尊和理想……

從懂事那一天起，他無時無刻不為自己光榮的家庭得意與自豪。在共產黨領導下的社會主義新中國，有一個老紅軍、老將軍爺爺，無疑是萬里挑一的幸運和光榮，且不說他的爸爸還是一名指揮千軍萬馬的堂堂師長！

不料，晴空一聲霹雷，一切化為烏有。根紅苗正、響噹噹的紅五類，最為可靠的革命事業接班人，轉瞬之間，成了革命事業的絆腳石，不齒於人類的「狗崽子」！

善與惡，革命與反革命，香花與毒草，崇高與卑賤，原來只是半步之遙！

自從帶上「紅衛兵」袖標大造其反，天翻地覆慨而慷：多少家庭，朝榮夕枯，妻離子散，變化之大，亙古未有！人人敬仰的專家教授，打疊起塞滿頭腦的智慧，有的做了扶犁挽車的「五七」戰士，有的成了馬路、廁所的「美容師」。就是被光榮「三結合」的革命領導幹部，叱吒風雲的造反英雄，往往一夜之間，變成了反革命修正主義分子，或者是鑽進革命隊伍的階級異己分子，「小爬蟲」。可是，馬繼革作夢也不曾想到，奮戰過井岡山，從雪山草地爬過來的老紅軍爺爺，會是個「隱藏得很深的大叛徒，不齒於人類的狗屎堆！」他不相信，命運會對他如此殘忍。莫非是有人經不住刑罰，胡亂咬了爺爺一口，使爺爺一時蒙受了冤屈？

現在，爺爺肯定已經進了毛澤東思想學習班。他熟知，所謂「學習班」，是個什麼地方。花樣百出的審問，稀奇古怪的刑訊，比牢獄有過之而無不及。一個古稀老人，哪裏經得住那樣的「學習」！萬一爺爺問題沒講清，人卻被折磨死，他們家庭的可就徹底完了！事不宜遲，必需及早地把問題搞清楚，把無端扣在好人頭上的屎盆子扔掉，把親愛的爺爺救出來！

可是，爸爸去了農場，行動失去了自由。奶奶、母親是女流，弟弟妹妹年紀小，恢復家庭光榮歷史真面目的千斤重擔，除了爺爺最疼愛的長孫，還有哪個去承擔？

他躺不住了。掙扎著爬起來，穿上衣裳，去找申貴請假。他要火速趕回家，親手洗掉蒙在爺爺身上的污垢。不料，剛邁下炕沿，一陣眩暈襲來，雙腿一軟，摔倒在門檻上。他手扶門框，緊閉雙眼，等待眼前飛舞的金星消失。

此刻，他方才記起，除了喝過一瓢冷水，已經三天沒吃飯了。

他想找點東西吃，瞥一眼張著大口的鐵鍋，除了一汪泔水，裏面空無一物。顯然，自己那份可憐的口糧，早被修大寨田的同夥

「援助」了。誰也不會餓著肚子，把能吃的東西留在鍋裏餵蒼蠅。申愛青曾經來探望過，好像還說過帶來了什麼好吃的。「用不著貓哭耗子」！他躲在被窩裏甩出一句話，便把人家打發走了。咳，早知到要到申貴面前燒香，就該給她個好臉子。有書記的千金給美言幾句，那閻王爺的門檻，也許容易邁過。

不！用不著低三下四求爺爺告奶奶，知青不像普通社員請個假難於上青天。有個姓穆的老光棍，從關裏找了個寡婦，女方想要一張相片看看對象是啥模樣，由於忙著會戰，申貴不准老光棍的假。相片沒照成，媳婦也黃了。知青都是城裏來的，請假乃是家常便飯，諒那傢伙沒有不准之理。他挺起身子，邁步往外走。可是，身子輕飄飄，肚子裏火辣辣，眼前冒金星，腳底下軟綿綿……他再次坐回到了炕沿上。

不找點能下肚的東西，他已經沒有力氣去見申隊長。抬頭四顧。土層斑駁的窗臺上，有一個報紙包。爬過去打開一看，是兩個碗口大的千層餅。不用說，正是申愛青送來的禮物。倘若是在平時，不要說是兩張香噴噴的油餅，就是兩個玉米窩窩頭，哥們口下絕不會留情。分明是看到自己遭了難，才制服住肚子裏躍動的饞蟲，流著涎水，聽憑美食在那兒散發撲鼻的香味。唉！自己淪落成了「狗崽子」，不但中隊長的千金破天荒來送吃的，哥們意氣也絲毫沒有減弱——難尋難覓的深情厚誼喲！兩眼一陣發熱，兩行熱淚滾滾而下。

俗話說：「飽了一斗，饑了一口。」他懷著滿心的感激，抓起油餅，狼吞虎嚥，風捲殘雲。頃刻之間，手中只剩下了一片油漉漉的報紙。拿手背抹抹嘴，攏攏頭髮，跳下炕，向鐵匠爐快步走去。

只要不上山打獵，申隊長經常呆在鐵匠爐。可是，裏面靜悄悄，既無風箱鼓動，也無鐵錘叮咚。屋門未上鎖，說明裏面有人。近前諦聽，有一種既像喘息、又似呻吟的聲音，自東間傳出。莫非是申隊長病了？他急忙呼喊：

「申隊長在嗎？」

連喊兩聲，無人答應。呻吟聲也聽不到了。那，剛才聽到的，肯定是申貴的鼾睡聲。申貴在鐵匠爐上睡大覺，平時誰也不敢驚動。現在事情緊急，他鼓起勇氣上前推推門，門從裏面插上了。他不敢再喊，躡手躡腳退回來，調頭往回走。

走出去足有三四十米遠，背後忽然傳來申貴粗暴的喊聲：「馬繼革，你給我回來！」

他急忙扭頭返回。沒等到他開口，申貴鐵著臉喝問道：

「媽拉個巴子的！老子掄了半天大錘，剛歇息一會兒，你他媽的就來搗亂！你小子不去修大寨田，跑到這兒咋唬個屌？」

「申隊長，我想……請兩天假。」第一次，他在領導面前說話囁嚅起來。

「啥理由？」

「家裏來信說，有點事兒，需要我回去處理一下。」他極力做出輕鬆的樣子。

申貴銳利的目光，在他的臉上停留了好一陣子：「這麼說，一定有大好事啦？」

「這倒……不太清楚。」

「嘿，咋會不清楚呢？」申貴的紅鼻頭高高地撅著，「老紅軍，響噹噹的大將軍，這樣的家庭裏還會有孬事？馬繼革，你來找我，是讓我替你高興呢，還是要我熱烈祝賀呢？」

馬繼革的雙拳握得緊緊的，恨不得左右開弓，讓面前這個比自己矮半頭的傢伙，滿臉開花，酒糟鼻子搬家。可是，他仍然忍住憤怒，恭敬地答道：

「我只要求申隊長——准三天假。」

「三天就夠啦？」

「我儘量爭取，早些回來。」

「喲喲！你馬繼革從啥時侯學得這麼懂規矩、守紀律啦？哈哈哈……」申貴的三角眼眯成了一條縫。笑過之後，突然拉長了臉：「馬繼革，你給我聽著：先把你個人的事情擱一擱，這裏還有更好的事等著你哪。去！馬上給我出工修大寨田去！」

俗話說：得勢的狸貓歡如虎，落地的鳳凰不如雞！馬繼革沒敢再說什麼，踉踉蹌蹌往回走。只覺得頭暈目眩，雙腿發軟，走出鐵匠屋不遠的轉彎處，一屁股坐在濕漉漉的泥地上，雙手抱頭，抽泣起來。

過了不多久，背後傳來腳步聲。他以為，又是申貴跟上來繼續諷刺挖苦。正想趕快走開，卻見走來的是畢仙。見馬繼革坐在地上流淚，她不由一愣。雙手攏攏頭髮，尷尬地一笑，近前耳語似的說道：

「他的話也不是聖旨——該去哪兒去哪，拔腿走就是嘛！大老爺們家，用得著跟腚溝子算賬——孬種！」說罷，她扭著豐滿的屁股，腳步快捷地向坡下走去。

「『拔腿走』？這話是啥意思呢？」馬繼革一時不解。唉！現在可不同於撐著大紅傘的時候啦，拔腿就走容易，回來時咋交代？申閻王豈肯輕易饒過自己！可是，遵命不走，誰替我爺爺申冤呢？

他終於下定決心，明天一大早就不辭而別。可是，當天晚上，來了四個帶紅袖箍的文攻武衛。他被一根繩子拴起來，二話不說，押著就走。走到溝口，發現趙魁已經被楚勝等人看在那裏。兩個人被拴到一起，押著去了公社革委會。

二

一聲驚雷，滾過豹子洞的上空！

這驚雷，不是驚蟄過後，蹣跚而至的報春雷鼓。而是樸合作、楊滿倉、曾雪花上訪被扣，馬繼革、趙魁又緊跟腳被抓走，一起進了公社的「毛澤東思想學習班」！

對於一個極其閉塞的山村來說，除了三年前那件人人震驚的「壞分子破壞案」，已經好幾年沒有發生這麼大的事件了。鄉親們偷偷奔走相告，暗暗祈禱，被抓的人平安歸來，不再讓慘劇重演！

震動最大的是盲流木匠陶南！

剛聽到這不幸的消息時，他像兜頭挨了一悶棍，半天回不過神來。十多年來，形形色色的悲喜劇，他不知見過多少，絕對想不到，向上級舉報惡人違法，原告竟然成了被告！

他後悔莫及，恨不得揮拳猛擊自己的腦殼。倘若不是自己的幼稚勸說，滿倉等人焉會蒙受這場劫難！熱情助人，成了將人推入陷阱的罪魁禍首！他不知道怎樣做，方能贖罪於萬一！而當他把五個人無辜被捉，與三年前那場慘劇聯繫到一起時，更是五內如焚，不寒而慄！

那場山溝裏從未有過的大慘劇，社員們不止一次地向他繪聲繪色地描述過……

夏末的一天，貧農社員孫常保剛剛過門一年的新媳婦菜花，在後山林子裏捋榆樹葉。尿急了，褪下褲子撒尿。忽然發現，褲腰上有幾個緩緩遊動的大蝨子。社員家家生活困難，大閨女、小媳婦沒有幾個穿褲衩的。山深林密，四顧無人。她索性脫下棉褲，彎腰仔細尋找。不料，剛剛興致勃勃地擠死幾個胖傢伙，她的光屁股被人從後面緊緊地抱住了。她驚叫一聲急忙回頭，原來是申貴站在背後！

「你——不要臉！」慌急之下，女人忘了恐懼，竟然大聲詈罵。一面用力掙出身子，手忙腳亂地穿褲子。不料，申貴一把奪過她的棉褲，別在身後，盯著她的下體，笑眯眯地調侃道：

「你要臉嗎？要臉，幹嘛大天白日亮出大白屁股，來勾引老爺們？」

女人一手捂著私處，一面央求：「申隊長，大叔……你怎麼能這樣？快把棉褲給俺呀！」

「我哪樣啦？你光著大白屁股，不就是希望有人來看、來摸嗎？嘿嘿，我還沒看夠呢，你急什麼？你剛才捉蝨子的姿勢，就彎在行

——來個『背後插針』正得勁嘛！」

申貴一甩手，褲子飛出老遠。倏地撲上前，將女人擠到一棵椴樹上，兩手抓住她的乳房，又摸又捏。一面說道：「別犯傻，咱好不容易等來了這麼好的機會，咋能白白地放過。放心吧，今天讓你大叔犒勞犒勞，往後虧待不了你，也少不了孫常保的好處！」

菜花一面喊「救人」，一面又推又拽，拼命掙扎。誰知，慌亂之中，猛地一膝蓋，不偏不倚，恰好頂在申貴的「命根子」上。申貴「哎喲」一聲狂叫，鐵鉗般的雙手鬆開了。彎腰坐在地上，雙手捂著卵子呻吟不止。菜花嚇呆了。愣了好一陣子，方才揀回棉褲穿上，瑟瑟抖著，近前懇求：

「大叔！俺可不是出心的呀……你想，俺咋敢碰大叔你哪！你老人家就原諒俺這一回吧。」

「媽拉個巴子的！像你這樣不識抬舉的東西——少見！」申貴呲牙咧嘴，惡狠狠地怒罵。過了好一陣子，方才慢騰騰地從地上爬起來。瞪著抖成一團的女人，他眨眨眼，扭歪的長臉上，露出了獰笑：

「好嘛，要想叫我原諒你，容易！乖乖地解開褲帶，撅起屁股來。地上潮濕，咱們站著幹。要不然，有你的好果子吃！」

「大叔，求你啦——俺不能做對不起常保的事呀！」

「好一個貞節烈女！今天你依從了咱，只有孫常保的好處。再說，這裏除了山雞、松鼠，人渣兒沒有一個，孫常保咋會知道？你怕個屌！」一面說著，他伸手給女人解褲子。

菜花猛地推開申貴：「不行，說啥俺也不幹！」

「咋？敬酒不吃知罰酒，想吃後悔藥是咋的？」

菜花不再答話，提起籃子，轉身想跑開。

「站住！」申貴一聲斷喝。「就這麼輕輕鬆鬆地走啦？哼！臭娘們，賽過天仙玉女的大閨女、小媳婦，還得老子高興了才肯摸哪。像你這麼個醜八怪，怕髒了我的雞巴！剛才不過是開個玩笑。告訴你：老子今天不為別的事，特地來捉拿破壞山林的要犯！」申貴揮手指著周圍的樹木，聲色俱厲：「怪不得，山場裏接二連三地死了這麼多樹，原來都是你剝樹皮剝死的呀！你他媽的破壞山林，不但不老老實實低頭認罪，竟然狗膽包天下毒手，踢傷了護林人──想死不看好日子啦！」

一面罵著，他飛起右腳，朝女人一頓猛踢。菜花扭身躲避，申貴一腳把她腕上的柳條籃子踢到了地上。籃子裏的榆樹葉全都撒了出來，下面露出了一棒玉米。申貴近前用腳一趟，玉米竟然有五棒之多！立刻放聲大笑起來：

「好──妙極啦！怪不得呢，社員們家家缺口糧，只有你，照樣長著個大白屁股！原來捋樹葉是假，偷盜隊裏的糧食是真呀。哼，偷盜公共財產是嚴重的犯罪行為，是破壞抓革命、促生產！媽拉個巴子的！破壞林業再加上偷盜糧食，簡直是罪上加罪！走！隨我回隊上交代問題去！」申貴拿起倚在樹上的獵槍，將渾身哆嗦的菜花押下山去。

當天下午，菜花脖子上掛著五棒玉米，自己敲著一面銅鑼，由民兵排長楚勝等基幹民兵押著游溝。一面敲鑼，一面逼著她喊：「俺破壞山林，偷了隊裏的棒子，罪大惡極呀！」遊完了三隊，又遊了左近的二隊和四隊。

這年月，不要說捋樹葉，剜野菜，已經成了每戶社員必操的活命術。就是偷玉米，摸大豆，也是背上不背下。對一個貧農的媳婦如此狠毒，年輕氣盛的孫常保哪裏忍得下這口氣。媳婦在山上的遭遇，他已經氣得暴跳如雷，現在又讓媳婦丟人現眼地敲鑼遊街，更是忍無可忍。他摸起根榆木棍就往申家跑。見了申貴，不由分說，照著胸膛就是一拳頭。正想舉起棍子，狠狠教訓那惡棍一頓，楚勝、王敢先和另外兩名民兵，不知從哪兒鑽了出來。他被按倒在地，綁了起來。

從第二天開始，一條繩子拴著夫妻倆，一個脖子上拴著榆樹棍，一個脖子上掛著玉米棒，在民兵的押解下，再次遊溝示眾。游了這溝遊那溝，一遊就是三天。白天遊溝，晚上便在他家裏辦毛澤東思想學習班。由於「認罪態度不老實」，夫妻二人被吊在梁頭上「開腦筋」。到了夜裏，給兩人脫光了衣服，當著幾個看守的面，逼著他們四腿著地，學「配豬」。學得不像，便用棍子猛敲下體……

第四天早晨，疲憊的看守們從睡夢中醒來，忽見夫妻二人雙雙掛在梁頭上。上前一摸，早已冰冷如鐵！

沒有給公社學習班添麻煩，便去了一大隱患。兩個罪大惡極的壞蛋，帶著花崗岩腦袋見上帝去了。保衛公共財產的鬥爭，取得了偉大勝利！申貴向公社革委會作了詳細彙報。不但得到口頭表揚，還作為護林保糧的光榮典型，在全縣的廣播喇叭上，連續廣播了十多天。

三

類似的慘劇，陶南經常聽到。

四年前，在他附近的工廠裏發生過一件事。一個姓孫的工人，新婚蜜月未滿，因為跟老婆分屬兩個對立的造反組織。在以造反為時尚的年代，這本是司空見慣的事。可是，一天晚上，因為對縣裏的一位老幹部評價不同，小倆口在被窩裏爭吵起來。丈夫的舌頭雖然笨拙，拳頭卻極其靈巧。幾記革命的鐵拳下去，老婆抖成了一灘稀泥。光榮的革命造反派，被「保皇派」打了，豈能容忍？女人當即跑到自己的組織「東方紅」，報告「敵情」：她的男人反動透頂，惡毒攻擊無產階級文藝革命的偉大旗手江青同志。案情重大！丈夫連夜被捉走了，女人高高興興上床睡覺，等待著丈夫回來向自己認錯。不料，等來的卻是領屍通知——她的極其反動的丈夫，自絕於人民，據說一頭撞在水泥柱子上，帶著花崗岩腦袋見上帝去了。她一聽便暈了過去。等到蘇醒過來，便成了瘋子。原來，當她被丈夫打狠了的時侯，一口惡氣沒處出，便把在工廠裏鬥爭一個現行反革命時聽到的幾句反動言論，安在了丈夫頭上。想叫他吃點苦頭，以報被痛打之仇，不想卻把悔恨永遠留給了自己！從此，她的瘋病時好時壞，常常光著屁股滿街跑。嘴裏高喊著：「媽拉個臭屄的，俺那是氣不過，糟踐俺男人，你們就當了真。誰逼死了俺的丈夫，誰就得賠俺個大活人！」

在同一個廠裏，有一個姓沙的青年。人家忙著造走資派的反，他卻迷上了打撲克。有一天深夜打完撲克，經過「換新天造反司令部」的窗外，聽到辦公室裏傳出了吱吱嘎嘎的聲音，燈滅人去，哪來的桌凳響？他拿手電筒往窗戶裏一照，只見臨窗的辦公桌上，橫著一堆白肉。仔細一瞧，原來是造反司令騎在女秘書身上。他罵一聲「倒楣」，轉身就走。走了幾步，又大聲喊道：「喂，悠著點吧——搗掉了底兒，明天咋造反呀！」說罷，哼著語錄歌，回集體宿舍睏覺去了。誰知，第二天夜裏，廠裏便發現了惡毒攻擊毛主席親密戰友林副主席的反動標語。據說，經過鑒定，那反標是沙某的筆跡。他立刻被關起來，連夜突擊審訊。三天沒過，便「畏罪自殺」了。等到家屬從農村趕來，屍首已經焚化，只領回一個骨灰匣子……

往事歷歷，越想越怕。陶南為五個青年的遭遇惴惴不安，更為自身的安全憂心忡忡。如果馬繼革或者楊滿倉供出自己是幕後操縱者，那時……

他不敢想下去了。

這天晚上，姑丈母娘見他滿面愁容，認為是無活乾著急。便打著比方，進行勸解。正說著，連聲招呼也沒打，畢仙一步闖了進來。她滿臉驚恐，惶急地說道：

「咳，老𡞱！都啥時侯啦，你們還顧得上跟親戚聊大天？」她近前附上陶南的耳朵，略微壓低了聲音，「陶師傅，你得趕快找個地方躲一躲！」

「我？平白無故，幹嘛要躲呢？」陶南故作鎮靜，一顆心不由往下沉。

「咳，那麼多的人都進去了，就你『平白無故』？」

掩飾已屬多餘，他轉而乞求：「大妹子，可……我往哪兒躲呢？」

「咳，俺不就是來幫你的嗎？」

「大妹子，你就不怕受連累？」他立刻想到了劉漢幫他出逃的慘劇，一時鬧不清畢仙葫蘆裏賣的啥藥。語無倫次地答道：「那可是要擔責任的。我可不能……」

「俺敢來幫你，就是不怕受連累！」

陶南不知該如何應對，望著兩位親戚問道：「三姑，姑父，你們看……」

兩位元老人分明已經料到發生了什麼事。姑父沉思不語。三姑低頭想了一陣子，抬頭猶疑地說道：「你姐夫，畢仙逢自敢下保證，也許不會讓你吃虧。」

「說的是呢。」畢仙急忙應道，「老孀才是明白人哪：你的親戚，還不是跟俺們的親戚一個樣，咋會讓親戚吃虧呢？」

「老頭子，你說呢？」三姑扭頭問老伴。

「唉，到這當口啦，也沒有別的法子。」姑父瞥一眼畢仙，盯著侄女婿，語意雙關地答道：「你姐夫……你是個有數的人。關東山可是個五方雜處的地方，到了哪兒，都得多長著個心眼呀。」

「大叔，你老人家儘管把心放進肚子裏。要是你的親戚有半點閃失，俺拿呂二茂賠你！」

三姑不無憂慮地插話道：「他二嫂，這可不是開玩笑的事情呀！」

「大孀，俺咋會不知道呢？這哪是開玩笑的事！」她扭頭向陶南神秘地一笑，「陶師傅，你怎麼還在磨蹭？俺可是冒著風險來幫你的。難道一番好心，連個『信得著』也賺不到？」

陶南長歎一聲：「好吧。今日天晚了，明天我帶上工具箱，到你家去就是！」

「咳！捨命不捨財。都啥時侯啦，還顧得上你的破『家把什』！你當這是在你們關裏家趕太平集呀？這是躲難，明白嗎？」

說罷，畢仙近前背起工具箱，一手拉著木匠，往外就走。

剛出門，三姑又追上來，語氣沉重地囑咐道：「畢仙，俺們可是把親戚託付給你啦。」

「咳，老嬸，你咋這麼不相信俺呢？」

四

朦朧的月光下，一座陡峭的山崖，臥虎似的雄踞在滔滔渾江右岸。

山崖的前方，有一個椅子圈兒狀的凹陷，一塊巨大的石垃子，擋在凹陷前方不遠處。走近石垃子，陶南仍然不知道畢仙要把自己領到何處。直到轉過石垃子，跨過一條小溪，方才發現，在樹叢的掩映下，有一戶孤零零的人家。坐北朝南三間草房，左側是一座苞米倉，院子四周，用齊肩高的柞木樁圍繞著，木柵欄門半敞著斜歪在一邊。這典型的山鄉民居結構，就是畢仙家。

這裏四周不靠人家，左面是大江，正面是大石垃子，一大片樺樹林，遮擋了從右前方投來的視線。只有一條小道穿過樺樹林通往溝裏。陶南決沒想到，豹子洞生產隊還有如此隱蔽的地方。他早就聽說，畢仙的老公在世的時候，抗日聯軍的楊靖宇將軍被鬼子追急了，在這裏隱藏了半個多月。直到離開許久之後，鄉鄰們方才知道。足見，在這裏藏身，只要主人不說出去，確是個難得的安全之地。

可是，尚未邁進畢家的門檻，陶南便後悔自己的決定太輕率！論藏身，這裏的環境十分難得，絕對無可挑剔。但他感到，自身的安全並無保障。不僅無保障，簡直是進入了危險之地——慌不擇路，也不應該逃向這裏呀。一路上，他仔細分析過，到畢仙家避難，至少有兩大危險：

第一，既然曾雪花的案子，是申貴一手製造的，畢仙又是申貴多年的老相好，怎敢保證，在兩人玩得忘乎所以的時候，她不會把隱藏「反革命同案犯」的事說出來？第二，畢仙是馬虎嶺一帶人所共知的風騷女人。她的丈夫是飼養員，幾乎天天夜裏在飼養室裏值班。她的兩個兒子，大的八歲，小的六歲，屬於不懂事的年齡。一旦藏到了她的家裏，即使能躲過這場政治災難，只怕也難以抵擋住這個多情女人的糾纏。要想不沾上她的「風騷」氣，難上加難。一個曠夫，一個怨婦，夜夜睡在一座房子裏，能夠守身如玉？這事誰聽起來也會大搖其頭。到了那時候，跳進渾江也洗不清！賺上個不乾不淨的臭名，誰都要加以防範，怎麼再在這一帶吃百家飯？而這個地方又是他唯一有親可投的地方。到了人地兩生的地方，他這不像「盲流」的盲流，不被立刻抓進「盲流收容站」才怪呢！

一想到這一層，他的身上立即冒出了冷汗。他停下腳步，懇求道：

「畢大妹……您的好心我領啦。不過，我絕不應該連累你。是福不是禍，是禍躲不過。」前面說的是實話，後面的話可是他的煙幕。一說謊，他的聲音便有些發顫：「我打算回到親戚家，等候處置。好在我在這件事情上，並無錯誤可言。」

「你有啥話，進屋裏說不行嗎？」不容他置辯，女人將他拖進屋裏，放下工具箱，把他推坐到南炕上，自己在對面的炕沿上坐下來，久久地打量他。一雙美目露著關注，卻佯怒地說道：「哼！鬼心眼子多過蜂窩眼兒。裝啥好漢子，你的膽兒比兔子膽還小！你不願意住俺們家，不是怕俺說溜了嘴，就是嫌俺的名聲不好。你說對不對呀？」

滿懷疑慮，被這個精明的女人一語道

破。眼睛望著別處，他尷尬地掩飾：「不，不。俺知道大妹子是個好心人——完全是仗義助人。」

「那，你還拿的啥架子呀？告訴你吧，要是換了別人，給老娘磕上三天響頭，未必賺得老娘正眼瞅一瞅。沒有彎彎腸子，不敢吞這鐮頭刀。俺們敢請大神進家，就敢保大神平安無事。」見他低頭不語，她賭氣地說道：「哼！好心當成了驢肝肺！信不著拉倒。走，俺這就送你回去！」

陶南又窘又怕，急忙答道：「大妹子，你多心了。我絕不是，嫌大妹子……我不安的唯一原因，是害怕。」

「俺自己都不怕，你怕的哪份子呀？」

「既然這樣，我就暫時住到你這裏。不過，你可得答應我一個條件。」

「你說吧，什麼條件？」

「你還得幫幫那些被抓走了的人。」

「咳！你可真是大姑娘作媒——先人後己啦！泥人過河，自身難保呢，還顧得旁人！」

對別人不願搭救，卻單單保護自己——這女人，心術果然不正。他的猜測被證實了。他站起來俯身提起工具箱。「那……我也不敢麻煩大妹子啦。」

「咳！你這人，猴兒腚上擱不住倆蝨子——好急的性子呀！你總得讓人喘口氣，琢磨、琢磨再說嘛。」女人奪下工具箱，再次將他推到炕上，俯身給他脫膠皮靰鞡。一面說道：「你以為，俺就願意眼睜睜地看著一大幫子年輕人，平白無故受遭踐？馬繼革還沒被抓走，俺就給他們講過情。唉，白費！人家說，案子已經由公社革委會接了過去，隊裏再去要人，那不是自己拉下自己吃——自找埋汰？」

「大妹子，依我看，這求人情，不光得找對了人，還得看准了時機。你必須……」他覺得舌頭有些發梗，「必須……在中隊長特別，特別……高興的時候，開口求他。」

「呸，你個死木匠！別人損俺，已經夠數

啦，你也跟隨著那些缺德的東西湊熱鬧！」山裏紅殷紅的臉頰上，掠過一片陰雲，辨不出是後悔，還是傷心。「唉！誰叫咱當初吃了虧，又繼續上當呢。」

「大妹子，我是急不擇言，絕對沒有傷害你的意思！」他極力想挽回局面，「我何嘗不知道，你在當中受夾板子罪。可是，救人一命，勝造七級浮屠，這可是積德行善的大好事呀。」

「好吧，不看僧面看佛面。趕明兒，俺再去碰碰運氣試試。」

「大妹子，救人如救火。你就今天晚上辛苦一趟，如何？」

「那可不行——今晚兒俺得在家裏陪『戚』呀。」她深情地瞥他一眼。「趕明兒一大早俺就去，也耽誤不了大事嘛。」

「要是他們當中也像孫常保兩口子那樣，搭上幾條性命，可就……」

「唉！一提起孫家那檔子事，俺是又氣又恨。好話沒少說，屁用不頂！」女人氣憤地猛拍炕沿，「不說那些煩心的事啦。俺在鍋裏還給你溫著晚飯哪。你坐好，俺給你拾掇吃的。」

「別，我已經吃了晚飯。」

「瘦驢拉硬屎——俺知道你的腸子閒著多長一截！」

畢仙撤身下了炕，旋即搬來一隻小炕桌，從鍋裏端來一大碗炒酸菜，一碗煎土豆絲，一碗炒雞蛋。最後用一隻大瓷缽端上來的，竟然是一隻足有碗口粗，半尺長，頭尾、四蹄俱全的小奶豬。女人又端來一大碗老白乾，放到木匠面前。見他還沉浸在驚訝不安中，得意地笑道：

「好好看看吧，稀罕物——保證你一輩子沒吃過這一口！」

「喲，怎麼捨得把小豬崽吃了呢？」

「真好眼力！咯咯咯……你再仔細看看！」

這一提醒，陶南方才看明白，這只小豬

崽，竟然長著一隻足有三寸長的鼻子！不由驚呼道：「啊，原來是一隻小象！大妹子，東北沒有象呀！你是從哪兒弄來的？」

「老母豬下的唄。」

「什麼，老母豬能下象？」

「明白人也有犯糊塗的時候。沒聽說過，是吧？」她意味深長地瞥他一眼，「老單家的母豬一窩下了十個崽，有三個是長鼻子象。」

他一拍大腿：「咳，這麼稀奇的動物，應該把它養大，咋捨得吃掉呀？」

女人神秘地一笑：「本來想送給農科所研究，想想都在打派仗，誰還顧得上正經事呀。這不，來了你的口福！」

「大妹子，你是咋弄來的？」

「幹嘛呀，非得打破砂鍋紋（問）到底？」她嬌嗔地瞥他一眼：「先嘗嘗味道，看俺的手藝怎麼樣？」

「大妹子，是不是等到呂二茂兄弟回來，一塊吃？」

「這煞兒，他得先顧牲口，顧不上自己。你儘管吃，俺給他留著哪。」

一面說著，她雙手端著酒碗，送到了他的手上。接著，拿起筷子，夾起一大塊「象肉」往他的嘴裏送。

他急忙用筷子接過去：「我自己來。」

俗話說：死豬不怕開水燙。到了這個地步，陶南索性把名聲、安危，置之度外。吃了兩個月的「百家飯」，幾乎沒見到過葷腥的影子。今天，菜雖然不多，但足可稱得是豐厚的盛宴，普通社員家，不可能開得出來。既然女人在一旁殷勤苦勸，他要是不吃，不僅外人不會知道，還一定得罪了女主人。於是，他左手端碗，右手執箸，大喝大嚼起來。不到半個鐘頭，桌上的菜肴，已經被他吞食過半。生平第一次嘗到「象肉」，不好意思多吃，但也被他消滅了足有三分之一。一碗散發著濃烈玉米香味的老白乾，幾乎被他喝下一半。見他的眼珠子閃著紅光，舌頭根子已經發梗，女人不再苦勸。接過酒杯，把剩下的半碗酒，一仰脖子喝了下去，又逼著他吃下半碗白米飯，方才把飯菜端到北炕上。放開南炕上的鋪蓋捲兒，讓他睡下。

她把剩下的細菜拿走，只留下一碗炒酸菜，和兩隻玉米餅。到苞米倉子上，把兩個兒子喊下來。娘兒仨一塊吃了，在北炕上緊挨著睡下了。

陶南頭腦昏昏，雙眼模糊。衣服也沒脫，向後一仰，呼呼睡去……

剛剛睡了不多會兒，便醒了過來。悄悄溜出門去，來到門前狹窄的溪流邊，脫衣入水，自在地暢遊起來。

溪水溫煦，微波澄碧。身下細流潺潺，耳畔鳥語聲聲，彷彿來到了極樂世界。至少有十多年啦，他沒有時間，也沒有興致，作如此盡興的水上暢遊了……

漸漸地，他感到力不從心。正想遊回到岸邊休息一會兒。水流突然變得無比湍急起來，眨眼間，惡浪翻滾，奔騰呼嘯。他身不由己地被激流卷裹著，向著一個攪著枯枝、水草的漩渦沖去。自己的游泳技術並不高明，進了旋渦，必然葬身水底，成為魚鱉的美餐。他暗叫一聲「糟糕」！正在危急時刻，忽然漂來一個巨大的救生圈。他毫不費力地便爬了上去，抱緊救生圈，悠悠然向遠方漂去。救生圈磨擦著他的腹部，輕柔滑潤，舒服之極……

他醒了過來。原來是一個化險為夷的怪夢！

可是，又不全是做夢。他的衣服不知什麼時候脫掉了。一隻溫熱的小手，正在輕輕地撫摩他的腹部，並逐漸向下面移動。

他明白了是怎麼一回事。向旁邊一扭身子，打算挺身而起。突然，他改變了主意。裝出夢中翻身的樣子，又躺了回去。用力控制著因恐懼而產生的顫抖，強迫自己一動不動，儘量將呼吸拖得又深又長，裝出大睡未醒的樣子。

溫熱的小手，又開始了遊動。敏感的部位，終於被抓住了，輕輕地揉搓著，撫摩著……

所幸，那「玩藝兒」很肯幫忙：始終像一條軟鼻涕似的，捲縮在那裏，悄然不動……

那只手終於縮了回去。接著，他的身子被緊緊地摟住了。過了許久，那柔軟而潤滑的暖身子，方才離開了他的被窩。

他的表演成功了！

他深知，這「成功」，與其說是得益於他的自製力，不如說是手術刀的功績。

當初，他對於「男人絕育，手術小，效果好，絕不影響夫妻生活」之類宣傳動員，無動於衷。影響「夫妻生活」又待如何？一天之中，長達十五六個小時的超強體力勞動，能堅持下來，已經筋疲力盡了。回到家，連爬上床頭的力氣都沒有，哪裏還顧得上什麼床笫歡洽、肌膚之親？倘若能一刀割成個太監，豈不是省卻許多煩惱。他不忍心再看到上小學的一雙兒女，無時無刻都在受到老師、同學的辱罵，欺凌。有一次，女兒的頭髮被一位紅小兵撕去一大綹，露出了血淋淋的一片頭皮。兒子常常被紅小兵的「鐵拳頭」，打得鼻青眼腫。去年春天，差點被撕掉一隻耳朵，去醫院縫了五針。現在上幼稚園的小兒子，命運也不會有絲毫改變。自己已經成了牛馬不如的異類，萬一再作騰出個「狗崽子」，讓他們跟著一起飽嘗人間凌辱與苦難，豈不是造孽又造孽？於是，還沒輪到動員牛鬼蛇神，他就主動跑到工宣隊報了名。可能因為自願報名者了了可數，他第一次看到了笑臉。而且第一次享受到與革命群眾同等待遇：一起坐上大卡車去了醫院。手術之後，又享受到同樣的七天集體休息、免費就餐的優待！

不幸的是，有著「科學論證」的男性絕育，與期望的好效果南轅北轍：不少人私下裏嘀咕「上了大當！」他所在的鑄造廠檢查科，有一位姓唐的麻子科長，手術之後再也不敢回家。他的老婆來到廠革委大哭大鬧，說男人成了廢物，要廠裏賠她個頂用的！陶南雖然同樣不再像個「男人」，卻沒敢吱聲。破壞計劃生育的罪名，豈是鬧著玩的？說不定立刻格升一級，成為現行反革命分子！

今天晚上，他之所以能夠抗拒這持久而溫柔的「關注」，並非自己有「定力」。人到中年，正是性欲旺盛的時期，他不相信自己有柳下惠「坐懷不亂」的本領……他得感謝五年前那一刀之賜。

第二天早晨，女主人臉色不悅地瞪了他好一陣子，幽怨地歎氣道：「唉！可惜了的——紙紮的將軍，拿眼瞅著威風……」

五

吃早飯的時侯，中愛青等她爹喝罷一碗老白乾，喜滋滋地端起飯碗吃飯，方才小心翼翼地說道：

「爹，就算馬繼革的爺爺出了點事兒，也怨不著馬繼革呀，咋把人家也當成反黨分子逮走了呢？」

「什麼？『出了點事兒』？說的倒輕巧！他爺爺是大叛徒。大叛徒就是大反革命！懂嗎？」

「一人做事一人當，那也與馬繼革沾不上邊呀，幹嘛非得抓走人家呢？」

「你呀，這像是個老黨員、老貧農的親生閨女說的話嗎？」中貴斜睨著寶貝女兒：「大叛徒的狗崽子，腦袋後頭天生就有根反骨，他不充當反革命急先鋒才怪呢。別打岔，聽我說完。孩子，時刻不能忘記，自己是紅五類子弟，響噹噹的無產階級革命事業的可靠接班人。我為什麼將你的名字中曇花，改成中愛青，就是要讓你無限熱愛傑出的無產階級文藝革命的偉大旗手江青同志，跟著她革命到底呀。你倒好，竟然同情一個大叛徒的孫子！你的階級覺悟哪兒去了？再給我多嘴多舌，看我不給你這赤腳醫生穿上雙鐵鞋，把你從衛生室攆到大田隊，叫你跟那些狗崽子們一樣，賣大力氣、流臭汗去！」

見女兒低頭吃飯不再吭聲，他繼續教訓道：「孩子，你要牢牢記住：那些壞傢伙所仇恨和攻擊的，不是別人，是你的親爹！你想過沒有？萬一讓他們的陰謀得逞，給你爹弄上頂壞分子帽子啥的，你們不都得跟著一塊倒楣？你能跳到乾沿上，還是那個狗雜種能救你？他不把你踹到爛泥裏才怪呢。哼！你竟然胳膊肘朝外翻，好像我不是你親爹，那馬小子，倒成了你的親漢子？莫非那小子給你灌了啥迷魂湯，弄得你連裏外香臭都分不清？」

「唉，幹嘛呀？說得那麼難聽！孩子在吃飯，就不能……」老婆聽不下去了。

「哼！你養的好閨女唄，有臉來說我！」申貴猛地放下飯碗，狠狠地瞪著老婆：「你們要是敢胡摻合，壞了我的大事，有你娘們的好果子吃！」

老婆沒敢再吱聲。閨女被罵得一碗米飯未吃完，放下飯碗，撅著嘴去了衛生室。

一直低頭吃飯的申衛彪，抹抹嘴問道：「爹，把那些人抓了去，還能叫他們坐大牢？」

「那得看他們的認罪的態度咋樣啦。」

「爹，這事怨不著他們。怨咱們惹人家曾雪花……」

「放屁！你小子這份糊塗勁兒，就是你爹的一塊大心病！你爹是幹啥的？一隊之長，豹子洞的黨領導。狗崽子們反對你爹，就是反黨，反革命，懂嗎？」

「這麼說，他們的罪過，還不輕呢。」

「你能明白就好！」

爺兒倆正說著，畢仙推門走了進來。

「喲，大叔。真不愧是革命領導幹部，吃著飯，也忘不了對兒子進行階級教育。」

「嘿，不講能行嗎？那些被推翻的階級，人還在，心不死——有啥法子？這正像偉大領袖毛主席教導我們的：『樹要靜下，而風不肯止』。」近二十年當幹部的鍛鍊，申貴要起文詞來，不但句句文謅謅，還少不了來點發明創造。當著自家人的面，對老相好也是一本正經。「畢仙，過個門檻，吃一碗。快坐下，來上一碗。」

「俺剛吃過了。不過，俺們吃的可不是白米乾飯。」

畢仙畢竟不是等閒的女人。她給陶南吃的白米飯，就是申貴犒賞她，自己捨不得吃留下來的。

「別他媽的，說話盡帶刺！你尋思，俺們家裏的大米就多得往外淌？」申貴狠狠瞪她一眼。「自打過了年，也是大閨女養孩子——頭一回呢。」

畢仙抿嘴一笑：「俺信哪。」

「哼，信不信由你！」

申貴並不希望他的老相好，常來家裏磨蹭。畢仙嘴上沒遮攔，當著老婆孩子的面，常常弄得他不自在。他想趕快把她打發走：「二茂媳婦，你有正經事就快說，沒有就走著。我還忙著哪。」

「還不是求你老人開金口，下一道聖旨。」

「哼！狗嘴裏伸不出象牙來。」

「你聽聽，一剎兒不罵人，舌根子癢癢。大嬸，你說，大叔這副德行，像不像個野小子？」

「嘿，多虧了不像。要是再像呀，那些爭的、搶的，還不得打出腦漿子來？」老婆的話，一派醋意。

申貴瞪著老婆，大聲呵斥：「去，這裏沒你摻和的份！」

畢仙受了申貴老婆的奚落。臉上一陣紅，一陣白。話中帶刺地說道：「大叔，俺可不是吃飽了找閒氣生。俺來是有正經事求你。」

「你有啥正經事？」

畢仙瞥申貴老婆一眼：「咳，沒有正事，俺們敢登你的三寶殿，自個兒來舔鹹鹽（閒言）碗！」

「有正事就快說，隊裏出了這麼一件大案，我正在沒明沒黑地忙哪。」

「俺就是為那件大案來的。」

「咳，昨天不是跟你說過，少管別人的閒事——咋就沒點記性呢？

「大叔，別人的閒事，俺自然不會去管。可你自己的事，俺能不管嗎？俺可是專為大叔你老人家來的。」

「新鮮！」

「信不信由你。」

「哼，我有啥事，敢勞你的大駕，替我操心？」

「當然是最要緊的事。」畢仙瞥一眼申貴老婆：「不過，三言兩語說不清。」

「那就到鐵匠爐上去談。」

「非得去鐵匠爐？」

申貴的短三角眉皺兩皺。四十好幾的人啦，已非當年可比。昨天上午，他跟面前這位女人好一頓忙活，累得渾身懶洋洋，像是掄了幾天大錘。可是一看到老相好，立刻來了興致：他知道有求必有報。雙眼一眯，答道：

「莫非，還沒……」「忞夠」兩字沒出口，見畢仙露出責備的眼光，急忙改口道：

「那，好吧。你可別沒完沒了……」

「沒完沒了的，可不是俺！」畢仙語意雙關地反擊了一句。

六

一進鐵匠爐里間，申貴急不可耐地催促：

「有話就快說，別耽擱了正事。」

「俺昨天跟你說的話，你可得正兒八經地想想：行善得好，積惡有報……」

「我就知道，你放不出個新鮮屁！你的窟窿眼兒癢，就說饞的話，要的啥鬼畫符呀？」他返身插上門，伸手拉開炕上的鋪蓋捲兒，自己先爬了上去，立刻動手脫衣服。「咋？不是癢得受不了嗎？不趕快上來，站在那兒幹麼？非得等著我抱上你來，親手給你解褲帶？」

「哼！除了屁騷拉汙，你還有點正經事沒有？」畢仙站著未動，「自個招災惹禍，別人急得吃不下，睡不著。你可倒好，別的事不在心上，只是想著讓那根饞雞巴舒坦。不聽好人勸，吃虧在眼前。自個著量著辦吧！」

說罷，她抽開門，往外就走。

「回來，回來！」申貴急忙披上棉襖坐起來，「咱啥時候沒聽你勸來？」

「有本事，等著受就是——聽別人勸幹啥？」她停下腳步，仍然做出立即走開的樣子。

「別跟我耍驢，裝奶奶！咱不是在側著耳朵聽你咧咧嘛。哎呀，我的姑奶奶！你就別拿把兒啦。快說，到底發生了什麼大不了的事？」

畢仙斜坐在炕沿上，審視般地盯著老情人：「你把一大幫子人弄走，他們少受不了刑罰。他們放回來會咋樣，你想過沒有？」

「看吧，我就知道你的老毛病改不了——動不動就幫壞人說話。哪裏還像個老貧農的女兒呀？培養了你這麼多年，白費！我他媽的花費了那麼多的心血，咋就沒把你的心染紅呢？」

「哼！只怕等到染紅了俺的心，你們爺們的腦袋，早成了紅醬缸啦！」

「你別咒俺爺們，好不好？」

「俺是替你擔心。」

「那，你就把心放在肚子裏吧！」申貴握緊右拳，連連揮著。「我有無產階級專政的鐵拳頭，不怕階級敵人翻天！他們只有規規矩矩的份兒，絕沒有亂說亂動的權力。乖乖兒地聽咱們擺弄，他們還多活兩天。不然……」

「做夢娶媳婦——想得倒美。咯咯咯……」畢仙仰頭大笑起來。

「咋？你認為階級敵人還敢翻天？莫非他們連小命也不想要了？」申貴憤怒地將握緊的

右拳，狠狠搗在炕上。「哼，不服？孫常保兩口子就是他們的榜樣——自取滅亡！」

她正色說道：「要是……人家也要你的小命呢？」

「他們敢！除非太陽從西出，『黑五類』都成了領導階級！」

「明裏不敢，要是暗地裏呢？」女人身子前傾，壓低了聲音：「馬屁股二隊欒隊長家接連死了三頭豬，樺樹背七隊段隊長的柴禾垛，半夜三更起了火，夾皮溝八隊胡隊長的兒子，不明不白死在渾江裏……這些眼目前的事，你都忘了？」

「媽拉個巴子的！別瞎咧咧——他們是他們，我是我！」申貴的口氣軟了下來。

「俗話說的好，明槍好躲，暗箭難防。你想呀，你們只有爺兒倆，他們可是一大幫子人呀，你們防得過來嗎？這些日子，俺吃不下，睡不穩，一門子替你們一家人擔心。你自己還頭頂火炭不覺熱呢！」

申貴皺著眉頭，仰頭望著屋頂，許久沒吱聲。

畢仙接著勸道：「大叔，解鈴還得系鈴人。趁著他們還沒吃多少虧，趕快去把人保出來。那樣以來，他們不但不會記你的仇，還會感謝你這保人呢。你說是不是？」這是陶南教的以攻為守的策略，她像剝筍似的，有條不紊地說了出來。

「哼！沒那麼便宜！」申貴一咬牙，堅定了信心：「那就繼續提供材料，把他們統統往死裏整。給他來個一鍋煮，看哪個還敢在太歲頭上動土！」

「好嘛！就算你有那麼大的『鍋』，能把他們一幫子人全煮了？就算是你有那個能耐，他們還有兄弟姐妹，七大姑、八大姨呢。手大捂不過天來，你能一個個都把他們收拾乾淨？」

申貴終於不吭聲了。低頭沉思了好一陣子，抬頭說道：「畢仙，你總算沒辜負我親了你這麼多年。夠意思！我……是得好好想想。」

「大叔，一失足成千古恨。千萬莫失良機，自己誤自己呀！」這話也是木匠教給她的。

「好個山裏紅！」申貴目不轉睛地打量著老情人，彷彿打量一個陌生人：「你，啥時候，學得這麼長進啦？」

「啥長進？還不是現躉現賣。」話剛出口，她發現露了餡，急忙掩飾道：「這樣你還說俺們不長進呢。俺敢說，豹子洞裏再找不出第二個人，能跟你這麼貼肉貼心，拿著你的事比自己的還急。」

「那倒不假。」申貴點上一支幹部煙，慢慢抽了起來。

「大叔，你能明白過來，就是你們一家人的福氣。別磨蹭，俺今天沒功夫侍候你。你趕快穿上褲子，辦正事去吧。俺等著聽你的喜信呢。」說罷，她轉身要走。

申貴伸手把她扯回來，佯怒道：「怎麼？求完了菩薩，不燒香。有你這樣的香客嗎？」

「咋？老叫驢又叫槽啦？昨兒個，你不是說累得夠嗆嗎？」

「那是我收拾了那些王八羔子，太高興的緣故。今天咱們柔著點。」他脫光衣服躺了下去，「磨蹭什麼？快脫衣服上來！」

畢仙麻利地脫光了衣服，鑽進被窩。伸手一摸，嗔道：「哼！怪不得猴急貓撓的，又成了鐵杵頭！」

「那也得先給我咂一陣子。」申貴把她推下去，「用舌頭……好，好。畢仙，你給我咂忞了，我讓你先騎我……」

「唉！」她發出了一聲長歎。可能是想到昨夜的失意，悵悵地說道：「盡著你吧。反正呀，啥時候也由不得俺自己。」

「咦？聽口氣，好像你不大樂意。」

「唉！興許是給那幫子年輕人擔心的緣故。」他急忙進行掩飾。

「別掃我的興，快上來！」

「不行，你先給俺舔舔。」她覺得仍然沒有提起興致。

「你呀，從來不做虧本的買賣——敞開呀！」申貴像牛啃草似的，近前伸出舌頭。

「呦，呦！親娘呀……慢點，停下——俺不行了！」

「那就快上來吧。……好……好。畢仙呀……你可真是，我的開心荷包……」

兩個人，足足折騰了一個多鐘頭，方才偃旗息鼓，悄然分手。

畢仙走了以後，申貴點上一隻煙，慢慢抽了起來。一支玉葉煙沒抽完，猛地將煙捲摔到地下，狠狠地罵了起來：「媽拉個巴子的！山裏紅這小浪貨，淨給我添煩！」

七、反革命的「反骨」

一

第二天上午，申貴果然去了馬虎嶺公社革命委員會。但他不是去「保人」，而是要求「從嚴懲治喪心病狂的反革命集團」！

口說無憑，他帶去了三件極其重要的反革命物證：一張揉皺並撕破了的《毛主席去安源》彩色畫像，三顆步槍子彈，一本在扉頁上寫著反革命口號的《毛主席語錄》。那句十惡不赦的反動口號，竟將「恭祝我們心中的紅太陽毛主席萬壽無疆」進行篡改：「寿」字少了一横和一撇，成了個「寺」字，「疆」字的「弓」字旁，寫成了「立人」旁，成了僵屍的「僵」。這是惡毒詛咒我們敬愛的偉大領袖，進了寺廟，成了僵屍！

除了三大物證，另外還附著一份黑龍頭大隊三小隊黨支部的申請：全體貧下中農強烈請求，徹底掃除趙魁等兇惡的反革命害人蟲。他們的罪惡目的，就是要使無產階級鐵打的江山改變顏色，讓廣大人民受二茬苦，遭二茬罪！

申請上寫明，揉皺的寶像，是在地主羔子趙魁家的茅坑裏發現的；步槍子彈是楊滿倉密藏的；而寫著反標的「紅寶書」，則是朝鮮族的敗類樸合作的。這充分證明，兇惡的反革命分子們，誣衊黨領導強姦婦女，把矛頭指向基層黨組織，不過是轉移視線，為他們的罪惡目的打掩護。下一步，便是組織武裝暴動。

其實，用不著「請求」，僅憑這三件重要物證，一件怵目驚心的反革命武裝暴動大案，已經昭然若揭了！

豹子洞挖出了重大反革命集團的「特大喜訊」，立即飛遍了整個渾江縣。

情節如此嚴重、罪證如此集中的現反案，自文化大革命以來，整個渾江縣還沒有發生過。這不啻是晴空裏響起一聲驚雷，滾沸的油鍋裏扔進了一塊大冰塊！被革命精神激勵得鬥志昂揚的廣大社員，特別是革命幹部們，個個恨得咬牙切齒，恨不得立刻將一小撮反革命分子，千刀萬剮，剁成肉泥！

遵照偉大領袖毛主席「階級鬥爭一抓就靈」的偉大教導，整個馬虎嶺公社，全力以赴。審訊、破案，成了壓倒一切的中心任務。案件詳情連夜報告了縣革委。人人都為有幸參入這件空前偉大的、捍衛無產階級紅色政權的你死我活的階級鬥爭，感到無尚的光榮。

公社革命委員會成立了以革命委員會主任高遠為首、副主任雷鳴為副的「現行反革命大案偵破領導小組」，一面派人去豹子洞進一步搜集材料，同時做好突擊審訊的各項準備。

「宜將剩勇追窮寇，不可沽名學霸王！」專案組全體成員摩拳擦掌，群情激昂。他們高舉紅寶書，面朝紅寶像莊嚴宣誓：決心用一不怕苦，二不怕死，猛追窮寇的連續作戰精神，力爭以最快的速度破案，向上級領導和紅五月獻禮，向偉大領袖毛主席報捷！

二

五名落網的現行反革命，被關進毛澤東思想學習班，立即進行晝夜不停的審訊。不幸，

「戰果」並不輝煌，審問者大失所望。

罰站，熬鷹，揪頭髮，掐脖子，互相打耳光，坐噴氣式等刑罰都已用過，甚至採取了跪石子等「加溫」措施。而所得到的供詞，如出一轍：申貴逼嫁曾雪花不成，便搞先姦後娶。多虧了楊滿倉、馬繼革等及時趕到，才把人救了出來。為了報復上訪的人，申貴便一手製造了這件所謂的反革命案。

正當專政隊員們懷疑這個「階級鬥爭的新動向」，是否沒有抓准的時候，豹子洞革委會送來了三件重要物證。這不啻是為鼓舞鬥志、擴大戰果，提供了三顆威力強大的炮彈！

迷失方向的夜行船，忽然發現了燈塔的光芒。專政隊員們，個個精神振奮，信心倍增！

於是，看管人員作了重新選拔組合，措施制定得更加嚴密有力。作監房的草棚子，換成了紅磚砌成的大房子，集體看管，變成了單獨關押。窗子被釘死，糊上了厚厚的報紙。為了避免串供，大小便也不准出屋。專政隊員全是男的，曾雪花是個姑娘，也得在幾雙貪婪、淫褻的目光下，褪下褲子，蹲到牆角上的尿罐子上「方便」。社員們都吃不飽，罪犯們更是可想而知，每人每天只供給一頓飯：幾顆鹹鹽粒，一碗混合著老鼠屎的高粱米稀飯。三天下來，個個餓得肚皮貼上了脊樑骨……

眼下，審問成了刑訊逼供的同義語。不審不問時，從早晨五點到夜裏十二點，罪犯們必須躬腰面壁而立，考慮交代自己的重大反革命罪行。

與此同時，專案組奔赴豹子洞，明察暗訪，大會小會，進一步搜集罪證。忙碌兩晝夜，滿載而歸。

到了第五天上，「第二個戰役」正式拉開序幕。

第一個被提審的是趙魁。

經過專案組反覆分析、推斷，大案的首犯，必是該趙無疑。根據三隊的彙報，及前去調查得到的材料。趙魁跟他的反動老子趙敬三一樣，對無產階級專政充滿了仇恨。雖然平時幹活尚屬賣力，一貫早到晚走，但那是為了麻痹廣大社員的革命警惕性。目的是等待時機，窺伺方向，以求一逞！雄辯的證據是：黑五類及其子女每天「三請罪」時，他總是聲音喑啞，面無表情，毫無認罪的表示。幹活休息的時候，社員們在一起說笑打鬧，他常常遠遠待在一旁，仰望長天，面色陰沈。分明是在苦苦思索進行反革命暴動的時機和步驟……

其餘的反革命分子，同樣有著形形色色、與反革命陰謀緊密聯繫的反動言行：

楊滿倉跳「忠」字舞時，故意出怪相，多次逗得大家捧腹大笑。將嚴肅的獻忠心活動，弄成了無聊的嬉戲！馬繼革怪話連篇，不僅領著知青徹夜打撲克，破壞「抓革命，促生產」，還常常當眾頂撞支部書記，破壞基層黨領導的威信。那個朝鮮族的敗類樸合作，更是陰險毒辣，多次在私下裏散佈說，中隊長的作風、品質，賽過惡霸流氓！而那個女反革命曾雪花，更是反動透頂，有事沒事往地主分子家裏鑽，而且下定決心，不嫁給地主崽子趙魁，不肯甘休……一句話，豹子洞的反革命們，倡狂之極，罪惡累累，簡直到了無以復加的地步！

敵情如此嚴重，豈可掉以輕心？

敵人這般囂張，必予迎頭痛擊！

公社武裝部的兩間辦公室，改成了審訊室。正面牆上貼著八個斗大的黑體字：「坦白從寬，抗拒從嚴！」牆下一溜兒擺著三張桌子，使人想起了被作為「四舊」橫掃掉的、京劇《玉堂春》中的「三堂會審」。

此刻，以公社革委會主任高營長和雷副主任為首的兩位專案組長，已經分坐在當中的兩張桌子後面，右面的一張桌子，公社一位姓甘的女秘書，端坐在那裏——她是審訊的記錄員。八個魁梧的專政隊員，一邊四個，矗立在桌子的前方，宛如兩行站班的衙役。每人手裏都拿著一根半米多長、點布著斑駁血跡的樺木棒，宛如古時候衙役們行刑用的「水火棍」。

審訊開始了。雷主任高喊一聲「帶罪犯！」趙魁立刻被兩名大漢擰著胳膊押了進來，面朝審訊者，被按著頭，跪了下去。

高主任吩咐道：「讓他站著交代。」

趙魁又被拖了起來。

這個身高足有一米八十的寬肩細腰大漢，進了學習班剛剛五天，竟然矮了大半截：兩肩內扣，腰背彎曲，蠟黃的方臉上冒著冷汗，兩腿瑟瑟地抖個不止。

兩位主審官並不急於問案，而是將利劍般的目光，凜然逼視，讓他進一步感受到無產階級專政的無比威力。據說，這叫做「目審」。

「趙魁，抬起頭來看看牆上的字！」主審官高主任開口了，「說，那是什麼意思？」

「意思是：說了實話，就……寬大，不說……就，就嚴辦。」

「嗯，你明白就好。不知你想爭取寬大，還是爭取嚴辦？」主審官又問。

「我……爭取寬大。」主審官的威懾目光，刺得他不敢抬頭。

「好！那就趕快把你們的反革命罪行，徹底坦白交代！」陪審官雷副主任說話了。

「俺一來到公社，就什麼都……都，交代了。申隊長，幹的，那……那些事，曾雪花告訴過俺，可俺沒跟任何人說過。滿倉他們三個人來上訪，俺也沒聽說。他們被，被……」趙魁想說上訪的人被扣押，一想不妥，立刻改口道：「他們被留在公社，也是狗兒他娘告訴俺的。」

「狗兒他娘是誰？」高主任追問道。

「就是陳寡婦，外號二瘋子。」

「那娘們兒是怎麼跟你說的？」

「她說，她說：『曾雪花叫公社抓起來了。她是因為相中了你，不答應嫁給申衛彪，才得罪了申閻王。哼！爺兒兩個耍流氓不算，還夥合上民兵排長楚勝幫著，一塊欺負人家。多虧叫楊滿倉他們衝散了，曾雪花才囫圇出來。他的雞巴頭子沒占到便宜，就倒打一釘耙，遭踐人家反黨——人腸子長著半指嗎？如今，連楊滿倉、樸合作他們，都被劃拉進去成了同案犯。你的成分不好，准成饒不過你，還不麻溜溜地找個地場躲幾天，等過了風頭再回來！』俺說：『曾雪花的事，跟俺沒關係。她爹是黨員，俺做夢也不敢奔那高門檻呀！她惹惱了中隊長，關俺啥事？俺自己又沒做吃私犯法的，用得著躲！』」

高主任問道：「趙魁，那娘們還跟你說了些什麼？」

「她說：『不聽好人言，吃虧在眼前。自個好好琢磨琢磨吧。』說完就走啦。」

「那，你又幹了些什麼呢？」

「我？一天都不拉，照常出工幹活。散了工，待在家裏，哪兒也不去。每天下黑，給俺娘揉揉、捶捶。俺娘的腰腿有毛病。要不然，早晨爬不起炕，沒法跟俺爹一塊去掃大街。」

「好一個地主階級的孝子賢孫！」雷副主任露出譏諷的冷笑。

高主任接著問道：「趙魁，你怎麼不交代啦？」

「就這麼多，俺都交代完了。」

「這些日子，你都在謀劃些什麼？」

「俺只念了兩年書，連自己的名字都寫不好，哪會『抹畫』呀？」

「我是問你，白天黑夜，腦子裏都在想些什麼？」

「沒想什麼。」

「混蛋！」雷副主任怒喝一聲。「你長著個腦袋，會沒有思想？」

「真的呀，俺可不敢，隨便亂想。俺就想，好好幹活，改造思想。別像俺那爹，弄了頂臭帽子，鋼鑄的似的，戴上就摘不下來。」

「好哇！你這個反動傢伙，公然給反動地主喊冤叫屈！」雷副主任猛地一拍桌子，突然把問題引向深入：「趙魁，回答我：你家裏貼過畫兒沒有？」

「貼過。」

「都貼的什麼？」

「俺家貼過……」趙魁眨眨眼答道：「《孫悟空三打白骨精》，《火燒草料場》，《單刀赴會》，還有《穆桂英掛帥》……」

「好，一語洩露了天機！」雷副主任一拍桌子，打斷了趙魁的交代。「這個反動傢伙，家裏貼的畫，除了『三打』，『火燒』，就是『單刀赴會』！他是借古人的事，發洩沒落階級的刻骨仇恨！妄想『掛帥』，推翻無產階級專政——用心何其毒耶！」他對自己的美妙聯想很得意。扭頭望望皺眉沉思的一把手，繼續發揮道：「被消滅的階級，人還在，心不死。他們時刻想望的就是翻天！」。

趙魁答道：「俺也知道，那些畫是『四舊』。文化大革命一開始，都叫俺爹撕下來燒啦。」

「你們咋就不貼一張有點革命意義的畫呢？」雷副主任窮追不捨。

「有，有。有革命的。俺還沒說完：還有一張《董存瑞炸碉堡》……」

「好哇！竟然妄想炸掉我們的紅色江山——地主羔子的賊膽不小哇！」

可能是聽到雷副主任的無限上綱，有些離譜。高主任把話引上正題：

「趙魁，你家裏有沒有貼過一張偉大領袖《毛主席去安源》紅寶像？」

「同志，這您知道……」

「混蛋！誰是你的同志？」雷副主任又是一聲斷喝。

趙魁渾身一哆索，抖抖地答道：「俺們家，成分不好，沒有資格請紅寶書，也不准俺們家裏掛紅寶像。人家也不賣給俺，因為偉大領袖毛主席不喜見俺們黑五類。」

雷副主任一聲吼：「混蛋！紅寶像能『買』？那是『請』！」

「對，是請。人家不准俺們家請。」

「哼！為了發洩你們對偉大領袖的刻骨仇

恨，即使買不到，你們也會偷一張回去，進行玷污。你說，是這麼回事不是？」

「同志，家家都把紅寶像貼在牆上，俺就是想偷，也辦不到呀！」

不知啥時候，高主任離開了審訊室。剩下雷副主任獨自主持審訊。他厲聲喝道：

「哼！不給你點厲害，你是不會老老實實地交代問題的。來呀，給他升升溫！」

打手們聞聲而上。他們麻利地把趙魁的雙手倒背著綁上，將繩子的一端，扔過梁頭，兩個人抓住繩頭猛地用力拉，趙魁的雙腳立刻離開了地面，在空中蕩悠起來。兩腳升高到足有一米多，方才停了下來。繩子的另一頭，被牢牢拴在一旁的頂樑柱上。

審判官得到了喘口氣的機會。雷副主任點上一支前門牌香煙，抽了起來。

一支煙捲兒沒抽完，五天多沒吃飽睡好的反革命首犯，已經大汗淋漓，緊閉雙眼，呻吟不止。豆大的汗珠子，吧嗒吧嗒往下掉。

雷副主任扔掉煙頭，倒背著雙手，圍著吊在半空中的獵獲物，踱了兩圈兒。停下來，兩手用力一推，趙魁便像打秋千一般，前後搖晃不止。他笑眯眯地說道：

「告訴你，趙小子——這叫坐直升飛機，也叫打東洋秋千。味道不錯吧？嗯？打夠了沒有呀？要是打夠了呢，就下來歇會兒，交代點問題。怎麼樣？不吭聲？既然還沒過夠這東洋秋千癮，我們有的是功夫陪伴，讓你們一個個都享受個夠！」

「主任，俺，不是不交代，」趙魁氣喘吁吁地開口了。「俺真的是……啥也沒幹……啥也不知道。凡是知道的……俺全都，全都……交代完啦。中隊長是黨的領導，俺擁護還擁護不過來呢，咋會反對他老人家呀？」

「媽的！還在嘴硬！那就再讓你舒服舒服——」雷副主任回到了座位上坐下來，手一揮：「給他加個砣！」

一隻大糞筐，拴上了趙魁的雙腳。牆角上

有一堆現成的石塊，打手們動手將石塊往糞筐裏裝。一面裝，一面問：「怎麼樣？舒服吧？要是覺得不夠分量，就說話！」

趙魁牙關緊咬，一聲不吭。

石塊在急速地增加……

想不到，上帝造了人，不止是要他們用靈巧的雙手創造世界，而是要用他們的血肉之軀，給那些「天之驕子」們作為達到各種目標的憑藉，甚至是作為取樂的對象。據說，文革前，馬虎嶺有一個青年，糊裏糊塗被請進派出所，因為吐不出所需要的口供，沒打沒罵，只用一條小繩緊緊捆了一個晚上，第二天被放出來，雙手竟成了殘廢。近年來，對上帝傑作的「修理「技巧，可謂花樣百出，日見精進：欺騙，侮辱，摧殘，咒罵，桎梏，關押，刑訊，殘殺……自然也包括繩索的捆綁，吊上樑頭後石塊的抻拉！

有人驕傲地宣稱，中國是盛產廚師的國度，她的「吃」文化，源遠流長，天下無敵。讓全世界的人驚詫不已的「滿漢全席」，更是獨領風騷，雄踞世界美食榜首。殊不知，「人肉大餐」，更是革命「廚師」的拿手傑作！從通都大邑，到窮鄉僻壤，後繼者烽起，青出於藍而勝於藍。人肉味彌漫天空，煉獄的火種四處燒灼，宛如大躍進時期，遍地冒煙的高爐群……

今天，一道「人肉大餐」，又在偏僻的山溝裏，拉開了序幕！

筐子裏的石塊在增加，犯人的身體在拉長。無奈，重量的增加，與「罪犯」的悔禍之心，不成比例。梁頭上的獵獲物，冷汗涔涔，臉色如土，卻絲毫沒有開口的表示。

喪失了自由意志的血肉之軀，與變成了屠刀的堅硬的石塊在較量！

石塊加滿了糞筐，足有一百多斤。犯人仍然緊閉雙眼，一聲不吭。打手們正打算再綁上一隻糞筐。不料，犯人長嚎一聲，暈了過去。

趙魁被放到地上，劈頭澆上了一瓢冷水。

過了許久，方才慢慢蘇醒過來。

「你，交代不交代？」一片怒吼的斥問聲。

「俺真的是……交代完啦。俺要是……敢撒，半點慌……情願，讓你們……槍斃了俺！」

他的頭一歪，再次暈了過去……

梁頭和石塊，沒有撬開趙魁的嘴。

接著被押進來的是楊滿倉。

三

老貧農的兒子楊滿倉，做夢也不曾想到，控告壞人，成了攻擊黨的領導；阻止別人強暴自己的一母同胞，竟然是「反革命事件」。原告成了被告，被欺凌者成了謀反者！他悲憤難抑，無論怎樣說服自己，也做不到「低頭認罪」。因此，一關進「毛澤東思想學習班」，他就咆哮如雷，反復質問：「俺們犯下了啥罪？憑什麼，不抓欺負人的壞蛋，卻抓起好人來狠折騰？」

對鳴冤叫屈的強有力回答，是雨點般的拳腳，無了無休的彎腰，罰跪。直到囂張氣焰被打下，「花崗岩腦袋」不敢再開恨口為止。

經過連續五晝夜的「醒腦」與「加溫」，楊滿倉已經被折磨得雙腿腫脹，遍體鱗傷。他被拖進審訊室後，吃力地抬起頭，希望看到上面坐的是那位高主任。他記得陶南說過，解放軍講政策，認為有解放軍在場，自己便有了講理的機會。不料，上面坐的審問者，並沒有那位解放軍。

原來，支左的高主任，在審問趙魁的中途退場後，當晚就找雷鳴談話，批評他問案不著邊際，不做細緻的思想工作，動輒用刑，只怕要屈打成招，冤枉好人。他的善意幫助，竟然被說成是「思想右傾，包庇階級敵人」。雷鳴立即向上級做了彙報。結果，這件重大的反革命暴動案的審判重任，就落在了雷鳴一個人的身上。

滿倉雖然擔心雷鳴不講理，但仍然連聲喊

冤，而且歷數申貴的惡行與無恥嘴臉。他大聲爭辯道：

「雷主任，請你們到我們豹子洞去一趟，隨便拉上個大人、小孩問一問，哪個不知道，天是老大，申貴是老二？他想欺負誰，就可以欺負誰。誰敢說半個不字，吃不了兜著走：不是在派工上對付你，就是叫你進學習班，甚至給你弄上頂『帽子』戴！不光俺姐姐一個人倒這份子大黴，他看上的大閨女、小媳婦，有幾個逃得出他的手掌心？隊裏的東西，就跟是他的一樣，社員們一個個三尺腸子閒著二尺半，他家可是天天淨米細面。一個強勞力，一天掙十個工分，折合六分四厘錢！申貴呢？嘴上整天刁著煙捲兒，哪來的錢？還不是社員的血汗？你們開個社員大會問一問，要是有一個人說申貴像個共產黨員，還辦過幾件人事兒，俺心甘情願承當反黨的罪過。不過，得先把那害人精抓起來再問社員。要不然，誰也不敢說實話，異口同韻，絕對是個『好領導、好黨員』！」

對冤案的憤懣，使血性莊稼漢勇氣倍增。滿倉停下來喘口氣，見雷鳴並未制止，索性又補了一句：「同志呀，要是俺們說的申貴那些德行，有一件是冤枉他，給俺戴上個什麼帽子都行。俺喊一句冤，給俺割了舌頭去！」

「楊滿倉，你會打槍嗎？」突兀地發問，往往使被審問者措手不及，從而獲得意外的收穫。雷副主任深諳此道。

「會。」回答得毫不猶豫。

「你學打槍幹什麼？」

滿倉幾乎冷笑起來：「俺是基幹民兵，不學行嗎？」

「你私藏子彈，又是為了幹什麼呢？」

「俺哪兒藏過子彈呀？」

「這是什麼？」雷主任伸手從抽屜裏摸出三顆步槍子彈，指著說道：「難道這不叫子彈？告訴你，這是從你的語錄袋裏搜出來的——你還敢抵賴？」

「不錯，俺是有三粒子彈。請你們看清楚，全都是臭火。」滿倉冷笑起來：「那是前年，部隊在俺們那兒打演習，人家扔了，俺撿回來玩的。」

「混蛋！」雷副主任發怒了。他把子彈屁股朝向滿倉：「睜開你的狗眼瞧瞧，是臭火，還是能置人於死命的好子彈？」

「臭火」的引火帽上有撞針眼兒。滿倉看清了，這三顆子彈的引火帽，完好無損。

「栽贓！這不是俺的東西！」楊滿倉大聲吼了起來。「天老爺作證：俺的那三顆子彈，全是臭火。不信你們問問楊滿囤、王敢先、民兵排長楚勝，他們都見過俺那三顆臭火子彈。」

在物證面前，罪犯依然理直氣壯，審問者的憤怒可想而知。現在，輪到滿倉自己獻出骨肉來，承受「囂張氣焰」的「恩賜」了。

雷副主任向下一揮手。吊趙魁的那根粗繩子，又栓上了楊滿倉的雙臂。他被劃上樑頭——同樣坐上了「東洋秋千」。

在雷副主任的示意下，楊滿倉的雙腳上，分別被綁上了兩隻糞筐。石塊在不斷地增加，直到再也裝不下。打手們開始用樺木棒狠敲他的脛骨和腳踝。彷彿被吊打的不是他的血肉之軀，而是一個沙袋，一截木樁。楊滿倉雙眼緊閉，大汗淋漓，咬得牙齒咯咯響，仍然不吐一字。

「小子有種！嘿嘿嘿！」雷鳴從座位上站起來，冷笑道：「看來，溫度還不夠。那就給你加點明火。」

楊滿倉的上衣被繩子拽了上去，肚子和下背裸露著。雷鳴走上前去，猛吸幾口手中的煙捲兒，吹掉煙灰，對準楊滿倉的肚臍眼兒，戳了上去。

「吱」地一聲，一股濃郁的焦臭味撲鼻而來。

「啊——」一聲長嚎，楊滿倉暈過去了。

等到被放下來，這個黑壯漢的兩條腿，再

也站不起來——關節脫臼，肌腱被拉壞了！

四

雖然這些年「知識越多越反動」的革命新論，風行全國。所有專家，教授，學者，名流，不是成了「反動學術權威」，就是充當起「封、資、修的孝子賢孫」。馬繼革這個老三屆高中生，仍然較之其他人聰明得多。他自始至終，不但給審問者留住面子，還巧妙地保護了自己。

當他被押進來，「目審」結束，正確理解了「坦白從寬，抗拒從嚴」之後，雷副主任略顯疲憊地問道：

「馬繼革，這幾天，你雖然躲躲閃閃，避重就輕，畢竟還有一點悔過的表示。希望你洗心革面，深挖細找，徹底交代自己的罪行，並大膽檢舉揭發同案人，爭取寬大處理。你是個聰明人，應該明白，自己已經處於什麼樣的危險境地！」

「是的，我明白。」

經過五晝夜的反覆思考，馬繼革已經想好了對策：用拖延迂回政策，保住身體健康，以便有機會弄清爺爺的問題。他堅信，爺爺絕不會是叛徒。一旦恢復了老紅軍的真面目，他的處境立即可以改變。眼前只有忍氣吞聲，委曲求全。他極力用誠懇的語調補充道：「我會毫無保留地交代一切。」

「好！」審問官一派獎賞的口氣：「那就開始交代吧。」

馬繼革挪動一下酸痛的雙腿，使自己站穩。斜瞥一眼梁頭上垂下的粗繩子，用力咽下一口唾沫，緩緩答道：

「他們來上訪的理由是，中隊長逼嫁不成，便搞先姦後娶，企圖叫他的兒子佔有曾雪花，造成既定事實。但是，我感到證據不足：那天我聽有人吆喝『捉姦』，也跟著去看熱鬧。親眼看到中隊長和民兵排長楚勝在屋裏，好像是在跟曾雪花談話。申隊長要是真的想強姦婦女，咋會當著別人的面呢？所以，我認為情節有出入。而隨隨便便給一級黨的領導強加罪名，確實不妥當。」

「僅僅是『不妥當』嗎？」雷副主任問道。

「也確實，帶有……反黨性質。」

「馬繼革，你認為他們的目的，僅僅是告倒申貴嗎？」

馬繼革想了想，答道：「當然也有個權字問題。我覺得，他們並不希望申隊長掌權。」

「為什麼？」

「可能是，因為申隊長……工作抓得比較緊……作風也有點生硬……」

「什麼？作風生硬？」

「是因為，申隊長的立場比較穩，原則性比較強的緣故。」馬繼革急忙改口。

「還有呢？」雷副主任冷笑幾聲，「僅僅是這些，他們就要打倒申貴嗎？說呀！」

「那……我就，拿不准了。」

「嘿嘿！只怕不是拿不准，是不想說！」雷副主任的口氣嚴肅起來。「馬繼革！你少給我打馬虎眼——這不是一件普普通通的案子，而是一件特大的反革命暴動案。你的同夥都交代啦，你馬繼革是骨幹之一，咋會『拿不准』呢？」

馬繼革倏地變了臉：「有這事？那……我連聽說都沒聽說，咋會成了骨幹呢？」

「豬鼻子插蔥——裝象！」雷副主任指指梁頭上空垂的粗繩子，「上去享受幾個鐘頭，你小子就『聽說』啦！」

馬繼革的長方臉，倏地變得蠟黃：「俺……也許是忘了。讓我回去好好想一想。行嗎？」

雷副主任威嚴地答道：「馬繼革！你小子要是搞緩兵之計，有你的好果子吃！回去把案情的來龍去脈，詳細地給我寫出來，爭取寬大處理！」

「好，我寫。我一定把所知道的……都寫出來。」

沒受任何刑罰，馬繼革走出了審訊室。

五

大案中的另一名『要犯』——樸合作，既不似趙魁的驚恐，馬繼革的機靈，更不像楊滿倉的金剛怒目。不知是無私助人上訪心地坦蕩；還是出身工人階級，又有個擔任縣革委副主任的表哥，因而有恃無恐。一進到審訊兼行刑室，他既不哀求乞憐，也不咆哮頂撞，彷彿是一個局外人，旁觀者。面對虎視眈眈的審判官，氣勢洶洶的打手，梁頭上長蛇般的繩索，竟然神色坦然，侃侃而談。他指指牆上的大字標語，從容地說道：

「當初，我當造反派頭頭，鬥爭走資派和黑五類的時候，每次都把這八個字亮在前面：『坦白從寬，抗拒從嚴！』不過，今天我是無辜受審，根本用不著考慮『從寬』還是『從嚴』的問題。況且，無端扣押、審訊上訪的知青，是違法的行為！」他的黑瘦長臉上，竟然隱隱露著微笑。「倒是那些置黨的政策於不顧，玩弄權術於股掌之間的人，應該認真考慮『從寬』和『從嚴』的問題！偉大領袖毛主席教導我們說：『我們應該相信群眾，我們應該相信黨。這是兩條根本的原理，如果懷疑這兩條原理，那就什麼事情也做不成了。』難道……」

「住口！」雷副主任猛拍桌子，聲如洪鐘。「樸合作，今天是叫你來交代罪行，不是請你來作學《毛選》先進典型報告——老實交代你的罪行！」

「雷主任，我認為，幹什麼也離不開戰無不勝的毛澤東思想。」樸合作語溫而理剛，「如果連偉大導師毛主席的教導都不遵循，那叫什麼毛澤東思想學習班？」

雷鳴欲擒故縱：「好，你說吧！」

「我們幾個人來上訪，揭露的是壞人惡行。事實俱在，並沒有污蔑哪個。結果，壞人逍遙法外，反映問題的人，反倒全被關了起來，這能說是『相信群眾』，這能說是依法辦事？」他停下來，瞟一眼氣得臉色鐵青的審判官，繼續侃侃而談：「此次所反映的問題，與我個人毫不相干。作為一名共青團員，我不過是遵照偉大領袖毛主席關心群眾的諄諄教導，對橫行霸道的壞人，進行揭發而已。咋就成了『反黨集團成員』，並且有了『不可饒恕的罪行』呢？」

「你，狡辯！」雷副主任氣得幾乎跳起來，「混蛋！你竟敢污蔑我們不執行最高指示——喪心病狂之極！媽的，我恨不能揍死你！」

「雷主任，你這樣談問題，我就無話可說了。」樸合作把頭扭到一邊，不再言語。

「樸合作，你這個朝鮮民族的敗類，一貫以遵照偉大領袖毛主席的教導為名，行污蔑攻擊他老人家之實。告訴你，小老鼠拉木鍁——大頭在後邊。你的滔天罪行——惡毒攻擊偉大領袖毛主席這筆大賬，還沒來得及跟你算呢。」他停下來，喝幾口水，繼續說道：「咱們先說眼前的：你只說『關心群眾』，為啥不說『關心黨』呢？你竟敢明目張膽地把『兩條根本的原理』割裂，真是狗膽包天，罪上加罪！且不說你們還有不可饒恕的反革命罪行，僅憑你們誣告一級黨的領導，就是嚴重的反黨行為。告訴你，反黨就是反革命！」

「雷主任，你的意思是說，任何一級黨的領導都告不得，是吧？請問，黨內有沒有蛻化變質分子？且不說劉少奇、鄧小平都是黨內最大的、不可饒恕的走資本主義道路的當權派，各單位揪出的走資派、叛徒、特務，有幾個不是共產黨員？莫非對那些披著共產黨員大紅外衣，暗地裏卻幹著給共產黨臉上抹灰勾當的壞傢伙，也只能視而不見，聽之任之，聽憑他們為所欲為，繼續殘害人民？」

「那不幹你的事！可你們，卻是在造謠生事，誣蠛陷害！」雷鳴的目光，咄咄逼人。「據我們瞭解，申貴同志吃苦耐勞，廉潔奉公，立場堅定，嫉惡如仇。他二十年如一日，為黨作了大量有益的工作，是一位公認的黨的優秀幹部。因此，那些搞復辟的階級敵人，銜恨於心，暗暗勾結，妄圖一舉置他於死地！」雷鳴的聲音越來越尖利，「我告訴你們，你們是癡心妄想，白日做夢。你們的罪惡目的，永遠也不會達到！」

「如此說來，廣大社員同志，都得好好向這位『優秀幹部』學習啦？」

「你們這些壞傢伙，想向他學習還沒有資格呢！」雷副主任咧開黃牙哂笑。

「不錯──我們自然不會向他學習！」

「你……什麼意思？」雷主任緊逼著問道。

「難道你們真的不知道，他是一個『留黨查看』過的『四不清』分子？」樸合作嘴角掛著冷笑。「很不幸，領導看錯人啦！恕我直言：你們要大夥學習的『黨的優秀幹部』，除了抽鴉片煙之外，是個喝、嫖、賭、貪、占，五毒俱全的『好幹部』！」

「樸合作，你敢繼續放毒，誣篾黨的領導！當心砸爛你的狗頭！」雷主任站起來揮著拳頭。

「眼下，我自顧尚且不下，焉敢放毒？如果，真像你們說的，申貴是個『黨的優秀幹部』，怎麼會從大隊總支書記，一下子變成了只有三個黨員的『小隊支部書記』呢？不信就調查一下，他到底是個什麼樣的好幹部！」

「把他吊起來！」雷副主任大吼起來。

打手們一聽，猛撲上來。雷鳴忽然揮手制止：「喂，先別急。這傢伙是在放煙幕彈迷惑我們，妄圖轉移鬥爭大方向。我們不能上他的當。」

主審官目光如箭，逼視許久，忽然厲聲喝問道：「樸合作，老實交代你自己的罪行：你到底幹了多少攻擊、誣衊偉大領袖毛主席的罪惡勾當？」

「天方夜譚！」樸合作嘴角上提，斜睨著鷹勾鼻子：「我樸合作是工人階級的兒子，生在新社會，長在紅旗下。我父親是響噹噹的工人階級，自幼教導我：愛國、愛黨、愛毛主席。我是優秀共青團員，一向遵照黨的教導，努力上進，不遺餘力。從上小學開始，一直擔任少先隊大隊長，班長，團支部書記。一年不拉地被評為三好學生。文化大革命一開始，就響應偉大領袖毛主席『造反有理』的教導，大造階級敵人的反。緊接著，又聽從他老人家的教誨，帶頭上山下鄉，來到廣闊天地煉紅心……」

「哈哈哈……」雷副主任的狂笑，打斷了樸合作的陳述。「樸合作，聽你這麼一說，不該讓你在這窮山溝裏修理地球，倒是該請你像學習毛主席著作積極分子李素文、吳桂賢那樣，從一個賣菜的，織布的，坐上直升飛機去北京，當全國人民代表大會的副委員長和國務院副總理啦。」一面說著，雷鳴從抽屜裏摸出一個《語錄本》，打開紅封面，朝著樸合作搖兩搖，問道：

「這個語錄本是你的吧？」雷鳴亮出了他的殺手鐧，「怎麼？看不清？近前看！」

「是我的。我來的時候忘了帶。它怎麼會到了你們手裏？」樸合作近前兩步，看清了扉頁上自己的簽名。

雷副主任一拍桌子：「是忘了帶，還是不敢帶？」

「毛主席的教導要天天學，《語錄本》應該隨身帶，有什麼不敢的呢？那天走得太急，才……」

「哼！這是什麼地方？就是走得不急，諒你小子也不敢把反革命罪證帶來呀。哈哈哈……」

「雷主任，你的話，我不懂。」

「別給我裝蒜！瞪起你的狗眼，好好看明

白！」雷鳴俯身指著語錄本扉頁上的一行鉛筆字問道：「這些字，是你寫的嗎？」

「不錯，是我寫的。怎麼啦？」

「看清楚──到底是不是你自己寫的？」

「當然是──我自己的筆跡咋會不認識呢。」

「好，痛快！你念一遍給我們聽聽。」

「上面不是寫得很清楚嗎？」

「叫你念，就痛快地給我們念！」雷鳴厲聲催促。

樸合作眼望著審判官，不經意地念道：「敬祝偉大領袖毛主席萬壽無疆！」

「放屁！叫你照著這上面的字，原原本本地念！」雷鳴的手指把語錄本戳得「噗噗」響，「莫非你的狗眼瞎了？唔？」

樸合作這時方才意識到，是他寫的字有什麼問題。低頭細看，不由倏地變了臉：扉頁上的「萬壽無疆」，竟然變成了「萬寺無僵」！

「這……」他驚諤得一時不知如何回答。

「怎麼？害怕啦？自小熱愛毛主席的大紅人，咋會寫出如此惡毒地攻擊我們最最敬愛的偉大領袖的反動口號呢？嗯？」正如他的姓氏，雷副主任雙眼暴凸，吼聲如雷。

「這不是我寫的！」樸合作俯身對著《語錄本》端詳了一陣子，忽然站直了身子，提高聲音：「我是老三屆初中生，是班裏的學習尖子。我造反的時候，整天寫大標語。這句祝禱詞，不知寫過幾百遍，咋會連這兩個字都不會寫呢？」

「哈哈哈！這得問你自己。正因為你根本不會寫錯這兩個字，而又偏偏要把它寫錯，方才證明你小子反動透頂！」雷鳴得意地搖著語錄本，「老實交代，你的罪惡目的是什麼？」

樸合作憤怒地答道：「我絕不會那樣寫！」

雷副主任一揮手，上來四個專政隊員，把樸合作按著跪到地上，一陣拳打腳踢。然後齊聲吼道：「老實交代你的罪行！」

「我……不會，絕不會……寫出……那樣

的字。……這裏面……肯定有問題。」

又是一陣急風暴雨般地毆打。

樸合作用盡全身力氣，照舊重複上面的話。

牙齒咬得「咯咯」響的雷副主任，走上前，一拳把樸合作打倒在地，吼道：「看看你小子嘴硬，還是梁頭上的繩子硬！把他給我倒吊起來——讓他嘗嘗倒坐直升飛機的滋味！」。

「你們……吊打非刑……殘害無辜百姓，要自食……」

樸合作大聲抗議。後面的話沒說完，他的嘴裏便被塞進了一塊破布。接著，被綁住雙腳，倒著劃上了梁頭。

這種頭朝下，腳朝上的「倒坐直升飛機」，堪稱是「人肉大餐」中的精品傑作，即使不往被吊人的脖頸上拴石頭，全身的血液也都一齊往頭部集中。用不了多大一會，就會使受刑者頭血賁漲，眼珠暴突，乖乖招供。

樸合作被吊上去不到十分鐘，便臉紫眼突，呼吸急促。審判官抽罷一支香煙，方才不慌不忙地走過來，得意地問道：

「樸合作，你要是想交代的話，就眨眨眼，可以放下來讓你坐著交代。」

樸合作閉目不答。

「媽的，我數一二三，你要是再不答應交代，別後悔！」雷副主任咬牙切齒。

樸合作痛苦地緊皺雙眉，毫無表示。

雷副主任一跺腳：「我看你能硬過水泥地——給他來上一次『空降』！」

所謂「空降」，是將吊人的繩子突然鬆開，被吊者的腦袋，便會狠狠撞到地面上。頭部離地面越高，摔得越重。不撞個腦漿迸流，也要頭破血出。打手們應聲而動，只聽得「咚」地一聲鈍響，樸合作的腦袋，重重地撞到了水泥地面上。一股股紅的血注，從他的頭頂上汩汩流出。他四肢僵直，失去了知覺。

富有創造性的「空降」，輕而易舉地制服了死不回頭的反革命！

此後五六天，樸合作一直昏迷不醒。醫生說，是嚴重的腦震盪！

不得不讓公社醫院給他輸液。大案的要犯，在沒有審明、宣判之前，是不能讓他死掉的。

六

從早晨到傍晚，四名「罪犯」，整整審問了一天。

趙魁和楊滿倉，一個恐懼，一個憤怒，先後被梁頭上的繩索奪走了呼吸和知覺，雖然後來蘇醒過來，但他們始終沒有按照預定的罪名「坦白交代」。而罪行最為嚴重、供認親筆寫下祝詞的樸合作，對可以據以定案的兩個最為惡毒的字眼，竟然矢口否認是自己所為。遺憾的是，「空降」的距離太高，「飛行員」一直昏迷不醒。但願那個答應交代問題的馬繼革，能乖乖地繳械投降，給專案組提供一點報捷的材料。

看來，硬手段也不是萬靈聖藥。費了九牛二虎之力，口供沒有得到一句，卻把那個高麗崽子弄得半死不活。極其疲憊的審案官雷鳴，焦急得像熱鍋上的螞蟻。煙捲兒抽了大半盒，對於是否連續作戰，夜審最後一個罪犯曾雪花，仍然拿不定主意。

「宜將剩勇追窮寇，不可沽名學霸王。」──雷副主任想起了偉大領袖的教導。是的，應當以戰無不勝的毛澤東思想為武器，再接再厲。何況，諒那母貨的骨頭，不會那麼硬。就是幹上個通宵，也要讓她乖乖地就範。不達目的，決不甘休！

靈機一動，雷鳴想到了另一副靈丹妙藥──羞辱。根據以往的經驗，女人最怕的就是這一招兒。幸虧將那個思想右傾的頭目高主任「請走」了，不然，他又要擺出一把手的臭架子，用政策壓人。趁著自己說了算，放手大幹一場，把罕見的反革命案審結，在全縣甚至全省，放一顆破案衛星……想到這裏，雷鳴發出一陣竊笑。

晚飯時，就著申貴孝敬的野雞肉和鹹雞蛋，他喝下了半斤多燒刀子，又扒下一碗大餷子飯，熏熏然投入了夜戰。在白天問案的房子裏，他只帶著兩個人，開始推銷他的「靈丹妙藥」。

「曾雪花，回答我，你為什麼要誣告申隊長？」雷鳴斜歪在椅子上，慢條斯理地開始了審問。

曾雪花囁嚅地答道：「主任，俺咋敢誣賴申隊長呀。俺說的都是真話：他叫俺嫁給他的兒子，俺不願意，他就欺負俺。多虧了滿倉、馬繼革他們，俺才沒被糟蹋。」

「哼！他想叫你做他的兒媳婦，是瞧得起你。一個黑五類子弟，能攀上個老貧農、老黨員家庭，是你的造化！你不愛黨員的兒子，反而去愛反動地主崽子，已經是罪不可恕啦。竟然狗膽包天，恩將仇報，捏造黑材料陷害革命領導——你是自己往死路上鑽！曾雪花，你要放明白，如此頑固不化，決沒有好下場！」

「雷主任，俺嫁的是人，不是家庭。俺不願意跟申家結親，並不是俺一心想嫁給趙魁，是因為……」

「這也難怪——富農羔子愛地主崽子，臭味相投嘛！」

「雷主任，俺兩歲就死了爹。『四清』時給俺定的成分，可是貧農！」她低聲反駁。

「哼！真正的『貧農』，咋會愛地主崽子呢？你是混進貧下中農隊伍的階級異己分子！揭開你的畫皮看，你之所以愛一個地主狗崽子，目的是為了互相勾結，進行反革命罪惡勾當！」雷鳴坐直了身子，聲音更加嚴厲：「曾雪花，告訴你，我們的忍耐是有限度的。你再繼續狡猾抵賴，不老老實實交代罪行，可別怨我們不客氣！」

「雷主任，俺真的是沒的交代啦。」曾雪花苦苦地哀求。

「哼！趙魁、楊滿倉和馬繼革，都交代了自己的罪行，你還在包庇他們。他們可是一齊檢舉了你。我們是仁義為懷，再給你一次立功贖罪、爭取寬大處理的機會。你要是執迷不悟，可別怨我們來真格的！」

「雷主任，俺說的都是真話，趙魁從來不敢亂說亂動。滿倉，馬繼革，也都不同意俺嫁給申家，他們能揭發俺什麼？俺又沒幹犯法的。俺們來反映情況，也不是為別的，只是希望公社革委會領導，叫申隊長別再……別再動壞念頭，逼俺，欺負俺。」

「曾雪花！看來你是不願意說實話，只想享受享受啦？」

「俺不懂主任的話。」姑娘的一雙大眼睛愣愣地瞪著，臉上充滿了迷惑。

雷副主任貪婪的目光，在姑娘的俊臉上，身上，瞟來瞟去：「嘿嘿，這麼大的閨女，連享受都不懂？你跟趙魁那地主崽子，只怕不知享受了多少回了，還給我裝蒜！」

「雷主任，請你不要胡說八道！」曾雪花揚起頭，憤怒地望著審判官。「你是當領導的，怎麼可以隨便糟踐人？」

雷鳴被噎得半晌沒說話，冷笑幾聲吼道：「看來，誣衊領導，是你這個狗崽子的一貫伎倆。我就知道，對你們這些頑抗到底的反動傢伙，來不得半點溫情主義，必須叫你們體驗體驗無產階級專政的威力！」他站起來高聲吩咐道：「來呀，先讓她到外面涼快涼快，醒醒她的反革命美夢！」

兩個打手應聲而上，動手給姑娘強行脫衣服。棉襖被剝了下來，又動手剝他的棉褲。曾雪花雙手緊緊抓住褲帶，哀哀哭求。

「別，別呀！俺求求你們啦！」

「哼！求人何如求己——說了實話，不就沒事啦？」雷鳴在一旁嬉笑。見曾雪花仍然不開口，厲聲喝道：「你們愣著幹嗎？還不趕快幫幫她！」

一聲令下，曾雪花立刻被按倒在地。膠底

靰鞡被脫去了，腳上未穿襪子，露出了兩隻光腳丫。接著，棉褲也被拽下來，身上只剩下一件單褂和一條短褲衩。雷鳴一揮手，兩名打手把她架到院子裏，逼著她站到南牆根的一塊冰砣子上，彎腰屈背，面牆而立。

初春的長白山，中午的溫度可以達到十來度，太陽一落山，立刻降到零下。此刻，院子裏的溫度，至少零下四五度。天黑如漆，不見星月。不要說幾乎是赤身露體，就是一個衣著單薄的人，一動不動地站在山風凌厲的室外冰砣子上，用不了多大工夫，就會被凍成冰棍兒！

每當嚴冬來臨，身上披著厚厚脂肪和絨毛的長白山黑熊，都要找一個遮雪擋風的枯樹洞蟄伏起來，以免被嚴寒吞噬。肉胎凡身的曾雪花，身上沒有絨毛，四周沒有樹洞。她只能靠散發著青春氣息的白嫩肌膚，抵禦著砭骨的嚴寒，山風的呼呼勁吹……

赤裸的血肉之軀，在與大自然搏鬥！

可憐這位二十六歲的未婚大姑娘，黑龍頭大隊一枝花，今天成了一隻縛住四肢的羔羊，被按倒在屠宰場的砧板上，聽憑宰割！

十分鐘過去了。

站在旁邊監視的專政隊員，一遍又一遍地喝問：「曾雪花，你交代不？」

她咬緊下唇，雙手抱胸，瑟瑟抖著：「你們，冤枉……好人。」

「嘿嘿，有種！——那就叫你涼快個夠。把兩手舉起來！」專政隊員採取了新的措施。

半個鐘頭過去了，又是一聲同樣的喝問。

她的回答是重重地摔倒在地上。

兩名打手上前把她拖進了屋裏。她渾身青紫，捲縮在水泥地上瑟瑟抖動。嚴寒將漢白玉雕成的雙腿，塗上了一層紫醬色。

「曾雪花，怎麼樣？你要是覺得外面不如屋裏暖和，就趕快交代！」雷鳴蹲在獵物的身旁，目不轉睛地注視著她豐腴的雙腿。「咋？裝狗熊？好嘛，那就讓你享受個夠。來呀，給她把皮剝光——讓她徹底涼爽涼爽！」

雪花使出僅有的一點力氣，一手死死抓住上衣下擺，一手抓住褲衩。聲嘶力竭地喊道：「你們，不能……這是違法！」

「咋著？違法？哈哈哈……」雷鳴一陣獰笑，「告訴你，小狗崽子：無產階級專政的鐵拳頭無論怎麼打，都是『好得很』的革命行動。今天就讓你嘗嘗無產階級革命派『違法』的滋味！」

他一甩下巴，兩個打手立即撲上來動手撕衣服。三下五除二，姑娘的上衣和褲衩，立刻成了條條縷縷，落到了地上。緊接著，兩名打手一邊一個，擰著兩手，把她從地上架了起來。一個抓緊他的右臂，不讓倒下，另一個從後面緊緊揪住她的頭髮。她被拽得頭向後仰，下巴朝天，兩隻豐滿的乳峰，高高向前聳立著……

在兩盞一百度燈泡的照耀下，雷副主任等三條漢子面對的，是一個豐腴的、渾身上下閃著白光的、赤條條的年輕女人的軀體！

「怪不得！中家、趙家都爭著想吃唐僧肉呢！媽的！這身材，這模樣，果然是……」

雷鳴一面欣賞，一面咂舌頭。忽然，彷彿忘記了兩名專政隊員站在一旁，他伸出雙手，緊緊握住姑娘高聳的乳峰，手指在兩隻紅櫻桃似的乳頭上，又揉，又捏……

「你們，是禽獸——呸！」一口唾沫吐到了雷鳴的臉上。

「騷娘們，反了你！」雷鳴鬆開右手，一個大耳光摑上了姑娘的臉頰。

電燈忽然滅了。一切陷入無邊黑暗之中……

黑暗，是一切害怕光明的人，不可或缺的保護神。因為那驅走光明，隱沒一切的無邊黑暗，足可包容一切，隱藏一切。

黑暗中，曾雪花被拖到了西間炕上。

黑暗中，撕打聲和喘息聲不斷傳來。

「流氓！……禽獸！你……不得……好死！」曾雪花斷斷續續的哭喊著。

「啊——」傳來一聲雷鳴的嚎叫。

緊接著，電燈亮了。

雷鳴呲牙咧嘴，雙手捂著脖子。鮮血從他的指縫裏，汩汩流出。他的左側脖頸被曾雪花狠狠咬了一口，幾乎咬下一塊肉來。關燈審案的發明家，得到了自己創造發明的懲罰！

曾雪花趁機爬起來，頭一低，向西南牆角撞去。

不料，一名打手手疾眼快，她被攔腰抱住了。

雷副主任低聲向兩名打手咕嚕了幾句什麼，捂著脖子走了。

緊跟腳，曾雪花被拖到外間。兩條壯漢，拳腳齊下，合力對付一個弱女子！一絲不掛的黃花閨女，被打得在地上滾來滾去。

直到她再也無力掙扎，毆打方才停止。兩個壯漢，一人抓住姑娘一隻腳，猛往兩邊扯。女人最隱蔽的私處，完全暴露在明亮的燈光之下。另一名打手則抓起一根樺木棒，對準她的陰部狠狠搗去……

姑娘慘叫一聲，暈過去了。

西方一位哲人曾作過如此的結論：「人，一半是天使，一半是魔鬼。」

本來可以成為「天使」的人，一旦人性泯滅；便成了只有獸性的魔鬼！自古迄今，數不盡的懲治同類的酷刑，便應運而生：墨、劓、宮、笞、徙、流、臏、斬、絞、桀、焚、梟首、腰斬、大辟、棄市、車裂、凌遲……此外，還有法外之刑：活埋、活烹、抽筋、剝皮、炮烙、杖斃、墜崖、沉江……

如今，盲目的偶像崇拜，虛幻的理想主義，亢奮的鬥爭激情，瘋狂的嗜殺精神，驅走了天使，張揚了獸性。酷刑便像決堤的黃濤，四處漫溢。許多新的刑罰，如雨後春筍般破土而出：熬鷹，斷水，跪石子，吊梁頭，掛重牌子，彎腰久立，坐噴氣式，互打耳光，拳打腳踢，棍搗陰部，吃例假紙，甚而當眾互姦，花樣不一而足……

酷刑是魔鬼的盛宴。在沒有一絲星光的黑夜裏，人性預支給了魔鬼，善良被虎狼吞進了肚腹。清白等同污濁，堅貞即是背叛，誠實無異於虛偽，謊言卻是忠誠。憤怒脹裂肺腑，哭號衝破暗室。傾盆的淚雨濕透了大地，殷紅的碧血染紅了長江，發臭的屍體堵塞了黃河。共和國的上空，遊蕩著數不盡的屈鬼，冤魂……

曾雪花的遭遇，不過是小菜一碟！遍體鱗傷的姑娘，下體血流如注。人，早已昏死過去！

儘管付出了血的代價——雷鳴的脖子上丟了一塊肉。像樣的口供，仍然沒得到一句，連最「老實」的馬繼革，「深挖細找」了兩三天，所寫出的交代，依然是避重就輕——大帽子底下開了小差！

馬虎嶺的特大反革命案，擱了淺……

八、野人的行蹤

一

豹子洞挖出了特大反革命集團，這是毛澤東思想的又一偉大勝利！

幾天來，這個偉大勝利的創造者——支部書記兼隊長申貴，沉浸在無比的喜悅之中。但他並未被眼前的勝利衝昏頭腦，而是緊握毛澤東思想的照妖鏡，猛追窮寇，繼續搜索更加隱蔽的反革命分子。除惡務盡。對於反革命分子，只有斬草除根使他們永不發芽，才能保證社會主義的鐵打江山，千秋萬代永不變色。

「凡是反動的東西，你不打，他就不倒。這也和掃地一樣，掃帚不到，灰塵照例不會自己跑掉！」

批判會上，審訊室內，給中國革命注入堅韌鬥志的這句「最高指示」，此刻，又在申貴嘴上念個不停。正所謂「紅寶書不離手，語錄不離口」。這個念書不多的基層幹部，卻有著超常的記憶。他能一口氣把「老三篇」一字不差地背到底。那本紅彤彤的《毛主席語錄》，幾乎能夠倒背如流。

楊滿倉等五人，在公社飽受酷刑折磨時，

他調動起靈活的思維，投入了緊張的回憶，將「遭貶」來到豹子洞之後的各種恩恩怨怨，以及反常現象，掐著指頭尖，像過篩子似地，數了一遍又一遍。凡是不聽他的話，或者是冒犯過他的人，諸如見了面不恭而敬之地問候，吩咐下去的事不認真照辦，甚至背後傳播他的謠言，他都認為是不折不扣的反黨行為。特別是那些不識抬舉，對他的「關懷」視為侮辱的大閨女、小媳婦，統統進入了他的密眼大篩子。

連續幾天的仔細篩選，一個新的、必須立即進行懲罰的壞分子名單，出現在他的紅漆布面筆記本上。而首當其衝的，是背地裏出謀劃策的反革命集團黑後臺——盲流木匠陶南。後面依次是：

當面橫眉豎眼，背後搞破壞的搗亂分子——劉漢；暗地裏偷看《紅樓夢》、《復活》等反動書籍的修正主義狗崽子——知青馮潔；

蹬腫了他的卵子的二醜媳婦——邱菊花；參與反革命活動、來歷不明的嫌疑犯——啞巴；一貫頂撞領導的貧農社員周鐵柱；私下裏搞「眼光」迷信活動的董星五。

原先，他筆記本上寫出的名字，不止是七個，而是十個。但仔細一想，已經抓走了五個，再加上十個，共是十五名。三隊一個只有三十六戶人家，一半人成了反革命、壞分子，與他這個專做政治思想工作的黨領導，面子上不好看。狠狠心，一減再減，最後剩下了七個人。這些人，不是思想反動，就是不打翻在地，難以平息心頭憤恨的眼中釘，肉中刺！

一個也不能再少了，決不能搞溫情主義。放走一個階級敵人，就是留下一枚定時炸彈。往後，貧下中農照樣沒有安穩日子過，無產階級的鐵打江山還得變顏色！他滿意地點點頭，合上了本子。朝後一仰，信口哼起了京劇《霸王別姬》中霸王的唱段：「力拔山兮，氣蓋世。勢不離兮，騅不逝……」

「不妥！」「騅不逝兮」剛出口，他驀地坐起來，重新把筆記本打開。

倘若把蹬卵子的臭娘們，都打成壞分子，萬一被反咬一口，跳進黃河洗不清。到那時，豈不是偷雞不著蝕把米，搬起石頭砸了自己的腳？

「媽拉個巴子的！不成就白白地便宜了她們？」他狠狠地將筆記本摔到了炕上。點上一支玉葉煙，大口抽了起來。

「吱啦啦……」一陣刺耳的雜音響過，南窗上方的廣播喇叭開播了。

文革時期，農村沒有電話，惟一重要的宣傳利器和通訊工具，就是每家每戶必須設置的「喇叭筒子」。聽新聞，聽語錄歌，聽「二人轉」，以及聽書記隊長訓話，無不來自這個懸在南窗上方的小匣子。其實，它的功能遠不止此：諸如：通知交不上雞蛋任務的落後分子進學習班，宣佈某個社員的資本主義罪行，警告、批評以剜野菜為名、偷著剝樹皮的不法分子，督促社員完成上交蕨菜任務，通知某人到隊部聽訓話，痛罵放出小雞啄了隊裏春苗的「混蛋」等等。總之，凡是非聽不可的國家大事，社會新聞，領導的講話，各級革委會的通知、指示，可聽可不聽的文藝節目，甚至是慷慨激昂的責難，狗血噴頭的臭罵，都用不著書記隊長們跑腿勞力，只要對著麥克風喊幾聲，萬事大吉。

喇叭頭子唱完了「天大地大，不如黨的恩情大」，轉播了一陣子吉林新聞，接下來是一篇通訊：一個大字不識一根的農村老太婆，階級覺悟卻是極高。她經常跟村裏的娘們坐在熱炕頭上閒嘮嗑。鄉村婦女，少不了嘴上沒遮攔的「快嘴李翠蓮」，動不動評東論西，傳播「稀罕事」。說者無心，聽者有意。一來二去，老太婆搜集了許多「反動言論」，往上面一彙報，一傢伙揪出了好幾個女反革命。老太婆檢舉有功，立刻成了學習毛主席著作積極分子，公社革委會主任親自陪著，坐上吉普車走遍全縣作報告，並當上了縣革委常委……

「好！」大受啟發的申貴猛拍大腿，身子

一躍坐了起來。妙極啦！給那幾個假正經女人，每人「找」上幾句反動言論，再分別找上個證明人，豈不是木板釘釘，法網難逃？政治問題的大帽子往頭上一扣，立刻失掉了發言權，臭娘們就是想扯舊賬誣賴申某人，也辦不到啦！哈哈！驢嘴勒上鐵嚼子，戴上籠頭，就咬不成人咯！

「天下事，難不倒共產黨員！……」他哼起了楊子榮的豪言壯語。哼著哼著，三角眉忽然蹙在了一起：「媽拉個巴子的！這主意雖好，可，這反動言論，咋往不會說話的啞巴頭上按呀？」智多星再次遇到了難題。

他忽然記起，前幾天喇叭頭子裏唱的一出「二人轉」。內容是：一個反動地主偷偷溜進飼養室投毒，被警惕性極高的老貧農飼養員當場捉住。壞人繩之以法，老貧農不但大受表揚，還獎勵了一個碗口大的巨形像章，四卷紅寶書。

「好！你老人家幫了我的大忙！」申貴朝著喇叭匣，恭恭敬敬地作了一個揖。「去年隊裏一共死了五頭小豬崽子，啞巴是飼養員，豈能脫掉干係？對，肯定是他投毒藥死的——這比什麼證據都有力！」

申貴生著一顆七孔玲瓏心。他的特別聰明的腦袋裏所產生出的智慧，使他二十餘年來，穩坐幹部寶座。雖然四清時馬失前蹄，摔了一個小小的跟頭，但從地上爬起來，仍然是一條頤指氣使的好漢。現在，他的智慧，再次派上了用場。

合上筆記本，舒舒服服地躺下去。他調整一下身子的姿勢，閉上了雙眼。連續兩晝夜勞心謀劃，太疲勞了。此刻，社員們都在大田裏打壟春播，他可以放心地睡上一覺。戰鬥正沒有盡期，只有養精蓄銳，才能跟兇惡的階級敵人周旋到底。

「呼呼呼……」他的悠長鼾聲，傳得很遠很遠。

二

已經在畢仙家裏匿藏了五天的陶南，感到比一個月都漫長。

他怎麼也想不到，流浪到山高皇帝遠的長白山麓，竟會碰到如此之多、平生從未遇到過的奇事與怪行。

順利渡過第一晚的「險情」之後，他又驚，又喜，又悔，又怕。驚的是，女主人對他竟是如此的覬覦和鍾情。喜的是，五年前那斬除「孽根」的一刀，幫他戰勝了一個正常男人難以抵禦的挑逗與誘惑。從而成了名副其實、坐懷不亂的柳下惠！悔的是，明知畢仙作風不好，卻慌不擇路，鑽進這是非之地。就像一隻被追急了的兔子，明知前面有陷阱，卻一頭撞進網罟之中。怕的是，女主人的欲望沒有得到滿足，一旦腦羞成怒，加以報復——憑著她的背景，可以像捏搓一團軟泥似的，任意收拾自己！

一連好幾天，他吃不下，睡不穩，像吞下了一大把五味子，酸甜苦辣鹹，什麼味道都有。木籬笆外面的風聲，鳥鳴聲，都使他一日數驚，時刻防備著追捕的人破門而入！

「驚弓之鳥」，這個人人皆知的成語，他覺得，竟是專為自己造出來的。

他一遍又一遍地鼓勵自己，應該像《紅燈記》中的英雄李玉和那樣，「渾身是膽雄赳赳！」可是，他旋即嘲笑自己幼稚無知——一個亡命之徒，怎能與心紅志堅的剛強鐵漢相比擬。他幼年投身革命，兢兢業業，十數年如一日，不曾做過一星半點有損於國家和人民的事。到頭來，鐵冠加身，打入另冊。從此不但循規蹈距，噤若寒蟬，而且一再強迫自己，認識「罪行之不可饒恕」，挖出「罪惡的反黨根源」！不幸，他生性執拗，悔罪狀常常露出馬腳。悲劇的命運，自然不肯須臾離開。專政對象整整當了十四、五年，至今依然是苦海難渡，超度無期！現在，楊滿倉、馬繼革、樸合作等人，都在「莫須有」的罪名下呻吟，若是輪到自己的頭上，其後果可想而知……

戲劇小天地，人生大舞臺。誰都要在「大舞臺」中扮演一個角色：不會演喜劇、鬧劇，那麼，演悲劇的角色，便非他莫屬。

他清楚地意識到，一方聞名的「山裏紅」，之所以不惜得罪老相好，將他請到家裏「歇幾天」，無非是垂涎這塊「唐僧肉」。一旦發現，「唐僧肉」原來是條「鼻涕蟲」，渴望變成失望，失望生出悔恨。輕則痛下逐客令，重則將他交出來，換取「串大叔」更多的「關照」。到那時，他會像楊滿倉等一樣，立刻被關起來審問。受盡折磨事小，一個電話或是一封電報打到關內，他這個「盲流木匠」的真實身份，立刻暴露無遺。歷史問題，再加上「現反」，其後果不堪設想！

他做了最壞的打算。

不料，他的擔心成了多餘。最壞的命運，遲遲沒有降臨。他的「不爭氣」，所帶來的後果，僅只是熾烈冷卻成平靜，親昵變成了客套。彷彿那一幕沒有結尾的鬧劇，壓根兒沒有發生。這更使他坐立不安。莫非是暴風雨前的短暫平靜？抑或是生吞活剝之前的一劑麻醉藥？

一日三餐，客客氣氣端上來的飯菜，仍然遠遠超過他賣大力掙來的匠人飯。無功不受祿，更使他感到飯菜變味，難以下嚥。自從經歷了第一天晚上的「精彩表演」之後，他反復懇求女主人，答應他藏到她家的「關東樓」上。四壁柳編的關東樓，像冷布作成的轎圍子。眼下天氣漸漸轉暖，四周塞滿乾草，春夜的寒氣，完全可以阻擋於外。人鑽進裏面，用力一觳觫，便成了一隻藏進草垛的老鼠，絕無凍壞之虞。不然，和一個比自己年輕十多歲的女人天天睡在一間屋子裏，漫漫長夜，別想舒舒坦坦地合眼。她的男人呂二茂，雖然是個老實巴交的沒嘴葫蘆，只怕不會連醋味是酸是甜都品不出。眼瞅著自己的老婆晝夜跟一個男人攪在一起，瓜田李下之嫌，在所難免。怕婆漢嘴上彬彬有理，心裏豈能不犯嘀咕？

他不忍心傷害一個老實人的感情。

「喲，鐵金剛似的男子漢，咋就長了個兔子膽呢！」畢仙一聽他的擔心，不屑地冷笑。「別說自家的男人用不著怕；旁人知道了，也就那麼一檔子屁事唄。破頭不怕扇子煽——俺不在乎。我問你，你在苞米倉子裏凍成冰坨坨，就能給俺把這『山裏紅』好名聲洗涮乾淨？要是能呢，俺決不阻攔。」

「還是不睡在一起的好，反正我也……」他差一點把「不中用」三個字說出來。

「哼，盡放些沒味兒的屁！」山裏紅居然把那三個字「聽」明白了。她的細眉高揚著，漂亮的大眼睛露著嬌嗔：「哼，把人看扁了！俺要是那麼賤，請你來家光是為了解饞，早叫你滾得遠遠的啦。一進門，你的真本事就漏了餡，怎麼著，俺們攆你來嗎？還不是一天三頓，供神仙、敬祖宗似的，變著法兒讓你吃飽，吃舒坦？不錯，你是長得帥。要是光為了給眼睛解饞，到你跟前去多瞅兩眼就是，用得著擔驚受怕地往家裏請，費勁巴力地伺候大爺？」

她的話無懈可擊。陶南心服口服：「可……無功受祿，我心裏，過意不去呀。」

「用不著婆婆媽媽的！俺不單單是為哪個人，是為的個理兒：俺不光可憐那些受欺負的年輕人，也不忍心眼睜睜地瞅著你這麼個手藝好、心眼厚道的人，平白無故地受人欺負。千里迢迢闖關東，撇家舍業的，容易嗎？」她的雙眼一陣紅，兩行熱淚，滾下了豐腴的臉頰。

「大妹子的一片深情厚意，我領了。倘若，俺姓……姓陶的，有成為平常人那一天，一定不忘今日的厚恩！」他被感動得熱淚盈眶，差一點說出自己的真實姓名。「大妹子，行好行到底，你就答應了我的要求，讓我睡到外面吧。不然，我只得辜負您的一片好意，到別處去躲些日子啦。」

「要是你能找得著比這兒更舒坦、更保險的地方，俺幹嘛非得留你？」見他低頭不語，她長歎一聲，尤怨地剜他一眼：「得了，自己非得討賤找不舒坦，就睡狗窩去，別人有啥法子？叫你的親戚知道了，可別說俺輕賤你！」

陶南終於睡到了「關東樓」上。有著軟和的被褥，再加上厚厚的乾草，每天晚上，他都可以安安穩穩、暖暖和和地睡上一宵。

可是，接二連三傳來的壞消息，再次奪走了他的睡眠。

三

「壞啦，壞事啦！」這天晚上，畢仙探聽消息歸來，回身拴上柴門，急忙爬上苞米倉，氣喘吁吁地叫嚷起來。

「噓——小聲點！大妹子，有話慢慢說。」陶南一陣劇烈地心跳，倏地變了臉色。

畢仙挨著他坐下來，放低聲音說道：「聽說，他們幾個，在公社受的刑罰老鼻子啦——除了馬繼革，個個被折騰得有皮沒毛。那樣合作，已經是死過好幾回的人啦！」

「你是聽……」他想詢問消息來源，一想多餘，改口問道：「消息確實嗎？」

「他見天派人去打聽，能有假？」她所說的「他」，自然指的是申貴。「陶師傅，趕快想辦法吧，要不然，非出人命不可啦！咳，咋就知道跟腚溝子算賬呢，你倒是想個主意呀！」

他咬著下唇，一聲不吭，雙眼呆呆地望著外面，彷彿能從黑黢黢的天幕上，找出答案。沉默了許久，忽然揮起右拳，猛擊自己的額頭。一面低聲喊道：

「都是我害了他們！」說罷，雙手抱頭，熱淚滾滾。

「咳，咳！大老爺們家，幹嘛呀？」她扯起袖頭給他揩著淚，「你用不著老跟自己過不去。他們就是不去上訪，光憑『捉姦』那一出，就叫他出了大洋相——他會輕饒了他們？」

「至少，不至於這麼狠吧？」他抽噎著說道。

「咳，你摸不透那位閻王爺的脾性！」她愛撫地拍著他的肩頭，「得了吧，光著急頂啥用？眼淚泡不軟鐵鑄的菩薩。天不早啦，你還是先睏覺，興許一覺醒來，妙辦法就跑出來啦。」

說罷，她在他的左頰上，輕輕吻了一下，翻身掩上倉子門，悄然走了。

「對無辜者施虐，才是真正的殘暴！」他出聲地叨念。

輾轉反側，悔恨萬端。本想救曾雪花於危難，卻把五個清白的年輕人，送進了比牢獄還可怕的「學習班」。動機和效果，竟是如此地南轅北轍！當初，為幾個血誠愛黨的青年，說了幾句公道話，江米人過河——自身難保。不但沒救了他們，自己也弄來一頂九族遭殃的鐵冠。時隔十四年，依然不接受教訓，再次做起了路見不平、拔刀相助的「英雄」。結果，不但沒救得了受害者，反而把幾個無辜青年推進了火坑。萬一樸合作有性命之憂，自己更犯下了不可饒恕的大罪！漫長的「異類」生涯，沒能學會沉默與守拙，「臭老九」的劣根性，端的是不可救藥！

他幾乎一夜沒合眼。直到遠處傳來幾聲雞啼，才朦朧睡去……

他忽然醒來了。

朦朧中，聽到有人大聲轟雞。接著，清晰地傳來畢仙幾聲重重的咳嗽。這是女主人發出的暗號——有人來了。

他輕手輕腳爬起來，貼著壁縫往外一瞧，不由暗叫一聲：「壞了！」

申貴的女兒申愛青，正面對著苞米倉，站在梯子旁邊，離他的距離不過兩米遠。畢仙則擋在她的對面，像是有要緊的話要說。

「夜貓子進宅——無事不來！」他差一點驚呼起來。支部書記的女兒駕臨，分明是走漏了消息。這畢仙也愚蠢得夠份兒，明明苞米倉子裏藏著人，卻不讓她進屋，故意把她堵在倉子跟前！莫非這是有意的安排：既讓陶某暴露，又使自己脫掉干係？他的心縮成了一團。

為了不弄響身子底下的木板，他極力穩住身子，一動不動。心口「咚咚」地急遽跳動，側耳仔細諦聽。只聽畢仙說道：

「申愛青，你不是急著回去嗎？就在這兒說得啦，反正不會有人聽見。」畢仙的聲音並沒放低，「乾脆，你就照實跟我說，你爹又想出了什麼壞招兒？」

「他還要再弄進一大幫子人去呢！」申愛青的臉上露著惶恐與焦急，「二嫂，俺爹拿著得罪人不當回事兒，咋就不替自己留條後路呢？你說，叫人著急不著急呀？」

「申愛青，你知道不，你爹還想整誰？」

「咳，多著吶！有：劉漢，董星五，周保友，周鐵柱，江菊花，啞巴，知青馮潔。還有……」

「還有誰？」畢仙焦急地催問。

申愛青壓底了聲音：「還有陶木匠。二嫂，你說，平白無故，關人家陶木匠啥事呀？」

「哼！狗改不了吃屎。你爹有整人的癮唄。那五個人不也是平白無故？申愛青，你爹要收拾的人，真的是那麼多？」

「二嫂，看你：他都寫在本子上——俺親眼看見的！」

畢仙略一沉思，憂心忡忡地答道：「唉！申愛青呀，申愛青！你咋就趟上了這麼個好爹哪？他自己不怕作孽，不害怕人家背後砸他的黑石頭，也該給你娘和你們做兒女的想一想呀。要是人家給你們家放毒、點黑火咋辦？你們防得了嗎？古語說，能積善，不積仇。他積下那麼多的仇，欠下那麼多的冤枉債，下一輩子也還不清，等著你們作小輩的去情受吧！」

「二嫂，俺大清早悄悄溜了來，就是來求你呀！」

「求俺幹啥哪？」

「二嫂，你就勸勸俺爹，給俺們家留條活路吧。」

「哼！旁人損俺也就罷了，你死丫頭也跟著瞎咧咧！放著個獨生女兒，寶貝疙瘩，不去勸他，俺算個老幾？你爹手下破社員一個！他咋會聽俺的呢？」

「哎喲，二嫂！你看在，看在……咳！俺爹的脾氣，你又不是不知道。不等俺開口，就是一頓狠罵。不止一回了，要不是俺躲的急，准成得挨上大耳刮子。」申愛青兩眼殷紅，聲音唏噓。「好二嫂，俺求你啦。你說，除了你，誰能讓俺爹回頭哪？他好歹還能聽進你的話去。勞你的大駕，去勸勸他吧。好二嫂，俺們一家人忘不了你的恩情呀！」說罷，申愛青雙手掩面，抽泣不止。

「好哇——申愛青！你爹糟踐俺，給俺造出個好名聲，你又來揭俺的瘡疤。俺捏在你們爺們的手心裏，這輩子逃不出來啦？」

「不，不，二嫂！俺是走投無路才來求你，你就行行好吧。嗚嗚嗚……」申愛青放聲大哭起來。

「哎，哎！光哭有啥用？」申愛青的話，傷害了畢仙，但她仍然為姑娘的痛哭而難過。低頭沉思片刻，慢慢抬起頭，沒好氣地答道：「申愛青，這點正義之心俺還有。實話跟你說吧，這些日子，俺勸了他不知多少回啦，白費！他要是能聽進人話去，何至於鬧到這個地步？他自己鬼迷心竅，別人有啥法子？讓他橫去吧。不聽好人言，吃虧在眼前。沒看到賊吃食，難道沒看到賊挨打？告訴你吧，遠的不說，這二年，渾江裏漂下的死屍，你以為光是黑五類？聽說，裏面就有橫行霸道的幹部。你爹自己不怕遭報復，別人著的哪份子急呀！」

「二嫂，你再不答應，俺給你跪下啦！」

話沒說完，申愛青撲通跪到了地上。

「哎呀呀！你這是幹啥呀？燒香找錯了廟門不是？你們爺們咋就不肯放過俺哪？」

畢仙雙手將姑娘攙起，無可奈何地搖著頭：

「唉！你先回去，讓俺再想想，看看有沒有法子。喂，你可不能讓你爹知道，你到俺家來過呀。」

「俺知道。謝謝二嫂！」申愛青抹著眼淚匆匆走了。

聽到腳步聲遠去，陶南從壁縫裏低聲喊道：「喂，大妹子，趕快追上申愛青，叫她打聽明白，樸合作家的住址和他父親的名字。」

「打聽那個幹啥？」畢仙不地解問道，「要打聽，也用不著求她呀。」

「你打聽不合適。」

「那是為什麼？」

「快去，回來告訴你！」

經過漫漫的無眠長夜，否定又否定，陶南終於想出了一條搭救幾個蒙冤青年的新主意。

他在知青點上幹活時，曾經聽說過，樸合作的姑舅弟兄，是縣革委的當紅副主任，恰好分管「政法口」。倘若讓他得知，他的表弟被無辜牽連進一件大案中，並且正在受酷刑，說不定會進行一番認真的調查。那時，便可真相大白。不但樸合作能夠免災，別的蒙冤者也可以一起獲救。即使樸合作已經被整死，眼下死人如同死只雞，冤案的製造者，用不著「反坐」，更用不著償命。但總可以讓為所欲為的強暴者有所收斂。那些還未被抓走的人，興許可以逃過這一劫！

他把這層意思跟畢仙一說，女人兩手一拍，高興地嚷道：

「好，這法子好！咱就這麼……」「辦」字沒出口，她忽然皺起了眉頭：「那樣……是不是又得有人挨整？」

他知道，她所說的「有人」，含義是什麼。心口不由一陣刺痛。這個富有正義感的女人，一旦意識到她的老情人、一個無惡不做的惡棍，將因為製造了冤案而『挨整』，竟然露出惋惜的表情。實在不可思議！在此之前，他只認為畢仙是因為年幼膽小，方才落入申貴的圈套。看來，十多年的肉體、物質之交，她對申貴可以說是愛恨交織，到了欲罷不能的地步。就像一個受騙失足的吸毒者，既痛恨毒品害了自己，卻又須臾離不開給她帶來歡快的「寶貝」！

「放心吧，不會的。眼下是史無前例的無產階級文化大革命，不但抓幾個反革命是最普通的事，誰抓出的反革命多，誰的覺悟就最高，還要受表揚被提拔呢。」見女人露出疑惑的眼神，分明是半信半疑，他繼續解釋道：「退一步講，就是出幾條人命，也是稀鬆平常的事。那是為了無產階級專政的需要，用不著任何人承擔責任。眼下，哪個村子不死人？你聽說有人因此而受過處分嗎？大妹子，你儘管放心，這事一定連累不著申隊長。」

用他人的鮮血染紅頂子的事例，他見過不知多少。讀大學時，他所在的班級，由於打出了百分之二十七的右派，在全系獨領風騷，支部書記成了出類拔萃的優秀幹部，一畢業，便進了中央機關，從此官高祿厚，步步高升。眼下，各單位的一把手，幾乎無一例外地的成了走資派，聽說那位反右英雄，依然渾身金紫，官運亨通。

見他目不轉睛地盯著自己不再說話，畢仙狡黠地眨眨眼：「得啦！你把人看扁了——你以為光你姓陶的恨壞人？」

「好！我就服大妹子這點仗義之心！」他用鼓勵的眼光看著她，「你說，該找誰去給樸家送個信？」

「俺去唄。進城有近道，俺熟。俺表妹住城裏，住在她家也方便。咳，別急著搖頭嘛，叫二茂做飯給你吃，保證餓不著你大木匠。」

「我不是怕餓著，你去不合適，這事要絕對保密。如果他兩三天不見你的影兒，一旦縣上來人過問這件案子，他能不懷疑是你給走漏了消息？」

「可也是。那，找別人去，不是照樣會洩密？」

「所以，必須找個在他視線之外的人去完

成這個任務。他就是想報復，也找不著目標。」

「可上哪兒找那個合適的人吶？」

他指指自己：「這兒就有一個。」

「不行，你去俺不放心！」

「他不會想到我還藏在豹子洞。所以，只有我去最妥當。反正在這裏窩著無所事事，不如出去活動活動更好受些。況且，情況我也比較瞭解。」

「可你路不熟呀。」

「我來豹子洞的時候，不是走過一回嗎？再說，鼻子下面還有張嘴呢。」

「那可不是平常道。那得鑽山溝、穿林子，大半天不見個人影兒——你問誰去？碰巧了遇上個黑瞎子、野狼啥的，你招架得了？不吃了你這巧木匠才怪呢。」

「我相信不至於迷路。再說，我現在最怕的是人，而不是野獸。」他不知道畢仙是不放心他外出，才故意拿野獸嚇唬他。

她眨眨眼，想了一陣子，點頭答道：「也好。識字解文的人，比俺們去瞎咧咧，周全得多。你到了縣裏，住旅館得有介紹信，睡火車站也不安全，萬一叫人家抓了去，可不是玩的！你住在我表妹家，就說是俺叫你去的。她的孩子小，俺表妹夫在工廠裏上班，三班倒，嘴挺嚴實，保證泄不了密。」

「那不行！碰上她男人上夜班不在家……不合適。」

「小樣！又充男子漢大丈夫不是？咋忘了自己是條啥樣的『好漢』呢？」

他無言以對。

第二天凌晨，他帶上畢仙給他的三斤糧票，按照她指給的小路，悄然而去。

四

他一步深，一步淺，急急向前走去。腳下的路，實在不成其為「路」。宛如一條蜿蜒而行的赤褐蛇，一會兒爬上嶺頂，一會兒跌入谷底。借助下弦月的微弱寒光，他吃力地辨認著似有似無的路徑。擔心萬一不留心，就會把路走「丟」了，那就非迷路不可。路旁茅草齊腰，荊棘遍地。走了不遠，黑唠嘰布舊棉褲上，已經留下了好幾條長口子。他只得用上路時畢仙塞到他手裏的一根木棒，作為開路的嚮導。一面走，一面不住地朝兩邊撥拉，撥開攔路的茅草荊條。這幾年，除了老娘們偶爾偷偷溜進城，賣點蕨菜，藥草，山裏紅，山葡萄之類，換回點油鹽醬醋，針頭線腦。老爺們很少進城。為了防止社員走資本主義道路，人民公社制定了嚴格的紀律，社員要想進城，很難請准假。難怪這條進城捷徑日益荒蕪，幾乎消失在叢莽之中。

不斷的有宿鳥被驚起，「啾」地一聲長鳴，宛如一隻黑丸，向鉛灰色的夜空射去。間或有不知是野狸子還是松鼠之類的小動物，從腳下躥出，「唧唧」地驚叫著，倏然消失在草叢間。他覺得脊背一陣陣發冷，擔心在這深山野谷之中遇到野獸。不要說是狗熊老虎之類，就是碰上幾隻餓狼，在這漆黑的夜晚，四顧不見人家，肯定要成為它們的美餐。當初，來豹子洞的路上，不過遇到一隻野狼，就毛骨悚然，四肢發軟。多虧申貴的一槍，給自己解了圍。現在，這位「救命恩人」，竟然把槍口對準了一大幫無辜的青年，和被他救過命的盲流！五位青年，正在生死線上掙扎，還有什麼值得怕的？

他給自己壯著膽子往前走。一面在心裏祝禱：但願碰不上野獸，順利地到達縣城。不然，肯定不會再有初來時的幸運。當人們發現幾塊污穢的白骨，狼藉在樹叢草莽之中，誰也猜不透，那就是山東盲流齊少丘的骨殖！

他的一個小學同學，由於有港臺關係，以裏通外國的罪名，被關進了學習班隔離審查。受刑不過，逃了出去，從此無影無蹤。被宣佈投奔了蘇修。大張旗鼓地聲討了許多日子，家屬也背上了慫容反革命的黑鍋。後來，在一座大橋底下發現了一具腐爛的屍體。屍體上的兩顆假牙，幫助作出了不容置疑的結論：原來那個「叛國投修」的「現反」，投潭自盡了。他有一位街坊，是個「死不悔改的走資本主義道路的當權派」。一天夜裏，從被關押的囚室裏逃掉，遍尋不見。便被聲討為「潛伏地下，伺機暴動」。鋪天蓋地的大字報，把他家的門窗都糊死了。不久，一個挖野菜的農婦，在一個山洞裏發現了一具沒有臉的屍體。他家的人跑去一看，正是他們「伺機暴動」的親人。他是將雷管含在嘴裏，拉響導火線，炸掉了半個腦袋，為他的「死不悔改」劃上了句號。家人根據他背上的一塊大傷疤，確認是自己的親人。但對他的聲討，仍然持續了許多日子。一個人，在死了之後，還能為激發群眾的革命熱情發光發熱，也算是「死得其所」了……

今天，自己要是死在這座深山野林裏，給親人增加悲痛尚在其次。解救他人的使命可就落空了。他必須活下去，至少是在完成這次重大的使命之後！就像少年時代，把重要的軍事情報，送到地下工作者手中那樣。

抗日戰爭時期，他的一位雇工出身的本家六叔，逃到膠東老根據地參加了八路軍。一九四三年秋天，六叔秘密插回村子。村子離鎮上鬼子的據點，只有二裏路，搞情報很方便。有一天，六叔得到了一個重要的軍事情報，要他送到二十裏外的聯絡點。但是，路上必須經過敵人的駐地。為了安全，他將密信藏在開綻的鞋幫裏。母親給他做的莊戶鞋，前頭已經洞穿，兩隻大姆指一齊向外探頭張望。密信就是從那裏掖進去的。他光著根根肋條凸出的上身，下身只穿著一條燈籠褲，用三爪糞叉挑上個糞筐，一溜小跑上了路。經過鬼子崗哨時，一個手拿三八步槍的矮個子日軍，正在翻看一個貨郎的擔子，只瞄了他一眼，就讓他過去了。來到黃協軍的崗哨前，他卻遇上了麻煩。那個長下巴、短脖子偽軍，一面和一個穿長衫的胖子拉呱，一面有一搭無一搭地逼著他將褲帶解開，脫下燈籠褲，進行檢查。將他的褲子翻過來，抖了又抖。然後在他的光屁股上狠狠踢了兩腳，方才讓他走了。他涉過齊腰深的烏龍河，把情報順利送到，來回只用了三個多小時。六叔非常高興，獎勵了他兩隻駁克槍子彈殼，和一本油印小冊子，叫他「沒人的時候，仔細瞧瞧」。他躲進里間屋，關上門，一口氣把那本名叫《論持久戰》的小書讀完。雖然裏面生字不多，但有許多道理不大懂。後來，他又成功地給六叔送過好幾次密信。第二年，村子建立兒童團，可能是因為他年紀雖小，卻多次作出貢獻，便被任命為第一任兒童團長。

現在，跟十一歲時鞋幫裏藏密信，那種既驚恐、又神聖的感覺十分相似。他下意識地低頭看看腳下，是一雙青帆布幫膠皮靰鞡，這是來到關東以後添置的行頭。原先那雙布底棉鞋，在沒踝深的雪地上，走不上一個鐘頭，就成了濕泥猴，凍壞了雙腳，焉能做盲流？他只得棄舊換新，穿上了新式的關東山靰鞡。不過，露出大拇指的莊戶鞋，是在鐵蹄遍踏、神州蒙膻的山道上，為民族解放而奔跑；而這嚴嚴實實的膠皮靰鞡，卻是為著搭救幾個受到支部書記迫害的年輕人，而吃力地蹣跚。同樣的冒險獨行，其目的，竟是如此的天差地異！

點布天宇的疏星先後隱沒，只有啟明星正瞪著失神的眼睛，注視著這個不自量力的夜行者。

他已經走了一個多鐘頭。東天上開始現出了魚肚白。幾聲哀怨的晨雞啼鳴清晰地傳來。顯然，前面不遠就是村莊。畢仙告訴他，爬上第三個高嶺，下去就是野豬嘴。過了野豬嘴，繞過一個山角，就可以走上進城的大道。

內衣早已被汗水打濕，被凌厲的晨風一吹，他接連打了幾個寒噤。所幸，最難走的一段路即將結束。根據時間判斷，他沒有迷路。伸手揩揩掛滿額頭的汗珠，他欣喜地自語起來：「好，再有兩個鐘頭，就可以趕到樸家了！」

驀地，前方不遠處有一個黑影在移動，同時拌著枯枝被踏斷的「喀嚓」聲。黑影越來越清晰，好像是一隻狗熊！

「天哪，遭啦！」他高聲驚呼起來。同時雙手握緊木棒，舉過肩頭，準備進行格鬥。不料，那狗熊聽到他的呼喊，竟然站起來，掉頭向左前方的樹叢深處逃去。

一個對什麼人都懼怕的人，怎會使一隻猛獸望風而逃呢？他愣在那裏好一陣子。

他忽然醒悟過來：那黑影，決不是黑熊。黑熊不會像大猩猩似的，站立走路。那分明是一個野人！報紙上多次登載，湖北省神農架發現過野人。野人身材高大魁梧，毛色赤褐。他參觀過一個有關野人的展覽，沒看到一張野人的照片，只有一團褐色的絨毛，和一個又大又長的腳印模型，證明著野人的存在。不用說，他今天晚上遇到的是野人！

可是，從來沒聽說長白山有野人呀。莫非是從湖北神農架不遠萬里跑來的？既而一想又不對：據說野人渾身是赤褐色，而這個逃走的「野人」，卻象獵豹似的，背上有好幾片大白花斑。

他忽然明白過來，一件四處綻露棉絮的破棉衣，在曙色朦朧之中，遠遠看去，正是這副樣子。

記得去年出逃時，在火車上曾聽到一位從內蒙古來的老鄉說，在大興安嶺巴爾圖附近的原始森林中，三年前發現了「野人」。一時間，人心惶惶，謠言四起。經公安機關多日圍撲，「野人」終於被逮住了。這個中年「野人」，原來是河北雄縣一所中學的革委會主任。在一次批鬥大會上，他帶領革命群眾呼口號，將「打倒劉少奇」，誤喊成「打倒毛主席」。當即被打成現行反革命，嚴刑拷打，反復批鬥。他受刑不過，趁看守不在意，逃到了大興安嶺，投奔一個叔伯舅舅。舅舅聽罷他的敘述，立刻騎馬去給他「買好吃的」。幸虧舅母跟他說了實話：舅父是去打報告，讓公社來人抓他。他帶上舅母塞給他的一包炒玉米麵，一頭鑽進了原始森林。炒麵吃完了，仍然無處可去，便隱進森林深處，住在樹洞裏，成了吃野菜、山果、野蕈、昆蟲的野人。

天地間怕人的人，除了黑五類以及叛徒、特務、走資派之類賤民，還有何人？莫非這個惶急怕人的「野人」，也是個不幸的同類？陶南很想喊住他攀談幾句，但想到自己眼前的處境，不由得啞然失笑：現在，自己不是同樣成了一隻躲避日光的鼴鼠，一個怕見人的「野人」嗎？他仰頭向天，深吸一口氣，搖搖頭，快步向前方有人家的地方走去。

繞過小村，是一條較為平坦的上坡路。剛轉過一個山角，猛然聽到一聲呼喊：

「喲——這不是陶師傅嗎？」說話的，是迎面走來的一個陌生漢子。他身上背著個木匠工具箱，不住地上下打量自己。

他不由得打了一個寒顫。一面加快腳步，極力平靜地答道：「對不起，我不認識你。」

陌生人咧嘴一笑：「嘿嘿，你不認識俺，俺可認識你哪！全馬虎嶺公社，誰不知道，你是豹子洞關世有的親戚，大名鼎鼎的細木匠陶南呢？」

顯然，繼續隱瞞，只能引起懷疑。他只得停下腳步，進一步加以掩飾：「不錯，我就是陶木匠。不過，我早就離開了豹子洞，在夾皮溝幹了些日子。今天是想到城裏找點活幹。」

「陶師傅，今年春天，俺特地去豹子洞看過你做的炕琴和臉盆架啥的。嘿，那活做的，真叫賽！俺是臭鹿溝五隊，俺叫宋寶。俺他娘的也算是個木匠，這不，大隊叫俺領著五個木匠，去城裏給制藥廠打出口木箱。媽的，連我在內，個個是二百五！本來想，做個屌木箱有啥難的？尺寸不差，就得了唄。不料，做好了一百多，一個沒驗住——統統報了廢！咱覺得沒離大譜兒，人家硬說不合圖紙！不錯，開頭是給了幾張上面劃滿了白道道的藍紙，上面還有好些白字。他娘的，莊戶老土兒，誰懂得那些屌玩藝兒，不是難為人嗎？你想，這一傢伙，俺這個領頭的，不是栽大發啦？這不，俺特地回去跟大隊交差，誰有能耐，誰來領這個頭，俺幹不了侍候洋鬼子的活。要打要罰，盡著他們留！」

「啊啊。」他含糊應著，轉身就走。

「喂，陶師傅，」他剛走了十幾步，宋寶又追了上來。「反正你沒有別的活，幹嘛不去打這個擂臺呢？就憑你的手藝，不但栽不了，保准讓那些橫挑鼻子豎挑眼的質量檢查員們，驚得打趔趄！」

「不不，我還有別的事。老鄉，再見。」

他頭也不回，慌忙走了。

五

上午九時左右，陶南在縣城邊沿處，一條彎曲的窄巷子裏，找到了樸合作的家。

大雜院裏住了七八戶人家。樸家住在大院西南角的兩間偏廈子裏。雙扉緊閉，一把大鐵鎖懸在油漆斑駁的板門上。兩扇門的正中，貼著葵花圍繞的兩個大紅「忠」字，宛如兩隻巨大的眼睛，光焰灼灼地審視著這個異鄉來客。

在「獻忠心」的年月，不論城市鄉村，最為時髦的裝飾，除了紅寶像，就是佈滿門窗和牆壁的形形色色的「忠」字。他所在的工廠，拆掉了原來的大鐵門，重新換上了「葵花繞紅忠」的新門。在破舊的板門映襯下，樸家門上的「忠」字，顯得特別鮮豔醒目。詢問鄰居才知道，主人兩口子上班去了。男的在農具廠幹鉗工，女的在毛巾廠上班。工廠裏的白班，是早晨八點至下午四點。現在剛剛上午九點，要整整等待七個小時，才能見到樸家夫婦。陶南不敢待在門外死等，更不敢去工廠找人，只得轉身走了出來。

離巷口不遠處，有一個小飯店。走了大半夜黑路，肚子裏早已唱起了龍虎鬥。看看裏面沒有食客，他大模大樣地走進去。花四角錢，半斤糧票，買了兩個散發著濃烈苞米芯子氣味的「爐篦子」。三下五除二吃了下去，跑到水缸前，彎腰喝下半舀子涼水，方才走出飯店。本想到小賣店買個大口罩戴上，半遮真面目，免得像今天早晨似的，碰上個自己不認識人家，人家卻認識自己的進城老鄉。洩露了底細，非同小可。一想不妥：時令已是春末，街上已經不見有人帶口罩，自己一個人帶上，更加惹人注目。看來，只有到一個偏僻的地方度過這大半天，方才安全。漫無目的地走了一陣，忽然瞥見江邊有一座高聳的山崖。一打聽，那山叫玉皇山，上面有座玉皇廟，當年是獻祭玉皇大帝的地方，解放後，建成縣城唯一的一座公園。他不顧指路人疑惑的目光，徑直朝那樹木稀疏的山頭走去。

公園大門洞開，售票處鐵鎖把門。他忽然記起，花草魚蟲，早已成了「四舊」，這逛公園，則是被聲討的「資產階級情調」。難怪不見遊人的蹤影。可是，遠離人群，正是他求之不得的。

沿著一條彎曲陡峭的窄石階，他登上了山頂。雖然可以看出花壇磚籬的痕跡，但卻不見一棵花草。地上雜草叢生，除了幾十株散佈山頭的馬尾松依然鬱鬱蔥蔥，只有幾株椴樹無精打采地立在路旁。與其說這是一座公園，倒不如說是一座荒山。山頂四周，有用大石塊壘成的碉堡群。看來，這裏曾經是造反英雄們武鬥的戰場。從軍事的角度看，倒是一處理想的制高點。站在山巔四處遙望，右前方有幾個獸籠兀立在那裏，鐵籠鏽跡斑斑，空空如也。老虎、狗熊、孔雀、梅花鹿等動物名牌，七歪八斜地掛在那裏，似在向人們訴說當初的輝煌。

公園內唯一值得一看的景物，是停在水泥平臺上的一架米格噴氣戰鬥機。雖然上面的紅星和「八一」軍徽已經褪色，但襯在銀白色的機身上，依然閃閃灼目。陶南生平第一次得到盡情飽覽一架軍用飛機的機會，而且距離如此之近，簡直是伸手可及。往常，只能仰頭遙望呼嘯而過、刺破青天的戰神之鷹。

「唉！假如這是一架仍可直逼青宵的戰鷹，而他又有著操縱它的本領，他這無處藏身的野人，肯定會立刻鑽進鐵欄杆，爬進駕駛室，拉起操縱杆，騰空而去。飛到哪裏算哪裏，永遠離開這個求生不得、求死不忍的傷心之地……」

他為自己的罪惡念頭，猛吃一驚！

一年前，他被誣衊為「叛國投修」集團成員時，做夢也不曾有這樣的想法。現在竟然冒出了「叛國」的念頭，實在是罪不容誅！一陣冷風掠過他的脊背，不由打了一個冷戰。

大學時代，他看過一部印度電影《流浪者》。主人公拉茲因為父親是個賊，便被人罵作「賊」。長大後，出於報復，真的作了賊。解放前，他在本鄉中心小學讀五年級時，學校毗鄰鄉公所。一天傍晚，從鄉公所抬出一具青年的死屍。那是一個因為交不上苛捐雜稅而被抓來的老鄉。由於受不住嚴刑拷打，便奪過棍棒將一個鄉丁打翻，結果被活活打死。他覺得，作賊的拉茲，反抗的鄉親，肯定與自己一樣，都產生過可怕的念頭。剛才的邪念，倘若被別人得知，那就……

無比虔誠的膜拜者，竟然產生背叛的念頭！這是心靈的絞殺，還是良知的泯滅？

「革命的同志們，紅衛兵小將們：衛東彪造反戰團廣播站，現在開始廣播……」

突然，一陣震耳欲聾的高喊，從頭頂上方傳來。他被嚇得一哆嗦。抬頭一看，離自己不過十米處，一棵高大的椴樹上，有三隻屁股偎在一起的高音喇叭，音調鏗鏘地開始大談「三忠於」、「四無限」的重要性，以及對立面組織「井岡山造反兵團」破壞「三忠於」「四無限」的累累罪行。

聽了不一會兒，他便驚懼地離開樹下，一面回頭四顧。一個拄著拐杖的老人，在遠處漫步。兩個帶紅袖標的青年，站在身後數步外，正用警惕的目光打量自己。看樣子，已經站在那裏許久了。他不由暗吃一驚。他有自言自語的習慣，多虧剛才沒犯老毛病，不然，今天只怕難以爽爽快快離開這座經歷過腥風血雨的武鬥勝地。他雙手倒背在身後，極力裝出悠閒的樣子，向左方的玉皇廟走去。

玉皇廟座落在山頂最高處。前後兩進殿宇，房舍還是舊格局，只是房頂換成了紅瓦。山門外東牆上，掛著一塊白地紅字「衛東彪造反戰團司令部」大牌子。西牆上是一塊鐵框橫匾。上書：「史無前例的無產階級文化大革命輝煌成果展覽」。他是文化大革命驚濤駭浪的落水者，耳聞，目睹，四載淨火燒煉，可謂充分領教了它的「輝煌成果」。而那塊閃著紅光的「造反司令部」大牌子，更象怕蛇的人遇到了一條眼鏡蛇，頓感脊背發冷，心頭砰砰急跳。他沒敢走近廟前，看看沒人注意，扭頭向廟後走去。

站在廟後的懸崖上，群山環繞的小城，盡收眼底。城區平房居多，只有一座兩層樓房的「百貨大樓」，孤零零的立在十字路口。自東北方蜿蜒而來的渾江穿城而過，宛如一柄長長的利劍，將城市齊腰斬為兩半。一輛冒著黑煙的火車，從黑黢黢的車站裏開出來，長吼一聲，向西北方向開去。四周的遠山上，背陰處依然閃著積雪的銀光，而在向陽處，大片枯黃赭褐的底色上，已經泛出了淺淺的嫩綠色，預示著春天即將到來。

「遠山已經發出了春訊。什麼時候，桎梏加身的人，能感到春的暖意呢？」站在懸崖頂端，他眼含熱淚，喃喃自語。

傍晚，他回到上午來過的小巷子。樸家夫婦一下班，便從鄰居那裏得知，兒子插隊的豹子洞，來了個社員，彷彿有要緊的事。所以，陶南一進屋，沒等他開口，兩口子幾乎同聲問道：

「同志，你就是從豹子洞來的吧？」

「是的。我姓王。」陶南沒敢說出真實

姓名。「我來城裏辦點事，順便告訴你們，樸合作……」

「咋？俺們兒子出事啦？」女人瞪大了雙眼，惶急地問道。

「樸合作是個好青年：愛勞動，愛學習，守紀律，作風正派。只是，最近隊裏出了點事。可能因為情況不明，他，也受了點連累。」他極力把事情說得輕描淡寫。

「媽呀！王同志，有話你儘管說，用不著吞吞吐吐嘛！」

看到女主人焦急的樣子，陶南實在不忍心說出事情的真相。但是，又不得不說。他字斟句酌地答道：

「樸師傅，大嫂，事情也不是……不是很嚴重。我特地來告訴你們兩位，是考慮到，你們也許有辦法幫助他。」

「哎呀，這是咋啦？你這人咋愛慢抽筋哪！」女主人兩手拍得大腿噗噗響。

男主人在一旁催促道：「王同志，是福不是禍，是禍躲不過。合作到底出了啥事，您照實說就是嘛。您儘管放心，我們不會害怕的。」

「是這麼回事——」

陶南只得簡要說出事情的經過。剛說到樸合作上訪被扣住，女主人便臉色蠟黃，淚流滿面，怔怔地呻吟道：

「媽呀！放個屁，都出兩條人命！俺那兒子幫地主家上訪，不就……」後面的話沒說出來，她雙眼上翻，一頭栽到地上，暈過去了。

兩個男人急忙把她抬到炕上。

「樸大哥，別慌。我給大嫂紮一針，興許能管用。」

陶南急忙從貼身口袋裏，摸出了一支空殼黑鋼筆，從裏面抽出一根銀針，對準女人的人中穴紮了下去，輕輕撚了幾下，讓銀針停在那裏。

出關之前，考慮到外出謀生，饑渴勞頓，難免添災罹病。山溝缺醫少藥，況且自己也不便拋頭露面去醫院就醫，便買回一本針灸小冊子和幾支銀針，學起了針灸。打算小病自己治，大病等著死。他先在自己身上練習了一番，然後給下放車間勞動的妻子，試著治了幾次臂疼，竟然針到痛止，奇效無比。來到東北後，他始終沒漏過自己學過針灸，不料，現在派上了用場。

一聲長吟，女主人蘇醒過來了。小小銀針，竟然能夠起死回生！

「俺的好兒子呀，非叫他們糟踐毀了不可！啊啊啊……」她捶著炕沿，痛哭不止。

等到老婆的哭聲底下去，男主人告訴陶南，老婆原先幹炊事員，因為有個表舅偽滿時期幹過保長，為了保證廣大職工的安全，文化大革命運動一開始，她便被趕出伙房，到車間當了清潔工。本來心裏頭揣著個兔子，班組裏發生了一件大案，更是嚇破了膽。有一天，「早請示」時，正祝禱到「敬祝偉大領袖毛主席萬壽無疆」，一個姓鹿的女工，可巧放了個響屁。並排站著的，是個姓黃的學徒，忍不住「嘿嘿」一笑，同時說了句「放響屁」。站在一起的十多個女工，個個聽得清清楚楚。好嘛，公然當眾大喊「萬壽無疆——放響屁」！狗膽包天，這是何等的反動和惡毒？反對毛主席就是反革命，兩人立即被關了起來，從凌晨到深夜，連續審訊逼供。第二天早晨，專政隊員再次去提審時，打開門一看，兩人雙雙用褲帶吊上了門框。姓鹿的女工剛剛二十歲，姓黃的只有十六歲，進廠還不到半年……

聽罷主人的敘述，陶南附在男人的耳朵上，悄聲說道：「樸師傅，你兒子的冤案，是壞人整好人。但是，現在蒙冤的人有口難辯，你們必須趕快想辦法。」

「那咋辦呢？」中年人的濃眉蹙在了一起，兩眼滾動著淚花。

「大哥，聽說你有個親戚在縣革委，只要通過他，事情不難解決。」

「怎麼個解決法？」

「只要上面派人一調查，立刻真相大白。」

「那不難——俺們親戚叫金前進，是樸合作的親表哥。這個忙，他准能幫。」

「樸師傅，事不宜遲，關在裏面的人，度日如年。你最好今晚上就去求他。」

男人向老婆吩咐道：「喂，快給王同志弄點吃的。人家為咱們跑了四十多裏路，連口涼水都沒喝咱們的。王同志，今晚您就宿在俺們家裏。我這就去找金前進！」

「不，我已經吃過晚飯啦。我有個朋友，說好了住在他家。」陶南又一次說了謊。

怕主人追根問底，他站起身，匆匆走了。

九、蝙蝠洞的秘密

一

謝絕樸家的挽留，實在太輕率。剛走出樸家巷口，陶南便後悔了。

依照他的體力，完全能夠連夜趕回豹子洞。但想到白天兩個帶紅袖標的人虎視眈眈的目光，他的心不由一陣緊縮。夜靜更深，一個人在縣城大街上踽踽獨行，非常可能被懷疑是外逃的黑五類！他知道，凡是發生過武鬥的地方，天一黑，很少有人敢於外出活動。與其冒險夜行，何如白天放心而去？

猶疑再三，他仍然沒有勇氣去畢仙表妹家投宿。丈夫上班不在家，孩子年幼，和一位青年婦女睡在一鋪炕上，不僅不習慣，而且令人恐懼。除了畢仙，沒有第二個人知道他是個「軟鼻涕蟲」。瓜田李下之嫌，不可不防。

來到關東山已經三個多月了，當地許多風俗習慣，他仍然不適應。男女可以同室，甚至同炕而眠，對陌生人也不例外；家家不備暖水瓶，飯後拿起水瓢，俯身對著水缸「咕咚、咕咚」灌涼水；一年到頭不洗澡，整個冬天不洗腳，腳臭味、汗臭味，彌漫空間；再加上磨盤底下雞窩裏的雞屎味，牆角上酸菜缸裏的酸臭味……各種難聞的氣味交織在一起，爭先恐後往鼻孔裏鑽，使人連深呼吸都不敢。勞累一整天，鑽進熱被窩，又是一場血肉之搏：跳蚤，蝨子齊上陣，此啃彼咬，輪番進攻；摸索著撚死幾個，嗜血蟲依然不見減少。不是拉鋸推刨子累得腰酸背疼，休想進入夢鄉。

既然沒有勇氣跟一個年輕女人睡到一鋪炕上，他只得邁著疲憊的雙腿，悄然踏上歸路。

他不敢走大街，沿著江邊的小路，小心翼翼地直插城外。雖然要多走許多冤枉路，但是不至於迷路，因為豹子洞就在渾江邊上。

黎明時分，他終於走近了呂家。一天一夜的奔波，他已經疲憊不堪。他不想驚動主人，打算悄悄溜進苞米倉子，倒頭便睡。

不料，剛剛小心翼翼地解開拴柴門的麻繩，輕輕推開柴門，畢仙便從屋裏迎了出來。顯然，她一直在等他。

「怎麼？大妹子，你一夜沒睡？」心頭一陣發熱，他的聲音有些哽咽。

「俺就知道你這人賤！不成俺表妹能吃了你？」她沒有回答他的問話，一開口就是埋怨。「走了一宿，餓壞了吧？快進屋，俺給你拾掇飯。」

「回來繞的遠路。也……不太餓，只是口渴。」

「咋樣？辦妥了沒有？」進了屋，她迫不及待地問道。

「還算順利——估計問題不大。」

「唉！你要是再晚上幾個鐘頭不回來呀，俺更吃不住勁啦——尋思是叫那些鱉犢子玩意兒抓了去呢。」一面說著，她緊緊摟住他，在他的腮上用力親了許久。

「大妹子，你不是要給我弄點東西吃嗎？」他用力向外掙脫。

「不是不餓嗎？」她慢慢地鬆開了手，順勢在他的下部捏了一把。「快上炕等著。」

一大碗大米飯，一小盆炒酸菜立刻端了上

來。奇怪的是，不但飯菜是熱的，菜盆上面還橫著幾隻青蛙。他沒有說感謝的話，卻指著菜盆不解地問道：

「大妹子，還不到夏季，哪兒弄來的青蛙呀？」

「那怎麼是『青蛙』呢？」

菜盆上面，清清楚楚有三隻全尾全鱗、四肢挺直的青蛙，而且還有幾隻蛙腳，不甘寂寞地從酸菜低下伸了出來。他指著說道：「這明明是青蛙，咋說不是呢？」

「你個傻瓜蛋！你看它『青』？」她調侃地瞥他一眼，「俺們管它叫蛤蟆，文明人叫它林蛙。」

他低頭仔細辨別，方才看出，這些四肢挺直的小屍體，酷似青蛙，又有別於青蛙：個頭比青蛙略大，身上呈淡黃色。不解地問道：

「大妹子，這是從哪兒弄來的？」

「二茂拿『逃不脫』抓的唄。」

「啥叫『逃不脫』？」

「柳條編的長籠子唄。他昨晚剛抓回幾個來，就讓你碰上了。還埋怨自己沒福氣，盡碰上倒楣的事呢！」

他記得，在返回豹子洞的路上，在一個溪流湍急處，看到有一個迎著水流放置的、柳條編的大口細脖長籠子，當時認為是捉魚或拿蟹子的。看來，那正是等待蛤蟆入彀的『逃不脫』。畢仙告訴他，經過一個冬天的蟄伏，春天來了，地面一解凍，蛤蟆夜間便從土裏爬出來，到有水的地方產卵繁殖後代。結果，有的在中途成了拿手電筒的獵獲者的囊中物，有的一頭栽進「逃不脫」。在激流的衝擊下，一旦落進籠子，等於進了死牢。它們唯一的光榮前途，就是下油鍋，上餐桌，供人們大吃大嚼……

他忽然覺得，這些充當美味佳餚的光榮獻身者，與許多厄運當頭的異類，何其相似乃爾！在他的面前，不是照樣橫著一隻隻大肚子的『逃不脫』嗎？它們時刻張著大口，等待他慌不擇路時跌入，以便為「輝煌戰果」，加上光輝的一筆！

見他停箸不語，女人斜睨著催問道：「喂，想啥哪？這東西涼了不濟，趁熱吃味道才棒哪，快吃呀。」

他仍然沒從沉思中回過神來：「哦，原來這就是關東蛤蟆。倒是很像青蛙。不過，我們吃青蛙，只吃兩條大腿，而且要剝皮。你們怎麼連皮帶內臟，一塊吃呢？」

「你尋思內臟裏有尿有屎？老杆了不是！跟你說吧，蛤蟆的皮跟內臟，更香，下了一冬天的蟄，肚子裏空空的，哪兒來的屎尿呀？」她咯咯笑著，伸手拿起筷子指著說道：「你看，每個蛤蟆的眼睛後面，都有兩個疙瘩。那是一整塊蛤蟆油。幾十塊錢一斤的好東西！平常人吃不起，聽說，都叫開飛機的吃了。快嘗嘗，香得很哪，保你吃過一回就上癮。」

「哦，哦。」口裏應著，他舉著筷子不敢夾。有了上面的聯想，他覺得，就像是吃自己的肉，吃同命運者的肉。

「咳，你這人！俺們孩子饞得流口水，連根蛤蟆腿沒撈著。這是特地給你留著的——幹嘛不識敬呀？」她瞥一眼炕頭上睡得香香的兩個兒子，夾起一隻大個頭的蛤蟆，送到他的嘴邊：「快張嘴，接著！」

「別，別！」他極力向後仰頭。

「咋啦？裏面下了毒，俺們打譜藥死你，是吧？」雙頰浮紅，她有些惱了。

他只得用筷子接過來，咬下一隻腿，慢慢嚼著。但，既沒感到味道『鮮』，也沒品出香味來，反而感到胃裏翻騰，難以下嚥。一碗米飯吃光了，大半隻蛤蟆，仍然留在碗底。

畢仙沒再逼他，尤怨地自語道：「男人愛不夠的『寶貝兒』，他不愛；人人喜歡吃的蛤蟆，他不喜歡——沒見過這麼隔路的人！」

「不是不喜歡，是有點怕……」

「咋不怕吃青蛙呢？」

「不知道。那是幼年的事，也許現在也

怕。」心言難剖，他只得含混推搪。

往常，在殘酷的鬥爭會上，回答質問從不含糊其事的硬漢子，面對女主人的疑問，卻緊緊關閉了心扉。他掉轉話題問道：

「大妹子，您能不能跟我說句實話？「有啥不能的？你叫俺說什麼？」

「你為啥，對一個素不相識的異鄉人，如此關照呢？」

她抿著嘴，盯著他看了好一陣子，嬌嗔地反問：「又在往扁裏看人不是？你以為自己『不頂用』，俺就會翻臉把你攆走？實話跟你說了吧，『頂用』的男人有的是，想俺們好事兒的傢伙數不清，還有給俺下跪的吶。可，哪個值得俺正眼看？心腸好，順眼的人，俺看著就覺得心裏舒坦，總想多看幾眼。能幫他一點忙，打心眼裏滋潤。別的，俺們並不貪戀。」

他知道她的話不無狡黠，真想回敬一句：「那個堪稱『三寸釘』的申貴，害人不皺眉，也是心腸好，看著順眼？」但不忍心傷害她。

況且，她對自己的幫助和關注，不但無畏，確有無私的成分。於是，極其誠懇地答道：

「大妹子，你的心真好！」

「俺的心……」她惆悵地搖搖頭，抿嘴苦笑，「至少不像俺的名聲那麼壞！」

「天底下，名不副實的事，多得很！」

「陶師傅，你的心也真好！」見他連連打呵欠，她爬到炕上鋪被窩。一面說道：「眼皮子打架嘍，折騰了兩宿，真夠你嗆的，快躺下睡一覺。孩子醒啦會小聲的，保證吵不醒你。」

「不，我還是到外面睡。吃午飯別叫我，我得把兩宿的覺補上。」

她沒再堅持，回身把他送上「關東樓」。揉平板鋪上的乾草，再給他鋪好被褥。分手時，撲到他身上，緊緊摟著他的脖子，一陣狂吻，然後悄然離去。

他脫了衣服，倒頭便睡。

忽然，他從沉睡中醒來了。一個散發著女

人氣息的赤裸身體，緊貼在他的身上。他的脖頸被緊緊地摟住了，一隻溫煦而略感粗糙的小手，正在他的前胸上撫摩。一面撫摩，一面緩緩向下遊動。他體驗過這只小手的騷擾。不用說，是畢仙鑽進了被窩。急忙伸出手，將她的手抓緊，用力推向一邊，同時低聲埋怨：

「大妹子，你知道我不行，還上來幹麼呀？」

「嘿！沒事敢來惹你煩？」是不快的口氣，「俺上來就有好事唄！」

「啥好事？」他瞪大了雙眼，發現天已經黑了下來。自己整整睡了一天。

「跟你說，今日傍黑天，縣上來人啦——坐著吉普車來的。」

「哦，來幹啥？」他掙脫開她的胳膊坐了起來，「你沒找申支書瞭解一下？」

「咋沒瞭解？俺一得到信，就去找他，他叫工作組叫去談話了。這不，俺等到天這剎兒，也沒等著，只得先回來告訴你大木匠。誰知你睡得像頭豬，要是不咯吱醒你，准得埋怨俺彙報的太晚。」

「嗯，八成是為豹子洞的冤案而來。樸合作的表哥，果然法力無邊！」他沒有理睬女人的調侃，極力克制著興奮。「看來，這趟縣城沒白去，兩夜辛苦很值得。大妹子，你的主意出到點子上啦！」

「喲，謙虛啥呀——明明是你的主意嘛，關俺啥事？俺們要是有那麼多的心眼兒，何至於落到今天這個步數！」

黑暗中看不清女人的表情，口氣裏卻露著傷感。他急忙用歡快的聲調說道：

「好哇，那些可憐的年輕人有救啦。大妹子，咱們應該為他們高興才是呀！」說罷，他長舒一口氣，重新躺了下去。

「那還用說！俺們是鄉親，准成比你還高興。」過了好一陣子，女人再次偎到他身邊，喃喃說道：「大個子，你不覺得，咱們也該好好地高興高興？」

不等他回答，她已經摟緊了他的脖子。

「唔，大妹子，大妹子！現在還不到高興的時候，不可……」

後面的話沒說出來，他的嘴，已經被溫軟的舌頭堵上了。

二

第二天中午，畢仙便帶回了「磁實」的消息：工作組正是專為豹子洞的反革命案而來。

畢仙是個「自來熟」！不論到了哪條溝，哪個人家，她都推門就進，不用讓，自上炕。而且用不到一時半刻，一袋葉子煙抽完，准讓那些陌生人像老朋友似的，放棄戒備，敞開心扉。

今天一大早，她就去找申貴，打聽縣上來人找他談了些啥。老相好痛快地跟她說了。她怕申貴留一手，又跑到工作組，跟一個姓謝的副組長，聊了大半天。謝組長不但告訴她，此行的目的是「為了澄清事實」。還向她仔細瞭解趙魁、樸合作、楊滿倉、曾雪花、馬繼革等人平時的表現，他們是否真的組織了反革命集團，以及有無反黨動機等重要問題。

不等陶南追問，她便將與謝組長的對話，作了繪聲繪色的描述：

「要說小毛病，俺不敢說他們沒有。依俺看，他們都是挺不糙的青年。不偷，不摸，愛勞動，守紀律……」

她的回答實事求是，而且不乏感情色彩。看到陶南贊許的目光，她繼續興高采烈地追敘：謝組長問：「那，為啥有人說他們勾結起來反黨呢？俺說：「俺可沒聽說過。」他說：「據說，他們還進行過秘密策劃呢。」俺說：「只怕是拿乾屎往人家身上抹——俺不信！」他又問：「趙魁、曾雪花，是地主家庭出身；馬繼革是大叛徒的孫子。你敢保證，他們不會幹出反黨的勾當？」俺照實說道：「咳，俺們下保證有啥用？俺就知道，這二年，隊裏最聽擺揮的就是那些家庭有問題的青年。他們，掉下個樹葉怕打破頭，喘口氣，都怕使大發了勁，叫旁人聽了去，說成是歎氣，對社會主義不滿。人家躲事還躲不及呢，哪個還敢吃飽了找麻煩，去做那違規犯法的事呀！」那人搖頭道：「可是，公社革委會有他們的反革命物證呀：私藏的子彈，撕毀的紅寶像，在語錄本上寫下的、惡毒誣衊偉大領袖的反動口號等等——那該如何解釋？」俺就反問他：「謝同志，莫非你們都相信那是真的？」他夾夾眼說：「我們重事實，不重口供嘛。」俺就說：「那就該立馬放了人家。」「哦，你是說有人誣衊他們？」「不，不！俺可沒那麼說。」……

說到這裏，她輕歎一口氣：「你看，俺差一點捅了漏子。」

陶南問道：「他還問你什麼來？」

「他還說：『畢仙同志，你是貧農成分，我們相信你。請你談談對申支書的看法，好嗎？』你看，不是淨給俺們出難題嗎？」

「你是怎麼回答的？」陶南又問。

「俺說，人家申支書，打從土改，就是老積極分子。他愛黨，愛毛主席，時時刻刻，就怕紅色江山變了顏色。他這人呀，缺點就是脾氣暴躁點，粗心點。在有些事上，備不住，也毛糙了點。」她仍然沒有忘記給老相好塗金。

自從十五歲上被申貴佔有起，她從違心而從，到心甘情願。不僅始終與強暴者保持著「那種關係」，而且成了他最得意的老相好之一。物質和肉體雙重好處，使她越陷越深，不能自拔。申貴雖然比自己的丈夫大十多歲，但幹起那件事來，「在行得很」。差不多，每次都能使她不住地喊叫和順身顫抖。那酒醉般的眩暈，開了骨節似的酥麻，美妙絕頂，無法用言語形容。簡直是永遠嘗不夠，時刻忘不了，就連睡夢中，也常常喊「好傢伙——真行」！幾天不幽會，就像落了魄，丟了魂，幹啥事也提不起精神來。有一次，煮大餷子飯時，心裏正想著那情景，鍋裏沒添水，就架上了柴火。等到糊味撲鼻而來，鐵鍋底已經燒出個大窟窿。大餷子們，爭先恐後順著窟窿往外鑽，與鍋底下的柴火，攜手燃燒！氣得呂二茂好幾天不愛答理她。她生著一雙巧手，針線活兒全隊有名。可是，有一次，給兒子做了件布衫，兒子一穿才發現，前片縫成了後片。就連呂二茂在她身上忙活得大聲喘息的時候，她也不曾忘記申貴的「好本領」。

她的「腰饞」症，成了痼疾！

她的八歲兒子大寶，模樣兒越長越象申貴。婆娘們七嘴八舌嚼舌頭，不論是明譏還是暗諷，她總是裝憨賣傻，一笑了之。惹急了，當面回一句：「天底下，模樣一樣的人多的是。難道都是別人下的種？再說，俺兒子像申隊長，有啥不好的？說不定，長大了也弄個書記隊長啥的當當，老娘也跟著風光風光呢。」一扭頭，她又在心裏回罵：「哼，吃飽了閒得牙癢癢的玩意兒，嚼你娘的舌頭根子去吧，反正俺掉不了塊肉！」罵歸罵，她心裏雪亮，申貴才是兒子大寶的親爹。不知多少次，她決心跟那矮東西一刀兩斷。無奈，她做不到。那種騰雲駕霧、飄飄如仙的感覺，在別人身上，實在不好「打撈」！

所以，工作組長一問到他的老相好（他們肯定不知道這一點），她的是非標準立刻亂了套。雖然心裏發虛，閃爍其詞，仍然忙不迭地往申貴臉上貼金。她知道，是自己吞吞吐吐的回答，打消了謝組長問話的興致。她求之不得，趁機告辭。不過，當她爬上「關東樓」，向陶南「彙報」她打聽消息的經過時，仍然沒有勇氣，將為申貴打掩護的話合盤托出。

「山裏紅」，還有著不為人知的狡黠。她對五位青年，倒是一派真情。

難怪，當她描述完如何為幾個蒙冤的年輕人進行辯護時，連心如止水，頗能自持的陶南，都情不由己地俯身向前，伸出有力的雙臂，打算擁抱她。直到手指已經觸到了她柔軟的肌膚，方才像觸電似的，倏地縮了回來。順勢雙手抱拳，向她深深作了一個揖，滿懷激情地說道：

「我替蒙冤的年輕人，謝謝你這大義凜然的女中豪傑！」

「得了吧！俺犯的難，俺們自己知道！」

「咳，路見不平，理當拔刀相助嘛。」

「你自己咋不去？」

「你又不是不知道我的身份。」

「反正呀，俺是叫你給耍弄了！」她的臉上，一副得意和後悔交織的複雜表情。

「這是咋說的？」

「以後你就明白了。唉，俺給他惹的亂子，不老少哇！」她的眼圈兒紅了。

分明，此時她才完全明白過來，替蒙冤者辯護，就是狠揭冤案製造者的畫皮！

陶南本想鼓勵她幾句，見她黯然欲泣的樣子，只得勸慰道：「大妹子，你用不著替姓申的著急：他製造的冤案再多，也沒有絲毫的責任，因為那是革命的需要。」

她的雙眉一揚：「真能那樣？」

「情好吧，大妹子。豹子洞，絕對倒不了申隊長。」

「哼，哄死人不償命！」她仍然半信半疑。

多情的畢仙，對老相好的擔心，果然多餘。正如陶南預料的那樣，三天後，五名「反革命」全部無罪釋放。樸合作直接被工作組「順路」送到了縣醫院，治療身上的棒傷和腦震盪。趙魁、楊滿倉、曾雪花三人，是隊裏派馬車拉回來的。曾雪花兩腿向外叉開，走路像座搖晃神。楊滿倉和趙魁，都被「東洋秋千」抻壞了腿，連馬車都爬不下來，車夥子只得把他們抱下來。只有馬繼革是跟在馬車後面自己走回來的。

有關他們的罪證，據說基本都不能成立：趙魁家根本沒有請過紅寶像，滿倉的三顆子彈，好幾個人見過，確是部隊演習時扔掉的臭火。樸合作的語錄本上，那句最為惡毒的反革命口號，經鑒定，是經過別人塗改的。至於趙魁家的紅寶像，是誰撕毀了然後扔進去的？臭火為啥變成了好子彈？語錄本上的字，是誰狗膽包天塗改的？工作組似乎不感興趣，沒做認真調查，便匆匆撤走了。而一手製造冤案的申貴，不但安然無恙，還得到公社革委會領導的口頭表揚：讚譽他是個階級立場站得穩，革命警惕性極高的好幹部。

僅用了三天時間，便將一件大案徹底推翻，工作組的效率非同尋常。解放這麼多年啦，人們第一次見到如此有能耐的工作組。人們不解的是，工作組對於誣陷好人的壞蛋，為什麼不加懲處呢？

為「全縣罕見的反革命暴動大案」忙碌了許多天的申隊長，上級的讚賞和表揚，並沒有平息他的滿腔憤懣。就像彈無虛發的獵人，眼睜睜地看著獵物倒在地上，卻又爬起來逃之夭夭。送走了工作組，他整整躺了三天——據說累得害了「心臟病」。

第三天晚上，他對著喇叭頭子，大喊大叫下通知：「喂，喂！注意啦：明天上午七點，三隊全體社員不出工，全部到知青點，參加消毒大會！」

通知一連重複了三遍，全溝塘子的人都聽得清清楚楚。「咋，開消毒大會？反革命案子是假的——消的啥『毒』呀？」

豹子洞的鄉親們，一齊掉進了悶葫蘆裏。

三

七點鐘剛到，知青點的兩間大屋，便被黑棉襖、狗皮帽、紅頭巾塞得滿滿當當。連平常從不參加會議的老娘們兒，都來了近二十個。自打成立人民公社起，就形成了這樣的慣例：結了婚的媳婦，可以呆在家裏做飯帶孩子，不用出工，自然也不需要參加任何會議，彷彿成了編外社員。其餘的人，不論男女老少，只要能挪動腳步，便是整勞力或半勞力，就需要出工幹活，自然也要盡開會的義務。不過，申貴經常告誡社員，能撈到參加會議，乃是一大光榮，是翻身解放後得到的一項珍貴民主權利。不是嗎？四類分子就沒有這份權利。他們的「權利」，只有掃街，幹重活，請罪，挨批鬥！

義務也罷，權利也罷，反正聽到開會，沒有一個人不皺眉頭的。

在山東老解放區，解放之初，流傳著這樣一個民諺：「國民黨的棍兒，共產黨的會兒。」大會上鄭重宣講偉大精神，小組會上反復領會深刻意義。一天不開會，便是稀罕事。我們是個盛產會議的國家，會議之多，名目之繁，規模之大，時間之長，無與倫比，自古迄今，天下第一。彷佛不如此，帝修反便會蜂擁而至，中華赤縣立即改變顏色！自從「史無前例」以來，中國的特產——會議，又增加了數不清的新品種：造反組織成立大會，破「四舊」大會，橫掃一切牛鬼蛇神大會，走資派或黑五類批鬥大會，恭迎最高指示大會，贈送紅寶書大會，恭請紅寶像大會，殺回馬槍大會，歡迎軍宣隊進駐大會，誓死捍衛無產階級司令部誓師大會，以及揪叛徒大會，捉小爬蟲大會，向偉大的領袖與他的親密戰友獻忠心大會，苦戰三晝夜，實現「紅海洋」誓師大會等等，等等。富有獨創性的各種會議新品種，簡直舉不勝舉。

今天的情況卻迥然不同，連既無權利、也不須盡義務的老娘們兒，也像聽到分口糧的好消息一般，自告奮勇而來。人人都想親自聽聽轟動三隊的特大新聞，見識見識聞所未聞的「消毒會」，是咋個開法，會出啥彩兒。

社員們到齊了許久，本隊的領導核心——三位共產黨員，申貴、申衛彪、楊老冬，以及列席支部會議的民兵排長楚勝，方才右手高擎著紅彤彤的語錄本，相繼走進會場。楊老冬和申衛彪，在門後面拿塊劈柴坐下來，申貴則坐在屋門檻上。這已經是多年的習慣了，每次開會他總是坐在當門口。有一把手把門，沒有人敢遲到，更不敢中途溜走。

「開會啦！」楚勝站在申貴的身旁，面朝全體社員，莊嚴地宣佈。「馬虎嶺公社，黑龍頭大隊第三生產隊全體社員大會，現在開始。都打開語錄本，跟著我來念：偉大的導師，偉大的領袖，偉大的統帥，偉大的舵手毛主席，教導我們說：『千萬不要忘記階級鬥爭。』他老人家還教導我們說：『階級鬥爭要天天講，月月講，年年講。』下面，我們歡迎申隊長講話。歡迎啦！」楚勝高舉雙手，用力地帶頭鼓起掌來。

「噼噼，啪啪！」一陣稀稀拉拉的掌聲過後，申貴從門檻上慢騰騰地站了起來。他用銳利的目光環顧會場一周，然後輕咳兩聲，清清喉嚨，威嚴地講道：

「今天，連從來不開會的，也來了不少。這很好，說明我們三隊的社員，特別關心國家大事，覺悟還是有的。因為今天的大會，不是一次普普通通的會議，而是第三生產隊從來沒有開過的、一次非同尋常的消毒大會。消什麼毒呢？」他停下來，端詳一番社員的表情，嘴上浮著勝利的微笑，繼續講道：「大概我不說，你們也猜個差不多：消反革命的遺毒！前幾天，咱們三隊發生了一件轟動全縣的反革命大案。了得嗎？一大幫子反革命勾結在一起，要造共產黨的反！大夥必須明白，這決不是一件普通的反革命案，而是要發動武裝暴動，藉以推翻共產黨的領導！社員同志們，要是讓他們的陰謀得逞，小日本、國民黨就得回來，大夥就要吃二茬苦，遭二茬罪。我們今天的幸福美滿生活，就要化為灰燼。你們想想。這是多麼可怕的事情呀！」演說家臉上的微笑，變成了嚴肅，他的聲音變得沉重起來。「幸虧我們支部警惕性高，發現得早，及時報告了上級，他們的罪惡陰謀才沒有得逞。不然，今天在座的，不知有多少人，不是人頭落地，就是被活活扔進渾江淹死，咋會好端端的坐在這裏開會呢？本來，按照趙魁、曾雪花、楊滿倉、馬繼革等人的罪過，（不知道為什麼，他沒提樸合作的名字。）逮捕判刑，罪有應得，綽綽有餘。可是，考慮到他們年紀輕，有改造的決心，支部還是希望他們徹底改過，重新做人。所以一再向上面要求，不要判他們的刑，暫時也不給他們戴帽子，統統做為人民內部矛盾處理。交給生產隊，由我們支部和廣大社員監督他們勞動改造，使他們進一步認識錯誤，改惡向善。」

申貴點上一支煙捲兒，深吸幾口，繼續講道：「社員同志們：你們肯定不知道，縣上為啥來人調查。我告訴你們，那是我們支部要求的。要不然，這麼大的案子，公社哪能主得了？是工作組答應了我們支部的要求，他們才沒有進大獄。不僅如此，我們還仁至義盡，派車將他們拉回來。這就叫給出路的政策。目的是促使他們認識錯誤，幡然悔悟。我還可以告訴你們，在咱們豹子洞，夠得上反革命的，決不止他們五個，再整起十個八個來，決不會冤枉了哪一個。可是，我們都向公社革委會和工作組給他們求了情，暫不追查，以觀後效！今天來開會的，就有好幾個人是我們保下來的。別他娘的頭頂火炭不覺熱——沾光不覺！不論是罪惡嚴重，到公社改造了幾天的重犯，還是罪惡輕些，沒去改造的罪犯，以及他們的家屬，都要從心裏感謝黨的寬大政策，感謝我們黨支部的一番苦心挽救。你們給黨領導造了那麼多的謠言，抹了那麼多的黑灰，用心何其毒耶？而我們領導，卻以德報怨：保你們，救你們，派車接你們。你們手拍胸膛想一想，這是多大的恩典呀？只要你們的良心沒叫狗吃了，就該明白怎樣報答搭救過你們的人！」申貴的紅鼻頭翕動著，發出一陣冷笑。

他停下來，在即將燃盡的煙頭上，又接上一支，加重語氣說道：「至於反革命分子誣衊黨領導的所謂種種錯誤，經過工作組認真細緻的調查核實，全部是無中生有的誣衊，心懷叵惻的放毒。你們說，可恨不可恨？儘管他們如此倡狂，我們仍然寬大為懷，既往不咎。只要他們從今天起，懸崖勒馬，改惡向善，以前說的，做的，不論多麼可恨，多麼反動，我們統統不計較。不過，話要說在前頭，如果膽敢繼續放毒，或者有人聽信了他們的謠言，四處亂傳播，可別怨我們不客氣。不管你會飛，還是會跑，打飛，打跑，咱都不含糊，別想逃脫我的二拇指頭！」申貴做了個舉槍瞄準勾扳機的姿勢。三句話不離本行，老獵手申貴，用起獵人的語彙非常熟練。

見社員們不但沒發出感恩的歡呼，竟然交頭接耳，嘁嘁喳喳。申貴厲聲喝道：

「你們瞎喳喳什麼？都給我豎起耳朵來，好好聽著！不信走著瞧：哪個混小子、臭娘們有種，敢把今天我說的話，當成耳旁風，認為我是在虛張聲勢，敲山震虎，由你們去。想吃後悔藥，儘管吃，沒人攔著哪個狗日的。公社的學習班，縣裏的大獄，正愁裝不滿呢。到那時候，黨支部半句好話不會給你們講，生產隊更不會再派車拉你們。都給我放明白點，媽拉個巴子的！」

這時，楚勝帶頭喊起了口號：

「堅決擁護申支書，堅決按照黨的指示辦事！」

「誓死保衛黨中央，誓死保衛黨支部！」

「誰敢反對黨支部，我們堅決砸爛他的狗頭！與他們血戰到底！」

申貴揩揩額頭上的細汗，又接上一支煙，猛吸一陣子。幹部煙與葉子煙的混合氣味，彌漫會場，嗆得人們激烈地咳嗽起來。申貴不耐煩地大聲喊道：

「都給我憋住，聽我把話說完。下面，我代表三隊黨支部，宣佈幾項重要決定：在這次你死我活的階級鬥爭中，楊老冬立場不穩，階級嗅覺不靈，事前沒有制止富農崽子曾雪花和混賬兒子楊滿倉鬧事，事後也沒向支部報告——經支部大會通過，並報公社革委會批准，給楊老冬黨內記大過處分。民兵排長楚勝，在這次鬥爭中，警惕性高，立場堅定，經公社革委會批准，光榮地火線入黨，並授予優秀黨員稱號。我的話講完了。」

楚勝再次帶領全體社員鼓起了掌。不過，只有他的巴掌拍得最響。拍完了，他再次揮拳喊起了口號：

「堅決擁護三隊黨支部的英明決定！」

「無產階級文化大革命勝利萬歲！」

「戰無不勝的毛澤東思想萬歲！」

接著，楚勝代表黨支部，宣佈了幾項具體規定：

第一，馬繼革明天必須出工幹活；趙魁、楊滿倉、曾雪花三人，准假五天，認真反省，寫出深刻的檢查。（實際上是他們的傷重出不了工）

第二，馬繼革、趙魁、楊滿倉、曾雪花等四人，不經支部批准，不得離開三隊一步！支部將根據他們寫的檢查是否深刻，認罪態度是否老實，另行研究處理。

第三，周鐵柱和董星五，去水電站開隧道；劉漢已經在水電站，不經過隊裏批准，不准回來；邱菊花的男人單二醜，從明天起，不准再搖著鞭子自自在在地趕馬車，到大寨田裏勞動。

許多人都從這些不說明原因的決定中，嗅出了點味道。但除了跟著鼓掌喊口號，沒有一個人開口說話。

散會了。社員們走出會場才發現，外面下起了雨。

雨聲「淅淅瀝瀝」彷彿在訴說著什麼。

四

「沒事啦，沒事啦！」畢仙的紅頭巾上滴著水珠，站在苞米倉子下面大聲叫喊。

「大妹子，輕點吆喝！」陶南從倉子裏探出頭，趕忙制止。「你快上來，別淋著。跟我仔細說說，會上都講了些什麼。好嗎？」

「你不下來，俺不說！」她撒起嬌來，「睡了十多天狗窩，難道還沒受夠？」

陶南只得爬下「狗窩」，跟著她進了屋。畢仙一面解下頭巾，擦著身上的雨水，一面將社員大會的內容，簡要說了一遍。

陶南聽罷，憂心忡忡地自語道：「看來，申貴絲毫沒有接受教訓，他要一意孤行到底咯。」

「不。他是心裏發虛，墳塋地裏大吆喝——給自己壯膽呢。沒打著黃皮子落了一腚騷，這副後悔藥，夠他品咂一陣子的。放心吧，保證他不會再找你的麻煩。」

一面說著，畢仙將濕漉漉的黑棉襖脫下來，順手扔到北炕上。身上只剩下一件綠地紫花單布衫。山區婦女沒有帶乳罩的，兩隻失去約束的豐滿乳房，小山頭似的聳立著。她走近前來，伸出右手摸著他的臉頰，得意的笑道：「喂，大木匠，雙喜臨門：俺還給你攬了個大活呢。」

「啥大活？」他急忙問道。

「你上炕來，俺告訴你。」她瞥一眼睡在炕頭上的兩個兒子大寶和小寶，麻利地爬到炕梢上，仰面躺了下去。「咋，不想聽？」

「我在側耳細聽呢。大妹子，你快說，我聽得見。」

吃了近半個月的白飯，他早已閒得不耐煩了。聽說有活幹，恨不得馬上就走，但兩條腿仍然站在原地沒動。

「大架子。不想聽拉倒，算俺瞎操心！」她嘴一撇，閉上雙眼，一副生氣的樣子。過了一會兒，竟嘎聲嘎氣地罵了起來：「哼，喂不熟的『海南狗』！」

這是當地人對關裏人最為惡毒的咒罵。他絕想不到，這話是從畢仙口裏罵出來的。但他並沒有生氣。並非這些年挨罵已成習慣，而是覺得於心有愧。他理解她的滿腹尤怨。半個多月來，人家精心照料，冒險保護自己，堪稱情深誼長。這女人心地善良，但對自己的關懷照料，早已超過了「善良」的界限。她的需要，決不僅僅是像她自己表白的——「過過眼癮」，而是兩性相悅，肌膚之親。俗話說：拿了人家的手短，吃了人家的嘴短。連人家最起碼的「美意」，都拂逆不顧，實在說不過去。可是，再大的恩德，也不能用肌膚報答呀！後退一步，他坐到北炕沿上，想找個脫身之計。

「海南狗——沒良心！要走了，還……嗚嗚嗚……」女人一面罵著，抽抽答答地哭了。

「不應該傷這位善良而又勇敢的女人的心呀。」他在心裏叨念。既然上次，那麼久的挑逗都能抗拒，何必這麼怕呢？想到這裏，他脫鞋上了南炕，挨著她躺了下去。

「唉！哭啥呀？別哭嘛。我的好大妹子！」他低聲哀求。聽到女人的哭聲低了下去，他輕歎一聲：「大妹子，我上來啦，現在該告訴我了吧？」

她彷彿沒聽見他的話，許久沒開口。忽然，伸手拽滅電燈，拉過一條被子，蓋在兩人身上。沒等到他回過神來，雙手摟緊他的脖子，狂吻起來。一面哼哼唧唧地說道：

「沒良心的！張開嘴嘛，俺求你啦——唔……俺要，你的舌頭。」

他可不敢貿然伸出舌頭。情人反目，或者一方悔婚，咬掉舌頭甚至鼻子的新聞，他聽到過不止一次。況且自己結婚近二十年，妻子從來也沒「要過」自己的舌頭，偶爾親吻，也不過是像雞啄食似的，蹭蹭唇尖而已。把舌頭伸出來，讓別人含在嘴裏。他感到有幾分恐怖。

「小樣！你沉思什麼？羅漢身子兔子膽！不成，俺能給你咬一截去？」他的擔心，被一語道破。

此刻，女人已經伏上了他的身子，輕輕咬齧他的嘴唇。他相信，這個心地善良的女人，不會是咬舌頭的角色。他不忍心拂逆她的高興，猶豫著，慢慢張開了嘴。

突然，一個奇怪的念頭，浮上心頭：這女

人果真能給自己把舌頭「咬一截去」，豈不是天大的功德？像本隊的啞巴那樣，再也不用擔心禍從口出！一想到這裏，他索性將舌頭伸出來，聽憑她「處治」。

她熟練地把他的舌頭含進嘴裏。開始是輕柔的吸吐，既而是用力地吮咂。直到他的舌根被扯疼，她才降低了吮咂的強度。

安然無恙，他的舌頭又回到了自己嘴裏。擔心變成了沉思：原來，接吻還有這麼多的花樣，有如此奇異的感覺呀。不經不識，以前無論如何想不到。

女人的進一步動作，打亂了他的胡思亂想。她不僅麻利的脫光了自己的衣褲，又動手給他脫衣服。他急忙雙手阻攔：

「大妹子，你還沒給我說正事呢。」

「忙什麼？你就拿著掙錢的事兒急！一會兒告訴你，不就得啦。」她根本不加理睬，雙手麻利地繼續解他的扣子。

「不行，不行！你不說，我堅決不讓！快告訴我，你給我攬的『大活』是什麼？」

「嘿嘿，活兒是不小，怕的是你陶木匠幹不了呀。」

「別賣關子啦。我不相信，你們關東山還有難倒我陶木匠的活兒。」

「擺槽子的老賈頭，讓你給他做個一頭大，一頭小。」

「咦，那是啥活呢？」

「傻鼈子，連這也不懂？一頭大，一頭小，就是棺材唄。」

「咳，我是個細木匠。砍房架，打車棚，作扒犁，打壽器啥的，統統不在行呀。請你趕快辭了人家吧。」

「哼，俺就不信，出了名的好木匠，啥活都幹得那麼漂亮，會叫口破棺材難住！」

「可我從來沒做過呀。」

「不會照著葫蘆畫個瓢？再其一說，老賈頭還特別惹人喜歡吶。」

「那是為啥？」

「嗨，那老頭呀，人好，手巧，嘴巧。肚子裏那些『古』哇，三天三夜說不完。文革前，他那兩間破廈子裏，天天下黑擠破了門，不講到後半夜，別想撈著睡覺。那一年，宋寶媳婦，光顧聽『古』，差點兒拿乳頭子把個兩月的兒子堵死。那楊滿囤，聽得尿都捨不得出去撒，三九天尿了一褲襠。」

這話說的在理。他的木工歷史，充其量，不過半年多，哪件營生不是照著葫蘆畫瓢？量那區區壽器，難不倒自己。何況還有個令人感興趣的東家。如果不接這件活，還得繼續閒下去。手藝人，閒著兩隻手，就等於支起牙來。他的肚子不允許他充硬漢子。

沒等到他回答，畢仙又說道：「你要是不給老賈頭幹呀，會後悔一輩子的！」

「我不相信：一個會講古的老農民，有那麼多的魅力。」

「不信去瞧瞧，那可不是個一般的老農民。」

「好吧，讓我試試看。」

「這不就結啦。」她給他解開了褲帶。

「解吧，解吧。反正，脫光了你也拿它沒辦法！」心裏有把握，又擔心惹惱她，再次被罵作『海南狗』，他索性攤開雙手，聽憑她擺佈。

被窩裏出現了兩個赤條條的人。女人的兩手先在他的身上四處遊動。不一會兒，又伏在他的乳頭上吮咂起來。

大約在結婚三年之後，有一天，他聽到一個吻女人乳房的故事。到了晚上，他附身準備咂妻子的乳房。「又不是吃奶的孩子——不害羞！」他被狠狠罵了幾句，並立即被推開了。此後，從來再沒嘗試過。想不到，還有反過來，女人吮咂男人乳頭的新鮮事！更使他想不到的是，平塌塌的胸膛上，僅僅高粱粒大小的一個小肉疙瘩，竟然如此敏感與脆弱——被柔軟、濕潤的舌尖一舔，竟產生了異乎尋常地感覺。一股強勁的電流，向全身迅速擴散。不是有兩個孩子睡在身邊，他肯定會驚呼起來。

孩子睡得很熟，發出均勻的呼吸聲。簷頭的滴雨聲，反而越來越急驟。

一股熱潮，迅速在下體漫溢。那個往常最有信心的部位，彷彿服了興奮劑……他漸漸感到難以把持自己。而她的一隻手，又向另一個「險區」，遊動過來。

看來，她的決心已定，不繳械投降，決不會放過到手的獵物！

「不好！」他感覺防線要崩潰，不由暗叫一聲。猛地扭轉身子，雙手緊緊捂住了那個危險的部位。一面在心裏叨念：「必須立即走開，不然，今晚肯定要壞事！」

掙扎著爬起來，伸手摸衣服，他想穿上衣服逃走。反正，所謂反革命暴動案已經擱淺，他用不著像地老鼠似的躲在呂家不敢見人。可是，女人的兩隻胳臂，卻象鐵鉗似的緊緊鉗住了他……。

心急火燎，渾身無力。他只能低聲懇求：

「大妹子，大妹子，別，別，我求你啦！」

「不……是俺求你——俺求你嘛！」

他被按倒了，仰臥在炕上。一個柔軟潤滑的身體，緊緊壓住了他。小小的乳頭，再次落到了她的嘴裏……

五

盲流陶南玷污了有功於自己的房東。不，是淫蕩的「山裏紅」，佔有了亡命之徒「陶木匠」！

那可恨的，春雨連宵的長夜喲……

陶南本來以為，有了五年前那斷子絕孫的一刀，挖出了禍根，斷絕了孽緣，從此徹底忘卻兒女情，成為一個無其名，卻有其實的「閹人」，坐懷不亂的柳下惠。因為，自從被妙手利刃「成全」之後，床笫間事，只剩下對往事的回憶。京劇《蘇三起解》裏，銀須飄胸的崇公道，慨歎「心有餘而力不足」。自己正當盛年，不但早已「力不足」，連「心」也無「餘」了。妻子充分理解這一點，從來沒有任何怨言。

自己成為畸型者長達五年之久。今天晚上，怎麼忽然變成了正常男人呢？

捆綁在軛下，不斷承受著鞭子抽打的牛馬，恐怕顧不得「發情」；身陷囹圄，時刻等待受刑的牢囚，絕不會浮想男女間事。自己不正是軛下的牛馬，縲絏中的囚犯嗎？哪來的發情閒心呢？

不知被多少熱血賁張的婆娘，詛咒不止的絕育手術，竟是地地道道的蒙冤者。普天之下，蒙受冤案的豈止是人類，連區區一把小手術刀，也不得倖免！

倘若不是那聲勢浩大的絕育運動，倘若沒有那輕捷的一刀，來到呂家的當天晚上，他的防線就會崩潰。不幸，今天晚上，手術刀繳了械；自己也成了畢仙胯下任意驅馳的一匹走馬……

他正暗暗咒罵自己沒有控制能力，她已經熟練地坐到他的身上，像要將他的身子砘碎似的，猛抽猛搖……

他後悔莫及。為什麼不在危機來臨之前，毅然決然地將她掀下去，抽身而去呢？是軟弱的善心，延誤了果斷的行動。開始覺得，斷然拒絕，粗暴地推扯，實在對不起人家一片好心冒險回護、細心照料。現在一切都晚了，那個被驅趕上陣的「怒目金剛」，已經招架不住，一陣顫抖，變成了軟骨和尚……

這些年來，他深信不疑，不管頭上有多少罪名，犯罪者永遠不會是自己，而是那些誣良為盜的強權者。他要清清白白來到人間，清清白白告別人世。

可是，今天晚上，獸性吞噬了人性，潔身自好變成了無恥放浪。從今以後，自己真正成了不齒於人類的狗屎堆。一失足成千古恨！生平第一次，他有了沉重的負罪感。堪以驕傲的清白自守，從此煙消雲散。成了一名玷污有夫之婦的流氓，一個占人家便宜的惡棍！

他覺得，一米七八的高身材，頓時矬了一大截，變成了一名可憐的侏儒。

更為可怕的是，山裏人缺乏戒備之心。山裏紅的口風極鬆，說起褲襠裏的事，總是興趣盎然。萬一說溜了嘴，或者玩到興頭上，跟老相好走漏風聲，太上皇的小姆指輕輕一動，自已可就求生無路了……

他必須馬上離開呂家，並設法及早逃離豹子洞。

六

第二天一大早，女主人正忙活著給他做「最順口」的早餐，他挑起工具箱，準備去老賈家。畢仙又拉又拽，也沒能使他留下。

老賈頭名叫賈遠，家住蝙蝠洞北側，離呂家不過一里之遙。沿著一條羊腸小路，蜿蜒而下，不到十分鐘便到。在一條向東傾斜的土坡上，有兩間背依高崖、面臨大江的筒子房。房下十多米處，便是滔滔西去的渾江。周圍不見一個人，環境極其僻靜。只有一條小木船，拴在岸邊的木樁上。他不由想起「春潮帶雨晚來急，野渡無人舟自橫」的詩境。還沒進屋，他已經喜歡上了這個地方。

「喲，是陶師傅來了，快請屋裏坐。」可能是聽到了腳步聲，一位高個子老者從筒子房裏走了出來。客氣地往裏面禮讓。

陶南估計，此人就是老賈頭。只見他，細眉大眼，看上去年紀不過六旬。紫褐色的長方臉膛，眉心有一條清晰的「川」字紋，顯得深沉而富有智慧。與鬍子拉茬的山裏老人不同，他的兩撇濃黑的八字鬍，修剪得極其整齊，不由使人想起「紳士風度」這個詞。筒子房沒有間壁，一堵半截壁子，將鍋灶與火炕隔開來。陶南被禮讓進屋裏，剛在炕沿上坐下，老人便問道：

「陶師傅，您要過江去幹活？」老人用了

山溝人極少用的「您」字。

「賈大爺，呂二茂媳婦跟我說，您老人家想打口壽器。是嗎？」

老人高興地答道：「嘿，不瞞老弟，您一來到豹子洞，俺就打起了您這名木匠的主意。又怕您是細木匠，不肯幹這粗拉活，遲遲沒好意思開口。前幾天，偶爾跟畢仙聊起來，她說，您正在外隊幹活，等您回來，一定替我說說。看在老闞家的面子上您不會拒絕。想不到，她還真拿著當回子事呢。這麼說，您答應給我做嘍？」

「咋會不答應呢？不瞞您老人家，我還想儘早動手呢。」

「那敢情好。俗話說，七十三，八十四，閻王不叫自己去。老漢癡長七十二歲，明年就是第一個坎兒。說不定那剎兒，閻王爺的生死簿子就點著咱啦。您想呀，沒兒沒女的老孤拐，不自個兒早打譜，到了伸腿閉眼那一天，誰來管咱？」

「嘿，真看不出，您老人家有如此高壽，我還認為您至多是花甲之年呢。賈大爺，我今天就動手給你老人家做壽器，怎麼樣？」

「好，太好啦！陶師傅，您肯定還沒吃飯，請稍坐片刻，我去給您拿點吃的來。」老人剛走了幾步，又站下來，指著牆角上一摞木板說道：「不過，我的板料，可都是老榆木呀？」

他知道，這裏榆樹種類很多，有一種赤榆，木質之堅硬，賽過鐵木。俗語說：「幹柞濕柳，木匠見了就走！」只怕這老榆木，不亞於「幹柞濕柳」。這一回，恐怕碰上了一塊難啃的硬骨頭。

但他毫不猶豫的答道：「放心吧，賈大爺，我不怕出力。」

「哎，那就好，那就好！」

說罷，老人低頭出了屋子，來到江邊解開槽子，輕捷地跳上去，長篙一點，小船飄然離岸，向蝙蝠洞方向悠然蕩去。不一會兒，老人便轉回來了，帶回一塊用布片和苞米皮包裹的鮮肉。看大小，足有三四斤之多。

「喲，大爺，您從哪兒弄來的牛肉呀？」這年月，山村人家居然保存著鮮肉，讓陶南驚訝不已。

「陶師傅，八成您還沒吃過，這不是牛肉，是麅子肉——已經給您留了許久了。」老人把肉送到他的鼻子底下：「您聞聞，味道比牛肉還鮮呢。」

「哦，果然挺新鮮！還沒幹活，就叫大爺這麼破費，真不好意思。」

「不，這是一個月前我跟四隊一個社員聯手打的獵物，分文沒花。」老人點上一袋葉子煙，長吸一口，吐出長長的煙縷，感慨地說道：「多年沒交這好運啦。咳，一隻挺大的麅子呢，剝出了四五十斤肉。可，被那官兒伸手提走了一大半。剩下的，兩人一分，再分給鄉親們嘗嘗鮮，這不，就剩下這點啦。」

「大爺，您把這肉保存在哪兒，能夠一個多月不變味呢？」

「陶師傅，這秘密可只能告訴您一個人——蝙蝠洞裏有我的小倉庫。裏面還有鮮魚、鮮蛤蟆呢，都是給您預備的。那裏有個深洞，五黃六月，裏面還長著一層冰碴子，賽過城裏的冷庫哪。」

「不能叫外人偷了去嗎？」陶南想到了眼下遍及全國的饑荒。

「嘿，上面是懸崖，下面是深潭，沒有槽子靠不上去。」老人狡黠地咧嘴一笑。「再說，別人咋知道我的秘密呢！」

一面說著，老人動手預備早飯。不一會兒，一頓豐盛的早餐，擺上了小炕。老人的麻利程度，決不亞於一個能幹的家庭主婦。

吃著牛舌頭餅，就著炒酸菜，清燉麅子肉，陶南飽餐一頓。他覺得，這麅子肉，味道非同尋常：肉質象牛肉，但比牛肉細嫩；味道似驢肉，卻比驢肉更鮮美。

「賈大爺，不瞞您說，我已經三個多月不

知肉味啦。這麅子肉，味道好極啦！」

他故意把吃過「象肉」和半隻蛤蟆的事，隱而不言。以免被追問起來，沒法回答。

「唉！莊戶人家，如今不逢年過節，誰能嘗到肉味呀。」老人指指麅肉碗，「往後，這口菜別想再吃到——滿長白山，越來越難見到麅子的蹤影啦。」老人又朝西牆一指，「這張麅子皮，也要成為稀罕物啦。它防潮得很。我把它整治好啦，你走的時候帶上它。出門在外的人，不定睡到啥地方，用得著。」

此時，陶南方才注意到，炕稍上方的西牆上，釘著一張很象梅花鹿，但卻沒有梅花斑點的獸皮。原來那是一張麅子皮。

「不，我怎能……」他想說，「掠人之美」，卻改口道：「還是大爺自己留著用吧。」

「我？嘿，一步不挪窩，有熱炕頭呢。」老人近前指著麅子皮說道：「你可別輕看這張皮，論保暖隔濕，狗皮，羊皮，虎皮，狼皮，都不能比。鋪在雪地上睡一宿，下面的雪，不待化一點的！」

老人伸手到皮子上面掣下一根細毛，送到他眼前說道：「您仔細瞧瞧，這毛是空心的呢。」

那土褐色的細毛，竟然象蔥葉子似的，中間是管狀。每根毛裏面都有一個空氣囊，可能正是它特別保暖隔潮的原因吧？但他連忙搖頭：「無功受祿——那咋行？」

「自家人用不著客氣嘛。再說，幹完了活，您不就是『有功之臣』了嗎？」

「好吧，那就用它抵工錢。」

老人搖頭笑道：「頂啥工錢喲——從前麅子多，這東西並不貴重。不過，它也有缺點——毛太脆，壽命短點。」

說著麅皮，陶南已經在考慮如何完成眼前這件大工程。雖然幼年時在家鄉看到過出殯的，但並沒在意那使他產生恐懼、閃著紅光的大棺材是啥式樣，至於是多大的尺寸，更是不曾留心。離開家鄉近三十年，有時路過棺材鋪，從未近前看一眼。真得像畢仙說的，找只「葫蘆」看看，照著畫個瓢。不然，准會把裝死人的棺材，做成嫁閨女的大板櫃！

吃過早飯，陶南謊稱許久沒做過壽器，忘記了尺寸，需要看看當地壽器的樣子才好下手。老人立刻帶他去了楚勝家。楚家有一口棺材，原是趙魁爺爺的送終物，土改的時候改姓了楚。壽器的油漆已經暗淡，但做工很地道：拼縫、使膠、卯榫、淨面，規整細密，無可挑剔。尤其是棺材大頭的「團壽」和小頭的「出水芙蓉」，更顯出匠人的高超技術：不僅圖案精美，而且是極細的刀子活——浮雕。記得幼年時，在家鄉看人家出殯，彷彿見到過這種式樣的棺材。一問，果然是從關裏來的一位老木匠做的。

陶南深知，自己不但不是超天才，連舉一反三的低天才也算不上。充其量，智商中上而已。一個目不識「木」的知識份子，之所以一出山便象變魔術似的，變成了「名木匠」，無非得利於他的執著鑽研與認真操作。現在，面對同鄉前輩的精彩作品，他更不敢有絲毫馬虎。站在壽器前，他一面仔細觀察、丈量，一面暗暗下定決心，一定要超過老同鄉。要想超過人家，必須先把握准人家的長處。他不僅記下了各部分的尺寸，而且把「圓壽」和「荷花」的圖樣，也仔細描了下來。

回到江邊賈家，他正低頭在木料上放線，坐在一旁吸煙的老人突兀地問道：

「陶師傅，我冒昧地向您問個問題，可以嗎？」

陶南頭也沒抬，隨口答道：「大爺，您有啥問題，儘管問好啦。」

「請原諒老漢我多嘴，不過是隨便閒聊而已。」老人的一雙明目，直直地盯著他的雙手。「早先隱約聽到過，說您『不像個木匠』。您在楊老黏家幹活時，俺去看過，也沒在意。今天早晨，我可是看明白了，您果然不是幹這一行的出身！」

陶南不由渾身一顫。「砰」的一聲，手中的墨線扯斷了。他極力平靜地說道：「大爺，這話從何說起？我要不是幹這一行的，用得著跑來關東山，吃這碗苦力飯？」

「唉，這話……也許就不該問。」老人彷彿在自責。過了一會兒，他又試探著說道：「不過，不必擔心，你的秘密，跟旁人說不得，卻用不著瞞我老漢。」

「那是為什麼？」陶南的額頭上冒出了細汗。

「您的難言之隱，我能給你保密唄。」

「大爺，您把我說糊塗了。」

「唉，您不糊塗——是信不著老漢。」

「不，我真的不明白您所說的話，是啥意思。」他低頭接墨線，極力步步固守。

「意思明白得很——同病相憐。」

「賈大爺，您老的話，我不懂。」

「嘿嘿，有啥不懂的？咱們兩個，都是倒楣的外逃戶唄！」

一聲霹靂，在耳畔炸響！陶南的思想防線完全垮塌了。慌亂地問道：「什麼？賈大爺——您也是外逃戶？」

老人快步去到門口，四下裏張望了一陣子。轉回身低聲說道：「不過，這裏至今還沒有一個人知道，我是個外逃的地主分子呢。」

「簡直不可思議！這些年，運動連著運動，外調的人象走馬燈似的，轉個不停，您咋會隱瞞得住呢？」陶南放下墨斗子，來到老人身邊坐下來，想聽個究竟。

「有啥不可思議的？辦法巧拙不同而已。您不是也逃出來了嗎？而且還改名換姓呢！」

「大爺，這是從何說起？」陶南差一點被震倒。

老人輕歎一聲，笑道：「嘿嘿！您的名字就露出了破綻：『陶南』，不就是『逃難』的諧音嗎？要知道，平常人，絕不會取這麼個不吉利的名字。唉，老弟，您也太粗心啦！」

早在幼年時代，他就聽老人們說過，給人起名字，不能犯「小人語」。象：潘富笥（盼父死），王其寅（望妻淫），李可瓊（立刻窮），姚學翥（要學豬）等等，是絕對要避開的。怎麼到了給自己起名字的時候，竟然把人所共知的忌諱，忘得一乾二淨呢？

「您也不必太在意，在豹子洞，也許除了我，別人不會想到這一層。」老人竟然勸慰起來。

話說到這個份上，再隱瞞下去，不但無益，而且自外於坦誠相待的老人。陶南略顯遲疑地答道：「大爺說的對，我們彼此彼此：我是個『不齒於人類的狗屎堆』——右派分子！」

「咱一看就知道，你是個知識份子！」

「唉！本來沒上幾天學，卻自己討賤，苦掙苦熬，竟然念了四年大學。本想為社會主義建設出力，誰知躍身一變，成了『階級敵人』！」

「他們，咋就望著有知識的人，那麼害怕呢？」老人似在自語。「老弟，如果您願意聽，我就把壓在心底二十多年的秘密，統統告訴您。」

他肅然答道：「大爺，您老人家說吧。我不會漏出半個字去！」

接著，老人把自己的身世，原原本本告訴了陶南……

七

他的祖籍是山東萊陽縣。解放前，家裏有三十畝河岸肥田，雇著兩個長工，是小村最大的富戶。加之父親曾幹過一任保長，一九四七年夏天，「土改復查」運動一來，父親成了鬥爭的重點。被綁到場院上，跪方桌，站板凳腿，輪番棍打腳踢。全家男女老少十多口子，都被拉到會場上，跪在一旁「陪鬥」。一連三天鬥下來，半死不活的父親，除了承認剝削長工，再也交代不出像樣的「罪行」。人還長一聲短一聲地抖著氣，就被一條扁擔插上腰帶，抬到烏龍河邊，扔進了滾滾洪濤中。

當時他在外面教書，兩個兄弟在縣城開油坊，與村民並無多少接觸，但由於都是「吃剝削飯」長大的，身上有「原罪」，逃不脫應有的懲罰，都被打得遍體鱗傷。鬥爭會的第一天，七十歲的老娘，就嚇得上了吊。父親被洪水沖走之後，立刻宣佈「掃地出門」。不准回家拿一件衣服，帶一口吃的東西，一家人直接從會場上被趕走。而且不准去別處，那樣會玷污了純淨的解放區。只准朝南走，去二百裏外的國民黨統治區——青島，找他們的「靠山和救命恩人」——國民黨。一家人，哭哭啼啼，沿路乞討，相扶著前進。區區二百里路，成了一條漫長的死亡之路。等到矗天而立的嶗山群峰出現在視線之中，老婆和孩子以及兩個侄兒，相繼被霍亂奪去了生命。弟媳婦出去乞討，一去不回，聽說跟著一個老鰥夫逃命去了。只剩下他和弟弟兩人，好歹挨到了目的地。但是，「貧雇農團」叫他們投靠的「靠山和救命恩人」，不知在哪裏？

沒有人收留，沒有人施捨。弟兄二人走到哪裏，都有幾雙警惕的眼睛盯著他們。一天夜裏，他們捲縮在一家商店的屋簷下過夜，竟然被「靠山」當作「八路的密探」捉了起來。幾頓辣椒水，沒能把兩人灌成「密探」，他的胃卻落下了殘疾。不久，弟弟被國民黨抓了壯丁，從此下落不明。為了活命，他到碼頭上扛大包。身子虛，扛不動，央求給人家打掃碼頭，勉強活了下來。

一九四九年六月二日，青島解放了。想到兩年前在家鄉受到的棍棒教育，他不敢再待下去。靈機一動，冒名頂替本村賈遠的名字，來到了東北。早些年，這個與自己年齡彷彿的窮漢，餓得撐不住，跑到東北下了煤窯，一去杳無音訊。來到東北的第三年，這裏搞開了土改運動，發信去關裏調查他的階級。「護照」

發回來，他變成了響噹噹的「老貧農」，當上了極其清閒自在的擺渡人。冬天封凍，便到隊裏幫著喂豬。他利用山深河寬的地利，很快學會了捕魚和打獵。最好的收穫品，自然首先孝敬隊幹部。為了不斷得到「貢品」，他們睜一眼，閉一眼，沒人追問他走的是不是「資本主義道路」……

聽罷老人平靜的敘述，陶南許久沒吭聲。望著老人期待的眼光，他扼要講了自己的身世，和來東北的經過。

末了，他不解地問道：「賈大爺，就算我的名字有破綻，為什麼剛剛看完棺材回來，您就能肯定，我不是個幹木匠的呢？」

「這有啥難的？僅憑您拿筆的姿勢，一眼就看得出，你是個常拿筆桿的。您臨摹圖樣，又是那樣的熟練、漂亮，幹木匠的決沒有這些本事。」老人停下來，長歎一聲：「唉！這叫『貴相難更』！當年，我們弟兄剛到青島時，衣衫爛縷，賽過乞丐，為什麼會被當成八路軍的奸細抓起來？相貌不對號唄。多虧了後來的饑寒勞累，才使我這地主羔子，變得像個地道的勞動農民。來到這裏，方才沒有引起任何人的懷疑。」

「可我已經幹了八年體力活，勞動強度決不會亞於您。為什麼，被您老人家一眼就看穿了呢？」

老人沒加思考，笑著答道：「您長得太帥氣，但更重要的是你的作派和談吐。大概就是通常所說的氣質吧。您一開口，一行動，就露了相，咋看也不象個木匠！」

「可是，我是貧農的兒子，而且已經跟工人老大哥一起，改造了八年多呀！」他不解地連連搖頭。

「唉！墨水喝得多了，心眼也被迷糊住了。你處處表現得書生氣十足，卻自己感覺不到。這叫當局者迷。再其一說，如今誰見了有問題的，都生怕沾上反動氣，個個躲得遠遠的，您在工人堆裏待得時間再長，也學不來工人階級的作派呀。」

仔細想想的確如此。在工廠裏那麼多年，私下裏敢於跟自己接觸的人，實在了了可數。不由慨歎道：「看來，革命群眾說得對：只有脫胎換骨、重新作人，才能像個勞動人民！」

「談何容易！」老人語氣沉重，彷彿在自語。「古人云：唯大英雄能本色。可是，這些年，本色的人，剩下幾個沒遭殃的？你不就是上了「本色」的當嗎？如果當年會作假，何至於落得跟我一樣？如今，誰要是不弄張假皮，把自己嚴嚴實實地包裹起來，情好吧，倒楣鬼立刻來敲你的門。唉！不知等到何年何月，咱們炎黃子孫，才能個個活得像個人喲！」

「賈大爺，請您介紹一下經驗：我怎麼做，才能在這裏長期呆下去。好嗎？」他乞求地地望著老人。

「經驗談不到，體會倒是有一點。無非兩個字：敬與瞞。」老人緩緩解釋道，「敬，就是對誰都要彬彬有禮，連一隻狗，也不能得罪。瞞呢？就是剛才說的，時刻披緊假皮，把自己的真相，半點不漏地掩藏起來。我來到這裏二十多年，除了今天在你面前，從來不說『不但』、『而且』、『無非』、『所以』、『古人云』之類文謅謅的字眼，永遠是一口入鄉隨俗的大土話。所以，誰都想不到我曾經是個出色的教書先生，都把我當成了地道的鄉巴佬。可惜呀，您在這『瞞』字上，太欠火候，往後非下苦功夫不可。」

當天夜裏，兩人躺在半截炕上，熄燈夜話。初識勝故交，相見恨晚。千言萬語說不盡，直到遠處傳來雞啼聲，方才相傍睡去。

第二天早晨，他們正在吃早飯，畢仙風風火火地一步闖了進來，拍著炕沿，氣喘吁吁地嚷道：

「咳！你們還在細嚼慢嚥、拉閒呱呢——三隊又出大事啦！」

「啥大事？」兩人同時放下了飯碗。

「昨天夜裏啞巴家裏起了火，全燒光啦！」

兩人幾乎同聲問道：「啞巴呢——他沒事吧？」

「唉！啞巴剩得下？——燒成灰了！」

十、馬料大案

一

突然而來的壞消息，使陶南驚詫莫名，悲痛欲絕。自從蒙難以來，他一直痛恨自己幼稚無知不識時務，以至輕信蜜語，儻言招災。孰料，一個不會說話的啞巴，照樣能引火焚身！

「天底下的倒楣事，咋都讓好人攤上了呢？天道不公啊！」老賈頭神色淒然，仰天長歎。

「誰說不是呢，全豹子洞，哪個不說啞巴是個大好人。唉，可惜了的，看樣子他的年紀還不到四十歲，就這麼完啦！唉！」畢仙同樣連聲感歎。

「怎麼單單他家裏起火呢？」陶南想起了申貴的「補充名單」。

「咳，那還不容易？一個老爺們家，做飯拉拉撒撒，柴禾連著灶坑，灶坑連著柴禾，還有個不出事的？准成是前天下雨，抱進一大堆柴禾，堆放到灶門口，一個火星引著了。唉，那不燒個血虎的才怪呢。」畢仙搶著作了解釋。看來，這個狡黠有餘，而謀略不足的女人，把黑名單的事忘光了。

「只怕，……未必是粗心造成的。」陶南心中充滿了疑惑。

老人扭頭望著木匠：「陶師傅，走，咱們瞧瞧去！」

「不行，人家不讓看！」畢仙搖手阻攔，「民兵排長楚勝，領好幾個人在路口拿著槍站崗呢，誰也不准靠前。」

老人不解地問道：「那是為什麼？」

「中隊長吩咐，要保護好現場，等著派出所來人勘查吶。」

「哼！這二年，死個人不頂死只雞，埋掉完事。這一回，咋又認真起來了呢？」

老賈頭說罷，一屁股坐下去，裝上一袋煙，用力抽著，許久沒吭聲。木匠也摸起大鋸，「哧哧啦啦」低頭割了起來。畢仙有一搭無一搭地搭訕著，一面不住地向木匠使眼色。見他繼續拉鋸，裝做沒看見，狠狠剜了他兩眼，站起來悻悻地走了。

老人在一旁低頭吸煙，卻把一切看在眼裏。等畢仙走遠了之後，他試探地問道：

「老弟，您說過，曾經在這娘們家裏藏了半個多月，你覺得她的為人如何？」

「我覺得，」陶南猶疑地答道，「依我看，呂二茂兩口子，人品不錯。待我堪稱是一百成，無可挑剔。」

「哦？這麼說，老弟受惠不淺吶？知恩不報非君子，難道您連點表示也沒有？」

「一個逃難在外的人，有啥可表示的？無功受祿而已。」陶南覺得，自己的舌頭有些發梗。

「唔——是嗎？」老人嘴角浮著微笑，露出疑問的神色：「那女人怎麼突然變老實了呢？」

「……」木匠無言可對。

「恕老漢直言，那可是四溝八鄉，出了名的浪貨！老弟一表人才，正當盛年，她會不作非分之想？莫非……」

昨晚，掏心窩子的話，兩人說了半宿，可

謂肺腑盡傾。但與畢仙的糾葛，他沒有勇氣漏出一個字。既然又一次被老人一語點破，沉吟了一陣子，只得如實相告：

「唉，賈大爺！你不知道哇，我是個挨過手術刀的人，自信刀槍不入，是個廢貨。她頭幾次動手動腳，全都安然無恙。誰知，那女人辦法真多，最終也沒能逃出她的手心！」

「都是些啥辦法呢？」老人刨根問底。

「唉！一雙手厲害得很，嘴上的功夫，更是叫人難以招架——簡直是起死回生！」他狠狠吐了一口唾沫，「早知如此，寧肯被捉了去，也不去那是非之地避難。」

「不，老弟，你恰好找對了地方。那裏又偏僻，又嚴實。聽說，畢仙的公公，當年曾經多次藏過抗聯戰士，一次也沒出問題。再說，在豹子洞三隊，除了這個女人，連你的親戚在內，誰也沒有這份膽量——沒有人敢跟申大書記對著幹。」

「可，要是在別處，不至於被『征服』，以致留下終生的遺憾呀！」

「嘿，山溝裏的人，可不像咱們關裏，把鑽女人被窩看成大逆不道。不瞞老弟，剛來那幾年，我這老光棍也沒少風流過。她們送上門來，幹麼叫人家失望呢？那不是得罪人嘛！再說，當時身板還行，要想潔身自好也難以做到呀。老弟，您用不著吃那後悔藥！夫子曰：食、色，性也。飲食男女，乃是人之常情。老弟正當盛年，招架不住，乃是意料中事。況且，那怨不得你。我早就聽說，那女人的魔法了得。你大可不必自己找個十字架背上！」

「可，對不起人家當家的呀！」

「要說對不起，責任首先在女人。黑龍頭大隊，哪個不知道她的為人？可人家呂二茂不在乎，仍然拿著當心肝寶貝。老婆給他掙綠帽子，他自己心安理得，說不定還認為老婆有能耐呢。你何必跟自己過不去呢？」

「萬一讓申閻王知道了，豈不是要惹來麻煩？」

「不。那娘們是個機靈鬼，哪會傻到那份上？吃罷唐僧肉，扭頭罵和尚的事，她做不出來。今天，她來報告消息是假，約你去給她解饞才是她的真意。難道，你連那滴溜溜轉著勾魂攝魄的眼神，都沒看出來？」

「啊，啊。」他含糊應著，「唉！打不退的牛蒼蠅呦！」

「你要是從此不理不睬，會覺得欠人家的太多。她已經嘗到了甜頭，也不會就此甘休。不過，俗話說得好，瓦罐不離井沿破。要是來往得勤了，難免不傳到閻王爺的耳朵裏。別看他常常把相好的獻給上面來的人，那是投桃報李，為了給自己通關節、撈好處。倘若一旦得知，不經過他的同意，一個盲流跟他的老相好攪到了一起，可就是另一碼子事啦！唉，這可是個二難選擇呀！」

「賈大爺，我是鬼迷心竅啦！」他狠狠地跺腳，「這可咋辦哪？」

「咳，用不著自怨自艾，沒有過不去的火焰山。車到山前必有路，到時候，三隊的鄉親們決不會袖手旁觀。」

他無言以對，只有在心裏咒罵自己。

過了好一陣子，老人突兀地問道：「喂，陶師傅，您知道啞巴是幹啥的？」

「不是三隊的飼養員嗎？」

「您只知其一，不知其二——他是個吃了八年公糧的國家幹部！」

「啊？這不可能！一個不會說話的啞巴——」

「就像你不是木匠一樣，他也不是個啞巴！」

「什麼，他不是個啞巴？」陶南懷疑自己聽錯了，「大爺，那一定是有人吃飽了沒事幹，瞎猜疑。這木匠，貧農，軍人，乞丐，瘸腿，甚至神經病，都聽說有偽裝的。可沒有聽說，有裝啞巴的——絕對辦不到的事情嘛！」

「可，啞巴辦到了。」

二

陶南親眼見過，有人裝瘋的工夫十分了得。他工作的北海縣有一個副縣長，因為站錯了隊，被鬥得挺不住，跑回老家藏起來。被捉黑幫的人從他弟媳婦的大站櫥裏搜了出來。綁回來，罪加一等，打了個燕子不吃食。還沒等放出來，他便瘋得昏天黑地。大喊大叫，時哭時笑，床上拉屎，當眾撒尿，躺在水坑裏打滾，光著屁股抱著老婆滿街跑……出盡了瘋像。人人都說，這人徹底完了！誰知，不到半年，他支持的一派從「保皇派」成了「革命派」，掌了全縣的大權。他的「精神病」不但立刻徹底痊癒，而且「站起來」，進了「三結合」領導班子。由於他是極個別沒殺「回馬槍」的堅定左派，立刻當上了革委會副主任。不久，他的老婆便給他生下個大胖小子。細心的人掐指一算，那正是他瘋得最厲害的時候下的種……

可是，一個耳聰目明的人，要想裝啞巴，何其難哉！面對人們的言談，豈能做到「置若罔聞」？特別在被戳著腦袋，質問，指責，甚至誹謗，辱罵時，咋能做到心不為動，面無表情呢？簡直不可思議！

想到這裏，他頹喪地說道：「咳！我在求生不得的時候，何嘗沒想過這條『解脫』之路喲。可是，一想到自己最為缺乏的是做假和忍耐，立刻打消了那個極不現實的念頭。」

老人感慨地答道：「人性不同，各如其面。您做不到的，有人卻做到了。」

接著，老人告訴他，啞巴姓殷名志範，原是河北滄州某公社的黨委書記。運動初期，他被作為走資派，今天拉著東村批，明天牽著西村鬥。有一天，實在忍無可忍，忿忿喊道：「既然各單位的一把手，沒有一個好人，統統成了走資派，試問，他們是怎麼變壞的？難道他們敢於不遵照黨中央、毛主席的指示辦事？」這話，在善於上綱上線的革命派聽來，便成了遵照黨中央、毛主席指示辦事，才成了走資派。不用說，毛主席他老人家也是走資派啦！一言出口，駟馬難追。他自知失言，然而悔之晚矣！狗膽包天，居然誣蟣黨中央毛主席是走資派——何等倡狂與惡毒！就這樣，他用自己的喉嚨，給自己爭來三年徒刑，老婆與他劃清界線離了婚。入獄之後，他埋頭改造，不再說一句話。不管怎麼逼問，始終是沒嘴葫蘆。刑滿釋放時，要他表態感謝政府的勝利改造之恩，他憋得滿臉通紅，卻說不出一個字。原來，三年多不言不語，已經忘記該如何使用舌頭和聲帶。索性永遠不再開口，從此，變成了一個耳聰目明的啞巴！

老婆早已帶著孩子嫁了人，家，已經變成了別人的。他只得返回原籍。不料，父母經不住他突然入獄的打擊，早已相繼去世。兩個弟弟把他攔在街口，當眾大罵他反對毛主席，氣死了父母，是個罪該萬死、雷打不饒的孽子！罵完了，誰也不准「反革命」踏進自家的門檻。他無處安身，又無飯可吃，只得掉頭離開。一路乞討著來到關東，輾轉來到豹子洞，差一點凍死在雪窩裏，多虧被高有福老漢和周鐵柱搭救……

聽罷介紹，木匠既感歎又不解：「大爺，他既是啞巴，這些情況，您是怎麼知道的呢？」

「唉，他跟您一樣，讓老漢我看出了破綻唄。私下裏一問，他就竹筒倒豆子，把不幸的往事，用手指頭蘸著清水，統統寫給我看了。唉！這已經是三年前的事情嘍。」

陶南打破沙鍋問到底：「賈大爺，您從我的名字發現了疑點，又從我的臨摹作出了判斷，方才懷疑起我的身份。啞巴呢？既不說，又不寫。而且，不論怎麼看，都是一副農民相。他的『破綻』，又是從何而來呢？」

「咳，這也不難。許多事都逃不出『靜觀默察』四個字。啞巴待人接物，總帶著幾分斯文氣。尤其是，沒人在場的時候，常常朝著糊牆的舊報紙或者牆上的殺人佈告，偷偷瞄幾眼。他第一次來我這裏，面對遠山近樹，高崖碧潭，貪婪地看了許久，嘴唇翕動，彷彿在吟詩。你想，一個鄉巴佬，哪個有如此的閒情逸致？只有讀書人，方才有迷戀山水風光的雅興。當時我就斷定，這『啞巴』是個假貨。我用話一詐，他果然吐了實話。」

「大爺，我真佩服您老人家的眼力！」

「您的眼力也不差。只是不太善於偽裝而已。」

「唉！江山易改，本性難移。我這粗心的毛病，不知吃了多少苦頭，可是改不掉！」

「改不掉也要改。不然，不定啥時候就露了本相。古人云：『防患於未然』。您受過高等教育，這些道理比我明白。」

「唉，明白跟做好，差之千里呀！」他只有自怨自艾。

老人對他進行安慰：「只要時刻不忘記自己是幹啥的，就不會出大差池。我在這裏呆了二十多年，不是照樣平安無事嗎？」

「大爺，您說，這偏僻山溝裏，哪來這麼多走投無路的人呢？」

「俗話說：無極奈何下關東。這裏的鄉親，百分之九十以上是關裏逃荒來的。每個人都有一本說得出或者說不出口的『苦難經』。由於同病相憐，這裏的人對於外來戶從不歧視。從前，這兒雖不敢說多麼富庶，可來幾口子人，吃上個半年三個月的，誰也不在乎。於是，便成了受難者投奔的樂園。其實，不光我們這裏，關東山那裏都是這樣，越是偏僻的地方，待人越熱情，逃去的人也就越多。」

吃罷早飯，老人約木匠一起去啞巴家，看看到底燒成了啥模樣。陶南不願過多的拋頭露面，謝絕了老人的邀請，留在賈家繼續幹活。

不到半個鐘頭，老人便回來了。一進門，忿然說道：「啞巴的房頂都燒塌了，人，自然活不成！哼，派出所來電話，說：不需來人看，隊裏自己處理就行。這才撤了崗，讓人靠前觀看。扒開灰燼，啞巴燒成了一塊黑炭。找來條麻袋盛了，在房後山坡上挖個坑，埋了！」

「唉！」陶南連連頓腳，「既然耳朵沒毛病，他睡覺怎麼那麼死，竟然連一點響聲都沒聽到呢？」

「拾掇個人還不容易？」老人近前附耳說道：「我估計，啞巴是被鎖在屋裏跑不掉，才被燒死的。」說罷，老人一屁股坐到了木墩上。

兩人許久沒吱聲。只有「嘩啦嘩啦」的江水聲，打破這令人窒息的寂靜。

老人低頭抽了一陣子煙，忽然抬頭說道：「哼，三隊還有新聞呢！」

「啊？」驚弓之鳥停下了手中的活計，探詢地望著老人。

「昨兒晚上，飼養室丟了馬料——四十多斤大豆！」

「不是有民兵值班嗎？」

「值班的出去巡邏，不大的工夫，就出了事。嘿嘿，這一回，三隊又有好熱鬧瞧嘍！」

三

四十斤大豆被盜，是個啥樣的案子呢？

在往常，不要說一個生產隊，就是一戶人家，區區四十斤大豆，也是一件值不得大驚小怪的事。長白山區一帶，看似山高樹密石頭多，土地脊薄。其實山多坡溝就多，腐殖質極其豐富，土地肥沃得很。加之人口稀少，人均土地比別處多得多。正是這得天獨厚的優越條件，養成了關東人耕種粗放的習慣，不象關裏農民惜土如金。但由於土地肥沃，這裏單產並不比關裏差。每到秋風送爽的季節，嶺坡溝塘，到處是映金耀丹的喜人莊稼。正象《流亡三步曲》所唱的：「滿山遍野的大豆高粱」。豹子洞不過是一條五裏長的深溝，僅大豆一項，就年產幾百擔。豆棵齊腰深，豆莢象扁豆，個大粒圓，酷似關裏的豌豆。高粱穗子像火紅的葫蘆頭，十年九豐收。後來改種玉米，照樣「認地茬」：秸高賽過高粱，子粒飽滿，玉米棒賽過棒槌。不論發麵，貼餅子，還是煮各種餷子飯，清香撲鼻，金黃耀眼。

當年，每到封江之前，放排人便將收來的木材，紮成一個個木排，準備向下游漂放。山民便將倉子盛不下的大豆，高粱，玉米，交給木排「捎腳」外運。砍柴打兔子兩不誤，放排人樂得白賺一層「外快」。木排順流而下，出渾江，入鴨綠江，到達安東泊岸。然後，卸排、拆排，木頭、糧食一起賣掉。背上大洋錢或者老頭票，「起旱」返回。延續上百年，年年如此。山溝進項多，耗錢的地方少，農民手裏的零用錢花不完。掂著沉甸甸的錢袋，許多人升到了雲端裏。錢袋孕出了鬼魅，漸漸地，偏僻的山溝，隨處可見徹夜不歸的四鬼：賭鬼，色鬼，大煙鬼，以及東倒西歪的醉鬼。

共產黨來了之後，賭鬼，大煙鬼銷聲匿跡。自從「一大二公」的人民公社成立以來，醉鬼也不見蹤影。被譽為「長青藤」、「向陽花」的人民公社，是對馬克思列寧主義的偉大發展。它不但能夠帶領全體農民，「跑步進入共產主義」，而且「開天闢地第一回」，把廣大農民帶到了連做夢都不敢想像的幸福樂園——軍事共產主義。公共食堂大鐵鍋裏的豐富食品，使社員們一個個飽嗝連連，滾圓的肚子掂得老高，以「一不怕苦，二不怕死」的衝天幹勁，投入了「超英趕美」的大煉鋼鐵運動中。儘管，社員們一再被告知，從此將告別高粱米，大餷子飯，破棉襖，膠皮靰鞡，只等著喝牛奶，吃麵包，穿呢絨，著綢緞，但他們仍然禁不住豐收果實的誘惑。看著滿山的莊稼無人收，一個個攥得手心出熱汗。無奈，催促出工的鐘聲，只在高爐邊轟響，到口的糧食，誰也無暇顧及。反正會有麵包牛肉吃，讓它們爛在地裏變肥料吧！

不幸，報捷的鑼鼓聲還在耳邊迴響，「皇

帝的新衣」，便被許多人識破。聰明反被聰明誤，以彭德懷為首的幾百萬「明白人」，被拔了白旗，成了「右傾機會主義分子」！「跑步進入共產主義」的絆腳石，被一腳踢開，「大躍進」的步伐更加歡快。紅旗高舉，衛星滿天：地瓜一顆五百斤，小麥畝產十二萬斤，水稻畝產二十萬斤，麥穗上坐著小孩，花生殼當船劃，拖拉機載不動一頭肥豬……

毛澤東正在發愁，「糧食吃不完怎麼辦？」天空中傳來了餓死鬼的哭嚎聲。原來，八億人民，不是被領著「大躍進」，而是被牽著「跑步進入」了枉死城！

由於從各家各戶收集起來的有限糧食，禁不住富有彈性的皮囊，一天三時拼命往裏裝。只打了短短幾個月的飽嗝，供應由多而少，稀飯由稠而稀，夢中的牛奶麵包，變成了大鍋稀湯水。公共食堂管理員，無計勸退端著空碗哀號的一張張黃臉，又不敢關門熄火。只得拼命往鍋里加糟糠和野菜，以保護「向陽花」們的健康發展。等到准許回到個人家裏做飯，只能用水桶、瓦盆等，煮他們的無米之炊。因為每家的鐵鍋，鐵勺等，早已進了小高爐，化成了報捷的「鋼鐵」，為「超英趕美」，做出了應有的貢獻。

世間最大的悲劇，莫過於信徒被騙！於是，保住面子的謊言，嫁禍於人的絕招，統統使了出來。無奈，封住了明眼人的嘴巴，卻驅除不開百姓身上的浮腫、塗滿臉頰的菜色。不久，人均口糧降到了每天三兩，而且是含水分極高的濕苞米……

顆粒成金，人人望著食物流涎水。豹子洞三隊飼養室，竟一次被盜去大豆四十斤！

四十斤大豆，整整四百兩，一百三四十名社員一天的口糧呀！難怪，申貴既驚且恨，暴跳如雷。不但當成一件大案來抓，而且認定是豹子的洞階級鬥爭新動向！

今天，他親自招開緊急會議，命令民兵排長楚勝和基幹民兵王敢先、丁二星，連夜行動，務必破案。

「你們決不能把它僅僅看成是一件盜竊案，這可是個嚴重的政治問題。隊裏的飼料豆子，統共不過一百多斤，一傢伙盜去了三分之一！了得嗎？春耕春種已經開始。沒有精飼料，豈不是打算吃牲口肉？足見，這是破壞『抓革命，促生產』，破壞農業學大寨的大是大非問題！」申貴將手中的煙捲蒂巴狠狠揉滅。壓低了聲音，繼續訓話：「媽拉個巴子的！組織反革命集團的罪惡陰謀沒有得逞，又回過頭來，破壞『抓革命，促生產』。這就是階級鬥爭的不可避免性：說明三隊的階級敵人，不但沒有接受教訓，而且越來越倡狂！因此，我們要把打擊階級敵人的倡狂進攻，作為壓倒一切的中心任務。限你們兩天之內，必須給我破案！」

楚勝怯怯地問道：「申隊長，您看，該先從哪兒入手呢？」

申貴胸有成竹地答道：「自然先從對黨有仇恨的人身上入手。不過，我估計，咱們隊的『黑五類』，可能性不大。他們老的老，殘的殘，就是有那份賊膽，也沒有那份力氣。我估計，最大的嫌疑犯，還是那幾個反黨分子，特別是那些還沒來得及受到「修理」的傢伙。他們人還在，心不死。他們沒有從政治方面達到目的，自然要迂回作戰，轉而從經濟方面下手。因此，我們要先從他們身上入手：突擊搜查。隊裏已經一年多沒發過大豆啦。只要從他們家裏搜出一個豆粒，抓起來審問絕對沒錯！行動要迅速，給他個措手不及。同志們，到了黨考驗你們的時候了。哪個表現得好，我決不會忘記給他好處。楚勝不就是火線入的黨嗎！都聽明白了沒有？好！馬上行動：楚勝掛帥，全面負責。每家的搜查情況，隨時向我彙報！」

「申隊長，趙魁和滿倉，現在還不能利索地走路，大概不可能……」丁二星猶疑地說道。

「那就把這兩家往後放放。」

得到上司的明確指示，楚勝立即帶領兩名助手，投入了抄家戰鬥。他們先從劉漢家開始，依次搜查周鐵柱，邱菊花家。凡是進過公社學習班和被寫上申貴「敵情本」的人，一戶不拉，細搜細查。

可是，三個基幹民兵花費了大半個上午，不要說贓物，連個豆粒的影子都沒見到。奉命唯謹的楚勝，害怕沒法交差，決定自主行動，連楊滿倉和趙魁家，也像蓖頭髮似地蓖了一遍。不幸，依然毫無所獲。

申隊長親自部署的第一階段戰役，以失敗告終。

垂頭喪氣的民兵排長，將「戰果」一彙報，申貴從炕頭上坐起來，厲聲呵斥道：

「一群廢貨！你們是不是搜得太馬虎？」

「咋會呢……搜得夠細詳的。」楚勝囁嚅地答道。「箱子，櫃子，倉子，頂棚，針線笸籮，碗架櫃，一處沒拉下。」

「這就怪了！媽拉個巴子的！這二年，偷大田裏的莊稼，咱們管不過來，可沒哪個敢打飼料的主意。除了那幾個壞傢伙，誰有這麼大的賊膽呢？」

「是呢，俺們也是這麼想。怎麼會一點證據搜不到呢？」見支部書記皺眉不語，楚勝又試探地問道，「要不，來個撒大網，全三隊一戶不拉，挨家搜查！」

「什麼？一戶不拉？好嘛！連咱們自己，你家，我家，豈不是都成了懷疑對象？亂彈琴！」申貴抽出一支幹部煙，遞給楚勝。「你坐下，咱們好好研究，研究。」

兩人正在「研究」，社員王常媳婦，吵吵嚷嚷來到申貴家。在院子裏高聲嚷嚷著，往屋裏走。

「申隊長呀，這一回，你可得給俺們管一管啦：平白無故，拿著別人的東西，跟自個的似的，捉來就宰，禿露了毛就逮（吃）。您說說，這哪兒還有王法呀？」

申貴皺眉怒斥：「嘿，這裏在忙正事，你瞎叨叨啥呀？」

「咳，俺的好申隊長呀。俺總共是四隻鴨子。昨兒早晨，好好兒的，排成一溜下了河。傍下黑回來就剩下兩隻啦。准成是教那……」

「得啦，得啦！不就是丟了兩隻鴨子嗎？值得大驚小怪、驢叫豬嚎的？要是連這種雞毛蒜皮的事，都來給支部添麻煩，正經事我們還幹不幹？嗯？」

「申隊長，那可是兩隻勤快鴨子呀：一天一個大蛋。有時候，兩天還能撿仨呢。俺們家統共才四隻鴨子，前天俺就撿了五個大蛋。這可不是……」

「你嚷啥呀？去，去，我管你撿幾個！這兒有一件大案子，還八字不見一撇呢。你下的蛋再大，也不關我們的事。我們沒有那些閒功夫！」

「申隊長，看你這話說的！俺可不會下蛋，俺是說俺的鴨子下的蛋大！」女人近前壓低了聲音：「申隊長，俺的案子省事呀，用不著你們費心費力地去調查——俺自己已經破啦。你叫他們給俺們賠鴨子就行啦。哼！得給俺們賠好的，下蛋不勤快的，俺可不要！」

「什麼？你自己破了案？是誰幹的？」申貴來了興趣。

「就是那幫子知青唄！」

「王常媳婦，上面對知青可是有優惠政策，誣蠛知青是要犯錯誤的。懂嗎？」

「俺可不敢無緣無故誣蠛誰。上級再優惠他們，也不能愛偷就偷，愛摸就摸，由著性兒作踐人呀！」

「你有什麼根據，是知青偷了你的鴨子？」

「嘿，鴨子骨頭，鴨子毛，都在他們的圈坑裏，能冤枉了他們？」

「難道，光你們家裏養鴨子？」

「俺那鴨子的毛色，跟旁人家的不一樣：純白色，是北京種，俺從娘家弄來的。咱隊獨一份，俺認不差！」

申貴沉默了好一陣子。忽然抬起頭，三角眉一仰，和氣地說道：「王常媳婦，你先回去，我們會給你解決的！」

「俺和孩子他爹，一塊謝謝申隊長啦。謝謝，謝謝！」

女人千恩萬謝地走了。楚勝不解地問道：「申隊長，你不是說，咱們沒功夫管那些雞毛蒜皮的事嗎？」

「不！」申貴輕蔑地望著自己的親信。「王常媳婦立了一功，她這一狀，告到了點子上！」

「啥點子呢？」楚勝瞪大了雙眼。

「我說你有心無肝不是？她這一告，提醒了我，咱們忽略了一個重要情況：前幾天知青點上來了那麼多人，他們又是吃，又是喝。鴨子很可能是被他們偷吃了。」

「吃就吃了唄，關咱啥事？」

「蠢貨！」申貴伸出右手指點著，「他們鬧哄了一天大半宿，會光吃兩隻鴨子？菜呢？肉呢？酒呢？聽說割了三斤肉，還買了雞蛋啥的，光酒就喝了五六斤。平常日，他們個個窮得唉哼，買不起煙捲，抽蔴杆兒，怎麼忽然有錢打酒買肉？你敢說，不是偷了馬料換來的？」

「對對——申隊長英明！」楚勝一拍大腿站了起來。「不用問，馬料准是他們偷的！媽的，城裏的那些壞貨，咋都派到咱們隊來了呢！」

「哼，你認為，別處的知青，就有幾個好東西？」申貴狠罵一句，繼續按照原先的思路說下去：「媽拉個巴子的！這幫子害群之馬，一點也沒有從馬繼革、樸合作身上接受教訓。去，馬上給我搜查知青點！」

「可是，那幫子傢伙，不好惹呀！」楚勝站起來，又坐了下去。「再說，他們真的拿大豆換了酒肉，搜查也是白搭呀？咱們搜不出來好說，要是他們不算完事，可咋辦呢？」

「哼！別忘了，這是共產黨的天下！有強

大的無產階級專政，還怕狗日的造反？別怕，天塌下來，有我頂著——快領著人去搜！」

「他們個個賽瘋狗，我真的是打怵跟他們糾纏。」楚勝磨蹭著不想走。

「楚勝呀，楚勝！前一階段你表現得不錯，我才給你請功，叫你入黨。怎麼，中途妥協啦？別忘了，這正是黨考驗你的時候。處處怕字當頭，象個優秀黨員的作派嗎？莫非，連民兵排長也不想幹啦？」見部下低頭不語，申貴繼續教訓：「這麼辦：你一個人先去知青點溜一圈，裝著去玩。看看圈坑裏有沒有白鴨子毛和鴨子骨頭啥的？第一條落實了，再留心觀察，有沒有大豆的痕跡。只要抓住這兩條把柄，咱們手裏有粗鞭子，不怕野牲口咬人！」

見楚勝仍然腳下猶疑，他虎起臉申斥道：「媽拉個巴子的，死狗撮不了牆上！堂堂五尺漢子，咋就長著個兔子膽呢？不成他們能把你的屌頭子咬下一截來？去！只要你把情況摸回來，用不著你去招惹他們。偉大領袖毛主席教導我們說：『要文鬥，不要武鬥』。這一回，咱們不跟他槍對槍，刀對刀，我自有收拾他們的錦囊妙計。」

楚勝雖然參不透申貴話中的玄機，但想到領導能夠把最高指示「落實在行動上，溶化在血液中」，他的吩咐肯定正確無疑，立刻精神抖擻地遵命而去。

四

大半個鐘頭後，楚勝笑咪咪地回來了。他不但親眼看到了王常媳婦提供的證據，還假裝「方便」，從圈坑裏取回一簇鴨子毛和兩快鴨子骨頭。

「咳，最重要的證據，不是雞巴鴨子毛，而是大豆呀！」申貴不滿地搖頭。

楚勝低頭答道：「大豆，沒找到呢。」

「咋？一點跡象也沒有？」

「嗯。」楚勝臉上的笑容消失了。「我，

我連他們的碗架櫃都看了，哪兒也不見大豆的影子。」

「好哇，幹得蠻漂亮吶！」

「是，是。俺辜負了領導對俺的信任。」楚勝驚恐地望著上司。

「別慌，我是說的那些混小子。」申貴忽然一拍大腿，露出滿嘴黃牙：「咦，我有了更妙的計策。去，給我把知青辛永紅叫來。」

「是。」楚勝轉身往外走。

「慢著。」申貴把他喊回來，低聲叮囑道：「社員都出工了，她不會一個人呆在家裏。叫她今天晚上，悄悄到鐵匠爐去。我要跟她作重要談話。事關重大，叫她嚴格保密，誰都不准告訴。到時候，你們三個，不，就你自己，在四周巡邏，任何人不准靠近鐵匠爐一步。聽明白了嗎？」

「聽明白了。」楚勝應一聲，立刻遵命而去。

辛永紅，回族人，原來有一個純潔光亮的名字——白豔。文革初期，大刮改名風，凡是與封、資、修，以及「四舊」沾邊，或者缺乏革命精神的字眼，如果不趕快改掉，革命的堅定性和「一顆紅心永向黨」的血誠，便要大打折扣。「白豔」這名字，既白，還爭豔，自然首當其衝。她痛恨投錯了胎，跟著老子姓了「白」！在這「紅」字意味著光榮與革命的年月，自家偏偏姓了白，真是倒了八輩子的大黴！讓人一喊到名字，她就怵然一驚，覺得矮了半截子，似乎成了革命的對象，走白專道路的典型代表。多虧沒姓黑，不然，頭頂冠上一個「黑」字，更不知要窩囊幾輩子！於是，她率先改名——心永紅。想想不對勁，沒聽說有人姓「心」，只得降格以求，用了個諧音——辛。從此，白豔成了辛永紅。她覺得渾身上下紅彤彤，一派革命朝氣。再加上左臂上閃耀著灼目紅光的造反袖標，真正是裏裏外外一片紅！

三年前，她來到豹子洞三隊。歡迎知青的

鑼鼓聲餘韻甫歇，她第一個遞交了入黨申請書，「請黨組織，在風口浪尖上考驗自己」。在大田裏幹活，她不叫苦，不喊累。手上打起了血泡，偷偷跑到一邊抹眼淚，不讓別人看到。儘管她鋤倒的苗比鋤去的草多得多，但社員都說，這姑娘能伏下身子吃苦，不易。來到不久，一張白白胖胖的銀盆臉，成了一塊紫紅色的高粱餅子；十指尖尖的雙手，也長出了老繭。

不幸，臉上的紅色在步步加深，「永紅」的決心，卻一天天褪色。不到半年，她成了九名知青中有名的懶饞鬼。好在她並不在乎人們當面喊她「雙鬼」。哼！狐狸吃不到葡萄，便說葡萄是酸的！你們想饞想懶，做得到嗎？氣話裏蘊含著真理。家裏不斷有大包小包的食品寄來，足可讓她解饞。她的口袋裏，也不乏填滿饑腸的糧票和現金。只是，為了享受這些令人垂涎欲滴的美味，卻很使她傷腦筋：身旁始終閃動著虎視眈眈的貪婪目光。只要當眾打開那個帶鎖的木匣子，七八雙手，打著哈哈，一齊往前伸，眨眼之間，風捲殘雲！望著空空的木匣子，饞蟲兒依舊在肚子裏衝撞！無奈，她只能象野兔似的，躲到山坡樹叢中，偷偷享用木匣子裏的珍藏。她無法憐憫那些乾咽唾沫的喉嚨。但有一個人是例外，那就是心儀已久、將軍的孫子馬繼革。便暗暗約他一個人出去共用。馬繼革對白姑娘的「醉翁之意」，心知肚明，但為了解饞充饑，卻佯裝不知，有邀必至。饑寒起盜心，何況這是不求之賜。直到她露骨的表白和大膽的親昵，使他口裏嚼著的香甜點心，變了味道時，終於狠下心，拒絕出席林中盛宴。他寧肯饞得咽唾沫，也不願意跟一個庸俗的肥妮子，衝破友誼的壁壘。

遭到冷落的白豔，只得一個人面山獨享。在集體生活中，「吃獨食」的人，人緣絕對好不了。挨餓最少的白姑娘卻常常鬧病，今天「肚子疼」，明天「特殊情況」，想方設法不出工。可惜的是，她的理由再充分，瞞不過隊長的銳利目光。由於弄不清她的家庭真相，申貴雖然滿腔憤怒，雙手仍被敬畏緊緊縛住。正當他忍無可忍，打算對這位「雙鬼」，撓上一鉤子時，轟響的大卡車開來了。握在他的大手裏的「鉤子」，立刻變成了細瓷酒杯——向白豔的老子致謝——辛永紅逼近眼前的厄運，立即化為吉祥。

「學好數理化，不如有個好爸爸！」辛永紅的好運，正應在這句人所共知的俗話上。儘管知青們仍然稱她白豔，她的老子，卻是省城一位鴻運正旺的廳局級幹部。眼下，雖然「廳局級」跟普通幹部一樣，不過是「五七戰士」、甚至「死不改悔的走資派」的同義語。她的老子可是萬里挑一的幸運兒——省革委常委。是他送來的一卡車紅瓦，使申貴家的草房一夜之間泛出了耀眼的紅光。從此，白豔跟紅光輝耀的紅房頂一起，再次「永紅」起來。毛澤東思想學習班裏，閃動著她的俏身影；活學活用毛主席著作講用會上，回蕩著她清脆動人的「講用體會」。她的工作也得到了調整，幹上了僅次於小隊會計的記工員。從此可以走東組，串西組，四處「記工分」……

「申隊長，真對不起，我來晚了。」一進鐵匠爐，白豔便忙不迭地致歉。

「怎麼回事？讓我等了這麼久？」申貴臉色不悅。

「他們要打撲克，湊不夠手，非要拉上我。我怕他們知道是你要跟我談話，只得陪他們打了兩把。」

「跟我談話怕什麼？作為一隊的領導，我找誰談話不可以？」

「楚勝告訴俺說，是你吩咐的，一定要保密呢。」

「咳，那是指談話的內容要保密！」

「對不起，我理解錯了。」

「沒什麼，坐下吧。」

申貴寬容地一笑。指指已經燒熱的炕頭，伸手拉著她的胳膊，讓她挨著自己坐下。望著姑娘日益泛白的粉臉，他莫測高深地問道：

「辛永紅，你知道我叫你來幹啥嗎？」

「不知道呀。」

「有好消息告訴你。」

「好消息？莫非上面批下了返城名額，您想照顧俺一個？」

「一旦有了名額，我自然首先會想到你。這事，比返城重要得多！」申貴故意加重了語氣。

「俺不信，還有比返城更重要的事。」見申貴雙眼盯著自己，抿嘴不語，她推他一把，催促道：「快說嘛，那是啥呢？」

「我們研究了你的入黨申請。」

「啊？研究了我的入黨申請？」

她早把一來到三隊便遞交了入黨申請書那件大事，忘了個精光。那是他父親捉刀起草、並要她立即上交的。眼下，她最感興趣的是返城，而不是入黨。她早就為父親可笑的錯誤決策嗤之以鼻；對剛來時的「賣傻」，後悔莫及。哼！一旦在農村入了黨，成了「紮根農村」的先進典型，再給個團支書，婦女主任，或者委員、代表啥的，想離開這「廣闊天地」，更是難上加難了。

見她表情冷漠，申貴頗感意外地問道：

「怎麼？你不高興？」

「咋會不高興呢？謝謝支書啦！」她嫣然一笑，語氣顯得很誠懇。

申貴擔任了十多年大隊總支書記，聽慣了人們稱他「申書記」。官降一級來到三隊，一聽人們喊他支書就煩，覺得那是故意揭他的瘡疤。現在忽然聽到白豔喊他支書，不由皺眉說道：「往後不要這麼稱呼，稱我隊長就是。」

「噢，那俺們謝謝申隊長啦。」

「用不著謝。你好好表現就行。只要能入上黨，往後，有啥好事，頭一份就少不了你！前一陣子，你的表現，很使我滿意。實話告訴你，經過我長期的觀察，你離黨員標準，只有半步之差了。只要再努一把力，希望就在眼前：繼楚勝之後，三隊下一個光榮的共產黨員，別人撈不到，肯定是你辛永紅的！」

既然入黨以後，不論有啥好事自己都能占頭一份，那麼回城，這件人人嚮往的好事，同樣少不了她姓辛的。她放心了。望著一直注視自己的恩人，無比感激地答道：

「申隊長，您對俺的親切關懷，俺牢記心頭。往後，俺一定努力爭取！」

辛永紅雖然不乏說謊的本領，但她此刻所說的，確是真情實話。她決不會想到，申貴給自己帶來希望的一席話，竟是一派謊言。因為三隊黨支部，壓根沒研究她的入黨問題。

看到必要的鋪墊已經完成，談話已經取得了預期的效果，申貴慢慢向主題靠攏。她深情地盯著姑娘，問道：「今天上午，支部開了個會。除了研究你的入黨問題，你猜猜，還研究了什麼重要問題？」

她搖搖頭：「支部工作那麼多，俺咋能猜著呢。」

「不對，一個要求政治上進步的青年，應該猜得到。毛澤東思想都學的不錯嘛，咋會看不到眼皮子底下的壞人壞事，以及階級鬥爭的新動向呢？」

「申隊長，您所說的『壞人壞事』，是不是指的俺們知青點聚會的事？」

申貴猛地一擊掌：「辛永紅，你不愧是個學習毛主席著作積極分子，政治嗅覺果然靈敏！」

「不過，那天，俺從頭至尾都在場，可沒聽到一句反動言論呀。」

「那麼多人，聚在一起，『黑五類』子弟占了一大半子，整整混鬧了一天半夜，能不說出幾句反黨、反無產階級司令部的黑話？怎麼可能呢？」

「俺不是不說，俺真的沒聽到。」她臉上的笑容消失了。「那天，馬福溝、臭鹿溝，總共來了十來個知青。他們聽說馬繼革和樸合作放出來了，特地跑來祝賀。樸合作回了城，他們沒見著。馬繼革好象有顧慮，學習班上的事，一句也不肯說，問急了，蒙上被子大哭起來。喝酒的時候，才好歹把他勸起來。」

申貴掉轉話頭，突兀地問道：「知道嗎，你們吃的酒菜，是從哪兒來的？」

「買的唄。」

「我還不知道是買的！我是說，錢從哪兒來的？」

「錢嘛，往常聚會都是大家湊，這次好象是劉愛國和潘光明兩個人出的。」

「那天，他們至少花掉幾十元——從哪兒弄來的呀？」

「不知道。記得好象劉愛國說過，他們發了個『洋財』。」

「什麼『洋財』？」申貴緊追不捨。

「俺問過，他們不說。不說就不說，跟著白吃白喝，關俺啥事！對啦，俺差一點忘了，雷小鋒『買回來』的兩隻鴨子，俺懷疑是偷來的。」

「你是根據什麼懷疑的？」

「以前他就偷過雞。再說他的口袋裏，掏不出一分錢，不是偷的，哪來的？」

「好！辛永紅，你立了一大功！我會重重地獎賞你的！」

一面說著，申貴伸手把姑娘拉進懷裏，響響地親了一個嘴。

「別，別！」她掙扎著，「申隊長，別這樣……」

可是，申貴的雙手卻像夾鐵的鉗子一般，緊緊鉗住了她。緊接著，領口下的兩隻扣子，被解開了。她的一隻乳房，已經落入了他粗糙的大手之中。

「好姑娘，今天，你繼續好好表現，明天就有好事等著你。」

「不信——你是為了佔便宜……在騙人。」她雙手捂著前胸。

「咳！騙你不是人。領導說話，從來都是算數的！」他繼續著他的動作。

她閉上雙眼，停止了掙扎。申貴急忙動手給她寬衣解帶。然後，將她平放到炕上，自己脫掉褲子，兩手扒著她的私處，目不轉睛地端詳起來。

「申隊長……俺害怕！」辛永紅一副驚恐的樣子。

「嘿嘿，別騙人啦——你已經是老幹家啦。」

「沒有……俺沒有。」她扭動著屁股，「幹麼老看人家呀？」

「嘿，不看明白了，我怎麼知道你是不是第一次給咱獻忠心呢。」

「當然是第一次啦！」

「辛永紅，你可要對黨忠誠。」

「不信算了。」她掙扎著坐了起來。佯怒道：「不就是入個破黨嗎？有啥了不起的！」

「好好！」申貴急不可耐，再次將她按倒，翻身爬了上去：「咱接受你的忠誠。不就得啦？」

她雙手緊緊摟住申貴的腰，哼哼唧唧地說道：「申隊長呀，你可得說話算數。往後，有啥好事，可不能忘了俺。」

「這還用得著說嗎？往後，你的事，就是我事嘛。」他起勁地煽動著。「我不是已經在給你盡力嗎？」

「唔……好申隊長……你真會……唔——」白豔一疊聲地呻吟起來。

「申隊長在屋裏嗎？」不遲不早，在這千金一刻的美妙時刻，窗外傳來一聲呼喊。

「媽拉個巴子的，倒楣透啦！」申貴在心裏暗罵。這是他最熟悉的聲音——老相好畢仙來啦！

五

「臭娘們，叫喚什麼呀？」申貴厲聲罵著，一面繼續動作。「這兒有要緊的事，快給我走開，有事明天說！」

「大叔，這可不是一般的事，急得很哪，咋能等到明天呀！」窗外的腳步聲，由遠而近。

「等一下！」申貴翻身下馬，急忙穿上褲子。

白黶慌忙爬起來，整衣紮帶。剛剛紮束停當，畢仙推門走了進來。

「喲，原來是辛永紅在這裏呀！俺還尋思是上面來人了呢。早知道你們在忙活，俺就晚一會兒再來啦。」她狡黠地笑著，作出轉身要走的樣子。

「你！」申貴惡狠狠地盯著她：「有屁快放，我們正在談話呢！」

白黶瞥一眼申貴，機靈地說道：「申隊長，你們有事先談吧，俺回去了。」

「別，別走呀。你們的事，不是還沒完嗎？俺說句話就走。」畢仙神色嚴肅地阻攔。

白黶彷彿未聽見，低著頭急急地走了。

申貴瞪著畢仙罵道：「媽拉個巴子的！你除了給我添煩，正事不幹一點！」

「哼！好心當成了驢肝肺！不是拿著你的事急，俺用得著黑燈瞎火，跑來挨你這頓狗屁呲？沒良心的玩藝兒！」畢仙一屁股坐到炕沿上，低頭使氣，不再吭聲。

「到底有啥事？你倒是快說呀！」

「啥事也不如跟大姑娘上忞要緊呀！」畢仙一派醋意。

「別他娘的放臭屁，俺們是在研究正經事——隊裏失盜的事。」

「是呀，早知道你們在忙『正經事』，天大的禍害，關俺屁事！」畢仙是在以假制假，以毒攻毒。

今天晚飯後，她正在給兒子補褲子，申愛青氣喘吁吁地跑了去，向她求救。姑娘告訴她，她爹要跟辛永紅「談話」，而且派上楚勝站崗。「談話」還要派人站崗，肯定不是好事。姑娘懇求道：

「二嫂，縣上出了殺人的佈告才幾天，支

部書記姦污了幾個女知青，被槍斃了！可俺爹當成耳旁風！他的毛病你知道，辛永紅今天晚上算是交代了！二嫂，俺爹不害怕，俺們害怕。萬一人家一上告，不光他自己遭殃，俺們一家子全完了！好二嫂，你無論如何，得想個辦法救救俺們一家人呀！」

一句「他的毛病你知道」，畢仙聽了像當胸挨了一拳。她柳眉高揚，咬著下唇，沉默了好一陣子。本想反唇相譏，看到申愛青兩眼淚水汪汪，可憐兮兮的樣子，不由心軟了下來。想到又一個姑娘將被糟蹋，老相好還可能因此進大牢，更是於心不忍。長歎一聲答道：

「申愛青呀，申愛青！你真趟上了個好爹呀！早早晚晚，他得栽在那根花花腸子上！唉！誰教咱是好街坊來，沒法子，你們的事跟俺們的一個樣，俺哪能不管？」

可是，管得有管的辦法呀？要想既讓他放走到了嘴邊的肉，又不惹惱他，這樣的兩全之計，一時又找不到。她只得跑去向陶南求計。

陶南剛從「策劃反革命事件」的陰影中走出來，餘悸未消，不願再介入與自己不相干的糾葛。但對地頭蛇的惡行，又忿忿難忍。猶疑了好半天，方才腳一跺，自語似的說道：

「這事非同小可。是應該管！」

說罷，他蹲到地上想主意。忙中無計。抓了半天後腦勺，想出個「打草驚蛇」的主意：要畢仙裝作去會他，把他們衝散。但，等到他把想法說出來，畢仙連連搖頭，磨磨蹭蹭不敢去。她知道自己比不上個大姑娘，衝散申貴的好事，吃不了得兜著走。

這時，一直沒開口的老賈頭，磕磕煙袋鍋說道：「二茂媳婦，你就不會去謊報軍情？讓他不但恨你不得，還會感激你對他的關心吶。」

接著，老人告訴她謊報啥「軍情」。

畢仙一聽，拍掌叫好。老人的主意，不但惹不惱那色鬼，還能在他面前討好，便急匆匆來到了鐵匠爐。

不料，楚勝攔在路口不讓往裏走。她拉下臉罵道：「你小子幹嘛這麼不開竅！要不是申隊長三番兩次派人催命似地叫俺，下請帖俺還未必來呢！」

既是支部書記的安排，哪裏還敢阻攔？楚勝深信不疑，只得含笑放行。畢仙躡手躡腳走近鐵匠爐，站到窗外偷聽裏面的談話。等到談話的聲音歇了，她伏到窗縫上一看，不由倒抽一口冷氣——申貴正騎在白豔身上，老牛拉地似的，忙活得呼哧呼哧直喘粗氣。白豔則掀動著白屁股，呻吟不止。諸葛亮的錦囊妙計，付諸東流了！她暗叫一聲「他娘的，晚了！」悄悄轉身往回走。一面走，一面在心裏罵：

「俺還擔心大閨女被遭塌呢。原來是個浪貨！早知道這樣，俺才不操這份閒心呢！」剛走了不幾步，她又站住了。「不行，俺不能讓他們安安穩穩地上洋恣！」

她又轉了回來。但不敢貿然往裏闖，老遠地先撂個聲兒，讓他們罷手。估計兩人穿戴整齊了，方才裝作有急事似的快步走進屋子……

「有事快快說，別磨軲。」申貴餘怒未息。

「咳，大叔！都啥時候啦，你還有這份閒心在這兒抱大閨女？告訴你，大事不好啦！」

「別他媽的一驚一詐。你也不想想，有啥大事，能難倒我姓申的？」

「哼，你就別賣大書記的味啦。難道這世界上，就再沒有比你更厲害的茬兒啦？」

「臭娘們，有話快說，別撓癢癢好不好？」

「大叔，是這麼回事。」畢仙滿臉惶恐，把聲音壓得很低：「聽說，縣革委的副主任，就是樸合作的那個表哥，要來跟你算賬哪！」

「咱跟他井水不犯河水，他跟我算的啥賬？」話硬心虛，申貴的臉色陡地泛了白。

「別忘了，樸合作是人家的親姑舅兄弟。你不但誣衊、陷害人家，還把他弄成個殘廢。人家能善肯甘休？這可是知青政策問題呀！」

「那是公社的責任，與我何干？」

「人家可不這麼說！人家說，喝酒跟提

瓶子的要錢。是你把人家報成反革命，要求公社整治人家的。他那語錄本，也是三隊交上去的。」

申貴咬著嘴唇，半晌無語。忽然抬頭問道：「畢仙，你要是敢隨風瞎咧咧，當心我收拾你！」

「咳，在你大書記面前，俺敢嗎？」

「哼，我量你也不敢。跟我說實話：你是從哪兒得到的消息？」

「你忘了？俺有個表妹住城裏？她跟樸家住一條胡同，是她打聽到的。」

「媽拉個巴子的！老子幹啥事都是為了黨，為了革命，不怕狗日的！」申貴在給自己打氣壯膽。「哼！那姓樸的親戚，官兒固然比我申某人大，可還有比他大的官呢。縣上，地區，咱都有人——怕個屌！」

「你自己酌量吧。不怕就好。俺走啦。」

畢仙站起來抬腳就走。

「慢。」申貴喊住了她。「我問你，這幾天，你人影不見，狗影不到，都幹什麼去啦？」

「俺還得理家過日子不是？光一門子侍候你大書記，自家的男人孩子還管不管？天這麼暖和了，二茂爺兒仨，還穿著老棉褲哪。天天一身臭汗，不捂出病來才怪呢。俺總得抽出棉花，給他爺們把棉褲改成夾褲吧？」

「哼，別在我面前打馬虎眼——瞎哭窮！」他用審視的目光盯著老相好，話鋒一轉，「你當我不知道？這些日子，你天天往老賈頭那裏鑽——肯定又在打那盲流的主意，你說是不是？」

「盡放些沒味的屁！自己玩夠了知青，又來糟踐別人！」她的回答理直氣壯。

「哼，不說這事，我還不生氣吶。你好事不幹，盡干擾我的工作。我正在跟辛永紅研究破案的事，這一回，她要是立了功，我還要發展她入黨呢。」

「那是呀！她立下的功勞那麼大——是該

發展哪！」她的目光在炕頭上旋了一圈兒。

「媽的，別瞎咧咧！」

「沒有根據，俺們敢瞎說嗎？」

「嘿嘿，我不過是抱了抱她。那有啥？」

申貴知道被她發現了秘密，極力掩飾。「不信？馬上試試，嘗嘗咱的勁道，保證跟往常一個樣！」

一面說著，他伸手將她拉到跟前，按到炕上，翻身撲了上去。

她雙手抓緊褲帶，用力把頭扭到一邊。繃著臉說道：「你今天不答應俺一件事，別想依從你！」

「忙什麼？十件我也會答應的。」他的兩手不依不饒。

她繼續抗拒著：「誰不知道你申老大長著三根腸子，兩張臉。吃紅肉，拉白屎。在人家身上『得擻』完了，翻臉不認賬！」

「媽拉個巴子的！照你這麼一說，老子連點義氣也不講啦？咱跟別人可以公事公辦，只有你山裏紅是例外。說吧，有啥事？」

「這一回，不准你再跟劉愛國，潘光明和雷小鋒他們過不去。」

「你怎麼知道，我要跟他們過不去？」

「你不是懷疑他們偷了飼料跟鴨子嗎？」

「這是誰瞎咧咧的？」

「俺自己聽到的唄。」

「啪！」一記響亮的耳光，扇到了畢仙的左頰上。「媽的！原來你這臭婆娘早就來啦。你竟敢來偷聽，偷看！我宰了你！」

「宰吧，宰吧。哪一回來到姓申的跟前，不是盡著你留。」她閉上雙眼，一動不動地躺在那裏。

「你認為老子不敢？」

她指指掛在西壁上的獵槍：「你倒是宰呀。連縣革委副主任的表弟都敢宰，會不敢宰個飼養員的臭老婆？」

「你這張嘴呀，媽拉個巴子的！」他軟了下來。「照你說，偷了隊裏的馬料換吃喝，咱能不管?叫狗雜種們白偷,白吃,白喝——還有王法沒有?」

「好嘛!你今天整這個,明天整那個!豹子洞還有幾個人,沒領教你申大書記的辣手段?你縱然不怕老天報應,也該想想人家背後怎麼罵你,咒你。明槍好躲,暗箭難防。別以為一杆獵槍不離身,就保了平安。四條腿的野獸怕它,兩條腿的人未必都是兔子膽!好好想想吧,老虎還有打盹的時候哪!」見申貴低頭不語,她繼續說道:「你摸摸良心:這些年,俺哪句話,哪件事,不是為的你好?十多年的熱肚實腸,獻心獻肉,換來的是什麼?擦腚的石頭——用完了一扔!今兒個更好,深更半夜,送來這麼要緊的消息,賺來的卻是一頓毒打和一個『宰』字!俺靠上這麼個有良心的,也不知是哪世積了大德!」

越說越傷心,畢仙抽抽答答哭了起來。

「喂,你哭啥呀?開個玩笑當了真——沒出息的玩藝兒!」他再次動手給她脫褲子。

「還是那句話:今天不答應俺,什麼也別想撈著!」她的身子扭到一邊,繼續抗拒。

「唉,我的姑奶奶,你就饒了你大叔吧。我答應你就是——先放那三個小子一碼。」

「呸!去你的『放一碼』!那算是你開了恩?狗急跳牆,人餓造反。肚子不餓,誰去擔那個賊名?人家知青剛來的時候,哪個不是白白胖胖?現在可倒好,個個成了黑臉瘦猴子,看著就叫人心疼。你也不想想,他們都是些孩子哪。餓急了,靠極啦,摸只雞鴨,偷點馬料,有啥大不了的?你抬抬手,人家就過去了。你也是有兒有女的人,為兒女積點陰德,不比給他們惹下些仇人強?」

「唔——好吧。這回就依了你。咋樣,面子不小吧?」

「你的話,誰敢相信!」

「媽拉個巴子的!老子騙你半句,現實報:今晚回家,半路上摔斷腿!」

「這話,可是你親口說的!」

「那當然。」

她不再反抗，聽任他擺佈。

六

兩天過去了，三隊平靜無事。申隊長果然言而有信。

不料，第三天上午，他卻派民兵排長楚勝，帶領王敢先和丁二星兩名基幹民兵，將劉愛國，潘光明和雷小鋒三名知青，送進了大隊「毛澤東思想學習班」。

申貴越來越討厭那幫子調皮搗蛋的知青。本想將三個「壞種」押送公社學習班「享受幾天」。「為點雞毛蒜皮的事，就往公社裏打發，我們哪兒有那麼多的精神耗在他們身上！」案子太小，公社不接收。好在「毛澤東思想學習班」，遍地開花，幾乎成了各級革委會的常設機構。申貴只得降格以求，送到大隊去。其實，這樣的「學習班」，只有三十多戶的第三生產隊，都曾辦過好幾屆，只是，效果不盡人意。為了避免看管人員徇情包庇，還是交給大隊更理想：「學員」們在一群陌生人的「幫助」下，受到的教育，必然更深刻。

兩天的平靜，原因在這裏。

畢仙聽到這消息，根本不相信是真的。申貴紅口白牙，賭咒發誓，咋會說話跟刮冷風似的不算數呢？繼而一想，就象那句罵人的話：「自己拉下自己吃」——出爾反爾是申貴的看家本領。她領教的多了。可是，她絕對想不到，那色鬼壓在自己的身子上，依然信誓旦旦地撒謊。在那種場合，那種時刻還騙人！她恨得牙根癢癢。

殊不知，對於申貴來說，整人已經成了一種需要，一種體現權力欲的嗜好。習慣成自然。二十多年來，每當聽到乞求或哭嚎聲，如同聽到最悅耳的音樂。何況，他親手揪出的壞人越多，越證明自己正確。對於膽敢太歲頭上動土，公然偷盜四十斤馬料的壞種，豈能讓他們逍遙法外！

可憐的畢仙，做夢也沒想到，獻出身子向老相好求情，竟被他騙了個昏天黑地！

十多年來，她可以把丈夫冷在一邊，隨時供他享用，所得到的「愛憐」與「情誼」，不過是小恩小惠，敲鑼耍猴！

申貴對老相好的「忠誠」，與對待階級敵人，並沒有質的不同。

畢仙忍不下這口氣。加之實在痛惜三個可憐的年輕人，她風風火火地跑到鐵匠爐，找申貴講理。

平素日找申貴，她儘量不去他家。她羞於見他那高頭大馬的女人。雖然每次見了面，那女人總是客客氣氣地打招呼，彬彬有禮地謙讓。她總覺得對不起人家。一種負罪感，始終彌漫心頭，驅趕不開。儘管十五歲上，就被她的男人破了身。後來又像帶上籠頭似的，被牢牢地拴住，連正眼看別的男人都不准。那是婆娘的男人欺負人，「偷人」的罪名，按不到她的頭上。但她總是挺不起腰杆，自覺矮人三分！

掏心窩子的話，除了那個看上一眼，便使人渾身潮熱的陶木匠，她很少正眼看過別的男人。少半是不敢貪心，多半是「打不起眼來」。自己的丈夫，身高肩寬、相貌堂堂，由於不會纏綿，不懂親熱，幾乎沒讓她真正快活過。有時，她奉命接待那些遠不如自己男人的醜貨，那是身不由己，不敢違抗。她也曾強迫自己，儘量從丈夫身上得到那寶貴的片刻「眩暈」，但每每以失望告終。唉，那不過是一只好看的公雞，每次都像「踩雞」一般，沒等品出個鹹淡，屁股顛幾顛完了事。而那個長著酒糟鼻子的「三寸丁」申貴，「味兒」卻足得很，幾乎每次都能使她顫抖，呻吟……

她像一個吸毒成癮的大煙鬼，明知名聲不好，卻欲罷不能。鐵匠爐上的瘋狂消魂，成了她閉塞、單調生活的最好調味品。至於申貴在物質方面的「意思」，不論是「熱情服務」之後的獎賞，還是緩解無米之炊的恩賜，她雖然感到有點「邪味」，卻依然照收不誤。她並不貪財，只是不忍心看著男人和孩子，一年到頭連件新布衫都穿不上，一天到晚雙手捂著癟肚子喊饑困。

這幾年，除了自己的家，她最熟悉的，莫過於鐵匠爐里間那鋪小炕了……

很不巧，鐵匠爐板門上鎖。她只得去申貴家裏尋找。剛進院子門，就聽到了申貴的高嗓門：

「王常媳婦，支部幫助你們破了案，就是大功一件。你不但不感謝我們，還來胡攪蠻纏！你想幹啥？不受個處分，渾身難受是咋的？」

「申隊長，俺咋是胡攪蠻纏呢？偷雞賠雞，偷米賠米；偷了俺的鴨子，就該賠扁嘴。你找誰評一評，不是這個理呀？」王常媳婦的聲音又高又衝。

「那些混小子，窮得蝨子都不愛咬，口袋裏搜不出半個鋼蹦兒，叫他們拿啥賠你？要是硬逼著他們賠你的鴨子，不是還得逼著他們再去偷？」

「是偷是摸，俺管不著。俺就要俺那兩隻下力的鴨子！」

「好吧，那就叫他們再偷你兩只好鴨子，拿來賠你。」

「什麼，割俺身上的肉，補俺自己身上的瘡？申隊長，你可真是個會斷案的青天大老爺！」

「怎麼，不同意？那就沒有別的法子啦。」

「這麼說，俺的鴨子算是白丟了？」

「胡說！咋是白丟呢？不是把他們送到大隊『毛澤東思想學習班』上去了嗎？打了不罰，罰了不打——你還要啥屌鴨子？」

「喲，申隊長！俺只想叫他們賠俺的鴨子，俺可不想做那缺德的事——送他們進學習班。唉！誰沒看見，趙魁、楊滿倉、曾雪花他們。好端端的年輕人，進了學習班不倆天？把人家弄得瘸的瘸，癱的癱——傷天害理喲！」

「住口！媽拉個巴子的！你不趕快滾蛋，我把你也送進學習班裏去享受幾天！」

王常媳婦一聽，嚇得沒敢回嘴，抹著眼淚走了。

畢仙來的不是時候。但她不想退回去，等王常媳婦走遠，她站在窗外輕聲喊道：

「申大叔，請你出來一下。好嗎？」

「進來就是嘛——怕屌啥？」申貴粗魯地回答。

畢仙猶疑著走進屋裏，側著身子在炕沿上坐下來。正不知該怎樣開口，申貴用警惕的眼色瞪著她：

「怎麼，又有什麼『大事』相告？」

她聽出了弦外之音。正要開口，申貴又說道：

「你告訴的那件『大事』，昨天我去縣城打聽明白了，淨瞎屌扯——沒影兒的事！」

「你自己幹啥事都保密，難道人家會不等到動手，就滿山溝子敲鑼打鼓地吆喝？」

「反正我不怕狗日的！姓申的幹啥事，都是為了革命工作。到時候，自然有人替咱說話。」

「那，俺就放心啦。不過，多個冤家多堵牆，還是少得罪人的好。」

「這我知道。你就別瞎嘮叨啦。」

她提高了聲音：「既然知道，為啥又送走了三個知青？」

「你，又來了！」申貴鐵起臉，恨不得再扇他幾耳光。「我的閒事，你少管！那是盜竊大案，豈是可以馬虎敷衍的一樁小事？」

「四十斤馬料，兩隻破鴨子，有啥了不起？非得跟人家過不去。難道忘了自己發的誓？」

「當然沒忘。不就是說『路上磕斷腿』嗎？可我並沒說是磕斷誰的腿呀。」申貴嘻笑著，附身向前，裝作仔細觀察她的腿。「嘿嘿！這不是好好的嗎，怎麼一條也沒斷呢？」

「你！」畢仙憤怒地站起來，「盡耍弄人——喪良心的！」

「臭娘們，你敢罵老子！」

「啪！」申貴一記響亮的耳光，摑上了畢仙的左頰。一面歇斯底里地吼叫：「你給我滾得遠遠的——老子永遠不想再見到你。快滾！」

畢仙忍住眼淚，捂著左腮往外走。走到大門口，回頭高聲喊道：「大叔，你記住：不聽好人言，吃虧在眼前——當心有你的好報應！」

「別他媽的放騷屁——聽了你的話，階級敵人非翻天不可！」

申貴說得對，畢仙的話，沒有應驗。

半個月後，潘光明，劉愛國和雷小鋒，被大隊派人送回來了。雷小鋒拄著一根棍子，走路一扭一拐。劉愛國撅著屁股，傴僂著腰，像個八十歲的老翁，一步挪不動四指。潘光明則像一頭牲口似的，用一條繩子拴著，被人牽著走來。只見他蓬頭散髮，滿臉污垢，兩眼恐懼地望著周圍的一切，彷彿時刻要被從路旁跳出來的野獸吃掉。遠遠看去，便知是患了精神病。

正如申貴所說的，得到報應的，不是自己，而是三個可恨的「竊賊」！

十一、倒楣鬼的風水

一

楊滿囤被派去全職看管瘋子潘光明。回家吃午飯時，一進門，坐在北炕上的滿倉，便鐵著臉喊道：

「哥，你過來！」

滿囤平靜地扭頭問道：「啥事？」

「你過來，我有話說。」

「我吃著飯，聽你說還不行？我餓壞了。」滿囤來到南炕飯桌前。

早已過了吃午飯的時間。全家人坐等滿囤回來吃飯。擺在南炕飯桌上的飯菜，原封未動。滿囤的肚子，早已餓得咕咕叫。母親急忙從泥盆裏給他舀上一碗混合著野菜的玉米粥，他伸手拿上一塊蘿蔔鹹菜。貪婪地連喝幾大口粥，又咬上一口鹹菜，嚮嚮地嚼著，方才端著飯碗坐到北炕沿上，問道：

「滿倉，你有啥話要說？」

滿倉繃著臉答道：「哥，我想求你件事，不知道你肯不肯答應？」

「滿倉，你咋啦？」滿囤驚訝地望著從來不會客氣的胞弟，「有話說就是嘛，自己兄弟，用得著求？」一面說著，他繼續呼嚕呼嚕地大口喝粥。

「好！那我就說啦。」滿倉朝前移移身子，斜睨著滿囤：「哥，往後，你少跟著那個王八蛋幹缺德的——行不行？」

「糟踐人嘛！俺，啥時候……幹缺德的事來？」

「哼！人家潘光明瘋到這個份上，你們還關人家，拖人家，綁人家，餓人家——這不是缺德，是啥？」

滿囤吐出一根嚼不動的野菜梗，委屈地答道：「兄弟，話能這麼說嗎？中隊長的命令，誰敢不聽？再說，我還是個基幹民兵，副……」

「別提你那臭副隊長！」滿倉吼叫似地打斷了哥哥的話。「他娘的！這二年，禍害老百姓的事，哪一件少了你們這些積極分子！」

「你……咋能罵積極分子呢？」滿囤把飯碗重重地放到炕上。氣呼呼地站起來，旋即又坐了下去。臉憋得通紅，吭吭哧哧地說道：

「你不就是因為亂說話，才吃了那麼大的虧？咋就不知道厲害呢？」

「你不說那件倒楣的事兒，我的氣還小點！」滿倉剛想從炕上站起來，左腿一陣劇痛襲來，又咧著嘴坐了下去。「我問你，那申閻王，想把我們打成反革命，你幹麼狗躥貓跐地跟在後面緊幫忙，打下錘？他給你弄上個能吃不能幹的肥老婆，你就對他感恩載德？」

「你，冤枉好人！」滿囤站起來連連跺腳。「你以為我不想救自己的親兄弟？可，就是有那份膽量，我有那個本事嗎？」

「沒有本事救人，就該做幫兇？」滿倉的聲音越來越高。

「滿倉，你可不能，胡說八道冤枉好人呀！」楊滿囤放下飯碗，身子扭到一邊揩起了眼淚。

「我不會無緣無故冤枉自己的哥哥！鐵的事實擺在那兒，你賴不掉！」

「俺要是想害人，天打五雷轟！」

「呸！害人的事，你們幹的不老少，賭咒有啥用？」

「嗚嗚嗚……」兄弟的誤解如此深，楊滿囤無言以對，難過得哭起來。

「滿倉，滿倉，有話好好說，咋能這樣說你哥哥呀。」柴七多急忙制止。

在此之前，她同樣不滿意滿囤跟著申貴「作踐人」，也贊成滿倉勸勸他。現在，見哥倆吵了起來，老實巴交的大兒子急得掩面痛哭，做母親的心疼了。急忙流著眼淚勸解：

「弟兄倆有話慢慢說！都是你娘一個「包袱」包來的，臭是一窩，爛是一塊，胳膊肘哪有朝外拐的？叫人家外人聽了去，多笑話呀。」見楊滿倉不再吼叫，她繼續勸道，「滿倉，有理不在聲高，有話跟你哥哥好好說嘛。非得像仇人似的，你咬我一口，我踢你兩腳？滿囤，你也用不著哭，好好聽聽，你兄弟的話是不是也有在理的地方。」

「不錯！你們積極分子，是應該作黨的馴服工具。可，那得跟著共產黨幹好事呀。總不該跟在個流氓的屁股後頭，搖著尾巴，踮來踮去，當一隻聽喝呼的咬人狗吧？」滿倉的聲音雖不高，話卻狠得像紮椎子。

「滿倉，你哥不是那種人，不准嘴上不乾淨！」

「娘，你叫他，由著性子……罵俺就是。」楊滿囤唏噓說道。

「你放屁！別的人，叫我罵，我還沒有閒工夫呢。」楊滿倉的聲音又高了起來。

「你罵吧，罵吧！不怕氣壞了老娘，盡著你……罵個夠。」

「哼！罵你是輕的！」滿倉抄起身邊做拐杖的柞木棍，高高舉起：「今天我非教訓教訓這只可憐的哈巴狗不可！」

「滿倉！不准撒野！」柴七多急忙下炕，擋在楊滿囤前面。「你哥是我養的，罵他就是罵你娘。他有不是，有我來發落——他不是你打得的！」

「娘，你好糊塗喲。啊……」滿倉扔下棍子，頭抵到北牆上，哭了起來。一面數落道：「娘說的不錯，弟弟不能罵哥哥，更不能打哥哥。難道，哥哥就該幫著別人欺負姐姐，迫害弟弟？」

「孩子，俺沒說你哥做的都對。你知道背地裏，俺巴數了他多少回？可他膽兒小，人老實，一母同胞，你也該體諒體諒他的難處呀！」

弟弟一哭，楊滿囤立刻心軟了。吸溜著鼻子說道：「娘，我兄弟受了委屈，心裏有氣，你就叫他把話都說出來吧，憋在心裏，看憋出病來。」

「滿倉，你該學學你哥哥的肚量。」母親繼續勸解。

「他的肚量是不小：做了走狗，害禍了人，沒事似的，躲在一旁裝好人。十來天啦，屁也不放一個！」滿倉依然氣勢洶洶。

「滿倉！眼睜睜地看著自己的姐姐和兄弟受糟踐，你尋思……俺這當哥哥的心裏不難過？俺每回都想跟你說個明白，可就是張不開口呀。」

「哼！你是沒臉開口！」

扭頭躲在一邊不願見人的曾雪花，早把兩兄弟的爭吵，聽得一清二楚。她何嘗不忌恨楊滿囤的幫兇角色。自從被放回家來，見了滿囤，總是掛出一張冷臉子。希望滿倉狠狠地教訓他一番。但，聽到滿囤的哭聲，心又軟了下來，覺得滿倉的態度不該那麼凶。十多天來，她的眼淚沒有一刻乾過。不但由於下體的傷痛，也為自己悲慘的命運。現在，聽到兩個弟弟的哭聲，更勾起她的傷心淚。她怕母親聽到傷心，拖過枕頭堵上嘴，儘量不讓哭聲傳出來……

二

一個春天沒過完，柴七多本來是黑多白少

的灰髮，遍塗銀霜。她覺得，這個風雪瀰漫的春天，比當年一個男人失了蹤，一個男人被槍打死，一個男人被整得上吊，還要難挨。唉！倒楣的事，咋都叫俺一個人碰上了呢？女兒被欺負，受刑罰，至今小便帶血，下體紅腫潰爛。爾後，能不能「做女人」，都不敢說。兒子滿倉被毒刑整得腰傷腿瘸！傷好了，怕再也不是全隊數一數二的棒勞力了。連從來不敢說半句歪話的老頭子，也因為「不覺悟」，挨了「黨內記大過」處分。最讓人揪心的是，老實巴結的滿囤，為了那個有名無實的副隊長，竟然幹起了窩裏鬥，幫著旁人整自家的姐姐和同胞兄弟！

自幼便與厄運結伴的柴七多，須臾不離身的種種苦難，早已吸乾了她的淚泉。今天，滾滾而下的淚水，仍然很快打濕了前胸。

始終一聲不吭，蹲在炕梢抽煙的楊老冬，也在喘著粗氣流眼淚……

正在這時，滿囤媳婦朱大妮，從娘家回來了。她見全家人都在哭，愣了好一陣子。瞅瞅滿倉的臉色，似乎明白了什麼。伸手放下腕上的小包袱，扭著胖屁股來到丈夫面前，雙手搖著他的肩頭，關注地問道：

「滿囤，咋啦？誰欺負了你？娘個屄的，俺饒不了他！」

「俺的事，不用你管！」滿囤扭頭不理她。

「你是俺的漢子，俺不管誰管？人家欺負你，俺心裏疼得慌。俺不能不管！」朱大妮痛惜地望望丈夫，扭頭指著滿倉罵了起來：「不用說，就是你這個驢養的欺負俺們。俺不在家，你欺負老實人，不怕傷天理？怪不得連個老婆找不著吶——自己修的！」傻婆娘的罵人本領，較之正常人毫不遜色。

「去！這裏沒有你的事！」滿囤一隻手把女人推到門外，一隻手舉起了拳頭：「再敢多嘴，我狠揍你！」

「好哇，你個沒良心的！人家欺負了你，還不准俺幫幫你——你叫人家欺負死，俺也不管啦！俺的娘哇，啊，啊，啊，啊！」

朱大妮邊哭邊數落，粗嘎的哭聲，彷佛要把房頂衝破。剛哭了幾句，忽然想起了什麼，返身回來，抓起南炕飯桌上的一個玉米麵菜團子，拿袖子一抹眼淚，雙手捧著大嚼起來。

除了過門不久的朱大妮，全家人誰也沒有吃午飯。

「都別哭！哭天抹淚地哪像個男子漢？再說，哭死也沒人來救咱老楊家呀。」柴七多率先擦幹了眼淚，「話不說不知，木不鑽不透：滿囤，你讓滿倉把話說完，他說的對，你就改；說的不對，你跟他解釋清楚──疙瘩不就解開了？」

「好吧。我聽媽的。」母親的眼淚，打動了滿囤。他揩揩眼淚，寬容地望著弟弟。「滿倉，有啥話，你儘管說，俺不會拿你的怪。」

「你怪得著嗎！」滿倉仍然氣呼呼，「我問你，你為什麼把那三顆子彈，交給申貴？」

「兄弟，他跟我要，我要是不交，不是更引起他的懷疑？」

「不錯，你是不敢不交。可你為什麼，把臭火換成了好子彈，不是出心往死裏整我嗎？」

「你說什麼？」滿囤忽地站了起來。「明明是三顆臭火，哪來的好子彈？」

「還在這兒放賴呢，人家把三顆子彈，戳在我的眼皮底下，我會看不清？」

「真的？」

「哼！要不是響火，他們拿什麼誣賴我們『搞暴動』！」

「他娘的！肯定是給掉了包！」滿囤一跺腳站了起來，旋即又坐了下去。「我又上了那傢伙的當！俺還尋思，趕快把臭火交出去，他們就沒法賴你們呢。」

「所以，往後不論那狗日的放啥屁，你決不能聽！」

「你以為，你哥哥連個是非好歹分不清？可他總是把黨的利益掛在嘴上。俺是幹部，能不聽嗎？」

「是呀。你哥是幹部，哪能不聽黨的話呀！」楊老冬終於開口了，「那不就成了，成了反黨分子？咱可不能，不能幹那種事呀！」

「爹，你別替那胎裏壞打掩護！那申閻王，不但代表不了共產黨，共產黨還非毀在這個五毒俱全的野狼崽子手裏不可！」

「滿倉！住口！」楊老冬驚得渾身顫抖，幾乎吼了起來。「這話，要是叫他聽了去，不光你自己，還得進學習班。咱們全家，也就完了呀！」

「他娘的！他敢再誣衊我，我先把他敲死！」

「滿倉，別說些沒用的。馬蜂蟄鼻子——先顧眼前，趕快想個主意才是呀。他給了你們姊妹倆五天的假，明天就滿期了。你瘸著一條腿，你姐起不了炕，明天催著出工咋辦？」老母親揩著眼淚，說出了心中的憂慮。

「官不欺病人，俺們的傷不好，咋去掄鎬頭？」滿倉滿不在乎。

「孩子，申老大可不是個好惹的『官』，遠的不說，自打他來到三隊，幹過幾回不黑的事？」柴七多扭頭向滿囤說道，「滿囤，過晌你去跟他求求情。咱們把禮行在前頭，省得叫他拿了怪去。你就說，你姐跟你兄弟的傷沒好，還得養些日子才能出工，求他再寬限幾天。」

滿囤長歎一口氣：「好吧……俺去求求他試試。」

三

「什麼？你給他們續假？嘿……」聽罷楊滿囤的懇求，申貴一陣冷笑。「廣大社員曬著毒日頭，流著臭汗，沒白沒黑地春播春種，學大寨，造梯田，建設社會主義，卻讓兩個反動傢伙，躺在熱炕頭上臭自在？嘿嘿，天底下的美事兒，咋都姓了楊呢？」

「申隊長，他兩個的傷，確實不……」

「叮叮，噹噹！」正在打鐵的申貴，將手中的鐵錘往空鐵砧上一陣猛敲，打斷了滿囤的請求。

以「鐵匠」為主業的申隊長，難得生一次火，開一次爐。偶爾，鐵匠爐上傳出「叮叮噹噹」聲，社員們都會驚訝地喊「稀罕」。嘴快的，還會再加上一句：「了不得，申隊長又在建設社會主義咯！」

見滿囤不再開口，申貴繼續說道：「楊滿囤，你也不睜開個屌眼看看，連我都在揮錘猛幹，拼命為社會主義而流汗，他倆就可以鬧特殊？」他扔下錘子，點上一支煙捲，抽了好一陣子，用力吐口唾沫，把話引上了正題：「不過，要想准假也不難，必須做到兩條。」

「申隊長，哪兩條？」滿囤急不可耐地問。

「第一，曾雪花放棄反動立場，嫁給共產黨員申衛彪；第二，楊滿倉寫出一份痛改前非的『認罪書』，交給支部留著做個典型材料。如果能做到這兩條，就准許他倆養好傷再出工。我們共產黨，一向主張『救死扶傷，實行革命的人道主義』嘛。怎麼樣？」

「多謝申隊長。等他倆傷好了，俺一定跟他倆好好商量，叫他們完全照你的話辦。」滿囤神色悲戚，連連點頭。

「什麼，等他兩個的傷養好了再辦？想搞緩兵之計嗎？告訴你，跟老子耍心眼，你小子還嫩點！我問你，身為生產隊幹部，你在替什麼人說話？莫非忘記了現在階級鬥爭如此尖銳複雜，忘記了一個革命者的責任？」見滿囤滿臉通紅，低頭不語，申貴厲聲喝道：「回去告訴那兩個傢伙，不答應條件，明天就去拉車運石頭，給我修大寨田去！」

「申隊長，他倆的傷確實沒好：我姐爬不起炕，滿倉走路，還拄著拐呢。」滿囤流著淚哀求。

「那不關我的事！我只關心建設社會主義。你們放明白，我是為人民服務的，不是專為你們老楊家效力的。明天上午六點，他們爬著，滾著，也得給我出工。要是敢違抗，只能照老規矩辦：學習班裏見面。這不是我難為他們，是他們自己爭取的！」說罷，申貴不再理睬垂手站立的楊滿囤，從爐子裏夾出一塊燒紅了的彎鐵，「叮叮噹噹」敲了起來。

滿囤碰了一鼻子灰，回去跟家裏的人從頭到尾學了一遍。楊滿倉一聽，揮著拄棍大吼起來：

「好一個歹毒的申閻王——他是在往死裏逼俺們！有他在一天，不光咱們家，三隊的社員，誰也別想有安生日子過。他娘的！等我的腿好利索啦，非收拾收拾這個害人蟲不可，大不了一命換一命！」

柴七多急忙喝道：「滿倉！不准再胡說！」

「孩子，你遭的罪，還不夠嗎？申隊長，可不是，不是，咱惹得的。得罪了山神爺，可……」楊老冬顫顫抖抖，花白鬍子上掛著鼻涕和淚水。「你充的啥……啥好漢子喲？」

滿囤說道：「爹，你再去求求他吧。你這把年紀啦，又是全大隊最老的黨員，他也許會給你留點面子。」

「咳，你爹哪有，哪有那份面子喲！俺就說了句『曾雪花、楊滿倉不會反黨』，他就給俺，給俺記了大過。俺要是再去招惹他，他非開除……俺的黨籍不可！」

柴七多接口道：「滿囤，你就別難為你爹啦。死狗撮不了牆上，他啥時候辦過利索事來？」。

「可，我姐跟滿倉他們倆，明天出不了工呀！唉！這可咋辦呀？」滿囤雙手抱頭，蹲到了地上。

「唉！沒法子，俺再去求求他試試。」老人拍拍身上的灰塵，扭頭向外走去。一面回頭囑咐道：「雪花，滿倉，你倆沉住氣。俺不信，他非得把人往死路上逼！」這是安慰子女的話。

柴七多知道，申貴既然能把她們姐弟倆折騰得傷的傷，殘得殘，仍然不肯歇手。老實巴交的老頭子，他也狠得下心，給那麼重的處分。連鞍前馬後侍候他的滿囤，他都不給一點面子。自己再去求情，無非是空費口舌。看冷臉子事小，還會被他辱罵一頓！不去又不行，兩個孩子病在炕上，那閻王爺的命令誰敢違抗？老鷹來了，老母雞還知道伸開翅膀護住雛兒呢，身為母親，她怎能忍心，眼睜睜地看著一雙兒女，被活活地折騰死！

「唉，這些欺壓鄉親們的壞官兒，啥時候，能夠像牛鬼蛇神那樣，被毛主席的一個最高指示，掃蕩得一乾二淨呢？」一面走著，她在心裏禱告。

胸口一陣陣作痛，嗓子堵得喘不動氣，好像一個難以下嚥的大菜團卡在喉嚨裏。兩腿彷佛有千斤重，柴七多覺得，永遠也走不到那個清清楚楚蹲在溝口高坡上的鐵匠爐。

她停下來，喘口氣。前思後想，怎麼也想不出個能使石頭點頭的由頭。既然求情也是白搭，她想轉身往回走。但卻抬不動步。蹀躞了好一陣子，索性在路邊一個長滿青苔的枯樹樁上，坐了下來。

憂腸百轉，心如刀絞。周圍尖利的山頭，像張著大口的狼牙，時刻準備著把人吞下。山高天小，不知不覺，太陽已經爬到了西山上方，一大片黑黑的山影，像出了槽的渾江洪水，飛快地向身邊移來。再遲疑一會，天就黑了。

「咳，孩子們的傷沒好，不就是最好的由頭嗎，他憑什麼不准假？」

她不敢再磨蹭了，急忙爬起來朝溝口走去。來到鐵匠爐一看，兩扇板門緊閉卻未上鎖。近前側耳細聽，屋裏彷佛有喘息混合著呻吟的聲音。顯然，屋裏有人。但她不敢敲門，鐵匠爐的「規矩」，她早有耳聞。胸口「咚咚」跳著，躡手躡腳輕輕退了回去。走過衛生室，見板門大開著，靈機一動，邁步走了進去。她想起，申貴最愛女兒申愛青，也許間接求他的掌上明珠，比當面鼓對面鑼更能奏效。

申愛青正在低頭搓棉球。一見來了人，站起來客氣地打招呼：「楊奶奶，你想要點啥藥？」

「閨女，你給的紫藥水和止疼片，孩子們還沒用完。俺不是來要藥，是有點事——想求你呀。」她囁嚅地答道，「姑娘，不知道你能不能幫幫俺？」

「看楊奶奶說的，你的事，跟俺們家的事，不是一個樣嘛——用得著求？」

姑娘出乎意料的熱情，使柴七多心頭為之一顫。近前低聲將求她幫著給兒女請假的事說了一遍。然後懇求道：「姑娘，你看過雪花的傷，至今又是膿，又是血的；滿倉的脖羅蓋腫得像梁砣，咋出得了工呀？」

「楊奶奶，他倆眼目前根本出不了工，這俺知道。可俺不敢跟俺爹說，他要送雪花他們進學習班那陣子，俺就勸過。他不但聽不進去，還拿大巴掌搧了俺呢。」

「哎，俺明白。姑娘，俺不該來難為你。」柴七多只得轉身往外走。

「楊奶奶，真對不起。唉！」申愛青無可奈何地低頭歎氣。老人剛走了幾步，她忽然說道：「咦，楊奶奶，你幹嗎不去求求她試試？興許……」

「啊？姑娘，你快說，俺該去求誰？」老人轉了回來。

申愛青這時方才記來起，畢仙為了給知青說情，挨了她爹的大耳光。長歎一聲答道：「楊奶奶，俺是瞎說，她也幫不上忙。」

柴七多在衛生室坐了好一陣子，看看姑娘不再開口，只得爬起來返回鐵匠爐。

可是，兩扇門板依然緊緊閉著。不過，屋裏的聲音變了，急遽的而短促的喘息，變成了悠長的鼾睡聲。

她不敢驚動申隊長的酣睡。天已經黑了下來，她怕耽誤了一家人的晚飯，只得掉頭往回走。

四

為了想出個十拿九穩的理由堵住申貴的嘴，使他沒法開口說「不」。柴七多一夜沒眨眼，輾轉反側，流著眼淚呻吟。直到窗戶紙泛白，方才想出了一個主意。悄悄爬起來準備早飯。她將頭一天就浸在水裏的乾山菜切得細細的放進鍋裏，再加上一小瓢玉米小餷子，添上水，架起柴火。向捲縮在炕角吸煙的老伴說道：

「喂，等會飯得了，你拾掇給全家人吃。」她俯身低聲囑咐，「別急著叫醒滿囤媳婦。她一捧起碗來，那點稀粥，沒有別人喝的！聽見沒有？」

「唔，唔。」老冬連連點頭。

吩咐罷，柴七多再次向溝口走去。她不敢再去鐵匠爐，而是直奔申貴家。

申貴老婆在地下做飯，柴七多跟她打了招呼，推門走進東里間。申貴伏在熱被窩裏抽煙卷。她正不知道該不該退出去，申貴扭頭問道：

「喲，老孀！大清早的來幹啥？莫非又是給那兩個頑固不化的狗雜種請假？」

當著親娘的面，罵人家的孩子是「狗雜種」。這話，只有申貴的嘴能說得出來。柴七多是個剛烈性子，不由得氣往上衝。但，她咬咬牙忍住了。她沒有忘記自己的地位，只有低頭思考如何把話說得圓範。這時，申貴又發話了：

「喂，老孀，你的眼咋啦——又紅又腫的？」

這是很好的話茬兒。他氣呼呼地答道：「申隊長，這還用問？叫那兩個『狗雜種』氣得唄！」

「那是為啥？」申貴沒有聽出弦外之音，扔掉煙蒂詢問：「莫非他兩個還想繼續反黨？」

「他們從來……」她想說「從來沒有反

過黨」，一想犯忌，立即改口道：「他們沒那膽。」

「那，又是為啥呢？」

「申隊長，你不是說過，只要俺們願意，仍然不嫌棄俺們雪花嗎？」

「不錯，有這話。當初她要是識抬舉，不跟壞人攪合到一起，哪會吃那些苦頭！如今可倒好：人還是那個人，東西可是差了味——跟從前大不一樣咯！」申貴光著身子坐起來，慢條斯裏地穿衣服。「不過，只要她堅決改過自新，看在你們老兩口的面上，我仍然打算原諒她！再說，黨的政策也不是一棍子打死，而是『給出路』嘛。只要她幡然悔悟，改惡向善，我們不會跟她計較。我兒子要是嫌她……『差了樣』，我來做他的工作，一定叫他跟原先一樣，不嫌棄她。」

「嘿，申隊長可真是寬宏大量呀！」

「這沒啥。誰教咱們是好街坊來？我也不能眼瞅著她陷進泥塘裏，不伸手拉她一把呀！這麼說，你已經把她的工作做好了？」

「做好沒做好，先不敢說。反正，俺跟他爹，滿囤，連滿倉都算上，都說她不知好歹，憑著隊長的兒子不嫁，偏偏喜歡個地主崽子！你說，這年月，哪有這麼糊塗的人？這不，全家人沒眨眼，勸了她整整一宿。一個姑娘家，俺就不信她能死強到底！」

「對對！老孀，火到豬頭爛，槍子到了野狼死。只要你們能認識到什麼是你們家的光榮前途，不怕她犟驢不回頭！」申貴露出了得意的笑容，「你老人家別耽擱，趕快回去，趁熱打鐵，做那犟貨的工作。我等著聽你們的好消息吶！」

三次改嫁的柴七多，啥樣的艱難困苦沒經歷過？但一次又一次，她都從不幸和苦難的泥淖中爬了出來。她能掙扎著活到今天，正是困苦磨難的賜予。現在，申貴淫威正盛，不把雪花弄到手不肯甘休。閨女卻是心如鐵石，至死不嫁他那傻兒子。她覺得自己像被綁上了夾棍，吞下了一把雙刃刀，兩面受夾板子罪。眼看著，兒子的腿留下了殘疾；閨女受的傷害更慘，女人最寶貴的地方，被禍害得流膿淌血，教人不敢睜眼看！就是這樣，申貴仍然不肯放手。飽嘗苦難的老人，長夜無眠所想出的「妙計」，不過是緩兵之計——給申貴一個虛歡喜。火燒眉毛顧眼前，先給孩子治好了病再想別的法子。反正，俺是說的囫圇話：只說全家人一齊苦勸，並沒有說閨女已經點頭答應。

見柴七多仍然站著不動，申貴溫和地說道：「喲，差一點忘啦：他們姐弟倆的傷，怕是還沒好利索吧？」

「唉！炕都爬不起來，拉屎尿尿，還得別人幫扶哪！」柴七多揩起了眼淚。

「那就好好治，好好養。用不著急，啥時候養好了，啥時候出工。需要啥藥儘管說，我叫申愛青給送去。哼！滿囤那小子真完蛋，他要是早像老嬸你老人家似的，把話說得這樣明白透徹，我能不准假嗎？」

「那就謝謝申隊長啦。俺就知道，宰相肚子裏能撐船，不會跟兩個不懂事的孩子一般見識。」老人身子似彎未彎，抱起兩手在胸前搖兩搖。「申隊長，你再沒有別的吩咐，俺就回去啦。」

「好，快回去，抓緊做工作！」

柴七多剛剛走到大門口，申貴趿拉著鞋子追了出來。

「老嬸，老嬸，等一等。」來到跟前，他從口袋裏掏出幾張票子，展開來揚一揚，原來是三十元錢。他抓過老人的一隻手，塞到她的手中：「老嬸，拿上這些錢，給曾雪花到公社醫院仔細檢查一下。早早治好啦，不光是少遭罪的問題，要是留下個後遺症，影響俺們老申家的後代，誰敢負責？」

「放心吧，申隊長，俺們不會給你們添麻煩。只要准了俺們的假，孩子看病的錢，俺自己能對付。」她又把錢遞了回去。

「咳，老嬸，你這是把我當外人。這是送

給曾雪花看病的，不要你們還賬嘛！」

「多謝申隊長的好意。准了孩子的假，俺就該給你磕頭啦。咋好再讓你破費呢？」

柴七多頭也不回，急忙走了。

五

陶木匠又幹了一件震動十裏長溝的漂亮活兒！

整整十天，削，鑿，鋸，刨，汗雨淋漓，忙個不停。現在，一個雖然單薄，但卻閃爍著油光漆彩的大紅壽器，橫臥在筒子房裏。山溝不缺木料，但老賈頭不敢張揚，壽器用的是「單料」。用他的話說：「人死入土為安，晚爛不如早爛。晚爛占塊地，早爛早肥田。」

然而，木匠用技藝和汗水，使得這口「薄皮」，賽過了所有的雙料巨棺。他不僅在研縫、開榫、淨面、上漆等方面，處處一絲不苟，為山溝人見所未見。壽器兩端的「刀子活」，更使見到的人嘖嘖稱讚。本來，老柞木質硬絲粗，不適宜雕刻。他便在紫椴板上雕出花樣，然後，用水膠和暗釘，鑲嵌在壽器的兩端。大頭是一個臉盆口大的團壽，筆劃凸起，飽滿渾圓。塗上金粉以後，更是金光閃灼，分外耀眼。小頭是一株出水芙蓉，丹葩怒放，翠葉翻卷，宛如移來一株真荷。見到的人個個伸出大拇指誇獎：

「嗐！咱長了這大年紀，還從未見過這麼漂色的壽器呢——老賈頭好福氣喲！」

「咱要是有這麼漂亮的『木頭大褂』，現在就叫咱死，也不待眨乎眼的！」

聽著人們的讚賞，陶南心中竊喜，他照著葫蘆畫出的「瓢」，遠遠超過了「葫蘆」！

「陶師傅，叫我怎麼感謝你好喲？」壽器的主人更是滿懷感激之情。他附在木匠的耳朵上，連聲感歎：「老弟，我大半生蟄伏深山僻地，畫皮做人，活劇演盡。死後有此佳器相伴，此生無憾了！」

望而生畏的壽器，竟帶來如許職業之外的收穫。這是始料不及的。陶南覺得，自己最大的收穫，不是模仿著做出的活，以及得到的喝彩，而是增加了閱歷，學到了從未學到的知識。與老人相處十多天，白日須臾不離，夜晚同炕而眠。戒心全釋，肺腑盡傾。兩人已成忘年知己。他感到十分羞愧的是，自己雖然是所謂名牌大學生，對於社會、人生的悟徹，比之僅讀過六年私塾的老人，不啻是無知的黃口小子。十天收益，賽過十年！

相見恨晚的感歎聲未歇，分手的時刻已到。知己難得，分袂何急？陶南滿懷惆悵。為了表示感激之情，他主動提出，工錢分文不收。

「嘿，哪有這個理？」老人爬到炕梢上，從西北角牆逢處，揭去一塊牆皮，從牆縫裏摳出一個黑布小包。打開來，裏面是他多年的積累——八十元錢。他雙手捧到陶南跟前，鄭重說道：「陶師傅，錢不多，你得全部收下。」

「賈大爺，你在羞我！且不說，我給別人幹，一個工只收兩、三元，用不了這麼多錢。十多天來，你給我的幫助，更不是區區金錢可以買到的——怎能再收您的工錢吶？」

「嘿！要說受益，彼此，彼此——您給我的教誨還少嗎？關東人有句話：『親是親，財是財』。如果說，你我是一見如故，倒不如說是不幸命運的賜予，與金錢搭不上界。」老人滿臉莊重之色，「俗話說，『窮家富路』。出門在外的人，離開錢，可是寸步難行。說不定啥時候，錢，不僅可以買來『路引』，也可以買到平安。到了需要錢財而不可得的時候，那就悔之晚矣！」

見陶南繼續推辭，老人急了：「陶師傅，你一個人說了不算！這錢，無論如何你得收下。再說，我留著也沒啥用項。眼下，社員們都空著大半截腸子，不成讓我拿去買好酒好肉，給自己撐個肚兒圓？」

「不！賈大爺！你留著它買口糧，少挨幾

天餓不好嗎？再說我幹了半年的活，口袋裏也積下了幾十元，足可應付不時之需。」

推讓了半天，最後雙方讓步：木匠留下了三十元，逼著老人把餘下的錢收了回去。

陶南的新作品所引起的轟動，不亞於四個月前的炕琴和臉盆架。閉塞的山溝，資訊長著翅膀，飛得比穿山風還快。壽器的第二遍油漆還未刷完，便有前來參觀的，其中多數是上了年紀的老者。通向老賈頭家的一條羊腸小徑，被踏寬了許多。有好幾個遠道而來的參觀者，還當場向木匠發出了邀請。

能遠遠離開豹子洞這個是非之地，正是木匠求之不得的事。他答應首先到最遠的岔路口去。「岔路口」上「岔路」多，說不定能遠遠躲開神通廣大的申貴。他立刻收拾工具上了路。

走出不遠，小表弟關成氣喘吁吁地跑來了。老遠便喊：「姐夫，你上哪兒？」

「我去外隊幹活。」

「別去。先到我家來——有好事呀！」

六

陶南不相信，這年月，會有「好事」降臨到自己頭上。一面跟著表弟往親戚家走，一面憂心忡忡地追根問底：

「表弟，你叫我回你家，到底有啥事？」

「嗨，我瑪今天在山上放鷹，釣住一隻野雞。我訥請你回去吃野雞肉吶。」滿口漢語的滿族後生，仍用滿語「瑪」和「訥」，稱呼自己的父母。他一面蹦跳著，眉飛色舞地繼續說道：「姐夫，你沒吃過野雞肉吧？那可是又香又鮮哪！嘿，老遠聞到味兒，你的『吃水』，准成淌到腳背上。吃上一回，保你還想吃第二回！」

「怎麼？野雞還能釣？跟釣魚似的，用線和鉤？」陶南不解地問道。

小表弟告訴他說，野雞能釣，但不是用鉤

和線，而是用馬尾做成的活扣兒。野雞覓食，有一定的路徑。找准它的路徑，把馬尾扣張開，一頭栓到樹棵上，借助樹叢的掩護，便是一個隱蔽的陷阱。四處覓食的野雞，悠然自得地經過套扣，不知不覺就將頭伸了進去。往前一走，脖子立刻被緊緊勒住。嚇得哀號著拼命掙扎。結果，越掙扎勒得越緊，不用多久，便窒息而死！

來到關東山以後，他曾聽到一個民謠：「棒打麅子瓢舀魚，野雞飛進飯鍋裏。」他在好幾戶人家，看到過野雞翎毛插在酒瓶裏或者牆上的縫隙裏。但一次也沒看到過飛翔的野雞。上大學時，在北京動物園曾一睹它的芳姿。這種學名稱「雉」的野生飛禽，身體比家雞小，但羽毛卻美麗得很。尤其是雄性雉雞，高昂的頭頂上，聳著幾支小傘似的毛翎。脖子上閃耀著蘭寶石般的光輝，身披五彩霞衣，後面長尾飄拂，極少有與之媲美的鳥類。

據說，古人正是以它為原型，「設計」出了子虛烏有的神鳥——鳳凰。並讓它與麒麟、蛟龍一起，成為人們膜拜的對象，可能正是看好了它們出乎其類、拔乎其萃的動人形象。鳳凰和蛟龍一起，成了帝王家的專利圖騰——天子是真龍轉世，後妃則是錦鳳降生。平民百姓只能敬而遠之。「麒麟能給生不出孩子的人家「送子」，以消除斷子絕孫之痛。而作為「鳳凰原型」的雉雞們，做完了神聖的貢獻，照舊被冠上一個「野」字，趕回深山老林，做人們獵獲的對象，餐桌上的佳餚！

陶南多次聽社員說過，身材不足一米六的申貴，雖然是個蹩腳的鐵匠，卻是個相當高明的獵人。他的槍法極准，凡是進入他那銳利視線的獵物，什九逃不脫死亡的命運。他尤其擅長打「飛兒」。看准了野雞「密」在那裏，端起張機待發的獵槍，「嗚——嘷」一聲長叫，受驚的野雞必然慌忙展翅逃匿。剛剛離地三兩丈高，「轟」地一聲槍響，立刻一頭栽到地上，十拿九穩，彈無虛發。據說，他曾在一天之中，打過五隻鮮血淋漓的野雞。至於一生之中，打死了多少，連他自己也說不清。人們問起來，只是淡淡地說：「嘿，一卡車，指定拉不完！」

陶南怎麼也想不到，殺害這美麗飛禽的，還有比獵槍更簡單的利器——馬尾扣！

「好香喲！」他正在胡思亂想，走在身旁的小表弟忽然嚷了起來。「姐夫，這就是我家煮野雞的香味！」

果然，一股他從未聞到過的異香，彌漫空中，直撲鼻端。離親戚家尚有幾十米遠，香氣便如此濃烈，足見表弟的話並不誇大。

姑丈已經候在門外，一見他走近，老遠便熱情地打招呼：「你姐夫來啦？快進屋。你給老賈頭做的壽器，饞死人吶。」

陶南向在灶上忙活的姑丈母娘問了好，脫鞋上了炕。回頭向姑丈問道：「姑父，你老人家要是喜歡，我也給你做一口吧？」

「給俺也做一口？」

「是呀。關裏家有個說道：早備下送老的壽衣、壽器等，添福增壽呢。」

「俺們這裏，也是這麼說。從前，富人家哪有等到人伸了腿，才忙活送死傢伙的？可惜，如今不同了，得先顧這張嘴。再說，我的料也沒備夠——沒想到能來這麼好的木匠呀！」老人遺憾地搖頭。

「姑父，你可以先借上點。老賈大爺，就向別人借了兩塊椴木板呢。」

在鍋上忙活的三姑，這時插話道：「他姐夫說的對。要不然，他一走，可就過了這個村，沒有這個店咯！」

正說著，表弟拉開了飯桌。緊接著，三姑端上來一個小盆，裏面是熱氣騰騰、散發著異香的酸菜燉肉。不用說，一定是野雞肉了。另外有一碟鹹菜，半碗麵醬，幾棵大蔥。飯是玉米二餷子粥，比平常喝的稠許多，而且沒摻野菜。這是眼下極其豐盛的午餐了。

姑丈給他盛上一碗飯，指著菜盆說道：

「快嘗嘗，野雞肉的味道咋樣？」

「好好。」他客氣地應著，「我以前從未吃過呢。」

他夾了一塊肉，送到嘴裏，慢慢地嚼著。肉絲細膩嫩軟，味道確非雞肉可比。正像俗話說的：「能吃飛禽一口，不吃走獸一斤。」可是，不知為什麼，他從清香鮮美的肉味中，看到了一種殘忍地虐殺！

與其說，勾動扳機前的那一聲「嗚嗥」狂喊，是嗜殺前的「明槍」，那偽裝嚴密的馬尾套扣，卻是防不勝防的「暗箭」。野雞們，只要走進布下陷阱的路，必然引頸入套，無一倖免。其殺傷率，決非明槍可比！可憐那些無知的飛禽，只想到前方有著可以果腹的豆粒、高粱等美味，焉能想到，鬱鬱蔥蔥的覓食路上，正暗藏著索命的機關！他甚至想到，張在樹叢中的馬尾扣，與百萬糊塗蛋鑽進去的「陽謀」，何其相似乃爾！

他覺得，跟一個月前吃蛤蟆肉的感覺相似，現在嘴裏嚼著的，不是香噴噴的野味，而是在吞噬自己同類。姑丈見他只撿酸菜吃，而不肯吃肉，不解地問道：

「怎麼？你姐夫，你不喜歡野雞肉？」

他含糊地答道。「不不，味道很不錯。」

「那就別客氣，多吃點。」老人接連用筷子給他往碗裏夾肉，「咳，往後哇，這口菜別想吃嘍。快連個野雞影子也看不到了。前些年，哪一年也釣它個十隻八隻的，去年竟然一隻沒釣著。今年，好不容易碰上個不長眼的——全是托你的福哇。」

「姑父，我有句話，不知當講不當講？」

「你說，你說。」

「往後可不可以不再下套釣它們呢？」

「那是為啥？」老人驚訝得瞪大了雙眼。

「姑父，你想嘛，它們在天空中自由自在地飛翔，多美呀？咋能忍心……」他支吾其詞，不願說出內心的痛苦。「這樣美麗的野生動物，應該進行保護才對哇！」

「嘿嘿，你們讀書人呀！」姑父搖頭輕歎，「那梅花鹿，麅子啥的，哪樣醜？在綠綠的山坡上跑起來，跟颳風似的，就像海面上的一隻小船——美不美？可，再美也是一道菜呀。再其一說，光咱們不釣有啥用，別人不是照打，照釣？」

「可也是。唉！」想到連越來越稀少的大熊貓，東北虎，中華鱘，雲南象等，都遭到人們的大肆捕殺，何況區區雉雞！他低頭吃飯，沒再吭聲。

始終靜坐一旁的姑岳母，這時試探地問道：「你姐夫，有人想求你件事，不好意思張口，托俺代求。不知道你能不能答應？」

「三姑，您老人家說到哪兒去啦？凡是能辦到的，不論誰求，我沒有不答應之理。」這話並不是矯情，不管怎樣，三隊還是收留了他。他的一母同胞，不是要派民兵把他押回廠，打打他的反革命氣焰嗎？

「事兒倒不大，你准能辦得到。」三姑不急於說破。

「那不成問題——但不知是什麼事？」

老人往東一指，壓低了聲音：「東鄰楊老黏家，想請你給他家看看宅基呢。」

「哦，他家要蓋房子？」陶南感到不可思議。

「咳！這年月，誰家有力量蓋新房呀！」姑父插話道，「是請你給看看，他家的房場、院落啥的，哪裏有犯邪、不吉利的地方。」

「是呀。這二年，老黏家接二連三，淨出事：滿囤娶回個不會幹、光會吃的半飆子，曾雪花被老申家逼得沒有路走了。姐弟倆平白無故，被送到公社學習班，折騰得差點送了命，至今爬不起炕；那個擁倒爬不起來的老黏，就因為沒幫著申貴欺負自己的兒女，就受了處分。你看，倒楣的事，一樁接一樁，都落到了老楊家頭上！」三姑神色憂淒，像在敘述自家的事情。「唉！老兩口愁壞了。聽人說，病根出在圈坑上——他家那個方不方，長不長的圈坑『向口』不對——犯克。老兩口子沒了主心骨，想求你給拿個准主意。要是真的犯克，他們立刻就改。」

陶南聽明白了，所謂「看房基」，原來是看風水的同義語。他從來不相信這類迷信活動，更未研究過。而老楊家的事，避之猶恐不及，他焉敢染指。一月前，不是自己主張集體上訪，曾雪花姐弟、連同那三個知青，哪有如此的災難？自己也不必像鼴鼠似的，躲進呂家近半個月，以至失身墮落。一個時刻被置於監督之下的盲流，再參入封建迷信活動，不但自取其咎，還會給老楊家惹麻煩。他不敢造次！

「三姑，連木匠……」他差一點將「連木匠也是現蹇現賣」說了出來。「連木匠我都沒幹好，這選宅、卜地的勾當，是風水先生的把戲，更是一竅不通——這事萬萬不可！」

「可，俺答應了人家啦。俺說，俺那侄女女婿，心善，好求。還是個能人，學問又大，准能幫你們看出個子午卯酉來。想不到……」

「咳，三姑！這可是犯大忌的事呀？再說，隔行如隔山——咱也不能去瞎說騙人呀！」

「你姐夫，你要是不答應，老楊太太一家……可就沒路可走啦。唉，這可咋好呢？」三姑連聲歎息，「唉，都怨俺老糊塗了：咋不跟你商議一聲，就冒冒失失地答應了人家呢。」

七

老人的自譴，使陶南很難過。

本來，內姑表親，並非至親。在他的家鄉，這種親戚，一般極少互相走動。要不是無路可走，千里迢迢來此地投親避難，恐怕此生也不會認識這位姑丈母娘，更不用說投身相靠啦。而收留一個外逃的「五類分子」，要冒多大的風險呀？可是，人家明明對自己的身份生疑，卻佯裝不知，仍像對待親姑爺一般，疼饑惜寒，關懷備至。剛來的時候，他只穿著一條秋褲，一條絨褲，外罩一條單褲。老人怕凍壞了侄女婿，立刻東補西連，給他做了一條厚棉褲。腳上的膠皮靰鞡，也是表弟闖成踏雪十餘裏，到供銷社買回來的。自從來到這裏以後，每逢有了好吃的稀罕之物，必定給自己留著。吃野雞肉之前，還曾經吃過姑丈用鐵夾子夾到的野兔肉，吃過小表弟上學路上采回的各種鮮美的野菜。有一種宛如香椿的樹，它的嫩芽叫「刺棱芽」，竟然有著雞肉的鮮味。至於表弟從江裏釣回的喇蛄，捉來的蛤蟆，更使他口頰生香。而自己，除了給親戚帶來巨大的驚恐和難為，可以說，沒有給人家些微幫助！古人云：「涓滴之恩，湧泉相報。」至今，大恩未報涓滴，卻對唯一的一次懇切相求，斷然拒絕。於情於理，都說不過去。但是，要他冒險去搞迷信活動，他實在沒有那份膽量！

他真不知道該怎樣深深致歉，以安慰滿臉憂戚、深悔輕諾的老人。

「依俺看，這事並不難。」他正不知如何措辭，姑丈開口了。「你姐夫，俺聽風水先生說，有一本書，叫『一經』、『二經』啥的，是專門教導算命、爻卦的。你上了那麼多的學，沒念到這本書嗎？」

「『一經』、『二經』？沒聽說有這樣的書呀！」陶南如墜五里霧中。鎖眉想了許久，突然放下飯碗問道：「姑父，你所說的書，莫非叫《易經》？」

「不錯，正是『一經』呀！」

陶南慚愧得滿臉通紅！

他所上的「名牌」大學，之所以有「名」，不過占了奠基於延安，篤學蘇聯老大哥的光彩。建國之初，即虔誠地叩拜他山之石，以「老大哥」為典範，「老大哥的今天，便是我們的明天」。繼而搖身一變，成為堅強的反修理論陣地。政治上的純潔與激進，可謂登峰造極：動輒停下課程，捉老鼠，轟麻雀，抹地板，掃床底……為「除四害、講衛生」，達標奪魁；甚至，停課數月之久，打右派，批右傾，爭上游，放衛星，為登上中央大報的頭版頭條，爭分奪秒！至於學術與科學，無非是評價紅與專的量杯：誰迷戀專業，便是走「白專道路」！正而八經的經典作品，都當成封資修橫加批判。那頗有唯心色彩的《周易》，自然被當成封建迷信垃圾，掃蕩得不見蹤影。大學四年，他不但沒讀過這本書，連拿到手裏看一眼的機會都沒有。直到大學畢業後，被分配到南疆一所大學的圖書館做圖書管理員，在奉命打掃一座書庫時，方才第一次見到這本塵封已久的禁書。背著人，偷偷翻了翻，才知道這本俗稱《易經》的經典，原名《周易》，是勘輿家的圭臬。據說乃伏羲、文王、孔子所著。伏羲制卦，文王系辭，孔子作十翼。當時覺得，自己身上已經浸透了毒汁，再要閱讀，毒上加毒。彷彿捧著一條毒蛇，急忙丟到一邊。至於勘輿，在此之前，他是從《日者列傳》上得知這個詞的。《漢書藝文志》載有《勘輿金匱》的書目。但不是語焉不詳，便是被自己視為迷信，而不屑於流覽。誰知，今天真的需要這方面的知識來解圍，卻應了「書到用時方恨少」這句古語。要是當初認真的讀一讀，哪怕是一知半解，今天也不至於如此束手無策呀！

記得十歲那年，父親跟叔父分家，抓鬮定房，一宅分為二院。叔父仍走西大門，他家則改走東巷，需要另開新門。父親請來一位胖胖的、留著八字鬍的風水先生，看看該把大門開到哪個位置和「向口」，方能避凶趨吉，日子過得興旺。胖先生除了手中的一把摺扇，就是一個層層包裹的羅盤。雖然父親警告自己，離那個圓盤盤遠一點，「不許亂動」，他仍然偷偷向前，俯身觀賞了許久。那是個淺赭色，酷似一隻鐵餅的新奇玩藝兒，中心有一個鑲著玻璃的圓洞，裏面是一隻搖搖擺擺的指南針。外面是一道道圓圈和放射形的直線隔成的方格子。每個格子裏寫滿了字。最裏面的一圈，是八個粗線條的整齊組合。但除了一個像「三」，其餘的都不像字，不是上面斷，就是下面斷，甚至上下中間都不連。八字鬍告訴他說：那就是八卦的符號。第二圈上的乾，坎，艮，震，巽，離，坤，兌八個字，則是八卦的名字。再往外一圈，是八卦與天干地支的搭配。第三圈一看就懂，是東、西、南、北，以及東南，西南，西北，東北，八個方向。再往外還有什麼，現在已經記不清了。八字鬍曾經頗為耐心地給他講了一通八卦的神奇妙用。最後，神色肅然地說道：「明白嗎？靠它的幫助，我才能把風水看得准之又准，給所有的人家帶來吉祥福綏哪！」八字鬍的認真開導，如其說使他懂得了勘輿的意義和價值。倒不如說，幫他識了兩個字。雖然念了三年私塾，認識了足有一大籮筐字，但仍把「艮」、「巽」，念成了「良」、「選」（選）。那次有關風水的啟蒙教育，如能使自己從中懂得哪怕是一點「勘輿」之道，今天也能派上用場。可惜……

見他久久低頭不語，三姑只得說道：「唉唉！你姐夫，你也別為難，俺去辭了人家就是嘛！」

姑父卻說道：「你姐夫，依我看，那些拿著羅盤指手劃腳的風水先生，不少是在誆騙人。那一年，黑龍頭來了個江南人，一手拿羅盤，一手拿《一（易）經》、《奇門遁甲》啥的，活像個有學問的先生。後來叫一個識字的放牛老頭一考，原來連那兩本書上的字都識不全。你說，那樣的冒牌貨，能看出好風水來？花冤枉錢唄。」姑父一面仔細觀察著侄女婿的表情，一面緩緩說道：「依俺說，萬事離不開個理。能把人從牛角尖里拉出來，就是看准了風水，行了善，積了德。」

想不到一個沒上過學，憑著自己的聰明卻能看透唱本的滿族老農民，不但說出了一番「活學活用」的大道理，而且輕輕一句「行善積德」，便使他像進了馬尾扣的野雞，逃脫無計。當初，張瞎子掐著指尖說出來的讖語——

東行吉祥。後來的事實證明，東行之後，所受到的折磨與驚嚇，絲毫不亞於太平甸。說明那位「神算」，並不像傳說的那麼靈驗。但當時卻給了自己負笈東行的勇氣。顯然，這勇氣，正是來自於「心誠則靈」的信念。連孔聖人不是也說，「祭神如神在」嗎？

他又想起，就在他工作的縣城，有一位銀須拂胸的「馬神仙」。據說，預卜吉凶禍福靈驗如神。後來得知，此人乃是個開除公職的中學政治教師。1957年，他因為一句「毛主席的好經，被下面的小和尚念壞了」，而成了「異類」，攆回原籍監督勞動。一個幼年離開農村，年逾五旬的老人，胸藏萬卷，卻手無縛雞之力。他肩不能挑，手不能提。加之一生沒幹過農業活，野草幼苗不辨，耕種鋤割不會，子女們又一齊跟他劃清了界限，堅決不養活「反黨老右派」。求生無計，他鋌而走險，偷偷溜到北海城，開始了「觀枚拆字」的「神仙」生涯。不料，很快便名聲大躁。結果驚動了派出所，被請進黑房子，審查了好多日子。結論是：沒有散佈反黨言論——無罪釋放。據說，他的訣竅，既不是來自《周易》，也不是來自《奇門遁甲》，而是在大學期間學來的《唯物辯證法》！

唯物辯證法居然能使一個食穀凡人，變成「神仙」！這話要是當眾說出，必然要和許多人一樣，再戴上一頂惡毒攻擊的大帽子。表面上，他在用自己編寫的、左右逢源的卦語，給人分憂解難，實則是憑著察顏觀色，分析推斷，預測事情發展的可能性與規律，以開導求卜者選擇避凶趨吉之途。既然別人能用辯證唯物主義，為人解困釋疑，指點迷津。在自己沒歸入「異類」之前，不但篤信馬克思列寧主義，而且對歷史唯物主義、辯證唯物主義等馬列主義必修課，下過一番工夫。大會小會發言，引「馬」，據「列」，誇誇其談，曾使不少人歎為「雄辯，深刻」。現在，何不臨時抱佛腳，試著做一次用馬列主義武裝頭腦的「神仙」呢？

他估計，風水應包括「陽宅」、「陰宅」、貨場、店鋪等許多方面。楊家只求看「陽宅」，似乎更好應付。走南闖北，人到中年，自然知道，什麼樣的房子「受住」，啥樣的房子住著彆扭——似乎可以對付過去。

但，剛剛鼓起勇氣，他立刻又動搖了：楊家山環水抱，應該說是難得的風水寶地。自己要是有那份福氣，在他家的宅基上「卜宅」終老，不啻是三生之幸。如今家家食不果腹，災禍卻一視同仁，何嘗是風水的罪過？老楊家災禍接踵而來，乃是人禍，與風水何干！但看到兩位老人焦急為難的樣子，他不忍心繼續執拗。抬起頭，右拳猛擊炕沿，爽快地答道：

「好吧，我聽兩位老人的——去給老楊家看看試試。」

「真的嗎？」姑父半信半疑。

「你姐夫，答應了的事，可不興……」三姑仍然怕他變卦。

「姑父，三姑，我說話算數。今天晚上就去給他看，行吧？」他害怕白天太招搖。

「風水得看，黑咕隆咚咋行！」兩位老人幾乎同聲反對。

「那……只得午飯後去了。」他無可奈何地長籲一口氣。

「那敢情好！」兩位老人一齊露出了寬慰的笑容。

八

「你大嫂，俺把他姐夫給你請來了。他答應給你們看看哪。」

三姑領著侄女婿來到楊家，一進門，便向女主人點明來意。

「老嬸，你可幫了俺的大忙啦！」

柴七多正抱著磨棍推苞米骨頭，急忙放下磨棍，一面撲打著身上的灰土，一面往屋裏禮讓。「陶師傅，快進屋。咳，你給滿囤做的嫁妝，誰見了誰誇！你受了那麼多的累，工錢沒收下幾個——教俺臉紅喲！這會兒，又得麻煩你，真叫人過意不去。你不抽煙，俺連碗茶水，也不能對付給你喝。實在……」

三姑說道：「你大嫂，他姐夫不是外人，用不著那麼多的禮道。」

「大嬸別客氣。不過，我擔心給你老人家幫不上忙。」陶南仍然憂心忡忡。

在長白山一帶，百分之九十以上是逃荒來的「外來戶」。剛來的時候，以年齡定輩分，戶主年齡彷彿，便以平輩相稱，子女依次順延。幾代人下來，同齡人的輩分便有了差距。所以，與三姑差不多同齡的柴七多，卻低了一輩。為了尊重老人，也是自謙，陶南仍然按照「街坊輩」的習慣，以長輩相稱，不叫「大嫂」，而稱「大嬸」。

進到屋裏，陶南向籠怵在炕梢上的楊滿倉問道：「滿倉兄弟，你，好些了吧？」

「媽的！狗雜種們的心比野狼還狠，俺這兩條腿算是交代了。就是傷好了，也不是原先的兩條腿啦！」滿倉咬牙切齒，大聲嚷嚷。「陶師傅，你淨愛聽我娘的。你說，俺們家倒這麼大的黴，能怨著風水？」

「是的。」陶南含糊答道，「其實，我哪裏會看風水喲。可，大嬸……」

柴七多怕兒子給捅漏子，急忙把話茬接了過去：「陶師傅，你別聽那愣頭青瞎咧咧。他要是有信服的事，至於吃這麼大的虧？他不信，俺信。俺們一家人就托你的福啦——你就受累吧。」

陶南無可奈何地答道：「楊大嬸，談不到受累。不過，隔行如隔山，幹木匠活，還湊湊付付。叫我看風水，實在是獵手打魚——離把。是三姑非要我來的。那就試試看吧，看的不對，可得請你老人家多原諒呀。」

「看陶師傅說的！俺聽人家說，你會的手藝可多啦：會寫，會畫，會木匠，會修縫紉機，會治病，會打拳……啥都會的機靈人，咋能不會看風水呢？」柴七多扭頭望著三姑，一派虔誠的讚歎：「老婳，你的親戚這麼能耐，還一點不拿架子。這樣的好人，到哪兒找去吶？」

老人不但奉承有加，還拿話把他套住了。

使陶南不解的是，人們知道他會寫、會畫，並不奇怪。他在炕琴和棺材上，寫過，畫過。但，義務給人家修理過一次縫紉機，是在野豬嘴五隊，給樸合作的母親針灸，是在縣城裏。他們怎麼都知道了呢？尤其是，自己從來沒學過拳腳，自然也談不到打拳，「會打拳」之說，從何而來？莫非是因為戰爭年代，曾跟一個戰友學過飛鏇子，雖然蹩腳的「鏇子」始終沒有「飛」起來，但有時走在山路上，見四顧無人，為了驅趕心中的惆悵，確曾旋過幾回。莫非恰巧背後有眼，被人看見了，於是傳了開去？

俗話說：「關東山三大怪：窗戶紙封在外，公公穿著兒媳婦鞋，生個孩子吊起來。」這裏，冬天外冷內熱，室外的溫度低到零下二三十度，室內卻在零上二十來度。因此，屋裏濕氣特大。窗戶紙如果不「封在外」，勢必被潤破。而大部分人家，公公都和兒媳婦睡在一間屋的對面炕上。甚至娶來新兒媳，老公公還得跟「老」兒媳婦睡到一鋪炕上。當地出生的女人都是天足，夜裏睡覺，鞋子都脫在地下。老公公起大早摸黑下地，常常到了地裏才發現，腳上穿的竟是兒媳婦的鞋子。關外居室簡陋，幾乎不見糊天棚的，梁頭上橫幾根木杆，再平放上木板，便是家家必備的「頂棚」，連結婚的新房也不例外。等到新婚夫婦生下孩子，用樹皮做成「搖車子」——搖籃，拿四根繩往頂棚的橫樑上一拴，裏面的孩子便吊在了空中。輕輕一推，悠悠然蕩起了秋千。任憑孩子百般哭鬧，很快便停哭止號，沉沉睡去。

看來，「三大怪」仍不足以概括關東山的全部怪異。還應該再加上一怪：「啥樣消息都傳得快！」表面上，廣播喇叭是山溝裏唯一的通訊工具，住戶又是東一家，西一家，沒有兩戶是接山夥牆的。正所謂：雞犬相聞，宅院不鄰。但山溝裏消息傳播之快，實在令人驚訝。難怪有人調侃道：誰家的老母雞抱了窩，老鼠下了崽，老婆踹了男人的卵子，用不著一袋煙的工夫，包准全溝皆知！

仔細想想，自己的名氣之所以這麼「大」，恐怕只能歸功於幾個「土無線電」。三隊有那麼幾個快嘴子女人，她們最大的興趣，就是包打聽和作義務宣傳員。不論是正敞著懷給孩子餵奶，還是灶下架著火，鍋裏的米粥咕嘟、咕嘟要往外冒，一聽到「稀罕事」，伸手掀開鍋蓋，拿腳往灶坑裏踢踢劈柴，夾著孩子，撒腿就跑。眨眼之間，消息傳遍全溝，絲毫不亞於「無線電」！看來，自己的一舉一動，時刻都有許多雙眼睛，善意的，好奇的，甚至是惡意的，在暗地裏觀察與審視。在城市，同住一座樓，數載傍門而居，可以不知對門的單位、姓氏。在這裏，記性稍好的人，不但能記住全溝人的生日時辰，連誰家有幾戶親戚，幾個朋友，照樣瞭若指掌。偶然有生人來到，個個像觀賞珍稀動物似的，伸長脖頸，瞪大雙眼，不看出個子丑寅卯，決不甘休。而自己不但毫無警戒惕厲之心，甚至有意無意地露一手，焉能不招來「啥都會」的名聲呢？看來，要想不惹起人們的注意，只有牢記賈大爺的教導，一刻也不忘記隱蔽自己。可是，他缺乏那種含而不露的藏秀功夫！

「你姐夫，你也不抽煙，那就早早給你老嫂子看看吧。」三姑好像仍然怕他變卦，急忙催促。

「大嬸，沒有看風水的羅盤，『子午向』肯定搞不太准。恐怕只能憑肉眼，看個大概啦。」陶南心裏歉歉地往外走。一面回頭說道：「哎！還是那句老話：不管看得對不對，僅供你們參考，可不能當真呀。」

「哪能不當真？俺要不是相信你一定能給

俺看准，咋會麻煩您吶！」柴七多抓住不放。

「你姐夫，你就大膽地看吧。就是看得不准，你嫂子也不會埋怨。」三姑在鼓勵，也是巧妙地回護。

話說到這個份上，陶南無法再推辭。站起來，大步來到院子，前後左右，仔細端詳起來。

其實，對於楊家的宅基，他在這裏幹了十幾天的活，早已了然於心。大的構造，不過是坐北向南三間草房，右面是一個豬圈，左面有一個六條腿的苞米倉子——典型的關東山農家「三大建築」配套結構。房後有一方菜園。菜園東南角，臨近住房的後窗外，是一個用木板釘成的「茅樓」——廁所。楊家四周無近鄰。離最近的鄰居也有數百步之遙。再往後大約一百米處，是一座突兀聳起的無名山崗。楊家的房子就在山崗的懷抱之中。

關裏家幾丈高的一個土丘，往往都有一個名字。東北的山水多得數不勝數，名字卻少得可憐。豹子洞周圍的山峰足有十多個，似乎都沒有名字。他曾指著幾座高聳的山頭問過好幾位老人，幾乎千篇一律，茫然搖頭：「咦，沒聽說那山還有名字！」問急了，便以方位詞作答。在一個方向上，有那麼多的山頭，也不知他們怎樣區別？對於江河、村落的名字，不是用「大」「小」，就是用數字來命名。什麼「頭道江」，「二道江」，「頭泡子」，「大坎子」，「二戶來」，「三棵樹」，「四家子」，「五道溝」，「八道江」……還有許多不雅的名字：夾皮溝，溝幫子，馬屁股，褲襠底，王八脖子……不一而足。

楊家房後的無名山崗，東面被大江斬斷，西邊被深溝攔住，暫隱其形。過了溝，立刻躍身而起，向西北方蜿蜒而去。在柞木拌子圍起的院牆外面，不過五十米處，是一條當地人稱做「大河」的小溪。冰雪早已融化，水流湍急，琅琅的流水聲，似在為楊家的不幸而哀哀哭泣。

用不著翻看什麼勘輿典籍、「一經，二經」，說這裏是水環山抱，風景如畫，絲毫不是誇張。他為老楊家能在這樣的「風水寶地」上繁衍生息而慶倖。可是，現在必須雞蛋裏頭挑骨頭，找出個「不吉利」的所在。不然，無以安撫沒有擺脫迷信陰影、終日惶惶不安的老人。

前後左右，反復端詳了好一陣子，他終於發現了問題：這裏的地勢西高東低，住宅的位置太靠東，處於低窪的地方，如能西移二三十米，則更加乾燥敞亮。但在這家家食不果腹的年月，建議人家拆房重建，無異於作孽。他打消了這個念頭，另外尋找「問題」。

楊家的圈坑，在院子西南方。這裏不像關裏，圈坑是用磚石砌成的大深坑。而是建在平地上，用木拌子一圍完事。不僅糞臭味時刻可聞，雨季一來，糞水外溢，必然要漫過院子，然後流到東面的大江裏。而需要建在通風軒敞處的苞米倉子，卻放在離住房較遠的東南角。東流的糞水，恰好從它的下面流過。另外，房後東窗外的便所，離住屋也太近，有礙衛生。

「有了這三條，足可以安撫主人了！」陶南感到意外的高興。

為了不讓過路人看到他在這裏東張西望，他急忙進到屋裏。面對柴七多乞求的目光，說出了剛剛編造出來的「風水」理論：

「大嬸，你家的風水很不錯：背靠山，面朝河。夏天有江上的南風消暑，冬天有西北的高山擋寒，實在是塊風水寶地。」他語氣肯定，儘量把話說得通俗，「依我看，沒有大的犯忌、不妥之處。」

柴七多失望地問道：「既然處處都好，為何這麼多倒楣的事，都教俺們家趟上了呢？」

「大嬸，我說的是『沒有大的犯忌』之處。並不是說一點不妥的地方都沒有。有幾個地方還是需要改一改。」

「哦，陶師傅，你快說，都是哪兒不妥當？」柴七多精神一振。

陶南用堅定的語氣答道：「依我看，豬圈，苞米倉和房後的便所，位置都不太合適。」

「那咋辦呢？」

「不難辦：將豬圈跟苞米倉子對調。房後的廁所，也往北或者往東移幾米，就一切大吉大利啦。」

「對呀，對呀！完全對上茬口啦！」柴七多一聽，滿臉喜色，兩手不住地對拍著：「陶師傅，你看得真准——神啦。頭幾年就有人說，俺家的豬圈犯毛病哪！」

「是的，你們家最大的問題，就出在豬圈上。」陶南順水推舟。他的唯一根據，僅僅是衛生的需要。但他絲毫不敢露出嘻笑，仍然正色說道：「好在改動並不費事：請幾個人幫忙，三項工程，不過一天的工夫。費工不多，好處卻不少。」

「咳！只要能給俺們家帶來平安，費工再多，俺也立刻照辦！」

「這樣一改，清氣西來，濁氣東走，連便所帶來的髒氣也遠遠避開了。」為了減輕老人的痛苦，他極力裝出一副虔誠的樣子。「楊大嬸，只要離濁氣、晦氣遠了，你家也就時來運轉了。」

「那可是托陶師傅的福啦！」

「不，不！與我無干——是你們家有福。」陶南有些語無倫次。

這時，三姑插話道：「你大嫂呀，雖說他姐夫給你們看得很准，你可千萬不能跟旁人漏呀。你知道，有人正愁著抓不住他的小辮子吶！他肯來給你看風水，還是俺好說歹說才請來的呢。」

柴七多急忙答道：「大嬸，俺能不懂這點事？這事，俺連他爹那老東西都背著呢。那是個兔子膽呀，人家一跺腳，嚇尿了褲子。萬一叫申貴一逼，還不得把啥話都吐露出來！」

「那，俺就放心啦。」三姑放心地點著頭。

一直待在北炕上靜聽不語的滿倉，這時高

興地插話道：「陶師傅看得對極啦：俺早就覺得，圈坑放在高處不地道，茅樓也離窗戶太近。你想呀，一年到頭臭哄哄，夏天蒼蠅黑壓壓一片，歇個晌覺都不得安穩。蒼蠅糞不知吃了多少——咋能不倒楣呢。娘，過幾天等我的腿能行動啦，咱們馬上改！」

陶南趁機把藏在心裏的話說了出來：「楊大嬸，好風水帶來的吉利是以後的事，雪花姐弟倆的病，這麼拖著，可不是辦法，必須去醫院好好檢查一下。年紀輕輕的，留下後遺症，可不是玩的！」

「唉！誰說不是哪！」柴七多剛剛舒展的臉色，再次罩上了陰雲。「可到哪兒去弄錢呀？」

「不知得多少錢？」陶南問道：

「少說也得個十塊二十塊的。這麼多的錢，這年頭……」老人拿袖頭抹起了眼淚。

「申貴要送給俺。黃鼠狼子給小雞拜年，沒安好心腸，俺沒要他的！」

「沒關係，我這有。」陶南從口袋裏摸出準備好的二十元錢，遞到老人手裏：「大嬸，你收下這點錢，先給姐弟倆看病要緊。」

「陶師傅，這咋行？俺咋能用你的錢呀！」老人兩手顫顫抖抖地把錢往陶南的手裏遞。

三姑伸手攔住柴七多：「你大嫂，誰家還沒有個難處？你可不能辜負了他姐夫的一片好意呀！」

陶南趁機退後兩步，說道：「放心吧，大嬸。這錢是我送給他們姐弟看病的，不用你們還。」

「那更不行！」楊滿倉高聲喊起來，「陶師傅，你聽我說……」

「兄弟，有話改日再說。我還有事，再見。」陶南不等三姑跟上，急忙掉頭走了。

當天晚上，陶南由楊家姐弟想到趙魁的傷，翻來覆去睡不著。拉開燈，把墊在帽子裏面的一塊舊報紙取出來，用口袋裏的半截木工鉛筆，寫上「速給趙魁看病」五個字，然後包上十元錢，熄了燈，假裝外出方便，悄悄溜了出去。來到趙家籬笆外，又從地上摸起一塊小石子，放進紙包裹包好，瞄準屋門口，用力扔了過去。只聽得「叭」地一聲脆響，紙包撞在了趙家屋門上。

響聲剛過，屋裏的燈亮了。他怕被發現，急忙回到了闞家。電燈也沒開，躡手躡腳爬到炕上。剛剛鑽進被窩，睡在南炕上的三姑便問道：

「你姐夫，你出外頭方便來？」顯然，他的偷偷外出，被老人發現了。

「唔。」他含糊應道。

「怎麼這大剎子？莫非是鬧肚子？」

「啊……不。我在外面看了會兒星星。三姑，沒事，你睡吧。」

第二天一大早。他便背上工具箱，朝溝外走去。他要去岔路口找活。

不料，還沒走到溝口，楚勝從後面追了上來。

「喂，住下！」楚勝追到跟前，板著臉問道：「你要到哪裏去？」

「我……去外隊找點活幹。」他的心「咚咚」跳，沒敢說出具體去向。

「回去——申隊長在隊部等你，要你馬上去見他！」

「不知……」他感到脊背發冷，舌頭有點不聽使喚。「不知，為了啥事？」

「不知道，我只管下通知。你去了，不就知道了？」

「等我回來，再見申隊長，行不行？」

「不行——馬上就得去！」

他不敢違抗，只得跟著楚勝往三隊隊部走去。

十二、老地主的歸宿

一

黑龍頭大隊三小隊「隊部」，設在飼養室的隔壁。屋內迎面牆上貼著一張偉大領袖毛主席身穿綠軍裝、臂帶「紅衛兵」袖標的大幅畫像。四周牆上，密密麻麻貼著「橫掃一切牛鬼蛇神」，「誓把無產階級文化大革命進行到底」等，各種顏色、各種尺寸的標語。房間空蕩蕩，除了靠西牆有一張油漆斑駁的兩抽桌，一條木色長凳，別無長物。桌子上亂七八糟地堆著一些傳單、報紙、和鞭炮，辦公文具，一件也不見。因為書記兼隊長申貴平常辦公，不是在紅爐，便是在家裏。小隊會計，乾脆在自家的炕頭上記帳。所以，這裏常年是鐵將軍把門。陶南來了這麼久，還是第一次踏進這裏。

申貴已經坐在了桌子後面。兩腳放在辦公桌上，低頭抽煙，裝作沒看見有人進來。陶南近前小心翼翼地問道：

「申隊長，楚排長說，您叫我？」

「怎麼是『叫』呢？是請！」申貴抬起頭，得意地斜睨著。「大名鼎鼎的魯班高徒，俺們莊戶老斗咋敢『叫』呀？連請，也得加小心吶！」

挖苦諷刺，仇恨蔑視，對於淪落為階下囚的陶南來說，早已是耳熟能詳。不過，他已經大半年沒聽到這樣說話的腔調啦。

他原先所在的鑄造廠，有一個手搖羽毛扇式的造反頭頭，名叫萬構東，是個工學院畢業的大學生，高幹子弟。他從當宣傳部長的父親那裏，繼承了政治敏感和超人的口才，不但擅長給報紙和傳單上的常見字，重新命名，而且舌底生花，能把一件極其平常的事情，描繪得一波三折，妙趣橫生。說話，發言，宛如政治家演講。每當他領著人鬥爭陶南，在動手「升溫」之前，常常來上一通冷諷熱嘲：「好嘛，氣色不錯呀！怪不得，拉著地排車，樣板戲不離口吶——意氣風發的很喲！是聽到了帝、修、反，反華的新陰謀？還是又想出了頑固對抗、陰謀破壞的新花招？嘻嘻！莫非哼幾句革命的樣板戲，一個反動透頂的右派分子，就變成了心紅志堅的革命戰士？告訴你，革命樣板戲，乃是無產階級文藝革命的偉大旗手江青同志親自領導和創作的。你配唱嗎？革命的樣板戲，讓你那一貫放毒的臭口一唱，豈不是被大大地沾（玷）汙？」要不就是：「嘻！今天又換了一副面籠（龐）：你認為裝出一副狼狽相，革命群眾就變成了東郭先生？一個個都給你拖（施）溫情？嘖嘖，南阿（柯）一夢——可惜了的，你這名牌大學畢業生！」

想不到，申貴的腔調，與萬某如出一轍！莫非這是暴風驟雨的前奏，好戲正在後頭？陶南極力平靜地問道：

「不知申隊長叫我來，有啥事？」

「你自己還不知道？」

「我……不知道呀。」他知道，好戲要開場了。

「呦呵！嘿嘿嘿……」申貴發出一陣冷笑，「你剛剛散佈了那麼多的迷信和『四舊』，咋就忘得這麼快呢？」

一陣寒流，掠過脊背。陶南不由地打了一

個冷戰。

怪哉！昨天上午剛給楊家看了「風水」，申貴怎麼立刻就知道了？他的一顆心在往下沉。本想立即如實承認，又一想，也許申貴另有所指，且看看謎底再說。於是，含糊答道：

「申隊長，我的覺悟太低，也許做了什麼錯事，自己還沒認識到，希望您不……」他想說「不吝賜教」，忽然想起這話文縐縐，不啻是自我暴露，急忙改口道：「請您不客氣地指出來，我一定堅決改正。」

「姓陶的，你可真是貴人多忘事呀！」申貴瞪大了三角眼。「你小子製造的『四舊』，轟動了全大隊，前來參觀的，擰成繩子，排成隊，你卻在這兒裝蒜！」

他暗舒一口氣。原來申貴所指的迷信和「四舊」，是因為他做的那口棺材。於是鎮靜地答道：「申隊長，我給賈大爺做壽器，」他指指站在身後的楚勝，「完全是照著楚勝同志家那一口的式樣做的，一絲一毫，也沒有改變呀！」

「哼！」申貴身子倚著牆，把雙腳挪到桌子上，左右相交，輕輕搖著腳尖。「那能是一回事嗎？楚勝爺爺的棺材，是土改時分的浮財。按說，那上面的荷花、壽字啥的『四舊』玩藝兒，也該鏟掉。可是我們得考慮貧下中農的困難呀，要是給弄壞了，他們不得花錢另做？可你哪，頂風而上：在無產階級文化大革命取得光輝勝利的時刻，到處散佈四舊——你的膽子不小哇！」

「申隊長，您看，我把賈大爺壽器上的花樣剔了去，另換個花樣行不行？」

「咱就知道你有的是花樣，你想換什麼？」

他想了想，答道？「大頭刻上葵花向太陽，小頭刻上個紅五星，表示心向紅太陽、革命到底，怎麼樣？」

「混帳！人死了怎麼幹革命？人都硬了個屌的，哪來的紅心向太陽？你把紅太陽毛主席，頂在死人的頭上，把革命的紅五星，踏在死人的腳下——何其毒耶？」

「是的，是的。」他深悔失言，「我今天就去把刻在壽器上的浮雕，都鏟了去，什麼也不刻，行嗎？」

「哼！已經晚啦——反動影響已經造成了！這跟寫反動標語一樣，寫了，再擦了去，能等於沒罪？大獄就不用蹲啦？」

陶南預感到大禍臨頭。正在考慮脫身之計，申貴吐一口唾沫，狠狠地說道：

「你不止是在棺材上，搞迷信、四舊，你在炕琴和臉盆架上，散佈得更多——可以說是罪惡累累，聲（罄）竹難書！」

他在臉盆架上，刻過「喜上眉梢」，在炕琴上刻過毛主席詩詞。想不到，也被當成了「罪行」。如不加以辯護，「罪惡累累」的帽子摘不掉，後果不堪設想。他壯著膽子說道：

「申隊長，除了壽器上的浮雕，是照葫蘆畫瓢。我在所有傢俱上刻的花樣，無不是遵循偉大領袖毛主席他老人家的教導……」

「呦！這麼說，你是處處照毛主席的指示辦事，他老人家指到哪裏，你就打到那裏啦？」

「是的，我總是儘量這樣做。比如：毛主席有《詠梅》詞，我才刻梅花。我所刻的詩詞，也沒敢改動一個字。難道……」

「放你娘的狗臭屁！」申貴兩腳從桌子上抽回去，忽地站起來，猛地一拍桌子。「你他媽的，少給我狡辯！你刻的『天生一個仙人洞（兒），無限風光（兒）兩險峰』，也是他媽的毛主席教導你的？嗯？你把這些見不得人的騷屁話，刻在人人都看得見的嫁妝上，不是為了把你放的臭毒，傳播得更快，是什麼？」

「申隊長，我刻的是『天生一個仙人洞，無限風光在險峰』，不是『兩險峰』。」他怕招來「歪曲最高指示」的罪名，急忙解釋。

「再說……」

「我不管你一險峰，還是兩險峰，你的罪行掩飾不過去！」

「申隊長，你的話，我不明白。」他反而

平靜下來。

「哼，不是不明白，是不肯認罪！」申貴憤怒得滿臉通紅，「媽拉個巴子的！非得我給你揭出來，你才肯招承？」

「申隊長，您揭露出來，我更能加深認識呀。」他極力裝出恐懼的樣子，想讓這個領導幹部多出點洋相。

「那『天生一個洞兒』，是什麼？不是女人腚溝裏那個騷窟窿嗎？那『無限風光』的兩險峰，不就是女人的兩個大奶子嗎？不『大』，哪來的『險』？狗雜種！儘管你拼命打馬虎眼，欺騙革命群眾，可是，革命群眾的眼睛是雪亮的，決不會上當受騙！臭盲流，給我放明白：你的罪行，連三歲小孩子也騙不過去，更不用說我們這些老幹部啦。你還有什麼說的？嗯？」

「申隊長，在你所有指出的『罪行』之中，『仙人洞』這一條，是不是最為嚴重？」他恨不得仰天大笑，但他連一點笑容也不敢流露出來。

「當然是。這一條，最惡毒，最下流！就憑這一條，就可以把你送到該去的地方！」

「申隊長，我刻的乃是兩句詩呀。」

「哼！我管你是『屎』，是尿！你大放其毒，就要專你的政！作為一級黨組織，我們豈能聽之任之？」

「申隊長，這兩句詩，乃是偉大領袖毛主席他老人家寫的呀。」

「什麼，什麼？你他媽的，狗膽包天！竟敢誣衊偉大領袖——你不想活了是咋的？啪！」申貴揚起右手，一個耳光扇上了陶南的左頰。「楚勝，快找繩子，把這個現行反革命，給我捆起來！」

「是。」楚勝站著沒動。「不過……」

「『不過』什麼，一個屌盲流，他還敢報復你？」申貴厲聲喝斥，「還磨蹭什麼？快去拿繩子！」

「申隊長，那首詩，我好像見過，大概

其，是偉大領袖寫的。」楚勝低聲咕嚕道：「那詩叫……」

「你胡說什麼呀？」

「不，不是胡說。俺記得，我弟弟小丑子的課本上，有這首詩。」

「楚勝，這可不是小問題。你要是敢胡說八道，我饒不了你！」

「俺不敢瞎說。俺弟弟還經常念叨呢。」

「媽拉個巴子的！」申貴自語似地咕嚕著，「毛主席他老人家，咋會寫那些下三爛的屌玩意呢？」

申貴坐了下去，點上一支煙，眨巴著眼，連著一陣吞吐。忽然，一拍桌子吼道：

「姓陶的，你小子大大的狡猾——表面上你是宣傳最高指示，卻故意把最高指示刻到炕琴上。炕琴是放在炕頭上的傢伙，炕頭是幹什麼的？小倆口摸奶子、操腚的地方！你把最高指示跟操腚攪在一起——還有什麼比這個更惡毒的？」申貴滿嘴噴著唾沫星子，「媽拉個巴子的！別的不說，僅憑這一條，也是罪該萬死！我們革命幹部和廣大社員，決不能聽之任之。楚勝，快去招集基幹民兵，先把這個反動傢伙押起來，再研究處理辦法！」

正在這時，外面傳來一聲高喊：「申貴在屋裏嗎？」

當年，全大隊無人敢當著申貴的面提名道姓。如今，雖然虎落平川成了小隊的一把手，但餘威尚在。不僅本隊社員，就是左近幾個隊的社員，也都在官銜之上，冠以姓氏相稱。既然有人敢於提名道姓，肯定是比他更厲害的角色。申貴一揮手，示意楚勝將陶南押走，急忙迎了出去。

「喲，原來是何書記呀！這麼早就來到了？」申貴親熱地朝走進屋子的中年人打招呼。

「娘的，大清早晨就往這兒趕，早飯都沒顧得吃哪。」何書記搖頭作答。

「走吧，快到我家裏去——前幾天，剛打了一隻野兔，沒捨得吃，給你留著哪。嘿嘿，酒也有現成的。」

二

何書記，姓何，名海。當初申貴擔任大隊書記時，他是大隊會計。據知情人講，當初他對查清申貴的問題，立下了汗馬功勞。理所當然地坐上了空出來的「一把手」高椅子，成了老上司的新領導。這次到三隊來，專為執行一件緊急任務：對潘光明的四處亂跑，散佈影響，採取措施。現在一聽說有野味吃，他一面走著，拍拍部下的肩頭，咧開黃牙笑道：

「好。我就知道，你這神槍手的地窖裏，缺不了解饞的好東西。不過，一隻小兔子，夠咱們倆塞牙縫的？」

「那就再宰上一隻大公雞。」

「酒呢，有好的嗎？那苞米秧子酒，一喝就上頭；山東產的瓜乾酒，一股爛地瓜味。我可不喝！」

「咋能讓大書記喝那些孬玩兒！廬州大麯，總行吧？兩瓶夠不夠？」

「呦，你可真行！從哪兒搗鼓來的？」

「用得著咱去搗鼓？」

「喂，能不能弄上瓶貴州茅臺，咱們過過癮？」

「沒問題。不過，那得去縣上找朋友想辦法。」

「老申，你這老傢伙，要是再放空炮——我可不饒你！」

「嘿！沒有彎彎腸子，咱敢吞那鐮頭刀？再說，在上司面前，我敢空許願嗎？」

「那還差不多！」何海滿意地點著頭，然後朝前面一指，問道：「那個走在楚勝前面的傢伙是誰？我怎麼不認識？看他的臉色，像要進學習班似的，咋回事？」

「是個盲流，思想極其反動，我打算好好修理修理他。」申貴答道。

「哦，怎麼個反動法呢？」

「到處散佈『四舊』，參與反革命小集團活動，特別是膽敢糟踐偉大領袖毛主席。」

「啊？這麼蠍虎？」何海站住了。語氣嚴厲地問道：「要你這個小隊書記幹啥？這麼反動的傢伙，還叫他在這兒自由自在，幹麼不把他整起來，交給大隊呢？」

「我已經命令民兵排長楚勝，把他先看起來。正要請示大隊領導，該怎樣收拾他呢。您來的正好，我可以當面請示。」

接著，申貴扼要介紹了盲流木匠的一系列「反動行為」。不料，何海聽罷，咧嘴大笑起來：

「老申呀，你還得提高提高文化水平吶！」何海話鋒一轉，問道：「喂，那個盲流木匠是不是叫陶南？」

「咦，你怎麼知道的？」

「二十裏長溝誰不知道。聽說他的手藝很過硬，是嗎？」

「手藝是沒的說，不過思想太反動。剛給老賈頭做了口棺材，媽拉個巴子的，刻了一堆『四舊』！」

「走，看看老賈頭的棺材去。」何海邁步就走。

「幹啥？」申貴站著不動。

「先別問，過一會你就知道啦。」

「那我先回家吩咐一聲，叫他們殺雞，燉兔子。我馬上返回來，陪著你一塊去。」

「不用啦，你回家好好準備。熟路，我自己去就行。」

過了沒有半個鐘頭，何海回到了申貴家。申貴正伏身鍋臺上炒菜，急忙問道：

「咋樣，我沒說錯吧？完全是他媽的『四舊』貨色！」

何海彷彿沒聽到他的話。一面逕直往里間走，一面興奮地說道：「嘿！多虧了他的『四舊貨色』，要不然，我還拿不定主意吶！」

「所以，我們決不能放過那傢伙！」申貴興致勃勃。

何海爬上炕頭，往被卷兒上一仰，神秘地笑道：「是的。這一回，那小子跑不了啦！」

「好！何書記，您稍坐片刻——菜馬上就得。」申貴遞給何海一支大前門牌香煙，又熟練地劃根火柴給上司點著。然後扭頭向在灶上忙活的老婆吩咐道：「炒雞肉，多放點辣椒，何書記愛吃辣的。」

何海撮著嘴唇，吐出一個逐漸擴大的圓圓的煙圈兒。眯著眼吩咐道：「老申，去，馬上叫陶木匠來見我。」

「嘿，急啥呀？等我們把他送到大隊，你有的是工夫收拾他。這剎兒叫他來，豈不要敗了咱們的酒興？「

何海冷笑道：「不，我一看那棺材，倒來了酒興呢！」他向愣在那裏的申貴一揮手：「快去呀。原因嘛，回頭你就明白了。」

申貴只得急忙去執行命令。

不一會兒，陶南被楚勝押著來到申家東間。「何書記，這就是那個反動傢伙！」申貴向穩坐在南炕的上司作了彙報，又向陶南厲聲喝道：「陶木匠，這位是大隊何書記。你要老實回答他的問題。要不然，死路一條！聽清楚了沒有？」

「聽清楚了。」陶南恭敬地點頭，「不知何書記要問啥問題？」

「陶木匠，我看了你做的棺材——手藝不錯嘛。」何海仔細打量著面前的盲流，「可惜，儘是些『四舊』玩意兒。」

「是的。本來是照著葫蘆畫瓢，不料，犯了『四舊』。經過申隊長的耐心幫助，我已經認識到了問題的嚴重性。」

何海板著面孔問道：「輕描淡寫！僅僅是『問題嚴重』嗎？我聽說，你的罪行還不少吶，是不是？」

陶南對於「罪行」這個詞，一向十分反感。在原單位時，大會批判，小會鬥爭，每當逼著他「認罪」，始終是一句話：「錯誤難免，罪行決沒有！」殊不知，不認罪，便是繼續犯罪。從此，他與「頑抗到底，死不改悔」，結下不解之緣。常常作為「反動樣板」，殺雞嚇猴，懲罰給「黑五類」看。

現在，面對「犯罪」的指責，他含糊答道：「何書記，我要求各位領導，允許我改正錯誤。」

「哼，不是錯誤，而是嚴重的罪行！」申貴在一旁厲聲喝斥。

「好吧，看在你對所犯下的罪行，有了初步的認識。我們寬大處理：先給你一個立功贖罪的機會，看看你的表現如何。怎麼樣？」何海的語氣，反倒漸漸平靜下來。

「我聽領導吩咐。不知要我幹什麼？」

「哼！百年不遇的好事！」何海引而不發，連吸了好幾口煙，方才繼續說道：「我敢說，你做夢都想不到！」

「哦？」陶南被弄糊塗了。

「我想派你跟大隊木工組一起，去縣城搞副業，立功贖罪。怎麼樣？」

陶南愣在了那裏。

他萬分不解，如此的「好事」，怎會落到自己頭上？十多年的經驗證明，自從被打入另冊，「好事」這個詞，早已從他的字典裏，消失得無影無蹤。他成了一塊只會招引綠頭蒼蠅的臭肉，一切壞事的製造者。廠裏的倉庫起了火，他被關押審查了五天。他居住的城市常常發現「反標」，每次他都要被反復「攻心」，逼著招承是做案者。就連火車在百里之外出了軌，他也成了重點排查的對象……他知道，自己吃的是「頑固不化」虧。無奈，倔強之性難改，認罪之口難開。他成了名副其實的「花崗岩腦袋」！

現在，面對犯罪的指責，正不知該怎樣開口認罪，卻得到「有了初步認識」的好評！這「榮譽」，稱得上是空前絕後！但他仍然陷入恐懼之中。跟在原籍不同，身處異鄉，萬一惹腦了這些掌權者，自己吃苦事小，還要連累親戚。何況他們所說的「好事」，豈知不是一個新的陷阱！他正在猶豫，何海催問道：

「怎麼？你不願意？」

「不，不！我願意，我願意幹。」進縣城搞副業，比進學習班強百倍，他急忙回答，準備走一步，看一步。

「願意就好。不過，去了之後，要絕對服從組長丁成的領導。既不准要奸磨滑，更不准保守，必須把你的真本事拿出來。完成了給你規定的任務，還得把交不上的廢品，統統給我修好！」

陶南覺得這不是在豹子洞被「關注」，而是在原單位恭聽「勒令」。「百年不遇的好事」，原來如此！

他忽然想起，在去縣城的路上，與大隊副業組長邂逅相遇的事。原來，何海是把一隻誰也不願意沾手的刺蝟，讓他去捧。他必須給自己爭一點迴旋的餘地。於是，語氣生硬地答道：

「何書記，能得到大隊和小隊領導的信任，我萬分感激。不過，不保守，不惜力氣，堅決按照組長的吩咐完成任務，我保證做到。但是，已經成了廢品的東西，我可沒有起死回生的本事。」

「沒有也得有——非修好不可！」何海雙眼一瞪，毫無通融的餘地。「懂嗎？這是對你認罪態度好壞的考驗。修不好那些廢品，你自己知道後果是什麼！記住：在修好之前，大隊只供給你高粱米吃。如果能將廢品全部對付著交上，每天給你開兩塊錢。哼，你到哪兒找這樣的好事去？」

「好吧。我一定努力爭取做好。」他知道，繼續表示異議，只能招禍。

何海一揮手：「那就去準備準備，明天有人帶你去縣城。——去吧。」

「慢！」許久沒開口的申貴，大聲喊住了陶南：「姓陶的，你要放明白：叫你去副業組，是大隊和小隊兩級組織對你的寬大，你的罪行先放一放——幹好了從寬處理，幹不好，新賬老賬一塊算！懂嗎？」

「是。」陶南急忙回頭答應。

木匠剛出門，申貴便粗聲嘎氣地問道：「何書記，我不明白：咱們大隊有的是木匠，幹麼非派個有嚴重問題的盲流去呢？」

「老申，你呀！當了那麼多年的大隊書記，難道會不知道？咱們大隊十個小隊，號稱『木匠』的，何止幾十個？可哪個頂用？個個是二百五！大隊副業組已經換了三茬人。他媽的，都是屌屁疵！幹出的廢品箱子二百多，合格的不過十分之一。不但工錢白搭上，還要包賠人家的損失。媽的，上千塊呀！大隊出得起，還是你們三隊出得起？我估計，憑那小子的本事，不但能修好那些廢品，還能給大隊掙回個三千兩千的。那樣以來，我們手頭不就活泛啦？他娘的，用錢的地方那麼多，大隊早就乾了爪子啦！」

申貴想了想，點頭答道：「唔，到底是領導有水平。叫那傢伙給咱們掙點錢，強似費力氣修理他——合算。不過，可要加強監督。」

「我已經告訴了丁成，留心監視他的一言、一行。」

「那怎麼行！」申貴猛地一揮拳，「難道你忘了，丁成的爺爺幹過黃協軍小隊長？那劉根本家庭出身是富農。四清才搞清楚，他爺爺並沒死，跟人跑到臺灣去了。陶木匠去了，跟這些傢伙搞到一起，可就有好戲唱啦！」

「唉！你說這叫啥事呀？不論城裏還是鄉下，凡是能耐人，不是有政治問題，就是有歷史問題，沒有他媽的一個乾乾淨淨。有啥辦法？」何海搖頭歎息。

「辦法是有。」

「啥辦法？」

「另派人唄。我已經替你們想好了，叫申衛彪去。」

「嘿嘿！」何海搖頭笑起來，「要派，也得派個會木匠活的人去。你那『飆（傻）子』會幹啥？」

「我忘了告訴你：他跟著陶木匠，學了好一陣子呢」

「哈哈哈……」何海仰天大笑，「老申呀，你是不是把自己的兒子看高了點？我聽說，他能把好料截成燒柴，光板刮成搓板。跟著人家幹了不幾天，就找個藉口溜了個屌的——派他去幹啥？再一說，你所彙報的，陶木匠的那些嚴重問題，也沒啥屌嚴重的。刻毛主席他老人家的詩詞，有啥不對？」

「何書記，我們可不應該忘記偉大領袖毛主席的教導：『千萬不能忘記階級鬥爭』呀！不是我老申嚇唬你們：把三四個有問題的傢伙放到一起，離我們的眼皮子那麼遠，萬一鬧出點麻煩來，可是夠你們撲拉一陣子的！」

何海低頭不語，似乎被說動了。申貴擔心上司說出更合適的監視人選，急忙補充道：

「不錯，申衛彪的手藝是差點兒。可，他是我們自己的人——政治上靠得住呀。幹活多少是次要的，政治上不出問題，才是大方向吶！況且，不用大隊給他記工分，我叫他自帶口糧。吃著俺們自己的，給你們大隊副業組白效力，到哪兒找這種便宜事？」

炒雞肉和燉野兔的香味陣陣飄來，何海早已涎水噴湧，他不願再拖延時間。況且，對於一幫社會關係有問題的人，有個專門監視的，也可以避免發生政治上的意外事件。即使啥活不會幹，跟著白耍，也很值得。反正自帶口糧，大隊毫無損失，何必拂逆人家的請求，得罪人呢。他打了一個呵欠，說道：

「好吧，就依著你——叫申衛彪去完成這個光榮的監督任務。」

「放心吧：我兒子決不會給大隊丟臉。」

申貴轉身向外間走，一面高聲喊道：「老塊，快上菜。何書記等急啦！」

三

豹子洞三隊全體社員大會，仍然在知青點

舉行。主持會議的楚勝，帶領著呼完了口號，說明會議的中心是，「總結春耕春種，佈署夏季生產任務」。跟往常一樣，政治家申貴一開講，便滔滔不絕，把社員大會開成他的演講會。他左手夾著點燃的一支煙捲，右手揮舞著《語錄》本，響亮地說道：

「今天，我要講四個問題。首先，講一講咱們隊的春耕春種。今年的春播，雖然比往年晚了十多天，但絕對不像有些不懷好意的傢伙所說的：非減產不可。我敢保證，用毛澤東思想武裝起來的三隊廣大社員，不但一定能夠戰天鬥地，奪取秋季大豐收，而且要比往常增產幾成——給那些悲觀論者一個迎頭痛擊！媽拉個巴子的！他們難道忘記了，在這十多天裏，我們又多修了好幾畝大寨田？公社大隊一齊表揚，這是多大的成績！可是，有的傢伙竟然說修大寨田是瞎折騰！胡說什麼，好好的山坡地，種啥，啥瘋長。現在把生土都翻到上面來，地面整得再平坦，能打糧才怪呢！我告訴你們：工業學大慶，農業學大寨，可是偉大領袖毛主席的英明決策。你們公然反對毛主席，用心何其毒耶！我知道這些反動言論，是什麼人散佈的。但我今天先不點他的名，給他留一條改過的路。要是再不懸崖勒馬，自己知道該到啥地方去交代明白！難道你們的眼瞎，沒看到自打今春以來，已經有兩批壞傢伙，去了該去的地方？」

說到這裏，他虎視眈眈的環顧會場，猛吸幾口煙。接著，揮舞著語錄本，繼續說道：

「第二，偉大領袖毛主席教導我們說：『樹欲靜下，而風不肯止！』這話也是針對我們隊的情況說的：三月份，一幫子反革命，密密策劃，企圖搞武裝暴動。多虧我們發現得早，他們的陰謀才沒有得逞。本來，按照上面的政策，應該嚴加懲處。我們考慮到都是些年輕人，仍然給了他們改過的機會，提前把他們要出來。不但沒給他們戴帽子，還讓他們休息治病。可是，狗改不了吃屎，狼改不了咬人。

反革命剛剛放出來，又他媽的出了賊——發生了盜竊馬料大案！隊裏寶貴的飼料大豆，被偷了四十多斤去，換酒換肉，醉生夢死，破壞抓革命促生產。他們如此倡狂，就是我們想不管，上面能讓嗎？送他們進大隊學習班，是他們罪有應得！但，我們又一次對他們寬大處理——派人把他們要出來啦。為此，我還向大隊作了檢討呢：說明我的思想政治工作沒做好。可是，他們恩將仇報：吆吆喝喝，說什麼，受了許多刑罰，要養傷，死賴著不上班。那個反動資本家的狗崽子潘光明，表現得更惡劣：學習班上沒摑他一指頭，他竟然裝瘋賣傻，光著屁股，雞巴頭子都他娘的亮在外面，四處亂跑，惡毒製造影響！這還不算，我們派反革命修正主義分子的女兒馮潔，領著富農的孫女王歡喜去看管，他們竟然湊到一起，大唱反動歌曲，大訴共產黨、社會主義的苦。他們如此臭味相投，不是一丘之絡（貉）是什麼？這可不是冤枉他們，是我親耳聽見的。簡直反動透頂！此可忍，孰不可忍？既然他們有力氣訴苦，就應該有力氣幹活。從明天開始，必須出工幹活，誰給他們講情也沒門！」

「好！」楚勝帶頭鼓起掌來。

稀稀落落的一陣掌聲響過，申貴抽幾口煙，用力清清嗓子，講開了下一個問題：

「第三，我要講的是另一件壞人壞事。請關世有大叔原諒，我不得不講一講你家那位親戚。我申某人，一向不願意多事。可是，壞事一件又一件，硬往頭上壓，我有啥法子？我們總不能眼瞪瞪地看著反革命、壞分子破壞社會主義事業，置之不理吧？今年春天，盲流木匠陶南來到咱們隊幹活，我們給他提供了很多方便，誰知他恩將仇報。有人說他好手藝。狗屁！依我看，他最為擅長的『手藝』，就是散佈迷信、「四舊」。更為嚴重的是，這個傢伙到處挑撥是非，甚至為反革命集團出謀劃策，撐腰打氣。簡直就是反革命的後臺老闆！根據他的罪行，早就該抓起來關進大獄！我看在與老關大叔幾輩子搿鄰居的面上，遲遲不忍心採取革命行動。可是，大隊不答應，非得弄進去審查、改造一番。為了給他一個改惡向善的機會，我跟大隊好說歹說，才求下情來，對他寬大處理：叫他到副業隊去考驗。老關大叔，我這樣辦，對得起鄉里鄉親吧？」

「多謝申隊長幫襯，多謝啦！」坐在牆角的老關頭，慌忙感謝。

「不過，副業隊裏沒有幾個好成份的，再弄個身份不明的盲流進去，出了問題誰負責？大隊領導不放心。經過反復研究，決定派申衛彪去，加強黨對副業隊的領導。我恨不得叫別人去擔這份風險。可是，大隊不同意——政治上要靠得住呀！沒法子，下級服從上級，我只得服從。你們看，明明這是一件非常艱巨的政治任務，有人卻在背後瞎屌喳喊，說，叫我兒子去縣城，是我自己要求的。豈不知，假如我兒子不是黨員，大隊能把如此艱巨的任務交給他？」說到這裏，申貴停下來，環顧會場，見社員個個低頭不語，方才振振有辭地繼續說道：「不知者不怪罪。已經過去的事啦，我們不準備再追查。不過，今天把話說明白了：往後，哪個狗雜種再敢在這個問題上瞎屌咧咧，我不追問，自然有追問的！這是今天我要講的第三個問題。」

申貴停下來，重新點上一支煙，狠勁抽幾口，又接連咳嗽了一陣子，吐出幾口黏痰，方才伸出右手四指說道：「現在我講第四個問題：還是那句老話：樹欲靜下，而風不肯止！除了上面講到的那些問題，今年春天，我們隊發生的怪事數都數不清。前一陣子，啞巴被燒死，那是他不當心火種，自己作孽，關誰屁事？況且，那傢伙來歷不明，說不定就是個外逃的在押犯，或者是個十惡不赦的反革命分子。他死了，國家少了一害，有啥不好的？可是，有人竟然造謠，說啞巴是被人放火燒死的——簡直是滿嘴放屁！有人甚至兔死狐悲，就像死了親爹似的，跑到啞巴的墳頭上大哭。他媽的！階級立場叫狗吃了？」

「申隊長，你憑什麼罵人？」說話的，是啞巴從渾江裏救出來的周鐵柱，隊裏有名的愣頭青。他站起來忿忿質問道：「去哭啞巴的人那麼多，難道都是在哭『爹』？」

「哼，別人哭，我沒看到。只有你小子撲上去號啕大哭——跟你爹死了有啥兩樣？哼，可惜了的——你還是個貧下中農哪。呸！」

「啞巴救了我的命。他死了，俺要是不難過，還有點人味嗎？」周鐵柱脖子上青筋暴露，「可惜了的，俺沒有那樣的本事：害禍起人來，連眼皮都不眨巴！」

「你！——你小子有種！」申貴很少碰到有人敢於當面頂撞。他臉色鐵青，連聲冷笑：「哼哼！有人造謠說，『啞巴是被人害死的』，我就知道，除了你小子，旁人放不出這樣的反動屁！你說是不是？」

「沒做虧心事，不怕鬼叫門！」鐵柱答非所問。

「好，我不會那麼沒有水平，跟你瞎屌論計。不過，對於你造出來的反革命謠言，上面不會不管不問。」

「哼，是不是有人故意放火燒死了啞巴，他自己知道。會造謠的不是俺，誰問俺也不怕！」

「好小子，算你有種！」申貴狠狠吐了一口唾沫。

這時，楚勝喝道：「周鐵柱，你住口！你敢破壞社員大會嗎？」

見周鐵柱沒敢再吭聲，申貴方才說道：「咱們隊的怪事，還不止這一樁呢！我先說幾件情節嚴重的：有人說，反動地主趙敬三家，從天上掉下錢來。包錢的紙上，還寫著字：給他兒子趙魁治病。說是神靈看到趙魁受了冤枉刑罰，特地可憐他們。混帳王八蛋！造謠造出水平來啦！請問，今天在座的社員同志們，你們誰家有過這份福氣，揀到過神仙扔下來的人民幣？我長到四十多歲，還一次沒碰到這樣的好事哪——不是造謠是啥呢？別說上天不會給誰家送錢，就是能送，也是送給貧下中農，咋會送給一個反動地主呢？媽拉個巴子的！簡直要翻天啦！」

申貴停下來，環顧會場一周，提高了聲音，背書似地說道：「不過，話又說回來啦，要說是有『神靈』，也不假：光榮偉大的共產黨、偉大的領袖毛主席，就是我們全中國、全世界人民的大救星，就是天上的星宿，人世間的活神仙！要是沒有毛主席和共產黨，我們今天的幸福生活哪來的？可是，那些反動的黑五類，竟然說他們的救星是天上的神仙，真是罪該萬死，死有餘辜！」

說到這裏，演說家申貴扭頭向楚勝吩咐道：「馬上帶人去，把那個反動地主，揪到會場上來。叫他老實交代，為啥要無中生有，造謠惑眾？明天一早，就送到公社學習班上去，叫他跟他的反動狗崽子一樣，享受個夠！」

「是。」楚勝脆亮地答應，扭頭喊道：「楊滿囤、王敢先、丁長順，跟我來！」

楚勝等一行人走了之後，政治家申貴繼續他的演講：「社員同志們，請注意：一會兒那個反動傢伙來到之後，要同仇敵氣（愾），無比憤怒。用革命的稟（凜）然正氣，壓倒他的反革命邪氣。不達目的，誓不甘休！下面，我還要講另一個重要的問題。其實，這事已經憋在我的心裏好幾年啦，現在索性一塊說出來。有的壞傢伙，竟然狗膽包天，把攻擊的矛頭指向了我申某人。胡屌咧咧什麼：『神鬼（申貴），神鬼，不是神，是惡鬼——霸道鬼，勾魂鬼！』王八犢子——簡直惡毒之極！」他高高揮起語錄本，猛地向下一砍，彷彿一刀斬殺了造謠的「王八犢子」。一面憤怒地吼道：「我可以莊嚴地正告那些壞傢伙：我申貴，不是鬼，是神，是真正的普渡眾生的活神仙。先別笑，聽我把話說完。咱們不是天天都唱：『東方紅，太陽升，中國出了個毛澤東』嗎？既然毛澤東是天上的太陽，我申某是共產黨、毛主席的代表，起碼也是顆天上的星星吧？星宿不是神，是啥？試問，你們每家每戶，一天三頓吃的，身上穿的，哪一樣不是在我這個黨支部書記耗心血、費力氣，流血流汗，辛辛苦苦領導下，才得到的？要是沒有黨的領導，你們還不得像臺灣人一樣，重新回到舊社會去受壓迫，受剝削，吃二茬苦，遭二茬罪？你們說是不是呀？

「沒有錯！」說話的是老貧農姜石頭，一個五十多歲的老光棍。他雙眼望著申貴，嘴上露出微笑：「要是沒有申隊長的英明領導，我們三隊全體社員，今天咋能坐在這兒開會哪，早就他媽的一個不剩，餓死了個屌的。至少，也成了地主老財的瘸牛瞎馬——遭開二茬罪啦。申隊長萬歲！」

「說的好！」有人帶頭鼓起了掌。

「嘩啦啦……」幾乎全體社員都鼓起掌來，會場上暴出了罕見的響亮掌聲。

「喂，你們這是……」聰明的申貴，已經聽出了弦外之音。

在「萬歲不離口，語錄不離手」的年月，人家呼你「萬歲」，明知是諷刺，也沒法罵人家是反革命。況且，說話的是老貧農，拋出的又全是高帽子。雖然覺得恭維得過了頭，卻不無舒服的感覺。就像嚼橄欖，開始酸澀，嚼過一陣子，反倒有一種甜而不膩的清香氣味滯留在舌面上。他正在思考，該批評姜石頭幾句，還是默認。楚勝快步走進來，氣喘吁吁地報告：

「申隊長，不好啦！趙敬三不在家——溜啦！」

「媽拉個巴子的！這是哪個大膽的走漏了消息？傍黑天還有人看見他哪。沒關係，量他跑不遠。快帶人去追！嶺前嶺後，山坡樹叢，仔細地搜索。哼！階級敵人想逃？沒有那麼容易——無產階級鐵打的江山，你跑不出去！」申貴左手叉腰，揮動著右手，像一位指揮決戰的將軍。「楚勝，抓到了那個反動傢伙，連他的反動狗崽子給我一塊押來！」

「他兒子趙魁，也不在家……」楚勝小心地作答。

「哪去了？」

「他娘說，昨天進城看病，沒回來。」

「咋？進城連假都不請？媽拉個巴子的——簡直反了！」申貴的額頭上青筋暴突。他面向全體社員，彷彿放走反動地主父子的，就坐在他的面前。「哼！只怕看病是假，到城裏找那盲流出謀劃策是真。媽的，跑了和尚跑不了廟。楚勝，你們兵分兩路：叫楊滿囤去把那地主婆給我提溜來；你多帶人馬上去搜山，抓不回那個反動地主，別回來見我！」

四

反動地主婆趙孫氏，被揪到小隊辦公室後，申貴不顧長篇演說的疲勞，連夜進行審訊。

這個終生沒有「大名」的女人，像舊時代的許多婦女一樣，只能以婆家和娘家的姓氏做名字。她身高不過四尺，一張小圓臉上，佈滿了麻子，酷似半隻大山核桃扣在上面。說話的聲音細小得像蚊子叫。難怪有人說，這樣的女人，「一隻手可以提留兩個。」有人說得更血虎：「一把攥著，兩頭不露！」

當初，她的父母來關東山逃荒時，她還不滿四個月，上面已經有了三個哥哥，兩個姐姐。娘餓得沒有奶水，又沒有東西喂她，連餓加病，奄奄一息。他爹覺得，孩子至定活不了幾天。與其背著個沒指望的病孩子吃苦受累，不如讓她安靜地回到無憂無慮的極樂世界去。狠狠心，將孩子扔到了路旁的深溝裏。她娘本來答應扔掉「害人精」。可是，一聽到溝底草叢中傳來孩子的哭聲，立刻變了卦：活活地扔掉孩子——傷天害理喲！丈夫攔不住，滾著，爬著，又把孩子撿了回來。她居然奇跡般地活了下來。從此得了個乳名——「扔妮」。寒來暑往，歲積月累，她的身體卻磨磨蹭蹭不肯長。正像俗話說的：福無雙至，禍不單行。八歲那年，一場天花，在她光滑紅潤的小臉上，鑿滿了坑坑窪窪。她成了一個又乾巴、又瘦小的麻姑娘。她的三個哥哥中，有兩個，終其一生，只能望著別人的老婆咽唾沫。兩個姐姐剛剛發育得像個女人樣，立刻被人娶走。唯有她，在女人貴似金子的關東山，成了賣不出去的爛葡萄。

「嘿，娶個老婆回來，貪圖個能幹活，能生孩子，至少也得看著順眼呀。那小女人，沒有磨台高，能幹啥？就是勉強生出個孩子，只怕也是黃鼠狼子下老鼠——一窩不如一窩，生個瘦老鼠兒子，還不如孤寡了好！」光棍們對她如此評價。

「不對。人雖然長的小，總可以摟著睡覺、過癮呀。」有人持相反的意見。

「咋，能摟著睡覺？嘻嘻，一隻瘦老鼠，放在大犍牛的身子底下，不壓成肉餅兒才怪呢！與其頂著個有老婆的空名，還不如打一輩子光棍省心利索！」聽到的人立刻反對。

三尺布做長衫——橫豎不夠料。扔妮成了真正的扔貨！一連好多年，巧舌媒婆們使出渾身解數，卻沒有一個人掙到扔妮的豬頭吃。

不料，十年河東，十年河西。解放以後風水大變：許多茂堂堂的大小夥子，只因為出身「成份高」，成了媒婆躲之猶恐不及的蛇蠍。趙敬三的地主老子，不願三輩子單傳的香煙，斷絕在獨生兒子身上，哀求著兒子娶扔妮：「嗨，火棍短，強似手撥拉。她就是給咱家生個長不高的小半截子，也比做騾子——當輩絕戶強呀！就憑著咱們家的成份，像樣的閨女誰跟？孩子，俺求你啦。」三十多歲的孝順兒子，禁不住老人流著眼淚軟磨硬勸，腳一跺，應了親事。

不料，又矮又醜的麻姑娘，不但鍋上磨上樣樣營生來得，針線活尤其出眾。讓那些五尺多高的婆娘，瞪著兩眼乾生氣。許多人做不起一雙鞋子，常常拿著麻繩布料偷偷往扔妮家溜。希望在她的幫助下，換來男人的笑臉。更為令人不解的是，這個體重不足六十斤的麻姑娘，嫁給趙家後，不但沒被壓成「肉餅兒」，而且纖細的腰肢，很快粗了起來。不到一年，便給老趙家生了老鼠大的兒子——趙魁。說來奇怪，這只「小老鼠」，後來竟然出脫成一米七的棒小夥。不幸的是，棒小夥成了「狗崽子」，跟爺爺、父親一樣，成了沒人睬的「臭狗屎……

趙孫氏被押到小隊辦公室時，懵懵懂懂，不知犯了啥錯。面對申貴虎視眈眈的目光，她縮在胸前的兩隻小手顫抖著，忐忑地問道：

「申隊長，天這麼晚了，您叫俺幹啥吶？」

「媽的！別給我裝蒜！」申貴右手食指戳著小女人的額頭，厲聲怒喝。見她嚇得哆嗦不止，更加提高了嗓門：「老實交代：趙敬三那個壞傢伙，藏到哪兒去啦？」

「咦，不是被，被隊上，傳走了嗎？先會兒，俺聽見有人，在，在外面叫，叫他。俺尋思……是，是你老人家派人叫他來彙報思想、低頭認罪哪。」

趙孫氏說的是真話。這些年來，丈夫成了一頭聽喝呼的毛驢，不論白天還是黑夜，隨時都會被傳走。不是彙報、審問、批鬥，就是有社員不願幹的活，叫他去連夜完成。

「啊？真的嗎？」申貴瞪大了雙眼。

「俺，咋敢……騙你老人家呀。」

「那，是誰把他放走了？」

「俺在給孩子，給俺趙魁……補褲子。沒在意。光聽見，有，有個女人，在，在外面叫『趙大叔，趙大叔』。」

「咋會是個女的哪？」

申貴在心裏自問。他估計，除了曾雪花，沒有人會給趙家送信。而曾雪花去縣城治病還沒回來。顯然，這個小女人在說謊。他綣起右手食指，敲著女人的額頭，厲聲喝道：

「趙孫氏，你是活夠了吧？」

「沒，沒哪。當初，俺爹把俺扔了，俺娘又把俺，把俺，揀了回來。都說俺命大。俺好不容易，活到了四十多歲，咋會活夠了呢？」

「那就說實話：到底是誰去你家送信，放走了反動地主？」

趙孫氏本來想實話實說，申貴的話反而使她不敢開口了。既然丈夫是被『放走』的，為什麼是那個人的主意呢？她實在猜不透其中的奧妙。正不知道該怎樣回答，申貴又催問道：

「你說實話不？媽拉個巴子的！」申貴指指梁頭，「不說？不說就叫你跟你那反動的狗崽子一樣，嘗嘗『東洋秋千』的味道！你說不說？」

「申隊長，俺不是不說，俺真的是沒聽扎實哪。」

「哼，人小心眼不小！巴掌大的三隊，有幾個雞巴女人，你會聽不扎實？快說！」

「俺聽著，像是，像是你家的……中愛青。」她頂不住了，終於吐了實話。

「啪！」一記重重的耳光，落到了她的麻臉上。「狗雜種，我叫你滿嘴瞎咧咧！」

女人雙手捂著左腮：「隊長，隊長，俺咋敢瞎說哪。俺真的是，聽著，像是你們家大妹子的聲音。也許，也許……是俺聽錯了。」

申貴一時啞然。仔細想想，自己的寶貝女兒，這幾年，幹了不少件使他大傷腦筋的蠢事。像一頭專拉歪套的牲口，盡跟自己擰著來。氣得他多次罵過她，還搧過她的耳刮子。但他決不相信，自己的親生女兒會給反動地主通風報信，何況是自己親自命令要捉的人。轉念一想，他下命令捉趙敬三，不過是半個鐘頭之前的事，除了參加會的，別人不可能知道。而自己是站在門口講話，沒有人敢於隨便進出。只有他的親生女兒是個例外。往常開會，不是隨意進出，就是在會場外遛達，愛聽就聽，不愛聽轉身就走。半個鐘頭前，申貴曾看到過她在門外站著，後來卻不見人影啦，莫非真的是她幹出的蠢事？

「我告訴你，地主婆：你敢誣衊共產黨員的女兒，罪加一等！」他依然理直氣壯地喝問。

「申隊長，俺不敢誣衊。俺聽那話韻，真的是……像你家的……大妹子呢。」

「啪，啪，啪，啪！」

不知是出於對於女兒的憤怒，還是掩飾自己的尷尬，一剎那間，所有的憤怒，統統集中到了申貴握慣了鐵錘的大巴掌上。他揮起雙手，左右開弓，向女人的小臉上，一陣猛抽。趙孫氏的小麻臉，很快由黃變紅，由紅轉紫，成了一隻遭到霜打的爛茄子。

「隊長，隊長，嗚嗚嗚嗚……俺說是，沒聽清楚。興許，興許，不是你家大妹子。」老實巴交的趙孫氏，一聲聲哭著哀求。

「媽拉個巴子的！早這麼說，何至於挨揍。哼，近紅（朱）者赤，近黑（墨）者……黑！別看你娘家是老貧農，你摟著反動地主睏了二十多年覺，比他媽的反動地主還狡猾一百倍！」

一陣惡臭傳來。申貴低頭一看，從小女人的兩隻褲角裏，連屎夾尿，流了一地。他急忙退後幾步，捂著鼻子喝道：

「給我滾！回去好好想想，到底是誰通的風，報的信——快滾！」

五

趙敬三確實是被申愛青放走的。

申愛青在會場外面，有一搭，沒一搭地「聽會」，忽然聽到自己的老子又下命令抓人。驀地吃一驚。她不忍心再看到被送進「學習班」的人，不是帶著傷殘而歸，就是被嚇出了精神病。她更害怕遭到人家的報復。想到山裏紅所說的，有的被放火，有的被打黑石頭，甚至被扔進渾江，她不由得渾身冷戰。為了不讓厄運降臨到自家頭上，她快步跑到離會場不過半里之遙的趙家，喊出趙敬三，當面告訴他所面臨的危險，叫他馬上出去躲幾天，等到事情過了猛鋼勁再回來。趙敬三一聽，說了聲「謝謝申姑娘」，撒腿向山林跑去。她立刻回到會場，站在窗外，沒事兒似的聽動靜。等到趙孫氏供出是她放走了反動地主，知道自己惹了禍。急忙溜回家，跟她娘謊稱「頭疼」，爬到北炕上，拉上被子蒙頭想對策。

可是，對策還沒想好，便被從被窩裏揪了起來：「媽拉個巴子的！給我惹了亂子，跑回來裝死。你說，為什麼要放走反動地主趙敬三？」申貴憤怒得像一頭野牛。

「爹，你說什麼呀？」申愛青被嚇懵了，極力鎮靜地解釋：「俺因為頭疼，才提前離開會場。趙敬三跑了，該俺啥事？」

「狗雜種，我叫你裝蒜！」申貴的大巴掌重重地搧上了她的臉頰。

她雙手捂臉，放聲大哭。一面吼叫似地說道：「那趙敬三，是俺叫他跑的。可那是為的給你留條後路，所採取的緊急措施。」

「放屁！我不需要你給我留什麼後路！」

申愛青反而鎮靜下來：「爹，像你這樣，上了癮似的，整天整人。你不怕遭報復、吃大虧，俺和俺娘、俺哥哥還怕呢！善有善報，惡有惡報。手打鼻子眼前過：那些因為欺負人，遭到報復，吃了大虧的『好』幹部有多少？難道你就不後怕？」

女兒第一次當面頂撞自己，申貴愣了好一陣子。然後放下舉巴掌的右手，猛地一跺腳說道：「狗雜種，我先寬恕你這一次。往後，隊裏的事，再敢給我瞎摻和，當心我揍得你跟趙孫氏一樣——拉一褲襠臭屎！」

申愛青雙膝跪到地上懇求：「親爹呀，你就積點德，別再難為老趙家——俺求你啦！」

「聽你小鱉犢子的，不要階級立場啦？」申貴甩下一句話，扭頭走了。

民兵排長楚勝帶領六名基幹民兵，從頭天晚上，直搜查到第二天下午。找遍了溝溝岔岔，樹叢草棵，那趙敬三卻像升天入地一般，哪裏也不見他的蹤影。到了第三天上，一個放羊的人說，蝙蝠洞上方的岩石上，放著一件灰布衫，一雙膠鞋。趙孫氏跑去一看，正是丈夫的遺物。反動地主，分明投江而死！

人們不解的是，趙敬三把布衫和膠鞋留在岸上，是故意向人們宣告他的歸宿呢，還是要把僅有的「遺產」，留給自己的獨生兒子？

趙魁看病回來後，得知父親失蹤，向隊上請了假，拄著棍子，沿著江邊找了好幾天，仍不見老爹的屍體在哪裏。十天後得到一個消息：二十裏外棒槌溝口的柳樹茆子裏，有一具男人屍體。申貴立刻派楊滿囤陪著趙魁前去看個究竟。

兩人來到棒槌溝口，在一條小溪的入江處，緊傍水邊的柳茆子底下，果然橫著一具黑色屍體。一股刺鼻的惡臭味，遠遠傳來。走近才看清，屍體上的黑色，原來是爬滿了一層蒼蠅。

趙魁折根柳枝轟開蒼蠅，方才看清，屍體已經腐爛，腹腔被掏空，渾身上下，幾乎只剩下了骨頭架子。顯然，這是野獸把肉啃光了，揚長而去，留給蒼蠅們吮腥吸臭。屍體的四周，散佈著一些破布片。眼下，年輕人最時髦的裝束是綠軍裝。從這些灰布片上，可以斷定死者是個老人。但趙魁仍然無法斷定，面前這具殘缺潰爛的屍體，是不是自己的父親？他遠遠坐到地上，掩面抽泣。

楊滿囤則坐在一旁連聲歎氣。這幾年，這個只會說「是」的生產隊副隊長，不但所有出力的活，要他領著幹，人人躲之猶恐不及的「美差」，什九都要落到他的頭上。他正不知怎樣完成這件光榮的差遣，一位看光景的老人，指著屍體身邊的一截破繩子說道：

「喂，年小的：你們過去看看，那根繩兒，是不是死人的褲腰帶？要是呢，就好辦啦——褲帶很少有兩個人一樣的。」

老年人的指點，提醒了趙魁。方才他不曾想到這一層。他不顧惡臭刺鼻，搶先跑過去，撿起那段破繩子仔細辨認。繩子是用麻繩摻合著破布條編成的三股辮。他認得，正是他父親的褲帶！多年來，父親買不起皮帶，嫌麻繩太硬，紮破布條繩又太不堅固。便發明了這種二合一的編織品。

趙魁扔下腰帶，撲通跪到地上，朝著屍體磕了三個響頭。然後閉目向天，大張著口，久久不語。兩行熱淚滾滾而下，彷彿一具鐵鑄的雕像跪在那裏。楊滿囤害了怕，認為他像潘光明一樣，嚇出了精神病。急忙上前，把他拖到一邊，焦急地勸道：

「趙魁兄弟，人死不能複生。大叔已經這樣，你可不能太傷心。不然，大嬸誰來照顧？」

趙魁指指屍骨，木然地問道：「滿囤哥，你說，該咋辦？」

「咳！趙大叔這副模樣，咋弄回去哪？教大嬸看見了，那不是……我看，還是想法在附近買口薄棺材盛殮起來，再運回去的好。」

「是的，不能再叫俺娘受驚嚇啦。」趙魁彷彿在自語。

其實，還有一層意思，他沒有說出來。這些年，不論是「黑五類」，還是有問題的人，只要是自殺，統統要被大張旗鼓地聲討一番，徹底清算他們「頑抗到底，自絕於人民的滔天罪行」！如果把他爹的屍骨張張揚揚地運回去，必然逃不脫一場折騰和侮辱。父親已死，沒法「揪上臺去示眾」，他和母親，就要從當初的陪鬥，升級成被批判的罪魁禍首。他不想讓冤死的老人，九泉之下仍然不得安寧，更不願膽小的母親再受驚嚇。母親自從被申貴打得大小便失禁，至今精神不正常。聽到人喊狗叫，便把灶坑當成安全的避難所，抱著頭往裏鑽。有一天，頭髮都被灶坑裏的餘燼燒去一大片。倘若再被拉到會場上坐「噴氣式」，罰跪，不嚇死也得嚇瘋。想到這裏，他決絕地說道：

「滿囤哥，你的腿腳靈便，快去借兩張鐵

鍬，咱們把老人家就地埋葬！」

「你說什麼？就地埋葬？胡鬧——哪有這麼辦的！」

「滿囤哥，俺們家跟別人家不同，這是唯一的好辦法。」

「這麼辦，倒是容易。」滿囤想了想，點起頭來：「可是，你怎麼回去跟大嬸交代？我怎麼向申隊長彙報哪？」

「咱們就說沒找到我爹，不就結啦？」趙魁近前低聲叮嚀：「滿囤哥，我求你啦：不管碰到什麼情況，你一定要堅持住——行嗎？」

「那……好吧，俺一定不改嘴，就說那屍體不是你家大叔的！」

兩人在柳樹茆子底下，一塊較為平坦的地方，挖了個一米多深的土坑，到村子裏要來一塊破草簾，將殘缺不全的屍骨包裹起來，埋了下去。

從此，柳樹茆子底下多了一個矮墳頭；神州大地上，少了一個「怙惡不悛的黑地主」！

六

「什麼？不像是趙敬三？媽的，就是屍體『發』啦，身上總該有可以辨別的標記呀！」聽罷楊滿囤的彙報，申貴大聲詰問。

「趙魁說，他爹肚子上本來有個大黑痣。可，早教狗啃了去。」

「衣服呢？看看衣服不就認出來啦！」

「衣服，教，教狗撕零碎啦。」不會說謊的老實人，臉色蠟黃，說話口吃起來。「連是褲子，褂……褂子，都認不清。」

「腰帶呢？那可沒有，兩個人一樣的吧？」

「啊——腰帶？」

「是呀。」

「腰帶，不，不知道哪兒去了。」楊滿囤變黃的臉色，洩露了天機。

「啪！」善於察顏觀色的申貴，揮手就是一耳光。他的懷疑得到了證實。「媽拉個巴子的！身為隊幹部，竟然向組織撒謊！不聽黨領導的，反倒聽個地主狗崽子的——你小子的階級立場哪兒去了？嗯？」

耳光的威力十分效驗。滿囤立刻「改了嘴」，哆哆嗦嗦說出了事情的經過。

「哼！趙魁這王八蛋，比他的反動老子狡猾十倍。我們絕對輕饒不了他！」

嘴上這麼說，申貴的內心裏，卻不無悔意。他絕沒想到，一個經歷過無數次批判鬥爭的地主，會因為他的一個揪鬥命令，便走上輕生的道路。而揪鬥的事由，卻是一個尚未證實的所謂「神仙送錢」謠言。唉！倒楣的煩心事，都讓自己碰上了。一件「反革命集團暴動案」，被縣上搗鼓得不了了之。偷馬料事件，又被說成是小題大作。費盡心機抓出來的案子，一件沒能依照自己的意志處置，卻弄出一個瘋子到處製造麻煩。現在又出了趙敬三投江事件，豈不是要招來更多的非議？他感到從來沒有過的失望與懊惱。而那些被整的人，當面低順著眼，百依百順。陰暗的瘦臉上，卻露著慍怒與仇恨……

他第一次感到了恐懼。

從此以後，沒有民兵保護，晚上他不敢單獨外出，大白天鋼槍不敢離身。如果真像女兒說的那樣，不定啥時候，背後飛來一塊黑石頭，砸得腦漿迸流，可就倒大黴啦！就算自己的寶貴生命，犧牲在階級敵人手裏，無尚光榮，三隊的事情誰來管？階級敵人豈不是更得翻天？不，不行！偉大領袖毛主席教導說，階級鬥爭一抓就靈。只有捉住幾件確鑿的證據，使他們望而生畏，規規矩矩，社會主義的鐵打江山才能鞏固。

第二天，社員們出工後，申貴悄然來到趙家。

歪在炕上閉目呻吟的趙孫氏，聽到腳步聲，睜眼一看，是申貴站到了炕前。驚得一軲碌爬起來，就勢跪在炕上，磕頭求饒：

「申隊長呀，你饒了俺吧——俺把實話全都說啦。」

「咦，起來，起來。」申貴細聲溫語，無比和氣。「趙孫氏，你是個老實人，那天說的都是實話——我已經饒恕了你。我今天來，不是為的那件事。我是來看看趙魁看病的錢夠不夠？要是不夠的話，我叫隊裏救濟你們一點。孩子年紀輕輕的，身子骨要緊呀！」一面說著，申貴在炕沿上坐了下來。

這可真是「太陽從西邊出來了。」多年來，申貴對她們一家，不是拳打腳踢，便是橫眉豎眼，哪曾見過這樣的好嘴臉。今天不但沒有一句難為人的話，而且一開口就關心兒子的病情。趙孫氏懷疑自己的耳朵出了毛病。等到申貴把話又重複了一遍。她未語先流淚，伏在炕上磕著響頭，一疊聲地說道：

「申隊長，俺謝謝，謝謝您啦。神仙送來的錢，孩子去縣上看病，沒使了，還剩下十來塊哪。」可憐的小女人，她哪裏知道，自己所說的都是犯忌的話！

「哦？你們家可真是有福哇！」申貴極力做出驚訝的樣子。「但不知神仙送來多少錢？」

「哎喲喲！給俺們送來了十塊哪！」

「這麼多？」

「申隊長，俺可不敢哄你老人家。」她伸手到炕席底下摸索一陣子，摸出一塊疊成小方塊的舊報紙，雙手遞給申貴：「您看，這就是包錢的紙。上面還寫著字哪。」

申貴展開一看，在巴掌大的廢報紙上，果然寫著「送給趙魁看病」，六個鉛筆字。字跡雖然潦草，但卻很有功力。他的臉一變，指著手中的紙片厲聲問道：

「趙孫氏，這真的是那塊包錢的紙？」

「是吶，是吶。要不，這麼塊破紙兒，俺咋會捨不得扔呢？」

「好！我就喜歡你這麼老實。」

把紙片兒揣進懷裏，申貴又高興，又困惑地離開了趙家。高興的是，只用三言兩語，便使那小女人把他想知道的情況，全部吐露了出來。困惑的是，猜不透那十元錢，究竟來自何處。他熟悉自己治下的子民，就像熟悉兩隻手的十個指頭。三隊能拿起筆來的社員，在他的腦子裏一明二白，包括從外隊派來的一名小學教師在內，絕對沒有人能寫出這筆帥字。眼下，社員家家吃不飽肚子，更沒有誰能一次拿出十元錢無償送人！種種情況說明，這個「神仙」，絕不是三隊的人。

「難道，這行善的，真的是『天上的神仙』？」走在路上，他不住地在心裏嘀咕。

「嘻嘻，有啦！」他一拍腦瓜，笑出聲來。「只有那個盲流木匠，不但寫得一筆好字，而且手裏有錢。不用說，准是那傢伙幹的。媽拉個巴子的，他是想收買人心，好繼續在老子的眼皮子底下幹反革命勾當呀！哼，別認為逃到城裏，就自自在在地躲進了「太平間」？休想！癩蛤蟆躲端五，躲過初五，躲不過十五。等著吧，小子——給我惹下這麼多的麻煩，我會好好犒勞你的！」

十三、副業組裏的喜劇

一

此刻，木匠陶南正全力以赴，為副業隊效力。

一來到縣城，他就一頭撲在了工作上。副業隊的任務是做出口藥箱。他首先對藥箱的圖紙，仔細進行了研究。這是一種長五十釐米，寬高各四十釐米，膠合淨面，然後扣合而成的木箱。圖紙要求比較高：尺寸誤差不得超過三毫米，六面的木板要膠合堅固、刮刨光潔，馬牙榫扣合必須嚴絲合縫。除了不上色刷油，工藝要求絲毫不低於結婚的嫁妝。自古道：貨賣一張皮。給出口的東西作「皮」，更是馬虎不得。而要做到這一點，不要說幾個「二百五」，就是手藝過硬的木匠，也非得認真對付不可。

接著，他又查看了一百多隻交不出去的木箱。這些被拒之門外的廢品，雖然尺寸差不多，但不是刨光粗糙，就是箱板開膠。至於扣合，更是呲牙咧嘴，個個像牙豁齒歪的老太婆！要修好這些箱子，比做新的難度大得多，真得有點石成金的本領。而木工組的五名成員，除了負監視之責的申衛彪，連他自己在內，沒有一個是科班出身。組員劉根本、吳長生，只會打個馬車棚，做個扒犁，砍個房架啥的。據說，劉根本自家做的碗架櫃，蟑螂可以毫無阻攔地自由進出。吳長生鄰居的小夥子要結婚，他自告奮勇，給人家義務做了一副「對箱」，沒等到喜期來臨，對箱變成了「百葉窗」。組長丁成，手藝略好些，被當地人譽為「細木匠」。動身前，陶南見過他的「細活」：對縫不嚴，刨光粗糙，造型笨拙，不堪一睹！要是在關裏，根本沒有人承認他是木匠，更不要說是「細木匠」了……

而沒有好幫手，怎麼完成何書記對他的「光榮考驗」呢？望著一大堆嫁不出去的「秀女」，陶南久久愣在那裏。

「媽的！就這麼一堆破爛，還非逼著修好。這不是出心難為人嘛！」丁成用腳狠踢佈滿灰塵的箱子，「陶師傅，莫非你有這種神方法？」

「唉，難哪！」陶南長長歎一口氣。

丁成一跺腳，雙手抱頭蹲了下去：「糟糕！咱們遇上了難剝的鐵核桃啦！他娘的，一開始，出身好的，有頭有臉的，爭著搶著，來幹這甜差使。一看是塊啃不動的硬骨頭，都他媽的腳底抹油——溜啦。他們拉下這麼一灘臭屎，教我們這些倒楣的來給他們擦屎屁股。我就知道，咱們非栽在些屌箱子上不可！」

陶南何嘗不知，擺在面前的是一件棘手的任務。他恨不得背上工具箱立刻逃走，可是，他又能逃向哪裏呢？家，不能歸；廠，不敢回。除了破釜沉舟，沒有別的路可走。於是，他毫不猶豫地答道：

「丁組長，咱們被逼上了梁山，頭拱地也得啃下這塊硬骨頭，別無退路呀！」

「可上哪兒去找這啃硬骨頭的鐵嘴鋼牙呀？」

「找不到也得找。唉！辦法是人想出來的，沒有過不去的火焰山。」

「怪不得！那些頭頭們，一面說你『有嚴重的問題』，一面派你這個與黑龍頭大隊毫不相干的『盲流』來哪——原來你有變廢為寶的能耐呀！」

「不是我，是咱們大家。」

「咳，陶師傅，你在羞俺們：俺們懂個屁！這一回，俺們全靠你啦。」丁成慢悠悠地站起來，不無感激地說道：「只要能交了差，我先給你磕頭。陶師傅，你說吧，該咋個修法？」

「老弟，不是修，而是拆了重做。」

「啊，重做？」

「是的。」

「那，能行？」

「先拆十個，試試看。」陶南已經想好了處理方案，但不願把大話說在前面。「不行的話，再想別的法子。」

「好，就照你的主意辦！」

丁成回頭望著站在身後的三個組員說道：「夥計們，大隊給了咱們個鐵刺蝟，叫咱們捧。光指望著咱們這幾個半吊子，非栽在城裏不可！不給記工分是小事，叫咱們包賠損失，可就辣碴了！」他的目光瞪著三個低頭不語的組員，長歎一聲：「唉，天無絕人之路，多虧大隊把陶師傅派來啦，人家才是真正的木匠哪。這一回，咱們算是有救了。不然，都得吃不了兜著走。別看大隊指定我當組長，我也是屋樑上刷油漆——花架子！咱們想度過難關，只有無條件聽從陶師傅的指導。往後……」

「不，不。丁組長太客氣啦——我哪能指導，大夥一起商量著辦就是嘛。」陶南急忙打斷了組長的話。

「陶師傅，不是商量，是全面指導！這不是我個人的意見，大隊也是這個意思。你們都聽明白了沒有？」丁成望著三個組員，見劉根本和吳長生連連點頭，只有申衛彪低頭不語。加重語氣說道：「我把話說在前頭：咱們是來幹活的，可不是來『清理階級隊伍』的，更不是專門侍候著收拾人的。不會幹活不要緊，待在一邊兒，吃著自家帶來的高粱米，曬太陽、捉蝨子去，沒人管那閒事。要是正事不幹，只會挑刺、下絆子，不管他的後臺是誰，我可得照實向大隊彙報，完不成任務的罪過，叫他一個人擔著！」

丁成猜得出，申衛彪來木工隊，肩負著特別的使命。自己是五隊的社員，不怕申貴報復。一開始，便給「特使」一個下馬威。

組長的開場白，給組員們壯了膽。他們一面幹著活，一面把調侃的矛頭指向了申衛彪：

「申衛彪，站遠點！俺們知道你是來當甩手掌櫃——監工的。可，也用不著離俺們這麼近呀，大熱的天，熱壞了書記的大公子，俺可負不了責任呀！」貧農出身的四隊社員吳長生，一開口，便狠狠挖苦。

「哼，俺可不是監工，俺是來幹活的。」申衛彪紅著臉掩飾。

「嘻嘻！大公子會幹啥呀？」

「俺會……砍木頭。」

「這裏都是木板，哪有木頭給你砍？」吳長生扭頭向丁成問道：「組長，申衛彪說，他是來幹活的。乾脆，叫他把板子點點數，好不好？」

全大隊無人不知，申貴的寶貝兒子不識數。丁成一聽，立刻一本正經地答道：「好哇，這可是個艱巨的任務。唯有申衛彪，能夠點得分毫不差！」

「哈哈哈！」在場的人一齊大笑起來。連一直沒開口的劉根本，都低頭笑個不止。

「你們，尋思俺不識數？沒那事，那是他們出心作踐人！」申衛彪不甘示弱。

陶南不願看著老實人受窘，想支開申衛彪，背後給大家一個忠告，急忙岔開話頭說道：「丁組長，這一堆板子，我已經研好了縫，該使膠啦。」他瞥一眼申衛彪，「是否派人去買幾斤水膠呢？」

「好吧。」丁成會意地一笑。扭頭說道：

「申衛彪，木匠活兒你插不上手，馬上去土產公司買三斤水膠。」他從口袋裏掏出五元錢遞給申衛彪，「這是五塊錢，一塊五一斤，找回五毛錢來。」

「差不了。」申衛彪接過錢，轉身要走。

吳長生喊道：「慢，申衛彪！記住了嗎，多少錢一斤？」

「不是一塊五毛錢——一斤嗎？」

「哪，三斤是多少錢？」吳長生緊逼著問。

「你尋思俺連這個也不會算？一斤是一塊五，三斤就是三塊五唄。」

「哈哈哈……」屋子裏暴出一陣大笑。

陶南忍住笑，說道：「申衛彪，一斤一塊五，三斤是四塊五。叫他們找五毛錢給你。記住了嗎？」

「俺記住了，陶師傅。」申衛彪恭敬地答道，「一斤是一塊五，三斤是四塊五，俺把五塊錢先給人家，再叫他們找五毛給咱。是吧？」

陶南差一點笑出聲來：「對，對！申衛彪，你的記憶力真好。快去吧。」

「操他娘！就憑這份德行，配來當『政委』？把咱們看成什麼人啦？」申衛彪剛出門，吳長生便忿忿罵起來。「老丁，咱們趁早把他轟走！」

「吳長生，人家是黨員，你別胡鬧。」劉根本不無恐懼地說道。

「吊毛灰！要德行沒德行，要能耐沒能耐，成色十足的窩囊廢，咋就成了共產黨員哪？」吳長生越說聲音越高，「你們說，共產黨不把好人、能人，朵拉進幾個去，淨弄些禍害、廢物進去，一隻蛆攪壞了一缸醬。不信走著瞧，非叫他們攪和完了不可！」

「長生兄弟，小點聲！咱們是來幹活的，最好不談政治問題。」陶南急忙搖手制止。

丁成接著話茬說道：「唉！誰叫咱們沒趟上個好老子哪！喇叭頭子上天天吆喝，『龍生龍，鳳生鳳，老鼠生兒打地洞』！人家老子是條龍，兒子自然能耐小不了。要不，大隊咋會同意派他來呢？」

「哼！不派人來監視——難道哪個敢造反？他娘的，那些當官的，把咱們看成了什麼人啦？丁組長，咱們一定得馬上趕走他！」吳長生繼續堅持。

丁成連連搖頭：「大隊都點了頭的事，誰有那份膽量？」

大夥的閒談調侃，引起了劉根本的恐懼。他哭喪著臉說道：「組長，俺要求你放俺回去。」

「為什麼？」

「早知道這樣，俺死也不會來。俺的出身不好，萬一說出句不當說的話，叫申衛彪聽了去，往上一彙報，俺可得吃不了兜著走！」

劉根本說的是實話。十年前，他投靠一位本家姑母，來到了東北。姑母對人說，他是個無父無母的孤兒，要飯長到十六歲。既是「孤兒」，又要過飯，自然苦大仇深。加之他幹活不惜力氣，對人彬彬有禮，很快得到了生產隊的信任和重用：先讓他擔任團支部書記，接著兼任了生產隊副隊長和民兵排長，不久，又成了學習毛主席著作積極分子。一個無產無業的單身漢，同時有好幾個人家，爭著招他為養老女婿。他橫挑豎撿，最終娶了個名叫鄭連英的漂亮媳婦。一時間，人人讚歎，美譽紛至。許多人們都以他為樣板，教育自己的子女「爭氣」。

不幸，好景不長。一眨眼，「四清」運動來了，有一天，他正在大會上發言，慷慨激昂地批判「四不清」幹部，一紙關裏來的外調函，把他從主席臺上趕了下去。「四清」是清思想，清政治，清組織，清經濟的簡稱。他立刻成了「清組織」的重點對象。原來，他出生於富農家庭，父親曾經當過國民黨的保長。他三歲那年，父親突然失蹤了，據說是跟著國民黨去了臺灣。母親不願做「反屬」，扔下吃奶的兒子改了嫁，把他扔給了年邁的祖母。想兒子，恨媳婦，不到半年，祖母溘然長逝。三歲的孤兒，被姨母收養。不料，大放衛星之後的大災荒，又奪去了姨母老兩口的性命。四顧茫茫，舉目無親。他無錢坐車，一路乞討，來到關東投靠遠房姑母。姑母知道他的底細，給他編了個好出身，收留了他。姑母剛要跟著族侄風光一陣子。誰知，香溢四方的好青年，眨眼之間，成了混入「革命隊伍裏的階級異己分子」，一個聞名全公社的「畫皮」高手！「收留並美化階級異己分子」的罪名，立刻降臨到姑母的頭上。她只得跟侄子劃清界限，拒絕他再登門。從此，劉根本逆來順受，沉默寡言，時刻不忘夾著尾巴做人。難怪，他一聽到副業隊派來了個專職監視的共產黨員，立刻心驚膽戰，惟恐再次被抓住辮子，成為「發洩階級仇恨」的「樣板」！

「劉根本兄弟，你不必多慮。」陶南低聲勸解，「依我看，申衛彪是個老實青年。只要別忘了嘴上放崗，我想他不會憑空給咱們捏造罪證。」

「陶師傅，如今沒有俺說話的份兒，俺當然能閉得住嘴。可夜裏睡覺咋辦？他跟咱睡在一鋪炕上，誰敢說睡語裏沒有一句半句出格的？這些年，俺沒說一句歪歪話，還三天兩頭挨批判呢，要是再說出句不當說的睡語，他往上一彙報，不得連命也搭上？你不信？這幾年，因為睡覺說了歪歪話，遭了殃的，不老少呀！」

「那倒也是。」陶南無言以對。

丁成歎口氣，說道：「他娘的，除了吳長生，咱們三個，哪個也有根辮子捏在人家手裏。撒謊不是人養的，我恨不得今天就往回蹽。可人家讓嗎？那不是自找難看嘛！」

「那咋辦？」劉根本濃眉緊鎖，雙眼含淚。

丁成想了好一陣子，無精打采地說道：「唉！總得想個辦法。只要咱們能在陶師傅的帶領下，順順當當地交上一批活。我估計，何海很快就能來，不為檢查咱們的工作，還記掛著摟點錢去撮一頓哪。等到他灌滋潤啦，再跟他提要求把那個監工調走，八成吃不了碰兒。」

陶南補充道：「弟兄們，在此之前，咱們不但要時刻多加小心，還絕不能跟申衛彪過不去。他是奉命而來，怨不著他。況且，他是個老實疙瘩，咱們也沒有必要跟他一般見識。你們說呢？」

丁成與劉根本同聲答道：「陶師傅說的是。」

「操他娘！但願那姓何的，不光是來鬧吃喝，也辦點人事兒！」吳長生又罵了起來。

二

黑龍頭大隊副業組，投入了緊張的翻修廢木箱工作。

陶南親自掌尺，研縫，總裝，淨面，嚴把技術關，絲毫不敢馬虎。在他的帶動下，三名社員一改幾年來已經養成的「磨洋工」惡習。個個像入門弟子一般，對陶南虛心求教，言聽計從。經過三四天的忙碌，十隻嶄新的木箱，擺在了工作間的地上。組長丁成滿臉喜色，指著煥然一新的箱子大發感慨：

「唉，不服不行。你們看，木板還是那些木板，可箱子大變了模樣。陶師傅，真得好好謝謝您。不是你來領頭，俺們這些半吊子，休想越過這個關口！」

「組長，你覺得，能順利通過檢驗關嗎？」陶南岔開話頭，「你不是說，那位叫嚴璋的檢驗員，跟他的姓一個樣——嚴得很嗎？」

「不是咋的！那傢伙，榆木疙瘩一塊，死活不開竅。板著臉，東瞅西量，不把箱子判『死刑』，不肯甘休。你往他手裏遞好煙捲兒，他一把打到地上：『哼！別跟我來這一套！有本事往活兒上使，我要對廠子負責！』

不過，我看這批活，保准沒問題！」丁成兩手撫摸著新箱子，充滿了自信：「這比我給人家做的結婚嫁妝，漂亮一百倍！那姓嚴的，再要橫挑鼻子豎挑眼，就不講良心啦。」

「唉！但願如此。」陶南長舒一口氣。

當天下午，丁成和吳長生推著排子車，裝上十個新修好的箱子，高高興興去了長白山中藥廠。陶南忽然想到，應該看看那位檢驗員的驗收過程，瞭解他究竟「嚴」在哪裏，以後幹活心中有數，便隨後趕到了中藥廠。

不料，時間過去了半個多鐘頭，他們送去的十隻箱子，仍然像接受檢閱似的，一溜兒擺在檢查科的大門外。陶南站在一旁，遠遠觀看。只見一位矮個子、白淨面皮的中年人，正蹲在地上，手拿卷尺，反反復複地丈量著，一副不找出問題，絕不甘休的神氣。彷彿不是在驗收幾隻包裝箱，而是在鑒定出土文物。不用說，那就是嚴檢查員了。怪不得，先前的箱子驗不住，這位檢查官確實夠嚴的。只見他一面低頭認真檢查，不知是出於驚訝還是疑問，一面不住地發出「咦」「喔」的感歎聲。直到全部檢查完，方才抬起頭，厲聲問道：

「丁成，你小子，給我說實話：這批箱子，你們從哪兒弄來的？」

「俺們自己做的唄——商店裏又不賣箱子。」活兒無可挑剔，丁組長的中氣大足。「嚴師傅，你把人看扁了不是？」

「就憑你們那兩下子？哈哈哈！我又不是不知道，你們黑龍頭大隊有多少『人才』。你們能幹出這樣的營生，往後你們做的箱子，我一個都不查，閉著倆眼，給你們開驗收合格單！照實說，到底是誰幫你們做的？」

「你不是老是遭踐俺們，『沒有金鋼鑽，硬是要攬瓷器活』嗎？嘿嘿！這一回，俺們可真是弄來了『金鋼鑽』！」

疑問變成了追問：「哦，你們從什麼地方，請來了能人？」

「遠去啦——不容易喲！」丁成引而

不發。

「你小子，少給我賣關子，到底是從哪兒請來的高手？」

「從海南家請來的唄！」

嚴璋雙眉高仰：「小丁，快去請他來——我要見見他。」

丁成一屁股坐到一隻箱子上，不緊不慢地答道：「咳，俺的好檢驗員：你只管俺們的『瓷器活』合不合格就行。咋？莫非連俺們的『金鋼鑽』，也得檢查一番？」

「嘿，你小子說到哪兒去啦？我不過是想認識認識，交個朋友。不知這位高手，尊姓大名？」

「姓陶，叫陶南。」能跟質量檢驗員交上朋友，以後事情就好辦啦，何樂不為？丁成立刻站起來，爽快地答道：「嚴師傅既然有吩咐，俺們哪敢不遵命——我這就去請他。」

「不用請，我來啦。」陶南快步上前，恭敬地自我介紹：「我叫陶南。師傅，您就是嚴檢查員吧？」

嚴璋急忙收起卷尺，目不轉睛地打量著陌生人，同時伸出了右手：「不敢當，不敢當——嚴璋。這不，領導叫咱們吃這碗得罪人的飯，誰敢不服從？前一陣子，給小丁他們出了不少難題呢。」

丁成插話道：「當初是俺們的活計癩，怨不著旁人。」

「往後，還得請嚴師傅多多指導。」陶南畢恭畢敬。

「陶師傅，毫無疑問，這批箱子是你的手藝咯？」

「是大夥一塊做的，我不過是幫了把手。」

「好，我算是遇到能人啦！」嚴璋一雙明亮的細目，露出欽敬的表情，「陶師傅，你幹這一行，多久啦？」

驚弓之鳥，又一次聽到了弓弦響。陶南極力使自己鎮靜，但回答得仍有些猶疑：「差不多……有二十年啦。」

嚴璋搖頭道：「不像！」

「怎麼？您是說，我們的活兒，還有缺點？」陶南知道對方的言外之意，故意裝憨。

「不是活兒有問題。是人——老兄，您不像個幹了『二十年』木匠的人。」

陶南暗吃一驚。他低頭看看自己，趁機把雙手插進口袋，免得洩露「天機」。仰頭一笑，答道：「哈哈！嚴師傅真會開玩笑：我跟木頭打了大半輩子交道，咋會『不像』呢？莫非像俗話說的：『姑娘身子丫頭命？』唉，天生的長相，有啥法子？」他用調侃代替辯解，顯得更自然些。因為無言便是默認，他只得盡力而為。

「我這人好開玩笑，陶師傅別見怪。」一面說著，嚴璋從口袋裏摸出檢驗單，開好了，交給丁成：「小丁，你們先去入庫，我想請陶師傅進屋喝杯茶。入完了庫，你們來叫上他一塊回去。陶師傅，你不會拒絕我的邀請吧？」

畏懼便是心虛，逃避更增懷疑。陶南爽快地答道：「承蒙不棄，我感到很榮幸。」

話一出口，他立刻意識到失言。這樣文縐縐的回答，豈是一個「老木匠」說得出的！

他極不情願地被請進了屋子。所幸，嚴璋不但沒再深追他的身世，而且一見如故，跟他談起了自己的家庭情況。話鋒一轉，又談了對目前社會上許多事情的「不理解」。陶南很受感動，轉而詢問，有無需要自己幫忙的地方。嚴璋猶豫了一陣子，方才說，他很喜歡眼下時興的琴桌，可是沒有滿意的木匠。不知陶師傅是否願意勞駕給做一個？工錢，他願意多出。

陶南覺得，這位身材瘦小的中年漢子，目光銳利，頗有頭腦，交往的多了，自己必露真相。但想到嚴璋的職務與副業組的成敗攸關，便毫不猶疑地答應下來。

可是，他連琴桌是個啥樣子，都沒見過。只得到有這傢俱的人家去見世面。看了才知道，所謂「琴桌」，實際上就是關裏桌廚（半廚）的變種：上部跟桌廚一樣，一寬兩窄，三個抽屜，下部廚子變窄，便於坐下寫字。兩面的側板，上寬下窄。從側面看，宛如一架風琴。可能正是這一點，方才與「琴」搭上了界。

他正想告辭，丁成跑來說道：「嚴檢查員，你檢查合格的箱子，熊保管員就是不准入庫。拿起箱子一個個地往地上扔，愣說是『有破箱子聲』呢！」

「哼！那是木頭箱子，又不是買缸買盆，聽的啥響聲哪？我已經查過的，豈有『不合格』之理！那樣的箱子，再東挑鼻子西挑眼，哪兒找『合格』品去？莫非……」嚴璋忽然皺起了眉頭，「你告訴他，保管員的職責是：點數、入庫、開收據。箱子的質量問題，由我們檢查科負責，他管不著！」

「俺們也是這麼說。可他一甩袖子走了，人躲得不見影啦！」

「醉翁之意不在酒。那姓熊的，混！」嚴璋惱怒地站起來，「我去看看，雞蛋裏是不是真的有骨頭？」

陶南擔心，同事之間萬一鬧僵了，那姓熊的遷怒於他們，往後還會繼續設置障礙。於是，站起來阻攔道：「嚴師傅，我們先去看看。實在不行，你再親自去說服他。如何？」

「好吧。」

去倉庫的路上，陶南問道：「丁老弟，嚴檢查員說的『醉翁之意』是啥意思？」

「這還不明白？那傢伙想撈外快唄。怪不得！他一再惡狠狠地叨念：『人家別的組，也像你們這樣交貨？』」

「看來是『先禮而後收』啦。老弟，這禮非送不可。不然，這位門神爺的關口，別想順順當當地過去。」

「可是，貨交不上，咱們上哪兒弄錢給他送禮呀？」

陶南無言以對。低頭走了一陣子，他忽然想到了剛才與嚴璋的談話，想到了琴桌。放慢了腳步說道：

「丁組長，沒有錢，咱們有力氣。你回去想法找到他，先不談入庫的事。跟他說，咱們想給他做幾件傢俱。請他點戲，做什麼都行。只要有樣子，保證使他滿意。」

「陶師傅，那你可得受累啦。」

「組長，為了咱們自己的事，用不著客氣。你先行一步。注意，不能當著別人的面說。」

「俺知道。」

俗話說：「對症下藥，藥到病除。」丁成去了不大一會兒，便滿臉喜色回來了。

原來，他用一座梳粧檯，一張三足圓桌的承諾，輕而易舉地橇開了熊保管員倉庫門上的大鐵鎖。

丁成跟陶南說罷事情的經過，忿忿不平地罵了起來：「陶師傅，你說，這算啥世道呀？」

陶南長長歎了一口氣。

往回走的路上，丁成拍拍右面的口袋，感慨地說道：「陶師傅，今天多虧了你的妙計。咱們扔出了兩顆甜棗，那姓熊的就惡鬼擦胭脂一滿臉喜色。不但幫著往倉庫裏搬箱子，還當場支給了那十個箱子的加工費呢。」往前走了一陣子，丁成又說道：「要是咱們兩手空空，那位何領導一步闖進來，又得鼓腮豎鼻子。不當面把咱們『拿把』得六神無主，也得吹燈打賊——暗收拾！」

三

果然不出丁成的預料。剛剛過去了五天，何海便大吆小喝來到了縣城副業組，隨身帶著一位姓尤的女「赤腳醫生」，說是一起來買藥的。

副業組設在租來的兩間民房裏。西間南窗下有一鋪大炕。儘管組員們一齊站起來跟頂頭上司親熱地打招呼。何海哼哼哈哈，似理不理，似乎仰臉跟他說話的，不是他治下的子民，而是一群不屑一顧的動物。他一屁股坐到炕沿上，向低頭推刨刮板的劉根本吩咐道：

「劉根本，沒看到我們熱得渾身是汗？快去買十支冰棍來！」

「是。」劉根本放下鉋子，望著丁成，站著未動。

「磨蹭什麼？還不快去！」何海瞪著眼催促。

「俺，沒錢。」劉根本囁嚅地答道。

「哼，你小子是冷水燙豬——一毛不拔！」

陶南知道，劉根本確實腰裏無錢，急忙從口袋裏摸出一元錢，遞給他，說道：「噥，我這有零錢。何書記口渴了，快去吧。」

「老陶，這小子裝窮，你別信！」何海斜睨著劉根本，「哼！又不是要你請我下館子，不想孝敬我，我不會強求。我就不信，你小子拿不出十根冰棍錢！這一回，你來副業組，不是我堅持，就憑你那個黑根兒，配來這兒風不著，雨不著，跟著高手自自在在地學手藝？」

「是吶，是吶。俺知道是何書記關心俺。」劉根本連連點頭。見書記再沒別的吩咐，急忙掉頭走了。

這時，何海急不可待地問道：「喂，丁成，聽說已經交上了一批貨？」

「是的。」丁成恭敬地作答。「以前做的那些，全部報廢，俺們全拆了，重新做了十個。本想交交試試看，不想一炮打響。把姓嚴的檢查員，驚了一個大趔趄。一開始，他還不相信是咱們自己做的呢。」

「這麼說，一點阻攔也沒有，統統驗收入庫啦？」

「咋沒有？到了入庫的時候遇上了麻煩：那個姓熊的保管員，橫挑鼻子豎挑眼，磨道上找驢腳印兒，硬是說『聲兒不對』。多虧咱們答應給他做一座梳粧檯，一個圓桌，這才黑臉變紅臉，開門入庫。」

「十個箱子的錢呢，支出來了沒有？」何海對入庫的事並不感興趣。

「支出來啦。」

「好，我們來的正是時候。」何海指指坐在身邊紮著兩隻小刷子的「赤腳醫生」，「她就是來拿錢買藥的。再不進點藥，大隊衛生室可就要關門大吉咯！」

泥菩薩洗臉——越洗越難看。除了陶南，在場的人都知道，眼下最受何海寵愛的，就是面前這個升任「赤腳醫生」不久的小美人。她身材豐滿，面皮細嫩，一雙秀目顧盼有神。何海每次進城總是帶上她，在館子裏「進」了酒，便雙雙住進旅館。但對他的自我表白，沒有人敢於露出不以為然的神色。

丁成急忙轉移話題，近前鄭重地說道：「何書記，這一回，要不是仗著陶師傅的手藝，還是一支大蠟燭——耐著性子坐吧！」

「嘿嘿！我早就預料到了這一點，所以才作出了這樣的決策。不然，就憑你們這一夥，沒門！」何海第一次和顏悅色地望著陶南，「老陶，你知道嗎？派你來副業組，我擔著多大的風險？他們一致懷疑你的來歷有問題哪！」

「多謝何書記的信任。」陶南心頭忐忑，極力做出感激的樣子。

「信任？嘿，這話說的還早點：我還沒來得及瞭解你的家庭成份哪。」

「何書記，我的家庭成份，可是響噹噹的老貧農。三個弟弟，一個是產業工人，一個是現役軍人，只有一個在家裏務農。」陶南回答的理直氣壯。

「什麼？你有個兄弟當兵？」

「是三弟。在北京軍區衛戍部隊，擔任團長。」他說的是實話。

何海驚訝地瞪大了雙眼：「呦！你有個當團長的弟弟？」

「多年啦，大概快升師長啦。」

陶南嘴上回答得很流利，但心裏很苦澀。他聽到自己的聲音在打顫。這個與自己劃清界限、十多年不通音信的胞弟，至今仍沒有勇氣向組織承認，他有個「右派」哥哥。這也怪不得他。如果說出了真情，不但不能擔任號令千軍的團長，只怕早已失去了「一顆紅星頭上戴，革命的紅旗掛兩邊」的榮耀。見何海對自己的家庭成員肅然起敬，他索性把光彩的家庭成員，都說了出來：

「我的兩個妹夫，也都是軍官：一個在天津空軍，一個在大連海軍。」

「謔，海陸空——好差事都教你們家包沿了！」何海一拍大腿，滿臉得意。「哼，不服不行：我第一次見到你，就知道你是個好人。可申貴那小子，疑神疑鬼，胡屌猜疑，今天說你有這問題，明天說你有那問題，而且嚴重得很。好像黑龍頭大隊，來了個姓陶的，非天下大亂不可。婆婆教著新媳婦鑽被窩——屌操心！一個貧農出身的軍屬，還是我們的依靠力量呢。丁成，往後，不但技術上要完全聽陶師傅的。組裏的事情，也要多跟陶師傅商量。哪個不服從，立刻向我報告！」

「是，是。」丁成連聲答應，「俺們早就在虛心向陶師傅學習啦。」

「好。這就對啦。」何海這時才注意到，牆角放著一張未做完、上面刻滿了花紋的梳粧檯。急忙跳下炕，走過去指著問道：

「咦，這是做的啥玩藝兒？喲，還刻著柳樹和桃花哪。好——漂亮！」

丁成近前答道：「何書記，這不是『柳樹和桃花』，是梅花和竹子。從前春聯上寫著『梅開五福，竹兆三多』。咱光會瞎念叨，不知『梅花』『竹子』是個啥樣子。人家陶師傅的刀子一刻，活靈活現。這東西長在南方，俺們莊戶老土，生下來就沒挪窩兒，咋會認得呀！」

「哼，我跟你們可不一樣。不要說江南，連雲南，廣東，咱也溜達過。什麼亭臺樓閣，假山水泡子，看的多了。連花鴛鴦，火紅的鯉魚，都沒少見，咋就沒過睬梅花跟竹子吶？」何海露出了幾分惋惜。

「何書記，你說，在木頭上能刻出這麼漂

亮的花，沒有真本事能行？」丁成嘖嘖稱讚，「陶師傅說，這種刻法叫『浮雕』，還有深浮雕和圓雕呢。咳，真想不到，木匠活竟然有這麼多的道道！」

陶南淡然一笑，答道：「何書記，這就是給熊保管員做的梳粧檯，不下點細功夫，怕打不起人家的眼來。萬一他再設置障礙，往後，事情就難辦啦。」

「這玩藝好，讓那傢伙撈了厚的。咱也開眼啦！」何海扭頭瞥一眼赤腳醫生，「老陶，抽空給我也做一個。省得我家那個老塊，整天嘟囔我心裏沒有她。」

陶南急忙答道：「沒問題。只要何書記不嫌我的手藝差，做完了這一個，馬上接著給你做。」

這時，丁成近前問道：「何書記，今天中午，你在這兒吃飯吧？」

何海指著鍋臺上的半盆高粱米，不屑地問道：「跟你們一起，吃這埋裏埋汰的高粱米？」

丁成認真答道：「哪會呢。俺們加小心地撿乾淨，保證不讓領導吃到一粒耗子粑粑。」

何海沒聽出話中的譏諷。得意地一擺手：「放心吧，我們餓不著。來，把錢給我，我們先去買藥。」

陶南見何海出門時瞥了自己一眼。又見丁成向自己使眼色，心領神會，快步追上去問道：

「何書記，我有個要求，不知當講不當講？」

「嘿，自家人嘛，有啥不能講的？你講，你講！」

「來到東北後，活兒不湊手，手頭太緊。如果何書記不嫌棄，我想請您去飯店吃個便飯。」

「去哪？」

「我不熟悉這裏的飯店，何書記吩咐就是。」

「嘿，飯店有啥不熟悉的？」何海咧開滿嘴黃牙笑了，「不過，咋好叫你破費呢？」

「何書記見外啦。您對我這麼信任，我盡點孝心還不應該？」

「好吧，我也不能辜負了你這份心意不是？那就走吧。」

輕車熟路，他把陶南和赤腳醫生，徑直領到了防修飯店。

四個炒菜，一斤白乾，二斤水餃，不到一個鐘頭，全部消滅乾淨。何海嘴上掛油，滿臉浮霞。分手時，他拍著冤大頭的肩膀深切地關照：

「陶師傅，有了我的大力支持，往後對誰也用不著怕。我會經常來看你的。放心大膽地幹吧，副業組掙了錢，少不了你的好處。」

說罷，他打著飽嗝，帶著雙頰緋紅的赤腳醫生，「買藥」去了。

對於一個對誰都怕的盲流來說，一句「對誰也用不著怕」，無疑是天外福音。但他不敢相信，這「福音」到底能給自己帶來多少福綏。就是這位大隊書記不像申貴似的，突然臉一變，處處找岔子，申貴也放不過自己。他暗暗提醒自己，萬不可喪失警惕！

果然，當天下午，他又一次陷入極度驚恐之中。

四

陶南招待完了何海，剛回到副業組，忽見畢仙悄然溜了進來。當著社員的面，說是來城裏看望表妹，順路經過副業組，進來歇歇腳。但卻暗暗地向陶南使眼色。陶南知道她有話要說，故意大聲說道：

「大妹子，請你出來一下，我跟你打聽點事。」

兩人來到院子裏。不等陶南開口，畢仙憂心忡忡、又不無埋怨地說道：「唉，你呀！咋弄的呀？又有把柄叫人家抓住了！申貴說，問題很嚴重。特地趕來跟何海商量，要派兩名木匠將你押回去，收拾你哪。」

「哦？」陶南嚇得一哆嗦，「他沒說，我有啥問題？」

畢仙近前一步，聲音壓得很低：「趙魁家撿到了十塊錢，還有一張紙條。上面寫著，叫用那錢給趙魁看病。老趙婆子不知跟什麼人說漏了。這一下子不得了啦：一聲的，說是神仙送的錢。可，老申不信，去到趙魁家，也不知是用的啥方法，三言兩語，麻婆子全吐了實話，紙條也交出來啦。他一看，就斷定是你裝神弄鬼。說你散佈迷信，造謠惑眾呢！」

「他根據什麼斷定，是我送的錢？」陶南的一顆心急遽地往下沉。

「他說：三隊社員沒有一個人能拿出那麼多的錢，全黑龍頭大隊也沒有一個人能寫得出那麼一筆帥字。」

陶南本以為，給趙家送錢的事，辦得很隱密。當時，天黑如漆，伸手不見五指，他對親戚都沒說實話，可謂神不知，鬼不覺。想不到，趙家會自己把事情抖出去，再一次被神通廣大的申貴抓住了把柄！他正在猶豫，該不該跟這位心地善良的女人說實話。她又催問道：

「喂，這事是不是你幹的？」見他低頭不語，她自問自答，「俺也覺得，八成是你幹的。除了你，誰有這樣的好心腸？可你光想著別人，咋就不怕給自己惹亂子泥？你呀你，真是個標準的大傻脬子！」

話說到這個份上，掩飾毫無意義。陶南頗為感動地答道：「不瞞大妹子，是我幹的。求你給我講講情，如何？」

「叫俺去跟那閻王給你講情？沒門！不瞞你說：那傢伙，爬在肚子上得撒，許下的願，褲腰帶一紮，立刻不認賬。想教他發善心，等到日頭從西出吧！你知道，為什麼他一叫，俺就跟著來了？」

「什麼，你也是那傢伙帶來的？」

「幹麼呀？」她看出木匠神色不悅，「你

尋思著，俺貪圖在旅館裏提心吊膽地侍候他？俺可是為你才來的呀！」

「唉！來了就能幫上忙？」他只能為自己歎息。

「你先別急嘛。俺想求求何海試試。」

陶南忽然記起，畢仙也是何海的老相好。腳一跺，失望地答道：「大妹子，他不是單身一人，是領著個漂亮的赤腳醫生來的。」

「一定是尤雙秀——他的新相好。他媽個屄的——壞事啦！」

與此同時，申貴在他熟悉的紅星旅館找到了頂頭上司。他把陶南的「新罪行」詳細作了彙報。然後提出，要把他押回三隊進行「嚴肅處理」。不料，一頭撞上了硬釘子：

「好嘛。你把他押回去吧。」何海冷笑道，「批判，處理，盡著你。不過，剛交上的十個箱子，可是人家做的。現在他是大隊副業組的頂樑柱，你能找來個代替他的，你現在就把他帶走，我決不阻攔。」

申貴略一猶豫，理直氣壯地答道：「老何呀，咱可不能以生產壓革命呀！你身為大隊一把手，難道連偉大領袖教導的『千萬不要忘記階級鬥爭』，都忘啦？」

當年的上司，公然指著鼻子教訓現在的上司，何海的不快可想而知。他收起笑容答道：「老申，咱們馬虎嶺公社，就數你最革命、最懂政治！怪不得，今天製造一個『反革命暴動案』，明天製造一個『集體財產盜竊案』，如今又來了『散佈迷信造謠惑眾案』。鬧得縣上都派來工作組，讓公社和大隊丟盡臉皮，挨夠了撸。你的政治嗅覺可是夠靈敏的！看來，我這把交椅，還得重新交回到你的手裏。是吧？」

「咳，這是啥話？咱也是為大隊的工作著想嘛。」申貴狠狠吐了一口唾沫，「咱考慮的是大方向，是我們黨的利益。可沒把副業組看成自己的錢布袋。」

「放狗屁！誣衊領導，當心你的下場！」

俗話說：打人不打臉，說話不揭短。申貴的話，正戳到何海的痛處，難怪他勃然大怒，指著老上司、新部下的鼻子狠罵，「你以小人之心，度君子之腹！我們早就知道，你把偉大的『四清』所給你的深刻教訓，忘得精光：貪，占，玩，嫖的老毛病，比從前犯的更血虎！怪不得，把個連推刨都不會拿的寶貝兒子，打發來城裏甩大鞋。原來，名義上進行政治監督，暗地裏在打副業組的主意呀！」

對於「四不清」下臺幹部申貴來說，何海的反擊，可謂正中要害。申貴一聽，立刻矮了大半截子。低聲咕嚕道：「副業組是大隊的，咱怎麼會打它的主意？我兒子來縣城，是你親口批准的嘛。」

「照你這麼說，我還有權力作決定？」

「你看你，俺不就是來請示你嗎？俺們啥事沒依從過你何書記？」申貴摸出一支煙捲，雙手遞給上司。「嘿，剛才是我失言。來，抽支煙，消消氣。」

「在老領導面前，哪有晚生小子生氣的份呀？不敢當！」何海粗魯地把申貴拿煙捲的手撥拉到一邊。「現在談正經的！」

「好，你說，俺們一定照辦。」

「既然這麼說，我就不客氣啦：第一，陶木匠是革命軍人家屬，不會有什麼問題，沒有大隊的批准，誰也不准摑他一指頭。第二，回去的時候，把你的寶貝兒子帶走。他在這兒除了搗蛋，就是礙事。成事不足，敗事有餘！」

「好，我照辦就是。」申貴一副討好的神氣，「走，老何，到飯店喝兩盅，我請客。」

「多謝啦。」何海餘怒未息，「咱有貪污副業組的錢——已經喝足啦！」

「哼，得時的狸貓歡如虎，落地的鳳凰不如雞！別他娘的急，你小王八犢子有好看的一天！」申貴在心裏狠狠罵著，走出紅星旅館。「哼，你姓何的為了能撈到幾個臭錢，竟然包庇壞人。只要證據在手，由不得你張狂！當初你他媽的怎麼對我下毒手呢？善有善報，惡有惡報，咱們走著瞧！」

申貴本來想徑直去畢仙的表妹家，討頓吃喝。又一想，還是先去副業組看看。興許申衛彪掌握了他們的新材料。就是不能把那盲流押回去，也不能便宜了那小子，今天得打他的秋風，逼著他出點血，到飯店撮一頓。他甩開大步，向副業組走去。

不料，走出旅館不遠，迎面碰到了畢仙。她老遠就喊：「喂，找到何海沒有呀？」

「他娘的！不知到哪兒胡作去啦，沒找到。」申貴不願說出挨擼的真相，「咦，我叫你在表妹家裏等著，今天晚上我會安排。天還沒黑，你跑出來幹啥？」

「哼，火燒眉毛，還顧得上扯閒騷——俺四處找你哪。」

「嘿嘿！只怕想找的人，不姓申吧？」

「淨放些不臭的屁！人家為你的事情，心急火燎。你還顧得上糟踐人！」畢仙生氣地把頭扭到一邊。

申貴正色問道：「喂，我有啥事，值得你『心急火燎』？」

「你自己惹的亂子，旁人會知道？」

「媽拉個巴子的！別給我繞彎子，快說，是啥事？」

畢仙左右看看，近前低聲答道：「剛才不大時候，我表妹家來了十來個帶胳膊箍的，有的拿槍，有的拿棍子。翻箱倒櫃，逼著『把申貴那小子交出來』！」

「胡扯！我又沒吃私犯法，誰敢動老子一指頭？」

「哼，頭頂火炭不覺熱！你把人家弄成了殘廢，人家能不來報仇？」

「你說的是誰？」

「樸合作唄。」

申貴這時才記起，樸合作的表哥是縣革委大權在握的副主任，臉色倏地變了。哆哆嗦嗦地問道：「你說，我該咋辦？」

「趕快跑唄！你們把人家孩子折騰得死去

活來，至今爬不起炕，人家能讓你喘著氣，自己走回去？」

「說的是。我先到你表妹家躲躲。你馬上去告訴申衛彪，叫他帶上鋪蓋到你表妹家找我，咱們一塊連夜往回蹽。」

「想得倒美！我表妹家你敢回去？不怕教盯梢的抓了活的？」

「那咋辦？』

「趕快離開這危險地方呀。你儘管走你的。申衛彪再飆，也不至於找不到回家的道兒吧？」

「你呢？」

「俺要在表妹家玩兩天。」

「那隨你的便。可我不放心我的兒子。你告訴他，我在城西豺狼溝裏等他，不見不散！」

「好，就這麼辦。」

說罷，兩人一個往東，一個朝西，匆匆走了。

十四、酒宴詠歎調

一

畢仙徑直回到了副業組。

一進門，她大聲向丁成說道：「丁成，何書記要我跟你說：叫申衛彪馬上回三隊。」

「真的嗎？」丁成掩飾著內心的興奮，「他在這兒可是有大用處喲！他走了咋行？」

「那不關俺的事，俺只管著捎話。」畢仙扭頭向申衛彪高聲喊道，「申衛彪！趕快，收拾鋪蓋捲兒回家去。」

「俺爹不是叫俺，在這兒監，監……」申衛彪不知如何措辭。

吳長生挖苦道：「叫你在這兒當監工頭兒，是吧？」

「哈哈哈！」丁成等一齊大笑。

「笑話人，沒，沒好處。」

申衛彪咕嚕著，拿過繩子把鋪蓋卷捆起來，背到肩上，頭也不回地走了。

畢仙追上去囑咐道：「申衛彪，你爹在豺狼溝等著你哪。要是忘了道，就跟人家打聽豺狼溝在哪兒，千萬別走丟了。聽見了嗎？」

「二嫂，俺丟不了。」

申衛彪走了以後，畢仙並不急著走。她一屁股坐到炕沿上，跟幾個青年拉起了閒呱。山溝裏的人本來就熱情樸實，經過大煉鋼鐵，大兵團作戰，修大寨田，以及不斷召開的批鬥會，學習毛澤東著作經驗交流會等，各隊的成年人，幾乎都認識。加之畢仙是出名的「山裏紅」，更是芳名遠播，無人不知。果然，「閒呱」拉了不多久，話題便集中到她的身上。帶頭的是丁成，他笑眯眯地問道：

「呂二嫂，你咋捨得讓申隊長立刻就走吶？留下他在你表妹家裏一塊玩幾天，不比在山溝子裏鑽樹林，睡鐵匠爐，舒坦得多？」

「丁成，你准成是喝多了你老婆的騷尿，來這兒滿嘴放騷氣！」畢仙嬉笑著反唇回罵。

「嘿，咱嫌老婆的尿騷，不稀罕那玩藝兒。不像有些人，把老爺們灑尿的傢伙，當成冰糖葫蘆，動不動含到嘴裏哺咂！」

吳長生幫腔道：「那才叫『嘴功』過硬呢。要不，咋能成了「山裏紅」呢？這不，在山溝裏『紅』遍了，又跑到城裏來『紅』火！」

「吳長生，你小鱉犢子！缺德損人，嘴上長疔瘡，爛舌頭！老天爺保佑你，這輩子找不上老婆，叫你連個女人的騷味兒也撈不著聞！」

「可惜呀！雖然有的人對你言聽計從，只怕老天爺不肯聽你的。」吳長生繼續挖苦，「不過，要是天底下的女人，褲帶都這麼鬆，咱寧肯不找老婆，省得賺頂綠帽子戴。」

「哼，大光棍一根，你就是想戴，撈得著嗎？」畢仙彷彿是在談別人的事，臉色微微泛著紅，卻並不真動氣。

在一旁低頭研縫的陶南，早已臉上發燒，心頭突突猛跳。急忙抬起頭把話岔開：「大妹子，我想麻煩你表妹給攬點活。不然，這裏的活幹完了，閒著沒飯吃。」

「嗨，你看，俺正是為這事來的吶。誰知，兩個爛腚眼，一齊放臭屁，差點把正事給忘了。」畢仙跳下炕，近前說道：「陶師傅，俺表妹見鄰居家裏有個大站櫥，式樣真賽，眼饞的不行，也想請你給做一個。她叫俺請你去看看料。走吧，俺表妹在家裏等著吶。」

陶南深信，自己與畢仙的私情，不會有人知道。但他仍然覺得，幾個青年的玩笑話，是在譏諷自己！而面前這個嬌美清秀、善於調戲男人，而又極富惻隱之心的「山裏紅」，如此地「美名」遠播，實在出乎他的意料。跟這樣的女人攪在一起，非搞得臭名昭著不可。古人云：瓜田不納履，李下不整冠。產生嫌疑的事，還是遠遠躲開的好！當初，走投無路時，接受她的保護；無力抗拒時，發生過肌膚之親，已經後悔莫及。現在又主動請她幫忙，無異於自投羅網。於是，他急忙改口：

「大妹子，新式大櫥，我可不會做。」

女人目不轉睛地瞅著他，狡黠地冷笑起來：「哼，剛才還求人家給你攬活，給你攬了來，又拿起把來。俺們請不動你大木匠，就痛快地說，用不著瞎支吾。就憑你的手藝，啥活難得住？」

「咳，手藝人哪有怕活多的？」謊言被點破，他尷尬地掩飾。「我是說，眼下活忙來不及。等到活完了，再看情況吧。」

「人家也不是叫你今天就做呀。是請你這名師傅，先給人家看看備下的料。」

「大妹子，等到做的時候，我自然會去看料的。」他決心已定，說罷低頭幹起活來。

「要死哇？你？家雀飛到牌坊上——好大的架子！」女人脫口而出，甩出了山裏女人罵人語。話一出口，自知失言。立即紅了臉，歉歉地答道：「等做的時候再看，來得及嗎？料不夠還好說，買上點就是，要是料不幹呢？你拿濕木頭給人家做站櫥，胡弄人家不是？」

話說得無懈可擊，陶南一時無言以對。

「陶師傅，既然人家真心請，去看看就是。」丁成給他解圍了，「她表妹家我知道，晚飯後，我陪你去就是啦。」

「那好，那好。」陶南急忙答應。

「丁成，戴著孝帽子往靈前拱，別裝那些近乎人好不好？」她朝著丁成撇撇嘴，「有專人來請，用得著勞你丁組長的大駕陪著？」

「好好，算我沒說。」丁成扭頭向陶南說道，「陶師傅，你去吧。路不遠，耽誤不了回來吃晚飯。」

「哼，早這樣說，不就結了。」畢仙回頭催促道，「走吧——陶大師傅。」

陶南只得放下工具，跟著往外走。

「陶師傅，當心呀，可別教人咂了冰糖葫蘆呀！」背後傳來吳長生的調侃。

畢仙裝作沒聽見，低頭快步往外走。一面走著，悄悄告訴陶南，儘管放心地在城裏幹活，她施了一計，把那閻王爺嚇走了。等到她說完所施的「計策」。陶南站下來，憂心忡忡地說道：

「大妹子，你怎麼想出這麼個可怕的主意？」

「俺也不知是咋想出來的。若是不想法把他嚇走，誰知道他會怎麼折騰你？沒看到那幫子年輕人，被他整得殘的殘，瘋的瘋？你一個人出門在外，沒親沒故的，萬一也落到他手裏……唉，想想真怕呀。反正，這些年抓人的事天天有，他不會想到是我編出來嚇唬他的。」

「咳！人無遠慮，必有近憂。那人可是砒霜拌辣椒——又毒又辣。倘若他知道你騙了他，亂子就惹大啦！」

「這事連俺表妹都瞞著，就咱們倆知道。只要你大木匠嘴皮子嚴實點兒，俺自己會去惹那麻煩？」

這話不但無懈可擊，而且顯得親密。為了保護一個外鄉人，畢仙竟然欺騙自己的老情人！一陣溫熱，掠過陶南的心頭。他長歎一聲，無比感激地說道：

「大妹子，謝謝你對我的深情厚義。不過，你何必為了一個盲流，擔著風險得罪老熟人吶。」他回避了「老相好」這個刺激字眼。

「你還『生』嗎？」畢仙剜他一眼：「快走吧，俺表妹早就做好了飯，等你這位貴客哪。」

「什麼？幹麼給我準備飯？」

「哼，四個碟，八個碗地侍候著，都請不動大木匠。要是無酒無菜，那更是沒門的事！」

「你……真是的！」他掉頭往回走。

「站住！」她上前緊緊挽住他的右臂，「咋？非得俺背著、扛著，你才去？」

在「史無前例」的年月，大庭廣眾之下，男女把臂而行，不但「資產階級」，簡直是大逆不道。倘若被一心「打翻舊世界」的革命小將看到，說不定要被抓進去「學習」幾天。此刻，已經有好幾個行人停下來，驚諤地望著他倆。

他極力不動聲色地掙扎著：「大妹子，人家都在看咱們哪——快放開手！」

「不答應乖乖地跟俺走，俺就讓滿大街的人，看一出《拉郎配》！」她的雙手挽得更緊了。

「我的好大妹子：請你放開手，我跟你走，還不行？」他只得告饒。

「哼！早這麼乖，用得著別人費力氣？」

二

畢仙的表妹姓有，住在一條窄巷子的盡頭，與樸合作家相距不遠。陶南擔心碰到樸家的人。他不願意讓他們知道，當初那個前來送信的「王同志」，成了陶木匠！他跟在畢仙背後，低頭快走，以免被人認出。

兩人一邁進畢仙表妹家的大門，便有一個身材嬌小，生著一雙明亮美目的女人迎了出來。她笑嘻嘻地衝著畢仙說道：

「表姐，這就是陶師傅吧？」

「咋樣，帥吧？」畢仙狡黠地一笑，答所

非問。一面指指女人，向陶南介紹道：「這是俺表妹，叫青枝。」

「您好？妹子，我是來給您看料的。」

「唔──快進屋吧。」

一進到裏屋，陶南不由「啊」了一聲。南炕的圓桌上，竟然擺著六個炒菜：煎雞蛋，炒豆角，油炸拉蛄，小雞燉蘑菇，肉絲炒蕨菜，還有一碗是最有名的山菜──油煎刺棱芽。以眼下小城的消費水平而論，算得是極其豐盛的酒宴了。桌子一端，是一瓶長白山牌燒酒。不知為什麼，擺了兩個酒盅，兩雙筷子。

陶南急忙轉身往外走，一面惶恐地說道：「青枝大妹子，我是來給你家看大櫥料的。你們的木料，放在哪兒？快讓我看看。」

「咳，掐腚蜂子似的，急的啥呀！」畢仙擋在了他的前面。

「是呢，吃了飯再看，也晚不了呀。」青枝急忙幫腔。

於是，兩個女人，一邊一個，連推帶拉，把他推到了炕上。

「二位大妹子，這絕對不行！」他雙手扶著炕沿往下掙，「無功不受祿！活還沒幹，怎麼好……」

畢仙把他往炕裏邊猛推，一面彎腰給他脫鞋，一面嗔道：「這是我表妹的一點心意。你怕成這副模樣──莫非酒菜裏面下了毒藥？難道非得跪著央求，你才肯賞光？」

再抗拒下去就是不識抬舉。陶南停止掙扎，在炕頭上坐了下來。他指著滿桌子酒菜，皺眉說道：

「盛情難卻，我吃就是。不過，總得等到當家的下班回來一起享用才是一禮吧？」

女主人答道：「他上中班，下班得半夜十二點哪。陶師傅，俺聽表姐說，你給她幫了大忙。俺替表姐謝你，也是應該的嘛！」

陶南丈二和尚摸不著頭腦，搖頭答道：「哪有的事？是你表姐幫了我的大忙，不是她的苦心幫襯，只怕我早就……」

畢仙剜他一眼：「得了吧！啥時候你就不囉嗦啦？」

「陶師傅，別客氣。俺們表姐可是個好心人。」青枝打斷他的話，扭頭向畢仙眨眨眼，「表姐，你陪陶師傅先喝著，俺到俺娘家去抱孩子，一會兒就回來。」

說罷，青枝掩上房門，走了出去。

「畢仙！」聽到女主人走遠了，陶南第一次粗魯地直呼女人的名字。他臉色陰沈，語言粗魯：「你鬧這些鬼畫符幹啥呀？我欠你的深情厚誼，還沒來得及報答，這不是叫我再欠上他家一份情誼嗎？平白無故，我憑什麼喝人家的酒？你是個明白人，咋盡幹糊塗事呢？」

「嘻，大個子，你闖瞎了關東山！來了大半年，連這兒的規矩都不懂。告訴你吧：這裏不論到了誰家，碰到啥吃喝——伸手就吃，張口就喝，那才叫夠朋友。這是俺們關東山老輩子留下的規矩，不成你大木匠能給改啦？再其一說，就是欠十分情，青枝是俺表妹，關你啥事？」

他被氣笑了：「明明是精心準備的酒宴，這能是『碰到』的？哼，又跟我耍狡猾！眼下家家困難，你讓人家如此破費，不是作孽嗎？」

「作孽的是你！」女人眼含熱淚，恨恨地答道，「都是你，把人弄得，丟了魂似的，自個兒卻呆在一邊兒裝正經！識字解文的人，懂那麼多道理，心腸咋就這麼狠呢？」

他正色答道：「大妹子，你這話，我不懂。」

「裝糊塗！莫非連讓人家跟你在一塊嘮會兒嗑兒都不行？哼！哄死人不償命——還口口聲聲『欠人家的情』呢！」

原來如此！看來，今天晚上，不但豐盛的菜肴非享用不可，只怕酒後的「嘮嗑」，也難以逃脫。不行，必須在危險到來之前，設法脫身，萬不可重蹈覆轍！

但，望著女人淚汪汪的一雙杏眼，他的心

頭不由一陣發酸，雙眼一熱，幾乎落下淚來。急忙低頭倒酒，掩飾自己的失態。他把兩隻杯子斟滿酒，舉起面前的酒杯說道：

「來，大妹子，咱們先乾上一杯。」

「討厭的壞木匠！」她揩揩流上雙頰的熱淚，爽快地舉起了酒杯。「今天晚上，俺喝多少，你可得喝多少——陪人就要陪到底。」

「好吧。捨命陪君子——我豁出去了！」

高度老白乾，淺斟慢飲，他能喝三兩，自信不會輸給一個女人。不料，女人一再跟自己「乾杯」。急酒催人醉。酒瓶剛剛下去了大半截，他已經頭暈臉熱，舌根發梗。而女人的雙腮，僅僅塗上了一層淺淺的粉紅色。燈影之下，更增添了幾分動人的嫵媚。正當盛年的曠夫，面對一個秀色可餐的怨女，不啻是一觸即燃的乾柴烈火。鋒利的手術刀所注入的「功力」，已經被證明失去效驗，精心擺下的八卦陣，只怕難以逃脫。心頭怦怦然，像有只小兔在撞擊……

俗話說：「酒是水媒人。」今晚如果貪杯，非誤事不可。況且面對的是「功夫」極其過硬的「山裏紅」！更加令人不安的是，青枝的熱炕頭，絕不同於呂家的苞米倉子。在那裏發生的一切，神不知，鬼不覺，尚且使自己背上了沉重的十字架。倘若再在這裏舊戲重演。青枝家自不必說，副業組全體成員，肯定心明如鏡。那就無疑於向全黑龍頭大隊，進行有線廣播！

剛想到這一層，不由猛吃一驚。他立刻聲稱「過量」，推杯不敢再飲。畢仙急得連勸加譏諷，依然勸不動，只得乾了自己的杯中酒，端上飯來。他草草吃下半碗大米飯，抽身下炕穿鞋。一面說道：

「大妹子，謝謝你們兩姐妹的盛情招待。我該回去啦。」

「咋？吃飽喝足了，抹抹嘴就溜？你可真是夠朋友！」

「大妹子，回去得晚了，人家會怎麼說

咱？你難道一點都不考慮影響？」說罷，他轉身往外走。

「哼，壯漢兔子膽！害怕，趕緊開溜就是啦。」她的下巴向窗外一甩，得意地大笑，「格格格……可惜呀——老天爺不成全你。這叫人不留客，天留客！」

不知什麼時候，外面下起了雨。窗外漆黑，已經看不清雨腳，只有淅淅瀝瀝的雨聲撲窗而入。

他決絕地說道：「不行，今天晚上，下刀我也得回去！」

「走就是嘛——沒人攔著你呀。」

他大步來到屋門邊，伸手拉門。不料，門從外面上了鎖！

「你們！怎麼可以把門鎖上哪？」他扭回頭怒視著畢仙，「出心製造影響！畢仙，不把我嚇死，你不甘心，是吧？」

「嘻，俺坐在炕上一動沒動，關俺啥事？」對於他的怒斥，她竟然洋洋得意。

「天哪，這可怎麼辦呀？」陶南抓耳搔腮，連連跺腳。

「好辦。」畢仙近前來，從側面緊緊摟住了他的脖子，「你耐心地到炕上歇著，等俺表妹抱孩子回來，門不就開啦？你也就能乾乾淨淨地回副業組，裝好人啦。」

他幾乎吼起來：「你，真是欠……」「揍」字沒出口，他的嘴已經被熱辣辣的嘴唇堵上了。

緊接著，一條溫軟的香舌，滑進了他的口中。

烈火向乾柴進攻，膽怯被勇敢征服！低聲的懇求，無聲地惋拒，統統無濟於事！

推，拉，按，抱；摸，撓，吮，咂……獵手的進攻，被瘋狂的欲望所激勵。獵物的抵抗，因捆緊的繩索而消失……

「完了，驚恐莫名的鬧劇，又要重演！」他在心裏呻吟不止。

正如俗話所說的，天無絕人之路。就在這

千鈞一髮的時刻，外面傳來了門鎖響動聲。

「誰呀？」女人停止了忙碌，在被窩裏憤怒地發問。

「是我。」答話的，是青枝的男人。

「宋來，你個混帳貨！青枝叫你到老丈人家裏去找她，難道會忘了？俺睡下了——你別進來呀！」

「哎呀，你看我！娘的，叫屌老白乾弄昏了頭，把這事忘乾淨啦！」

眼下，工廠裏除了有問題的人，白班都沒有幾個幹活的，上中班更是出工不出力。宋來今天上班後，應應付付幹了一陣子，晚飯時便與人湊堆喝酒。喝得醉醺醺，哼著語錄歌，「下班」往家走。把臨行時老婆的叮囑，忘了個乾淨。直到被冷不丁地一問，方才想起事前的約定。急忙陪著不是往外退。他正要重新鎖上門，陶南一側身子，趁機溜了出去。

「啪噠、啪噠」的腳步聲，由近而遠，很快消失得無影無蹤。

「表姐，老申今天是咋啦——怕起人來啦！」宋來以為，表姐又跟老相好申貴睡上了。「對不起，我去給你把他追回來。」

「你有本事——小樣！」畢仙恨不得把表妹夫拉過來揍一頓。

「放心吧，他走不遠。」宋來急忙朝外追去。

天黑似漆，巷子裏已經不見人影。宋來又沿著大街追了好一陣子，仍然不見逃跑者的蹤跡。他只得懨懨地往回走，伺候著挨表姐的臭罵。

三

驚弓之鳥，漏網之魚！

陶南恨不得肋下生雙翅飛回副業組。防人之口，勝於防川。跟一個有名的「破鞋」女人攪在一起，無私也有弊。回去晚了，更是有口難辯。所幸，時間不算太晚，也許夥計們正在聊天扯臊，不會睡覺。他使出當年打籃球的本領，顧不得雨急路滑，撒腿飛跑。摔倒了，爬起來，繼續前進。縣城的主要街道上，路燈稀少，小街僻巷，更是一片黑暗。直到氣喘吁吁，兩腿酸軟，方才放慢了腳步。此時他才注意到，原來走的不是來時路。究竟來到了哪裏，自己也搞不清楚。

他迷路了。

夜風蕭蕭，冷雨淒淒。街上不見一個行人，向誰問路去？唉！只恨自己慌不擇路，以致欲速不達，迷失在陌生的地方。都是那個風騷女人幹的好事！他第一次對畢仙有了恨意。

走過一條泥濘的小巷，拐進一條水泥鋪砌的大街，方才看到了希望：遠處的一座大門口，燈光明亮。有幾個人剛剛走進去。

燈塔在望，迷航的夜行船，終於可以擺脫危險了！陶南幾乎歡呼起來，同時加快腳步，上前問路。走近大門口，他才看清楚，貼著兩個大紅「忠」字的大門左側，掛著一個大牌子。上寫「井崗山造反司令部」幾個大紅字。門洞裏有兩個拿槍的崗哨，正在低聲談著什麼。

他猛吃一驚。他急忙轉回身大步疾走。不料，背後傳來一聲震耳大喊：

「站住！舉起手，走過來！」

「媽的，再磨蹭——開槍啦！」

緊接著，傳來「嘩啦，嘩啦」兩聲槍栓響。從戰爭年代過來的人都知道，這是子彈上膛的聲音。如果對方手持棍棒，他決意一逃了之，諒他們追不上。不幸的是，遇到的是拿槍的崗哨。他的兩條腿再快，也快不過出膛的子彈！逃跑註定要死亡，順從則意味著暴露！兩害相權取其輕，他停了下來，一面告誡自己要鎮靜，舉起雙手，極力放緩腳步走了過去。

剛剛逃出「魔掌」，又掉進了虎口！

「老實交代：你是幹什麼的？」高個子崗哨用槍指著他的胸膛，厲聲喝問。

「問路的。」

「問什麼路？」

「打聽……」

本來想說，打聽去副業組的路，一想不妥。近來風聲越來越緊：為了驅逐日益增多的盲流，城裏要進行一次大清查。凡是無本城戶口的外來覓食者，一律驅趕。本地副業組攆回農村，關裏來的盲流，則集中關押，湊夠了人數，裝上火車運走。倘若說出是去副業組，不啻是往清查的槍口上撞，而且必然暴露自己的盲流身份。靈機一動，他急忙改嘴道：

「我找樸合作家。」

「樸合作是誰？」高個子喝問道。

「別聽他瞎屌咧咧！」矮個子氣勢洶洶，「黑燈瞎火，找的什麼人！你看，這小子，渾身泥水，像只泥猴——不是越獄的逃犯，就是學習班跑出來的『現反』！」

「唔，不錯。我也瞅著不像個好人。」

「好哇——兔子叫門送肉來啦！咱們的棒子跟皮帶，該開開齋啦。」矮個子一揮手，「走，進去！頭兒們會告訴你要問的路！」

進了院子，他被押進西廂房，被命令朝牆站著，不准動彈。

過了不大一會工夫，背後傳來了腳步聲。扭頭一看，進來一個臉圓，肚子圓，腰紮皮帶，酷似一截粗木樁的中年人。他在惟一的一隻方凳上坐下，慢騰騰地摸出煙捲，用打火機點著，有滋有味的抽了起來。這時，進來一胖一瘦，兩個腰紮皮帶的人。領頭的那個，命令他退到兩米以外，蹲到地上。然後指指「木樁」，喝道：

「這是我們的馬司令。你要老實回答問題。不然，當心你的狗頭！」

馬司令虎視眈眈地盯著他，一言不發。

他知道，「目審」開始了。據說，在問案人亞賽利劍的目光注視下，囚犯不但發窘，往往立即解除思想武裝，吐露真情。但這有效武器，在老「運動員」陶南身上，並沒有發生多大的效力。他經歷得太多了，那種目不轉睛的審視，只能讓他心裏發笑。他在緊張地考慮，如何應付即將開始的審問。

馬司令逼視了好一陣子，方才開口問道：「你叫什麼名字？家住哪裏？」

「我叫陶南，是馬虎嶺公社，黑龍頭大隊，豹子洞三隊的。」

「好嘛，儘是出產狼蟲虎豹的地方！不用說，你肯定也是一隻吃人的猛獸啦？老實交代：你來縣城幹啥？」

「找樸合作。他是三隊的知青，回城養病，我來看望他。他家住在……」

「嘿嘿！你是在糊弄洋鬼子——哪有深更半夜看病人的？」

「我來到城裏天還沒黑，到飯店裏吃了點飯。」

「媽的！吃飯用得著吃到半夜三更？」馬司令低頭看看表，吼了起來，「我看呀，不給你點顏色瞧瞧，你不知道我馬司令的厲害。給我狠揍！」

兩名打手一聽，解下腰上的皮帶，揚手就抽。

「噗，噗，噗！」帶著大銅籤子的寬皮帶，在他的身上呼嘯飛舞。

他只穿著一件單衣，脊背像刀子割、鞭子抽一般，鑽心地疼。

「啪，啪！」皮帶又朝他的頭上抽去。

「同志，你們先別打，聽我說嘛。」他連聲哀求。

「老實交代，還幹了些什麼？」馬司令揮揮手，飛舞的皮帶，暫時停了下來。

「馬司令，我不光是吃飯，還喝了點酒。」他忍住劇痛，極力辯解，「由於空著肚子喝了酒，不料，醉得很厲害，趴在飯店桌子上睡著了。直到飯店要關板，方才醒來。所以耽誤了時間。」

馬司令扭頭向打手問道：「哪個今天晚上沒喝酒，近前聞聞，有沒有酒味！」

「我沒喝。」瘦子應聲上前，俯身聞了

聞，朝上回道：「司令，是有酒味。」

「在哪個飯店喝的酒？」馬司令突然大聲喝問：

「東方紅大街上的防修飯店。」請何海喝酒的飯店，此刻派上了用場，他回答得很流暢。

胖司令一時語塞。但這個問案老手，旋即找到了話題：「哼！『由於』，『不料』，『直到』，『所以』——滿口名詞！聽說話，你小子就不是個普通社員！」

「我說的全是實話。」他知道是自己慌不擇言，又露出了「知識份子腔」。但，此刻顧不得後悔，極力鎮靜地答道：「司令不信，可以派人到樸合作家問一問。」

「我們沒有那些閒工夫！老實交代，你身上的泥水，從哪裏來的？滿城的飯店，可沒有開在露天的。」

「由於酒喝多了，迷了路，腳下不穩，摔了好幾個跟頭。」他回答得無懈可擊。

但問案人卻被他的回答激怒了：「狗雜種！你他媽的淨情理。我看呀，不讓你小子開開葷，你是不會說實話的。來呀，幫他清醒清醒！」

司令一聲令下，外面聞聲又進來兩名打手。掩上門，四名打手，蜂擁而上。皮帶，木棒，雨點般傾泄而下。這是眼下流行的「關門打狗」！

「你們，憑什麼，無故毆打好人！」

他雙手抱頭，憤怒地高喊。根據以往的經歷，遭遇「關門打狗」時，越是哭鼻子、出狼狽像，越能激起打手們的興致。只有理直氣壯地抗議，使他們懷疑被整治的人有「背景」，或者是被誤捉，才會有所收斂。況且，他還懷著一份僥倖：當初冒險給樸家送信，挽救了他們的兒子，一旦得到消息，他們肯定會挺身而出前來救自己。

不幸，他估計錯了。他的話更加激怒了馬司令。「哼！還敢強嘴？你小子放明白：凡是落到我們這個衙門口裏的，從來沒有一個『好人』。想囫圇著從這裏走出去？沒門兒！喂，別停下，給我狠勁地揍！」

他的經驗失靈了。既然越辯越壞，他索性不再開口。他怕被打壞腦子，雙手緊緊地抱著頭，拱起身子，任憑他們往背上打。但是，過了不一會兒，他便支撐不住了，雙手一伸，一頭栽到地上。

他急中生智，使出全身力氣喊道：「請你們，聽我一句話。如果說的不是實話，你們可以隨便打。你們不願意去樸家瞭解……可以就近瞭解樸合作的表哥，他是縣革委的領導。他也能證明我是黑龍頭三隊的社員。」

「什麼，什麼？」馬司令一揮手，打手們停止了毆打。他近前問道：「說清楚：樸合作的表哥是誰？」

「他姓金，是縣革委的副主任。」幸虧他的記憶沒有喪失。

「好吧，先饒下你這條狗命。明天早晨，我們就會弄明白。如果你說謊——就是活夠了！」

他被拖到隔壁一間屋子裏。「咣當——嘩啦」，門從外面鎖上了。

這是一間面積極小，地上鋪著稻草的房間。一進去，便有一股臭氣撲鼻而來。但見牆上滿是班駁的血跡，牆角狼藉著糞便。顯然，這是個經常關人的地方。今晚除了他，沒有別的倒楣者。窗戶被釘死了，電燈直接吊在高高的梁頭上。關在這裏的人，休想逃跑或者自殺。除了偎在草窩裏，讓蝨子、臭蟲、跳蚤等盡情飽餐，已經沒有別的選擇！

他恨透了自己的執拗。要是在宋家宿下，焉能落到這種連監獄也不如的地方。何況，這裏不像關裏，男女之大防壁壘森嚴。在幹活的人家，他就曾經跟大閨女小媳婦睡在一鋪炕上。開始不習慣，久久難以入睡，時間一長，照樣大睡不醒。何況，今夜天下雨，不回副業組，理由極其充足。副業組的人，未必想得到，自己徹夜不歸，是單獨跟畢仙睡在一起……唉，這場飛來橫禍，完全是自己假正經，膽小怕事造成的……

轉念一想，如果留下來，肯定要重蹈覆轍。那女人魔力實在了得，用不了多久就得繳械投降。自從來到豹子洞，那女人，酷似聞到腥味的一隻饞貓，打不退的牛蒼蠅，環前繞後，死磨硬纏。開始是請「幹活」，繼而是掩護匿藏——不吃到「唐僧肉」，不肯甘休！如果說，她以前的作為，情有可原。那麼，昨天的周密佈置，把臂相邀，實在是不可饒恕！不然，何至於深夜迷路，自投羅網？自古以來，人們總是把女人罵作「禍水」。他始終持反對態度，認為那是男人們諉過於人的「德行」。現在看來，禍水之多，防不勝防！令人不解的是，畢仙的表妹和妹夫，竟然甘心情願地扮演鬧劇的陪角……

自從吃了午飯，他點水沒入口。三兩老白乾下肚，更是火上加油。此刻，嗓子在冒煙，渾身火燒火燎。有一杯水喝，該多好呀。哪怕是泥塘裏的臟水……他不由呻吟起來。

沒有人會給他送水。卻有數不盡的蟲豸，爭先恐後地向他輪番進攻。他掙扎著站起來，倚牆而立，想逃脫吸血蟲的叮咬。可是，兩腿疼痛難忍，只得重新坐下來。

他更擔心「明天早晨」。萬一樸家忘了那個送信的「王同志」，不出面說情做證，或者，那位金副主任不屑於親自過問此等司空見慣的小事，後果簡直不敢設想！

他的一顆心，驀地往下沉……

四

終於熬過了漫漫長夜。

重新被押到「木椿」面前時，他的擔心被證實了。

「嘿嘿嘿……」一見面，馬司令便是一陣冷笑，「狡猾的老狐狸，你的慌言被戳穿啦！那姓樸的，根本不認識你這個姓陶的『好人』！老實交代：你到底是個什麼反動傢伙？」

「樸家不可能不認識我——我去過他們家！」他既憤怒又驚訝，「你們問的是樸合作家嗎？」

「啪！」他的左頰上，挨了胖司令狠狠一記耳光。「狗雜種！你他媽的還敢狡辯！管他『樸合作』，還是『樸集體』，反正樸家沒人認識你。來人呀，讓他開開葷，到直升飛機上自在自在！」

對他來說，坐「噴氣式」，早已是家常便飯。而對「直升飛機」，卻不知是啥坐法。等到被反綁兩手劃上樑頭，方才曉得，原來就是趙魁等在馬虎嶺公社所打的「東洋秋千」！

他感到，自己的身體足有千斤重，捆縛的繩子直往肉裏殺。兩肩的筋骨，像是被折斷了，從前胸到後背，劇痛難忍。他不由一聲接一聲地呻吟起來。

「怎麼樣？『現代化』的滋味不錯吧？」胖司令一面慢騰騰地在地上慢步，一面欣賞著呲牙咧嘴的獵獲物。「要是想仔細品味一番這美滋味，我們保證不著急，讓你咂摸個夠。什麼時候不想享受了，就他媽的言語一聲，直升飛機立刻就會降落。」

牙關咬緊，他沒有理睬行刑者的問話。

樸家為啥說不認識自己？即使能夠忘記給他們送來重要消息的人，也決不會忘記用銀針將女主人從死亡線上救回來的人呀！他不相信，樸家會如此絕情。尤其是樸合作，倘若不是他冒著風險前來送信，只怕連性命也保不住。一個富有正義感的青年，豈會見死不救？那，到底是什麼原因，樸家不認自己呢？他百思不得其解。

「愚蠢至極！」心頭豁然一亮，他理解了樸家的畏縮。

自從進入偉大的「史無前例」以來，為了保住頭頂上的紅色光環不被打入另冊，或者為了逃避無產階級專政鐵掃帚的「橫掃」，夫妻反目，兄弟互誣，姐妹反噬，朋友相殘的「喜劇」，無時無刻不在神州大地上搬演！樸家怕在政治上受連累，不認一個只有一信之誼的盲流，乃是情理中事。是的，應該體諒人家的難處。自己栽倒了，自己想法爬起來。

可是，兇惡的打手們，卻不體諒他，更不想讓他再爬起來！

「這個反動透頂的傢伙，竟敢裝死狗。給我狠狠地揍！」

無言的沉默，激怒了馬司令。他一聲令下，「劈劈，啪啪」，急風驟雨一般，棍棒齊下，皮帶橫飛！陶南的下身和雙腿，由痛而麻，由麻而木。很快便不再屬於他自己……

長吟一聲，他暈過去了。

五

彷彿有人在呼喚。陶南發現自己重新躺到了草鋪上。渾身濕漉漉。分明自己是被冷水澆醒的。

「哎呀，陶師傅，你可醒過來啦！」耳畔傳來熟悉的聲音。

他緩緩睜開雙眼一看，是樸合作蹲在面前。他又驚喜，又不解地問道：

「樸合作，你，你怎麼來了？」

「陶師傅，我來晚啦，實在對不起！」樸合作伸開雙手緊緊抱住他，滿臉憤怒和歉意：「他們怎麼不問青紅皂白，就折騰好人呢？」

「樸合作，給你們添麻煩了。」危難之中，遇到親人。陶南伏在年輕人的肩頭上，熱淚縱橫。「合作，你的病，好些了嗎？」

樸合作彷彿沒聽到他的話，恨恨地說道：「陶師傅，實在沒想到，你會來城裏。今天早晨他們到我家去調查，我爸爸和我媽不知道你的名字，跟他們說不認識你。我去醫院看病，回來後才知道，你被弄到了這裏，便急忙趕了來。他媽的！誰知已經來晚了。」

此刻，陶南方才記起，他給樸家送信時，謊稱姓「王」。樸合作不在家，問起姓陶的，他的父母回答「不認識」，理所當然。他只能自認晦氣。

這時，馬司令進來了。審判官忽然變成了慈善家，他親手幫助樸合作把陶南攙到凳子上坐好，然後扶著陶南的雙肩，連連道歉：

「咳！大水沖了龍王廟，一家人不識一家人——我們咋會想到你是金主任親戚的朋友哪！陶師傅，都怨我們年輕無知，做事冒失，讓你受了一夜委屈。實在對不起！」

陶南有氣無力地答道：「沒關係——不知者不怪罪。」

樸合作低頭安慰陶南，並不理睬馬司令：「陶師傅，過一會兒，我表哥還要來看你。等我爸爸拉來地排車，馬上就送你去醫院。」

「不必，不必！我們這裏有的是人，我派人送陶師傅去醫院就是嘛。」馬司令俯身向前，雙手緊緊握住陶南的右手，滿臉謙恭，含笑致歉：「咳，陶師傅，這真是天大的誤會！千萬請您老人家……」

「哼！你們是整人成癖——也不睜開眼睛看看，陶師傅哪兒像壞人，抓起來就整人家！」樸合作憤怒地打斷了馬司令的話。「你們連偉大領袖『要文鬥，不要武鬥』的教導，都置若罔聞——真是豈有此理！」

「是的，是的。都怨我們有眼無珠，拿著革命的好同志，當成了階級敵人……」

樸合作從牙縫裏擠出一句話：「哼，不弄清情況，就把人往死裏整，你們跟小日本的憲兵隊有啥兩樣？」

這時，打手們找來一台帆布擔架，將陶南扶上去躺好，四個人抬起來就走。

走出司令部不遠，樸合作的父親拉著地排車迎來了。樸合作讓打手們放下擔架，將陶南抬上車。打手們抬著空擔架回去了，他跟父親一起，拉著陶南往醫院走。一面走著，他父親一面不住地叨念：

「陶師傅，你看，這是搞的啥事兒喲！」老工人捶胸頓足，「俺們的腦子，咋就叫狗吃了呢？俺跟老婆子想了大半天，也沒把那位『王同志』，跟您連到一起。唉！要不，哪能教你吃這大的苦頭。唉，都怨俺們糊塗！」

「人家陶師傅，施恩不圖報，風格高，才故意不說出自己的真實姓名！」樸合作搶先作了回答。

「不，不是風格高。是我膽子小，怕被申貴知道真相。誰想到能碰上這樣的倒楣事呢。」

「哼！都是叫申貴那王八蛋逼的。不然，你用不著隱姓埋名。媽的，這筆賬，也得記在申閻王的頭上！」

「唉！能揀回這條命，就是燒了高香咯！」陶南滿懷慶倖，顧不得怨恨。「樸師傅，真不知道該怎樣感謝你們父子，倘若不是你們……」

「陶師傅，你是在羞俺們！」樸師傅打斷了他的話，「你是俺們家的救命恩人——不是你，我兒子非叫他們整死不可。我老婆，也就早就沒命啦！」

「不，是他們娘們命不該絕——與我沒關係。」

正說著，陶南忽然發現，地排車走在一條陌生的路上。剛才當著外人他不便說，這時急忙說道：「樸師傅，合作：我不去醫院。我的傷不重，養幾天就會好的。請你們把我送到副業組去吧。」

「那……哪行？」老樸搖頭反對。「進過老虎口，剩不下好骨頭！你沒看到合作，渾身沒剩下點好地方？你連站都站不穩，肯定是傷筋動骨啦。」

「不，多虧吊打的時間不太長，我估計問題不大，養幾天就會好的。」

陶南知道，如果去了醫院，就是不怕自己的身份暴露，還害怕畢仙的關注：她要是堅持去陪床，不但要欠她更多的情，也難免不走漏風聲。叫申貴知道了，又是一場逃不脫的災難。於是，他懇切地要求道：「樸師傅，我求你們啦：我堅決不去醫院！」

樸合作分明理解他的心情。猶豫了一陣子，站下說道：「爸爸，那就叫陶師傅到咱們家休息幾天，看看情況再說吧。」

「那，哪行？不用去透視一下，咋知道沒傷筋動骨呢？」

「先回去，看看情況再說。」樸合作一錘定音。

老樸拉著排子車，掉頭往自己家裏走去。不料，剛進巷子口，畢仙和表妹青枝，像從天上掉下來一般，忽然迎了出來。

「喪天良的！沒人招他們，惹他們，幹嘛下這麼狠的毒手哇？」望著車上渾身血跡的傷號，畢仙兩眼殷紅，熱淚滾動。她快步上前，攔住車子，用決斷的口氣說道：「樸大哥，別往前走啦──陶師傅應該到俺表妹家養傷。」

「這話說的──從哪兒來的『應該』呀？陶師傅是俺們的客人，理應到俺們家嘛！」樸合作用力往前推車。

「樸合作，想做好事，也顯不著你小子不是？陶師傅是來給俺表妹看料，才迷了路被弄進去的。要不是為俺們，他哪會倒這麼大的黴？你說，不上俺表妹家，上哪兒去？」畢仙站在路當中，擋住了地排車的去路。

「表姐說的是──這事全怨俺們。樸合作，你也別強。讓陶師傅到俺們家就是嘛。」青枝也在一旁堅持。

「一樣，一樣。」老樸拉著車，繼續前進。

「不行，不行！」畢仙拽住車把不放。

「好，咱們都別爭，讓陶師傅自己決定好不好？」老樸只得讓步。

陶南扭頭向畢仙說道：「大妹子，你們兩家的盛情，我心領啦。說實在的：誰家我都喜歡去。可是，沒有分身法哇。讓我先到樸師傅家住幾天，回頭再去麻煩青枝，好不好？」他用的是緩兵之計。

「好──就照陶師傅說的辦！」樸家父子

齊聲答應。

「小樣！看你們爺們得意的！俺就知道，人家瞧不起俺們。」畢仙悵悵地鬆開了手。「請吧，你們老樸家勝利啦。」

說罷，她讓開路，雙手扶著車子，一起向樸家走去。

六

半月後，陶南的傷勢明顯好轉。棒傷，皮帶傷，大部脫痂，但兩隻肩膀和左膝蓋，依然不敢活動。尤其是左膝蓋，更是疼痛難忍。樸家父子把他扶上地排車去了醫院。醫生看過拍的片子，輕描淡寫地說，骨頭沒事兒，只是傷了筋，注意少活動，養些日子就會好的。開了一包消炎片，幾帖狗皮膏藥，打發他們走了。

可是，陶南再也躺不下去了。朝鮮族老鄉無微不至的體貼關懷，使他度日似年，如坐針氈。半月來，樸合作天天守在炕前，寸步不離。捧水遞藥，端湯送飯，賽過親生兒子。他的父母更是四處給他搜尋好吃的。眼下，市民們很少吃到的雞蛋，豬肉，鮮魚，水果，他卻經常吃到。一日三餐，不是煎魚、油餅，就是水餃、麵條，簡直不亞於高幹待遇。而畢仙的「孝敬」，更使他坐立不安。短短半個月，她竟然往返豹子洞三次，先後送來三只用人參煨得糜爛的老母雞。這是當地公認的滋補上品。不知她用什麼法子，竟然弄來「滋陰壯陽、大補原氣」的長白山名貴成藥「參茸蜜丸」，讓他「補身子」。吃了人參老母雞和參茸蜜丸，陶南果然感到精神健旺，傷痛大減。

如果說，樸家的深情厚誼，雖然受之有愧，尚有一信之恩，一針之功。畢仙的殷勤厚饋，他清楚，背後隱藏著什麼。而她的表情，似乎毫無私心，完全是出於對強暴者的憤恨，為一手造成的災難而愧悔。他真不知道該怎樣評價這位「山裏紅」！

她在少女時代便成了申貴、何海等人的獵

獲物。但她似乎並無怨恨之意。那漾著淡淡紅霞的瓜子臉上，經常掛著平常人的平靜與自得。面對劈頭而來的調侃與譏諷，她不僅輕描淡寫、泰然處之。眼底眉梢，甚至流露出某種得意。得意之後，又常常露出自慚。她伶牙俐齒，卻從不出口傷人，常常將露骨的譏諷，用來調侃自己。她特別需要異性的溫存，卻極少遇到值得正眼凝視的男人。只能把激揚的溫情之水，拋灑在並不喜歡的男人身上。沒有愛撫，沒有寄託，只剩下痼疾般的、不能自控的騷動。難怪，見了一個「長的帥」的盲流，便像女兒國的國王似的，恨不得一口把唐僧吞進肚子裏！這就用上了她的狡黠和機靈。

對於不懷好意的譏諷，她極少反唇相譏，常常一笑置之。但，冷眼可以傷害她的自尊，欺凌卻沒能扭曲她的人性。她對不幸者深深關注，對於一樁樁陰謀和暴行，不惜冒著風險挺身而出。她是一個放浪而富有正義感的女人！

憑心而論，她對於自己的苦苦「追求」，是那樣單純，那樣執著，那樣投入，那樣熱烈……透出令人忘情的專注與摯愛。以下流的「淫蕩」視之，實在太不公平。陶南甚至感到，結婚十七八年，從妻子身上沒有得到的一些東西，在「山裏紅」奔湧的激情下，無意中得到了！

一個複雜而解不透的女人！

同情，憐憫，恐懼，愛憐……在他的心頭，從來沒有如此矛盾過。畢仙的影子，一直閃動在他的面前……

出關半年多來，一句「此人身份可疑」，被從太平甸趕走，到了豹子洞，更成了申貴一再「關注」的對象。來到城裏，剛剛打開局面，又險些把一條命，丟在井崗山造反司令部裏！一個人，一旦淪落成「異類」，災難便成了肉體和靈魂的一部分。

苦難沒有盡期，光明不再屬於自己。活著何如死去？

他的目光落到了低矮的梁頭上。這裏不同

於他被關押過的黑屋子。站在炕上，梁頭伸手可及，電燈線就在身旁。只要解下褲帶，往梁頭上一搭；或者擰下燈泡，把手往裏一伸，眨眼之間，一了百了，萬事大吉。

解脫的路，就在咫尺之間！

有位哲人說過：自殺乃是懦夫的傑作！

他心甘情願作懦夫！

他麻利地站起來，伸手去擰燈泡。這胸中包藏著一條彎曲小蛇的玻璃球啊，圓滑，涼潤，彷彿很願意與他握手，幫助他走上解脫之路。五指扭動，潤滑的玻璃球，頃刻落到手心中。燈口裏，那呼喚死亡的黃銅絲環，正在朝著自己微笑。對準燈口，他伸出了右手食指和中指……

「不，不！死在有恩於自己的朝鮮族老鄉家裏，豈不是連累人家？連累無辜，無異於犯罪！」他只得把燈泡擰了回去。

看來，作懦夫也要有條件。且不說，家中有垂垂雙親，寄居地有弱妻幼子，就是副業隊也離不開他。前來探病的丁成說，自從他離開副業組，那幫子「二百五」，做了兩批箱子，竟然一個沒驗住——全部報廢了！而清理外來人員的壞消息，一天高過一天，只怕副業組被逐，只是時間問題。倘若真的被從城裏趕走，那些答應要修好的廢品，在何處修理？許諾給檢驗員和保管員做的琴桌和梳粧檯等，怎麼完成？他不願作輕諾寡信的負義者。更不願意看到，因為他的離開，使幾位社員朋友，從早到晚，汗流浹背，卻打了水漂。每天那可憐的十個工分，也都扔進廢品堆裏！

是的，於家庭，於友情，不但不能走絕路，還應該馬上離開病榻，去幫助副業組渡過難關。就是坐著指導他們，也要把那些廢品變成正品，將諾言變成現實。到那時，再想別的出路不遲。

趁著樸合作出街買菜，他的父母上了班，他偷偷溜出來。他返身把門鎖上，找根棍子拄著，一瘸一拐，悄然回到了副業組。

七

「哼！連個盲流都管不住，你是幹什麼吃的？就憑你的出身，換了別的領導，會這麼相信你，把一個副業組交給你負全責？你他媽的倒好，吊兒郎當，不負責任。狗雜種，你辜負了我對你的信任！」

一進院子，陶南便聽到一個熟悉的聲音在詈罵。站在紙窗外仔細一聽，是何海的聲音。他不願再見到這位帶著情人來賺吃喝的大隊領導，轉身想溜走。可是，何海後面的話，把他的兩腳定住了。

「媽的，自己拉下自己吃：我不管箱子合格不合格，今天必須把這半個月的加工費給我支出來，大隊等錢買辦公用品吶。不然，今天就給我滾回去。回去不准出工，在家裏寫檢查。什麼時候檢查深刻啦，我再考慮如何處分你！」

「何書記，回去倒沒啥，正好我也負不起這個責任。可不讓出工，全家人不得餓死？」是丁成的哀哀苦求。

「餓死活該！多餓死幾個廢物，我們的負擔還減輕一點！媽的，這二年，也不知從哪個陰暗角落，鑽出這麼多的壞傢伙，耍奸磨滑，調皮搗蛋，處處製造麻煩！那姓陶的往畢仙的表妹家裏鑽，你為啥不攔住？都是你給我們製造的麻煩！」

「何書記，這亂子都是畢仙惹下的。人家陶師傅堅決不去，她死拉硬拽不鬆手，硬把人家拖了去。你說，那畢仙，我敢惹嗎？」丁成一語雙關，聲音漸漸高了起來。

「住口！」何海害怕被揭短，厲聲喝住了丁成。停了一陣子，方才繼續說道：「哼！幹活不頂用，耍貧嘴，你他媽的一個頂兩個。還不如養頭牲口，喂飽了草料，埋頭幹活不惹人生氣呢！」

丁成沒敢再吱聲。

「怎麼，你倒是說話呀。哭喪著個屌臉，

跟死了八個爹似的，拿熊模樣給誰看？你要是不願意回去呢，那就乖乖地照我的話辦：馬上去把錢支出來。告訴他們，等姓陶的回來，做出了合格品，再把預支的錢頂上去！」

「人家不見兔子不撒鷹——廢品咋能支出錢來哪？」丁成嘎聲嘎氣地答道。

「你們，他媽的也都是一堆廢品！既然你能把那盲流放走，就得給我把人找回來。」

見丁成低頭不語。何海提高了聲音吩咐道：「丁成，你跟吳長生馬上去老樸家，把那個傢伙給我揪回來。媽的，跑了人，惟你們兩個是問！」

「用不著揪——我回來啦。」

陶南一面說著，一瘸一拐地走進了屋裏。只見何海坐在炕頭上，滿臉惱怒。赤腳醫生雙秀，坐在他的身旁，低頭擰著辮子梢。丁成則低頭站在炕前，滿臉惶恐。他忍住忿懣，近前說道：

「何書記，這事與丁組長無關，完全是我一個人的責任。」

「你的責任？好大的口氣呀！這麼多天，扔下正事不幹，耽誤了大隊的事情，造成了這麼大的損失，你負得了責任嗎？」何海用痛恨的目光，狠狠盯著木匠，彷彿在審問一個剛剛捉到的罪犯。

陶南不由得打了一個冷顫。他極力鎮靜地解釋：「唉，這真是不測之禍：我去老宋家看料，回來迷了路。天下著雨，街上沒有行人。只得到井崗山造反司令部打聽道。不料，他們竟然拿我當成了壞人，不問青紅皀白，被關了一宿，吃了不少刑罰。弄得渾身是傷，耽誤了這裏的活。我今天回來，就是想抓緊把活撵一撵。」

「怎麼，你是去看料？看料用得著看大半夜？嘿嘿！」何海冷笑幾聲，「俗話說：『草驢領道，強似撒料！』只怕是去那見不得人的地方壓摞兒，被巡邏隊捉住的吧？」

陶南冷笑道：「何書記真會開玩笑。那

時，我來縣城不過十來天，人生地不熟……」

「哼，光棍眼裏揉不進沙子——少跟我打馬虎眼！你尋思著我猜不透？山裏紅那個浪貨，拿『看料』作幌子，設下套子釣你，你說是不是？」

「是，又能咋樣？」一聲響亮的回答，自窗外傳來。話音未落，像從地下鑽出來似的，畢仙大步流星進了屋子。「怎麼，只許州官放火，不許百姓點燈？當官的處處帶好頭，就不准俺們老百姓也照著領導的榜樣學幾手？」她兩眼瞪著炙手可熱的大隊一把手，毫無畏懼之色。

十五歲那年，她被大隊書記申貴強姦不久，便被當時擔任會計的何海拉進會計室，以把他們的好事「抖出去」相威脅。當時她的臉皮薄，害怕事情一旦被抖出去，沒臉往人前站，只得乖乖地就範。此後，只要何海找她，就得順從地解褲帶。出嫁到三隊之後，何海仍然有事沒事，常來三隊轉轉，她照舊無條件地聽吩咐。申貴睜隻眼，閉只眼，佯作不知。自從鏢上了雙秀，何海才來的少了。想不到，今天竟然賊喊捉賊，當眾臭她，這怎不令她勃然大怒？她斜睨著何海，反唇相譏。見何海一時愣在那裏。她近前逼問道：

「喂，大書記：俺們說的對不對呀？莫非向黨的領導虛心學習，還有錯？」

「哼，歪嘴和尚念不出正當經——你胡咧咧些啥喲！」何海心虛了。

「哼，是誰在胡咧咧，自己心裏明白，俺更明白，大夥也不糊塗。眼目前的，俺不說——怕有人臉上擱不住。」她瞥一眼兩頰飛紅，低頭坐在一旁的赤腳醫生雙秀，「那就說說遠的：當初，你是怎樣欺負別人的？你急啥喲？你不是喜歡抖老底嗎？那就把你的老底全抖出來，讓大夥長長見識，咋樣？」

何海急了，臉色鐵青地回罵：「媽的，滿嘴噴糞。誣衊領導，決沒有好下場！等著吧，你！當心旗杆倒了，沒處解癢癢！」

「那怕啥？這兒不是擺著根更硬棒的旗杆嗎？」

何海的口氣軟了下來：「畢仙，別吃飽了沒事幹，自己遭踐自己——好不好？」

「哼，是你逼著啞巴說話，怨不著俺們！」她在一堆木頭上坐下來，哀怨地說道：「明明是俺表妹夫請陶師傅去給看料，你非說是俺勾引人家！大書記就該這麼遭踐人？唉！都怨俺們當初年紀小，沒能給趁火打劫的流氓一點厲害嘗嘗，不然，他也不敢占了便宜又賣乖！」她兩眼濕潤，繼續數落：「可真是的，光糟踐俺們也就罷了，人家憑著那麼好的手藝，撇家舍業，大老遠地跑到這裏來幫你們解決困難，不置人家的情也就罷了，人家黑夜挨了瘋狗咬，不著急心疼，還拿人家開心，糟踐人家，就不怕頭頂有青天？」

「哼！我哪有工夫跟你瞎磨牙。東街賣籠嘴，西街伸驢嘴！我在跟陶師傅研究正事哪，你插的啥嘴呀？」

「路不平，眾人踩！是你自己來找好人的外快——沒有這麼好欺負的人！」

「你——欠揍了！」何海被激怒了。他從炕上咚地跳下地，舉拳向畢仙撲去：「老子今天不把你這個誣賴好人的騷貨，揍得屎下，我就不姓何啦！」

丁成和吳長生急忙上來攔住，又拉又勸：「何書記，您別當真。畢仙嘴上沒遮攔，就愛胡說一氣，你又不是不知道。幹嗎真生氣呀？」

畢仙站起來雙手叉腰，似乎要把多日來憋在心裏的晦氣和怨氣，統統發洩出來。她伸出右手指著何海，毫無懼色地回罵：

「姓何的，你吃紅肉，拉白屎，俺不在乎。今天你要是敢摑俺一指頭。俺就拉著你上縣革委，把你的那些光榮歷史，抖個老底朝天。看哪個鱉孫子害怕！」

「你，你……不知道害羞的東西！」何海呼哧呼哧喘著氣，又坐回到炕沿上，「咳！今天，怎麼這麼倒楣呀？」

「哼，要是知道害羞呀，就不四處溜達著浪啦。自己浪夠了，回頭罵別人『破鞋』！嗚嗚……」畢仙雙手掩面，大哭起來。

一直無法開口的陶南，這時把身上僅有的十三元錢，悄悄塞到丁成手中。丁成會意，上前勸道：

「何書記，好男不跟女鬥。咱們先吃飯去。吃了飯，回頭再跟陶師傅仔細研究工作。好嗎？」不等對方答應，他上前拖著何海，往外就走。

「畢仙，你夠意思——我忘不了你今天的表現！」何海狠狠剜畢仙一眼，扭頭向雙秀喊道：「小秀，走。快躲開這個……」

「哼！尿盆子裏伸鼻子——自找騷氣聞！怨得著誰？」

何海走了之後，畢仙揩揩眼淚，朝陶南埋怨道：「你這人，真是的！咋不言語一聲就走呢？人家老樸家好不著急喲！走，快回去。俺們還有重要的情況，要跟你說呢。」

「大妹子，有話就在這裏說。你都看到了：何書記發這麼大的火，我怎麼敢再走開呢？」既然逃出了是非地，豈能再回去找麻煩。陶南在工作臺前的長板凳上坐了下來。

「唉，你這人呀！」畢仙緩步上前，挨著他坐下，神秘兮兮地說道：「俺要是說出來，你可得一定給想個辦法呀！」

「好吧，你說說看。」

十五、洪水的禍與福

一

畢仙來到陶南身邊，緊挨著坐下來，心裏酸酸的，直想流淚。罵走了翻臉無情的喪門神，她心裏的痛苦並沒有減輕多少。不是當著這麼多人的面，她一定會抱著木匠，大哭一場。

多麼難熬的日子喲！自從陶南受傷，半個多月來，她吃不好，睡不寧。又急，又煩，又恨，又憐，像喝下了辣椒水，吃多了酸葡萄……這感覺，從來沒有在別人身上發生過。

可是，木匠坐在這裏，一張冷臉跟鐵佛似的，絲毫不體諒自己的心意。看來，根本不可能把他請回表妹家了……

這時，陶南打破尷尬，扭頭催促道：「大妹子，你不是有要緊的話，要說嗎？快說呀——我該幹活了。」

「不行，你的身子沒復原，咋能幹活呀？」她急得喊了起來。

「沒關係，差不多好啦。」他兩手一攤，「剛才您都聽見了，不幹能行嗎？」

「唉！」畢仙長歎一聲，站了起來，「好

吧，你到外頭來，俺跟你說。」

他只得站起身，跟著畢仙來到院子裏。還未站定，她便焦急地說道：

「壞事啦：老申家已經準備妥當，十六日，也就是大後天，就要娶曾雪花啦！」

「這是預料中的事。」他反倒很平靜。

「看你不緊不慢的——趕快給人家閨女想想辦法呀！」

一朝被蛇咬，十年怕水繩。他知道，申貴之所以對自己恨之入骨，必欲置之死地而後快，完全是因為自己「愛管閒事」。餘悸在心，想想後怕。況且，渾身傷痕累累，兩腿至今行走困難，豈能忘記教訓，再去惹火燒身？

他退後一步，連連搖頭：「唉！我實在沒有好法子，搭救曾雪花呀。」

「有孬法子，也好嘛！難道你能見死不救？」

「我是泥菩薩過河——自身難保。」他依然搖頭。

「那閨女要是嫁了申瘸子，這輩子可就毀啦。俺不信，你能不心疼！」她在他的胳膊上輕輕擰了一下，「趕快想想辦法嘛，俺求你啦！」

經不住畢仙的軟磨苦求，更不忍心看著一朵嬌豔的鮮花，被拋進臭糞坑裏。陶南終於屈服了。他無力地倚到牆上，猶豫地答道：「既然別的辦法都不行，眼下只有一條路——一」

「你快說！」

「溜——先躲起來。」

「咳！跑了和尚，跑得了廟？楊老黏是兔子膽，申貴一翻臉，還不是乖乖地把閨女獻出去？」

「所以，必須秘密地躲——連她家裏的人也不讓知道。」

「躲藏倒不難。可，躲到哪天是個頭呀？早晚還不是人家嘴裏的肉？」

「那倒不一定。」

「為什麼？」

他想說「多行不義必自斃」，話到舌尖又咽了回去。含糊應道：「我也說不清。反正，眼前只有這麼一條路啦。」他怕自己再次陷進去，不無悔意地補充道：「大妹子，我勸你也不必多事。那馬蜂窩捅不得。弄不好，人沒救出來，自己倒先挨了螫。」

她剜他一眼：「你怕，俺不怕，不能毀了那閨女一輩子！」

陶南見門口人影晃動，急忙說道：「大妹子，人言可畏，咱不能在這裏站得時間太久。」

「唉！」她長歎一聲，「今天俺就回家。要不要給你親戚捎個信？」

「不必啦。要是親戚問起來，就說我很好，千萬不能漏出我遇到麻煩的事。」

畢仙剜他一眼：「那還用得著囑咐？」

二

曾雪花失蹤了！

一得到消息，申貴背上槍，氣急敗壞地來到了楊家。

這不是他平常不離身的長筒獵槍，而是一支用來裝備基幹民兵、閃著黑色油光的軍用步槍。他的嘴上噴著酒氣，對楊老冬兩口子和滿囤的熱情招呼，睬也不睬。進了里間門，他把步槍橫放在南炕上，雙手叉腰，厲聲喝道：

「你們，老實交代：把那個混賬貨，給我藏到哪兒去了？」

他銳利的目光，依次從老冬，柴七多，以及兩個兒子的臉上掠過：「怎麼，都成了不說話的啞巴？剛他媽的死了一個啞巴，怎麼又出來了一窩呢？」

滿囤和老冬嚇得說不出話。滿倉把頭扭到一邊，不聲不響。柴七多退後一步，揩揩眼淚，猶疑地答道：

「申隊長，您老人家，別生氣。俺們一家人，也是急得沒有法呀！這不，俺們正在商議，到哪兒能把那不聽話的死丫頭，找回來呢。」

「什麼，你們還打算找人？」

柴七多答道：「不是咋的。他們爺兒仨正打算四處去找呢。親戚家，朋友家，豹子洞，林子裏，凡是能夠藏住人的地方，一處都不拉下。」

「淨他媽的放些出溜屁！打算找人的話，你們就不會放她走啦！」

「申隊長，雪花是俺的親閨女。她滿處跑，別人放心，俺還不放心呢。」柴七多拿袖頭揩著滾滾而下的熱淚。「夜來下黑，她進了被窩，俺才關的燈。今兒早晨一睜眼，只剩下空被筒——人不見了！可，誰尋思呢？」

「柴七多！吃了秫秸拉席子——你編的挺麻利呀！你當我不知道？你那好閨女，至今賊心不死，暗地裏仍然跟那個地主崽子勾勾搭搭，明斷暗不斷。要是沒有人支持，她能如此頑固不化？媽拉個巴子的，吃了秤砣鐵了心！處心積慮要跟那個畏罪自殺的反動地主做親家，明目張膽地跟我們老申家作對。哼，光棍眼裏揉不進沙子，你們瞞不過我的火眼金睛！」

「咳！俺們再傻，也傻不到那個份上呀！誰不知道，嫁給老子小子都是黨員的人家，光榮體面，嫁給反動地主家，死路一條？」滿倉忍不住開口了。他坐到北炕沿上，兩條濃眉擰到一起，「偉大領袖毛主席說，沒有調查研究，就沒有發言權。憑什麼硬說俺們願意跟反動地主掰親戚？」

「嘿嘿！楊滿倉，你的兩條腿不疼啦，是吧？」申貴斜睨的目光，飽含著輕蔑和得意。紅鼻頭高高翹著，伸出右手，指指老兩口，再指指滿囤：「我就知道，他們都是老實人，沒有跟共產黨抗拒的膽量。不用說，又是你小子劣性不改，放走了那個騷貨！」

柴七多狠狠剜小兒子一眼，慌忙說道：「申隊長，這事怨不著滿倉。今天早晨，一看雪花不見了，他急得又跺腳，又流淚，咋會……」

「哼，說的比唱的都好聽！告訴你們，現在正是夏鋤的關鍵時刻。你們不作請示，私自放走勞動力，破壞抓革命促生產，破壞農業學大寨。這可是嚴重的政治問題！我不管是誰放走了那個不識好歹的犟驢，跑了兔子跑不了窩，我只跟你們老楊家要人。不是我嚇唬你們：三天之內，不給我找回人來，你們全家到公社學習班上自己圓謊去！」

說罷，申貴狠狠瞪了滿倉一眼，伸手拿起步槍，轉身就走。

「申隊長，您再坐一會。」除了滿倉，楊家三口齊聲挽留。

「就憑你們對黨的這份感情呀，坐得久啦，我還怕出危險哪！」

申貴昂頭往外走。來到院子裏，「嘩啦」一聲拉開槍栓，推彈上膛，端起槍來，朝著院子東南角的一顆胳膊粗的白樺樹，瞄起准來。緊接著，「咚」的一聲脆響，「喀嚓」一聲，那棵白樺樹齊腰斷了下來。

「老子的槍法，從來都是彈無虛發！」申貴丟下一句話，甩開大步揚長而去。

楊老冬和兒子滿囤，木雕泥塑似的定在院子裏，一動不動。柴七多嚇得一屁股坐在地，暈了過去。

滿囤撲上去，哭喊起來：「娘，你醒醒呀——」

滿倉站在屋門口，目睹了申貴的表演。他一面向母親快步走來，一面喊道：「他媽的，老楊家，決饒不了那狗雜種！」

「滿倉，滿倉，你娘，已經嚇死了。你就，別惹事啦！」楊老冬急忙制止兒子，快步向前，搖著老伴身子放聲大哭：「他娘，他娘……你醒醒呀，啊啊啊……」

三

柴七多醒過來之後，楊家父子三人，立即分頭尋找失蹤的曾雪花。

楊老冬沿著溝塘子東側，滿倉拄著一根棍子沿著西側，像「放山」找人參似的，一座山頭接著一個山頭，撥拉著草叢樹稞子，仔細尋覓；滿囤則到沾親帶故的人家，逐戶尋找。

申貴規定的三天限期，眨眼而過。曾雪花卻像升天土遁一般，哪裏也不見她的蹤影，也沒有一個人能說得出，她可能去了什麼地方。

第三天晚上，全家人守著飯桌，一疊聲地唉聲歎氣，誰也不想端飯碗。找不著閨女，明天怎麼向申隊長交代呀？

柴七多忽然想到，女兒失蹤的頭天晚上，畢仙來她家坐了一會兒。說是到老闞家打聽陶木匠啥時候能回來，她的表妹想請木匠打站櫥，順路進來看看雪花的傷咋樣了。走的時候，曾雪花一個人出去送她，嘁嚓了好一陣子才返回。莫非女兒的失蹤，與她有關？果真是那樣，可就糟了！那女人是申貴的老相好，胳膊肘哪有向外拐的？八成是害怕曾雪花嫁給趙魁，便把人誆出去，交給申貴，拿生米往熟裏煮！仔細想想又不像，畢仙人風流，可心眼並不壞呀。要不，申貴為啥還開槍放炮的，死逼著要人呢？

一團亂麻理不清。柴七多只得把滿心的疑惑，跟全家人說了。

滿倉一聽，立刻跺腳大罵：「沒錯！我姐准成是叫山裏紅誆走了！媽的，那浪貨跟申貴穿著一條連襠褲。她自己拿腚溝子報答老相好不算，還幫著他欺負別人。他娘的，我找那騷貨算賬去！」

滿囤勸道：「滿倉，有話好好說，可不能跟人家使橫理呀！真是她幹的，准成也是被逼無奈。俺聽說，她還挨過申隊長的大耳刮子呢。」

「哼，打是親，罵是愛——越打越自在。那是做戲給別人看。」

「不，咱娘說的對，那娘們心不壞。俺也聽咱姐姐說過，畢仙曾經偷偷勸過她，叫她拿定主意，千萬不能嫁申衛彪那傻貨呢。」

柴七多說道：「你姐姐也跟俺提過，畢仙要她拿定主意的事。要是你姐姐真的叫她藏起來了，興許吃不著虧呢。」

老冬附和道：「是呢，是呢。咱還得，好好謝謝人家呢。」

「爹，你啥時候不糊塗就好了。就算是她幫忙，也該給透個信呀。咋好一聲不響，叫一家人擔驚受怕，沒明沒黑地到處找人哪？」滿倉說罷，站起來一拐一扭地往外走，「我倒要看看那騷貨有啥說道。要是跟我耍鬼畫符，我饒不了她！」

畢仙當然有「說道」。

當楊滿倉氣勢洶洶地質問她，把人藏到哪兒去了的時候，她竟然調侃起來：「滿倉兄弟，你是喝了八盆漿糊吧？要不，幹麼盡說糊塗話呢？如今又不准許養童養媳。就是准許，俺的大兒子才八歲哪。你想想，俺要是把個二十多歲的大閨女藏在家裏，招惹得呂二茂跑野槽，把俺曬在乾沿上，俺不是自己找不舒坦嗎？」

「你，咋就不會說句人話呢？」滿倉氣得狠狠跺腳，「哼！當然不會是為你自己，你是在幫申家的忙！」

「放屁！」她杏眼圓睜，倏地變了臉。「俺要是做那傷天害理的事，天打五雷轟！」

「二嫂，俺可不是來找你吵架的。」滿倉把握緊的拳頭又鬆開了。

「有你這麼說『人話』的嗎？你說是俺們幫著老申家把你姐藏了起來。你有啥憑據？那天，俺不過是順路到你家坐坐，跟你姐說了兩句閒話。她人丟了，咋就怨著俺們呢？」

滿倉極力壓住怒氣：「好二嫂，俺們一家人都快急死了。俺就是不來問你，你也該行行好，幫俺們分析分析，俺姐能去了哪裏呀！」

「哼，這還像句人話！」畢仙的臉色漸漸緩和下來，不無憂慮地反問道：「滿倉，你想過沒有？要是老申家死活不鬆手，你姐姐就是不肯嫁，結果會咋樣？」

「二嫂，你是說，俺姐能走絕路？」

「俺可沒那麼說！」畢仙狡黠地眨眨眼，「唉，這年頭，死幾個人算啥？誰知道哪。」

「壞了，我姐也許是，學趙魁他爹……」滿倉哽咽了。

「不過，那也不一定。」她怕繼續說下去，急壞了楊家，急忙改口。「你姐曾經跟俺說過，寧死也要嫁趙魁。你想呀，她能捨得撇下他，自己去走絕路？」

「不，俺姐姐跟俺一樣——挺強！我真擔心……」

「強還糙？」畢仙打斷了他的話。

「二嫂，」滿倉近前一步，「你說，她真的不會出事？」

「誰知道吶，俺瞎猜唄！」女人狡黠地眨眨眼，「逼急了，也沒處說。」

剛說死不了人，又說是瞎猜。滿倉陷進了迷魂陣。像掉了魂似的，搖搖晃晃回到家，把畢仙的話，跟全家人一說，楊老冬嚇得大張著嘴，兩眼發直。柴七多則歪到炕上，差一點暈過去。知女莫如母。她覺得，照雪花的脾氣，准成會像趙魁他爹一樣，一頭紮進渾江！這工夫，八成已經不在人世啦！

「俺的好閨女呀——啊啊啊！」柴七多捶著胸口大哭起來。

楊老冬從炕上爬起來，一步深，一步淺，去向申貴彙報尋找女兒的情況。

申貴一直不相信，瞄準了的獵物，會從自己百發百中的槍口下逃脫。因此，他先派媒人勸說，再代替兒子強暴，強暴不成，讓學習班裏施壓。想不到那犟驢軟硬不吃，竟然躲藏起來。吃了稱砣鐵了心，不把人弄到手，他決不肯甘休。正在心裏發恨，楊老冬哭哭啼啼來稟報，三天尋找毫無結果，估計女兒已經投江自殺了……

申貴第一次有了不祥的感覺。咳！這黑龍頭大隊數頭份的俊閨女，萬一走了絕路，實在太可惜了！這麼多年來，自己朝思暮想，花費了那麼多的心血，眼看到手的一口鮮肉，萬一白白糟蹋了，自己的一番心血可就白費了。他恨不得把那犟驢拉過來捅上一刀！

「你就有哭的能耐！」他憤怒地向老冬大吼，「媽拉個巴子的！怎麼單單叫我碰上了這麼不順心的事？再給你們三天期限，要是再不給我找回人來，我就把你們全家關進學習班！」

楊老冬顫顫巍巍回到家，吩咐老婆連夜準備乾糧。第二天一大早，叫滿囤像尋找趙敬三那樣，沿著渾江往下游仔細尋找。顯然，對於能否找回活人，他已經不再抱希望。

三天後，滿囤空手而回——連死屍也沒找到！

活不見人，死不見屍。曾雪花，真的是升天土遁了……

人，找不著；差，交不了。楊老冬恨不得找條繩子，到梁頭上一扣子掛了。他吩咐兒子，明天再過江去，沿著江東沿往下游尋找。哥兒倆只得爽快地應著。

不料，到了後半夜，狂風挾著暴雨，轟然而至。電閃雷吼，暴雨如注，彷彿要把房頂掀翻，江堤沖毀。

第二天早晨，徹夜未眠的楊老冬，披上蓑衣，來到門前一看，渾江的洪水，已經漫過堤岸，逼近自家門口。平素日橫在江邊的木槽子，早已無影無蹤。此時要想過江，根本辦不到！

唉！人走時氣馬走膘，瘸驢專走窟窿橋。自從中隊長來到三隊，咱老冬咋就沒走一回運呢？老天爺！你怎麼光幫他們的忙，一回也不幫俺們呢？要是雪花真的走上絕路，俺怎麼向中隊長交代？兩個兒子好好的，單單把繼女丟了，鄉親們准會說，是俺這個後爹，虧待了她，她方才走上絕路的。唉！哪趕上讓俺自己丟了呀，那就沒有人說俺的閒話啦……

熱淚從老冬紅腫的雙眼中滾滾而下。他的心，比面前的洪濤更加激蕩不安。他像半截木椿似的，雙手抱頭蹲了下去。一面呻吟道：

「老天爺呀，住了雨吧！」

江水轟鳴，雨柱擊打。他的聲音被淹沒了……

申貴的怒斥聲，又在耳邊迴響起來。那森人的目光，像兩把利劍，直往他的心尖上紮。而一想到那炸雷似的「轟」然槍響，一棵樹喀嚓攔腰斬斷，他的一顆心，立刻縮成了一團。他恨不得一頭紮進滔滔洪流中，追尋繼女而去……

「老天爺呀，你咋就不睜開眼，可憐可憐俺們哪！」

殊不知，這正是老天爺「可憐」他們。突然而來的洪水，不但阻止了楊家繼續過江找人，同時也轉移了申貴的注意力。洪水沖下了無數的物資。他把限期要人的事，暫時拋在腦後，精神抖擻地帶領全體社員一齊上陣，打撈滾滾而來的財寶。

四

馬虎嶺公社地處長白山西麓。群峰環繞，林木豐茂。由於居民都是選擇山溝底部建房居住。所以，黑龍頭大隊下屬的生產隊，大都是以自然形成的溝壑命名。基本上是一條溝一個隊。三隊所在的山溝，溝底有個豹子洞，這條山溝便被稱做豹子溝。這是一條既深又長的大溝，溝內有一條清溪，自北向南，蜿蜒而來。宛如一條自崇山峻嶺上匍匐而下的蟒蛇，尾巴翹在高嶺上，嘴巴伸到蝙蝠崖旁的渾江中，不舍晝夜地傾吐著汩汩清流。

發源於長白山北麓的渾江，自東北方呼嘯而來，一頭撞到毗鄰溝口的蝙蝠崖上，彷彿被撞暈了似的，搖搖晃晃掉頭奔向東南。緊接著，又被對面的另一座無名高崖擋了回來。身子扭了兩扭，寫出了一個大大的「之」字，調頭向西南奔去。在遼寧省和吉林省交界的地方，彙入了中朝界河鴨綠江。

就在「之」字的捺腳前，河水的急轉彎處，形成了一個大旋渦。這旋渦，位於蝙蝠崖的南端，離馮潔洗衣服救了潘光明的地方不遠。每當洪水來臨，總有許多隨流而下的漂浮物，宛如運動場上的競賽者，追逐著，碰撞著，在寬闊的江面上打旋兒。有的環行一周，悠然而去，有的旋轉許久，方才依依不捨地緩緩離開。也有不少物品，漂近岸邊，被樹叢掛住，機靈而勇敢的山民立刻衝上去，手拽鉤拉，打撈上來。據說，呂二茂家的三間房子，全部是當年他爹從江上揀回來的木材蓋成的。有的人撈回來一隻板櫃，裏面竟然裝滿了綢緞布匹。賣掉後，換回來一個媳婦。至於發了「洪水財」而一聲不吭的，更不在少數。

孽龍和財神，竟然是連體弟兄。恣肆暴虐的洪濤，不但能給沿江的人民帶來巨大的生命財產損失，使許多人家家破人亡，而且能給一些福星高照的人，帶來意外之財。「禍福相依」這句古語，再次被證明是顛撲不破的真理。

現在，財神再次降臨豹子洞，三隊遇上了幾十年不遇的發財良機。

從昨天晚上開始下起的大暴雨，直到今天上午，仍然沒有停歇的意思。暴雨帶來的洪濤，不知洗劫了多少工廠，學校，山林，農戶。只見寬闊的江面，成了一座堆放無序的大貨棧，各種漂浮物，五花八門：裝滿柴油、重達數百斤的大油鼓子，獨根的圓木，大塊的木板，文攻武衛揍人的棒子，巨大的語錄牌子，連根帶梢的大樹，以及木箱，課桌，菜板，扒犁，死豬，死羊，膠皮靴子，柳條帽子，孩子的尿截子，女人的「騎馬布子」……宛如當年在場院上分地主的浮財，東一堆，西一拉，在三隊的「領地」上盤旋來回，饞得人流出了長長的涎水。

不過，也有令人不敢面對的慘像。隔不多久，水面上便有一具屍體漂來，有的衣衫整齊，有的赤條條一絲不掛，像是從被窩裏被沖走的。人們一陣陣驚呼，希望它不要在自己的領地上停留，快快漂走。

自古以來，從洪水裏揀回東西，不需要尋找失主。況且，數百里長的一條江，到哪裏找去？三隊的社員，眼望著走馬燈似的悠悠旋轉的財貝，個個摩拳擦掌，歡呼跳躍。哈哈，老天爺給咱們降福了，好機會可不能錯過。揀到點啥也好，總可以換回點填飽轆轆饑腸的吃物呀！

「夥計們，動手吧！老天爺要讓咱們吃幾天飽飯咯！」

人們手拿繩索，鐵鉤，擔杖，釘鈀，爭先恐後來到蝙蝠崖旁。有人已經跳進齊腰深的激流中，朝著移近的目標，又抓又撈。有人抱著，扛著收穫物，興高采烈地往岸上跑……

「喂——都給我聽著！」驀地，一聲斷喝，自頭頂上方傳來。

正如俗話說的：「一鳥入林，嚇得百鳥不語。」吵吵嚷嚷的歡呼場面，頓時變得鴉雀無聲。人們抬頭一看，申貴頭戴葦笠，身披蓑衣，站到了崖頂上。他攏起雙手作話筒，朝江邊放聲高喊：

「大夥注意啦：打撈上來的東西，個人不准拿走——都集中在江邊！喂，小六子，把木板給我放下！石鎖，箱子也不准拿走！」他喊住了幾個扛著收穫物大步疾走的社員。「好嘛，你們尋思這是單幹那陣子，碰到了發財的機會，可以大揀洋料？哼，想得倒美！這都是國家財產，搶救上來以後，該上交國家，該歸集體，要由支部研究決定。任何人，不准拿一草一木回家。你們都聽明白了沒有哇？」

當然都聽明白啦。不僅小六子和石鎖的「洋料」，放到了地上。全體社員的打撈速度，也立刻慢了下來。尚未下水的，止步了；下到水裏的，相繼退到了岸上。有的把抓到手裏的一塊長木板，順手扔回水裏。有的人，乾脆溜走了。

「媽拉個巴子的！」說要歸國家集體，都

他媽的成了怕死鬼——盡往乾沿上磨蹭。平常日掛在嘴皮子上的階級覺悟哪去了？告訴你們，今天打撈浮財是正式出工，不是來江邊看浪頭、洗澡玩！」他向站在身旁看熱鬧的女知青白豔說道：「辛永紅，別愣著。你是記工員，今天誰沒來，誰溜了號，誰沒下水，統統給我記清楚。沒來的，溜號的，站在幹沿上看熱鬧不下水的，以曠工論，不但不給記工分，還要扣他這個月的口糧！」

這年月，口糧就是生命。一聽說要扣口糧，誰還敢不靠前？沒來的來啦，溜號的悄悄溜了回來。被問到時，推說是打算找工具。可是，來歸來，卻沒有幾個人下到深水裏去，大部分站在江邊瞎比劃。瘸子打圍——坐著吆喝。

其實也怨不著廣大社員。這裏雖然緊傍大江，不但沒有人會游泳，幾乎連「游泳」這個詞也聽不到。三伏天熱出一身臭汗，不少人跑到江邊來。但，那是「洗澡」，不是游泳。不過是爬在淺灘上，泡一陣子，搓幾把完事。難怪，社員們都患著「恐水症」。

申貴見許多人站著不動，提高了聲音吼叫道：「社員同志們！都給我拿出一不怕苦，二不怕死的無產階級革命精神，勇敢地搶救國家財產。男勞力一律下水撈物資，不下到水裏，不算出工。女勞力負責搬運，所有的東西一律搬到生產隊院子裏。喂，你們還磨蹭什麼？已經是一身泥水啦，還怕濕了屁股嗎？」

有申貴在岸上監工，誰還敢站著不動？社員們只得戰戰兢兢地往江裏走，到了水深齊腰的地方，誰也不敢再前進。一個個，站在水中打撈漂到身邊的物件。

申貴怕女社員把東西扛回自己家裏，使國家資財遭受損失，便派楚勝守在路口。

一桶又一桶柴油，被推到了岸邊。婦女們滾著油桶，運走了。

一塊又一塊的木板、樹樁，被拖到了岸上，漸漸堆成了小山。

兩隻帶鎖的木箱，被撈了上來。

一頭大克朗豬，被采著耳朵拖了上來。

緊接著，扒犁、飯桌、鍋蓋、碗架等好多件傢俱，被撈了上來……

「幹得好哇，同志們！你們繼續努力，我會拿出一部分物資獎勵你們的。」指揮官申貴在岸上歡呼。同時不住地下達新的命令：

「嚴有，快上前，抓住那塊大木板！」

「王根兒，先不捉那個屌扒犁，快拽住那個油鼓子！」

「二狗子，衝上去，逮住那頭肥豬！」

二狗子沒有逮住旋轉打滾的死豬，申貴高聲大罵：「熊包，你他娘的，吃屎也搶不著泡熱的！」

「媽的！多好的一張桌子，讓它從眼皮子底下跑了！周鐵柱，你小子咋就那麼怕死呢？今春天掉進冰窟窿裏沒淹死，說明你的命根子壯。放心吧，啞巴死了也有人救你——怕屌啥？」

「馬繼革，往前站——淹不死你！媽的，連根檁條子抓不住，你小子黑心不改，純粹在磨洋工！」

「劉桂，加把勁，捉住那個箱子。好，趕快把它推到岸上來。」

老天下饃饃，來了狗的命。數不清的意外之財，給申貴帶了來無比的興奮。他正在興致勃勃地催促「加緊打撈」，已經在水裏浸泡了近兩個鐘頭的三十多名社員，早已支持不住了。大雨時急時緩，衣服早已濕透。時令雖然已是六月，江水依然冷徹肌骨。下半身浸在冰冷的江水裏，時間一久，雙腿麻木顫抖，幾乎站立不住。再加上注視旋轉的水流時間久了，個個頭暈眼花。有兩名社員，相繼暈倒在水中。幸虧身旁的人及時搭救，才沒被激浪沖走。

寒冷，饑餓，折磨著瘦骨嶙峋的山民。危險，恐懼，銷蝕了人們的「無產階級革命幹勁」。

人們不約而同的一齊往岸邊磨蹭。

「媽的，誰也不准上岸！」申貴發現了陣線在退卻，「都給我下去，下去！聽見了嗎？快下去！再堅持一個鐘頭就休息。水深才有大魚。不往下走，咋能抓到正經東西！媽拉個巴子的，你們聽到了沒有哇？」

命令森嚴，人們只得小心翼翼地重新往深水裏挪動。

忽然，一個浪頭打來，走在前面的馬繼革一頭栽到水裏，旋即沒了人影。人們正在驚呼，只見他又從十多米遠的地方冒了出來。多虧他是城裏人，懂點水性，伸手抓住身邊的一塊木板，掙扎著游到了岸邊。

人們嚇得一齊往岸邊退。申貴一看，跺腳罵了起來：

「馬繼革，你小子好大膽，竟敢裝蒜擾亂軍心。三隊就你會鳧水，卻他媽的裝洋相！你等著，我會跟你算賬的！」

支部書記大發雷霆，比天上的炸雷還有威懾力。社員們只得再次往水深處走。

「救命哇——救命哇！」忽然傳來了呼救聲。

被申貴罵作「命根子壯」的周鐵柱，在水深齊胸的地方，抓住了一跟長木樁。剛要用力往岸上拽，卻被旋轉的木樁，甩進了激流裏。他的兩腳已經懸空，雙手死死地抱著木樁不放，一面大喊救命。

「馬繼革，你會水。快，下去救人。」申貴大聲吩咐。

「申隊長，水這麼急，俺自己剛才都差一點淹死——咋救的了他呀！」馬繼革站著不動，「那不是下去白白地送死嘛。」

「媽的，我就知道，你不會關心貧下中農的生命！」申貴狠狠罵著，一面大聲喊道：「喂，哪個會水，趕快下去救人——救上來，我有重賞！」

古人云：「重賞之下，必有勇夫。」但，這話在這裏失去了效力。連既「會水」，又特別需要經受考驗的馬繼革，都公然抗命，裹足不前。又有哪個「旱鴨子」敢於跳進激流去救周鐵柱呢？

可憐的年輕人，抱著一根木樁，在全體社員的眼皮子底下，滴溜溜旋轉了兩個大圓圈，然後向著西南方飛快地漂去。

「俺的親娘喲，啊啊啊……」淒厲的哭喊聲，伴著江水的咆哮，時斷時續地傳來。

五

千里之堤，潰於蟻穴！眼前發生的慘劇，激怒了全體社員，不知是哪個有種的後生帶頭一吆喝，緊跟著，人們七嘴八舌，大聲議論起來。

「不幹了——不能把小命搭在江裏頭！」

「他娘的！愛扣啥扣啥，餓死也比淹死強！」

「說的是！餓死了，老婆孩子還看到個囫圇屍首。像周鐵柱，可倒好……」

「哼！說的比唱的都好聽：什麼搶救國家財產，還不知他媽的肥了誰呢！」

「走，到岸上去，豁出這百十斤——盡著他留！」

鐵的紀律，被灼熱的火焰熔化了。指揮官的嚴命被拋在腦後，人們紛紛退到了岸上。

「站住，不准上岸！」申貴走近岸邊，阻止潰退的隊伍：「站住——站住！咳，周鐵柱懷裏抱著根大木頭——咋會淹死人？放心吧，用不了多久，就會被浪頭旋到岸上。都給我下到水裏去，照幹你們的！哪個敢滿嘴放屁，帶頭消極怠工，破壞抓革命促生產，當心被揪出來示眾！」

後退的人群停下了腳步，卻沒有人再「下到水裏去」。第一次，中隊長的嚴命碰到了阻力。

申貴氣得暴跳如雷：「媽拉個巴子的！在國家和人民的財產遭受重大損失的關鍵時刻，你們竟然站在幹沿上袖手旁觀。這不是個小問題，這是階級鬥爭的新動向！辛永紅，把那些拒不下水的傢伙，一個不拉地都給我把名字記下來！」

「是！」辛永紅響亮地作答。

這時，早已來到江邊的老賈頭近前說道：「申隊長，請您聽老漢一句話，行嗎？」他不等申貴回答，接著說道，「搶救國家財產固然重要，可，人命關天——不能眼看著好端端的青年被沖走不管哪！」

「胡說，誰不管來？我正要派人去救周鐵柱呢。」申貴扭頭喊道：「馬繼革，孫有，你們兩個，趕快沿著江邊去追。量他沖不遠，一定要給我把人找回來！」他朝走近來的馬繼革厲聲說道，「馬繼革，孫有不會水，追上周鐵柱後，你得下水把他救上來！」

「要是追不上呢？」馬繼革仰頭問道。

申貴略一猶豫，紅鼻頭一翹：「那我不管，反正事故是你一手造成的。不是你見死不救，周鐵柱怎麼會被沖走？如果出了問題，惟你是問。快去！」

兩人不敢違抗，只得沿著江邊，快步向下游跑去。

這時，申貴大聲喊道：「現在休息啦。今天，男勞力幹得還不錯，收穫不小。你們都到老賈頭屋裏歇一會。叫他燒一鍋紅糖姜水，每人喝一碗暖和暖和。我叫申衛彪回家拿紅糖和老薑去啦。那是我預備著治感冒的東西。女勞力活兒輕，先不急著休息。」他指指橫七豎八堆在江邊的物資，「等到把這些東西統統運回隊部，再到老賈頭家喝甜姜湯。楚勝，你留在這裏負責看守物資！」

老賈頭近前說道：「申隊長，大夥在水裏泡了大半天，已經人困馬乏。繼續幹下去，會出危險的。是不是把撈上來的那頭克朗豬殺了，犒勞犒勞大傢伙？再把隊裏的大米拿出點來，我給大夥煮上鍋米飯，大夥肚子裏有點熱飯，自然身上暖和，幹活也就有勁啦。不然，真是夠嗆吶！我估摸著，這工夫少說也有下二點啦。」

「嘿，做夢娶媳婦——咋盡想美事呢？那頭豬，我準備上交大隊。那點大米，是我好不容易搗鼓來的。給他們吃了，上面來人咋辦？」申貴的頭搖得像貨郎鼓。「這樣吧，為了鼓勵大夥的幹勁，今天破破例。我批准了：給他們煮一鍋紅米飯。你到倉庫去支五斤高粱米，馬上回去煮上。」

老人站著沒動，繼續低聲哀求：「申隊長，那頭豬，至少已經在水裏泡了一兩天啦，等到水退了送到大隊，只怕早臭啦。拿死豬送人已經不禮貌，再要送去一堆臭肉，那不是出心糟踐人家嗎？」

申貴原想把死豬偷偷賣掉，老賈頭的話，提醒了他，只得點頭應道：

「好吧，你去領高粱米煮飯，我叫申衛彪領著人去殺豬。」他扭頭向站在身後瑟瑟發抖的社員們喊道，「革命的同志們：考慮到大夥身上冷，肚子裏餓。我已經派人殺豬、煮高粱米飯去啦。今天我要讓大家放開肚子撮上一頓。怎麼樣，你們高興吧？」

宛如半夜裏頒佈了最新的「最高指示」。這「特大喜訊」，使整年聞不到肉味、腸子都餓細了的「革命的同志們」，立即精神一振。有幾個調皮的青年，甚至歡呼雀躍起來：

「感謝黨支部的英明決定！」

「感謝申隊長對我們無微不至的關懷！」

「申貴書記兼隊長萬歲，萬萬歲！」

「咳，感謝可以，可不能喊萬歲喲。連我們天才的林副統帥，還只能喊『永遠健康』哪！」申貴高興地揮手制止，同時指著江面說道：「你們看，又漂來那麼多好東西。咱們可不能眼瞪瞪地讓國家財產受損失！社員同志們，偉大領袖毛主席教導我們說：『下定決心，不怕犧牲，排除萬難，去爭取勝利。』我們要鼓起革命幹勁，發揚連續作戰的精神，再堅持半個鐘頭，然後收工吃豬肉。趕快下水吧——快！」

關懷抑制了反抗，誘惑引發出順從。人們再次慢慢地回到了水中。

六

天黑以後，馬繼革和孫有垂頭喪氣地回來了。他們追出二十多裏地。看到了好幾個漂到岸邊的死屍，男的女的都有，惟獨沒有周鐵柱。開始的時候，有人看到江中有個抱著木頭的青年，又哭又喊，順流而下。再往下游追，人們只看到漂走的木頭和死屍，卻沒有人看到抱著木頭哭喊的活人。

在激蕩的江流中，一個精疲力盡的人，儘管抱住了一根木頭，也無力抱得很久。何況，那根木頭還在不住地旋轉翻滾……毫無疑問，周鐵柱已經葬身水底！

山溝裏封鎖不住消息。周鐵柱被漂走不久，鐵柱娘便來到江邊。她一頭撲在江岸上，大哭大喊：

「鐵柱喲，俺的好兒子！你是叫那個沒心肝的害禍了哇！他咋就這麼狠心哪，叫個不會水的孩子，到深水裏去給他撈財貝！」極度的痛苦，使滿頭白髮的老人，忘記了害怕和忌諱，竟然當著申貴的面，說出了大逆不道的話。「鐵柱喲，娘的命根子！你三歲上，你爹就撇下俺自己走了。你咋就那麼狠心，也把娘撇下不管，自己先走了呢？留下俺一個人，咋活啊？啊啊啊……」

沒有人能夠勸得住碰頭長嚎的老人。直到哭得暈了過去，才被人們抬回家去。老人蘇醒過來後，不吃不喝，傻了似的，坐在窗前，手扶窗櫺，呆呆地望著無情卷走獨生兒子的滔滔大江。可是，奔騰喧囂的江水，依舊大聲吼叫著，滾滾而去。根本不理睬她剜心般的傷疼。彷彿不把她的兒子沖進大海裏喂魚鱉，不肯甘休……

三天湯水沒進的老人，要親自去找兒子。她搖搖晃晃下了炕，無奈，天旋地轉，掌不住身子。到鍋灶前摸根棍子拄著，一步一挨，好歹來到了江邊。嗓子已經哭啞，眼淚早已流乾。她實在無力登上幾十米高的蝙蝠崖。索性扔掉棍子，四腳著地，向上爬去。懸崖的頂端臨近了，她並沒有停下。繼續掙扎著，一寸一寸地往前挪動。

終於，她的雙手扶上了懸崖的邊沿。她停下來，頭抵在石崖上，喘息不止。她想喘口氣，積蓄起力量，然後跳下懸崖，去找兒子……

天黑前，老賈頭走出筒子房，來到江邊，看看拴在柳樹上的木槽子，拴得是否牢靠。萬一夜裏再漲水，把槽子沖走，他就失掉了吃飯的依託。他抬頭四望觀看天色。忽見高崖上伏著一個人，定睛細看，原來是鐵柱娘！

「大嫂，別動！」他一面喊著，撒腿往崖上跑。

可是，剛跑了幾步，便見老人挺起雙臂，身子往前一聳，像一捆木柴似的，朝大江裏栽去。等到他來到崖頂，黑沉沉的懸崖下，激流旋滾，哪裏還有人的蹤影！

「鐵柱娘——投江啦！」

不是老賈頭發現，誰也不會知道鐵柱娘投了江。五十七歲的老人，追趕自己的獨生兒子去了……

鐵柱娘的屍體，同樣沒有找到。

「算了，不找了——別耽擱了抓革命，促生產。就算是水葬得啦。」申貴頭一搖，便了斷了一件大事。

不用棺材，不用出殯。短短兩月間，隊上沒用一分錢開支，便打發了兩名社員、一名地主「上路」。周鐵柱母子的死，不但給隊裏節約了開支，三間草房還成了隊裏的財產——給集體作出了貢獻。唯一的麻煩是，勞動申貴專程去了一趟公社，當面彙報「周鐵柱母子死亡的真實情況」，要求公社嚴厲懲罰「故意害死兩條人命」的馬繼革！新到任的革委會主任，給了他滿意的答復：「一定認真予以考慮。」

沒有墳頭，沒有墓地，更沒有一個人給鐵

柱娘兒倆燒上幾枚紙錢。因為那是「四舊」，誰也不敢造次。何況，就是有那份膽量，也沒處去買迷信品呀。有人想向善良的娘兒倆寄託哀思，也只能悄悄溜到江邊偷偷地哭一場。

經常頂撞申貴的貧農社員周鐵柱，被註銷了戶口，永遠從豹子洞消失了。申貴心上的一根尖刺徹底去掉了。但是，那些撈回的物資，卻費了他不少心思。

七

洪濤剛剛過去五天，縣木材公司便來了人，沿江尋找被沖走的木材。

在此之前，申貴早已派人將揀回來的值錢的木材，運到飼養室，用苞米秸子蓋了個嚴嚴實實。這二年，牲口爭先恐後地死，飼養室空出來一大半，這一回派上了用場。只把那些塊頭小、以及質量差的碎木板，短木樁等，放在隊部院子裏。木材公司的人一看，覺得派車來運，不夠汽油錢，搖著頭走了。

繼之而來的是石油公司的人。石油公司倉庫的圍牆被洪濤沖塌，煤油和汽油，沖走了三十多鼓子，總共六千多斤。他們已經從上一個大轉彎的夾皮溝，找到了十二鼓子。以每桶十元的感謝費，收了回去。三隊溝口有最大的旋渦，肯定有著更多的收穫。申貴知道，汽油屬於統購統銷物資，不敢公然出售。但一聽說每桶只給十元錢，暗罵石油公司「坑人」，硬把縣革委開的介紹信，扔給人家，不承認揀到過什麼油鼓子。人家知道他是嫌錢少。好說歹說，直到把「感謝費」增加到每桶十五元，他才承認揀到了八鼓子油。從中埋伏下一鼓子汽油，「留著打火機用」。至於那些不拿介紹信的尋物者，他或者索高價，或者說「壓根沒見」，統統把人家打發走了。

今天上午，縣博物館又來了人。他們有十多個裝滿文物的紅漆紫椴木箱，被大水沖走，裏面盛著破「四舊」時搶救出來的寶貴文物。

申貴一聽，大喜過望。那天，三隊社員從洪水裏搶救出兩個上鎖的大木箱。他瞄一眼木箱漂亮的外表，便斷定，裏面盛的必是值錢的東西。當天晚上，他就叫兒子申衛彪幫著，把兩隻箱子從隊部悄悄搬到了鐵匠爐。由於箱子上的暗鎖一時打不開，加之這幾天忙於收藏、看管打撈來的東西，沒有顧得上開箱「觀寶」。現在，得知裏面盛的是「寶貴文物」，立刻矢口否認曾經揀到過箱子。等到人家走了，他急忙跑到鐵匠爐，插上門，拿起打鐵的火箝，朝那個最重的箱子，猛橇猛搗。

暗鎖抵不住鐵鉗。木箱被橇碎了，箱蓋被打了開來。他俯身一看，不由倒抽一口冷氣。原來，裏面盛的是滿滿登登一箱子帶藍封套的古書！封套已經被水浸壞，裏面的書，泡成了一鍋漿糊。用手一抓，黏乎乎的一把，根本辨不出是好書孬書。他後悔莫及。早知如此，教人家把箱子領走多好，至少弄他個百兒八十的感謝費，神不知，鬼不覺，就進了自己的腰包。

他把希望寄託在另一隻箱子上。那只箱子分量輕得多，顯然，裏面盛的不是古書。也許是金器銀器，至少也該有值錢的翡翠、瑪瑙、珍珠、古銅啥的。

可是，橇開一看，氣得他幾乎昏過去：滿滿一箱子，裝的全是瓶瓶罐罐！而且大部分已經破碎，只有一件還完整。雙手捧起來一看，是個小罐子，大口圓肚，渾身佈滿青色的花紋，上面沒有耳朵，卻帶著個圓蓋子。蓋子中央，蹲著一隻鬈毛小獅子。

他的氣不打一處來。正要舉起來摔個粉碎，忽聽得窗外有人輕輕敲門。一聽響聲，便知是畢仙。他放下瓷罐，轉身出去開了門。

「喲，原來是一個人在屋裏呀？那……用得著關門鎖戶的？」畢仙一進門，便疑惑地四處端詳。見老相好滿臉怒氣，不解地問道：「咦，老天爺給你送來那麼多財貝，高興還來不及呢，幹嘛呀，噘嘴膀腮的？」

「盡他娘的放些不臭的屁！」申貴坐到炕沿上，點上一支煙，低頭猛抽一陣子，狠狠吐了一口唾沫，然後罵道：「哼，連我心裏為啥煩，都不知道，還口口聲聲想我、疼我哪——哄死人不償命。媽拉個巴子的！」

「喪良心不是？自己也不想想，除了俺這個傻瓥子，整個三隊，有個真心疼你愛你的？別看人們整天書記長，隊長短，比叫親爹都熱乎，屁股顛顛的沒有四兩沉，那是衝著你手裏有權。難道忘得這麼快？你被撤了大隊書記那大半年，除了俺姓畢的，誰拿正眼睬過你？」

嘴上不說，他從心裏承認她說的是實話。抬頭望著紅顏知己，哀傷地答道：「畢仙，我壓心底的話，也只能跟你說啦。」

「還是的！」

「你想哇，為了打撈物資，搭上了兩條人命，造成多壞的影響？撈回的那點屌玩藝兒，不是被人家要回去，就是沒用的廢物——你教我到哪兒高興去？」

「俺就知道你會煩。要不，用得著黑燈瞎火，趟泥帶水地跑來看你？」

「莫非有曾雪花的好消息？」申貴轉怒為喜。見她瞪著自己不說話，立即挑逗道：「要不就是癢癢啦。」

「要死哇——你？癢癢有呂二茂，用得著麻煩你大書記呀？光白嫩的知青大姑娘，就夠忙活的，哪兒顧得上睬個『臭娘們』呀！」

「別他媽的不講良心！我領你進城，不就是為的好好犒勞你？可，讓狗日的樸合作給攪和了，怨得著我？」

「哼，誰不知道誰呀——心裏罵娘，嘴上抹蜜！要是真的記著俺，兩大箱子好東西，都添歡了一個人。咋就不分給俺們一點點呢？」她不自覺地說出了來意。

「媽的，別提那兩個屌箱子。一提起來，老子氣炸了肺！」

「咋，叫人家要回去了？」

「要回去還好了呢，多少落幾個感謝費

花花！」

「那——到底是咋了呢？」

他伸手一指牆角：「你自己去看吧。」

「俺的媽呀！咋盡些破爛哪！」她近前一看，立刻喊了起來。瞅了一陣子，把那個青花罐捧在手中，回頭說道：「別生氣啦——算你沒有發財的命。」

「咦，你拿那破罐子幹啥？我正要摔了它解解恨呢！」

「摔了怪可惜了的。俺拿回去有點用項——盛點稀罕物啥的。」

「快拿走，快拿走——我看著這屌玩藝兒就來氣！」

見申貴沒有挽留自己的意思，畢仙捧著罐子往外走。申貴在後面囑咐道：

「當心，別讓外人看見。」

「天這麼黑，俺走後溝，不礙的。」

畢仙前腳走，白豔後腳走進了鐵匠爐。她已經來了一陣子，聽見畢仙在屋裏說話，悄悄躲在黑影裏偷聽。等到畢仙走遠了，方才走出來。

「申隊長，忙哇？」她斜睨著申貴，兩隻嘴角上翹，似嗔似笑。

「喲，我琢磨著，你也該來啦。」申貴沒在意姑娘的表情。

「來幹啥？好東西送了人，留下破爛叫俺們來拾掇？」

「別瞎說。那是我正要摔的一個破罐子，她要回去給她兒子當尿壺。」

「哼！誰知道那裏面盛的是啥？」

「騙人是大閨女養的！有好東西，旁人撈得著？還不是給我的小白肉兒留著。」

「俺就不信，那麼大的兩口箱子，裏面就沒有一樣稀罕物。」

「咳，我能騙旁人，能忍心騙我的小寶貝嗎？不信，自己看去。」申貴指著箱子說道：「你看吧！竹籃打水一場空——被騙了個血虎！」

兩隻箱子，淒慘地大張著口，彷彿剛剛被造反派搜查過。果然，除了一股濃烈的黴爛味，就是爛紙漿，破瓷片，裏面一點稀罕物也沒有。

白豔長長歎了一口氣：「唉，完了！狗咬尿脬——空歡喜一場！」

申貴把姑娘拉到懷裏，緊緊摟著。一面親嘴，一面安慰道：「沒關係，東西算個啥！有比東西好一萬倍的美差事，我正給你留著哪。」

「哼，又在騙人。」

「騙你不得好死！」

「真的？那是什麼好事？」

「玩完了，自然會告訴你。」

「哼，又來了你的老把戲，俺上當的回數還少哇？」

「好吧，那就先給你透個信兒。」他附上她的耳朵，嘁嚓了一陣子。

真是比靈丹妙藥還效驗，姑娘立刻轉嗔為喜，麻利地爬到了炕上。等到申貴插上屋門，轉身回來，她已經鑽進了被窩……

十六、升大學插曲

一

申貴所說的「美差」，是讓白豔接替自己的女兒，擔任赤腳醫生。

「申隊長，你不是在騙俺吧？」白豔伏在申貴的懷裏，雙眼朦朧，嬌聲嬌氣地問道，「你把赤腳醫生給了俺，叫申愛青幹啥哪？」

「她幹不了。那屌文化，連本醫書看不透，動不動就捅漏子。給我丟面子事小，萬一弄出條人命來，我咋收拾？」申貴閉著眼，輕輕撫摩著姑娘豐滿的雙乳。「你們知青裏面，高中生也有，你說，這種好事能給他們嗎？你孬好是個正兒八經的初中生，並且要求進步，我相信你一定不會辜負我的信任。」

「那當然。」

「辛—永—紅！」申貴拖長了聲音，「你的心（辛），可要永遠對我紅喲。」

一場鏖戰所帶來的歡快，依然在周身悠然回蕩，再聽到「美事」確實屬於自己，白豔的粉臉上浮著淡淡的紅雲，光潤，鮮豔，宛如一朵盛開的牡丹花。她在申貴打皺的左腮上，響響的一吻，算是回答。她仰臥過來，讓豐滿而閃著白光的兩隻乳峰，在他的面前盡情展示。故意用懷疑語氣問道：

「申隊長，你可不能騙俺呀！」

「咳，這是嚴肅的革命工作，咋好開玩笑呢？再說，領導說話能不算數？」

申貴喜歡用「釣野雞」，形容追女人。白豔被「釣」到手，已經兩個多月了。始終是扭扭怩怩，半推半就。今天，她像換了一個人，第一次採取了攻勢：再次翻身撲上申貴濕漉漉的胸膛，摟緊他的脖子，嬌滴滴地說道：

「申隊長，你真好！」

螳螂掉進油鍋裏——渾身酥了。申貴趁勢摟緊了她豐滿的腰肢：「我的小白兔，你要是忘恩負義，我可不饒你！」

「俺不是忘恩負義的人。往後，俺一定會好好報答你。」

「那還差不多。」他再次把她壓到身子底下。

「剛才累成那樣……還想要？」

「你這麼乖，我還顧得累？」

「那，你可得慢著點。」

「怎麼？你受不了啦？」

「啥呀！你那麼快就蔫蔫啦，俺還沒……沒忞夠呢。」

「現在你相信了吧？一旦品出滋味來，可就沒法招架啦。要不，咋說『女人三十如狼，四十如虎』呢？」

一面說著，申貴緩緩地動起來。

「咦？這是咋回事？哎喲……從來沒這樣過呀！申隊長，你真會！唔……唔……」白豔雙眼緊閉，一疊聲地呻吟起來。

「咋樣——來了吧？就憑我的功夫，會不讓你滋潤。」申貴急驟地煽鼓著。

「呦！這是咋啦？俺渾身都麻啦……也許是，……心裏高興的緣故？哎喲，哎呦……俺受不了啦！」

「哼，今天叫你充分領教申某的真功夫！」申貴照樣動作，不予理睬。

告辭的時候，白豔再次問道：「中隊長，要是你閨女不願意把赤腳醫生讓給俺，咋辦哪？」

「唔，說的在理。只要不是傻瓜蛋，那又輕快、又乾淨，又能學到技術的美差，搶都搶不到，誰願意往外讓！」申貴斜倚在被卷上，懶洋洋地答道。「不過，你也知道，一旦我決定的事，沒人敢說半個不字。」

「申愛青可不同於旁人，她是你的親生女兒呀！」

「你把心放在肚子裏吧：我姓申的拿著心肝寶貝，賽過親生女兒！」

染缸裏拖不出白布。申貴說起謊來，從來都是音調鏗鏘，神色自若，不知什麼是臉紅。一個尿脬重三斤——皮厚得很。其實，這也不能光怨他。常言道，上有所好，下必效之。這些年，大話謊話成了流行色，以申貴的聰明與機變，自然更加出乎其類，拔乎其萃。那些前無古人、氣貫長虹般的豪言壯語，成了他的口頭禪。社員們耳熟能詳的，就可以開列出一大串：

十五年超英，二十年趕美！

小麥畝產三萬斤，玉米畝產過五萬！

三年跑步進入共產主義社會！

現在，全世界二十多億人，都掙扎在水深火熱之中；能過上幸福生活的，只有我們中國人！

世界革命的中心，已經移到了紅太陽升起的地方——北京！

毛主席這樣的天才，幾千年才能出一位。林副主席這樣的天才，也得幾百年才能出一位！

我們心中的紅太陽，至少活一百五十歲；我們天才的副統帥，至少能活一百二十歲！這是國際名醫診斷出來的！

別他媽的，動不動就嚷嚷六零年挨餓，那是百年不遇的、連續三年的大災荒和蘇修掐我們的脖子造成的。要不是有著優越的社會主義制度，你們早就餓死了個屁的！

現在咱們能生活在幸福的人民公社裏，首先得感謝偉大領袖毛主席，這是他老人家對馬列主義發展出來的新生事物。現在，只有在咱們中國才能找到真正的馬列主義。連我們信服過的『老大哥』，都他媽的修了！

現在是形勢大好，不是小好，而且越來越好！我們的市場繁榮，物價穩定，既無外債，也無內債。天底下，任何國家都比不了！

有一首民謠，他經常掛在嘴上：「天上沒有玉皇，地上沒有龍王。我就是玉皇，我就是龍王。喝令三山五嶺開道──我來了！」

至於，文學上的高、大、全人物，樣板戲裏那些無配偶的男女樣板，以及無一例外、全都寫下富有教育意義的日記的英雄，他更是滾瓜爛熟。時刻拿出來讓廣大社員對比著找差距，苦學猛追。

政治家申貴，對豪言壯語，不但倒背如流，還能夠活學活用，立杆見影。在他的治下，謊言全部是賽過璣珠的真理，大實話則成了惡毒攻擊的謊言。誰要是敢於跟他唱反調，對不起，輕者送進學習班「享受幾天」，重者給弄頂帽子「暖和暖和」！他巧舌如簧，左右逢源。說謊從來心不跳，臉不紅。但第二天他與女兒的一次談話，不但受到了冷落，而且當面露出了馬腳：

「嘿，天上掉元寶──來了窮人的命。申愛青，你他媽的真有福氣！」

「哼！跟自己的親閨女說話，嘴上也不乾不淨──有個做老子的樣？」申愛青長歎一聲，「唉！俺可不敢指望有福氣，只盼著別叫人從背後抱著扔進大江裏，就算燒了高香啦！」

「娘的，盡說喪氣話。有你爹這堵高牆給你們遮風擋雨，享福還享不完呢，用得著怕別人暗算計？」

「但願俺們只跟著你享福！」

「不信？手打鼻子眼前過──好事找上門

來啦。」他從口袋裏摸出一張紙，遞給女兒。「看看吧，這是什麼？」

中愛青低頭一看，是一份「工農兵大學生推薦表」。伸手遞回去，冷冷地說道：「這與俺有啥關係？」

「哈哈！我可真是倒了八輩子的大黴——養了個傻兒子，又來了個傻閨女！這樣的好事，打上燈籠哪兒找去？」

「開玩笑——俺沒上高中，初中是瞎混的，連畢業成績都是假的。俺可不是上大學的料。你不是整天罵俺不識字，連赤腳醫生都不勝任嗎，怎麼能夠格當大學生呢？」

「咳，上面的規定是嚇唬人。咱們的政治條件好，填上個高中畢業不就得啦，反正又不考試。只要小隊、大隊、公社，三顆大印一蓋，得，你就是大學生啦。」

「哪有升學不考的？」她仍然不為所動，「怕是謠言吧？」

「考也不怕：沒聽說有個叫張鐵生的，交了大白卷，卻當上了『白卷英雄』？」

「沒有真本事，考上大學又能咋？拿著籮筐當帽子——充那大頭，丟死人！」

「真他媽的傻到份啦！知道嗎？拿到大學畢業文憑，就等於捧上了金飯碗，就是響噹噹的國家幹部。落的是城市戶口，吃的是國庫糧——懂嗎？」

不料，姑娘決絕地答道：「俺不稀罕。俺哪兒也不去，在家裏當個赤腳醫生就不賴。」

「為什麼？」

「不為啥。」她略一猶豫答道，「好事都讓咱們家占了，俺不願意再讓人家戳脊樑骨。」

「放心吧，閨女。老虎拉車——沒有趕（敢）的！明天，你清點一下藥品，把衛生室交給辛永紅負責。」

「咋，交給辛永紅？」見老子點頭默認，她急忙逼問，「為什麼偏偏交給她？」

「這是支部的決定。」

「別騙人啦——俺知道，你早把人家糟蹋了。」

「媽拉個巴子的！你是欠揍了！」申貴忽地站起來，亮出了巴掌。

申愛青咬著下唇，兩眼殷紅，沒敢再吱聲。

二

申貴正躺在鐵匠爐的熱炕上，哼《空城計》。已經當了三天赤腳醫生的白豔，不邀自至。她重重地推開鐵匠爐的門，返回身，又把門重重地掩上了。

「哈哈，不請自至。我說的不錯吧？一旦品出滋味來，就收不住馬啦！」申貴拍拍炕席，眯著三角眼嘻笑，「好哇，咱只能捨命陪君子咯。」

白豔斜瞪著申貴，語氣冷冷的：「俺沒有工夫跟你閒磨牙！」

「那……你來幹啥？」申貴愣住了。

「俺專程來感謝大書記，對俺們的大力栽培呀！」

「你，什麼意思？」他聽出了弦外之音。

「意思你自己最明白：玩夠了，拿人當猴兒耍，裝的啥正經呀？」

「這話從何說起？這幾年，隊裏的美差，記工員、學習毛主席著作積極分子、赤腳醫生等，不都給了你？」

「這麼說，往後有了好事，美差，還給俺？」

「那還用說！你也不想想，我的心上還有誰？人不親，肉還親哪，胳膊肘咋能往外拐呀？」

「當然不會往外拐，光往裏拐，就夠拐一陣子的！」

「別吃飽了沒事幹，盡他娘的到好肉上找刺。」

「你敢說沒有？」

「不是說過了嗎？有好事，都給你一個人

留著，別人撈不著。」

「那，升大學的指標，為啥不給俺？」

「什麼升大學指標？我怎麼沒聽說？」申貴心頭驀地一驚，口上極力否認。

五天前，他在公社開會，聽說今年暑期大學招生，把一個指標給了黑龍頭大隊。他立刻買上兩盒大前門煙，拉著何海去飯店吃了個「便飯」。儘管今年大隊幹部沒有年齡合適的子女，卻被迎頭頂了回來。何海說，要把指標留給野豬崗一個女知青，那是全公社學毛著的先進典型。他好說歹說，直到答應給何海弄輛新「永久」牌自行車，才把指標要到手。打算神不知，鬼不覺，讓自己的女兒申愛青去大學裏風光風光，鍍鍍金，給老申家爭點光彩。而把女兒的職位，作為重禮，讓給了白豔，當場賺來一次有聲有色的「酬謝」，可謂是一箭雙雕。不料，消息走漏了，被白豔指著鼻子質問。

「天下事，難不倒共產黨員！」他有著

二十多年當幹部的經驗，練就了一套避實就虛，將有說成無的過硬本領。他望著惱怒的新情人，嘿嘿一笑，輕描淡寫地答道：

「我當為啥事哪？原來為個屌指標。就是有那回事，也是大隊說了算，咱管不著呀。」

「指標要是給了咱們三隊，你可就管得著了吧？」白豔緊追不捨。

申貴眨眨眼：「那……也得經過支部研究，看誰符合條件。」

「那是呀——三隊只有你的閨女符合條件！」她提高了聲音，兩眼盯著他：「哼，還說『騙人不得好死』呢！」

「沒有這事，絕對是謠言！我說話辦事都是代表黨的，難道能說謊？」

「哼，哄死人不償命！把好事留給自己的閨女，向旁人送乾人情——不怕閃了舌頭！」

「別胡說，這事壓根還沒研究哪。」申貴的口氣鬆動了。他上前撫摸著姑娘的肩頭。「放心吧，要是大隊真的把指標給了三隊，同樣的條件，也不會漏下你嘛。」

「條件，條件！你就沒忘了拿條件壓人！」

「辛永紅，這是選擇無產階級革命事業的接班人，你尋思著是鬧著玩的事？我們要對無產階級司令部負責呀！因此，一定要沙裏淘金，嚴格把關。因為，推薦進去，也不是平平常常地念書，而是肩負著革命重任：上大學，管大學，改造大學呀！」

「俺是共青團員，多年的三好學生。俺爸爸是共產黨員，被結合的革命幹部，俺們家是城市貧民——這樣的政治條件，總可以了吧？」

「可……上面要的是高中畢業生呀！」

「咱們隊，只有馬繼革和馮潔是高中生。這麼說，只有他們兩個夠條件啦？」

「嘿！你這學習毛主席著作積極分子咋當的？他們都是黑幫子女，能有資格當工農兵大學生？」

「還是的！俺雖然沒上高中，不是自己吹，咱隊初中生裏面，俺們的學習是最好的，不信考考試試！」

「咳！你認為還是老皇曆，誰配上大學，看他的學習成績？前幾天剛看過電影《決裂》，難道立刻就忘啦？單憑手上的老繭，就可以升大學！不像那些資產階級老教授，只懂得他娘的『馬尾巴的功能』！辛永紅，你太年輕，我不怪乎你的幼稚。」申貴輕歎一聲，繼續說道：「永紅，你知道嗎？有個叫張鐵生的，是生產隊隊長，考大學交了白卷。咋樣？一傢伙成了『白卷英雄』，當上了大學革命委員會的主任。不要說，幹部、職工、教授、老師，都得聽他的，一座大學統統歸他管！了得嘛？北京有個叫黃帥的小學生，就是因為專老師的政，專得好，黨中央號召全中國人都要向她學習呢！」

「哼！當白卷英雄，管老師，誰不會？只要能拉下臉皮使橫就行唄。當初，俺們中學，『造反有理』的第一張大字報，就是俺寫的。

給校長和班主任戴高帽子遊街，也是俺帶的頭——有啥了不起？」

「辛永紅，你的政治情況不錯，你也很有造反精神。可你敢說沒有一個條件比你好的？這樣吧，你先回去，我進一步瞭解一下，只要確有此事，我絕不會忘了我的小白兔。」

「哼，忘不忘是你大書記的事。不過，盡著耍人，可別埋怨俺們跟你過不去！」白豔兩隻小辮一甩，氣呼呼地走了。

「媽的，這事辣差啦！」望著獵獲物遠去的背影，申貴在心裏犯了嘀咕。

媽拉個巴子的，也怨不著這小東西自己吹。平心而論，她各方面的條件，確實不亞於自己的閨女。麻煩就出在這裏。她要是個黑幫子女該多好呀，莫說是把肉給了咱，就是把心掏給咱，也用不著睬她一眼呀。可她偏偏是個紅五類，造反派頭頭。唉！凡是領頭造反的傢伙，個個都是難剃的刺兒頭。他們狠得心，下得手，天王老子都不怕。親手拾掇自己親爹、親娘的，都大有人在。聽這小浪貨說話的口氣，真的把指標給了申愛青，她絕不會善肯甘休。萬一她把事情說出去，甚而反口一咬，老子不吃槍子，也得進大牢蹲幾年。這一生可就叫她毀了！隊部牆上那些橫七豎八的佈告中，少說有三分之一的倒楣蛋，是掉進了女知青的騷窟窿裏！

哼，明明是她們自己勾引男人，找自在。到時候，臉一翻，一張嘴里拉出兩根舌頭，個個成了他媽的貞節烈女，無辜的受害者，矢口抵賴是自己放狐騷媚人。一口咬定，是被人「強姦」——恨不得一口把人咬死。媽拉個巴子的，一旦被那騷貨安上那麼個罪名，比叫王八咬著還辣差——別想再返過秧子來！

他感到脊背發冷，心口發堵。連著抽了兩根煙捲兒，朝著牆壁罵起來：「看來，天大的好事，也非讓給這個賴皮狗不可啦。早知道這樣，何必求奶奶告爺爺，請客送禮要指標呢？媽拉個巴子的！流年不利，倒楣的事，都叫老子攤上啦！」

三

偷雞不著蝕把米。申貴本想不蝕一粒「米」，便輕而易舉得到「雞」。誰知，剛到手的小嫩雞，張口擰人——非要把升大學的指標搶了去。守候許多天，終於打到的一隻肥兔子，卻被野狼一口叼了去——多麼掃興的事！他是個出色的神槍手，兔子丟了，再打一隻。而這不須上高中，便可以甩手升大學，可是開天闢地頭一回的美事。二十多年來，全黑龍頭大隊只考上了一個大學生，那還是在城裏姥姥家念的高中！

其實，不是這裏的學生不聰明，也不是山溝的「風水」不行。為什麼挪個地方上學，人也聰明了，好風水也來了？是他媽的老師不頂殼兒。山溝裏這幫子「先生」，除了幾個上了年紀的，幾乎個個是冒牌貨。武大郎賣豆腐——人孬貨更熊。有的連小學都是混下來的，講起書來，滿口白字。強將手下無弱兵。一窩子窩囊廢，焉能教出好學生？到了文化大革命，更上一層樓：學生上學，鐮刀、鋤頭代替了書本，一周至少有三天「學農」。沈老五的孫子，小學畢業了，竟說「一塊錢是三十毛」。老韓家老婆病了，上五年級的兒子小狗兒，給老師寫了一張請假條，誰聽了都笑破肚子：

「老帥（師）：我狼（娘）冰（病）在坑（炕）上，三天沒吃食（飯），要求清（請）段（假）一上牛（午），在家，找個（照顧）我狼（娘）。」後面的落款是「韓紅紅」。可是「韓」字的左半邊，卻寫成了「車」字旁！

這類「故事」，數不勝數，決不是瞎編亂造。難怪連無限忠於無產階級文化大革命的申貴，都發出了今昔之歎。在此之前，他絕不相信，豹子洞能改變風水出個大學生。所以，一旦得知有升學指標下達，便不惜下大本錢把指標弄到手，決心讓老申家帶頭改變風水。只要閨女成了大學生，將來就是響噹噹吃國庫糧的國家幹部，要多風光，有多風光……誰知，半路上殺出個程咬金，壞了他的大計。

「咳，人算不如天算。兒子娶漂亮媳婦，閨女上大學——雙喜臨門的走運事。統統壞在了兩個壞女人身上：曾雪花不識好歹，憑著高枝不落，躲得無影無蹤；白豔耍賴撒潑，想把所有的便宜都占了去！」

他恨不得把兩個女人綁成一紮，扔進渾江的激流裏喂老鱉，以解心頭之恨！

既然這個抓住自己把柄的浪貨動不得，那就只有把氣出在曾雪花身上。第二次規定的限期早已過去，那狗崽子仍然不見人影。這些日子沒有顧得上追問，大大便宜了狗雜種，現在到了跟他們好好算賬的時候啦。

晚飯後，他再次背上鋼槍朝溝裏走去。

上弦月宛如一柄砍刀，斜掛在西南天際，淡淡銀輝，遍灑人間。用不著打手電，崎嶇山路照樣清晰可辨。爬上一個陡坡來到岡頂，面前是一段較為平坦的路。左前方不遠處，有一大片白樺樹林，那是他經常在裏面收穫獵物的地方。一面走著，他一面深情地望著幽暗的樹林。忽見朦朧的月光下，有兩個人影，手拉著手，向樹林深處走去。從背影上看，很像曾雪花和趙魁。

「妙極啦！」申貴幾乎高興得喊出聲來。「媽的，我認為你狗崽子藏嚴實了呢，原來並沒遠去呀。哼！竟敢在我的眼皮子底下勾搭鬼混，簡直是牛鬼蛇神翻天啦！這一回，看你們往哪裏逃！捉姦拿雙。今天晚上，將姦夫姦婦雙雙拿住，一切都可以由著自己隨意處置。不但曾雪花得乖乖地做我的兒媳婦，收拾那個恨得人牙根癢癢的地主崽子，也有了充分的理由！」

心裏一高興，腳步更加輕捷。他極力不讓腳下的枯枝敗葉發出響聲，以免驚動樹林中的宿鳥。

一隻饑餓的獅子，迂回著向獵獲物摸去……距離越來越近。很快，獵獲物的對話聲，隱約傳來。

「喲！天大的喜事呀——俺衷心地祝賀你！」是男人的聲音。

「還喜事哪，俺倒透了黴！」答話的是女人，聲音很耳熟。

借助樹木的掩護，申貴又向前挪動了幾步，以便聽得更真切。果然，更加清晰的談話聲，一字不漏地送入他的耳鼓。只聽那男的說道：

「倒楣？那是為啥？」

「明知故問！咱們剛才掰朋友……俺捨不得離開你唄。」

「你認為我就願意你走？」

「可俺爹死活不讓。你說咋辦哪？」

申貴聽清楚了：在這兒跟男人「勾搭鬼混」的，不是別人，是自己的女兒申愛青！那男人，聽聲音像是雷小鋒！

他恨不得宰了這兩個下流東西！但他沒有立即衝過去，他要仔細聽聽，把他們的策劃弄明白，以便對症下藥。

只聽男的答道：「唉，咱們認倒楣算了。你爹不答應的事，誰也別想拗過他。」

「俺就知道，你不是真心。」

「誰說的？難道非得俺對天盟誓，你才相信俺們心裏只有你？」

「既然是真心，俺想學曾雪花，你同意不？」

「當然同意！」

「那，你的具體打算呢？」

略一遲疑，只聽男的答道：「你躲到我家裏去。我爸爸是糧食系統造反派頭頭，不愁解決口糧問題。」

「那不是長久之計。俺已經想好了，咱們一塊兒到北大荒去，聽說那裏能找著活幹。反正在哪兒也是修理地球，只要兩顆心在一起，吃點苦怕啥！你說呢？」

平地一聲雷！原來自己的女兒在慫恿雷小鋒跟她一起私奔！「轟」地一聲，申貴的腦子幾乎要炸開。

「你真的是下定了決心？」是雷小鋒的聲音。

「當然！」回答的聲音很堅定。

「愛青！」

「唔——」談話停止了，傳來了另一種聲音。側耳細聽，聽不清是抽泣還是喘息。

申貴怒從心頭起，輕輕推彈上膛，探頭舉槍瞄準。他要給勾引女兒的壞蛋，來上一槍。忽然，瞄準了的鋼槍，停在了空中。只見兩人正緊緊地擁抱在一起，臉對著臉在親嘴。正對著槍口的，竟是申愛青的脊樑！神槍手傻了眼：莫說是親生女兒對著槍口，就是雷小鋒在這個方向，也會一槍將兩人打穿。出膛的子彈，不會聽他的話。他沒有只打旁人，不傷著自己女兒的本領。於是，他放開嗓子大喊起來：

「王八蛋！竟敢在這兒耍流氓——好大的賊膽！」一面吼著，他端著槍衝了過去。

雷小鋒被驚得雙手一鬆，差點栽倒。聽到申愛青叫他「快跑」，方才回過神來，撒腿向樹林深處抱頭鼠躥。

機會來了，申貴麻利地舉起槍，瞄準雷小鋒的後背，勾動了板機。「叭」地一聲脆響，震山撼嶽。「叭——叭——」周遭群峰，發出一聲接一聲的回應。

傳來了樹杈的哢嚓聲，卻沒聽到有人栽倒或者叫喊。顯然，不是神槍手的準頭不行，是濃密的白樺樹，救了勾引女兒的壞蛋一命。

申貴走上前去，女兒站在那裏一動不動，憤怒地瞪著他，。

「啪，啪！」他揮手就是兩個大耳光。一面狠狠罵道：「黑更半夜的，跟野漢子在這兒釣膀子！媽拉個巴子的，老申家的臉皮讓你給丟盡啦！」

申愛青眼含熱淚，憤怒地答道：「不錯，

老申家的臉皮早就丟盡啦，可不知是誰丟的？俺們是正當戀愛，不是『吊膀子』！」

「哼！明明是在這兒鬼混，還敢狡辯。我親眼看見你們又摟又抱，又咂又啃。我要是晚來一步，還不知要搞出啥花樣哪！呸！」申貴朝女兒的臉上，狠狠地吐了一口唾沫。「怪不得，憑著大學不想上，原來是怕撇下那個小野種呀！既然是這樣，你就是想上，我也不答應。我要剝奪你上大學的權利，作為對你的懲罰！」

「不上就不上，俺盼不著的。」申愛青把身子扭到一旁，「俺哪兒也不去了。俺要留在豹子洞，正大光明地嫁給雷小鋒！」

「你，不要臉到了這個份上！」申貴呼哧呼哧地喘著粗氣。「做夢拜天地——盡想美事！不過，我可以成全你，讓你留在三隊。從明天起，你給我扛起鎬頭下大田流臭汗去。上大學的美差，沒有你的份兒——你不配。有人爭還爭不到手呢！不過，你們把心放進肚子裏，那個勾引女人、偷馬料的賊，別他媽的想得到你。那小畜生的老子，是個可憐巴巴看糧倉的癩皮狗，擺什麼幹部子女架子？癩蛤蟆想吃天鵝肉，白費那份癩心！情好吧，我會好好地安置他的。」

「你看著辦。不過，是俺主動追的人家，不是他勾引俺。你要是欺負他，俺死給你看！」

申貴拿槍朝女兒瞄著：「媽拉個巴子的，我恨不得現在就成全了你！」

「你也不是拿槍打過一回人啦，你開槍就是。」申愛青轉過身來，面朝親爹：「你開呀，俺正活得不耐煩了呢——活在一個千人恨、萬人罵的家庭裏，還不如死了痛快！」

「媽拉個巴子的，你給我滾回去！」

申愛青站著不動。

「狗雜種，敢背老子的味兒——反了你！」申貴上前抓住女兒的右臂，拖著就走。

四

申愛青被申貴審問了大半夜。

第二天，她重操舊業，回到衛生室當起了赤腳醫生。細心的人注意到，她的嗓子暗啞，眼皮浮腫，漂亮的長睫毛，好像忽然短了許多。

緊接著，雷小鋒被楚勝送到水電站。把派去不久的馬繼革換了回來。原來，馬繼革的老家來了證明信，他爺爺的所謂叛徒問題，乃是別人誣陷。爺兒兩個一齊官復原職。往後，馬繼革不但不應該再以黑五類子女相待，派給最髒最累甚至有危險的活，對於老革命、高級將領的後代，還應該加意培養，特別優待。正好，現在有了更加需要「安置」的人，馬繼革自然被首先換了回來。

眼中釘雷小鋒被打發得遠遠的，女兒的安全有了保證。白豔升大學的要求，順利得到滿足，對自己的威脅永遠消除……

「哈哈，一箭雙雕，好一著妙棋！」申貴仰天大笑。他為自己處理棘手大事的超常本領，洋洋得意。尤其使他高興的，是想出了一個徹底制服女兒的錦囊妙計：馬上給越來越難駕馭的浪貨找個對象，讓男人占住她的心，以免再出亂子。

他知道，當初女兒整天往知青點上跑，迷戀的就是馬繼革。是遭到人家的冷淡，才轉而求其次，迷上了雷小鋒。現在，再幫她把意中人弄到手，肯定會使她歡欣若狂。嘻嘻，跟大司令作兒女親家，鳥槍換炮——馬虎嶺公社頭一份！不僅大隊、公社，連縣上那些帶「長」字、坐專車的傢伙，也得高看咱幾眼。妙哇，申某人沒白養了閨女！

轉危為安，因禍得福！許多天來，申貴第一次發出了得意的笑聲。

可是，笑聲甫歇，他又在心裏咒罵起來：「媽拉個巴子的！剛剛十九歲，就想漢子，也不知她隨哪個流氓破鞋！他媽當年可不是這樣。結婚的那天晚上，給她脫衣服，累出一身臭汗。剛剛摑著真地方，就他媽的像宰豬，又哭又嚎。直到如今，偶兒拖過來出出火，仍然是不動不哼，死豬一頭，簡直倒透了胃口。我要是不去找別人打個替補，不成當一輩子和尚老公？申愛青那死丫頭，卻動不動話裏帶刺，好像我無緣無故，冷落她那醜婆子娘。哼！現在輪到她自己頭上，咋樣？雪菩薩烤火——變了模樣。一個大閨女家，癢得東抓西撓：旋磨馬繼革碰了壁，又去打那個偷馬料賊的主意。還大言不慚地承認，是自己勾引人家，簡直不知道什麼叫害臊！

為了防止萬一，必須立即行動，將妙計變成現實。

五

申貴躺在鐵匠爐的熱炕上，對掌上明珠發恨時，重新回到衛生室的申愛青，正伏在桌子上暗暗流淚。哀歎自己的命運太苦，怨恨父親的心腸太狠。

三年前，來了一幫子知青插隊落戶，恰好住到衛生室的近旁。這給她提供了觀察這些年輕人的絕好機會。特別是對那些男知青，她用的心思更多。她覺得，城裏人跟鄉下人，差別實在是太大：個個衣衫整齊，細皮嫩肉，說話文謅謅，待人特和氣。就是說起髒話來，聽起來也那麼有趣。那個被稱作「理論家」的樸合作，一身正氣，什麼事經他的口一說，特別明白透徹。那個始終面帶微笑，寡言少語的潘光明，俊得賽過大閨女。可惜，被送進學習班，嚇出了精神病。不是好心的馮潔精心照料，只怕跟趙魁的爹、鐵柱娘兒倆一樣，一條命早就扔進了渾江裏。最使她感興趣的，莫過於那個高幹子弟馬繼革。不知為什麼，剛見過幾次面，就叫人忘不了。她反問自己，是否是因為他是大司令的孫子，自己「腫下眼皮」？但她立即作了否定。是那小夥子給人一種異樣的感覺，才逼著她去注意他。這個濃眉大眼的高中生，很像電影《英雄兒女》中的王成。那樣清秀，那樣帥氣，彷彿他的身上有一種吸力，一股香氣。一見了面，不由自主地便想往他跟前磨蹭，能往他身上多看幾眼，多嗅一嗅那股直往嗓子眼裏鑽的清新氣味。至於是什麼氣味，她自己也說不清。她常常在夢裏夢見跟他在一起嬉戲。醒來便笑自己發傻：一個窮山溝裏的土包子，咋能配得上人家老紅軍、大司令的孫子？何況，自己的父親名聲又那樣糟！

她知道自己的份量，只是忘記了自尊和疏遠。直到馬繼革當面譏諷她自作多情，叫她「少來纏磨」，她才知道自己的主動親近，已經引起人家的反感。躲進衛生室，偷偷哭了一場，從此不再踏進知青點的大門。誰知，雷小鋒又出現在她的面前。

那是雷小鋒在大隊學習班上受刑以後。他的腰，被「擰麻花」擰傷。自己是赤腳醫生，自然要按照毛主席的教導，「救死扶傷，實行革命的人道主義」。對於「偷馬料的賊」，也得認真給予治療。今天消炎上藥，明天按摩止疼。一來二去，從陌生到熟悉，由熟悉而瞭解。漸漸覺得，這個被父親罵做「賊」的青年，身材魁梧，氣宇軒昂，不像別的年輕人，卷心白菜似的，白白嫩嫩，沒有男子漢的氣概。而他卻是性格堅強，心地善良。每次治療完畢，總是一再表示感謝——多麼知情知義的小夥子呦。到了後來，每次給他推拿，雖然滿頭汗水，反倒有一種幸福感，幾天不見，就像失落了什麼。為了使他早日康復，她又照著書本，學著給他針灸。有一天，當她推拿完畢，他激動地望著自己表示感謝時，不知怎的，她將許久壓在心頭的話，脫口說出：

「雷小鋒，今天晚飯後，俺想找個地方，跟你說幾句話。你願意吧？」

「咋會不願意哪？」年輕姑娘邀約，目的不言自明。雷小鋒不加思索地答應了。但是，立刻猶豫起來：「不過，你爹很討厭我，動不動罵我是『賊』。叫他知道了，會收拾我的。」

「俺不認為你是『賊』。這二年，哪個知青沒偷偷摸摸？在城裏的時候，咋就沒幹那種事呢？不都是因為口袋裏空，肚子裏餓嗎？再說，你拿馬料，也不是為你自己，而是為著大傢伙服務。別的人，只怕還沒有那種精神哪！」

對於自己的「盜竊」行為，不看成是『偷』，而認為是『拿』，而且以讚賞的口氣說成是為大夥服務，雷小鋒感動得熱淚盈眶。他深情地望著善良的姑娘，唏噓答道：

「申愛青，你跟你爹不一樣。我聽你的。你說吧，咱們在哪兒見面？」

第一次約會，便異乎尋常地投機，對面坐了不久，兩雙手便緊緊地握在一起。分手的時候，她主動提出了「再來老地方說話」的要求。雷小鋒緊緊抓住她的手，用眼淚作了回答。從此，兩人便不斷地秘密約會。

山坡上，叢林中，多少甜蜜的握手漫步，無言相對。靜聽宿鳥啁啾，草蟲唧唧。

月光下，清風中，多少沉醉的把肩擁臂，肺腑盡傾；品味晚風輕拂，皎月銀輝。

多少情語纏綿，多少山盟海誓，多少呻吟喘息，多少無聲勝有聲⋯⋯

他們成了天底下最幸福的人！

不料，幸福的時刻太短暫，剛剛過去了一多個月，就來了升大學的「好事」。她只得約雷小鋒到「老地方」商量對策，不幸被父親發現了。不但當著自己的面開槍打人，為了將兩人分開，竟然使出辣手段，將雷小鋒派到又累又危險的水電站工地，進行懲罰。雷小鋒身上的傷還沒好利索，簡直是借刀殺人！

她走出門外，望著水電站的方向，久久眺望，一面在心裏呼喊：「俺的親爹，你不體諒俺，俺也不會做你的孝順閨女！」

她想不到，此刻，他的親爹，正全力謀劃著為她盡忠盡孝⋯⋯

六

申貴像當初給兒子申衛彪說媒一樣，再次請出老相好、能說會道的畢仙出馬，去給女兒做大媒。畢仙謊稱找人代筆給表妹寫信，當天便把馬繼革約到了家裏。

他先請年輕人吃了一根院子裏種的黃瓜，然後拉起了閒呱。從趙星三投江，洪水沖走周鐵柱，說到水電站塌方砸死人，卻遲遲不提寫信的事。直到馬繼革催促她拿紙筆，方才神秘兮兮地說道：

「寫信有啥急的。馬繼革，俺請你來，是想給你幫個大忙呢。咋樣，願意吧？」

「呂二嫂，你別拿我開心。這二年，好事統統不姓馬咯！」馬繼革又拿起一根黃瓜狠狠地咬了一大口，響響地咀嚼著。「當初，懷著衝天的革命幹勁，深厚的無產階級感情，一心來這『廣闊天地，大有作為』。不料想，卻發配到了聖人不到的野獸窩裏。」

「咋是進了『野獸窩』呢？馬繼革，你把俺們三隊的人全罵啦。」

「我說的是事實：你們這地方不是叫豹子洞嗎？」

「是呀。」

「『豹子洞』，不是『野獸窩』，是啥？」馬繼革不願吐露真意。他把黃瓜蒂巴，用力扔掉。狠狠罵道：「他娘的！我爺爺倒了黴，我立刻跟著當上了『狗崽子』。被送到水電站工地，差一點被塌方砸死……」

「就是因為有危險，才把你換回來——你可不能忘了申隊長的一番好意呀！」

「呂二嫂，你就別替他塗脂抹粉啦——那是因為有了『接班人』。」

「你說的啥呀？俺不懂！」

「就是有了他更想『拾掇』的人唄。」

「馬繼革呀，馬繼革！你咋就盡往壞處想人哪？」

「我不會冤枉人。他是怕掌上明珠跟相好

的一塊溜掉，方才公報私仇，往要命的地方打發人家。」

「馬繼革，你可不能相信謠言。申愛青是赤腳醫生，自然得好好給人家治病。至於相好，俺問過她，壓根沒有那回事！」

「嘻，『治病』用得著動不動往不見人的地方鑽？」

「你小子越說越下道——瞎糟踐人幹啥呀！」

馬繼革抿嘴一笑，不再吱聲。畢仙趁機把話引上正題。她正色問道：「馬繼革，說正經的：你看申愛青那姑娘咋樣？」

「好哇！」馬繼革脫口而出，「赤腳醫生，共產黨員之女，小隊書記之千金——百裏挑一的無產階級革命事業接班人，人人羨慕的好榜樣……」

「馬繼革！俺請你來，是有正經事要說，可不是吃飽了沒事幹，陪著你耍貧嘴子。」

「呂二嫂，我說的話，哪句不是正經的？」見畢仙臉色不悅，馬繼革正色說道，「憑良心說，申愛青心地善良，人長得也不錯，跟她老子不是一路人。」

「嘿，這還像句人話！」畢仙雙眉高揚，一拍大腿，站了起來，「那閨女，論相貌，論人品，俺敢說，黑龍頭大隊數一數二——你說是不是？」

「我不是已經說過啦？她跟她爹不一樣——算得上是個好人。」

「咋是『算得』呀？人家姑娘心眼好著哪，同情心特別強，因為你受冤枉的事，跟她爹吵了好幾架哪！」

「這麼說，我得謝謝她咯？」馬繼革洞察一切地望著對方。

「那算你小子有良心！」畢仙坐到馬繼革的身邊，親昵地拍拍他的肩膀：「小夥子，人家姑娘對你的印象，可是不一般啊。」

「嘿，對我印象好壞無所謂，我不在乎！」

「咋能不在乎呢？人家姑娘心裏頭裝著

你，可不是一天啦。」

「嘻，這話太玄了吧？她裝著我幹啥？」他佯裝不解。

「真的呀。俺要是騙人，養個兒子沒腚眼。是她親口跟俺說的。」

年輕人漠然答道：「就算是，那又怎樣？」

「你小子別跟俺們裝糊塗好不好？俺是瞅著你們兩個，郎才女貌特般配，要是配了別人，多可惜呀？俺想給你們倆牽個線，成全了你們。俺可不是貪圖點什麼。俺跟你說，那閨女，特……」

「謝謝呂二嫂的好意！」馬繼革打斷了她的話，「搿對象，可不能光看這些！」

「不看這些，看什麼？你小子依仗著家庭成份好，眼眶子就這麼高？申愛青你再看不好，打著燈籠找好的去吧！」

馬繼革語氣嚴肅地答道：「呂二嫂，你是過來人，應該明白，難道一個理想的終生伴侶，僅僅是人品相貌？恕我直言，你的丈夫呂二哥，論人品相貌，三隊數頭一份，你感到很幸福嗎？」

畢仙一時語塞。她的心被刺疼了。論人才，呂二茂稱得是三隊的佼佼者，可她從來沒有要死要活的愛過他。他出民工半年三個月，並不覺得想得慌。對旁人，像陶木匠，第一次見面，就像被拘走了魂兒。人家冷得像塊冰，自己卻熱得像團火——剃頭的挑子一頭熱。白天黑夜放不下，半夜五更捶枕頭。

見女人低頭沉吟，馬繼革神色嚴肅地說道：「二嫂，你既然這麼關心我，我就實話實說：那姑娘的身上，還缺少點什麼。」

「缺少什麼？」

「也許是思想，或者氣質，具體我也說不清。反正，她不能讓人產生，產生激情。如果，她能像馮潔……」

「怪不得！送上門來的好閨女不要，原來心裏裝了個馮潔呀！俺就知道，你小子生著花花腸子！」

「二嫂，你誤會了。我不過是打個比方。」馬繼革壓低了聲音，「人家馮潔一心鍾情於潘光明，我能再去橫插一杠子？」

「還是的！除了馮潔，誰能壓過申愛青？」

「謝謝二嫂的好意，我不會愛上申愛青。退一步講，就是愛上那姑娘，我也決不高攀——去給老申家做姑爺！」

「咳，你爺爺是大司令，你爹是大師長，她爹不過是個小隊支部書記，咋是高攀哪？」聰明人也有一時發懵的時候，畢仙沒聽出弦外之音。「馬繼革，好好替自己想想吧：不論什麼家庭，只要來到俺們三隊，就得聽這裏的。你要是跟老申家結了親，往後有好事，會少得了你？」她仍想極力挽回。

「對不起，姓馬的不想有好事！二嫂，既然今天不寫信，那就再見啦。」說罷，他站起來，頭也不回地走了。

畢仙愣了一陣子。長歎一口氣，低聲咕嚕道：「唉，假意給他兒子保媒，自然保不成。真心給他閨女保媒，咋也泡了湯呢？」她遺憾地搖著頭，「這樣也好，為人要積德，保媒不破媒。真像馬繼革說的那樣，申愛青已經跟雷小鋒熱乎到那個份上，也是挺好的一對嘛。再叫人家馬繼革往裏面摻和，豈不是對著鏡子叫哥哥——不識相！」

她感到幾分安慰。旋即又皺緊了眉頭：

「可，俺怎麼向那閻王爺交差呢？」

七

「媽拉個巴子的——別說啦！」畢仙心情忐忑地來到申貴面前，剛剛開口彙報她碰壁而回的經過，便被申貴粗魯地打斷了。他臉色鐵青，大喊大叫：「提起那個小鱉犢子，老子氣炸了肺！」

「俺知道，你會生氣。可俺，說盡了好話，人家就是不點頭，你叫俺們咋辦？」她小心翼翼地解釋。

「咳，我說的，不是那個姓馬的狗雜種！」

「那……你是生俺的氣？」她掉進了迷魂陣裏。

「哼！連我自己養的，氣都生不過來，還顧得上生旁人的氣？」申貴狠狠地一跺腳，「那個騷貨——跑啦！」

「咋會呢？」

「虧你說她不會！跟野小子鬼混的事，她都幹得出來，跟人家私奔還稀奇？」

「他二嫂，你聽聽：這是當爹的說的話？」坐在一旁的申貴老婆，心裏疼閨女，仗著有外人在場壯著膽，第一次開口埋怨。「自打那天下黑，他又打又罵，閨女怎能不……」

「你給我閉上臭口！」申貴兩眼冒火，回身狠踢了老婆一腳，「都是你教導的好貨！媽拉個巴子的！連自己的閨女都他媽的看不住，還有臉來瞎咧咧。東街賣籠嘴，西街插驢嘴——你好長的驢脖子！」

老婆嚇得抹著眼淚，退到外間去了。申貴方才把申愛青失蹤的事，從頭至尾告訴了畢仙。

昨天晚上，申貴又跟女兒做了一次長談。他極力忍住氣憤，耐心開導，勸她徹底忘掉那個偷馬料的賊，一心一意跟恢復了名譽的馬繼革掰對象。馬家根紅苗正，又是老紅軍、高幹，嫁給他家，不但無比光榮，而且一輩子受用不盡。開始，閨女堅決不答應。到後來，低頭流淚，一言不發。申貴認為她已經回心轉意，便讓她回西間睡覺。由於心裏頭煩，他到外面溜達了一陣子，然後去了鐵匠爐。（他沒說，留在那裏是等著白豔來「談話」。）

申愛青回到西間後，一頭倒在炕上。她娘問什麼，一句也不回答。問急了，只說了一句：「娘，你就別替俺操心啦！」說罷扭頭就睡。誰知，他娘一大早起來做飯，卻不見了閨女。他跟兒子申衛彪把全隊的人家都問了，前山后溝也找了個遍，哪裏也不見人影。只得去鐵匠爐，向丈夫報告。

「俺的媽呀！她會去了哪裏呢？」聽罷事情的經過，畢仙不由驚叫起來。

申貴憂心忡忡地答道：「媽的，要是跟那個反動地主和鐵柱他娘那樣……那就毀了！」

「用不著擔心，她不會走絕路。」畢仙想了想說道。

「你咋知道？」

她肯定地答道：「你想呀，她心裏擱著個大小夥子，會捨得一個人去死？」

「嗯……說的也在理。媽拉個巴子的！」

申貴站起來，在地上轉起了圈圈。忽然，一拍大腿說道：「有啦：小狗雜種，八成是去水電站找那個壞小子去啦。」他扭頭向老婆吩咐道，「無用的東西，就知道他媽的哭天抹淚。快做飯，吃了飯，我親自去把那個不要臉的東西，提留回來！」

早飯後，申貴帶領兒子申衛彪，使出獵人的本領，串山林，抄近道，徑直向三十裏外的水電站奔去。

翻過一道高岡，進入一條長溝。忽見深溝東側的山坡上，一男一女，手持木棍，像在尋覓什麼。他高興得幾乎叫起來。想不到，雷小鋒這個狗雜種，竟敢擅自跑回來，大白天在這兒跟自己的女兒鬼混！他從背上取下鋼槍，朝著男的瞄起了准。他要把那個想吃天鵝肉的癩蛤蟆，一槍結果了，以解心頭之恨。

「兔崽子，這一回，你往哪兒跑！」尺規，準星，目標，三點成了一線。只要指尖一勾動，「咚」的一聲響，大恨立解！

「咦，不對呀！」一面咕嚕著，他慢慢把槍放了下來。由於相距半裏多地，瞄準時方才看清，兩個「兔崽子」，並不是自己的女兒跟雷小鋒，而是知青馮潔和潘光明！

潘光明自從被學習班上的酷刑嚇出了精神病，始終由馮潔照看著。雖然他的病情一天比一天減輕，但申貴擔心逼急了病情反復，亂跑亂嚷，上面不讓。所以一直沒叫兩人出工。想不到，他們不呆在家裏好好休養，卻跑出來游山串林，逍遙自在！

「哼！能耍山，就能幹活。我不會再讓兩個狗崽子繼續逍遙下去的！」他狠狠罵了幾句，怕耽擱了自己的正事，背上鋼槍繼續往前走。

來到一條名叫石垃子的小河邊。河面雖然不過七八米，卻被兩岸的石崖夾峙得波濤翻滾，水流湍急。除非在枯水季節，否則，沒有人敢涉水渡河。多虧前幾年修了一座兩根鋼絲牽拉的木板吊橋把兩岸聯接在一起，行人過河方才沒有了危險。這吊橋寬不過二尺，卻有十多米長。每隔一尺左右，橫著一塊巴掌寬的木板。走在上面，不但左搖右晃，上下猛顫，宛如騎烈馬，打秋千。如果不低頭仔細看著，一腳踏空掉下去，不淹死，也得跌成殘廢。由於下面是滔滔流水，許多膽小的男人，在上面走不幾步，便頭暈眼花，不得不退回去。能一口氣走到對面的婦女，更是寥寥無幾。申貴知道自己的女兒是個「老鼠膽」。她想去水電站，決不敢走這條路。而繞道走，至少要多走十多裏，那就需要兩個多小時。有了這樣的耽擱，他肯定可以趕在女兒的前面。申貴揩揩臉上的汗水，露出了笑容。

正午時分，來到水電站一問，果然沒有人見過有女人來。在洞口值班的民工排長告訴他，雷小鋒正在洞子裏幹活。為了不張揚，申貴來到離工地一里多路、女兒必須經過的一座樹林旁，招呼兒子坐下來，耐心等待。申貴估計，用不了多少工夫，就會像捉一隻小雞似的，把那個給自己丟臉的騷貨捉住。不料，等了足足有兩個鐘頭，眼看著太陽由東南移向了正南，又由正南向西南飛快地飄去。肚子餓得咕咕叫，卻仍然不見女兒的影子！

他坐不住了。站起來，來回走動。

今天早晨，他審問老婆時，老婆曾經說，睡夢中，彷彿聽到屋門響。再聽，卻沒有動靜了，認為是狗拱門，沒有在意。膽子小的人，不敢走夜路，閨女八成是那個時候走的，因為不久天就明瞭。而自己離家追趕的時間，頂多晚兩個多鐘頭，加上抄近路節省的時間。仍然要比她早一個鐘頭來到這裏。可是，現在已經等了兩個多鐘頭，為何還不見閨女的影子呢？莫非畢仙分析得不對，她也學著那些混賬東西走絕路，投了渾江？

胸悶腦脹，心頭隱隱作痛。申貴第一次感到了失去掌上明珠的恐懼。他伏到一棵彎曲的老榆樹上，幾滴清淚流下了臉頰。

忽然，申衛彪叫了起來：「爹，我妹妹來啦！」

八

申貴急忙抬頭望去，果見約在半裏之外，申愛青向這邊走來。她低著頭，雙手叉腰，腳步蹣跚，一副疲憊不堪的樣子。申貴急忙拉著兒子藏到路旁的樹林裏。直到女兒走近了，方才跳出來，大喊一聲：

「站住！」

申愛青被嚇得一屁股墩坐在地上。等到回過神來，臉上已經挨了重重的兩個大耳光。

「狗雜種，你敢私奔，來找野漢子——我要了你的狗命！」申貴揮著手，「啪啪啪」，猛扇不止。

「你們別想！」申愛青從地上爬起來，撒腿就跑。

可是，申貴的動作比她還快。剛跑了不遠，她的右臂便被牢牢地抓住了。

「哼！你他媽的一撅尾巴，老子就知道你要朝哪兒飛！」他朝著女兒的小腿上，狠踢兩腳。「賤貨，我給你踢斷了狗腿，看你還跑不跑！」

她被踢倒在地，雙手抱腿，一聲不吭。

「申衛彪，你愣著幹啥？趕快背上她，往回走！」

申衛彪雖然缺少心眼，但並不缺少力氣。他走上前，像背一袋土豆似的，扯起妹妹的兩手，用力往肩上一拽，背起來就走。

走了一陣子，申愛青見哥哥氣喘吁吁，滿頭冒汗，要求下來自己走。緊跟在後面的申貴疼兒子，知道她逃不脫，只得點頭答應。

申愛青一扭一歪，被押回了豹子洞。謀劃了許多天的私奔落了空。一回到家，她便被關進西里間。窗戶被釘死了，板門從外面反鎖上，鑰匙由她爹拿著。一日三餐，她娘只能從燈窩裏給她遞吃的。剛剛衝破網罟，眨眼之間成了籠中鳥，申愛青恨死了自己的親爹。

「給我把這雜種看管好，跑了人，我要了你的狗命！」申貴給老婆下達了死命令。「媽拉個巴子的！權當我沒養這麼個喪門星。三天之內，再不回心轉意，別給她送吃的——餓死這個不要臉的！」

「安置」好了女兒，已經是上燈時分。申貴命老婆煎上一盤雞蛋，炒上一盤肉絲雲豆。老婆和兒子在北炕上就著醃黃瓜扒米飯，他自己則在南炕上一人獨享。

一口氣喝下大半斤老白乾，兩盤菜肴也被掃蕩一空。他隨便扒了幾口飯，下炕來到水缸前，拿木瓢舀起一瓢水，咕嘟咕嘟灌了個痛快。扔下水瓢，拿手抹抹嘴，回到炕上。身子往後一仰，倒頭便睡。

今天起了個大早，往返六十多裏路，還跟那「騷貨」使了許多力氣，實在是累得夠嗆。必須好好地養精蓄銳，因為有許多重要的大事，等著他親自處理呢。而當務之急，則是潘光明的耍山問題。他忽然懷疑，潘光明的發瘋，並不是真正有病，而是裝病逃避勞動。那可是個嚴重的政治問題——明目張膽地破壞農業學大寨！

「哼！我決不能等閒視之！呼呼——」他發出了酣聲。瞌睡蟲戰勝了活躍的思維。申貴暫時停下緊張的思考，進入了甜蜜的夢鄉……

直到臨近第二天中午，他方才睡醒。吃下兩個白麵鍋貼，喝下一碗大米粥。又抽了一支煙捲，方才興致勃勃地朝著看管潘光明的房子走去。

屋子裏空無一人，看管的和被看的，統統不在。他扭頭去了知青點。知青點屋門虛掩，寂然無聲，竟然聽不到往常的熱鬧喧囂。他略一猶豫，推門走了進去。

屋裏只有一個人，面朝西牆，偎在炕梢。從熟悉的背影看出，那是他的新相好。

「辛永紅，你睡著啦？」他近前問道。

「……」她動了一下身子，沒有答腔。

「人呢？咋就你一個人在家？喂，我問你話吶。」

見姑娘仍然不理不睬，他爬上炕，從後面摟住她，柔聲說道：「告訴我，小寶貝，那幫子傢伙，都到哪兒去了？」

白豔粗魯地推開他，翻身坐起來，兩眼怒視。此時他才發現，姑娘眼泡紅腫，滿臉淚水。

「呀，你哭過？」他十分驚訝。「不用說，又是哪個眼饞的傢伙欺負了你，是吧？」

「他們不敢！敢於欺負俺的，只有你姓申的！嗚——」姑娘出聲地哭了起來。

「傻話。我親你還親不夠呢！」他伸手把她摟進懷裏，「跟我說實話，到底是咋回事？」

「他們都能到別的知青點，吃好的，喝好的，盡情地樂呵。可俺……」

「怎麼，他們不讓你去？」

「俺懶得動。」

「那是為啥？」

「哼，有臉問俺！」

「嘿，我說的不錯吧？兩天沒顧得上慰勞你，你就癢得受不了啦，是不？」

「不要臉！」她照申貴的臉上，狠狠打了一巴掌：「你害死人不償命！」

「媽拉個巴子的！你敢打老子，莫非吃了豹子膽？」申貴鬆開手，摸著左腮坐了起來。

「哼，打你是輕的——俺恨不得咬你幾口才解恨！」

話中有話，申貴一時愣住了。為了探明究竟，他遏制住怒氣，極力平靜地問道：「咳，就是天大的事，有我給你做主，有啥了不起的？幹嗎耍小孩子脾氣呀？」

她怨恨地瞪著他：「俺倒要看看，你是怎麼個做主法！」

「新鮮！莫非有難得住咱申某人的事？」

「哼，吹牛不上稅！」她指指肚子，「兩個多月沒來啦——噁心，老想吐。」

「啊？這不可能——我每回都用了套子嘛。」此時他才發現，她的臉上已沒有往日的豐滿紅潤。立刻虎起臉問道：「你們打撲克打到深更半夜，你挨著我，我靠著你地在一起攪和，能有好事！說實話：是哪個小兔崽子給你作騰上的？」

「放狗屁！自己弄出亂子來怨旁人，好一個英雄好漢！」

「媽拉個巴子的！咋會又出了事呢？」

申貴撓著頭皮，沉思了一陣子。抬頭答道：「咳，怕個屌，我有法子！」

「俺可不去醫院。」

「當然——可不能把事情捅出去！」

「那咋辦？」

「有的是好辦法：第一，書上說過，只要頻繁地加勁搗，准搗下來。我試過，靈驗的很。」他神色嚴肅，信心十足地寬慰。「第二，萬一不靈驗的話，我認識個會鼓搗打胎藥的，一劑吃下去，不疼不癢，跟尿泡尿似的，滋溜下來啦。神不知，鬼不覺，萬事大吉。你照樣是個黃花大閨女。」

「我好怕喲！嗚嗚嗚……」她撲到他的懷裏，痛哭不止。

「放心吧，有了這兩項措施，十拿九穩——雙保險。」

「哼！要是不頂事……耽誤了俺上大學，俺跟你沒有完！」

「嘿，我是幹啥的？絕不會有那一天！」

十七、「棒槌」的故事

一

申貴滿口許諾的兩項「有效措施」，並不是信口開河賣安慰藥，或者是拖延時間的緩兵之計。他有著親身的體驗，充分的把握。

剛剛得知白豔懷孕，他確實緊張了好一陣子。與知青發生關係，可不同於跟畢家姐妹或者別的女人。當初，不留情面的「四清」，對這些問題，不過是以「作風不正派」視之，成了他被擼下大隊書記寶座的原因之一。而沾了知青的邊兒，卻非同小可。不僅會身敗名裂，甚至要蹲大牢！想到這一層，他強打精神，使出渾身解數，希望速戰速決，不留後患。

使他高興的是，白豔同樣心急如火，不但每天晚上不請自至，大白天也偷偷往鐵匠爐上鑽。來了便翻身插門，抖擻精神，拼命癲狂，恨不得一舉將肚子裏的禍害驅趕下來。

這反倒使年逾不惑的申貴有些吃不消。夜靜更深，疲憊地回到家裏，感到連上炕的力氣都沒有了。而女兒的啼哭聲，不時從西間傳來，吵得他心煩意亂，一次次跐著門檻大聲痛罵：

「媽拉個巴子的！還有臉哭！再不回心轉意，我把你們兩個流氓一塊斃了！」

一面罵著，他想到了另一個撓頭的難題。那個花大本錢爭取來的升大學指標，只剩下五天就到期了。這幾天，自己累得半死，「小白兔」的肚子，依然紋絲不動。八月底前不去報到，指標要作廢。如果讓那浪貨去報到，聽說入校後要查體，肯定暴露無遺。她被大學除名事小，自己更是脫不掉干係——那就得吃不了兜著走！

「這可咋辦哪？」智多星也有無計可施的時候，申貴捶著炕沿呻吟起來。

望著黑洞洞的夜空，蹙了許久三角眉，忽然計上心頭。有啦！何不照原先的計畫，仍然讓申愛青去當一名光彩的大學生呢？

不錯，肥水不流別人田。光宗耀祖的大好事，豈可輕易讓別人得了去！當初之所以把指標讓出去，一則是被閨女氣昏了頭，二則是把柄掐在人家手裏，被逼無奈。現在不怕她要賴尥蹄子了——肚子裏裝著個孩子去上大學，諒她沒有那份丟人現眼的膽量。現在把指標給旁人，她瞪著倆眼乾生氣。只要女兒成了大學生，她與雷小鋒的關係自然徹底完蛋。將來找一個比馬繼革條件更好的青年，也不是難事。一舉兩得，何樂不為？

「嘻嘻，因禍得福！」他幾乎笑出聲來。「辛永紅，辛永紅，不是我申某人言而無信，是你自己沒那個福分。你不遲不早，單單在這個節骨眼上，讓你那白肚皮不爭氣，能怨著別人嗎？」

「呼呼呼……」他發出了悠長的鼾聲。

這一夜，他睡得特別香。第二天，他悄悄告訴白豔，省裏有一個重要的四級幹部擴大會議，點名叫他去參加。最多三天即可返回。一回來，仍按照原定計劃，抓緊打胎。

「肚子餓得咕咕叫，吃一口，吐一口——這罪不是人受的。你可要早回來呀。」白豔滿懷哀怨，拭淚點頭。

第三天，天不亮，申貴押著女兒上了路。中午剛過，便到了省城。一出火車站，便被豎著大橫標的迎新生卡車，接到了學校。一切都是出乎意料的順利。那張蓋滿了大紅印章的推薦表，簡直像聖旨金牌一般，一路綠燈，毫無阻攔。當天晚上，他的寶貝女兒，便住進了新生宿舍，成了高等學府裏一名根紅苗正、合格的大學生。

為了更像「開會」的樣子，也為了歇歇疲憊不堪的身體，申貴在省城的風景區南湖玩了一整天。加上在旅館裏的兩夜長睡，他感到身上輕鬆了許多。於是，不慌不忙地返回豹子洞。

被蒙在鼓裏的小白豔，仍然滿懷希望，快快拿掉肚子裏的禍害，順順當當上大學。

又是五天過去了。像當年的畢秀一樣，白豔的肚子毫無動靜。那塊一天天在長大的「禍害」，彷彿紮下了根，落了戶，硬是不肯挪動一步。而她的噁心，厭食，反而一天天減輕，開始能吃些東西了。

連續許多天晝夜苦戰，極度疲憊的申貴，已經感到難以支持。加之，再不亮底牌，便要露馬腳。等到喘息稍微平靜，他長歎一聲，愁眉哭臉地說道：

「唉！媽拉個巴子的——壞事啦！」

「你不是說，靈驗得很嗎？你都累成這樣，咋就不管用呢？」

「別擔心。第一項措施不靈，還有第二項哪。不過，上大學的期限已經到啦。明天再不去報到，指標就得作廢！今天公社還來電話催哪。唉！」申貴長籲短歎，一副憂心忡忡的樣子。

「壞了，那咋辦？」姑娘流出了眼淚。

「唉！麻煩事——入學要查體吶！」

「那不是自己找難看？都怨你！都怨你！」除了埋怨，白豔只有掩面啼哭。

「看來，只有一條路了——讓別人替你去。不然，上面知道是因為你的原因瞎了指標，追查起來非漏了馬腳不可。」

「不准你說出去，曾經把指標給了俺！」

「我會那麼傻嗎？」申貴一副憂心忡忡的樣子，「喂，要不，就叫申愛青悄悄去替你，你看咋樣？」

「愛咋著，咋著，俺不管！反正，你得趕快給俺弄下來！嗚嗚嗚……」方寸已亂，白豔只剩下啼哭的本領。

「別嚷！叫外人聽見，影響多不好！這事一定得保密。」他指指姑娘的肚子，「它實在不爭氣，還有另一手呢，你怕啥？」

「不行，你現在就得給俺想辦法。不然，俺死給你看！」她的聲音並沒有降低。

申貴勸得姑娘止了淚，立刻跑到二十里外，給她弄回了一付靈丹妙藥。當天晚上，用冷水將藥服下，半夜裏果然見了效果：白豔的肚子開始翻攪疼痛。不久，便像得了滾腸砂，疼得在炕上滾來滾去，大哭大嚎。多虧申貴有遠見，讓她宿在偏僻的衛生室。不然，四鄰八舍，准都能聽個明白。

黎明時分，「禍害」終於被打下來了。白豔的哭喊，變成了呻吟。

申貴長舒一口氣。立刻回家命令老婆煮了滾燙的紅糖雞蛋湯，親自端來給她喝。但疲憊的姑娘，伏在炕上，呻吟不止。肚子痛的厲害，什麼也不想吃。興高采烈的申貴，連哄帶勸，好歹給她喂下了一碗蛋湯。飯碗還沒放下，他便得意地笑起來：

「哈哈，萬事大吉啦！喂，相信了吧？咱採取的措施，從來都是萬無一失的！」

「俺們都快難受死啦，你還顧得高興！」

「嘿，沒關係，難受不了三天二日，咱們照樣玩！」

可是，此後許多天，白豔依然茶不思，飯不想。渾身酸痛，下體流紅不止。紅蘋果似的美麗的臉蛋，一天天泛黃消瘦，彷彿一隻遭了霜打的風梨。

信誓旦旦的兩項安全措施，並非「萬無一

失」——白豔落下了病根。

二

白豔得了病，申貴十分焦急。急忙買回老母雞，親自屠戮乾淨了，把珍藏的長白山老參找出一支來，放進老母雞的肚子裏，文火燉得爛熟。逼著老婆每天三時，溫好了送一小碗給白豔吃，希望她早日恢復健康。

關東山人人都知道，人參堪稱百藥之王。益血壯陽，大補原氣。而與老母雞合吃，兩補相輔，更是奇效無比。更為奇特的是：有病除病，沒病健身，百試百驗。足見，人參名列關東山「三寶」之首，並非偶然。

人參俗稱「棒槌」。關東山的人參有兩種：野山參和移山參。前者生在深山老林，得來不易；後者乃是人工栽培，相對容易得到，價格也便宜得多。白豔福分不淺，申貴孝敬她的，乃是一支珍藏多年的老山參。

申貴的祖籍是山東掖縣，祖父一代逃荒來到東北。一個出生在關東山的人，自然知道人參的寶貴。所以，每年秋天「起參」季節，他都要親臨生產隊棒槌園子，自始至終守在那裏。一來是怕社員盜竊，二來為了將最大的「貨」挑出來，以備有「特殊用項」——給上級送禮。其實，隔不上一兩個月，他都要吃上一隻人參燉老母雞，以滋養他過度支出的身子。由於野山參得來不易，移山參種植又十分費力，他特別關心隊裏的棒槌園子，總是派最可靠的社員去經管。現在，在那裏負責的，就是民兵排長楚勝的兄弟楚理。

三隊的棒槌園子，在後山的東坡上，面積是八十塊簾子。人參不以分、畝論，而以簾子計算面積。通常每塊簾子是三丈長，三尺六寸寬。八十塊簾子，足有三畝之多。自從「狠割資本主義尾巴」以來，社員什麼副業都不准搞，但集體的養鹿場和棒槌園子，卻保留了下來。長白山的人參，可以與高麗參媲美。鹿茸是珍貴藥材，出口可以賺回大筆外匯。據說，兩隻帶著腦殼的鹿茸，可以換回一輛卡車。所以，養鹿、種參，雖然投資巨大，萬分唾棄資本主義的人民公社，仍然樂此不疲。難怪，對於盜竊人參和梅花鹿者的懲罰，特別嚴厲：僅僅傷害一頭梅花鹿，或者偷盜一塊簾子的人參，就要逮捕判刑！

可惜，豹子洞三小隊，雖有一塊棒槌園子，卻沒有鹿場——拿不出那麼多的投資。

連人參也不是一種簡單的、隨意可以種植的作物。不僅要有合適的水土氣候條件，還要有理想的地理位置，極高的管理技術。掌握這門技術的人稱「棒槌把頭」，必須在把頭的指導下進行種植，才能獲得好的收穫。所以，種植人參，便成了少數地方的專利。種植人參的地，要選擇在從未耕種過的荒山上。山坡不能太陡，也不宜太坡。太陡了雨水沖刷，太坡了容易積水。還要考慮山坡的走向，以及太陽直射的時間。因此，光是選地，就不是外行幹得了的。地方選定了，先要割樹燒荒，挖樹根深翻，至少要深翻半尺多深，最好上面是黑土，下面是混合土。然後是打池子，壓眼，下種，培土，支架子，蓋簾子。簾子的作用是防止太陽直射和雨水沖刷。往後便是精心管理：捉蟲，噴藥，除草，用手指鬆土。一年下來，只能長出個小秧子。第二年，才有兩批葉，俗稱「二角子」（兩根枝，十個葉）。至少要等到六年之後，即六批葉的時候，才能「起參」。收成好，每塊簾子能夠得到二三十斤的收穫。如果能養到十年八年，則收穫的更多一些。足見，這得天獨厚的尤物是多麼的難侍候，想發人參財，是多麼的不容易。想要投機取巧、以次充好，更是辦不到：每棵人參的脖頸上（行話叫「露頭」，或者「門丁」），清清楚楚「刻著」自己的年齡。它的身價，不是以個頭大小論，而是以年齡多少來確定。因為這寶貴的植物，每年只生一個芽，看看「露頭」上的芽痕，便知是幾年貨。

人參堪稱是藥物中的金枝玉葉！

可是，一隻老母雞燉山參吃完了，白豔的「流紅」，依然如故。又吃了兩支移山參，仍然不見好轉。好逸惡勞，心比天高，葬送了她貞潔的女兒身；放縱情欲，又使她在關鍵時刻，斷送了好運。他嘗到了自己釀出的苦酒。而身體遲遲不復原，說不定什麼時候，就會暴露真相。因為「月經不調」的拙劣掩飾，很難長久騙過與她朝夕相處的知青們。

無比焦急的申貴，懷疑是移山參的藥力不足。可是，一時又買不起野山參。他又一次記起了那個使他後悔不迭的「野山參事件」……

三

俗話說：七兩為參，八兩為寶。福大的人，能得到一棵八兩的「寶貝」，雖然不敢說是價值連城，卻是終生享用不盡。難怪，有關人參的許多傳說，使得申貴一想起來，就滿懷嚮往與不平。

他串了大半輩子山林，出現在他視線中的獵物，很少能逃脫他百發百中的槍口。可是，竟然沒有一次體驗那狂喊一聲「棒槌」的喜悅。他也曾經跟著人家去「放山」，但都是空手而回，連一棵不起眼的小「二角子」也沒弄到！

足見，放山祖師爺的教訓，是多麼靈驗。他只允許忠厚誠實，不取巧，不貪心的人發大財！

申貴自然不承認自己虛偽貪心，只是哀歎自己「頭皮薄」。對於發了人參財的人，既羨慕，又嫉妒。驀地，他想起了潘光明和馮潔在山上的行動。近來，他被女兒和「浪貨」攪得六神無主，竟然把這件大事，忘了個乾淨。

「媽的，那兩個狗崽子手拿索撥棍在山上溜達，指定是在找參。說不定已經發了洋財。」他忽地從炕上爬起來，「好！先修理修理那兩個傢伙，出出這些日子憋在心裏的窩囊氣。萬一狗崽子們真的挖到了野山參，辛永紅的病，也就不愁啦。」

打定了主意，他立刻去了知青點。

知青點上空蕩蕩，一個知青也不見。一打聽，上午有人看到，知青們溜著江沿，向縣城的方向去了。

「咦！八成是挖到了寶貝。不然，他們甩著兩隻幹爪子，去縣城幹啥？」申貴在心裏嘀咕，「馬拉個巴子的，老子又晚來了一步！」

申貴猜得不錯，潘光明真的是發了「人參財」。他的病情好轉之後，細心的馮潔發現，每當帶他來到山上叢林中，或者滔滔大江邊，精神便特別興奮，不但能專注地留意身邊的事情，而且像正常人似的，語言富有邏輯性，有時甚至有板有眼地哼起樣板戲。於是，她便經常帶他到山上轉悠，順便采回點野菜、蘑菇、山裏紅、野葡萄啥的，讓有鹽無菜、稀粥果腹的知青們，打打牙祭。有一天，他倆居然揀到一隻受傷的大鐵狸子，讓大夥開了一次大葷。

昨天上午，兩人上山散心，捎帶著打野食。不料，手中的樺樹棍變成了「索撥棍」。潘光明不經意地一撥拉，紅褐色的草叢中，竟閃動著三片綠葉。這正如俗話說的：打麻雀揀到只肥鵝。他急忙招呼馮潔近前一看，原來是一棵「三批葉」的野山參！兩人忘記了吆喝一聲「棒槌」將寶貝鎮住；也沒用銅錢紅線拴住寶貝的脖頸，以免它趁機溜走。沒有鐵鍬鐵鏟，更沒有骨針，兩人小心翼翼，足足花了一個多鐘頭，終於用手指頭，細樹枝，毫毛無損地將寶貝挖了出來。兩人跑到溪流邊，找來一些青苔將人參包起來，以免風耗賒了份量。然後揭下一塊鮮樹皮從外面包好，高高興興下了山。

一回到知青點，立刻將好消息告訴了夥伴們。在馬繼革的建議下，他們偷偷去了縣城——推銷寶貝捎帶打牙祭。

豹子洞的知青，本來是九個人。樸合作回城養病，雷小鋒去了水電站，辛永紅在衛生室當赤腳醫生，據說近來得了「婦女病」，經常肚子疼。她不能同行，大夥求之不得。這樣，今天進城的，只有男知青馬繼革、劉愛國、潘光明，女知青馮潔、錢紅衛、何愛軍，三男三女，一共六個人。

一株三批葉的小小長白山人參，沒有小姆指粗，連身子帶須不過二十多公分長，居然賣了二百八十元錢——相當於一個社員兩年的工分值！

這可不是個小數目。如何運用這一大筆款子，一開始，便發生了爭執。

馮潔建議先給潘光明買上一套眼下最時髦的綠軍裝，一頂解放帽，一雙解放鞋。讓他從頭到腳，煥然一新。一高興，說不定病就徹底好了，原來的那些衣服在他精神失常的時候，不是不翼而飛，就是弄得破爛不堪。但潘光明堅決不答應，堅持先買一塊十七鑽的上海牌手錶，送給馮潔，以答謝兩個月來對自己精心照料之恩。

「不行，不行，絕對不行！」馮潔連連搖頭，毫無轉圜的餘地。

「那為啥？」

「人參是你找到的，只能買你自己用的東西。我照顧你，是隊裏派的任務。再說，我也有義務照顧自己戰友不是？」馮潔的理由很充分。

「好吧，既然你堅持是我一個人找到的，那就得我說了算：手錶一定要買！」潘光明完全像個正常人。

「你堅持要買，當然可以。不過，那得你自己留著用。俺是無功不受祿——堅決不能要！」

「你真的是這麼想的？」

「是呀！俺們憑什麼要你的東西？」

「馮潔，你……」

一句話沒說完，潘光明兩眼直瞪瞪地望著馮潔，許久不語。緊接著，臉色由紅泛黃，兩隻嘴角逐漸往下扯，既像是悲痛，又像是恐懼。馮潔一看慌了神，她知道，這是犯病的前兆，急忙近前握住潘光明的手，勸道：

「光明，光明！你別急——俺依你就是嘛。走，咱們這就去買手錶，然後再買軍裝，好嗎？」

潘光明怔怔地站在那裏，一動不動。過了好一陣子，臉色漸漸恢復了正常。馮潔又重複了好幾遍剛才的話。他才遲疑地問道：

「馮潔姐姐，你說的是真話？」

「俺咋會哄你吶。」

「那好。咱們買手錶去！」潘光明咧開嘴笑了。

馮潔放了心，招呼戰友們一起去了百貨公司。先花一百二十元買上了一塊上海牌手錶。又買了一頂軍帽，一套綠軍裝，一雙解放鞋，總共花了二十二元。馮潔附在潘光明的耳朵上嘀咕了好一陣子，然後來到另一個櫃檯，花了十二元錢，買了六個翠綠色的塑膠手電筒，六個人每人一個。誰也不推辭，高高興興接受了禮物。東西買齊了，一行人浩浩蕩蕩去了縣城著名的反修飯店。點上八個葷菜，要了二斤老白乾，五斤米飯，總共花去二十八元。他們又說又笑，大吃二喝。

一個鐘頭後，馬繼革和劉愛國已經是兩眼通紅，舌頭發梗，有了濃濃的酒意。女知青錢紅衛蠟黃的小臉上，塗上了一層胭脂，像一隻可愛的香蕉蘋果。當初，她當造反司令時，每當站在主席臺上興奮地發表演講時，就是這副模樣。是三年苞米稀粥，奪走了她的豔麗。只有馮潔與不會喝酒的何愛軍，臉色依舊。潘光明雙頰露出紅潤。在馮潔的阻攔下，他今天喝的算是適量。

走出反修飯店，太陽已經銜山。劉愛國建議，找個旅館住下，明天再往回走。睡通鋪很便宜，每人不過兩元錢。但馮潔堅持連夜往回返。她提高聲音說道：

「咱們今天是私自進城，已經犯了社規，倘若再一夜不歸，更是錯上加錯。一旦中隊長追問起來，怎麼交代？潘光明有病在身，尚可推託，我這『狗崽子』，無疑成了罪魁禍首。我可擔不起那個罪名！」

馮潔並非是杞人憂天。自今春以來，小小三隊，挨整的人不下十多個。輕者大會批，小會鬥；重者進大隊或者公社學習班，等到放出來，個個傷痕累累，趙魁、楊滿倉等還留下了終生殘疾。一想起那些令人心悸的慘像，人人心裏發抖。現在聽馮潔一說，大夥都贊成連夜往回趕。好在人多膽壯，用不著害怕。馮潔讓何愛軍扶著馬繼革，錢紅衛攙著醉眼朦朧的劉愛國，自己仍然照料著潘光明，連夜踏上了歸途。

月隱星輝，天灰如鐵。清風習習，秋蟲嘰嘰。好一個醉人的山區清秋之夜！

「吱——」雜亂的腳步聲，驚動了路旁的宿鳥。一聲驚啼，向黑暗中射去。

膽小的錢紅衛，嚇得發出長長的驚叫聲。等到弄明白不過是一隻宿鳥被驚起，方才放聲大笑起來。

「撲拉拉！」又有幾隻鳥兒，被大笑聲驚得倉惶飛向遠處。

「嘿，這世界上，還有怕咱們的哪！」馮潔自嘲地笑了起來。

「馮潔，你也太自卑啦：怕我們的豈止是禽獸？別看那些神（申）鬼（貴）們，今天張牙舞爪，為所欲為。總有一天，他們會望著我們害怕的！」有了幾分酒意的錢紅衛充滿自信。

「嘻，神鬼會望著我們害怕？」馮潔冷笑起來，「錢紅衛，你可真是個理想主義者。唉，只怕那舒心的一天，我們這輩子看不到啦。」

「馮潔，理想主義總比悲觀主義好。」馬繼革噴著酒氣接上了話茬，「我是親身體驗到了什麼叫命運無常，什麼叫絕望。媽的，那滋味，可不是人受的！當時，心裏不想別的，只想往渾江裏跳！」

「唉！不是人受的，也得受——誰教咱們沒生在『紅五類』家庭吶？」馮潔不知道，馬繼革的爺爺已經平了反。

「說的也是。要是出身可以選擇，我一定去無產階級司令部的人家投生。咱也弄上個省革委主任、書記、部長之類的官兒當當！」劉愛國梗著舌頭開了口。

「說得是哪。」馬繼革說道，「要是我們的老子，能在中央文革，或這『辦』那『辦』，坐上把交椅，何至於沒完沒了地修理地球，整天受狗日的遭踐！」

「馬繼革，別瞎咧咧！你難道沒吃夠苦頭，還想來個『二進宮』？」馮潔急忙勸阻。「有本事，你幫俺想個主意，明天怎麼過申隊長那一關吧。」

「馮潔，用不著怕那狗東西。明天他要是找岔兒，有我姓馬的。」馬繼革提高了聲音：「咱們統一口徑：你們就說進城是我的主意，有我來對付他。我爺爺平了反，他不敢跟我來橫的！」

「咋，你爺爺平反了？」眾知青幾乎同聲驚問。

「要是不平反，我能從那三天兩頭死人的水電工地被放回來？」

「哈哈——咱們有救啦！」馮潔第一次發出了爽朗的笑聲。

「馬繼革，你可不准臨陣逃脫呀。」錢紅衛、何愛軍一齊叮嚀。

「一言出口，駟馬難追！大丈夫男子漢說話算數。」

「好！俺們放心啦。」劉愛國也歡呼起來。

「同志們！放心吧：不但用不著怕那閻王，還有他怕我們的那一天！秋後的螞蚱——他蹦達不了幾天啦！等著瞧吧，用不了多久，就會有人請我們給他擺罪狀。那時候呀，他就不姓『神』（申），成了地地道道的鬼（貴）啦！」

「馬繼革，別說醉話！」馮潔再次制止。

「多行不義，必自斃！不信，你們把我的話牢牢記在心裏，『無謂言之不預也』。」馬繼革說起了造反英雄最愛用的口頭禪。

「唉！要是真有那麼一天，俺們賣掉手錶，請你的客。」馮潔向一直不開口的潘光明問道：「光明，你同意吧？」

「嘿嘿，當然同意。」

「俺們也算個份，咱們一塊請他！」何愛軍在一旁幫腔。

「『臨行喝媽一碗酒，渾身是膽雄赳赳。鳩山設宴和我交朋友，千杯萬盞會應酬……』」錢紅衛嘎著嗓子學男聲，唱起了革命樣板戲《紅燈記》。其餘的人，一齊隨著唱了起來：「『……時令不好，風雪來的驟，媽要把冷暖，時刻記心頭——』」

足有好幾年，這幫子萎靡不振的知青，沒有這樣高興過了。一時間，後悔，失意，憂傷，迷惘，統統被拋到了九霄雲外。青春活力重新回到了正當錦繡年華的年輕人身上。彷彿今天晚上的目的地，不是充滿失落感的豹子洞知青點，而是像天天呼喊的那樣，回到「一大二公的幸福樂園」！

明亮的手電筒光柱，在黑暗的山路上閃灼搖曳。比從電影上看到的天安門前的國慶焰火，更加燦爛輝煌！

嘻笑聲，歌唱聲，在星光熠熠的夜空中蕩漾。就像時下一首革命歌曲所唱的：「一路走來一路歌，歌聲撒滿綠山坡……」

歡快的人群回到豹子洞，早已過了午夜時分。兩個「醉漢」，基本上醒了酒。他們輪番來到水缸前，拿起水瓢灌足了涼水，方才上炕睡覺。一天的興奮，再加上來回跑了六十多裏山路，疲勞像漫溢的江水，迅速襲上身來。剛剛摸到炕頭，一個個便呼呼睡去……

「呔！都給我滾起來！」

一聲大吼，六個年輕人一齊從睡夢中驚醒。睜眼一看，是支書申貴站在炕前。

「媽拉個巴子的！社員們都幹了半天活啦，你們還在睏大覺——想造反呀？」

「……」知青們愣在了那裏。

「喲！原來是申隊長呀，快請坐。」馬繼革揉著睡眼惺忪的雙眼，坐起來，一面穿衣服，一面不慌不忙地答道。「是這麼回事：潘光明上山揀蘑菇，挖了棵小人參，我領著他們進城賣了，大夥實在靠得慌，到飯店里弄了頓吃喝，解解饞——這不，把錢花了個精屌光。」

「媽的，我不要聽！有屁，先給我夾住。今天晚上，在這兒召開批鬥會——你們當著大夥的面，儘管放去！」

說罷，申貴「嘭」地一摔門，走了出去。

緊接著，震耳欲聾的廣播喇叭響了：今天晚上七點，在知青點召開批鬥大會。全體社員任何人不准請假！

四

為了不打無把握之仗，會前，申貴在鐵匠爐召開了預備會。參加會議的，全部是本隊的骨幹分子：黨員楚勝、申衛彪，副隊長楊滿囤，學習毛主席著作積極分子、赤腳醫生辛永紅。另外，還有楚理、牛石頭、王敢先等積極分子。

申貴首先介紹了三隊「階級鬥爭的最新動向」。並研究了會上的戰鬥策略。

同往常一樣，批鬥會由楚勝主持。一開始，他領著全體起立，敬祝「最最最敬愛的偉大領袖毛主席萬壽無疆，敬祝偉大領袖的親密戰友、天才的副統帥林副主席永遠健康！」接著宣讀毛主席語錄。然後是大呼革命口號：

「誓死捍衛幸福的人民公社！」

「我們決不允許化公為私！誓死把公共財產奪回來！」

「開私荒，網鳥賣錢，是走資本主義道路

的嚴重政治問題，我們決不能孰視無睹！」

呼口號，是為了製造革命聲勢，震懾階級敵人。聲勢造足，目的已經達到，會議立刻進入正題。申貴首先講話。他清清嗓子，略顯沙啞地高聲說道：

「革命的社員同志們，貧下中農戰友們：你們可能想不到吧？最近一個時期以來，我們隊的階級鬥爭形勢，出現了十分尖銳複雜的嚴重局面。而最為突出的表現，就是用不同的形式大挖社會主義牆角，大走資本主義道路。這是我們隊，當前階級鬥爭的新動向，新特點。我們決不可以掉以輕心，等閒視之！」他摸出打火機，點上一支煙捲，猛吸幾口，繼續講道：「同志們呀，毛主席教導我們說，千萬不要忘記階級鬥爭。從我們隊當前的情況來看，階級敵人一刻也沒有睡大覺。他們時刻在窺伺方向，以求一逞。眼下，他們利用我們忙於準備秋收的大忙季節，蠢蠢欲動，大挖社會主義的牆角。決心使我們社會主義的鐵打江山，改變顏色，使我們大夥再吃二茬苦，再受二茬罪。革命的同志們，這是多麼可怕的事情呀！你們能答應嗎？」

「不能答應。」是稀稀落落的回應。

「是的，我們貧下中農，革命的社員同志們，決不能答應！今天的社員大會，就是要向階級敵人進行猛烈地反擊。不打退他們的倡狂進攻，決不甘休！現在，我就把幾樁走資本主義道路的大案，告訴大家。讓大夥擦亮眼睛，明辨是非，拿出『宜將剩勇窮追（追窮）寇』的連續作戰精神，深挖細找，使問題獲得徹底的解決！」

申貴把目光，朝著有問題的人，一一掃過，字字千鈞地繼續說道：「現在，首先要解決的是，竊奪國家財產——黃金的大案。接下來，還有偷開私荒，私種蔬菜和糧食；以及織網抓雀，賣錢發財，明目張膽地的走資本主義道路的問題；最後，再解決那個更加反動倡狂的大案：裝瘋賣傻，挖人參賣錢，拉攏腐蝕廣大知識青年的案子。今天，我們就看他們是爭取寬大處理，還是自絕於人民？我的話，講完了。」

申貴一揮手坐了下去。楚勝站起來喊道：

「現在，我們就把這些走資本主義道路的傢伙，揪上臺來示眾！葛江，唐小龍，劉漢，馮潔，潘光明，站起來，到前面來——排成一行站好，都給我把頭低下！」

三十六戶的豹子洞生產隊，今天又有五個人被揪出來示眾，挨批鬥。如果把開私荒的人都揪上來示眾，則有十幾人之多。差不多占三分之一的人家，成了「階級鬥爭新動向」的鬥爭對象。

細心的人，作過一個粗略的統計，自從毛主席親自發動和領導的「史無前例的無產階級文化大革命」以來，三隊被批判和揪鬥過的，有二十多人。除了申貴及楚勝、申衛彪、王敢先、牛石頭等幾個堅強的無產階級依靠力量，其餘近二十戶社員，包括老模範、老黨員楊老冬在內，幾乎家家有問題，都成了需要加以提防的異己分子。足見，「千萬不要忘記階級鬥爭」的偉大教導，實在是萬分正確，英明無比！等到五個鬥爭對象來到東牆根，面朝會場站好。楚勝再次帶頭喊起了口號：

「坦白從寬，抗拒從嚴！」

「頑抗到底，死路一條！」

緊接著，楚勝開始了審問：「葛江，有人看到，你撿了一塊金子。有這事沒有？」

「有呀。」爽快答話的，是個小腦袋尖下巴的矮個子，「這話是俺自己說的，好多人都聽到哪！」

「你把金子——藏到哪兒去啦？」楚勝，王敢先，一齊喝問。

「哪去了？俺的胳膊肘一甩，『嗖』——嘿，它就飛進了渾江。」葛江毫無懼色。

「胡說八道！」申貴倏地站起來，上前按著葛江的小腦袋，吼道：「反動的傢伙！你他媽的少放屁：那麼值錢的東西，你捨得把它扔掉？老實交代，你把金子藏到哪兒去啦？」

「你說呢？」葛江直起腰，毫無畏懼。

「你的事，我他媽的怎麼會知道！」

「俺說扔掉啦，你們不信——有啥辦法？」

「你尋思，那是扔塊石頭呀！」

「不是塊石頭，是什麼！要是能揀到塊金子，俺們這光榮的老貧農，用得著在這窮山溝子裏受這份『光榮』罪？」

「媽拉個巴子的！正面回答問題！」申貴高高舉起右手，想搧他的耳光，不知為啥，又慢慢放了下來。

「好，俺回答。」葛江直起腰，收回左腳，做出立正的姿勢。「那天俺在江邊鋤地，聽到『噹啷』一聲，低頭一看，一塊黃黃的東西，碰在了俺的鋤板上。心裏一喜，不由喊了一聲『金子』。誰知，撿起來一看，是他媽的一塊黃石頭。氣的俺順手把它扔進了渾江。不信問大夥，那天在一塊幹活的，都親眼看到過。」

「喂，」申貴向開會的人問道，「你們誰能證明，葛江揀到的是一塊黃石頭，而不是金子，並且扔進了大江裏？」

會場鴉雀無聲。

申貴轉回頭，發出一陣冷笑：「嘿嘿嘿！怎麼樣？並沒有人給你作證明！姓葛的——你的謊言被戳穿了。還不給我老實交代！」

「老實交代！」王敢先和牛石頭一齊上前，猛按葛江的頭，「再不老實，砸爛你的狗頭！」

葛江掙扎著直起腰，昂著頭，望著會場問道：「鄉親們，那天那麼多的人在一塊幹活，都看到俺把『金子』扔啦。難道就沒有一個人敢給俺做證明？」

「俺敢。」說話的，是已經被揪出來示眾的劉漢。他直起身子說道：「俺親眼看見，葛江把『金子』扔進了……」

「住口！」申貴打斷了劉漢的話。「劉漢，你自己的嚴重問題，還沒交代明白，有什麼資格給旁人作證明？」

劉漢的頭，再次被王敢先按了下去。

「葛江真的是把石頭扔啦。」不料，有人在小聲嘀咕。

「俺也看到過。」又有幾個更響亮的聲音附和。

申貴一時愣在那裏。

「申隊長，咋樣？有人證明了吧？」葛江大聲嚷了起來，「大夥說說，這算啥事呀？撿了一塊小石頭，隨便開個玩笑，就成了階級敵人。還開口閉口，貧下中農是依靠力量哪——狗臭屁！」

「大膽！」申貴一聲大吼，聲震屋宇。「葛江，你小子竟敢辱罵貧下中農——你他媽的，不要命啦？」見葛江不再言語，他繼續吼道：「你認為僅憑幾個人的一張嘴，就能證明你沒有問題？我們是重證據，不重口供。等我們調查清楚了，再決定對你的處理。先給我滾下去！」

葛江沒敢再說什麼，乖乖地回到原先的地方坐下。申貴也坐下來，氣呼呼地抽煙。這時，最善於掌握會場氣氛和節奏的楚勝，把批判的矛頭，引入了下一項議程：

「唐小龍，你交代，為什麼網了雀，去城裏賣錢？」

唐小龍，是個粗眉大眼，細高挑漢子。他驚恐得臉色蠟黃，低著頭，答話像蚊子叫：「俺不對。真的不對。俺犯了嚴重的，嚴重的，走資本主義的大錯誤。俺請求，申隊長，給俺嚴厲處分。」

楚勝又喝問道：「唐小龍，老實交代：總共網了多少雀，賣了多少錢？」

「大概，網了，二百來個。總共，總共，賣了十七元五毛錢。給俺們兒子小拴買了藥。」唐小龍淚流滿面，撲通跪到地上，朝申貴哀求起來：「申隊長，你老人家知道，俺從來都聽你的話。俺不是走資本主義道路，俺是被孩子的病逼得沒有法子呀！」

「嘿嘿，笑話！你的頭腦裏沒有嚴重的資本主義思想，怎會去走資本主義道路呢？別他娘的強調客觀！」

「中隊長，俺是說，俺們小拴，天天夜裏咳嗽發燒，睡不著。赤腳醫生說是感冒，城裏的大夫說是肺結核，不趕快治，孩子就沒有命啦。俺真的是無計奈何，才支網捉雀呀。嗚嗚嗚……」七尺男兒，哭得像個小女人。

「媽拉個巴子的，你嚎什麼？」黑影裏，申貴踢了他一腳。「既然你感到難過，說明對所犯下的錯誤有一定的認識，我們會從寬處理的。快下去。楚勝，繼續往下進行！」

楚勝答應一聲，轉身喝道：「馮潔，老實交代：你勾結潘光明裝瘋賣傻，偷挖集體的人參進城賣錢，拉攏腐蝕知青等一系列重大問題！」

馮潔低著頭，緩緩答道：「是這麼回事：自從潘光明得了病，中隊長命我跟王歡喜負責照料他。我發現他到了大自然的環境裏，精神特別愉快。為了早日使他恢復健康，就經常陪著他到山上散心。前天，他在揀蘑菇的時候，無意之間看到了一棵人參，俺們就挖出來……」

「這事怨不著馮潔，責任全在我一個人身上。」馬繼革擔心馮潔實話實說，突然站起來打斷了她的交代。「前天，馮潔陪著潘光明在山上玩，挖到了一棵小人參。馮潔堅持要交給隊裏，是我建議進城賣掉的。馮潔，你別插嘴，這事與你無關。為什麼我主張要把人參賣掉呢？不怕大夥笑話，是被這不爭氣的肚子逼的。現在大夥一樣的苦，可你們再苦，還有個婆娘給弄點山菜啥的添補添補。我們幾個知青咋辦？就是家裏有，也是鞭長莫及呀！大夥都看到，我們一天三頓，鹹鹽粒就苞米粑，十天半月連個菜葉見不著！是人能抗得了嗎？一個個餓靠得，恨不得抓只癩蛤蟆連皮吞下。再不想點辦法，餓出病來，不是隊裏的麻煩？於是，我就出了這麼個餿主意，拿人參賣了一百八十塊錢。約上夥計們，到飯店裏解解饞。撮了兩頓酒肉，又給潘光明買了身衣裳。自從他得了病，衣裳都糟蹋完了，破衣爛衫，像個大要飯的，不是給隊裏丟臉？剩下的零頭，買了六個手電筒，好照著參加夜戰。現在，有人得了浮腫病，好多人都得了雀蒙眼（夜盲），不拿個手電筒照照明，豈不是要把莊稼當成野草？怎麼完成隊裏分配的任務？情況就是這樣，我說完了。要處理，就處理我一人，與馮潔、潘光明毫不相干！」

馬繼革的長篇大論，不但無懈可擊，而且棉裏藏針，柔中含剛。只有馮潔等明白，他把賣人參的錢，少報了一百元；飽餐一頓，說成是「撮了兩頓」，目的是說明賣人參的錢，全部被「打發」光了。多虧馬繼革爺爺的冤案得到落實，不然，他絕對沒有勇氣站出來替別人承擔責任，今天真不知道如何收場。馮潔感動得幾乎落下淚來。

會場上鴉雀無聲，間或聽到幾聲低低的歎息。

馬繼革剛剛坐下，又站起來補充道：「說實話，我之所以主張買掉人參，也有一點客觀原因：既然有的人打到獵物，或賣或吃，全部歸了自己。人們挖了山菜，也用不著向隊裏報告，我便誤認為，山上的東西，誰得著歸誰。現在才明白，這樣做不太妥當。」

好一個馬繼革！他的以守為攻，竟然使申貴等，一時不知如何進行反擊。

「什麼——你們的錯誤，僅僅是『不太妥當』嗎？」楚勝終於找到了突破口。

馬繼革答道：「我們進城沒向隊長請假，難道能說是妥當？挖了人參，我領著他們到城裏換吃喝，難道能是妥當？早知道問題這麼嚴重，我肯定勸他們把人參交給申隊長。決不敢拿去賣了錢打發肚子。」

「不是交給我，是交公。」申貴臉色鐵青，粗魯地糾正。「人參跟天上飛的獵物不同，是長在公家山場上的，自然是屬於公家的東西！」

「我現在明白啦，下一次挖到人參，或者揀到金子，一定把它交給隊裏。」

「這是什麼問題？」楚勝又是一聲喝問。

「個人主義唄。」馬繼革毫無懼色。

「哼，說得好輕巧，這是走資本主義道路的大是大非問題！」楚勝見申貴在向他使眼色，不知道是制止他追問馬繼革，反而帶頭喊起了口號：「馬繼革不投降，就叫他徹底滅亡！」

喊聲甫歇，掛在西牆上的廣播喇叭，突然響了起來：

「特大喜訊，特大喜訊！各生產隊請注意：今天晚上十點整，偉大領袖毛主席有最新指示發表。各隊要馬上組織全體社員，集中收聽中央人民廣播電臺的重要廣播。然後組織大規模的遊行，以及各種形式的隆重慶祝活動！」

這段話，反復播放了三遍。

這些年來，偉大領袖毛主席經常在夜間發表「最高指示」。這是天大的喜事，不啻是一次全民的節日。從通衢鬧市到窮鄉僻壤，無不聞風而動，熱烈慶祝。申貴一聽有「特大喜訊」，立刻從地上跳了起來。儘管今天晚上準備批判的四件案子，只批判了三件，現在已經九點半多了，離聆聽最高指示，只剩下了不到三十分鐘，他只得高聲宣佈道：

「由於有最高指示發表，今天的會，暫時開到這裏。葛江、唐小龍、馬繼革、馮潔、潘光明等，聽候處理。賣人參和賣鳥的錢，要馬上交出來，不然，就從今年的分配中扣除。」申貴斜睨著劉漢喝道：「劉漢，你頂風而上，大開私荒的問題，性質十分嚴重，回去寫出檢查，是否再開批判會，看你的檢查態度而定。所有開私荒走資本主義道路的人，統統把私荒毀掉，全部收穫，一律交到隊裏。現在，回去準備紅旗、鞭炮等，聽完廣播，立刻遊行，慶祝特大喜訊！」

十八、跳大神與忠字舞

一

「貫徹偉大領袖的指示不過夜！」開始是命令，如今已經相沿成習。

「聆聽毛主席的偉大教誨，是人生最大的幸福！」僅僅過了二十分鐘，隊部的院子裏，已是嘈嘈雜雜，人頭攢動。除了不懂事的孩子，動彈不得的老人，全隊的男女老少，聞風而來，誰也不肯漏過聆聽最新的、最高指示的幸福時刻。

這時，廣播喇叭再次響了起來。先播放一曲《東方紅》，然後是一次又一次地強調，最高指示的最最正確，戰無不勝的巨大威力。一個剛勁而帶著咬舌子音的尖細女聲，高亢而激動地高喊：

「革命的同志們！無產階級革命派的戰友們！今天晚上，我們又將面臨一次最為幸福的時刻。我們將再一次沐浴在最紅最紅的紅太陽的溫煦之中。我們將再一次聆聽到我們最最偉大的領袖，我們心中最紅最紅的紅太陽毛主席他老人家的最新指示。他老人家最英明、最偉大的聲音，是三春的驚雷，滋潤禾苗的雨露。

戰無不勝的毛澤東思想，是活著的馬克思列寧主義，是馬列主義發展的最高階段。我們大家，一定要一百倍地擁護，一千倍地學習，一萬倍地落實！革命的同志們，我們幸福的時刻馬上來到了：請趕快整理好隊伍，嚴肅認真地收聽吧！」

咬舌子的高亢教誨，剛剛停下，《東方紅》的激昂歌聲再次響起。緊接著，一個渾厚而標準的男聲說道：「戰無不勝的毛澤東思想，是革命的法寶。我們要年年學，月月學，天天學。急用先學，立竿見影！下面，我們以十二萬分虔敬的心情，宣讀我們心中最紅最紅的紅太陽，我們敬愛的偉大的導師，偉大的領袖，偉大的統帥，偉大的舵手毛主席的最新指示。」略作停頓，渾厚的男聲以極其莊嚴、無比虔敬的語調念道：「偉大領袖毛……」

廣播聲嘎然而止。震耳欲聾的喇叭頭子，突然變成了啞巴！電燈明亮如舊，分明不是停電，也許是機器出了毛病？根據往常的習慣，機器出毛病會發出「吱吱啦啦」的聲音，現在卻是聲息全無！

至少等了十分鐘，「最新指示」，依然無聲無息。

「媽拉個巴子的！肯定是反革命破壞，把電線掐斷了！」申貴作出了判斷。「楚勝，你愣著幹啥？還不趕快領著呼口號，開始慶祝？」

「申隊長，還沒聽到『最高指示』呀？」楚勝站著未動。

「說的是呢，不知道毛主席指示了些什麼，慶祝啥呀？」有人在附和。

「混賬話！不管偉大領袖他老人家說的啥，反正句句是真理，一句頂一萬句，隆重慶祝還會有錯？再說，現在聽不到，明天早晨准聽到，跑得了它？馬上開始！」

楚勝答應一聲，帶頭喊起了口號：

「聆聽毛主席的偉大教誨，是我們的最大幸福！

「讀毛主席的書，聽毛主席的話，按毛主席的指示辦事！」

「……」

此起彼伏的口號聲，滾過山溝，越過環山，直向鉛灰色的夜空衝去。

緊接著，浩浩蕩蕩的大遊行開始了。

根據以往的規矩，每當最高指示發表，三隊社員不僅要游完本隊的五裏長溝，還要到臨近的二隊和四隊去，與他們共同分享又一次降臨的歡樂與幸福。

米蘭・昆德拉說過：「在權力把自己奉若神明的地方，便自然產生了他的神學；在權力以上帝自居的地方，便引起對他的宗教感情；世界可以用神學語言來描述。」

理智已經死亡，留下的只是宗教的狂熱感情！

一片烏雲遮天。下弦月不知隱藏到了什麼地方，眨著小眼睛的「北斗星」，卻照不清崎嶇狹窄而又彎曲不平的山路。口號聲聲，腳步雜遝，上百號人的遊行隊伍，難以保持整齊的隊形。眼下，手電筒堪稱是奢侈品，除了申貴、楚勝以及六個占了人參光的知青，其他等人很少擁有。幾支手電筒的光束，照不清羊腸小路。人們一步深，一步淺地摸索著前進。

在隊伍後面壓陣的申貴，靈機一動，也發佈了一條「最新指示」：全體社員唱著紅太陽頌歌，跳著「忠字舞」前進。

近年來，分散住在豹子洞五裏長溝的全體社員，一日三餐，都要集中在三個地方獻忠心，集體唱頌歌，念禱詞，跳「忠字舞」。儀式結束後，方能解散回家吃飯。有人住的遠，只得把飯碗端到祝禱地，等待祝禱完畢就地吃飯，以免耽誤了出工。在明亮的白天，和比較平坦的地方，大跳其忠字舞，並無多少困難。現在卻是伸手不見五指，又是行走在佈滿石頭崎嶇山路上。要想邊走邊跳，其困難可想而知。但是，跳「忠字舞」跟滿屋滿牆貼「忠」字一樣，是對毛主席忠與不忠的大是大非問題。沒有人敢猶豫，更沒有人敢說一個不字。

於是，人們放聲歌唱，邊唱邊舞。一道喜煞人的風景線，展開在漆黑的山野叢林間。每天早午晚三敬祝時，都要唱一遍的、那些表達心聲的歌曲，正參差不齊地在夜空裏激蕩。

天大地大，不如黨的恩情大。爹親娘親，不如毛主席親。千好萬好，不如社會主義好，河深海深，不如階級友愛深。毛澤東思想是革命的寶，誰要是反對他，誰就是我們的敵人！

大海航行靠舵手，萬物生長靠太陽。雨露滋潤禾苗壯，幹革命靠的是毛澤東思想。魚兒離不開水，瓜兒離不開秧，革命群眾離不開共產黨。毛澤東思想是不落的太陽！

親愛的毛主席，我們心中的紅太陽！我們有多少知心的話兒要對你講，我們有多少熱情的歌兒要對你唱……

「咚咚嗆，咚咚嗆！咚咚咚咚嗆！」鑼鼓在拼命地敲打。

「熱烈慶祝偉大領袖毛主席最新指示的發表！」

「戰無不勝的毛澤東思想萬歲！」響亮的口號聲響徹夜空。

接下來，又是高唱紅太陽，大跳忠字舞。在後面壓陣的申貴，從參差不齊的歌聲裏，忽然聽到幾聲不和諧的怪腔怪調。

「是哪個反動傢伙，不出個人聲？」他一面怒喝，一面用手電筒掃來掃去。

怪聲沒有了，又有人用哭音在嚎唱頌歌。

「哼！叫我捉住，我饒不了狗雜種！」這次，申貴只在心裏罵，沒有出聲。他打著手電筒急忙尋找，想把以嚎代唱的壞傢伙揪出來。可是，一切恢復了正常。他氣得狠狠罵娘：「媽拉個巴子的！莫非你們的親爹親娘死了？」

「撲通！」隊伍裏傳來一聲鈍響，分明是有人摔倒了。緊接著是一聲惡罵：「媽的，不長眼的屌石頭──絆了老子一個大跟頭！」

「磕倒了爬起來，媽拉個巴子的，嚎什麼？」申貴大聲呵斥。

剛剛過了不一會兒，又傳來一聲驚呼：「哎喲，媽呀！俺不能動啦，哪位行行好──快來幫幫俺吧！」人們聽清了，是楊滿倉的驚呼聲。

公社學習班的繩索和粱頭，給楊滿倉的左腿留下了殘疾。本來就一瘸一顛地走不穩，剛才被腳下的石頭一絆，一個跟頭栽倒，「骨碌」滾進了路旁的深溝裏。等到人們把他拖上來，頭被石頭碰破，臉被樹棵子劃傷，滿頭滿臉是血。他抹著臉上的血，狠狠罵起來：

「操他娘！黑燈瞎火，不讓人好好走路，偏得逼著跳忠字舞！慶祝最高指示又不是跳大神，用得著連蹦噠帶比劃！」

「嘿！說得好。這可真像是跳大神吶！哈哈哈……」人群中發出了一陣哄笑。

一道雪白的手電筒光，射到了楊滿倉血糊糊的瘦臉上。申貴已經站在了他的面前。這個屢次與自己為敵的傢伙，今天竟然當眾散佈惡毒的語言，煽動群眾鬧事！申貴不由怒火中燒，新仇舊恨一齊湧上心頭。他把手電光始終停在滿倉的臉上不移開，大聲獰笑道：

「嘿嘿！我說呢，別人沒有這份膽量，敢於公開誣衊最高指示和跳『忠子舞』。原來又是你這個一貫反動的傢伙！廣大革命社員都在無比虔誠地慶祝最新指示的發表，你他媽的卻頂風而上，乘機搗亂──真是狗膽包天！是可忍，孰不可忍？」

「申隊長，你少扣大帽子！莫非俺自己願意往深溝裏摔？俺的腿傷至今沒好，你又不是不知道？」

「放狗屁！我當然知道：你這個反動的傢

伙，裝病製造影響，伺機進行反革命破壞。你把慶祝最高指示的發表，誣衊成『跳大神』，何其毒耶！」

不知始於何時，東北地區流行一種名叫「跳大神」的驅鬼活動。誰家有了久治不愈的重病人，便把跳神的人請回來，酒肉招待，奉若神祇。吃飽喝足，擺上香案燭臺，請神驅鬼。跳神人多數是女性。她們披頭散髮，腰纏一串喇叭形的響鈴，手拿扁鼓，邊敲邊舞，口中念念有詞。手鼓咚咚，串鈴叮噹，香煙繚繞，囈語聲聲，煞是熱鬧。據說，一陣大跳大嚷之後，病人立即好轉，甚至痊癒。於是，這種驅邪治病的神奇儀式，一代傳一代，歷久不衰。

另一種祛病除災的良醫，名叫「眼光」。「眼光」家裏始終供著一碗清水。一年四季，每天更換，可能是為了保持「眼光」的清澈銳利。外出治病時，香案五供，頗為隆重。「眼光」對著供桌上的一個小瓶，用朱砂筆連連畫符，一面畫，一面燒，同時大聲叨念：「平中中，中中平，真情真情是真情。四面八方眾妖精：楊二郎，孫悟空，拿不住，不能行。咦喲喲喲喲！拿到南京高麗國，拿給北國蕭銀宗……」聽說，咒催符拘，靈驗無比。害人的黃鼠狼，蛇精，媚狐，冤鬼，枉魂等，立即被拘了來。「眼光」不失時機，立刻搖著捉妖瓶高喊：「來啦，來啦，快進去，快進去。不進去，就燒死！」接著燒上幾張符。等到妖魔鬼怪都進了瓶子，他高喊一聲：「好！」立即蓋緊瓶塞。命病家立刻拿到十字路口，挖坑深埋。邪祟全部被埋葬，病人立即痊癒。

直到「橫掃一切牛鬼蛇神」的文革風一刮，迷信活動被徹底掃蕩。但「眼光」仍在偷偷摸摸地進行。因為橫掃的喊聲再高，病魔照樣光顧食不果腹的鄉民。只有手鼓暴響，腰鈴嘩啦，大吵大嚷，招來許多人圍觀的「跳大神」，藏掖不得，無法轉入地下，從此銷聲匿跡。但那又跳又唱的熱烈火暴場面，仍然清晰地留在人們的記憶裏。難怪楊滿倉慌亂之中，竟把跳大神隨口喊了出來。

鬥轉星移，物換天改！現如今，是一顆紅心向太陽的時代。「忠、孝、仁、愛、信、義、和、平」等，歷來被視為傳統美德的金科玉律，大都成了大毒草、黑四舊，被「橫掃」得不見蹤影。惟有一個「忠」字，不僅長留人間，而且香溢神州。山溝裏每家每戶必須高插紅旗獻忠心。極目遠眺，無邊無際，一片「紅海洋」。對忠字的精僻凝結，是「三忠於」：忠於共產黨，忠於毛主席，忠於社會主義。那蘊於中而形於外的獻忠心活動不勝枚舉，大跳「忠字舞」，大唱「忠字歌」，大貼紅「忠」字。八億中國人，個個都成了歌唱家，舞蹈家。不論來到城市鄉村，家家的牆壁上，門板上，窗戶上，統統貼滿了各種式樣的「忠」字。有的是彩印大紅「忠」，背景是葵花向太陽，更多的則是大紅剪紙。機關工廠裏的大鐵柵欄門上，也都焊上了醒目的大紅「忠」字。觸目皆是的「忠」字，表達了人們的心聲，淨化了人們的靈魂，提高了人們的覺悟，鼓足了人們的衝天幹勁……

楊滿倉狗膽包天，竟然當眾將「忠字舞」跟跳大神相提並論，簡直是反動至極，不可饒恕！這一回，只怕是在劫難逃了。他正在忐忑不安地用衣袖擦拭臉上的血跡，申貴高聲命令道：

「革命的社員同志們，剛才，發生了一樁最為嚴重的反革命案件。大夥馬上到坎子上大榆樹底下集合，參加批鬥大會——對現行反革命分子楊滿倉批判鬥爭！」

二

直衝雲霄的大榆樹，位於豹子洞溝中部。樹身兩人合抱不過來，不知歷經過幾百年的寒暑風霜，至今依然枝葉繁茂。樹下有一片比較平坦的石板斜坡，春秋季節人們在這裏歇腳，盛夏則在樹陰下納涼。史無前例以來。這裏派上了新的用場，成了三隊四組每天三祝禱、獻紅心的聖地。今晚的批鬥會，就在這「聖地」上舉行。

楚勝帶領全體入會者祝禱完「萬壽無疆」和「永遠健康」之後，又念了幾條「最高指示」，然後領著喊起了口號。今天的口號，與往常迥然不同：

「楊滿倉誣衊跳忠字舞是跳大神，何其毒也！」

「楊滿倉破壞最新指示，罪該萬死！」……造足了聲勢，會議進入正式議程。申貴首先講了一通階級鬥爭的新動向，階級鬥爭的弦時刻不能鬆動等等，又對三隊的階級鬥爭形勢，作了精僻的分析。他搖動著紅寶書，沙啞著嗓子喊道：

「革命的社員同志們，貧下中農戰友們：你們說：大夥幹了一整天的活，哪個不累？為慶祝毛主席最新指示的發表，咱們受的累再多，也都心甘情願不是？」他拿手電筒環照一圈鴉雀無聲的會場，接著，無比憤恨地說道：「可是，楊滿倉這個反動傢伙，卻硬是逼著我們一個晚上開兩次批鬥會。這充分地證明，我們三隊，階級鬥爭的形勢是多麼的複雜尖銳！楊滿倉出身貧農家庭，又是共產黨員的兒子，為什麼會一步步走向反革命的道路，而且死不回頭呢？說明階級敵人正在瘋狂地跟我們爭奪年輕一代！楊滿倉這個一貫不學好，不務正業，思想反動的傢伙，自然首先被階級敵人選中做他們的接班人。因此，他便不遺餘力地為三隊的階級敵人，為國內外的反動派，為蘇修，為蔣介石盡忠效勞！」黑暗中有人低聲咕嚕了一句。申貴立刻大聲呵斥道：「什麼？無限上綱？告訴你們，這絕不是無限上綱，而是鐵打的事實！不然，誰敢在慶祝最新指示發表的時候搗亂？誰敢當眾誣衊跳忠字舞是跳大神？這不是反動透頂是什麼？偉大領袖毛主席教導我們說，『階級鬥爭，一抓就靈。』我們就是要抓住階級鬥爭的綱不放。楊滿倉，你老實交代，為什麼這麼倡狂？」

「申隊長，你說的一套又一套，可都是無中生有！」楊滿倉斜著身子對著申貴，「俺打心眼裏擁護毛主席還擁護不完呢，咋會誣衊他老人家？俺是掉進溝裏摔疼了，隨口一說。可俺並沒說，跳忠字舞是跳大神。俺是說，慶祝最高指示發表，用不著黑燈瞎火，像跳大神似地跳來跳去。俺不過是打個比方。怎麼，打比方也不行？毛主席明明是人，不是紅太陽。我們為什麼整天說他老人家是『紅太陽』呢？那不也是打比方……」

「啪啪啪！」申貴左右開弓，兩隻大巴掌雨點似地搧到楊滿倉的臉上。「哼！獵槍打鳥，鞭杆制驢！對你這種反動透頂的傢伙，就該狠狠地揍。你他媽的不但不認識罪行，竟然繼續放毒：我們偉大領袖毛主席，明明是最紅最紅的紅太陽，你他媽的竟敢說是打比方！媽拉個巴子的！兔子給老虎拜壽——自己找死！革命的同志們，我們能答應嗎？對，不能答應！大夥一齊猛打猛衝，給我狠鬥這個現行反革命！」

楚勝再次帶頭喊起了口號。喊得嗓子嘶啞了，轉身按下楊滿倉的頭，彎腰撅腚坐起了「噴氣式」，同時從後面狠踢他的腿彎。踢倒了，再拉起來……

楊滿倉滿頭是汗，始終不再開口。申貴一再鼓動社員們衝鋒陷陣，但卻沒有人站出來「衝鋒」，也沒有人肯跳上前「陷陣」。除了王敢先，牛石頭，老貧農孫老斗等，罵了一陣子「囂張」，「惡毒」，「反動」，「死路一條」之類，其他的人，不但成了一聲不吭的啞巴，會場裏還東一聲，西一聲，傳來了鼾睡聲。

沒有前赴後繼的回應者，只有兩三個勇士在衝鋒陷陣，批鬥大會冷了場。

眼下，學習班轟轟烈烈，遍地開花。鬥爭會一個接一個，勝過雨後春筍。不定啥時候，就會輪到自家頭上，眨眼之間，成了與「人民」無緣的階級敵人！人們哪裏還有興致去「猛打猛衝？沉默形同反抗，畏縮無異於同情。這是領導者最不願意看到的情景。申貴恨不得把那些「啞巴」一個個都拖過來，抽上幾耳光，以打掉他們的「畏敵情緒！」

參星斜向西南方，早已過了午夜時分。

申貴已經主持過兩個批鬥會，又遊了大半條溝，再加上忙裏偷閒，會前跟白豔忙活了一陣子，此刻，早已頭昏眼澀，疲憊不堪。看看再鬥爭下去，說不定會鑽出個愣頭青，幫著階級敵人說話，再捅個不大不小的漏子，只得宣佈散會。但卻命令將楊滿倉押到隊部，由民兵嚴加看管，等候處理。

第二天，申貴命楚勝帶領王敢先、牛石頭，把現行反革命分子楊滿倉，與開私荒的中農分子劉漢一起，送進了大隊毛澤東思想學習班。

劉漢當過十多年煤礦工人，六二年單位下馬，他下放來到三隊當了社員。這個習慣跟深洞黑炭打交道的中年漢子，始終看不慣申貴作威作福、頤指氣使的惡霸作風。別人對申貴恭而敬之，他不但洋洋不睬，甚而公然在太歲頭上動土，瞅准了機會回敬幾句。今年春天，他就違背申貴的意志，偷偷幫著陶木匠逃走。從此，雪上加霜，更加惹腦了土皇帝，當眾罵他「包庇壞人」。不然，快五十歲的人啦，在井下幹活時，腰腿就落下風濕症，咋會被派去修水電開山洞呢？社員們紛紛猜測，劉漢此番進了學習班，只怕難以全尾全鱗地回來。

那個認死理的楊滿倉，更是申貴的眼中釘、肉中刺。他以「組織暴動」的罪名，被送進學習班「學習」過一次，左腿留下了傷殘。不然，也不至於被石頭一絆，就滾進溝裏，跌得頭破血流。但他至今沒有接受教訓。據說，他姐姐不往高枝上攀，死活不願沾申家的光彩，主要是他在背後搗蛋。申貴早就對他恨得牙癢癢，一心想整他個燕子不吃食。正發愁找不到正當的理由，他卻情急失言，自己往槍口上撞。那後生，已經瘸了一條腿，此番「二進宮」，怕是要徹底交代啦！

三

雪上加霜，越渴越給鹽吃！聽到兒子被抓走的消息，本來強撐著病身子的柴七多，一頭栽倒，暈了過去。過了許久，方才蘇醒過來。

一九五八年大躍進、大煉鋼鐵之後，隨之而來的那場大饑荒，已經大大損傷了她的健康。眼下，僅有的一點口糧，照顧三個男勞力尚且半饑不飽。足足有半年之久，幾乎一粒糧食都沒有進到她的嘴裏。聊以活命的，只有野菜和樹皮。半夜裏，餓得睡不著，爬起來就著蘿蔔鹹菜喝涼水。跟大多數人一樣，從此得了水腫病。饑餓生百病。她於浮腫之外，又添上了被稱做「餓癆」的哮喘病。已經十多年啦，病情一天比一天加重。閨女是娘的連心肉。自從雪花失蹤，活不見人，死不見屍。漫漫長夜，伏枕拭淚。擾人的秋蟲嘶鳴，一聲比一聲清晰，像在傳遞著不幸的消息。心口憋悶，喉頭發癢，咳嗽連著咳嗽，老黏和滿囤倒替著給她捶背，也難以使她平靜地入睡。只得拿枕頭抵在胸前，坐待天明。現在最疼愛的小兒子滿倉，又被抓走，叫她如何支撐得住？

喘息聲聲，湯水不進，她匍匐在枕頭上閉目等死。

只會用歎息表達感情的「楊老黏」，在鬥爭兒子的大會上，一聲沒敢吭，彷彿鬥爭的不是自己親生的小兒子，而是一個陌生人。回到家裏，一坐下來，頭挨著褲襠，靠著牆旮旯喘粗氣。

跟老爹性格極其相似的大兒子楊滿囤，在鬥爭會上坐立不安，始終不敢近前，恨不得找個石頭縫鑽進去。他覺得，挨鬥的不是自己的孿生兄弟，而是他自己。但他還得一遍遍地跟著舉拳頭，喊口號，幫著把自己的一母同胞「打翻在地，再踏上一萬隻腳」！

不幸，他的表現，被目光銳利的申貴全看在眼裏。哼！表面上像只小綿羊，怎麼喝呼怎麼是，實際上，階級立場一貫不穩。今天晚上，階級鬥爭如此激烈，他仍然是一派溫情主義。這種人，咋能再讓他繼續留在領導圈子裏呢。第二天他的副隊長便被撤了，重回大圈當飼養員，跟瘦豬們打交道去。副隊長職務，則由富有革命精神的民兵排長楚勝兼任。立場堅定、敢打敢衝的王敢先，則升任了民兵副排長。

一連許多天，滿囤垂頭耷拉角，一聲不吭，滿臉哭相。只有歸他侍候的三頭瘦豬，一天到晚，總是圍在空蕩蕩的石頭槽子旁哼唧不止。彷彿知道他的苦楚，爭著為他消愁解悶。他的媳婦朱大妮，屋裏屋外地走著，大聲叫嚷著給男人鳴不平。罵完了申貴「不長人腸子」，又罵楚勝「眼饞搶權」。直到被男人狠捶了一頓拳頭，方才躲到牆犄角裏抹眼淚。哭餓了，摸起菜窩窩大啃大嚼。嚼完了，跑到山坡上捉那些被嚴霜打蔫的螞蚱，回來放到灶坑裏燒著吃。

哭天天不應，叫地地不答。老冬全家，再一次被拋進苦水河裏，掙扎不出……

正在這時，山裏紅又一次大步流星地來到了楊家。

自從曾雪花失蹤後，隔三差五，她總要「順路來坐坐」。給柴七多捶捶背，安慰一番，勸她不必為女兒的安全過分擔心。看到柴七多失魂落魄、痛不欲生的樣子，難過得直流眼淚。有好幾次，她差一點把知道的秘密說出來。現在，看到老人出氣長，進氣短，病體越來越沉重，擔心要出事，勸慰了幾句，抹著眼淚走了。

過了不大的功夫，她端著一隻樹皮笸籮，送來了十個雞蛋。像在自己家裏一般，她把鍋里加上水，蹲到灶前架起火，煮上四個荷包蛋。不一會，便把荷包蛋端到了老人跟前。

「大嬸，俺沒有稀罕東西孝敬你，你把這幾個雞蛋吃下去，病會好一些的，」

「你二嫂，你不必費心——俺吃不下。」老人閉目喘息，聲音微弱。

「大嬸，俺跟你不止說過一遍：雪花妹妹是個明白人，絕不會走窄路。俺保證，她在外頭，有活幹，有飯吃。你咋就不相信哪？」

「這麼說，你真的知道，閨女還活在人世上？」

「那當然。」畢仙脫口而出。

「你是咋知道的呢？」老人吃力地抬起頭望著她。

「俺，瞎琢磨唄。」她只得連忙掩飾。

「唉，你也是瞎琢磨！」老人重重地伏到枕頭上，「你二嫂，你說，俺們的命，咋就這麼苦呢？咳咳咳……」咳嗽了好一陣子，老人迷惘地望著黑呼呼的牆壁，有氣無力地說道：「俺這一輩子，總共嫁過四個男人。前面那三個，俺和孩子跟著倒楣，怨他們是偽軍，富農，盲流。可，老黏哪？老貧農，老黨員，立過功，當過人民代表。為啥，俺們還是跟著，跟著他遭這份罪哪？你說，老天爺這是咋啦？當初，俺們家倒楣，怨風水不對。可，俺們調了苞米倉子，改了圈坑，總該合了風水吧？為啥還是這麼命苦呢？咳咳咳……」

「大嬸，別盡想那些倒楣的事嘛。」畢仙近前給她捶著背，「俺保證你的閨女好好的活著。兒子也沒有大不了的事——過幾天就會回來的。」

老人伸出枯瘦的右手，抓著畢仙的胳膊，「唉！閨女要是真的活著，回來叫俺看上一眼，俺死了也甘心啦。」

看樣子，曾雪花再不回來，就見不著娘啦。熱淚流下了畢仙的雙頰。她把頭扭到一邊揩眼淚，一面柔聲勸道：

「大嬸，您儘管放心。他們姐弟兩個，保證都不會有大閃失。」

「唉！滿倉，滿倉！誰不好惹，你咋就偏去惹那……上一回，差點被折騰死，這一回，只怕是……」老人哽咽了許久，忽然抬起頭，哀求道：「你二嫂，俺求你一件事，行嗎？」

「看大嬸說的。只要俺能辦的，用得著求？」

「你替俺們求求申隊長，大人不見小人怪——饒了俺們滿倉。行嗎？」

「嗯，俺試試看吧。」畢仙回答得很吃力。「大嬸，雞蛋快涼啦，你老人家趁熱吃上吧。」

「俺實在吃不下——俺不行啦。」熱淚從老人佈滿皺紋的雙頰上，滾滾而下。「要是能在閉眼之前，哪怕，只看上他們，姐弟倆，一眼，俺死……也閉上眼啦。」

「你不吃，俺吃！」不知什麼時候，朱大妮來到了身邊。伸出一隻大手，從炕上把雞蛋碗端了過去。

「朱大妮，這是給老人吃的，你怎麼能端走呀？」畢仙伸手想奪回雞蛋碗。

「她有病吃不下，俺來替她。」朱大妮麻利地走到外間，三下五除二，把四個荷包蛋，吞了下去。把空碗放到鍋臺上，哼著小曲，向河邊走去了。

畢仙狠狠剜了她一眼，無可奈何地長歎一口氣。又勸慰了老人一陣子，她抹著眼淚往外走，到鍋臺上拿樹皮笸蘿時，裏面的六隻雞蛋也不見了。她氣得朝著坐在河邊玩水的傻婆娘，忿忿罵道：

「朱大妮，你個饞豬！雞蛋是俺送給你婆婆吃的，你不拿出來，看我不告訴楊滿囤揍扁了你！」

朱大妮笑道：「告訴他更好——那些雞蛋，俺給他留著哪。」

四

第三天上燈以後，曾雪花忽然回到了久別

的家。

「娘，俺回來看你老人家啦。」她撲到炕上，抱著老娘哀哀地哭著，「娘，你怎麼病成這個樣子啦？」

柴七多瞪大了雙眼，彷彿在觀察一個陌生人。過了許久方才問道：「孩子，山裏紅說的不假呢，你真的沒走窄路？」

「娘，俺這不是好好的嗎？」

「孩子，這兩個多月，你到哪兒去啦？」

「俺找了個地方幹活，有飯吃，還發工資。俺是記掛著你，特地回來看你。天明以前，俺還得回去。要不，准落在那個黑閻王手裏！」

「怪不得，沒有餓瘦呢，感情有好心人收留你呀！」老人久久撫摸著女兒的臉，彷彿撫摸一件即將失掉的寶貝。「好哪，有貴人扶持，娘就放心啦。當初，娘勸你嫁申衛彪，是怕得罪不起那閻王爺。沒想到，他對咱們家這麼歹毒。以前都怨娘糊塗，不是你自己的主意拿得穩，早給那狼崽子做了媳婦。」

「哼！俺恨不得殺死那個害人精！」

「孩子，可不興說那些犯忌的話！」觳觫在炕梢上的楊老冬低聲咕嚕，「唉，唉！你還嫌，嫌乎，惹的亂子不夠嗎？」

「孩子，你叔說的是：在人屋簷下，不敢不低頭。咱惹不起，躲得起。快躺下歇一會兒。天明前，趕快回去。再落到那閻王手裏，可就沒救啦。」一見到閨女活著歸來，柴七多說話的力氣大了許多。

「娘，你真好！」雪花緊緊抱著老娘，同時把一個紙包塞到她手裏，低聲說道：「娘，這個紙包裏有四十塊錢，是俺兩個月的工錢。你留下二十塊，買點吃的。剩下的，悄悄送給趙魁，教他好好治病。跟他說，不管多麼久，俺都等著他。等他病好啦，俺們就結婚。」

「哼！做夢娶媳婦——盡想美事！」窗外忽然傳來了呵斥聲。

話音剛落，「哐噹」一聲響，屋門被踢開

了，幾個人蜂擁而入。

不知是山區風俗好，還是人窮賊也嫌，這裏的人家，門上很少有鏈扣、門環之類，自然更沒有明鎖暗銷。用柴拌子架起來的院牆，根本沒有關裏所謂的街門或大門，充其量，是兩扇木柵欄門。因此，鎖頭之類，不但成了奢侈品，還會招來「臭擺」、「遒洋相」等譏諷。一根繩子，一隻釘子，便是屋門、房門的全部安全設施。擋風，擋野獸，擋豬羊，擋雞狗鵝鴨，卻不擋人。楊家的屋門上，同樣只掛著一根繩扣，所以，禁不住專政隊員輕輕地一腳。

首先衝進來的是楚勝。在他的身後，緊跟著王敢先和牛石頭。

「曾雪花！狗東西，看你再往哪兒跑！」

楚勝大吼一聲，伸手從炕上拖下曾雪花。不由分說，命令兩個民兵架起來就走。

「你們憑什麼隨便抓人？」曾雪花一面高聲喝斥，一面用力掙扎。

沒有人在乎她的抗議。四隻賽過虎爪的大手，哪裏容她掙扎出去。她被徑直揪到了隊部辦公室。

申貴早已候在那裏，一看逃犯抓到，立刻進行審問。拍桌子，瞪眼睛，逼著她交代，跑了如此長的時間，究竟藏在哪裏？

除了怒目而視，曾雪花什麼也不回答。大半夜審訊，勞而無功。

第二天，申貴對著喇叭頭子，向全隊宣佈了一個「重大決定」：由於曾雪花兩個多月不請假，無故曠工，擅自到外地串聯，不但嚴重地破壞了「抓革命，促生產」，而且有著重大的反革命嫌疑。尤為反動的是，她公然聲稱，要殺死革命領導幹部——何其毒也！因此，自即日起，關進本隊的「毛澤東思想學習班」，交代罪行，直到把問題搞清為止。看守曾雪花的任務，則由辛永紅帶領知青錢紅衛、何愛軍和貧農的女兒沙小苗四人負責。

申貴同時宣佈：鑒於潘光明故意裝病，製造了一系列極壞的影響，給共產黨的臉上抹了很多黑，本應從嚴懲處。但考慮到他的身體狀況，不派他去水電站勞動，派他和馮潔一起，到活兒輕快的水庫工地，一面勞動，一面改造思想。

為了改天換地、描繪最新最美的圖畫，幾年來，縣上修水電站，公社修水庫，生產隊則爭先恐後修大寨田。到水庫工地勞動，比去水電站開山打洩洪洞危險小，但並不輕鬆。白天爭上游，晚上奪紅旗。挖沙，開山，挑土，抬石頭……就是吃得飽撐撐的大壯漢，也難以長久支持，何況是兩個瘦弱的男女。工地廣播站的豪言壯語，絲毫不能減輕轆轆饑腸的急遽翻騰，病號和傷員，每時每刻都在增加。到這些地方勞動，無異於勞改。難怪，水庫工地變成了各級幹部懲罰「搗蛋」社員又一個有力的武器……

申貴的最新指示，幾乎使柴七多驚暈過去。兩個多月音信全無的女兒，忽然健康地推門歸來。她緊緊摟著女兒，正打算把窩在心裏一籮筐的話，統統向女兒傾訴。鼓勵女兒繼續在外面躲難，直到申衛彪找上媳婦再回來。到那時，申家就不會再打她的主意了。不料，三句話沒說完，閨女突然被抓走，又一次落到了申貴的手裏。這一回，只怕難以逃出魔掌啦！

病入膏肓的老人，哪裏經受得住接踵而來的打擊，胸口疼得像被狠狠剜了一刀。她覺得，只怕永遠也看不到滿倉成家，雪花跟趙魁花紅表裏，雙雙入洞房那一天……

胸口一陣陣絞痛，喘氣越來越吃力。彷彿嗓子裏塞進了一大團棉花。她張著大口，用力喘氣，那口氣，只在嗓子眼裏打了個旋兒，立刻返了回去。她知道自己沒有幾天活頭了。唉！死了，死了！活著，除了挨餓受罪，又有啥用場？難道能救出兩個無辜的孩子？這年月，莫說是一個女人，就是蹋死龍鏟死虎的大男人，不都是乖乖地聽從人家擺佈？又有哪個能夠給老婆孩子遮得風，擋得雨？她恨不得朝窗臺上一頭碰死。

不，不！眼前不能死。給趙魁治病的錢，還沒送去呢。那苦孩子是閨女的命根子，他要是有個好歹，閨女也就活不下去了！她想趁著還有口氣，趕快把錢交到趙魁手裏。可是，她實在沒有力氣走到趙家去。老頭子跟兒子滿囤，已經嚇掉了魂，她不敢依信，叫朱大妮知道了，更得給傳個滿溝滿隊。萬般無奈，只得自己去完成閨女的囑託。

摸過滿倉拄許多日子的那根棍子，她雙手拄著，一步一唉哼地朝外挪。趙家就在小河西邊，不過半里之遙。過了河，爬過一個小坎就是。要是在平時，眨眼的工夫就到。現在覺得，遠得像在天邊。她一步一挪，好歹挪到了小河旁。站下來，打算喘息一陣子再走。又怕被人看見，急忙抬步往前走。

她終於踏上了三根木頭搭起的小木橋。小河只有五六步寬，卻四季長流。不知為什麼，往日嘩嘩流淌的河水，今天卻一動不動。腳下的小橋，反倒急速地向後移去……

這是咋回事？她正想看個明白，眼前一陣黑，「撲通」一聲，一頭栽到了橋下！河水不過二尺深，不偏不倚，他恰好落進水裏。她拼命掙扎，想爬出水面。可是，身子重得挪不動。她想喊救命，一大口冰冷的河水，灌進了肚子裏。不一會，便伸腿不動了……

等到有人發現，柴七多早已淹死大半天啦！

人們給她穿送終的衣服時，發現她的懷裏揣著二十元錢。

五

劉漢在馬虎嶺公社毛澤東思想學習班上只呆了三天，便「勝利結業」。

釋放前，負責學習班的雷鳴，跟他談了話。這位不久前升為縣革委委員的負責人告訴他，鑒於他對錯誤有所認識，雖然還極不深刻，但確有悔改的表現。決定對他寬大處理：

回到隊裏一面勞動，一面繼續加深認識。劉漢表面虔誠，唯唯而應，內心卻嗤之以鼻。頭一天，有個看守私下告訴他，經過初步統計，全公社開私荒的，不下三百多家，實際上還要多得多。因為有不少隊幹部，體諒社員們挨餓的滋味，故意少報甚至隱瞞不報。眾人無罪。他這個因為三十棵南瓜犯下「走資本主義道路罪行」的「壞傢伙」，便被「寬大」了出來。

可是，楊滿倉卻闃無消息。

直到一個月後，他才被押送回來。人，瘦得脫了相，一隻眼睛瞎了，手裏多了一根棍子，頭上多了一頂帽子：現行反革命分子！

人們的猜想應驗了：「二進宮」的愣頭青，果然受到了無情的懲罰。老貧農，老模範，老黨員，老代表的兒子，成了名正言順的階級敵人！

無產階級專政的無比威力，再一次震撼了整個馬虎嶺公社！

為了慶祝與階級敵人生死搏鬥所取得的偉大勝利，申貴除了在廣播喇叭上反復闡明，勝利來之不易及其深遠意義外。還特地召開全體社員大會，楊滿倉被押到會場中央，跪地示眾，以教育所有「心懷不滿，圖謀不軌」的人。申貴並且鄭重宣佈：楊滿倉由生產隊監督勞動，不得曠工，不得外出。每天凌晨，在社員出工之前，要把整條溝打掃一遍。然後在牛石頭等基幹民兵的監督下，去修大寨田。每天晚飯後，要到書記家裏，當面彙報當天的思想改造情況。每隔十天，還要寫一份書面檢查。

曾雪花的境遇，卻與異父同母兄弟截然不同。雖然「態度惡劣，拒不交代自己的滔天罪行」，至今仍然被關在學習班裏，形同囚犯，但卻沒有吃多少苦頭。關押多日，竟然不審不問。對於她的「罪行」，申貴似乎不太感興趣。

曾雪花被四個看守、晝夜兩班牢牢盯住，不得越出房門一步。但除了辛永紅始終滿臉冷霜，吆吆喝喝，不斷地敲警鐘，提醒她「頑抗到底，死路一條」。其餘三個人，不但對她和顏悅色，還偷偷地勸慰她，甚至給她透露一點外面的消息。她最為記掛的是母親的身體，擔心已經十分沉重的病體，經不住接踵而來的數重打擊。

小隊辦的學習班，不同於大隊和公社，要由家裏送飯。今年土豆豐收。入夏以來，家家過土豆的日子：上頓土豆，下頓土豆。一連好幾個月，土豆成了社員活命的主要美食。無奈，男勞力異口同聲地叫喊：「吃那玩藝不換樣，拉屎容易，幹活卻沒有一點力氣！」

朱大妮每天兩次來送飯，卻不准見大姑姐的面，只能把盛土豆的柳條籃或者盛著小碴子熬山菜的泥缽，交給看守接進去，自己待在房外等候。

胃口健全、神智低下的傻婆娘，不知是受了丈夫的指點，還是接踵而來的不幸，給她注入了智慧和膽量。有時，竟然站在窗外大聲吆喝：「姐姐，使勁吃飯。別怕那壞東西，咱沒有不是，怕啥？糟踐壞了身體，找不著個好女婿吶！」

傻子說出正常人的話，曾雪花感到異常，隔著窗戶連連答應。有好幾次，她向窗外問道：「大妮妹子，咱娘好嗎？」

對方的回答，卻是猶猶豫豫：「唔……沒大事。」

這反倒引起了曾雪花的懷疑。

今天，她換了問話的方式：「大妮妹妹，咱娘還能坐起來吃飯嗎？」

「……不能。」

「那是躺著吃？」

「……也不是躺著吃。」

曾雪花聽出了破綻：「大妮，你跟俺說實話——咱娘到底是怎麼啦？」

「姐姐，咱娘，嗚嗚嗚……」傻婆娘的哭聲回答了一切。

晴天霹靂！曾雪花當即暈了過去。親娘死了，竟然不讓親生女兒發喪。而關押的地方，離她家不過一里路！咫尺天涯，生死兩不知！

「你們，喪盡天良——長的是一顆狼心！」蘇醒過來後，她的第一句話便是痛罵。

生活在偏僻山溝裏的姑娘，哪裏會知道，就是在繁華的大都市，這樣「喪天良」的事，每天不知發生多少起。有的夫妻被關在一座樓的地下室裏，相隔不過十幾米，丈夫死了，妻子渾然不知。直到子虛烏有的罪名得到落實，走出黑房子，見到丈夫的遺物才知道，早在兩年之前，丈夫就「畏罪自殺」了……

「畏罪自殺」，如今成了風靡神州的流行病，是無須結案的結案妙論！

人們的神經已經被磨鈍，同情和憐憫不但早已被遺忘，而且成了不可饒恕的逆行甚至犯罪。只有漠視甚至笑對他人的不幸和死亡，才是堅定的革命精神。難怪熱烈火暴的噬血高潮，至今仍沒有低下去的跡象。放眼四顧，到處充斥著橫禍加身，卻不敢歎息，不敢皺眉，更不敢吐一個「冤」字的「異類」！

只有暴力，沒有反抗。

這是一個遍地羔羊的時代。但勇士們依然不放心。他們左手拿著皮鞭，狠抽牛屁股；右手揮舞著鋒利的屠刀，向著堅硬而尖利的牛角發出冷笑……

曾雪花終於被錢紅衛和何愛軍勸得止住了哭泣。

何愛軍歉歉地說道：「雪花，中隊長宣佈：誰走漏了消息，要受嚴厲的處分。我們才不敢把這件大事告訴你——實在是沒有法子呀。」

「我倒不怕那傢伙給處分，」錢紅衛補充道，「處分更好：開除社員籍，趕回老家，求之不得！我是怕你承受不了。失掉自由，已經不是人受的滋味，再遭受失掉母親的打擊，真怕你，一時想不開。」

「誰也不敢違抗命令，你們並沒有錯。」曾雪花很體諒兩位看守的難處，「但不知俺娘是啥時候老的？」

「唉！『五七』都過啦。」何愛軍雙眼滾動著淚花。「雖說是，人都免不了一死，可……」

「俺娘是怎麼死的？」曾雪花聽出了弦外之音。

「你娘死得太慘——她是掉到河裏淹死的。」錢紅衛吐了實言。

曾雪花不解地問道：「俺娘病的那麼重，還去河上洗衣裳？」

錢紅衛長長地歎口氣：「哪兒是去洗衣服呀，是從橋上過，掉下去的。聽說你娘死了，懷裏還揣著二十塊錢哪。看樣子，像是去買東西。」

「娘啊，是俺害死了你老人家呀！啊啊啊……」曾雪花捶胸搗牆，大哭不止。一切全明白了，娘是為了去給趙魁送錢，方才掉進河裏淹死的。是自己的囑託，害死了臥病在炕的老娘！

心如刀絞，肝腸寸斷！她恨不得一頭碰死，追到另一個世界，向老娘賠罪。無奈，這是不可能的。她惟一能做的一件事，就是到母親的墳上，哭求老人的寬恕。於是，她要求兩位看守，替她請假：到娘的墳上看上一眼。

錢紅衛自告奮勇，去給曾雪花請假。

「哼，想得倒美！告訴那個不識相的東西，不徹底轉變態度，認清光輝前途，別想撈到走動一步！」申貴的右手食指，幾乎戳上錢紅衛的額頭，「哼！你們喪失階級立場，走漏消息，不考慮自己應該受的嚴厲處分，還來給她請假——昏了腦袋瓜子啦？媽拉個巴子的！你們幹著不操心、不費力的差事，還給我捅漏子。要是自在夠啦，跟馮潔、潘光明一樣，到水庫工地上自在去！」

「你不准就算了，洩密與俺們無關！」錢紅衛「哼」了一聲，扭頭就走。

錢紅衛回來把情況一說，何愛軍氣得半晌沒吭氣。

「親娘呀！是俺害了你呀！俺是個罪人

呀！啊啊啊……」曾雪花一聽，再次伏在炕上痛哭。

「別瞎說！你哪兒來的罪過？」錢紅衛粗魯地說道，「醉翁之意不在酒。他念念不忘的，是你這豹子洞的一朵花。他求爺爺告奶奶，仍然沒給他那寶貝飆兒子找上個有人模樣的老婆，方才處心積慮要把你弄到手。不然，你會光被關，不受刑罰？」錢紅衛越說聲音越高，「雪花，冤有頭，債有主。眼淚救不了你——應該學會恨！」

「錢紅衛，你瞎說啥呀？」何愛軍警惕地望著窗外，「雪花已經夠痛苦的啦，你別再鼓勵她惹事啦。」

「哼！禿子頭上的蝨子——明擺著。我說的是實情。要是我呀，不會綿羊似的在這兒情受——以前能躲，為什麼現在不能走人？嫁個拖鼻涕的半飆子，還不如死了爽快！」當過造反派頭頭的錢紅衛，忽然來了當年的造反精神。

「走？走了看管對象，我們咋辦？不想吃那三兩包穀啦？」何愛軍急忙反對。

「何愛軍，你要是害怕，就找個藉口躲開。」錢紅衛認了真，「為了搭救受欺凌的階級姐妹，我甘心一個人承擔罪責！」

何愛軍臉紅了，喃喃答道：「誰不想幫助受欺負的階級姐妹呀。」

錢紅衛的話，提醒了曾雪花。

自從進入學習班之後，一開始，她誤以為只是因為自己不告而別，破壞了「抓革命，促生產」，申貴乘機打擊報復。不料，他們一再指出的「光明大道」，仍然是作申家的兒媳婦！看來，自己不就範，申貴決不肯甘休。錢紅衛說得對，要是不想辦法逃出魔掌，不知還有多少讓人心驚膽顫的詭計在等著自己……

一陣寒潮掠過後背。她抬起頭說道：

「謝謝你們的關心。放心吧，俺決不會連累你們。」

當天夜裏，值夜班的辛永紅一覺醒來，發

現負責看守的「學員」不見了。一開始，認為是去了廁所。等了一陣子，仍然不見回來，覺得事情不妙。急忙推醒沙小苗，兩人一起到外面去找。院子裏，廁所裏，房前，房後，拿手電筒照著找了個遍，哪裏還有個人影？

曾雪花逃走了！

學習班的規矩，兩名看守只准輪流睡覺。辛永紅見曾雪花雖然始終不認罪，卻從來不給看守添麻煩。一天到晚，沉默不語，面牆而坐。有時，兩個看守同時睡著了。她悄悄起夜，悄悄地返回，絲毫看不出有逃跑的跡象。今天晚上，輪到她帶領沙小苗值夜班，她讓沙小苗先睡，自己值上半夜，以便後半夜睡個安穩覺。可是，坐了不久，她就覺得頭暈目眩，渾身酸疼，便躺下去休息。反正，即使睡著了，也不至於出啥事。何況，看管對象被擋在炕裏邊，一有動靜，就會聽見。想不到，睡得這麼死，「學員」逃跑了一點沒察覺！

「可恨的曾雪花，早不跑，晚不跑，單單選在俺當班的時刻跑！」她咬得牙齒咯咯響，扭頭向沙小苗大罵：「死豬！聾漢！沒有警惕性的廢物！莫非你也得了要死的病，連個鬼女人看不住？」

沙小苗被罵了個七進七出。懵懵懂懂醒來，嚇得只是哭。白豔罵累了，只得去向申貴報告。

「媽拉個巴子的！你是幹什麼吃的？」一聽完她的報告，申貴忽地從炕上爬起來，破口大罵，「小白豔，你辜負了我對你的信任！你認為真的是找不到個替換你的人？我是對別人不放心。你他媽的可倒好，拿著我的大事當兒戲，捅出這麼大的漏子！給我放走了人，我唯你是問！」

「俺承認，是俺失職。」白豔嚶嚶抽泣，「可，俺白天當醫生，晚上當看守，莫說是害上這麼重的病，就是一個健康人，吃得消嗎？俺之所以不辭辛苦，一身二任——不都是為了你？」

「那也是我對你的信任嘛。」申貴軟了下來。

「信任，也不能不管別人死活呀。」她拉下了臉，「俺這一身病，哪來的？山參弄不到，也該想別的法子呀，整天流紅流白的，不把人流死才怪呢！你可倒好，只關心把兒媳婦弄到手，心裏有旁人嗎？」停了一陣子，她哀怨地說道：「也是呢，俺不過是個外人，病死累死活該，哪有親兒媳婦要緊哪！」

白豔的以攻為守，立刻奏效。申貴把她拉到身邊，握著她的手，和顏悅色地勸道：

「好啦，好啦，別難過啦。跑了人咱們想辦法嘛。再說，老虎還有打盹的時候呢，何況你的身體又不好。這樣吧，你再受點累，趕快去通知楚勝和王敢先，叫他們馬上帶領民兵，分頭追趕。量那狗日的跑不遠！」

六

天黑如漆，山路崎嶇。

剛跑出關押室不遠，曾雪花腳下一絆，狠狠摔了一交。左膝蓋一陣劇痛，她幾乎喊出聲來。掙扎了好一陣子方才爬起來。多幸，後面沒有人追趕。她放慢了腳步，一瘸一踮地向趙魁家跑去。

趙家柵欄院牆上的一扇木柵欄門，早已歪倒在一邊。她徑直走進去，推推屋門，已經掛上了繩扣。伸手到裏面摘下繩扣，輕輕地進到屋裏。剛走近房門口，一個男聲突然問道：

「誰？」是趙魁的聲音。

「是俺。別開燈。」她低聲吩咐。

「你，怎麼來啦？」趙魁坐起來，懵懵懂懂。

「俺來跟你商量件事。」她喘息著答道。

「是他們批准，叫你來的？」

「咱們自己的事，咋用得著別人批准？」她俯身向前焦急地催促：「快起來，跟俺走！」

「去哪兒？」

「你別管，自然有去的地方。」

「不。雪花，別再惹亂子啦！」趙魁坐著不動。

「怎麼？你變卦啦？你不是說，死活不變心嗎？」

「雪花，吃了那麼多的苦頭，難道你還沒明白過來：這年頭，哪兒有『狗崽子』安身的地方？那不是自找麻煩嗎？」

「難道我們依依等著被拆散？」

「莫非你還相信，咱們能有幸福的那一天？」

「當然。所以俺才約你跟俺走。要不，只有等著被折磨死！」

「唉，死有啥好怕的？」趙魁扭頭看看睡在炕頭上的老娘。老人一動不動，好像沒被驚醒。「雪花，趕快回去吧。叫他們知道了你來過俺家，麻煩就大啦！」

曾雪花索性在炕沿上坐了下來：「天無絕人之路。俺不信，就找不到一條活路。」

「不，我有自己的打算……」

「什麼打算？」

「雪花，你不要問。趕快回去吧，俺求你啦！」

「孩子，雪花是真心叫你。」趙魁老娘開口了，聲音像蚊子叫，「別記掛著娘，你們一塊逃命去吧。」

「娘，俺不能。」趙魁的話帶著淚音，「雪花，你快走，我決不再連累你！」

曾雪花氣得一跺腳，翻身走了出去。瘦削的身影，立刻消失在黑暗之中。

趙魁伏在窗臺上，直直地望著曾雪花消失的方向，哭了許久……

曾雪花感到自己的兩條腿，跟來的時候大變了樣，彷彿灌上了鉛，墜上了鐵，每走一步，都要使上渾身的力氣。

既然趙魁變了心，不再愛自己，索性回到學習班，任憑他們處置就是，大不了是一死。

可是，剛走了幾步，她又站住了。不，嫁給那傻貨做老婆，還不如死了好！她扭回頭，朝自己家裏走去。她要回家看看病在炕上的養父，看看兩個兄弟，再到娘的墳頭上，哭上一頓。從此沒牽沒掛，再也用不著東躲，西藏。按照自己想好的路，去走就是。想到這裏，她加快了腳步。

家就在高坡下面，踏過小河上的木橋就到。自小走熟的山路，不用眼看，就可以辨別腳板放到那兒最平穩。她在木橋上，站了一陣子。娘大概就是從這兒掉下去的。橋下黑黢黢，流水聲像哭泣。眼淚倏地流上了雙頰。她抹把淚，加快腳步，朝著自家大敞著的院門走去。

唰！一道手電筒光，射到了她的臉上。接著是一聲震山撼嶽的大喊：「站住！」

不知從哪兒閃出幾個黑影，擋住了她的去路。

原來，王敢先、牛石頭等來她家捉人，搜遍了三間房子，不見人影。只得轉身退出。正打算到別處去找，不料，逃犯自己撞了回來。像老鷹捉小雞似的，她被捉回了學習班。

申貴已經候在那裏。一見她走進來，露出滿口黃牙，一陣冷笑：「嘿嘿，好一個逃跑行家！死不悔改的地主崽子，你又跑到哪兒去啦？」

「回家──看俺娘。」

「哼哼！你娘早跟你這個頑固不化的狗東西，劃清了界限。她叫我告訴你，死了也不准你再見她！」

「呸！」她挺直胸膛，朝他的臉上吐了一口唾沫。「俺娘死了，你還誣衊她，你比豺狼還狠！」

「我們對階級敵人，就不能來溫情主義！回答我：你到底打算去哪兒？」

「俺沒有必要，跟不通人性的東西說話。」她把頭扭到一邊。

「好大膽──你想找死呀？」申貴站起來

大吼，「媽拉個巴子的！敬酒不吃，吃罰酒——這些日子，你舒坦夠了！」

「要殺要刮隨你們的便！」雪花的頭仰得老高。

「啪！」她的左頰上挨了申貴重重的一耳光。「說，你想往哪跑？」

「那是俺自己的事，你管不著！」

不管申貴怎麼吼，打手們怎麼叫，曾雪花再也不開口。

富有鬥爭經驗的申貴沒了主意，只得停止審訊。吩咐加意看管，氣呼呼地走了。

兩天後的一個晚上，曾雪花趁著白豔值夜班外出方便的時候，再次爬出後窗逃走了。

十九、冰冷的渾江

一

兩腿像灌了鉛，柞木扁擔直往肉裏殺，氣喘吁吁，大汗淋漓。他一口氣走了二十多里。

來到石垃子河與渾江交彙的地方，走過河上搖搖晃晃的鐵絲吊橋，他放下肩上的擔子，坐到工具箱上，擦拭滿頭滿臉的汗水。此刻，往日的得意，變成了悔意：不該貪圖好材料，使工具箱的重量增加如此之多。四處奔波吃流浪飯，快馬輕刀，來去輕捷，才是聰明的選擇。

長白山一帶，不同於別處。十年前的那場大煉鋼鐵運動，許多地方的森林砍伐殆盡，投進小高爐，以完成「超英趕美」的偉大壯舉。有的地方，甚至把農民院牆的磚頭拆下來壘高爐，門板摘了去代替煉鋼的焦炭。而在這山多人少的地方，仍有大片的森林得以倖免。許多優秀的木材，不但是做傢俱的好材料，而且非常適合做木工工具。這裏榆樹種類很多，有一種赤榆，白裏透紅，細膩堅硬。還有一種叫「白扭子」的樹，由於生長緩慢，更是堅硬無比。用這些木料作刨床，既滑溜好用，又極其耐磨。陶南利用副業組小青年談天門扯的工夫，用赤榆做了各種型號的「線刨」。原有的荒刨，淨刨，縫刨刨床，也都進行了更換。工欲善其事，必先利其器。他作好了以木匠為業、終生作魯班信徒的準備。結果，工具箱的重量，至少加重了二十斤！

當初來豹子洞的時候，肩上的擔子把他累倒在雪地上幾乎爬不起來。經過了大半年的鍛鍊，雙臂的力氣明顯增加，但雙肩仍然嬌嫩的很。大學時代，去修十三陵水庫，擔沙壘壩，肩上披著厚厚的棉墊肩，十天干下來，兩肩腫得像饅頭。十多年過去了，由於沒有鍛鍊肩膀的機會，給親戚挑幾擔水，尚可支持，一旦挑擔遠行，肩不能擔的「書生本色」暴露無遺。剛到副業組不久，組長丁成害怕家裏人挨餓，買到了二十斤乾山菜，連夜扛著往家送。三十多裏山路，一口氣走了回去，路上沒歇一歇。第二天一大早又返了回來。丁成的鐵肩膀，使他佩服得五體投地。而現在，他的工具箱連同行李捲，充其量不過五六十斤。大半天的路程，休息了三四次，雙肩依然疼痛難忍。看來，要知識份子脫胎換骨，並非無的放矢！

他多麼希望，不論是形象，語言，還是待人接物，挑擔走路，都像個地道的體力勞動者，不再讓人產生「不像個木匠」的懷疑。古人云：「人到三十不學藝。」自己四十多歲才學木匠，並沒感到「學藝」有多大困難。而要從形象到內心，都來個徹底改變──脫胎換骨，卻是難上加難！至今，仍然被人一眼看出破綻。前幾天，房東老太婆到副業組玩，站在一旁看他研縫。看著看著，突然說道：「師傅，你這雙手，幹木匠可惜了的！」「為什麼？」他不由得渾身一顫。「好看呀，就像女人的繡花手。」他低頭看了看雙手，儘管手掌上結滿了老繭，但十指尖尖，手背光潤細嫩。只得哀傷地調侃道：「唉！這叫生了窮命，沒生窮相。生就的骨頭，長就的肉──沒法子。」

一陣清冽的山風，拂面而來，身上的汗水很快消退，兩隻肩膀卻仍然火辣辣地疼。而要回到豹子洞，至少還有十多里路，還得翻過三道山梁——好漫長的路喲！

近鄉情更怯。他不知橫在前面的將是什麼禍患。離開豹子洞，已經快半年了。聽說那只橫行鄉里的「豹子」，照舊嗜血吃人，再回到他的跟前，難保不被他狠咬幾口！

他帶領三個小青年所做的出口包裝箱，震撼了長白山中藥廠。廠方一再誇獎他們手藝過硬，索性把另外兩個副業組辭退，把活全包給了他們。這實際上是對他一個人的讚譽。自己活到四十歲，似乎幹什麼也沒落後過。上小學，年年高踞榜首；幹工作，一直是優秀和先進。直到被打入另冊，表揚和讚譽，方才與自己徹底絕緣。事隔十多年，重新聽到讚譽，自己都感到不習慣。如果人們知道他是個「異類」，還會這樣嗎？他不知道該哭還是該笑。

他不由想起了那段終生難忘的、因為讚譽而造成的悲劇：

大學期間，他所在的學校，有一位教哲學課的老先生，此人姓高，是個留學法國的洋博士。解放初期歸來，參加新中國建設。由於家庭出身是地主，始終「夾著尾巴做人」。一九五七年夏天，那場席捲校園的大鳴大放，他置身事外，反復動員，依然守口如瓶。並不是他有先見之明，也不是潔身自好，而是愧悔於自己的身份地位。畏縮居然能夠創造奇跡，內定右派名單時，他榜上無名。不料，到了反右運動後期，他卻糊裏糊塗落入了「陽謀」的網罟：期末考試時，他發現了一篇雄辯而精僻的答卷。欣喜之餘，大筆一揮，寫上「五分」二字。學習蘇聯老大哥時，大學實行五分制，這是最高的分數。老先生似乎意猶未盡，又加了全班惟一的一條批語：「分析透徹，說理充分——難得！」殊不知，他所讚頌的，是一名留校查看的右派！卷子一發下來，左派們大嘩，班支部立刻彙報上去。老先生立刻受到了狠狠的批判。罪名是：世界觀沒有改造好，是個隱藏得很深，伺機而動的老右派、階級異己分子；借助閱卷，美化右派，發洩對黨的刻骨仇恨等等。不用說，最後的一頂右派桂冠，補戴在了他的頭上。年近花甲的老人，被送到農場勞動改造。由於肩不能挑，手不能提，「一貫磨洋工，抗拒改造」，自然是三天兩頭挨批鬥。既然累死也難過改造關，趁著人們不在意，他跑到鍋爐房，拿根燒紅的捅火棍，捅進了「滿是毒液」的下腹！他死了之後，學校又逼著他的老伴，交代「合謀」罪行。老伴編造不出「合謀對抗」的情節，借助積攢下來的安眠藥，走上了解脫之路……

每想起那位老教授，他都有一種負罪感。因為高教授「美化」的不是別人，正是自己！

大學畢業後，不論是到南方，還是回到山東老家到鑄造廠勞動改造，頑固不化，抗拒改造的罪名，如影隨形。儘管他高質量地完成著三、四個人的工作量。足見，所謂「老實」，主要不在於幹活多少，而是看你的「認罪態度」——能否熟練而「真誠」地誣陷垢罵自己。上大學前，他曾反串小旦演過京戲，被譽為惟妙惟肖，有專業演員味道。但現在最缺乏的卻是「反串」的技巧。裝不出令人信服的悔罪相，做定了茅坑裏的石頭——「又臭又硬」的活樣板！現在，他的一雙尖細的手，手藝「耍」的再高明，仍然擺脫不掉「不像木匠」的懷疑！

三天前，他們的副業組被命令取締。清理盲流運動由廣造輿論，變成了大規模的夜間行動。半夜裏，一群戴紅袖箍的大漢，突然闖進了他們幹活的地方。不問青紅皂白，把他們趕到了盲流收容站。多虧中藥廠出面講情：是他們要副業組做好收尾工作，方才超過了規定的撤離期限。他們被放出來時，廠裏悄悄告訴他，希望他先回生產隊找點活幹，等到風聲稍緩，還請他們回去重操舊業。安全地離開了收容站，三位社員立刻打道回府。陶南謝絕他們陪伴，自己慢慢走在後面，以便仔細思考，後面的路該如何走。

捉盲流之風，一天緊似一天。聽說，湊夠了一車廂，便裝上火車發往關裏。萬一自己被押送回去，對於「畏罪潛逃的階級敵人」，原單位的革命同志們，是不會手軟的……

寧肯死在長白山，也不能被捉回去！自己吃苦頭事小，軟弱的妻子，年幼的兒女，怎能再承受驚嚇和打擊！可是，四顧茫茫，哪裏是安全之所呀？

一時無處可去，他只得重回豹子洞。人熟是一寶，那裏的親戚以及許多好心的鄉親，肯定能夠幫助自己。

「唉，豹子洞！當初躲之猶恐不及，今天竟然重走回頭路。這不是自投羅網嗎？」他發出了一聲長長的浩歎。

身上的汗水已經消盡。正準備站起來上路，一隻蝴蝶朝他飛來了。可能誤認為他是一根枯樹樁，或是一塊岩石，小生命居然落到了他的左袖口上。

他屏住呼吸，凝然不動，生怕驚走了從天而降的小精靈。

這是一隻極其碩大而美麗的黑蝴蝶。用木匠的眼光看來，雙翅的展幅，足有十釐米寬。乍看之下，渾身漆黑鋥亮。仔細看去，兩隻前翅點布著淺淺的黃色斑點。下端還有一排翠綠色閃著銀光的彩條。兩隻副翼上，呈放射形均勻地分佈著淡金色的細線。副翼下方，橫著一條孔雀藍般嬌豔的粗曲線，下部又有一條翠綠細線組成的環狀帶。副翼邊緣呈鋸齒形，暈染著清晰的銀色鑲邊。副翼後方，拖著兩根長長的尾翼，宛如戲臺上相公帽子上的兩根飄帶。在正午陽光的映照下，蝴蝶的身上，閃耀著油黑，碧蘭，翠綠，黃褐，銀白，金黃，以及一些形容不出的中間色，七彩斑斕，好看極了。

他生長在農村，從來沒有見過如此碩大，如此美麗的蝴蝶。五個月前，他從這裏經過時，看到這片依山臨江的斜坡上，至少有幾百隻蝴蝶在翩躚起舞，但卻沒注意有如此美麗的珍品。現在，蝴蝶的數目減少了許多，卻出現了讓人賞不夠、如此罕見的「七彩蝶」！如在往常，他會輕輕伸出手指，將這只漂亮的尤物捉住，夾在《木工手冊》內，做成標本，永久欣賞。此刻，他不但沒有這種閒情逸致，而且充滿了憐憫之情！

是翩飛太久而疲勞，還是遭到黃雀追趕，倉惶逃命而用盡了最後的氣力？不然，為何停留了這麼久，仍然像一隻玻璃罩子裏的標本一動不動？莫非它與自己一樣，是個剛從死神手中逃脫出來的罹難者？

一陣寒意掠過脊背，不由打了一個寒顫。身體的顫動，驚動了來訪的不速之客，蝴蝶立即搖動翅膀，向東南方慌急地飛去。他瞪大雙眼，惋惜地盯著遠去的客人。只見它飛近江邊，又掉頭飛了回來。不知是不忍離去，還是由於被理解，而表示謝意。七彩蝶繞著他翩飛了一圈兒，方才掉頭向東，依依不捨地飛過江去，直到與碧藍的天幕融成了一片。

他長歎一聲，收回目光。不由「啊」的一聲，喊出聲來。在蝴蝶飛走的下方，離他約二十米開外的地方，瀕江的柳叢下，閃出一個女人的背影！他在這裏坐了至少一刻鍾，竟然沒發現有人坐在附近。

對方分明也沒有發現自己。他有自言自語的習慣。多虧剛才沒有說出什麼犯忌的話，不然，又要惹來禍患。使他不解的是，此處不靠人家，女人來江邊幹啥？仔細看去，那女人背朝自己，雙手抱頭，一動不動，酷似一座石雕。顯然，既不是在洗衣服，更不是在觀賞風景，看樣子已經在那裏坐了很久了。

「一個女人，枯坐在遠離村舍的大江邊，幹啥呢？」他正在猜測，忽見女人倏地站起來，大步走向右前方一座臨水的高崖上。只見她雙臂前伸，身子朝前一傾，一頭紮進了水中！

一片水花飛濺，旋即波平浪靜。

「啊——有人投江了！」

明知四周無人，他不由自主地驚呼起來。同時撒腿向江邊狂奔。他顧不得脫衣脫鞋，大步跨上石崖，縱身一跳，朝著女人落水的地方，一頭紮進了滔滔大江裏……

二

江水湍急，波濤翻滾。他向水下潛遊了好幾次，終於摸到了落水者。他從背後抓住女人一隻胳臂，用力將她的頭抬出水面，雙腳踏水，遊到了岸上。

女人已經失去了知覺。他把她放到石崖上，俯身朝下，頭低腳高，往外控水。渾濁的江水，從溺水者的口中汩汩流出。過了足有四五分鐘，女人終於發出幾聲呻吟，慢慢蘇醒過來。他正在慶倖自己作了一件善事。不料，雙眼緊閉的溺水者，竟然粗魯地埋怨起來：

「哪個，要你們，管閒事——」

「難道能夠見死不救嗎？」

「俺們自己願意死，關你們啥事！」

他不由一怔，接著驚呼起來：「哎呀！你不是曾雪花嗎？」

「……是俺。」姑娘慢慢睜開了眼睛，「啊，你是陶師傅！」

「是我呀。」他近前蹲了下去，「雪花，你不是在林場幹活嗎？怎麼又回來啦？」

「俺娘病得不輕，俺回來看看，不想叫申貴關了起來。俺是爬窗戶逃出來的。」

「咳，那也用不著尋短見嘛！」

姑娘絕望地望著救命者：「陶師傅，俺娘死啦，滿倉被打成了現行反革命，滿囤被撤了職，俺叔愁病了。這不都是俺招來的災，惹來的禍？俺還話著幹什麼！」

「雪花，好死不如賴活。你不該，不該往絕路上走嘛！」陶南一時不知如何勸解。

剛才下水救人，沒在意江水凜冽。此刻，被山風一吹，他接連打了兩個冷戰。急忙催促道：「雪花，我到一邊整整衣服，你趕快把衣服脫下來擰幹。千萬別著涼，現在咱們可病不起呀！」

雪花淚流滿面，躺著不動：「唉，陶師傅，你不該費這份心！」

「咳，世界這麼大，總有人走的路嘛！回頭我再詳細跟你談。快起來。」他想俯身去拉，立刻又縮回了手。大聲催促道：「雪花，我走啦，你趕快把衣服擰乾！」

他轉身來到一塊大石垃子後頭，儘管身上陣陣寒顫，並沒有理會，而是偷偷往外張望。他擔心姑娘再出問題。直到她慢慢坐起來開始解扣子，他方才脫下藍再生棉工作服和裏面的秋衣秋褲擰了擰，接著穿了上去。然後脫下腳上的解放鞋，把裏面的積水空乾淨。山風陣陣，身上顫抖不止，他擔心要著涼。所幸，天氣晴朗，豔陽溫煦，衣服很快就會乾燥。估計姑娘已經穿好衣服，他才慢慢走了過去。

曾雪花已經整理完畢，坐在原處低頭鎖眉。他來到她的對面，蹲下去緩緩勸道：

「曾雪花，新社會的青年，應該堅強無畏。事情再大，也不值得走窄路呀。」

「陶師傅，你說，不走窄路，咋辦？」姑娘失神的雙眼，直瞪瞪地望著救命人。「光俺們全家人跟著俺倒楣，也就罷了，可連人家趙家也被連累得家破人亡！俺要是不死，還得落到申閻王手裏。你說，哪跟上死了好？」

「不，不！天無絕人之路。只要堅持活下去，就有希望……」他只能泛泛而勸。

雪花冷笑道：「那是不治病的勸人方。陶師傅，你說，俺們的希望在哪兒？」

「哼！我不相信，豹子洞會永遠是『豹子』的天下。」他第一次壯著膽子直述心聲。

「陶師傅，人家可是代表黨，鐵打的官兒——只怕沒有那一天。」

「多行不義必自斃，那一天絕不會很遠！」為了安慰對方，他作起了邏輯推斷。

雪花木然搖頭，哽咽地說道：「陶師傅，

不瞞您說，趙魁已經變了心。就是真有時來運轉那一天，只怕俺們也看不到啦。」

一句話，提醒了陶南。眼下，楊家家破人亡，災禍如山。休說一個弱女子，輪到誰的頭上也吃不消。而支撐她活下去的愛情又落了空，不走絕路又能如何？低頭想了一陣子，忽然想起勸將不如激將的古語。他輕咳一聲，語氣堅定地說道：

「我估計，一定是趙魁擔心你變了心，故意口是心非，加以試探。你怎麼不跟他說明白，無論阻力多麼大，仍然一如既往地愛著他呢？」

「哼！不但說明白了，俺還有行動吶。那天夜裏，俺從學習班逃出來，上他家約他一塊逃走。你說，他竟然死活不肯。連以前下的保證，都不認賬了——那不是變了心，是什麼吶？」

「不，肯定是他心懷恐懼，言不由衷。你應該理解他的心情，他是怕連累你。」

「咳，明明是俺們連累了他嘛。不然，老實巴結的一個人，申貴咋會對他那麼恨，一逼再逼呢？」兩行熱淚滾下姑娘的雙頰。

「所以呀，你更應該對他理解和同情。要是你有個三長兩短，他也就活不成了！」他盯著姑娘的眼睛問道，「雪花，難道你就忍心讓他跟你一樣走絕路嗎？」

「俺咋會呢？」曾雪花哭得雙肩抖動不止。

「那就應該照我的話辦——挺起腰來，活下去。」

「陶師傅，你是個好人！你給趙魁家送錢治病，還不讓他家知道是誰送的。你給俺們家看風水，連飯都不吃一口……」

「那，你就聽我一句話。」他打斷姑娘的話，「馬上回到原來的地方上班。我正要回三隊，我去跟趙魁說，海枯石爛你都等他，叫他一定挺住。怎麼樣？」見姑娘低頭不語，他繼續說道：「放心吧：善有善報，惡有惡報。你家和趙家，都是好人，不會永遠倒楣下去的！」

良言一句，神藥一劑。話是開心鑰匙，雪花聽罷，沉思有頃。忽然，像醍醐灌頂似的，雙膝跪到地上，抽抽答答地說道：

「陶師傅，謝謝您。俺一定，一定照你的話辦——俺現在就回林場去上班！」

「好。這就對啦！」他伸出雙手攙起姑娘，「雪花，我保證勸轉趙魁，你靜等好消息吧。」

「陶師傅，再見。」曾雪花抹著眼淚，站起來要走。

「曾雪花，我送你過吊橋？」他忽然想起姑娘會害怕。

「不用——俺不怕。」

她毫無畏懼地大步走過吊橋，向著林場的方向走去。直到俏麗的身影，消失在山崖後面，他方才挑起擔子，急急地向豹子洞走去。

三

陶南覺得，剩下的十多里山路，變得無比漫長。肩膀疼痛，雙腿沉重，肩上的擔子，似乎又增加了許多重量。他知道，這固然與長途跋涉十分疲勞有關，更重要的，是心情矛盾的緣故。

古人云：「輕諾者，必寡信。」剛才惶急無計，作了定能說服趙魁的許諾。萬一此舉失敗，拿什麼「好消息」，去安撫走投無路的可憐姑娘？心情沉重，兩條腿像綁上了鉛坨子，每前進一步，都要付出極大的力氣。太陽偏西時分，終於回到了讓他忐忑不安的豹子洞。

不料，雖然是被驅逐回來，那是上面的命令，與他的表現無干，鄉親們很理解。而他技壓眾匠，藝驚中藥廠的消息，早已不脛而走，傳遍了黑龍頭大隊。鄉親們噓寒問暖，比分手時更加親熱。這不僅給他減輕了許多惶恐，而且帶來幾分安慰。

姑丈聽說侄女婿歸來，從放蠶的山場上，偷偷溜回來。並且採回一株連他自己都叫不出名字的野花，讓他「瞧個稀罕」。

這株野花，高不過半尺，圓葉碧翠，枝杈疏朗。在每一朵花托上，分別垂著六個玲瓏剔透的八角小燈籠。燈托米黃，燈罩上深下淺，水靈嫣紅，散發著幽幽清香。簡直奇特極了！皇宮裏那些流蘇紛披的琉璃宮燈與之相比，不啻是小巫見大巫。他不由感歎造物的神奇。如將此花移植到花園中，足可色壓群芳，奪冠稱王。如不是浪跡天涯，他會像對待那棵泰山頂上的小松一樣，立刻把這它精心種植下來，永久欣賞。

姑父見他愛不釋手，找來一個破了口的瓶子，灌上清水，把花插上，放到窗臺上，讓他「多看幾天」。緊接著，三姑給他端來了午飯——烀土豆，熬雲豆，外加一碗小碴子飯。熟不拘禮，他狼吞虎嚥，飽餐一頓。

三姑端走盤碗，姑父便迫不及待地詢問他在城裏幹活的情形。他是如何將廢品變成正品，使得中藥廠伸大姆指的？為什麼被抓進了井岡山司令部，怎麼被救出來的？他只得一一作答。正說著，聞到一股炒芝麻的清香。原來是三姑把珍藏的一點南瓜種，炒了來招待他。

姑丈告訴他，他在蠶場偷偷種下了幾十棵南瓜。由於地處遠山，又是藏在柞樹叢中，這條「資本主義尾巴」，居然躲過了嚴割，收穫了十多個大瓜。瓜瓤充了饑，瓜種怕表弟和小表妹偷吃，藏到了他們找不到的地方。

「你姐夫，家裏沒有稀罕東西，就這點南瓜種，給你留著，你可別嫌乎。」三姑把盛瓜子的柳條笸籮放到他的面前，催促道：「快吃吧。吃完了，俺好把皮兒收拾乾淨，叫別人看見了，報告上去，你姑父也得跟劉漢一樣，送到學習班裏消受！」

一首耳熟能詳的歌曲唱道：「公社是棵長青藤，社員都是向陽花。」「向陽花」卻不敢享用自己的勞動產品，陶南感到心頭一陣刺痛。面對老人的催促，他痛苦地答道：

「三姑，姑父，你們也吃呀。」

三姑遠遠坐著不近前，姑父抓幾顆瓜子在手裏，半天沒有嗑完一個。陶南回頭瞥見十歲的小表妹摽在門框上，眼睛一眨不眨地望著瓜子笸籮，一副饞涎欲滴的樣子。便伸手抓了一把，送到她的面前：

「表妹，你也吃——快接著。」

「俺不要，俺不要。」嘴裏推辭，兩隻小手卻合攏到一起，伸了過來。接過瓜子，緊緊抱在胸前，轉身往外走。

「別忙走！」三姑喊住表妹，從她手裏，將瓜子抓回了一半，放回到笸籮裏。然後吩咐道：「秋妮，坐到門口吃，不准亂跑。看見有人來，大聲往屋裏讓。」小表妹轉身往外跑，老人又囑咐道：「吃完了，把瓜子皮收拾乾淨，藏到個嚴實墊兒——當心讓人家看見！」

拉著知心話，嗑著香脆的瓜子，腹內溫熱，口頰生香。許多年來，難得有如此的享受，歸來時的滿腹悵惘，減輕了許多。於是，提出要求，請老人幫著攬活，以便幹著活，等待中藥廠的召喚。

兩位老人滿口應承。並鼓勵他說，他的名氣越來越大，要想攬話，至容且易。

不料，當天夜裏，他竟然一頭病倒！

吃晚飯的時候，他覺得頭昏腦漲，喉頭發堵。好歹吃下兩個烀土豆，便藉口午飯吃得太飽，放下了筷子。以為是長途跋涉勞累的緣故，歇上一宿就會好的。誰知夜裏發起了高燒。頭暈，噁心，脖頸、脊背發板。他怕驚動了老人，極力忍著不出聲。可是，到了後半夜，他的呻吟聲，終於將兩位老人吵醒。一看姑爺「受了涼」，三姑要給他拔火罐，姑父則主張發汗。可是，問遍四鄰，竟找不到一點紅糖。只找來三個蔥根，兩個白菜根燒了湯，讓他喝下，捂被發汗。

俗話說：偏方治大病。但陶南的病，竟然不給偏方留面子。捂了大半天，不但滴汗不見，而且病情加劇：渾身疼痛，面色青紫，呼吸急促，嘔吐不止，跟服了毒、中了邪祟一般。等到曙色拂窗，已是雙眼緊閉，牙關咬緊，處於半昏迷狀態……

他得了險惡之症——生命垂危！

表弟關成急忙去衛生室請赤腳醫生。得知赤腳醫生辛永紅，因為看跑了「學員」，跟批評她的申貴大吵一場，氣得病情加重，回城裏治病去了。他急忙去找申貴，要求派人幫忙，抬上病人去公社醫院搶救。不料，申貴一聽，露出了滿咀黃牙：

「嘿嘿，你們想得真美！不要說，這是秋收大忙季節，沒工夫管那閒事。就是平素日，我們也沒有義務給個黑盲流效勞呀！」

小表弟回來一說，三姑急得走裏走外，大罵申貴「見死不救」。

姑父冷不丁地冒出一句：「咳！他姐夫准成得的是『寒氣』！關成，趕快到大隊衛生室找邢主任去！」

「好。」關成轉身要走。

「慢著。人家可是有身份的人，外號『留一手』，架子挺大，你去至定請不動。咱們倆一塊去吧。」說罷，老人跟兒子急急忙忙走了。

三姑為了安慰他，便說起了邢主任的故事……

四

陶南得救了。「留一手」恩賜的靈藥，果然起死回生！

用藥的當天夜裏，他便退了燒。勉強吃下三姑給煮的兩個荷包蛋，總算睡了一覺。由於病勢來得兇猛，加之耽擱了一宿半天，第二天醒來，仍然頭昏腦漲，渾身酸痛，骨頭像散了架。連爬起炕外出方便，都感到十分吃力。

姑父仍然不放心，請了假在家陪伴。為了給他寬心解悶，主動提出唱支小曲給他聽。

三姑一聽，高興地符合道：「你姐夫，別看你姑父是個睜眼瞎，可有一肚子『五更』呢。會說的故事，會唱的小曲，老鼻子啦！」

姑父也笑著承認，像《大姐兒思五更》、《小寡婦上墳》、《王二小趕腳》、《十二月開花》、《小大姐十大恨》等，會唱很多。有幾個小曲，陶南幼年的時候聽人唱過。只有後兩個，連名字也沒聽說過。於是，便請老人唱給他聽。

老人輕嗽一聲，用低沉委婉的細嗓，唱起了《十二月開花》。這首曲子，內容跟評劇《花為媒》，京劇《賣水》差不多，無非是說，哪個月開什麼花。所不同的是，將每個月的花，與一個歷史故事，連在一起。如：劉伯溫修北京城，武松打虎，秋胡戲妻，呂布戲貂蟬，王三姐守寒窯，以及西施，妲己，褒似，關羽，孟良，曹操，秦檜，程咬金，呂蒙正等人的悲喜劇，在用花兒起「興」後，便抑揚頓挫地吟唱出來。

接著，老人又唱起了《小大姐十大恨》：

一恨二爹娘，爹娘無主張：女兒的婚姻事，就在娘身上，為什麼不給俺配成雙？

二恨二公婆，公婆有差錯：兒大當婚，女大當合——為何不來娶我？

三恨說媒人，媒人好狠心：奴的婚姻事，就在你的身——為何不來問問？

四恨我的姐，比我大不多。去年六月把門過——小倆口多樂和！

五恨我的嫂，跟俺一般高。懷裏抱著小英豪，越思越想越苦惱！

六恨我的妹，比俺小兩歲。人家成雙又成對，尋思起來好傷悲！

七恨我的郎，學堂讀文章。整天路過俺門旁，為何不來望望？

八恨我的房，好像古廟堂。清晨

掃地夜晚來燒香，好像女兒和尚！

九恨我的床，打開紅羅帳。只見鴛鴦枕，不見俺的郎，越思越想越悲傷！

十恨我的命，俺命真不行。思前想後不如投大江——早死早脫生……

「喲，家裏有病人，還顧得上唱小曲呀！」房門外忽然傳來熟悉的說話聲。

幾個人急忙回頭去看，畢仙兩手端著個泥盆走了進來。她把泥盆放到南炕上，抬頭向老關頭說道：

「大叔，你可真有膽量：都啥時候啦？顧得替『小大姐』發恨——你就不怕被捉了『四舊』？」

「嘿，在自家炕頭上，小聲哼哼，又不是朝人宣揚——怕啥？」

「哼，三人為眾。這麼多的人都聽見了，還不宣揚哪！多虧是俺聽見了，要是叫旁人聽見呀，只怕亂子就惹下了。」畢仙板著臉，一副不依不饒的樣子。

老人認真地辯解道：「聽見又能咋樣？有人整天大吆小喝地唱『我本是臥龍崗散淡的人』，難道不是『四舊』？」

「看吧，開個玩笑，就嚇得尿了褲子——大叔好大膽。哈哈哈！」一面說著，畢仙往前探著身子，盯著陶南的臉，問道：「陶師傅，你好些啦？」

「謝謝大妹子，我不過受了點風寒。沒啥。」

「唉！咋就得上那麼個險症吶？」她彷彿沒聽懂他的話，斜著身子坐到炕沿上，伸手摸著他的額頭，不無埋怨地問道：「難道就沒有人告訴你，關東山地氣涼，地上萬萬坐不得？」

陶南把頭從她手下移開，答道：「聽說過。」

「那，你為啥還不留意？」埋怨的口氣簡直像一家人。

「咳！我……」他本想照實說出因為下江救人受了涼，忽然改口道：「回來的路上走累了，出了點汗，在石垃子河裏洗了洗。誰知，回來就病倒啦。」

「咳，你呀！身上有汗，架得住涼水浸？不是小孩子啦，咋就那麼冒失呢？多虧大叔給你弄來了好藥……」她的雙眼紅了，怕兩位老人看見，立刻把頭扭到一邊。

「你二嫂，」三姑指指泥盆，有意把話岔開。「你這是……」

「不是陶師傅病了嗎？俺宰了只老母雞，弄了點人參燉了，給他補補身子。」

三姑搓著雙手說道：「咳，你二嫂！俺們的親戚病啦，咋好叫你破費吶！」

「大嬸呀，你這話可就生分啦——什麼你們，俺們！且不說俺們還麻煩過陶師傅，就是素不相識，難道就不興俺們對你們的親戚盡點孝心？你說對吧，陶師傅？」

「大妹子，我三姑說得對，我們實在不應該再給你添麻煩。」畢仙的過分親昵，陶南十分尷尬。他雙眼望著別處，將「我們」兩個字，說得很重。

「你可真是老關家的親戚！」畢仙快快不快，「敢情俺們燒香找錯廟門啦？」

他能理解畢仙的心意。不過，這超常的熱情，無疑是暴露自己，增加他內心的負罪感。正不知該怎麼回答，姑父冷冰冰的說道：

「畢仙，謝謝你的好意。不過，老母雞和人參，俺們家裏不缺。他姐夫能吃得下，俺們會給他燉——你趕快拿回去吧！」

「大叔，這話可就見外啦！咋？憑著豬頭送不進廟門？」畢仙臉色不悅，但仍然甜甜地笑著，「俺可不是老母雞多得吃不了，硬往你們家裏塞。俺是衝著幾十年老鄰居的交情。雞已經宰啦，人參已經燉啦，硬逼著俺端回去，人參能再曬起來，還是老母雞能再活過來？」

「嘿，好辦。送給他吃了得啦。」窗外有

人答話。

眾人一回頭，劉漢不知啥時候站在了房門外。他進到屋裏，指指依然熱氣騰騰的泥盆，斜睨著畢仙說道：「山裏紅，你這禮，可真是送錯了門啦。」

「劉漢，你瞎咧咧啥呀？官不打送禮的，這家有病人，不往這兒送，往哪兒送？」

「山裏紅，你這是裏外不分、胳膊肘往外擰！白豔跑了這麼多天，申隊長他老人家熬燥得吃不下，睡不好，你難道就不心疼？你把這高級滋補品給他送去，才是派上了正當用項——雪裏送炭，知疼知愛，那才叫自家人哪！」

「死不了的劉漢，你個咬道狗，滿嘴噴屎！你疼他，趕快叫你老婆殺了老母雞去孝順，沒人阻攔！」

「可惜呀，俺老婆夠伴不上那麼有能耐的『革命領導幹部』。哈哈哈！」

「呸，糟踐好人爛舌頭！大叔大嬸，俺走了。」畢仙狠狠剜劉漢一眼，訕訕地走了。走出屋子，遠遠扔下一句話：「陶師傅，你要是不喜吃俺們的東西，就把它倒了喂狗！」

五

三姑把畢仙送走後，轉回身來埋怨道：「劉漢，舌頭根子壓死人。她沒招你惹你，幹麼出口不饒人哪？打人不打臉，揭人不揭短——她也是一片好心嘛。」

劉漢一面卷著葉子煙，撇著嘴說道：「黃鼠狼子給雞拜年——她會有好心腸？」

姑父歉歉地說道：「唉，憑心而論，這娘們，除了騷味重點，心眼倒不壞。不像小白豔，摽上了高草，說話都變了腔調。」

姑母歎口氣，岔開話頭道：「你姐夫，你就趁熱吃點吧。」

「等一會。」陶南含糊應道。

姑父向劉漢問道：「喂，劉漢，你來有

啥事？」

「我來看看陶師傅。」劉漢俯身向前，「陶師傅，你覺得身上好些啦？」

陶南直起身子，斜倚到被子上，感激地答道：「劉二哥，我沒事啦。」

「那就好。今天早晨，一聽說你得了那個屌病，把我嚇壞啦。他娘的，這年月，老天爺也不長眼——倒楣的事，盡往老實人頭上安。那些作孽的玩意兒，卻個個活得像犍牛！」劉漢坐到炕沿上，恨恨地罵道：「媽的！人家老趙家，招誰惹誰啦？當家的給逼得跳了江，兒子給弄成殘廢。我剛從他們家來，眼看著，趙孫氏挨不過這兩天啦！」

「是嗎？俺得去看看趙魁他娘。」三姑轉身走了去出。

劉漢繼續忿忿地說道：「我看，咱們三隊的社員，早晚都得叫那閻王整治死！」

「劉漢！」姑丈警惕地望望窗外，「當心隔牆有耳！」

「我不怕，都不起來跟他鬥，這受欺負的日子，到哪天是個頭？」

「得了吧，劉漢。難道你還沒嘗夠他的厲害，還敢摸那老虎屁股？」

「哼，我還想拔他的虎牙呢！」劉漢從口袋裏摸出兩張折疊的紙片，遞給陶南，「陶師傅，這是我寫的一封人民來信。你給俺看看妥當不妥當？」

陶南怔了一陣子，猶豫著伸手把信接過來。信寫在兩張學生練習簿上，潦草的大字寫道：

最高指示：凡是反動的東西，你不打，它就不倒。這也和掃地一樣，掃帚不到，灰塵照例不會自己跑掉！

敬愛的黨中央，最最敬愛的偉大領袖毛主席：

我懷著十二萬分的憤怒，向您老人家，彙報豹子洞三隊廣大社員受欺凌、受壓迫的悲慘情況。我們這裏已經解放二十多年啦。可是，我們至今仍然沒有得到真正的翻身解放！自從中貴來三隊擔任支部書記兼隊長，我們社員就落到了水深火熱之中。他一貫命令主義，獨斷獨行。為所欲為，惡霸作風。隊裏的物資錢財，成了他的私人財產。從江裏撈到的物資，上面救濟的糧款，大部分被他貪污了。這還不算，他多次開槍威脅人。不順他眼的人，動不動關進學習班，許多人被折磨成殘廢。許多婦女被他污辱、姦淫。更為嚴重的是，竟然姦污女知青辛永紅，使人家懷了孕……總之，他比地主、惡霸、小日本，壓迫老百姓還厲害！我們三隊社員，眼下過的日子，比暗無天日的舊社會，難過十倍！偉大領袖毛主席呀，你老人家趕快派人來救救我們吧！

馬虎嶺公社黑龍頭大隊三小隊一社員

一九七〇年農曆八月二十三日

陶南一面讀信，兩手索索顫抖，臉色變得蠟黃。

根據他對三隊大半年的瞭解，這封樸實無華、充滿憤懣的短信，所揭露的問題，不但絲毫沒有擴大，還有許多沒觸及到的地方。那個革命辭藻不離口的地頭蛇，把自己裝扮成黨的化身，社會主義利益的唯一代表，騎在老百姓的頭上，幹盡了作威作福、魚肉鄉民的勾當。說他是豹子洞一隻吃人的豹子，絲毫也不誇張。他為三隊社員的痛苦和不幸憂心如焚。恨不得，將那個傢伙，一腳踹死，扔進渾江裏。可是，這封信帶給他的，卻只有不安和驚恐！

他望著面前這個瘦弱的中年農民，極力用平靜語調說道：「劉二哥，據我所知，你這封信，寫的都是事實……」

「咱不會冤枉他！」

「但是，這信決不能發！」

「為什麼？難道說實話有罪？上面不信，可以派人來調查嘛！」

「二哥，你這信，有嚴重的政治錯誤……」

「咳，我是實事求是反映意見，哪來的政治錯誤？」

陶南指指手裏的信：「你把幸福的人民公社社員，說成是生活在『水深火熱之中』，『比解放前難過十倍』；並且把基層黨的幹部說成比地主、惡霸、小日本都兇狠——這不是誣衊美好的社會主義，誣衊黨的基層幹部嗎？」

「這不是我一個人的觀點。你打聽打聽，全體社員誰不這麼看？」

陶南痛苦地搖著頭：「二哥，你當了十多年工人，天天看報學習，難道還不明白？對咱們幸福的新社會，只能說成績，不能說缺點，更不能說得一團漆黑。你想呀，啥問題沒有的人，都能隨便送進學習班，對新社會如此評價還了得嗎？」

「哼，咱不偷不搶，不貪不占。我就不信，說幾句大實話就犯了法！」

「劉二哥，滿街的大佈告上，所判的現行反革命，哪個不是因為幾句話，有幾個有實際行動？」

「這話倒也是。」劉漢低頭咂了一陣子舌頭，抬起頭反問道：「可，那是下面人幹的。俺這封信，可是寫給偉大領袖毛主席『親收』的，他老人家，連全世界的事情都看得那麼明白，小小三隊的事，他會不給咱們做主？」

這時，姑父插話道：「劉漢，你喝了迷魂水，還是吃了豹子膽？連我這大老粗都知道，這年頭不准說真話。自打解放，不是只有光泥板、吹喇叭的人吃得開？你寫了這麼多犯忌的話，不是抻長了脖子，硬往大牢裏攻嗎！」

「放心吧，二哥。偉大領袖是看不到你這封信的！」陶南又補了一句。

「怎麼會呢？不是說，拆別人的信，犯法嗎？」

姑丈冷笑道：「劉漢，你這人記性不強，忘性倒是不賴！遠的咱不知道，咱們隊，誰家的信，沒叫人拆過。」

劉漢許久沒吭聲。

忽然，他朝炕沿上把手中的捲煙用力擰滅，兩條粗眉扭到了一起，吭吭哧哧地說道：「他娘的！我是實在看不過眼去，才向黨中央、毛主席反映問題。哪兒想得這麼多呀！」

陶南把信疊起來還給他，焦急地勸道：「二哥，快把它燒了——對誰也別再提寫信這件事！」

「晚了——我已經把信寄出去十多天啦！這是草底兒。」劉漢一拍大腿，一張黃臉泛了白，「我本來打算，叫你給參謀、參謀，可是你在城裏。心裏著急，就寄走了。他娘的！我要是等著你回來，聽聽你的高見，就不會捅這麼大的漏子啦！陶師傅，你看該咋辦哪？」

「唉！只怕，只怕……來不及啦！」陶南焦急地搓著手，「二哥，你可得作好思想準備喲！」

驚弓之鳥，聽不得弓弦響。吃過政治苦頭的人，最理解「政治」是什麼！

「查去！我又沒簽上名字，他們知道是誰寫的？」劉漢似乎看到了希望。

「劉漢，你是聰明一世，糊塗一時。」姑丈說道：「咱們三隊，有幾個能提起筆來的？想查出信是誰寫的，還不容易？」

劉漢啞然了。

陶南怕劉漢心裏驚恐，發生意外，極力緩和地說道：「但願這封信，到了上面，引不起拆信的人的注意，隨手扔到一邊。那樣的話，事情就過去了。」

劉漢低頭沉思了許久，腳一跺，說道：「沒啥。該死該活屌朝天！這忍饑挨餓、受欺負的日子，還不如進大牢痛快！陶師傅，你好好養病，別替我擔心。過兩天，我再來看你。」

說罷，他站起來往外走。走到大門外又折回來，低聲向陶南說道：「陶師傅，差點忘了正事：要是這趟回來，申貴還跟你過不去，或者是找不到活幹，我還陪你去長白山。我小姨子說來，去她那裏指定幫忙，活兒有的是。」

「謝謝劉二哥！」陶南雙眼濕潤了。

二十、豹子洞的槍聲

一

一個西風勁吹的陰雨天，豹子洞來了縣革委工作組。工作組由三男兩女組成，一來到三隊，便把申貴叫到隊部，關上門，開了半天會。

當天晚上，三隊召開全體社員大會，歡迎工作組到來。申貴先致歡迎詞。說明上級工作無比繁忙，還派出三位領導，前來指導秋收。這是黨中央毛主席和上級革委對三隊最大的關懷，最大的支持，也是三隊全體社員最大的幸福。全體社員一定要緊跟工作組的偉大戰略布屬，搞好秋收，顆粒歸倉，並搞好革命大批判。以報答毛主席和上級領導的無限關懷之情。

接著，工作組杜組長講話。此人寬額粗眉，聲音洪亮，雙眼炯炯有神。他首先講了一通無產階級文化大革命和所取得的偉大成績，以及全國、全省、全縣，大好的革命形勢。眼下，風調雨順，豐收在望。全體社員無不歡欣鼓舞，迎接幸福美好的新生活的到來……振奮人心的話，組長講了一大摞。忽然，話鋒一轉，慷慨激昂地說道：

「但是，越是形勢大好，階級敵人越是不甘心他們的滅亡，越是要和無產階級進行較量。他們最為慣用的手法，就是無恥地造謠誣衊，妄圖顛覆無產階級專政的鐵打江山！偉大領袖毛主席教導我們說：『被敵人反對是好事，而不是壞事。』敵人反對我們，更加證明我們的成績偉大，無比正確。」杜組長用咄咄逼人的目光，環視會場。繼續加重語氣說道：「最近，我們虎馬嶺公社竟然有人向上面寫黑信，把我們公社，當然也包括我們三隊，說得一團漆黑，誣衊廣大社員，生活在『水深火熱之中』，連滿洲國時都不如。實在是倡狂可笑之極！」杜組長抿緊薄嘴唇，略作停頓，以更加激揚的聲調說道，「對於兇惡的反革命分子，一隻『嗡嗡』叫的碰壁蒼蠅，自然應該給予迎頭痛擊。儘管目前正是秋收大忙季節，我們也不得不專門召開批判大會，進行聲討。經過與三隊支部研究，利用今天晚上的時間，進行第一次大批判。不會寫字的社員，分三組，到各組平時活動的地方，進行口頭聲討。凡是會寫字的，不論什麼成分，都留下來，每人寫一篇批判稿。不限字數，不論長短，只要把觀點寫出來就行。誰先寫完了誰先走。鉛筆和紙已經準備好啦，快過來領。」

接著，申貴宣讀了會寫字的七個社員名單。被念到名字的人，有三四個吵吵嚷嚷說，自己連一封信都寫不出來，哪會寫大批判稿？申貴的回答是：名單是經過支部反復研究的，能寫多少算多少，寫上一句話也行。他們只得領回白紙和鉛筆，有的圍到唯一的一張桌子前，有的坐到小板凳上，低頭寫起來。

沒有人認真去寫。一眨眼的工夫，就有幾個人交卷離開。寫的長的，不過少半張紙，短的只有一兩句話。如：「我們不跟階級敵人穿一條褲子，我們絕不上他的當！」「說我們的生活不如滿洲國，純粹是昧著良心說瞎話，我們決不相信！」「人民公社是長青藤，社員都是向陽花。誰敢來攻擊，我們饒不了他！」「人民公社好得很，反革命分子放狗屁！」等等。

劉漢是最後一名交的卷，他只寫了一句話，卻至少費去了十五分鐘。他寫的是：「我們幸福的新社會，可比舊社會好得多！」

第二天一大早，畢仙再次來到老關家「探病」。關老人上山放蠶去了，三姑在煮雞蛋。畢仙先站在灶門口，跟三姑東家長，西家短地說了好一陣子閒話。

雞蛋煮好了，老人拿只碗，盛上六個，端到侄女婿面前，讓他「趁熱吃」。跟畢仙打個招呼，自己挎只柳條籃子，到北邊山坡上剜「小根菜」去了。

老人一走，畢仙扭頭進了裏屋，爬上炕頭，向陶南問道：「大木匠，你今兒覺得怎麼樣？」

「沒事——好多啦。」

「你的臉色可是不好。」她伸手拿過一個雞蛋，一面剝著，問道，「聽說了吧？咱隊來了工作組。」

「不知他們來幹啥？」

「說是來指導秋收。哼，打馬虎眼唄——秋收用得著他們『指導』？他們是來調查的，有一封反革命信，是三隊的人寫的。要查出寫信的人來，嚴加懲處吶！」

「啊！查寫信的人？」陶南怵然而驚。昨天晚上，姑丈跟他說了開社員大會的情況。他一直為劉漢擔心，輾轉反側，一宿沒睡好。

看到他雙眼充血，一副吃驚的樣子，畢仙把剝好的雞蛋遞給他，催促道：「噥，先別替別人擔心，快吃雞蛋，自己的身子骨要緊。」

他伸手接過雞蛋咬一口，慢慢嚼著，極力平靜地問道：「不知查著了沒有呢？」

「當然查著了！」

「啊！」他驚呼一聲，手中的半個雞蛋，落到了炕上。低頭撿起來，急忙問道：「是誰幹的？」

「叫人想不到哇。唉！」

「你快說，是誰？」

「趙魁唄。」

「怎麼會是他呢？那青年，人老實，膽子又小，不可能吧？」

「咋不能？咋天不是逼著會寫字的人，都寫了大批判稿嗎？一散會，人家就把筆跡對出來啦。工作組就住在俺們家，是俺親耳聽見的。」

「簡直不可思議！」陶南嚼著雞蛋，許久沒有咽下去。

畢仙低聲說道：「你說，那趙魁不癡不傻，咋就不長點腦子呢？還嫌倒的黴少嗎：爹跳了江，娘張口閉口，有出的氣，沒進的氣。他自己也被整治得有皮沒毛，腿斷胳膊折的，還去顯能耐惹亂子。老鼠跳進湯鍋裏——自己找著挨煮嘛！」

「怎麼會發生這樣的事呢？」陶南被弄糊塗了，語無倫次地說道，「沾上誣衊社會主義的罪名，跳進黃河洗不清！那青年，麻煩啦。」

「誰說不是呢。咱們總得想個辦法，救救他呀！」

陶南苦笑搖頭：「談何容易！」

「有啥不容易的？曾雪花逃出來以後，俺叫她仍然回林場去。叫趙魁也照樣來，拿腿就走，去林場找曾雪花，管他三七二十一，就說是兩口子，攪和著一塊過得啦。工作組捉不到人，不會老賴在這兒。過了風崗頭，沒有地卷風，那時再回來過安穩日子。」

二

被人戳著脊樑骨罵「破鞋」的「山裏紅」，到了緊急的時刻，卻能連老相好的意願都不顧及，挺身而出，給他人救危解困！在這朋友猜忌，夫妻反目，父子告密的年月，這樣的勇敢者，實在是鳳毛麟角。雖然她的「謀略」，常常顯得幼稚可笑，她的一顆善心，確實令人感動。有人說，她之所以敢於管閒事，是仗著她會放騷，能使申貴等人暈乎。可是，申貴弄到手的女人那麼多，怎麼沒有第二個人有這種精神呢？人啊，真是不可思議！陶南只能在心裏感歎。

見他許久不語，畢仙又催促道：「俺說的辦法行不行？你倒是說話呀！」

在沒有好辦法的情況下，逃避未必不是一條路。兵法云：三十六計，走為上計。自己不就是在求生不得的絕望中，毅然走上了逃脫之路嗎？一年來，雖然天天擔驚受怕，縣城裏關押毆打，比之在原單位，不過是小菜一碟。更為重要的是，被張網捕捉的目標，一旦消失無蹤，劉漢也就保住了，可謂一舉兩得，於是，他試探著說道：

「大妹子，你說的辦法，未嘗不是一著妙棋：既能躲過眼前的災難，又可以成全兩個情投意合的年輕人，功德無量。可是，誰敢去給趙魁通風報信呢？」

畢仙拍拍胸膛：「上一次給曾雪花送信，不就有人嗎？好大的忘性！」

他淒然一笑：「那一回，我猜著就是你幹的。」

「這話，俺只能跟你一個人說，你可不能漏出去：俺不光給曾雪花送了信，還幫著她跑了。俺叫表妹夫托人，給她在林場找了個吃飯的地方。哼，俺能救一個，就能救兩個！」

「你知道嗎？趙魁變了心，當面拒絕了曾雪花！」

「別瞎說──不可能！」

「是曾雪花親口跟我說的呀。」

陶南只得把曾雪花第二次逃出來之後，因為趙魁變心而投江自盡，恰好被他遇到，並把她救了上來的經過，簡單敘述了一遍。

「俺的媽呀，真玄乎呀！好嘛！積了這麼大的德，連俺也背著，你可真是！」一陣不快，掠過她的瓜子臉。「俺就知道，你從來沒把俺們當自己人！」

「不，不，別誤會。我還沒來得及跟你說呢。」他驚訝自己說謊如此麻利。

不快消失了，瓜子臉浮上了紅雲。她伸手在他的大腿上，擰了一下。俯身向前，靠在他的胸膛上，低聲問道：「喂，忠實坦白。你還幹啥來？」

「你……什麼意思？」

「哼！別裝邪巴憨——你在水裏頭救人的時候，懷裏抱著個大閨女，能老實得了？」

「開玩笑！當時，救人還顧不過來哪。」他極力把身子往後挪。

「俺不信，連她的奶子也沒摸摸？」她伸出雙臂把他拉近，湊上去一陣狂吻。

「你這人，都啥時候啦，還顧得上瞎胡鬧！」他緊閉雙唇，粗魯地推開她，「咳！你不是要救人嗎？晚一步，可就來不及了！」

「好吧。回頭俺再跟你算賬！」她在他臉上輕輕擰了一下，翻身下炕，風風火火地走了。

俗話說，出門看天色，進門看臉色。過了不到一刻鍾，畢仙大步流星地轉了回來，臉上一派得意之色。

「怎麼樣，辦妥啦？」陶南迫不及待地問。

「嘿嘿，那還用說。」畢仙得意地笑著，「開始不肯走呢。說，他不怕，乾屎抹不到人身上。俺說，難道以前少往你身上抹過『乾屎』？你滿身的傷殘哪兒來的？他這才動了心。可，又說捨不得扔下他娘不管。俺說，你儘管走，你娘有俺照看。他仍然拉著他娘的手，哭著不肯走。他娘狠勁抽出手來，罵道：『難道還沒叫人家欺負夠？非得叫老趙家斷了根？你叫人家抓了去，你娘不是死得更快當？』他這才下了決心，沿著溝底，撒腿往北跑了。」

「他跟曾雪花的事，什麼態度？」

「那麼好的閨女，誰會不喜歡。他是嚇破

了膽，怕連累人家。俺說曾雪花還在林場等著他，他一聽就哭啦，忙不迭地賠不是，說對不起曾雪花。」

「好！畢仙，你一舉救了兩個青年！」得知趙魁順利脫險，陶南長舒一口氣。

「誰像你似的，憑著好事不幹——心硬得像塊冷鐵！」

「看吧，剛才還說我積了大德。言猶在耳，又說我心硬。可真是：人嘴兩層皮，反正都有理。」他佯裝不懂，故意調侃。

「哼——裝傻！」一面說著，她麻利地爬上炕頭，用力撲到他的身上，懇求道：「喂，過幾天到我家養病。行嗎？」

他正不知道該怎樣回答，院子裏傳來了腳步聲。畢仙急忙鬆開手，一扭身子坐到一邊，伸手拿過煙笸籮，動手卷起煙來。動作快捷的像個魔術師。

進來的是三姑。她臉色蒼白，氣喘吁吁地說道：「俺在東坡上剜菜，見楚勝，楚理，王敢先，牛石頭，還有幾個不認得的人，朝趙魁家去了。走得很急，怕是又要找趙魁的麻煩！唉，多麼老實巴交的孩子喲，咋就不肯放過人家吶？」

陶南急忙爬起來，扶著窗戶往外看。

「俺去看看。」畢仙咚地跳下坑，走了兩步，又站住了。回頭向三姑說道：「大嬸，我剛去過趙家，腳跟腳往回返，會引起人家懷疑。你老人家辛苦一趟咋樣？你裝做是去看病人。看趙魁他娘被嚇著了沒有，行嗎？回頭俺弄點土豆粉子給她送去。唉，好好的一家人……」

三姑點頭答應，近前指著碗裏的雞蛋，問道：「你姐夫，你怎麼就吃了一個？」

「三姑，我——不餓。」陶南禮貌地掩飾。

「唉，這樣吧，俺給趙魁他娘拿上三個。那兩個，你可一定得吃下。人是鐵，飯是鋼，不吃東西咋行？」一面說著，老人抓起三個雞蛋，拿手巾包了，揣進懷裏。扭著半封建腳，向門外走去。

陶南怕畢仙繼續糾纏，順勢催促道：「大妹子，幫人幫到底，你快回去拿粉子，給老趙太太做點湯子吃，只怕她許久沒吃頓飽飯啦。」

「俺看著你把雞蛋吃完，自然立刻就走——用得著攆！」她嬌嗔地瞥他一眼，近前來，重新給他剝雞蛋。

既然女人不肯走，只有拖延時間。他接過畢仙剝好的雞蛋，咬到嘴裏，慢慢咀嚼著。為了躲開她火辣辣的目光，索性扭頭向窗外張望……

遠近重重疊疊的山巒，在日益剛勁的西風掃蕩下，已經褪去了往日嬌豔欲滴的濃豔，綻露出陳舊的赭黃色。彷佛洗盡鉛華的落魄女人，脫去了璀燦奪目的豔裝，換上了一身五光十色的百衲衣。山腰以下，在赭黃的底色下，卻東一片，西一片，泛出了深淺不一的胭脂紅。大概，這就是當地人所說的「五花山」。

一隻山鷹，在對面山頭上，上下翩飛，久久盤旋。彷佛一旦貿然降落，將立刻成為猛獸果腹的美餐。而遽然遠翩，又不忍心捨棄溫馨的家園……

禽鳥戀舊巢，此情與人同！

晝夜不息的渾江濤聲，比前幾天響亮了許多。似乎要搶在封江之前，盡情大吼一通。然後聽憑馬車、汽車、扒犁，人群……在它的脊背上自在地踐踏徜徉，它自己則藏在厚厚的堅冰底下，低聲呻吟。

一枚被山風吹落的枯葉，悠悠然飄進窗內，落在南炕中央。彷佛是來自遠方的飛鴻，前來呼喚遊子歸去。

「秋風吹渭水，落葉滿長安！」唐人賈島的名句，驀地浮上心頭。鄉情如織，揮之不去。他的雙眼一陣熱，不由隨口低聲吟哦：

山幻五色秋意濃，徘徊蒼鷹戀舊峰。
白山東來吞聲哭，黑水西去血色紅！

對鏡老妻悲白髮，撫傷小兒怨黑翁。
書生何處是家國？落葉蕭蕭盡西風……

「陶師傅，你在唱什麼？俺聽著，不像語錄歌，也不是樣板戲。」一直目不轉睛望著他的畢仙，不解地發問。

「哦，」他沒敢回頭，怕被發現滿面傷感。極力平靜地答道：「我隨便一哼。」

「不，俺聽著有韻有調呢。」

「噢，是別人的一首詩，隨便念念。」

「是想家的詩吧？」她繼續追根問底。

「……」他慢慢把窗戶掩上，掩飾自己的失態。

「咋不說話呀？想家了，是吧？」

他正不知該如何回答，三姑氣喘吁吁地回來了。還沒進屋，就惶急地說道：「壞事啦，趙魁他娘——死啦！」

「啊？」陶南一屁股坐回到炕上，扭頭朝畢仙問道：「你不是說，剛才還好好的嗎？」

「是呀，怎麼會呢？」畢仙愣愣地搖頭，「她催促趙魁跑的時候，俺聽著氣力挺足嘛！」

老人坐到北炕沿上，喘息了一陣子，然後說道：「俺也納悶：多日下不了炕的病人，咋會死在外屋地下哪？」

「怎麼，是死在外屋地下？」陶南問道。

「咳，頭在門檻裏，腳在門檻外。像是……」

「哼，肯定是讓那幫子缺德的玩藝兒——給嚇死啦。」畢仙忿忿地捶著炕沿。

陶南說道：「不管怎麼死的，得趕快向隊裏報告。大妹子，這事恐怕只有勞動你啦。你去隊裏報告，我去照看死人。」

「好吧，俺這就去報告。可你不能去老趙家，三隊的事，你少摻和！聽見了沒有？」

「那好吧。」他理解畢仙的良苦用心，只得答應。

畢仙走了之後，三姑近前低聲說道：「老趙婆子是仰著臉死的。人死哪有仰著臉的理兒？當著畢仙的的面，俺不敢說，她的嘴太敞。老趙婆後腦勺著地的地方，有一灘血，前胸上有泥——像是叫人當胸踹倒，跌死的！」

陶南咬緊下唇，久久沒有吭聲。

當天晚上，表弟關成帶回了更加令人不安的消息——劉漢出了事！

原來，工作組斷定匿名信是趙魁寫的，便派人去捉。不料，趙魁跑了，他娘不知怎麼也緊跟著死了。劉漢聽說後，不忍心讓別人代罪，立刻跑到工作組，投案自首。他說：「一人做事一人當，不能連累旁人。匿名信是俺寫的。」工作組說筆跡不對，他在瞎說。他說，寫批判稿時，怕被查著，故意沒用原來的筆跡。人家仍然不相信，他急啦，從口袋裏掏出匿名信底稿，給了杜組長。「這是俺的草底兒，幹麼不信？」人家拿底稿和匿名信一對，果然一字不差。劉漢立刻被五花大綁捆了個結實。他要求回家跟老婆說一聲，人家都不准，被拖上吉普車，一溜煙拉走了。

三

陶南滿懷希望，等到身體恢復之後，便東去長白山。在山深林密、人煙稀少的地方謀生，既可以減少人們對自己的注意，又能避開驚心動魄的鬥爭旋渦。萬一危險臨頭，往無邊無際的大森林裏一鑽，到哪裏找人去？至多變成另一個野人。說不定因禍得福，盡情領略原始森林的風姿，觀賞到嚮往已久的長白山天池。他多次看過長白山的照片和報導，那可是個無比神奇的地方：群山環抱，白雪皚皚，飛瀑鳴谷，奇峰崢嶸。據說，有人親眼目睹，有超過大象身體的巨形水怪出沒其間。神話傳說中的滿族先民，也是誕生在這裏。不料，劉漢案發被捕！他不但失去了一個始終信任、關注自己朋友，而且斬斷了長白山之路！

接下來的幾天，鄰隊就有人來請他幹活，但都被他謝絕了。他不想再在三隊附近停留。這裏所發生的一系列慘劇，使他心驚魄動，驚悸不已。況且，對他怨恨極深的申貴，一直沒找到下手的機會，長時間呆在他的鼻子底下，無異於飛蛾投火，自取滅亡。他感到，這裏時刻有陷阱在等著他。夜長夢多，必須迅速離開。

既然在縣城打工，許多副業組都敗在自己手下，「好木匠」的名聲遠近流傳，估計不論到了什麼地方，遇到什麼活兒，都不會有技術上越不過的難關。加之一向幹活無比認真，不惜力氣，更會得到東家的歡迎。關鍵是要有個安全的去處。沒有人引薦，沒有熟悉的投靠點，在驅趕盲流的遍地喧囂聲中，又能到哪裏藏身呢？

他焦急得如熱鍋上的螞蟻。

正在這時，三姑托人捎信，把嫁到黑瞎子溝的大女兒沈秀，和住在大榆樹的前房兒子沈思一齊找了回來，叫他們幫著給表姐夫找個幹活的地方。

姑丈因為替陶南治病，誤了兩天工，被扣了工分，還讓申貴狠狠熊了一頓。再也不敢請假，一大早上了山。臨走時囑咐老伴，沈秀姐弟的主意多，讓他們多費心幫幫他姐夫。作為繼父，對於前房子女，他始終多著幾分客氣與尊重。如果是親生兒女，他會毫不通融地命令他們想辦法的。

表弟表妹相繼來到後，沒有多少寒喧，立刻一起商量對策。剛說了幾句話，畢仙風風火火地闖了進來。大聲嚷道：

「咳，大嬸，都啥時候啦？你們還顧得上在這兒嘮閒嗑！」她指著坐在炕上的沈秀、沈思，「喲，你們姐弟倆，來得好早呀。」

「你二嫂，天下的旋風怎麼單刮你？火燎屁股似的，風風火火——又有啥事？」三姑皺眉不悅。

「咳，大嬸，這可不是小事！」畢仙一拍炕沿，滿臉惶恐，「有人說，劉漢那封反革命匿名信，不是他自己寫的！」

「不是他寫的，為什麼把他抓走了？」陶

南暗暗吃驚。

「人家說，就憑劉漢那點水平，頂多夠記個工，開個借條啥的，寫不出那麼惡毒攻擊的信。是有人在背後替他出謀劃策！」

「啊！那會是誰呢？」三姑急忙問道，「與俺們家，該沒有關係吧？」

畢仙拖著長音：「唉——只怕是，關係還不小哪！」

「這是咋說的？」三姑倏地變了臉。「俺們家的人可沒有那份膽量。」

「大嬸，有人懷疑，那後臺，不是別人，是你們家的姑爺——陶師傅！」畢仙瞥一眼陶南，一副焦急的樣子：「人家說，除了姓陶的，數遍了三隊，再沒有人有那麼多的文辭。」

「你二嫂，這是真的嗎？」

「看大嬸吶，這麼大的事，俺敢瞎說！」

「你姐夫，你真的是幫過劉漢？」三姑扭頭懷疑地問道。

「三姑，我還沒回來，劉漢就把信發走了。再說，我自身還不保呢，咋會去惹那麻煩呢？」

「俺也覺得，你不是那麼糊塗的人。」老人撫撫胸口，長舒一口氣。

「哼！趟上那麼個禍害精，」沈秀滿臉怒色，「你們三隊，倒了八輩子黴！」

「那屌玩藝兒，三天不整人，爪子癢癢！」沈思狠狠罵了起來，。「叫他盯上了，比叫王八咬著還辣害！」

「小聲點！」三姑警惕地望望窗外，「咳，這可怎麼辦哪？俺怎麼跟侄女石嵐交代呀？」

「大嬸，有辦法。」畢仙彷彿胸有成竹。

「啥辦法？」三姑和表妹齊聲問道。

「叫陶師傅先到俺們家躲些日子。俺們家嚴實，過了風頭再說。」

「拉倒吧！那傢伙，少說一天去你家八趟，工作組來了也往你家裏鑽——你家可真算是『嚴實』的！」沈思斜睨著畢仙，「二嫂，不勞你費心。你尋思離開你們三隊就活不成？俺們姐夫有的是好地方去。」

「咳，好心當成驢肝肺！」聰明的畢仙，聽出了話弦外之音。生氣地答道：「咋盡往壞處想人哪？俺是看著好人挨整不甘心，也是一心為你們老關家好。可不是吃飽了閒得難受，編瞎話來嚇唬你們！」

三姑急忙勸道：「你二嫂，別聽你兄弟瞎咧咧！咱們娘們這麼多年的交往，俺能不知道你的心？沈思是覺得，咱們隊，沒有個嚴實地方。俺看，還是讓他姐夫躲得遠一點好。要不，萬一出了事，不光對不起親戚，也對不起你呀！你說是不是？」

陶南明知畢仙家去不得，卻又覺得拒絕她的好意，失之冷漠，甚至有些殘忍。不由歉歉地說道：「大妹子，謝謝你費心。我也覺得，暫時離開三隊更安全些。」

「那可也是。」畢仙只得點頭答應。

坐了一陣子，畢仙見一家人不再言語，知趣地站起來，悻悻地走了。

畢仙走了之後，陶南和親戚們立即回到正題上。

陶南分析說，大隊書記何海對自己印象不錯，仍然希望他過了這陣子驅趕盲流風，再去給大隊掙錢。可怕的是申貴。他的氣始終沒出來，絕不會善肯甘休。當務之急，是立刻離開這裏，躲得遠遠的。三位親戚都覺得他說的是。雖然沈思和沈秀來得倉促，都沒有聯繫好幹的活兒，但還是去沈秀家妥當些。她的婆家是黑瞎子溝，距豹子洞足有三十多里。雖然比表弟家遠二十多里，可是屬於另一個轄區——彎溝子公社。鞭長莫及，申貴的黑手，肯定伸不到那裏。

危險當頭，事不宜遲。陶南立即告別姑母，跟表弟、表妹一起上路。他們不敢走前溝口，怕被人碰上，繞道後溝，翻山而去。

表弟給他挑著工具箱，一直送出十多里地。來到一個三岔路口，在陶南的一再堅持下，方才放下工具箱，朝自家的方向去了。表妹幫著他挑著擔子，來到了黑瞎子溝。

四

趙魁從家裏逃出來以後，沒敢走正路。儘管山溝裏的許多「路」，不過是不到半尺寬的羊腸子。但他仍然鑽樹林，串溝塘子，漫草拉荒，生怕被熟人碰上。直到走到石垃子河與渾江交彙的地方，方才踏上正路。因為在二十多里長的石垃子河上，只有這裏有一座吊橋可走。他繞過一片石崖，剛踏上吊橋南頭，不由「呀」的一聲，愣在了那裏。

曾雪花腕上挎著個藍包袱，正從河對岸向這邊走來。

這真是無巧不成書。四天前，就是在這個地方，陶南救了曾雪花一條命。不料，今天在這裏，兩位心上人不期而遇！

「哎呀，趙魁！怎麼是你呀？」她驚喜地問道，「你要到哪兒去？」

「俺……俺打算去林場。」他低頭咕嚕道。

「去幹啥？」

「山裏紅，叫俺……叫俺去找你。」

她明白，這是陶南做了工作的結果，不由雙眉一展，但立刻難過地搖起頭來：「不用去啦——兩派又鬧大發了，都在忙著打派仗，沒有人幹活——俺叫人家攆回來啦。」

「壞啦！」趙魁雙手抱頭，蹲到地上，抽泣起來。

「咳！哭啥喲？」她伸手把他拉起來，「又出了啥事？」

遠處有一個人朝這邊走來。她伸手拉著他，轉身就走：「快走，到一邊去說！」

兩人一陣飛跑，躲進了四天前陶南換衣服的石崖後面。這裏很嚴實，走路的人看不到。

在雪花的追問下，趙魁從頭至尾說了匿名信事件的經過。末了，他唏噓說道：

「雪花，你說，這事怎麼又怨到了俺

身上？」

「至定又是中貴耍的花招！」

「俺尋思，只要找到你，就能撿條活命，想不到，還得回去自投羅網！」

「幹嗎非得自投羅網？」雪花靠著他，蹲了下來。

「不回去咋辦？連你也叫人家攆回來啦，咱到哪裏去躲藏呀？嗚嗚……」

「咳，你光哭頂啥用！中國這麼大，俺不信就找不到一條活路！放心吧，餓不死俺，就餓不死你。咱們好好合計合計，哪裏還有可去的地方。」

「就是有好地方，眼前也不能去呀！」

「為什麼？」

「你想呀，我這一出事，車站、路口，肯定有人把守，還不得被捉了去？」老實人卻有著周密的思考，「要走，也得先找個地方藏幾天再挪窩。」

曾雪花低頭想了一陣子，雙手一拍，站起來說道：「有啦！」

「去哪兒？」

「咱們到豹子洞藏些日子。那裏又嚴實，又暖和，洞口還有個泉子，渴不死人。今天晚上，俺回家拿點吃的東西，咱們在那裏就是躲上一個月，保證走不了風。」

「好，就去那兒！」趙魁站了起來，「還是俺回家弄吃的，順便看看俺娘。」

「那可是自投羅網——你家周圍肯定埋伏著人。再說，你的腿腳不靈便，俺順路去看看你娘就是。咳，別爭啦，快走吧！」

趙魁用袖頭揩揩眼淚邁步就走。也不知從哪兒來的勇氣，第一次主動伸出手挽著姑娘胳膊，沿著一條深溝塘子，向豹子洞的方向走去。

豹子洞，就在三隊所在地五里長溝的盡頭。在背陰的陡坡上，有一塊凸出的大石崖，那山洞就在石崖的後面。洞口狹小，崖高難登，加之雜亂的灌木和齊腰深的茅草把洞口遮擋得嚴嚴實實，不熟悉情況的人，就是離洞口幾步遠，也難以發現面前有一個豹子的洞穴！

有人說，關東山只有虎、狼、鹿、熊、獐、麅、獾、狐，並沒有豹子。不知為何，人們偏偏要把這個隱秘洞穴的領屬權，歸之於並不存在的「豹子」？莫非這種兇猛的野獸，當年曾橫行此地，因為遭受了什麼滅頂之災，方才忽然絕跡？

豹子洞口，高不過半米，寬不過二尺，人必須匍匐著才能爬進去。趙魁小的時候跟小夥伴玩耍，曾去過那裏。探頭朝洞裏看看，裏面黑糊糊，陰森森，他往裏爬了幾步，便嚇得退了回來。

今天，為了尋找藏身之地，只得再次來到記憶中的恐怖洞穴。他拉著姑娘的手，登上了高崖。雙手撥著齊腰深的荒草、樹棵子，很快找到了洞口。他猶豫了片刻，俯身往裏爬。姑娘緊跟著爬了進去。

洞裏面光線幽暗，過了好一陣子才看清楚，裏面足有兩米寬，三四米深，寬敞得賽過一鋪大炕。奇怪的是，洞底偏右處，竟然鋪著一層厚厚的乾茅草。上面壓得很平坦，像是野獸在上面睡過。旁邊還有一些核桃皮，玉米瓤子，大豆殼，野菜根等。豹子是肉食動物，不會吃糧食山菜。莫非是鳩占鵲巢，這裏成了野獾、麅子之類的安樂窩？只要不是猛獸，就不可怕。他勸曾雪花不必擔心。

雪花打開包袱，拿出一件上衣鋪在乾草上，又找出一條毛巾，給趙魁擦去滿頭滿臉的汗水。然後，把包裹當枕頭，指著草鋪說道：

「趙魁，你肯定累啦，快躺下歇一會兒。」

「俺不累。」趙魁嘴上這麼說，卻順從地躺了下去。不料，身子忽然被硌了一下。急忙坐起來伸手去摸。摸出來一看，是一隻破搪瓷杯子。

「咦？野獸可不會用這種東西。」趙魁驚訝得張大了嘴。

「是呀，肯定是有人在這裏住過！」曾雪

花也緊張起來。

「那會是什麼人呢？」趙魁驚慌得抖了起來。

雪花沉吟了一會，反問道：「莫非是那個野人？」

「什麼野人？」

「難道你沒有聽說，有人在附近看到過野人？」

「嗯，八成是！你看，這草被壓得平平的，不像是野獸壓的！那，要是『野人』回來，看到咱們在這兒，就壞事啦。」

「『野人』也是人，有啥可怕的？咱們倆，不是也成了野人嗎？」雪花反而平靜下來。「你想麼，凡是往這種地方躲的，十有八九是跟咱們一樣的倒楣貨。同病相憐，說不定，野人還能給咱們出個主意呢。」

「他要是有主意，就不做野人啦。唉！管他呢，到了這步天地，聽天由命吧。」趙魁放下搪瓷杯，重新躺了下去。「雪花，你跑了那麼遠的路，趕快躺下歇會兒吧。」

她點點頭，順從地緊挨著他，躺了下來。

一陣陣淡淡的，宛如秋菊的清香氣味，在鼻孔四周彌漫。趙魁不由深吸幾口氣，香氣立刻溢滿胸腔，彷彿飲下一大杯甘醇的美酒，渾身暢快無比。咦，石洞裏哪兒來的香氣？他把頭扭向右側，香味更加濃烈起來。啊——原來是她的體香！

他的右臉癢酥酥，十分好受。原來是一隻毛茸茸的辮梢戳上了他的臉頰。索性再把臉頰朝前挪一挪，讓那又癢又酥的感覺，更強烈些……

一股濃濃的溫熱，在身子右側蔓延。他知道，那是她的體熱。他想再靠近一些，但又怕她察覺。只得靜止不動，緊閉雙眼，仔細品味這馨香，這溫熱，這酥癢，這從未體驗過的，如醉如暈的美好感覺……

不知過了多少時候，他低聲叫道：「……雪花。」

「嗯——」

「這是真的——是你躺在俺的身邊？」

「傻話！還能有誰？」她撲哧笑了，「還能是『山裏紅』？」

「俺覺得，俺不配有這樣的福氣。」他沒有在意她的調侃。

「不，俺還怕配不上你吶！」

「唉！別這麼說！俺是根苦芽子，咋有……」他的嘴被捂上了，後面的話沒有說出來。

許久沉默之後，雪花忽然問道：「喂，趙魁，俺黑更半夜逃出來去找你，叫你跟俺一起走，你死活不肯。為啥剛過了幾天，又跑來找俺？」

「是畢仙，叫俺去找你。」

「咋就那麼聽她的話？一個出了名又俊又浪的『山裏紅』，工作組來了都愛往她家裏鑽，是不是——你也喜歡她？」

「別瞎說，人家是為咱們好。畢仙說，你的心好，不嫌棄俺這個地主崽子，俺才去找你。」

「莫非你不知道俺是『富農崽子』？」

「你隨娘改嫁，早就改了成份，跟俺不一樣。」

「哼！要是人家不誣賴你寫匿名信，你才不會想到俺哪。」

「天地良心——俺是害怕連累你嘛。」

「現在怎麼又不怕啦？」

「你都不怕，俺怕什麼！」

兩行熱淚流上了姑娘的臉頰，她彷彿沒有察覺。伸手把他的一隻手拉過來，放在自己的胸口上，許久沒說話。

「雪花，你哭了——生俺的氣啦？」趙魁抬起頭，打破了沉默。「你要是後悔了，俺現在就走，還來得及。」

她輕輕捶了他一下：「你發的啥傻呦——俺是高興得流淚！」

「高興？都快叫人家逼死啦，有啥高

興的？」

「那申閻王，處心積慮要拆散咱們，咱們終於來到了一起，難道不應該高興？」

「是吶，是應該——高興。」趙魁吸溜著鼻子，哭了起來。「可，申貴不會放過咱們呀！」

「哼！只要鐵了心，天王老子也休想拆散咱們！」她附上他的耳朵問道，「趙魁，畢仙叫咱們裝作一對夫妻，找個地方密下。你是怎麼回答的？」

「俺光聽著，不知道該怎麼回答。」

「難道你不想跟俺結婚？」

「你說的啥話喲！俺是怕……」他沒有把話說完。

「怕什麼？」

「怕沒有福氣，趟上這麼個好媳婦唄！」

「俺今天就嫁給你，不是就有了『福氣』嗎？」

「雪花，你說啥？」他忽地坐了起來。

「咱們今天就結婚！」

「你瘋啦？現在連命都保不住，咋顧得上結婚？難道這個山洞就能當喜房？那不是太委屈你啦？」

「別人想在這裏結婚，還撈不到呢。這可是神仙結婚的地方。咱們幹麼不在這裏做一回神仙呀？」

「這……」他愣愣的望著她。

「怎麼？你不願意？」

「不是不願意，總得做些準備。」

「用不著！有你，有俺，就是最好的準備。申閻王家倒是什麼都準備妥啦，可沒有人肯嫁給他！」

他愣了好一陣子，忽然躺了下來。提高了聲音問道：「雪花，你可不興後……」

「悔」字沒出口，他的嘴已經被兩片柔軟溫熱的嘴唇堵上了。他順勢伸出雙臂，把傾心多年的姑娘，緊緊摟在了懷裏。過了許久，仍然不想鬆開。

「趙魁，你鬆開俺。」

「咋？你不是說，要結婚嗎？」

「結婚就是光抱著，摟著？」

「哪……你真的願意，讓俺……」他鬆開了雙手。

「廢話！不願意要你來幹啥？」一面說著，她動手給他解扣子。

「別，俺自己來。」

昏暗的洞穴中，兩個雪白的裸體，並排橫陳在一起。茅草築成了婚床，石穴便是洞房。

「雪花，雪花，是這樣嗎？」他不知所措地問。

許久沒有回答。他又問道：「你受過傷……能行嗎？」

「俺好了。你怎麼高興，都隨你……」

「唔──俺的好雪花！」

「哎──俺的好哥哥！」

害死人的魑魅魍魎，溜走了，死光了。世間萬物統統不存在了。只有一對苦戀的情侶，緊緊地擁抱在一起，乘風破浪，自在徜徉……

幽暗、陰冷的石洞裏，春風吹拂，豔陽融融。魚兒擊水，春燕飛翔。輕舟泛起了漣漪，勁風掀起了巨浪……，

不知過了多少時候，一對幸福的年輕人，終於從沉醉中醒過來了。

他喘息著，喃喃說道：「雪花……這是真的？」

「你說啥？」她彷彿在夢中自語，「什麼真的、假的？」

「俺是說，你，真的成了俺的媳婦？」

「傻蛋！都結婚啦──不是你的媳婦是啥？」

「唉，俺趙魁，現在死了，也值了！」

「不許說喪氣話！咱們至少要在一起活到一百歲！」

趙魁覺得渾身無力，肚子在咕咕叫。忽然記起，已經兩頓沒吃飯了。輕聲問道：「雪花，你餓了吧？我去采點山核桃、山葡萄、山裏紅啥的，再舀些山泉水來，咱們解

解饑渴。」

「不，俺去——你太累。」

「不，俺是你丈夫，咋能叫新媳婦去！」

「好吧。當心，千萬別讓人看見。」她懶洋洋地躺在那裏，並沒堅持。

「俺知道。」

他穿好衣服，拿上搪瓷杯，爬出了山洞……

「咚——」過了大約二十分鐘，忽然聽到一聲槍響。響聲很悶，好像離得很遠。

可是，又過了很久，仍不見趙魁歸來。她忽然意識到，也許是山洞隔音，放槍的人說不定就在附近。她害了怕，急忙坐起來，穿好衣服，爬出洞口，探頭四處張望。一眼瞥見，趙魁躺在左前方離洞口十幾米的地方。她認為是餓得暈了過去，急忙奔過去，伸手扶他。只見他伏身躺在草從中，像睡了似的，一動不動。胸膛往外冒鮮血，身後有長長的一條血跡。

「趙魁，你這是怎麼啦？」她撲上去哭喊。

趙魁雙眼緊閉，沒有回答。她連抱帶拉，將他拖回了石洞。

「趙魁，趙魁，你醒醒呀！」她抓起毛巾給他擦胸膛，發現左胸上不住地往外流血。他受了槍傷！

「趙魁，你這是怎麼啦？」她大哭大喊。

過了好一會兒，趙魁緩緩睜開眼，斷斷續續地說道：「雪花，俺不能，陪你……去找地方啦。」

「趙魁，你看清了沒有，是什麼人開的槍？」

他聲音微弱地答道：「俺正在，摘核桃，聽到，背後……有人罵，罵『狗雜種，你往哪兒跑』！回頭一看，大樹後頭，有個人……」

「看清了沒有？他是誰？」

「沒看清。俺剛要跑，槍就響了。俺一頭栽倒，再也站不起來。……俺想爬回來，爬了不多遠，便什麼也不知道了。」

「一定是申貴幹的！」曾雪花咬牙切

齒，「申閻王！俺恨不得吃你的肉，喝你的血！」。

曾雪花絕對想不到，如果申貴知道她也在山洞裏，也會吃她的肉，喝她的血。

「雪花……俺，不行啦。」

「不，不！俺不讓你死！」雪花撕肝裂肺地哭喊。

「雪花，我死了……你可要，好好……活著呀。」

「不，要死，咱們一塊死！」

她的話，已經變得很遙遠，趙魁頭一歪，閉上了雙眼。一個二十三歲的青年，就這樣永遠告別了充滿痛苦的人間！

幸福和災難攜手降臨。二十五歲的曾雪花，做新娘的同時成了寡婦！

她雙手拍著丈夫的屍體，放聲大哭：「趙魁！趙魁！你死得好慘喲！」

摧肝裂肺的悲號，在人跡罕至的石洞內，久久暴響。哭聲衝出石洞，越過大石垃子，在崇山峻嶺之間，久久回蕩：

「俺——的——趙——魁——啊！」

眼淚哭乾了，人哭乏了。她躺下來，緊緊抱著丈夫的屍體，一動不動。她要和丈夫並肩而臥，將豹子洞當作他們的陰間冥府……

五

俗話說：撐死大膽的，餓死小膽的。

今年山核桃豐收，卻沒有人敢來收穫這天賜之福。公社化之前，核桃仁加白糖做出的「粉子包」，堪稱山區美味一絕，是中秋佳節的一道美食。現在，人們寧肯讓癟癟的肚子受委曲，也不願承受「割資本主義尾巴」的痛苦。只有黨員副隊長楚勝的老婆，以及新上任的民兵副排長王敢先的母親，沒有許多顧忌。她們只須躲開鄉親們的眼睛，以避免閒言碎語，就可以大採特採。一連好幾天，兩個人假裝剜野菜，一起上山打核桃，天天滿載而歸。

今天，兩人又結伴進山。近處的，好打的，差不多被打光了，便往遠處移動。兩人來到豹子洞所在的山溝。楚勝媳婦沿著溝南坡打，王敢先他娘在北坡上打。來到離洞口不遠處，楚勝媳婦忽然發現，草叢中有一條清晰的血跡。高興得一拍手，差點喊了出來。她以為碰上了受傷的野獸。流出這麼多血，那野獸肯定跑不遠，八成逃進了豹子洞。她想獨自撿個大漏兒，一聲不吭，順著血跡往上找去。

忽粗忽細的血跡，一直延伸進洞口。她探著身子探頭往石洞裏搜尋。一開始看不清裏面的情形。過了一陣子，忽然高喊一聲「俺的媽呀！」一屁股墩在了石崖上。

王敢先他娘聽見叫喊，在溝對面問道：

「侄媳婦，你咋啦——吆喝什麼呀？」

楚勝媳婦定定神，爬起來往下跑，一面結結巴巴地嚷道：「大嬸！豹子洞裏，有，有，有兩個死屍。還摟在一起呢！」

「你瞎咧咧啥喲！那是藏野獸的地方，哪來的死屍呀？」

「撒謊是大閨女養的，不信你過去看看！」

看到楚勝媳婦臉色蠟黃，嘴唇哆嗦，王敢先的娘知道她不是撒謊。不但不敢近前去看個究竟，連核桃也不敢打啦。兩人扭頭往家跑。一回到家，楚勝媳婦便把見到的「稀罕事」，跟男人說了。楚勝一聽，大驚失色。認為一定是階級敵人殺害了貧下中農，把屍體藏進了豹子洞裏。事關重大，立刻跑去向申貴報告。

申貴聽罷楚勝的敘述，拉下臉，厲聲呵斥：「媽拉個巴子的！有啥值得大驚小怪的？咱們隊，貧下中農不是一個沒少麼？死的咋會是貧下中農呢？」

「俺老婆說是一男一女，」楚勝囁嚅地說道，「會不會是，趙魁和曾雪花呢？」

「嘿，階級敵人死一個少一個，是天大的好事嘛，慶賀還來不及呢！你著的哪門子急？去，該幹啥幹啥，不關你們的事！」

楚勝答應著轉身要走，申貴又囑咐道：

「告訴你老婆和王敢先他娘，把兩頁嘴皮子給我夾緊——什麼事情，一經過老娘們的嘴，非變樣不可！」

不幸，女人的嘴，是「夾不緊」的。豹子洞裏有「死屍」的消息，仍然不脛而走。

痛傷兩個孿生兒子的不幸，記掛繼女的安全，再加上思念相依為命二十多年的老伴，三重打擊，一齊落到楊老冬身上，老實巴交的莊稼漢一病不起。

「這是咋回事呢？俺們孬好，也是個黨員呀！共產黨的支部書記，怎麼能，跟自己的黨員，過不去呢？孩子們，沒啥錯呀！」他伏在枕頭上，一遍又一遍地向自己發問。老模範、老黨員崇高的階級覺悟，對黨的無限信任與熱愛，在他心裏第一次發生了動搖。

「豹子洞裏有兩個死屍」的奇聞，終於傳進了他的耳朵裏。榆木疙瘩忽然開了竅，擔心是繼女和趙魁在山洞裏尋了短見，要滿囤去看個究竟。滿囤拗不過老爹的一再苦求，只得借只手電筒，約上關成作伴，趁著天黑，偷偷去了溝裏。

兩人攀岩扯葛，來到豹子洞前。拿手電筒往洞裏一照，只見洞裏面被煙熏得漆黑一片。除了一片高低不平的灰堆，根本沒有屍首。洞口外的一大片荊條和茅草，也燒成了灰燼。緊傍洞口的幾棵核桃楸，下部被燒得焦黑，像被塗上了瀝青油。沒有易燃的引火之物，絕不可能把樹木燒得如此厲害。莫非是有人故意放火燒的？

楊滿囤和關成帶著滿肚子疑問下了山。對於在山上所見到的怪事，對誰也沒敢說。當老黏一再追問時，滿囤甕聲甕氣地答道：「黢黑的山洞，哪兒來的死屍？全是人們瞎編！」

再也沒有人去過慘劇發生的地方。更沒有人探究過慘劇發生和消失的來龍去脈。用不了多久，人們對於這件亙古罕見的「怪事」，也就忘乾淨了。

趙魁娘是在兒子遇難的前一天被人踢死

的。趙家祖輩留下的一個破板櫃，土改時沒人要，便做了她入土的壽器。能睡在這樣的「冥屋」裏，比丈夫的境遇強得多。她生前無論如何也想不到，外出逃命的獨生兒子，會比自己丈夫的下場更慘……

尾聲

表妹沈秀婆家所在的黑瞎子溝，比之豹子洞更加閉塞。顧名思義，當年可能是狗熊的樂園。這裏山高坡險、溝壑縱橫，小隊離大隊部足有十五里之遙。據說，除了外來逃荒要飯的，當地女人沒有一個願意嫁到這裏。連表妹嫁到這裏，也純屬偶然。

陶南來到黑瞎子溝，表妹並沒有急於給他攬活。她從自家的棚頂上拖下一些木頭，讓他先做了一個她「最眼饞」的臉盆架。又讓他打四門三抽炕琴。當初，婆家只做了一對木箱，她就高高興興嫁了過來。現在有了好木匠，她要做一套最時興的嫁妝。

新嫁妝成了實物廣告。沈秀的活路沒做完，前來請木匠的人便接連不斷。前些年，這裏的人家娶媳婦，一副「對箱」，便是最為時髦的嫁妝。老人們則是一輩子守著個長板櫃。誰也沒見過「炕琴」啥模樣。這裏家家不缺木料，有的是以前備下的，也有的是近幾年幹活順便「捎」回來的。加上新來的木匠工錢便宜，每個工只要兩元錢。那木匠甚至聲明：如果誰家缺錢，只要一日三餐供吃的，分文不取。陶南覺得，只要有個安全的避難地，只要餓不死，有錢沒錢不在乎。加之他的手藝好，吃飯不挑剔，誰不爭著搶著往家請？要不是不少人家手頭不寬餘，擔心慢待了木匠，這裏的活計，多得一年也幹不完。

黑瞎子溝生產隊只有三十八戶人家，支部書記兼隊長，姓郝，是個土改時的老黨員。此人左眼早已塌陷，右眼的視力充其量剩下五成。現在，廣播喇叭上一天到晚高叫的，幾乎全是階級鬥爭一抓就靈之類。郝隊長竟然私下裏唱反調：「咱們隊，都是闖裏家逃荒來的窮光蛋，哪裏來的那麼多階級鬥爭！」因此，他既沒有抓過反革命，也很少把人送進大隊學習班。這裏「私荒」隨處都是。他佯裝不見，成了名副其實的「睜一眼，閉一眼」。

多少年來，陶南沒有得到這樣的享受了。不論到了誰家，都能吃到兩頓乾，一頓稀。甚至還吃過大油、白糖蒸的糯米飯，玉米粉子包的野味水餃。整整兩個月，他心不驚，肉不跳，平安度過。體重至少增加了十公斤，渾身肌肉飽滿，彷彿有用不完的力氣。

他覺得，這裏簡直是難尋難覓的桃花源。能在這裏做個山民，那該多好。他開始動腦筋，如何模仿老賈頭，在這兒安家落口。不料，一封家鄉來信，動搖了他終老異鄉的決心。

春節眼看來到了。表妹回了一趟娘家，一則給老娘送回點吃的，二則稟報姐夫的情況，好讓老人放心。回來時，給他帶回一封信。

這封在路上足足走了一個半月的平安家信，堪稱是歷盡坎坷：妻子從北海縣寄到海西內弟家，內弟換上信封，轉寄到遼寧太平甸。族兄如法炮製，輾轉寄到豹子洞。今天，終於到了收信人手中！

長別一載，家鄉音信杳然。天外來鴻，欣喜若狂。他急忙拆信觀看。

信是妻子的親筆。除了告訴他家人平安，還透露了一個意外的消息：她聽一個跟自己同車間幹活的工人說，他「失蹤」之後，原來他所負擔的掃馬路、清廁所等項任務，交給了別的黑幫。另外增派四名工人，分成兩班接替他的工作。不幸，四位「革命同志」，不但連聲喊苦喊累，而且接二連三地出質量問題。氣得車間頭目直跺腳：「咳，齊少丘那小子，反黨是好樣的，幹活也不是孬種！」

他在鑄造廠勞動了八個年頭，所得到的評價，始終是十二個大字：「始終頑固對抗，一貫消極怠工！」想不到，在他離開之後，當初的「一貫消極怠工」，竟然變成了「幹活不是孬種」！

他不知道該哭，還是該笑。這正像偉大領袖所教導的：讓毒草冒出來，鋤掉可以肥田。他這個頑固不化的階級敵人，只有在「失蹤」之後，人們方才發現他的「肥田」功能。他的無奈出逃，竟然給工廠留下了一點點遺憾！這真是始料不及的。

有家不能歸的人，最理解家的價值！他終於打定了主意：不管妻子兒女是否想念自己，一定回家過春節。過了節，家鄉能待則待，不能待，立即返回。在這裏作終老此生的打算。表妹儘管戀戀不捨，但理解他的苦衷，同意他回去看看，「不安全馬上回來」。他告訴表妹，想繞道豹子洞，回去看望了老人再走。

「姐夫，您就別去找麻煩了。」表妹一聽，立刻進行阻攔：

「為什麼？」

「你從這裏回山東，到縣城坐火車就行。如果繞道豹子洞，不光遠二十裏地，大雪封山，路也不好走呀。」

「可，一年來，三姑一家人以及鄉親們，為我擔驚受怕，無微不至地照料。如不當面向老人告別，實在於禮不合呀。」

「姐夫，您就別那麼多的禮道啦。幾十里雪地難走不說，要是走不成咋辦？」

「你不是說申貴被抓起來了嗎？」

「沒有了神鬼（申貴），還有畜生（楚勝）跟禍害（何海）呢。」

自己不僅頭上有一頂「孽障」帽子，僅憑「盲流」兩個字，就得聽人隨意擺佈。他沒有理由反駁表妹的建議。

接著，表妹向他詳細介紹了豹子洞幾個月來的變化。

最為使他吃驚的是，威震一方的申貴，竟然跟劉漢一樣，進了大牢——被判了八年徒刑。

原來，白豔回城治病時，被查出是「流產後遺症」。陪伴看病的白母得知真情，嚴加追問。白豔抵賴不過，只得承認被人「強姦過」。她的父親，早已升為省革委委員，一張狀子，把「強姦」知青的申貴，送進了大牢。申貴被捕的當天，家家都喝酒慶祝。有人把慶祝最新指示發表的鞭炮，偷出幾掛，「霹靂啪啦」一頓好放……

預備黨員楚勝，補上申貴的空缺——繼任支部書記兼隊長。他的大字識不了半口袋的老婆，則掌起了衛生室的鑰匙——當上了赤腳醫生。

民兵副排長王敢先，順理成章，升任副隊長兼民兵排長。

申貴被判刑之後，一封人民來信，寄到了申愛青正忙於「上、管、改」的大學。這個又紅又專的大學生，立刻以不符合工農兵學員招收條件為由，被勒令退學。回到豹子洞之後，赤腳醫生已經沒有她的份，只得到大田隊裏流大汗。聽說，她偷偷去水電站，看望過雷小鋒。

半飆子申衛彪，經不住父親被捕判刑的刺激，嚇得成了瘋子。滿臉鼻涕淚水，見了人就下跪，要求「救救俺爹」。而被申貴送進學習班、嚇出神經病的潘光明，卻康復如初，跟他的「恩人」馮潔，親熱得寸步不離。聽說，春節回城探親，兩人將舉行婚禮。

申貴被捕之後，楊滿囤不忍心看著兄弟瘸著一條腿，幹活回來沒飯吃，拿拳頭揍了朱大妮一通，仍然叫回滿倉，一個鍋裏磨勺子。

申貴被捕的第二天，山裏紅就給丈夫呂二茂把鋪蓋搬回家，不准他再值夜班。要不然，就逼著他辭掉飼養員這個美差……

短短兩個多月，豹子洞變化之大，不僅出乎意料，而且使他大為感歎和驚訝！

五天後，他便踏上了歸途。表妹夫給他挑著工具箱，非要把他送到火車站。在他的堅辭下，方才在一個三岔路口被勸回去了。

他挑上工具箱，爬上一座陡峭的山頭，眼界頓時開闊許多。他認出來，這就是春天來豹子洞時，累倒爬不起來的地方。那只一心要把他吃掉的餓狼，就在這片雪地上，繞著圈子，覬覦了許久。是申貴的一槍救了自己的命。想不到，這位救命恩人，一年來，時刻把自己當成惡狼，處心積慮要置自己於死地！

使他不解的是，神槍手申貴已經進了大牢，在當時野狼逃走時留下血跡的附近，仍然有一大灘濃血，將潔白的雪地，染紅了一片……

他站在高高的山頭上，向留下汗水，驚恐，打罵，友誼，親情的豹子洞溝久久張望。

白雪皚皚，群山似粉妝玉砌一般，煞是好看。披著厚厚雪被的農舍，被無邊的潔白所吞噬，已經辨不清哪是人家，哪是樹叢……

不盡的往事，忽然浮上心頭。逃難一年多，躲開了批鬥、侮辱、關押和苦役，卻並沒逃脫災難。雖然東家尊敬地喊自己「師傅」，並且拿最好的飯菜管待自己，但鬧劇和慘劇，仍然沒有離開自己一步。一年的流浪，賽過半生的經歷，而有些經歷又是在原單位永遠無法體驗的。

山頭朔風如刀，吹得人站立不穩。臉頰鼻頭等裸露的部位被吹割得生疼。氣溫起碼有零下二十多度。如此寒冷的天氣，豹子洞鄉親們是在修大寨田，還是觳觫在熱炕頭上，吃著榆樹皮窩窩頭，喝著苞米糊糊，等待辭舊迎新？

人人都希望舊的一年快快過去。可是，那個嶄新的「明年」，又將給他們和自己帶來什麼呢？他不由思念起多情的親戚，足智多謀的老賈頭，終日彷徨的知青朋友，多災多難的楊家父子和使他又恐懼又感激的「山裏紅」……他很想繞道再去看望他們一眼。

「咚——」背後突然傳來一聲沉悶的槍響。

他不由怵然一驚。莫非申貴只把「鐵匠」技術帶進了大牢，而把神槍手的高超技藝，傳給了他的接班人楚勝或者王敢先？

他急忙挑起擔子，踏著厚厚的積雪，朝山下小心翼翼地走去……

（2012年7月7日刪訂於九仙山陰黃崖川）

目擊中國18　PG1175

豹子洞
——中國1957右派亡命者與山民的苦難史

作　　者 / 房文齋
責任編輯 / 林千惠
圖文排版 / 陳姿廷
封面設計 / 秦禎翊

發 行 人 / 宋政坤
法律顧問 / 毛國樑　律師
出版發行 / 秀威資訊科技股份有限公司
114台北市內湖區瑞光路76巷65號1樓
電話：+886-2-2796-3638　傳真：+886-2-2796-1377
http://www.showwe.com.tw
劃撥帳號 / 19563868　戶名：秀威資訊科技股份有限公司
讀者服務信箱：service@showwe.com.tw
展售門市 / 國家書店（松江門市）
104台北市中山區松江路209號1樓
電話：+886-2-2518-0207　傳真：+886-2-2518-0778
網路訂購 / 秀威網路書店：http://www.bodbooks.com.tw
國家網路書店：http://www.govbooks.com.tw

2014年9月　BOD一版
定價：670元

國家圖書館出版品預行編目

豹子洞：中國1957右派亡命者與山民的苦難史 / 房文齋著. -- 一版. -- 臺北市：秀威資訊科技, 2014.09
面； 公分
BOD版
ISBN 978-986-326-280-0 (平裝)

857.85 103014589

讀者回函卡

感謝您購買本書，為提升服務品質，請填妥以下資料，將讀者回函卡直接寄回或傳真本公司，收到您的寶貴意見後，我們會收藏記錄及檢討，謝謝！如您需要了解本公司最新出版書目、購書優惠或企劃活動，歡迎您上網查詢或下載相關資料：http:// www.showwe.com.tw

您購買的書名：________________________________

出生日期：________年________月________日

學歷：□高中（含）以下　□大專　□研究所（含）以上

職業：□製造業　□金融業　□資訊業　□軍警　□傳播業　□自由業

□服務業　□公務員　□教職　□學生　□家管　□其它_____

購書地點：□網路書店　□實體書店　□書展　□郵購　□贈閱　□其他

您從何得知本書的消息？

□網路書店　□實體書店　□網路搜尋　□電子報　□書訊　□雜誌

□傳播媒體　□親友推薦　□網站推薦　□部落格　□其他__________

您對本書的評價：（請填代號　1.非常滿意　2.滿意　3.尚可　4.再改進）

封面設計____　版面編排____　內容____　文／譯筆____　價格____

讀完書後您覺得：

□很有收穫　□有收穫　□收穫不多　□沒收穫

對我們的建議：________________________________

____

____

____

請貼
郵票

11466
台北市內湖區瑞光路 76 巷 65 號 1 樓
秀威資訊科技股份有限公司 收
BOD 數位出版事業部

（請沿線對折寄回，謝謝！）

姓　　名：＿＿＿＿＿＿＿＿　年齡：＿＿＿＿　性別：□女　□男

郵遞區號：□□□□□

地　　址：＿＿＿＿＿＿＿＿＿＿＿＿＿＿＿＿＿＿＿＿

聯絡電話：（日）＿＿＿＿＿＿＿＿（夜）＿＿＿＿＿＿＿＿

E-mail：＿＿＿＿＿＿＿＿＿＿＿＿＿＿＿＿＿＿＿＿